U0524098

世说新语别裁详解

董上德 著

四川人民出版社

目录

前言 001

卷壹 014
正始名士
（曹魏时期）

一 何晏 017
二 王弼 031
三 夏侯玄 038

卷贰 048
竹林七贤
（曹魏末期至西晋前期）

一 阮籍 052
二 嵇康 080
三 山涛 106
四 向秀 128
五 刘伶 136
六 阮咸 146
七 王戎 160

附录 565

一 魏帝系简表 565
二 西晋帝系简表 566
三 东晋帝系简表 567
四 六朝琅邪王氏世系简表 568
五 六朝陈郡谢氏世系简表 570
六 六朝太原晋阳王氏世系简表 572

后记 573

卷叁 180
中朝名士（西晋中后期）

一 裴楷 183
二 乐广 195
三 王衍 213
四 庾敳 243
五 王承 262
六 阮瞻 271
七 卫玠 276
八 谢鲲 295
（附谢尚）

卷肆 316
东晋名士

一 王敦 320
二 王导 366
三 王羲之 435
（附王徽之、王献之）
四 谢安 494
（附谢玄、谢灵运）

世说新语
别裁详解

前　言

一、《世说新语别裁详解》与东晋袁宏《名士传》之关系

本书是《世说新语》的一个选本。

全书分为四卷，依次为：正始名士卷、竹林七贤卷、中朝名士卷以及东晋名士卷。前三卷的框架与名单，是从东晋袁宏的《名士传》借鉴过来的。第四卷，是我对《名士传》的续编；袁宏为东晋人，当年来不及编写。

《世说新语》文学门第九十四则记载了袁宏写成《名士传》时的情景："袁彦伯作《名士传》成，见谢公。公笑曰：'我尝与诸人道江北事，特作狡狯耳！彦伯遂以著书。"原来，袁宏《名士传》脱稿后，去见谢安；谢安得悉此事，笑说："我曾经跟一些人讲述江北故事，本来只是随口说说，闹着玩的，没想到彦伯（袁宏的字）这么认真，竟然记下来写成书了。"所谓"江北事"，指曹魏末年以及西晋一朝的故事；彼时京师是洛阳，在长江以北，故称。换言之，袁宏的资料来源主要是谢安的口述。谢安在出山之前，潜心研究过曹魏、西晋的诸多名

士，熟悉他们的思想和故事，在朋友聚会时娓娓道来，讲得津津有味，吸引了诸多听众，其中，最为热心的听众就是袁宏。这就是《名士传》的由来。

袁宏的《名士传》今已失传。南朝梁刘孝标为《世说新语》做注，特别将《名士传》收录的名单列了出来："（袁）宏以夏侯太初、何平叔、王辅嗣为正始名士，阮嗣宗、嵇叔夜、山巨源、向子期、刘伯伦、阮仲容、王濬冲为竹林名士，裴叔则、乐彦辅、王夷甫、庾子嵩、王安期、阮千里、卫叔宝、谢幼舆为中朝名士。"换言之，《名士传》分为三卷，依次是卷一"正始名士"，卷二"竹林名士"，卷三"中朝名士"。估计到了刘孝标的时代，《名士传》尚然在世，刘孝标就是看到此书才会注释得那么具体而详细。而本书前三卷的框架和名单即渊源于此（至于本书第四卷的入选名单及其缘由，敬请参见该卷的导读部分）。

书名里的"别裁"二字，意为原文全依《世说新语》而另作编排。编排的方式从袁宏而来，创意是他的，具体的选择和解释是我的。这样别裁的选本，目前尚未见到，也算是一种尝试。

《世说新语》共分三十六个门类，一个人物的故事每每散落在不同的门类之中，检读不易，难以形成关于某个人物的整体印象，于知人论世有所不利。如果将某个人物的故事，大体依照其生平经历，重做整合，参以正史，结合刘孝标注文的一些重要信息，详细阐释或辨析，未尝不是一种新的读法。书中的每一条释读，以及每一个人物全部故事之后的"编选者言"，均试图亦文亦史，文史结合，以期知人论世。如此一来，可能会增强本书的可读性和趣味性。至于释读里的一些个人看法或商榷意见，本着实事求是之心，以献一得之愚。书名里的"详解"二字，大体是向着这个方向努力的。

二、刘义庆《世说新语》的成书背景与编写心态

如今，出版《世说新语》，一般将著作权归于"南朝宋刘义庆"。依据是《隋书·经籍志》《旧唐书·经籍志》《新唐书·艺文志》等权威书目在著录此书时均有"宋临川王刘义庆撰"字样；乃至于到清代的《四库全书总目》，一直没有第二种说法，历代官修、私修的目录书皆相沿不变。

刘义庆（403—444），是南朝宋开国皇帝刘裕的侄子。他的生父刘道怜（长沙景王），是刘裕的弟弟。刘义庆后来过继给无子的刘道规（临川烈武王）；刘道规是刘裕最小的弟弟，本是刘义庆的叔叔。刘道规较早去世，刘义庆作为继子，由南郡公转而承袭临川王的封号，还是宋武帝刘裕在世时候的事情。

身为南朝宋的皇室成员，刘义庆的一生没有大风大浪。尽管当时的政治风云诡谲多变，动辄得咎，杀戮成风，但刘义庆十分谨慎，生活简朴，为人谦虚，不惹是生非，甚至在元嘉八年（431）"乞求外镇"，即离开朝廷，到地方上去做官。这时他已经二十九岁，正处于仕途的上升期；而当时的皇帝宋文帝刘义隆（是其堂弟）还挽留他继续在朝中任职，可刘义庆一再恳求皇帝解除其尚书仆射职务；刘义隆是劝他不过才最后同意的。次年，刘义庆结束了他的京尹时期（义熙十三年至元嘉九年，即417—432年，刘义庆十五岁至三十岁），出任荆州刺史（元嘉九年至元嘉十六年，即432—439年），长达约八年的时间，即其三十岁至三十七岁是在荆州度过的。其后，他先转任

江州刺史（江州府治在今江西的九江市，一说在今南昌市；时间是元嘉十六年至元嘉十七年，即439—440年），再转任南兖州刺史（南兖州府治在今江苏扬州市；时间是元嘉十七年至元嘉二十一年，即440—444年）。据记载，刘义庆于元嘉二十一年"薨于京邑"，即今南京，时年四十二岁。估计是他病重时由扬州转往京师（今南京）救治，直至去世。

有点麻烦的是，《宋书·刘义庆传》没有提及刘义庆编写《世说新语》一事，那么，他在何时何地完成这项工作，是一人完成还是成于众手，这成了学术界的悬案；还有，他在何种心态之下去从事编写，也是值得探讨的。

先谈谈编于何时何地，以及是否成于众手的问题。

学术界有一种较为权威的看法，认为《世说新语》的编写时间是元嘉十六年（439），刘义庆出任江州刺史期间，而地点就是江州府治（杨勇《世说新语书名、卷帙、版本考》，《杨勇学术论文集》，中华书局，2006年，第448页）。这一说法的主要依据是刘义庆身边有一群文士，如著名诗人鲍照，还有当时以"辞章之美"著称的袁淑、陆展、何长瑜等，他们是在江州与刘义庆相遇相识，并受到刘义庆的器重。此说启示我们注意，《世说新语》一书可能不是刘义庆一个人编写的，更有可能是书出众手，是一个集体完成的项目。关于这一点，鲁迅先生《中国小说史略》早有论及，但措辞比较谨慎，说"书或成于众手，未可知也"，没有使用论断的语气。

问题是，刘义庆在江州的时间较短，大概不满一年就到扬州转任南兖州刺史去了。而《世说新语》一书，涉及为数众多的人物、丰富繁杂的文献，而且部头颇大、分类细致（多达三十六个门类），抄抄写写，拼接归类，还要尽量避免各类之间的资料重复，这么大的一个项目要在不足一年里编写成功，殊非易事。

我认为，时间过于仓促，《世说新语》编成于刘义庆江州刺史任上的可能性不太大。然而，他在江州认识的文士，不一定在他赴任扬州时就与之分开，请注意，《宋书·刘义庆传》说刘义庆把鲍照、袁淑等人"引为佐史国臣"；此句之后接着写道："太祖（即宋文帝刘义隆）与义庆书，常加意斟酌。"此语不可忽视，它暗示着一个情形是以前没有的，即刘义庆自从结识了鲍照、袁淑等人之后，身为皇帝的刘义隆在处理某些重要的文书时常常以书信的方式与刘义庆"加意斟酌"，无他，就是因为刘义庆身边有若干文笔过硬的人。从写文章的角度看，若无关系，就不会在"引为佐史国臣"之后紧接上"太祖与义庆书，常加意斟酌"这句话。如果这样理解不错，则可以推断，"引为佐史国臣"的鲍照、袁淑等人，具备为朝廷斟酌文书的特殊职分；于是，我们有理由相信，刘义庆身边的某些文士很有可能在他离开江州之后依然做了临川王所依赖的文胆。

换言之，鲁迅先生"书或成于众手"的说法大体还是可以成立的。有人分辩说，查鲍照、袁淑等人的生平，并无关于他们参与编撰《世说新语》的任何证据，从而否定"书出众手"说（王能宪《世说新语研究》，江苏古籍出版社，1992年，第15—21页）。但是，我们没有必要执着于去认定非要鲍照、袁淑等人参与不可，哪怕他们真的没有，也不排除刘义庆身边还有其他人帮助完成这部书，《宋书·刘义庆传》说得很清楚："（刘义庆）招聚文学之士，近远必至。"既然如此，刘义庆身边，除了鲍照、袁淑等之外，还大有人在。

接下来的问题依然是何时何地。如果说，刘义庆不太可能在不到一年的时间里成书于江州，那么，可能的时间和地点又如何推断呢？我提出如下猜想：《世说新语》可能最终编成于刘义庆出任南兖州刺史的任上（这里并不排除此前已经在江州动手编写的可能性），地点是扬州。理由如下：刘义庆在元嘉十七年冬十月从江州移镇扬州，次年的五月，宋文帝刘义隆给予刘义庆特别的恩遇，即"开府仪同三司"，这是魏晋南北朝时期的一种朝廷重赐，通俗地说，就是在指定的地方建立专属府邸，其规格大致与太尉、司徒、司空等所谓"三公"相仿，其身份、地位一下子超越了一般的刺史，有了这个所在，就更容易"招聚文学之士"了。这一件事，不仅《宋书·刘义庆传》有记载，《宋书·文帝本纪》亦郑重记录，可见非同小可，于刘义庆本人而言，这绝对是其一生中的高光时刻，为编写《世说新语》提供了良好的环境和条件。还有一点，扬州是刘义庆生命历程的最后一站，从三十八岁到四十二岁，他在扬州度过的时间约有四年，相对安稳，编写并最后完成《世说新语》全书是较为从容的。

再谈谈编书出于何种心态的问题。

既然《宋书·刘义庆传》没有提及编写《世说新语》一事，今传《世说新语》又无编著者的序跋、凡例，那么，刘义庆出于何种心态编书真是个不小的问题。我觉得不妨从刘义庆与宋武帝刘裕、宋文帝刘义隆的关系入手来加以考察，这样或许能够找到进入刘义庆内心世界的秘密小径。

刘义庆从小就得到其伯父刘裕的赏识和器重，刘裕评价刘义庆为"此我家丰城也"。此话怎解？据说，西晋永平年（291），在江西丰城出土了春秋时期楚国干将、莫邪铸造的雌雄宝剑，丰城于是成了藏宝的代称，故"我家丰城"云云，指刘义庆潜力不凡、将成大器，也就是古人所谓"藏器待时"的另一种说法。而事实上，刘义庆是有意在行事作风方面向其伯父学习的，比如，他平时生活简朴，不事张扬，"为性简素，寡嗜欲……受任历藩，无浮淫之过"，"足为宗室之表"（《宋书·刘义庆传》）。再看刘裕的日常作风："清简寡欲，严整有法度，未尝视珠玉舆马之饰，后庭无纨绮丝竹之音。……内外奉禁，莫不节俭。"当时，有一位叫袁颛的大臣盛称宋武帝"俭素之德"（《宋书·武帝本纪（下）》）。不要忽略这一点，刘裕、刘义庆节俭、严整、寡欲的人格修养，可以帮助我们理解《世说新语》里为何有不少表示负面评价的类别，如"汰侈""任诞""惑溺"等，这些都是刘义庆所要否定的。

刘义庆是宋文帝刘义隆的堂兄，二人相差四岁。他们除了堂兄弟的关系之外，还有一层更为密切的缘分，即二人年少时都是由刘道规一手养大的，甚至刘义隆一度也要过继给刘道规，因为"礼无二继"，最终只确立了刘义庆的继子身份，刘义隆还本依旧做回刘裕的儿子（排行第三）。纵观这一对堂兄弟，自从他们变为君臣之后，可以说颇为相得。这里有一点需要稍做辨析，即《宋书·刘义庆传》说刘义庆"少善骑乘，及长，以世路艰难，不复跨马"。有论者认为，所谓"世路艰难"，就是指封建统治阶级内部的种种矛盾，特别是指宋文帝刘义隆的猜忌，使诸王和大臣都怀有戒心，惴惴不能自保。故此，刘义庆为了全身远祸，于是招聚文学之士，寄情文史，编辑了《世说新语》这样一部清谈之书（周一良《周一良学术文化随笔》，中国青年出版社，1998年，第27—31页）。我不能完全同意这一观点。

　　刘义隆猜忌成性、杀人无数，是事实，但是说刘义庆因此就不过问政治，只是想躲到地方上"寄情文史"，不符合实情。依据是，元嘉十二年（435），刘义庆时任荆州刺史，宋文帝"普使内外群官举士"，即要求朝廷内外的官员举荐人才，刘义庆上表推举了若干人，并称这些人的品行高洁，或"恬和平简，贞洁纯素"，或"才学明敏，操介清修"，或"秉真履约，爱敬淳深"，如此及时而热心地响应，不能说他是置身于朝廷政治之外的。而《世说新语》里一些表示正面评价的类别，如"德行""方正""雅量"等，都是刘义庆所要肯定的。

　　再说，刘义庆"乞求外镇"，想离开京师，虽不能说没有政治考量，但更多地与他本人的迷信心理有关。元嘉八年（431），因为"太白星犯右执法"，他才提出要到地方上去的（《宋书·刘义庆传》）。《世说新语》里也记录了曹魏时期何晏等人、东晋时期王导等人的迷信心理，其间是否也有一定的相关性呢？

　　回到刘义庆与刘义隆的关系问题上来，可以看到的是，他们经常有书信来往，一直没有出现冲突，保持着正常的君臣关系，甚至到了元嘉十八年（441），即刘义庆去世前三年，刘义隆还特意赐刘义庆"开府仪同三司"；刘义庆病重后由扬州回到京师救治，很有可能还是出于刘义隆的关照。我们不能因为刘义隆有严重的性格缺陷就想当然地以为刘义庆跟他的关系非常紧张，以至于推断刘义庆编写《世说新语》是为了避祸。

　　另外，在梳理刘义庆与刘裕、义隆的关系的基础上，我们还可以看到,《世说新语》的内容,正面的与负面的并举,即褒与贬适成对照,别看全书有三十六个类别之多,但就义理层面而言,就是一个正与负的二元结构(正面的价值判断/负面的价值判断)。我们或许能从《宋书》的相关史料里找到一些解读这个二元结构的线索。

刘义庆毕竟是刘宋皇室成员,刘裕、刘义隆均待他不薄,他不会对刘裕、刘义隆的为政思想和"东晋败亡论"置若罔闻,他的政治立场不会与之有异。刘裕即将登基时,禅位的晋恭帝发布诏书,其中承认"晋道陵迟,仍世多故"(《宋书·武帝本纪中》),换言之,东晋政权在治国理政上出现很多问题,产生一连串危机,这可以说是刘宋政权要取而代之的逻辑起点。刘义庆不会不在其政治生涯中时时思考。

刘裕登基后,一方面,"礼貌性"表示"晋朝款诚于下,天命不可以久淹,宸极不可以暂旷",自己就把政权接过来了;另一方面,刘裕在登大位时也说得明白:"晋自东迁,四维不振",导致"宗祀湮灭"(《宋书·武帝本纪下》),对东晋政权的政治作了反思和论断,这就是刘裕的"东晋败亡论",为刘宋政权的东晋论述定下基调。可见,思辨东晋"四维不振"的原因是当时的重要课题。刘义庆不会不在其政治生涯中时时留意。

到了刘义隆掌权,败亡的东晋依然是最高统治者要天下人引以为鉴的对象,故而要求臣下"各献说言,指陈得失"(《宋书·文帝本纪》)。值得注意的是,刘宋统治者对于晋朝尤其是东晋人物,心态是复杂的,比如,对东晋谢氏家族后人谢混(谢安的孙子),刘裕发现他依附异己势力,迅速铲除,毫不手软;对同是东晋谢氏家族后人的谢灵运(谢玄的孙子),刘义隆虽曾经表示赏识，但最后还是以谋反之名将他杀了。可另一方面，为了显示刘宋政权与东晋政权的承继关系（刘裕曾经还是东晋的臣子），又不能对东晋人物一概否定，于是，就有了刘裕上台后的一个很特别的举措："以奉晋故丞相王导、太傅谢安、大将军温峤、大司马陶侃、车骑将军谢玄之祀。"（《宋书·武帝本纪下》）换言之，刘宋政权对于此前一个朝代的政治是持基本否定态度的，对于此前一个朝代的人物却不敢轻易否定。但无论如何，均有是非判断。这是《世说新语》义理层面存在是与非二元结构的深层原因。刘义庆在这一点上与刘裕、刘义隆保持基本一致。

有一个小人物，可以帮助我们了解刘义庆对于文采风流、生性轻浮的人是持何种心态。这个人叫何长瑜，是谢灵运的好朋友。《宋书·刘义庆传》记载：刘义庆在任江州刺史时，他的身边就有"东海何长瑜"。换言之，何氏曾经是刘义庆的文胆之一。另据《宋书·谢灵运传》，何长瑜任刘义庆幕僚期间，曾以轻薄的口吻嘲笑同僚陆展等人，惹得"义庆大怒"，上报朝廷，将何氏打发到岭南去，成为"流人"。等到刘义庆去世之时，何氏仍在岭南，没有北归。这等于说，刘义庆到死也不愿再见此人（以刘义庆的权势，让何氏返回并非难事）。其决绝如此。比对何氏与谢灵运二人，颇多相似之处：同样具有文学才能（何氏曾是谢灵运族弟、南朝著名文学家谢惠连的老师），同样风流倜傥，同样偏激轻浮。何氏先依附谢灵运；谢灵运死后（谢卒于元嘉十年，433年），大概于元嘉十六年（439），何氏成为刘义庆的助手。按说，谢灵运故事甚多（仅《宋书·谢灵运传》就记载不少），曾几何时，熟悉谢灵运的何氏就在身边，刘义庆不会不了解谢的诸多往事。如果刘义庆是喜欢谢灵运的，他完全可以将更多谢灵运的故事编入书中，可是，《世说新语》里，谢灵运的故事仅有一则，而且是负面的（见言语门第一〇八则，讲谢灵运的举止很造作）。刘义庆对谢灵运的评价不言而喻。

其实，若论言行举止，谢灵运与谢玄、谢安乃至于王导、王衍等，可谓风神互接、一脉相承；而王导、王衍等又与"竹林七贤"、正始名士等精神相通，"善于清谈"就成了他们共同的标签。据《宋书·谢灵运传》，谢灵运的性格是多面的，如他"性奢豪，车服鲜丽"，这与谢玄讲究服饰是近似的；他喜欢"肆意游遨"，这与谢安的"东山之乐"是近似的；他对于公务粗枝大叶，无所用心，这与大大咧咧的谢万（谢安之弟）是近似的。《世说新语》里谢氏家族的类似故事也甚多。因此，刘宋政权尤其是宋文帝刘义隆在使用谢灵运的问题上是极有保留的，《宋书·谢灵运传》写得明白："灵运为性偏激，多愆礼度，朝廷唯以文义处之，不以应实相许。"换言之，谢灵运的轻浮性格很不利于他的仕途发展，他是被朝廷控制使用的，真正具有实权的事情不会安排他去做。其中，"多愆礼度"四字是其要害，指违背常情礼法、举止失度；反观《世说新语》，里面"多愆礼度"的故事所在多有，这能不引起我们的格外注意吗？

刘义庆对谢灵运的否定态度，使我们得以管中窥豹，重新审视其编写心态。可以说，刘义庆对于"魏晋风流"是时刻在反思着的，虽不能说一概否定（他作为爱好文义的人，且喜欢与文学之士打交道，对于素雅、机智、辩才等，还是能够赏识的，如同宋文帝刘义隆也要侧重于利用谢灵运的文义一样），但也不是盲目欣赏，更不是以之作为名士养成的教科书。只要思考《世说新语》全书为何有一个内在的正负二元结构，就会明白这是一部充满着反思意味的大书，内含着刘宋政权的东晋论述。

这就是我在介绍《世说新语》的成书背景和编写心态时最想揭示的一点。

三、关于《世说新语别裁详解》的几句赘语

《世说新语》的文本性质是一部汉魏至东晋末年名士们的言行碎片的类编（少数人物生活至刘宋时代）。

这里强调是碎片，即希望读者先要有一个心理准备，或者说，不妨调整一下自己的阅读期待，不宜抱着追连续性故事的心态来看，书中的名士言行往往是无头无尾的，或是零零碎碎的，更有些是字都认识就是不知说什么的。本书的释义和释读力求帮助读者解决诸如此类的问题。

如果孤立地看某个人的单个故事，有时会觉得此人颇有气质，很显个性；然而，如果把他的故事综合起来看，尤其是考察其一生的出处行藏、得失成败，结论就可能不一样了。他们的各种故事，可以释读出不同的侧面，有可以学习的，有值得借鉴的，有应该引以为戒的，也会有要进一步反思的，等等。

同时，不必将书里的人物都视为古人楷模，他们的性格丰富复杂，雅俗兼备；优点可谓优到极致，缺点甚至坏到不可收拾，本书的"编选者言"会做一些适当的点评，以期明辨是非得失。

本书在编写过程中，主要参考了如下著作：张万起、刘尚慈《世说新语译注》（中华书局，2009年），余嘉锡《世说新语笺疏》（中华书局，2011年），龚斌《世说新语校释》（上海古

籍出版社，2011年），徐传武校点《世说新语》（上海古籍出版社，2013年），朱碧莲《世说新语详解》（上海古籍出版社，2013年），张永言主编《世说新语辞典》（四川人民出版社，1992年），毛德富、段书伟等译《世说新语》（中州古籍出版社，2017年），董志翘、冯青《世说新语笺注》（江苏人民出版社，2019年）。其中，原文及其标点主要依据余嘉锡《世说新语笺疏》而有所订正，人名检索得益于徐传武校点《世说新语》所附之"人名索引"。谨此说明，一并致以衷心感谢！

董上德
2020年8月8日

壹

卷壹 正始名士（曹魏时期）

导语

正始，是魏齐王曹芳在位时的年号，起止时间是公元240—249年。曹芳，是魏明帝曹叡的养子，名义上算是魏文帝曹丕的孙子。他八岁登基，年纪尚幼，实际掌权的是曹魏宗室的曹爽（曹操族孙）。

所谓"正始名士"，指活跃于正始年间以谈论玄学（主要对象是《周易》《老子》《庄子》，其中涉及玄而又玄的学理，故称玄学）出名的人物，何晏、王弼、夏侯玄是其代表。其中，何晏、夏侯玄同属曹爽政治集团的核心成员。嘉平元年（249），何晏与曹爽均被发动政变的司马懿所杀，王弼也因急病卒于此年。夏侯玄则于嘉平六年（254）被司马懿之子司马师杀害。

东晋袁宏撰《名士传》，其"正始名士"部分收录以上三人的传记（原书已佚）。三人在玄学方面造诣颇深，尤其是何晏、王弼，他们的谈玄引领着两晋的学风，深刻影响了士大夫们的精神世界。他们是玄学的开创者，也是后世清谈家的偶像。他们的言谈及其方式被尊为"正始之音"。

至于夏侯玄，他对后世的主要影响不在学术方面，而是在行为举止上成为不少名士模仿的对象。所谓"魏晋风度"，如刚正孤傲、处变不惊、玉树临风等，夏侯玄可做标本。

换言之，这几位正始名士开启了一个从外在姿态到内在心态都显然有别于以往的个性化处世样式。

一 何晏

何晏（？—249），字平叔，南阳宛县（今河南南阳）人。三国时曹魏大臣，东汉大将军何进之孙（一说是何进弟何苗之孙）。其父早逝，生母尹氏改嫁曹操，故曹操是其继父；从少年时代开始，何晏是在曹操的爱护和影响之下长大的。

在魏文帝曹丕在位期间，何晏与曹丕有矛盾，无所任事，相当失意。正始年间，他与掌控实权的曹爽交好，被委以重任，负责官员的提拔。司马懿伺机铲除曹爽势力，何晏被杀，死于非命。

何晏以才秀知名，在儒学、玄学方面均有较高修养，著有《论语集解》《道德论》等。他是魏晋玄学的奠基者之一。

1. 何晏七岁，明惠若神，**魏武**①奇爱之。因晏在宫内，欲以为子。晏乃画地令方，自处其中。人问其故，答曰："何氏之庐也。"魏武知之，即遣还。（夙惠2）

世说新语别裁详解

正始名士

释义

①魏武：魏武帝的略称，即曹操（东汉末年封为魏王）。其子曹丕代汉称帝，追尊曹操为武皇帝。故称魏武帝。

释读

何晏七岁时，已经显得特别聪明灵慧，被视为神童。曹操格外喜欢他。年纪尚小的何晏当时依随母亲在曹操的宫内生活，曹操一度想认何晏为子。可是，忽然有一天，何晏在地上画了一个方形，自己置身其中。有人问他是什么意思，他说："这就是我何氏之家。"曹操得知后，放弃认何晏为子的想法，随即将他送回亲戚家。

何晏的先辈何进等人是东汉末年的实权人物，何家曾是显赫一时的权贵之家，何晏以姓何为荣，这是他不愿意被曹操认作儿子的原因之一。

《世说新语》唐写本此条所录刘孝标的注文，颇为详细，有些细节不见于如今的通行本，说何晏平时的服饰模仿世子曹丕，曹丕"特憎之"，即特别厌恶何晏，又不称呼他的名字，经常直叫何晏为"假子"。以上描述，也可以在《三国志·魏书·何晏传》裴松之的注文里看到。可以想见，何晏平时受到曹丕的歧视和侮辱，心有不平，这是他不愿意被曹操认作儿子的原因之二。

何晏自小就与曹丕有矛盾，在曹丕掌权时期，他不受重用，相当失意。何晏的官运是在曹丕死后才亨通起来的。

故事里的何晏，在家族认同方面有着十分强烈的自主意识，小小年纪就表现出"画地为庐"的行为艺术，的确有其不凡之处。

2 何平叔云:"服五石散①,非唯治病,亦觉神明开朗。"(言语14)

释义

①五石散:药名,以石钟乳、石硫黄、白石英、紫石英、赤石脂为主组方配成。药性极"热",服用者需要吃冷的食物加以调剂(只有酒是例外,要热饮),故又称为"寒食散"。据说,此方始于汉代,但使用者不多;何晏服用后,"首获神效",于是逐步推广,尤其是在士大夫阶层成为时尚,服食者越来越多。

释读

何晏曾经说:"服用五石散,不是仅仅用来治病的;就是平时没病,服用之后,也会觉得神清气爽、心情舒畅。"

身为贵公子,何晏生活条件优厚,又喜欢声色之乐,放纵欲望,从"神明开朗"的服用效果看,五石散在某种程度上属于今天所说的精神科药物,甚或说就是毒品。鲁迅《魏晋风度及文章与药及酒之关系》里面提到的"药",主要指的是五石散。何晏是服用此药的祖师爷。

何晏还是一位很重要的玄学家,谈论玄学,需要很强的思辨能力,要思路敏锐,思考深入,见解独特,或许他所说的"神明开朗"的状态也与此有关。

但无论如何,何晏这种服药的行为会产生很大的副作用。魏晋时期,不少名士效法何晏,以服药为风雅,导致行为怪异,鲁迅的上述文章有过精到的分析,不妨参看。

一 何曼

3 何平叔注《老子》①，始成，诣王辅嗣。见王《注》精奇，乃神伏②曰："若斯人③，可与论天人之际④矣！"因以所注为《道》《德》二论⑤。（文学7）

释义

①《老子》：相传是春秋时期老子的著作，后称《道德经》。原或以《德经》《道经》为序，后来在传抄过程中常见《道经》（共三十七章）在前，《德经》（共四十四章）在后。何晏的《道》《德》二论与这一次序相对应。

②神伏：极为佩服，甘拜下风。

③斯人：此人。

④天人之际：指大自然与人类社会之间的相互依存关系。出自司马迁《报任安书》："究天人之际，通古今之变，成一家之言。"在古人心目中，探究天道与人事的关系是学问的最高境界。

⑤《道》《德》二论：此处指何晏将自己原来对《老子》的注释文字加以整合、改写，成了两篇专论，相对独立于《老子》文本之外。

释读

何晏是精研《老子》的专家，他注释此书，刚刚完成全稿，去王弼家，见到王弼也在注释《老子》；王的注解十分精确、独到，令人耳目一新。看过之后，何晏极为佩服，甘拜下风，感叹说："像王弼这样的人，才有资格和我探究天道与人事的关系问题啊！"知道自己的注释还不如王弼，于是，何晏调整写作策略，将自己的注释文字整理、改写为《道论》和《德论》两篇文章。

王弼注释《老子》的著作，今天仍在流传，是研读《老子》的必读书之一。由此可以证明王弼有真知灼见，亦能旁证何晏当年的判断力。

更为难得的是，何晏作为身居高位的前辈，能够谦逊地自认不如晚辈王弼，有这样的气量和识见，可以说是古今少见。

遇到何晏，是王弼一生的幸事。王弼注释《老子》的著作得以传世，何晏自有识拔之功。二人的交往成为学术史上的一段佳话。

4 何晏注《老子》未毕，见王弼自说注《老子》旨①。何意多所短②，不复得作声，但应诺诺③，遂不复注，因作《道》《德》论。（文学10）

释义

①注《老子》旨：注释《老子》的宗旨和心得。
②短：此处指不足、欠缺。
③诺诺：连连表示同意的样子。

释读

何晏注释《老子》，还没有完成全稿，某天，见到王弼，听他自述注释《老子》的宗旨和心得；何晏听着听着，觉得自己在理解和注释《老子》方面不如王弼的地方还真不少，有很多不足和欠缺，一边听，一边连连表示赞同，而插不上嘴。于是，何晏调整写作策略，不再继续注释工作，改为写作《道论》和《德论》。

此与上一则颇有异同。上一则讲的是何晏已经写出全稿，而此处却说尚未完成；上一则写的是何晏见到王弼的书稿，表示佩服，而此处却是说何晏听王弼自述见解。可见是同一件事情，有两种传闻。然而，二者并不矛盾，主要的意思是一样的，都是描述王弼的高明，以及何晏的谦逊。

《世说新语》出现同一件事的异文（类似于不同版本），一则说明在编写者看来这一件事很重要，哪怕有两种说法，也要同时收录，不可遗漏；一则说明编写者在甄别材料时颇感为难，不知哪一条最为接近真相，为审慎起见，只好并存，以待高明。

5 何平叔美姿仪，面至白；魏明帝①疑其傅粉。正夏月，与热汤饼②。既啖，大汗出，以朱衣自拭，色转皎然③。（容止2）

释义

①魏明帝：曹丕的儿子曹叡（ruì），曹丕去世后继位。
②热汤饼：即热汤面。
③皎然：洁白的样子。

释读

何晏姿容俊美，脸特别白净，魏明帝曹叡怀疑他脸上涂了粉。正好是夏天，故意让何晏吃刚煮好的热汤面。吃完后，出了大汗，何晏以红色的朝服擦脸，脸显得更白了。

论辈分，何晏是魏明帝曹叡的长辈。宫禁森严，身为晚辈的曹叡不大知道何晏的生活细节是可能的。这则故事以生动的文笔写出何晏长得白净，是一位面容姣好的美男子。

何晏是服食五石散的祖师爷，五石散的功效之一是令皮肤变得更薄。他的白净脸庞是否也与此有关呢？

不论如何，有史料可以证明，何晏是比较自恋的，说他"行步顾影"，即便平时走路也相当注意步姿步态，阳刚似乎说不上，阴柔之气倒是有一些。

6 何晏、邓飏①、夏侯玄并求傅嘏②交，而嘏终不许。诸人乃因荀粲③说合之，谓嘏曰："夏侯太初一时之杰士，虚心于子，而卿意怀不可交。合则好成，不合则致隙④。二贤若穆⑤，则国之休⑥，此蔺相如所以下廉颇也。"傅曰："夏侯太初志大心劳，能合虚誉，诚所谓利口覆国⑦之人。何晏、邓飏有为而躁，博而寡要⑧，外好利而内无关龠⑨，贵同恶异，多言而妒前⑩。多言多衅，妒前无亲。以吾观之：此三贤者，皆败德之人耳！远之犹恐罹祸⑪，况可亲之邪？"后皆如其言。（识鉴3）

|| **释义**

①邓飏：三国魏南阳郡（今河南南阳）人，曾任颍川太守、侍中、尚书等官职。为人虚浮、贪婪，与曹爽结党，被司马懿杀害。

②傅嘏：三国魏北地泥阳（今陕西铜川耀州）人。正始年间，任尚书郎、黄门侍郎等官职。对朝廷多有建言，享有名望。

③荀粲：三国魏颍川颍阴（今河南许昌）人。荀彧的小儿

子。与傅嘏交好，同时也是夏侯玄的朋友。

④致隙：导致裂痕、隔阂。

⑤穆：和睦。

⑥休：吉庆、和美。

⑦利口覆国：意谓巧言令色，夸夸其谈，却并无实干能力，乃至祸害国家。语出《论语·阳货》："恶利口之覆邦家者。"

⑧博而寡要：知识面广而不得要领。

⑨关籥（yuè）：本指门闩和锁钥，此处转义为约束、底线。

⑩妒前：妒忌超过自己的人。

⑪罹（lí）祸：遇到祸害。

释读

何晏、邓飏、夏侯玄相约一起请求跟傅嘏交好，而傅嘏始终不肯。他们于是转而求荀粲帮忙疏通，说些好话。荀粲对傅嘏说："夏侯玄是当今杰出人士，对您也很谦恭仰慕，可是您抱有成见，不与他交往。其实，相互交往会做成事情，不交往就容易产生误会和隔阂。贤者与贤者如果和睦相处，是国家之幸。这就是蔺相如忍让廉颇、避免冲突的缘由。"傅嘏回应道："夏侯玄志向颇大而心思过重，有才能，积累了一些虚名，可此人正是个嘴巴厉害、多言误国的人。何晏、邓飏，希冀有所作为但躁动不安，学问广博却不得要领；外则贪图利益，内则心无底线；意见相同的结为团伙，意见相异的排斥打击；以善于言谈著称，而妒忌比自己厉害的人；炫耀自己善于言谈，也时时因言谈与人结怨；嫉恨超过自己的人，到头来没有亲近的朋友。在我看来，这三个所谓贤者，全是品德败坏之人。我怕祸及自身，避之唯恐不及，怎么可能还要跟他们接近呢？"此后，上述三人的处世经历和下场，都一一被傅嘏说中了。

这一则文字，在《世说新语》中具有十分重要的指标性意义。

在此书识鉴门的语境里，傅嘏是正面人物，是一位目光敏锐、见解卓越的"预言家"，他没有被何晏、邓飏、夏侯玄等人的虚誉所迷惑，不认为他们的滔滔口才可以治理国家；更为尖锐的是，他并非随意做出判断，而是依据自己的观察，以及对何晏等人的性格特点、行为习惯的分析，认定他们正因为口才特好反而更不利于国家，即所谓"利口覆国"。

通观魏晋时期，诸多名士都是以何晏等正始名士为榜样的。刘义庆在编写《世说新语》时，十分在意研讨东晋王朝拥有那么多声誉日隆的名士政治家却终于败亡的原因，在某种意义上说，刘义庆是一位结果论者。我们要特别注意这一则文字的最后一句话"后皆如其言"。历史无情，无可辩驳，何晏等人尽管名气甚大，也似乎满肚子学问，但由于性格的缺陷、品德的败坏，以及结党营私的罪行，最终落得身败名裂的下场；曹魏政权走向覆灭，他们也要承担一定的历史责任。与之对照的是，东晋的一批名士政治家盲目推崇正始名士，没有从他们身上吸取应有的历史教训，同样是以清谈来招摇过市，甚至忙于政治门阀之间的争斗，没有几个人是真心从事北伐大业、以求恢复中原失地的；东晋政权走向覆灭，他们也要承担一定的历史责任。

从曹魏到东晋的历史，若贯通起来看，就可以明白，《世说新语》的编写者是在反思这历史长河里不同时期的名士们的种种言行，虽然并非一概否定（对于"名士风流"里一些具有文化史价值的东西还是适当肯定的），但更多的是借助书中的各个类别的故事，让读者看清楚人性之复杂多样，以及名士们的虚誉（生前的世俗名声）和下场（身后的历史评价）之间的严重错位。

故此，何晏等人被傅嘏预言的这一则文字，以及编写者特意加上的"后皆如其言"一句，值得我们三思，所谓指标性意义就在这里了。

这一则文字，是解读整部《世说新语》的一把钥匙。

7 〉何晏、邓飏令管辂①作卦②，云："不知位至三公③不？"卦成，辂称引古义④，深以戒之。飏曰："此老生之常谈。"晏曰："知几其神乎⑤！古人以为难。交疏吐诚⑥，今人以为难。今君一面尽二难之道，可谓'明德惟馨⑦'。《诗》不云乎：'中心藏之，何日忘之⑧！'"（规箴6）

释义

①管辂（lù）：三国魏时的命理家，精通术数。

②作卦：以占卜的方式求得卦象。

③三公：曹魏时期官阶最高的太尉、司徒、司空的合称。

④古义：此指与卦象相联系的《周易》的义理。

⑤知几其神乎：能够洞悉先机，几乎是神才能做到的。几，指微妙的、不容易察觉的变化征兆。

⑥交疏吐诚：尽管交情尚浅，但能吐露肺腑之言。

⑦明德惟馨：意谓完美的德行，具有感染力，传扬不衰，好像香气远播一样。语出《左传·僖公五年》引《周书》。

⑧中心藏之，何日忘之：《诗经》名句，见《诗经·小雅·隰桑》。意谓藏于心底，一日不忘。此处何晏引用，一则表示不忘记管辂的点拨之恩，一则表示不忘记卦象所隐含的《周易》的义理。

释读

何晏、邓飏知道管辂谙熟《周易》，叫他帮忙占卜，说："不知能否达至三公的高位呢？"管辂占卦完毕，将得到的卦象与《周易》的义理相联系，提醒二人要据此义理而知进退，意在有所劝诫。邓飏听后，觉得没有新意，说："这些都是老生常谈而已。"何晏不同意，说："得悉极其微妙的预兆，几乎是神才能做到的，古人以此为难；交情不深而尽说实话，吐露肺腑之言，今人也以此为难。如今，我们只是与管君初次见面，管君已经将公认的两种难事都做到了，太不容易了，可以说是'明德惟馨'啊！《诗经》不是说过吗：'中心藏之，何日忘之！'"

就学养而言，邓飏明显不及何晏。何晏也算是一个明白人，他读书多，管辂借卦象点拨一下，他就领会了，言谈之间，还不无书卷气，引经据典，随口而出。可是，何晏又是一个知行不能合一的人，理论上，他知道的很多，可在实际的人生里却不能贯彻，出现了知与行的严重错位。

何晏和邓飏都是官迷，否则就不会占卦关心自己日后是否可以升官，而且是以三公为目标；二人都是读书人，表面上知书达理，可实际上不做正人君子，而是与曹爽等人沆瀣一气，结党营私，终至死于权力恶斗，不能尽其天命。

深懂《易》理古义的何晏，自己性命也保不住，做不到明哲保身，令人深长思之。

编选者言

何晏既是学者，又是政客。他出自高门大族，又受到位高权重的曹操的深刻影响，其身上的权贵做派是显而易见的。

作为学者，何晏饱学识，有著作，且留下了谦让后辈的佳话，不能说他一无是处。虽然他在生活作风上不无可议之处，兼有矫揉造作的毛病，但是，他与王弼开创的玄学研究在古代哲学史上占有一席之地，这是不能否定的。阅读《世说新语》，经常会接触到"正始之音"一词，何晏、王弼就是其主要代表。

可作为政客，何晏颇多劣迹。查阅《三国志·魏书·何晏传》，史家对何晏的评价基本负面。究其原因，是他在正始年间伙同手握朝政大权的曹爽做了不少坏事；狐假虎威，党同伐异，尤其是利用吏部尚书的权力卖官鬻爵，满足私欲，为世人所不齿。

何晏从小生活在某种人际关系的夹缝里，特别是他与曹丕互不服气，结下仇怨。因为受到曹丕的排挤和侮辱，他深知权力的重要性；等到曹丕死后，机会来了，他攀附曹爽，拥抱权力，为所欲为，其人生随之下沉，以致不能善终。

二 王弼

王弼（226—249），字辅嗣，三国魏山阳（今河南焦作）人。其祖父王凯是三国时刘表的女婿，文学家王粲的堂兄弟。其父王业，过继给王粲。王粲曾得到东汉大文豪蔡邕的器重，蔡邕临终前将自己的毕生藏书赠予王粲；王粲过世后，这批藏书归属王业。故而，王弼的成长成才离不开优越的读书条件和良好的家族环境。

王弼与何晏相似，儒学与玄学并重，他对儒学中的《周易》和玄学中的《老子》尤其深造有得，著有《周易注》《老子注》等，这一类著述已经成为中国古代哲学史上的权威注本。他对经典的注释，内含着他的哲学观念，对后世产生较大影响。

王弼是一位早熟的学者，可惜英年早逝，去世时年仅二十四岁。

1. 何晏为吏部尚书①,有位望,时谈客盈坐。王弼未弱冠②,往见之。晏闻弼名,因条③向者胜理④语弼曰:"此理仆⑤以为极⑥,可得复难不⑦?"弼便作难⑧,一坐人便以为屈⑨。于是,弼自为客主⑩数番,皆一坐所不及。(文学6)

释义

①吏部尚书:职官名,负责选拔、任用官员。

②弱冠:代指二十岁(古代男子,二十岁行冠礼,表示成人)。

③条:本指"条理",此处用作动词,意谓将某人论辩的理据逐条复述出来。

④胜理:指辩论中胜出的一方所使用的理据。

⑤仆:表示自谦的第一人称。

⑥极:此处特指某人的辩论水平已经达到了极致,暗示难以超越。

⑦复难(nàn):指再次发起辩难。不:通"否"。

⑧作难(nàn):指正式发起驳难。

⑨屈:服输,转义为"佩服"。

⑩自为客主:指一个人身兼辩论的正反双方,一方为主,一方为客。

释读

正始年间,何晏出任吏部尚书,地位和声望都很高。何晏又是一位著名的谈玄高手,于是,当时的一批谈客围绕在他的身边,经常出现高朋满座的场面。王弼那时还未满二十岁,前往何府拜见。何晏早已知道年纪轻轻的王弼有一定的名声,刚刚结束了一场精彩的辩论，何晏就将胜出一方的理据逐条向王弼复述，并说："我以为这样的论辩精彩绝伦。你可否从头开始再来驳难一次呢？"王弼接过话头，随即发起辩难，条分缕析，见解精到，满座的人无不佩服。随后，王弼一人身兼辩论的正反双方，难度更高，可一路下来，精彩纷呈，胜义迭出；而且，辩论的套路并不单一，而是有数番之多，可谓挑战论辩的极限，让所有在座的人自认不及。

在这一个清谈的场面里，临时加入的王弼是最抢眼的亮点。年纪轻轻，舌战群儒。他似乎没有准备，可话题一来，马上进入状态；尤其是在高难度的论辩中奇峰突起，披荆斩棘，雄辩滔滔。而到了"自为客主"的环节，简直是在挑战极限，一轮又一轮，不出纰漏，严谨缜密，令人惊叹不已。

其实，何晏是在暗中考验王弼，在满座高手面前，给予王弼一个难得的机会，得以大显身手。当然，何晏也不无诡谲的心思，试想，初次见面，并不知道王弼的根底，竟让这位未满二十岁的年轻人一下子就参与高峰论坛，着实是给王弼出了极大的难题。

王弼是早熟的思想家，在众多比他年长的人面前毫不胆怯，凭着自己的实力，尽情表演了一番，精彩地诠释了"后生可畏"这个词。

2 王辅嗣弱冠诣①裴徽②，徽问曰："夫无③者，诚万物之所资④，圣人莫肯⑤致言，而老子申之⑥无已，何邪？"弼曰："圣人体无，无又不可以训⑦，故言必及有⑧；老、庄未免于有，恒训其所不足。"（文学8）

释义

①诣：到，旧时特指到尊长那里去。

②裴徽：三国魏大臣，曾任吏部郎、冀州刺史等职，又是当时知名的玄学家。他的儿子裴楷、侄子裴秀均为西晋早期的清谈家。

③无：中国哲学术语，指天地万物的运行规律，与"有"相对待。"有"是看得见的，是物质形态；"无"是看不见的，是非物质形态，但不是"没有"。

④万物之所资：万物赖以运行的法则。

⑤莫肯：没有一个肯（发表关于"无"的言说）。此处的"圣人"或以为特指孔子，但据语气和"莫"字的使用，应是指复数的"圣人"，比如孔、孟。

⑥申之：此处指阐释"无"的价值。申，说明，阐释。

⑦训：解释词义。

⑧有：中国哲学术语，指可以看得见的天地万物，即客观世界。

释读

王弼二十岁时去拜访裴徽，裴徽跟他讨论"无"与"有"的玄学问题："所谓'无'，本是万事万物赖以存在的依据，可圣人都不愿意就此发表见解；老子却不厌其烦地阐释'无'，是什么原因呢？"王弼回答道："圣人是能够体察领悟到'无'的，但'无'过于抽象，不可以诉诸语言，所以圣人以具象化的'有'来帮助阐释。老子和庄子也不会看不到具象化的'有'，只是他们常常补充和揭示'有'所阐释不到的意义。"

裴徽是王弼父亲王业的同僚。王业做尚书郎，裴徽是吏部郎。有了这重关系，已经二十岁的王弼去见裴徽，就不会显得突兀。这时的王弼，学问水平已经相当高，作为清谈家的裴徽自然觉得是棋逢对手，于是抛出一个玄学领域的难题来问王弼。

《老子》第四十章明确指出："天下之物生于有，有生于无。"今传王弼注《老子》，写道："天下之物，皆以有为生；有之所始，以无为本。"换言之，王弼认为具有蓬勃生机的"天下之物"的表现形态就是"有"，而天下万物之所以一一产生，是依赖看不见、摸不着的"无"，即事物运行的规律才能实现，这才是本源。比如，春种秋收，年复一年，这就是农业的运行法则，它是非物质形态的。在王弼看来，"有"属于物质形态；"无"属于非物质形态，但不等于没有或不存在。"有"和"无"处于不同的存在的层面上，二者是相辅相成的，并不矛盾。就哲学而言，"有"属于存在的表层结构，"无"属于存在的深层结构；前者类似于硬件，后者类似于软件。只有认识到"有"与"无"的关系，才能够全面深刻地认知世界。

这一则文字里的"老、庄未免于有，恒训其所不足"，揭示出一个古代思想发展史上的新现象：在正始年间，像王弼这样的思想家意识到老子、庄子（尤其是老子）偏于言说天下万物的运行规律（即"无"），而儒家偏于言说世俗社会的种种现象（即"有"），认为前者是对后者的重要补足。这就开了后世"儒道互补"论的先河。

或许从这个故事可以推测为什么何晏会特别佩服王弼的《老子注》。王弼的注，以及他回答裴徽的话，都反映出他不是以"老"解"老"，而是将儒家（以孔孟为代表）与道家（以老庄为代表）联系起来思考，发现二者的互补关系。须知，王弼与何晏均为儒学修养很深的学者（都注释过儒家经典），可在发现儒道互补的认识问题上，王弼是领先一步的。

编选者言

王弼在《世说新语》里的故事不多，这与他过早去世有关。在魏晋时期，他与何晏齐名，常见"王何"并称，王弼居前。在哲学史上，王弼的影响要大于何晏。

王弼有此成就，除了天分之外，还要充分留意他的成长环境。他的父亲王业，承继了东汉大学问家蔡邕的藏书，这对于王弼的学问的养成极为有利。王弼与玄学名家何晏、裴徽等生活在同一时代，相互的切磋和启发，对尚处于年少阶段的王弼而言，也是促使他思想早熟的一个不可忽视的因素。

《三国志·魏书·钟会传》附有王弼的简要小传，说"（王）弼好论儒道，辞才逸辩，注《易》及《老子》，为尚书郎，年二十余卒"。其中，"好论儒道"四字可圈可点，这是王弼治学的特点，即没有将儒家和道家各自孤立起来，而是发现二者之间的区别与联系，尤其是从儒家经典《周易》与道家经典《老子》之间寻找二者的相关性，这是他注释《周易》和《老子》的重要收获。他能够得出"老、庄未免于有，恒训其所不足"的认识，与此有关。他没有将"无"与"有"对立起来，比当时各执一端的学者要高明很多。

裴松之于王弼小传之后加注释，说王弼进入仕途做官，其行政能力较差，而且又不大用心。他有性格缺陷，"颇以所长笑人"，即为人骄傲，自以为玄学是其所长，不把他人放在眼里。所以，他的人缘相当不好。

王弼年寿不永，很可惜；他表现出虚骄之气，很不智。儒家有"满招损，谦受益"（《尚书·大禹谟》）的名句；《周易》第十五卦为谦卦，王弼自己注释过的，不会不懂"谦：亨，君子有终"的意思。这位很有哲学智慧的年轻人却"颇以所长笑人",这也说明知固不易,行则更难。

三　夏侯玄

夏侯玄（209—254），字太初（亦作"泰初"），三国魏沛国谯县（今安徽亳州）人。三国时征南大将军夏侯尚之子，大将军曹爽的表弟。在魏齐王曹芳继位后参与军国要事，是曹爽的心腹之一。

在司马师掌权时期，夏侯玄卷入凶险的政治旋涡，被处死刑，终年四十六岁。

夏侯玄仪表出众，博学多识，著有《乐毅论》等。与何晏交好，是魏晋玄学的奠基人之一。

1〉夏侯泰初与广陵①陈本②善。本与玄在本母前宴饮，本弟骞③行还④，径入，至堂户⑤。泰初因起曰："可得同，不可得而杂⑥。"（方正7）

释义

①广陵：古郡名，其治所在今江苏扬州。

②陈本：三国魏临淮东阳（古代属于广陵郡，今安徽天长）人，历任郡守、九卿等职。

③骞：陈骞，陈本的弟弟。三国魏临淮东阳人，历任尚书郎、安平太守、大司马等职。晋武帝司马炎掌权后，陈骞深得司马炎的信任和重用，位极人臣，并享高寿（享年八十一岁）。

④行还：外出还家。

⑤堂户：客厅门口。

⑥可得同，不可得而杂：与自己相得的人在一起，是自然的；跟不能相得的人凑在一起，是不可以的。得，指相得，关系融洽。杂，指混杂，此处指勉强凑在一起。

释读

夏侯玄和广陵的陈本交情甚好。一次，夏侯玄造访陈家，与陈本在陈母面前一同喝酒。刚好陈本弟弟陈骞外出返家，直奔里屋，来至客厅门口。夏侯玄随即站起来告辞："与自己相得的人在一起，是自然的；跟不能相得的人凑在一起，是不可以的。"

夏侯玄的孤傲性格使得他在择友方面十分严苛。据史料记载，陈骞其人，心思很多，为人滑稽。其兄陈本，颇识大体，处事严谨。这是夏侯玄喜欢陈本、讨厌陈骞的原因。

夏侯玄是懂得礼仪的人，可他在陈本的母亲也在场的情形之下突兀地起身而去，说明他对陈骞已经厌恶到极点（陈骞终其一生，是司马氏父子的红人，这或许是夏侯玄早就看在眼里的）。夏侯玄的性格除了孤傲，还相当峻刻。

2 夏侯太初尝倚柱作书①。时大雨，霹雳破所倚柱，衣服焦然②，神色无变，书亦如故。宾客左右，皆跌荡③不得住④。

（雅量3）

释义

①作书：此处指（在墙壁上）题字，"书"字用作名词。下文的"书亦如故"的"书"，也是指题字（书写），用作动词。

②焦然：烧焦了的样子。

③跌荡：此处指众人失魂落魄、东倒西歪的样子。

④不得住：指众人心惊胆战、难以平复的样子。

释读

夏侯玄有一次背靠廊柱在墙壁上题字。当时，大雨倾盆，电闪雷鸣，那柱子遭受电击而破损，夏侯玄的衣服也被电火烧焦，可他神色泰然，面不改色，继续题字。身边众宾客却心惊胆战、东倒西歪、难以平复。

在这里，夏侯玄与众宾客形成鲜明对比，前者遇事不慌，镇定自若，视如平常；而后者则惊恐万状，纷纷失态，有如大难临头。可见心理素质差别很大。

在正始名士中，心理素质比较过硬的首推夏侯玄。这对日后的"魏晋风度"产生重要影响。"魏晋风度"的内涵之一就是遇事不慌，处变不惊，镇定自若，毫不失态。在这一方面，我们读嵇康、谢安等人的故事将会有更深的认识。

三 夏侯玄

041

3 魏明帝使后弟①毛曾②与夏侯玄共坐，时人谓"蒹葭③倚玉树④"。（容止3）

释义

①后弟：皇后的弟弟。
②毛曾：魏明帝毛皇后的弟弟。曾任驸马都尉、散骑常侍等职。
③蒹葭：芦苇。
④玉树：传说中的仙树，用以比喻人姿容出众、坚挺不拔。

释读

魏明帝曹叡安排夏侯玄与皇后弟弟毛曾挨着坐，当时就有人评议说：这简直是"芦苇傍玉树"。

曹魏时期，常用的坐具是床（当时尚无椅子之类的坐具）。两人同坐在床上，就是共坐。可以想见，这是一个非正式场合，有些私人性质，魏明帝态度比较随意，才会让二人共坐。

可在外人看来，就觉得有些不可思议：二人的气质相差太大，坐到一起，很不般配，于是用"芦苇傍玉树"做比喻。芦苇随风摇摆不定，而玉树临风坚挺不拔。一贬一褒，正说明人们对毛曾和夏侯玄的评价迥异。据史书记载，夏侯玄鄙视毛曾仰仗皇后而气焰嚣张，不给他好脸色，惹得魏明帝不高兴，被降职了。

4 夏侯玄既被桎梏①，时钟毓②为廷尉③，钟会④先不与玄相知，因便狎⑤之。玄曰："虽复刑余之人⑥，未敢闻命！"考掠⑦初无⑧一言，临刑东市⑨，颜色⑩不异。（方正6）

释义

①桎梏（zhì gù）：桎，脚镣；梏，木制的手铐；此处活用为动词。

②钟毓（yù）：魏太傅钟繇（yóu）的长子。历任廷尉、刺史、都督等职。

③廷尉：掌管刑狱的官员。

④钟会：魏太傅钟繇的少子，钟毓的弟弟。

⑤狎（xiá）：戏弄。

⑥刑余之人：受过刑的人。

⑦考掠：拷打。

⑧初无：魏晋时，"初"与否定词连用，如"初无"表示"全无""都无"。

⑨东市：汉代的长安东市，是处决死刑犯的所在地，代指刑场。

⑩颜色：脸色。

释读

夏侯玄被收捕，戴上脚镣和手铐，当时，担任廷尉、负责刑狱的是钟毓。钟毓的弟弟钟会本来跟夏侯玄没有交情，趁着夏侯玄落难，当面戏弄他。夏侯玄见状，说："我虽然现在成了受过刑的人，但你要戏弄我，没门儿！"他遭受拷打，始终不吭一声，不发一言；绑赴刑场，脸色不改。

此事发生在曹爽、何晏等人被司马懿杀害之后。尽管夏侯玄与曹、何等人结为同党，但司马懿没有杀他。据《三国志·魏书·夏侯玄传》记载，夏侯玄与司马懿有一定的交往，在为政问题上，司马懿多次征询过夏侯玄的意见。司马懿死后,其子司马师掌握实权。夏侯玄卷入"中书令李丰谋反案"(史称李丰出于捍卫曹魏政权的立场,斥责司马氏"父子怀奸,将倾社稷"),司马师立杀李丰,也处夏侯玄死刑。

钟毓在曹爽得势的时候却颇为失意,受到曹爽的排挤。夏侯玄作为曹爽的同党,也曾十分风光。出于政治小团体之间的成见或积怨,钟毓的弟弟钟会乐得看见夏侯玄落得悲惨下场,故而有意戏弄,落井下石。有史料说,年少于夏侯玄的钟会,曾经想结交夏侯玄,但遭到拒绝;钟会实施报复,也是可能的。夏侯玄与曹魏宗室关系密切,又是玄学名家,根本不会将钟会放在眼里,也不会屈服于司马师的淫威,其孤傲、冷峻的举止表露出极大的蔑视和无声的抗辩。

5 时人①目夏侯太初"朗朗如日月之入怀",李安国②"颓唐③如玉山之将崩"。(容止4)

释义

①时人:同时代的人。

②李安国:曹魏大臣李丰,字安国。他因不满司马氏掌权,后被司马师杀害。死后抄家,家里没有多余的东西。

③颓唐:本指萎靡不振。据史书记载,李丰在朝廷做官时,"常多托疾",即装病数十天,然后又装病好了,反反复复,持续了几年时间;原来,朝廷有规定,如果请病假过一百天,就取消俸禄。故而,李丰装病以不超过一百天为限。(《三国志·魏书·夏侯玄传》裴松之注引《魏氏春秋》)

释读

同时代的人品评夏侯玄"为人磊落光明，如日月入怀"；而给李丰的评语是"装出病态如玉山快要倒塌的样子"。

李丰痛恨司马氏篡夺曹魏政权，终于被司马师杀害了。史书记载他长年装病，或许就与他的政治立场有关。故而，当时的人说他"颓唐"，有点客观描述的意味，未必是贬义，何况李丰是有名的清官。他与夏侯玄都死于司马师的淫威之下，二人并提，从语境看，上述评语只是强调二人的性格差异：夏侯玄不装，而李丰很会装。

称夏侯玄为玉树（见上一条），称李丰为玉山，评价都不低。

6 裴令公①目夏侯太初："肃肃②如入廊庙③中，不修敬而人自敬④。"一曰："如入宗庙⑤，琅琅⑥但见礼乐器。见钟士季，如观武库⑦，但睹矛戟。见傅兰硕，汪廧⑧靡所不有。见山巨源，如登山临下，幽然深远。"（赏誉8）

释义

①裴令公：即裴楷。他是夏侯玄、钟会（字士季）、傅嘏（字兰硕）、山涛（字巨源）诸人的晚辈。是西晋早期著名的玄学家，以"清通"著称。

②肃肃：形容严正凛然的样子。

③廊庙：代指朝廷。

④不修敬而人自敬：意谓不需提示也会肃然起敬。修，此处指"使人做什么"。

⑤宗庙：天子祭祀先祖的庙堂。

⑥琅琅：本指金石相击的声音，此处借指礼器琳琅满目，乐器清越庄严，纹丝不乱。

⑦武库：存放兵器的库房。

⑧汪廧（qiáng）：汪，原作"江"，学界多认为是"汪"字之误，今改。"汪廧"二字连用，通"汪洋"。

释读

裴楷评论自己眼中的夏侯玄说："此公肃穆端庄，一如步入朝廷，不由得令人顿时肃然起敬。"此外，还有一种说法："（见到夏侯玄）如入天子祭祀祖先的庙堂，礼器琳琅满目，乐器清越庄严，纹丝不乱。见到钟会，如进存放兵器的库房，满眼是刀矛剑戟。见到傅嘏，如面对汪洋大海，气象开阔，无所不有。见到山涛，如登上山顶，俯视山下，觉得幽远深邃。"

这是魏晋时期品评人物的一种方式。像裴楷这样的评点语言富于形象和韵味，显示出不同人物的性格特质。换言之，这是以比喻为修辞手段的人物鉴定，很独特，也反映出评点者的人格审美情趣。

编选者言

夏侯玄是一位复杂而有争议的人物。

曾几何时，夏侯玄与何晏等人请求结交当时的名流傅嘏，遭到拒绝，傅嘏称他们"利口覆国"，是"败德之人"。

夏侯玄生活在曹魏政权由弱转衰的节点上，他与何晏一样，攀附曹爽，但程度有别。从《三国志·魏书·夏侯玄传》看，夏侯玄有一定的政治见识，司马懿喜欢跟他交换看法，或征询他的意见，这方面的内容占了《夏侯玄传》的大部分篇幅，不能不引起我们的关注。当司马懿杀曹爽、何晏时，他显然是放过了与曹、何结党的夏侯玄，可见是区别对待。虽然夏侯玄也死于非命，但杀害他的已经不是司马懿，而是司马懿死后继而掌权的司马师。在历史上，这件事与"李丰案"密切相关。如果说，曹爽、何晏死于司马懿的暗中反扑，那么，夏侯玄则是死于司马师的公然镇压，情势前后不同，性质也相异。

《三国志》中的《夏侯玄传》说他"格量弘济"，即称扬他气度宏大，格局不小；也表彰他"临斩东市，颜色不变，举动自若"。可见，与他同时代的人，以及身为晋朝历史学家的陈寿，都给予他不错的人物鉴定。

《世说新语》所收录的夏侯玄的几则故事，相当正面，评价之高，在全书也是少见的。这就与傅嘏的判定极为不同，甚至是相反的。这是一个值得研讨的现象。不管如何，《世说新语》的编写者显然对他有所偏爱。

夏侯玄不无缺点，但其玉树临风的外形、刚正孤傲的气质、处变不惊的素质，成为"魏晋风度"的一个标本。

卷贰

竹林七贤（曹魏末期至西晋前期）

导　语

　　所谓"竹林七贤"，是指七位生活于曹魏末期的名士（若干人物进入了西晋前期），他们都目睹了曹魏政权的由弱转衰以至灭亡，也经历了司马氏父子由篡夺政权到改朝换代的过程。就后一点而言，他们比起正始名士来所见到的历史变化要大得多，处境也复杂得多。

　　这些人，本来是曹魏时代的臣民，程度不同地与曹魏政权有着难以解开的利益关联，换言之，他们的命运在某种程度上与曹魏当局的命运结为共同体，按说，是一荣俱荣，一损俱损；可是，他们出于不大一致的人际交往和处世策略，与司马氏父子的关系各个不一，日子也过得不完全一样。不过，有一条是避不开的，即他们人生的前半程均与司马氏同属曹魏集团，后半程都是司马氏眼皮底下的臣民。

　　他们活着，比起正始名士来更伤脑筋。后者在世时可以选边站，比如，站到代表曹魏政权的、尚且处于强势的曹爽一边，鄙视蠢蠢欲动的、尚然处于守势的司马氏父子，就算死了，也死得干脆,何晏死于司马懿之手,夏侯玄死于司马师之手,也是一了百了。可是,"竹林七贤"生活在司马氏的眼皮底下,就难以如此干脆,他们已经没有可以依靠的曹爽,只能面对司马氏的耀武扬威;他们内心还相当依恋曹魏集团,可是这集团已经灰飞烟灭,无所凭吊;他们几乎本能地厌恶、憎恨阴险毒辣的司马氏父子,可是人家已经君临天下了,还能够对他们怎么样?要命的是,他们自己还要活下去,还要养儿育女,还要赡养老人,怎么办?

于是,就"魏晋风度"而言,他们命中注定要给风度注入更多的花样,更复杂的情感,更隐晦的身体语言。他们身上所展现的是正始名士所开创的个性化风度的升级版。

这七位名士是:阮籍、嵇康、山涛、向秀、刘伶、阮咸、王戎。《世说新语·任诞》第一则说"七人常集于竹林之下";《水经注》卷九"清水篇"记载,阮籍等七人"同居山阳(今河南焦作山阳区),结自得之游,时人号之为竹林七贤"。这些都是"竹林七贤"名号的出处。

顺带说一句,"七贤"是可以落实的,可"竹林"是实景还是虚语,学术界看法不一。有人认为,并无实景,只是虚语,如陈寅恪先生认为,先有"七贤"而后有"竹林";"七贤"取《论语》"作者七人"之遗意,是中国的,而"竹林"二字是后人追加的,取的是"天竺竹林"之名,是外来的(见陈寅恪《魏晋南北朝史讲演录》,贵州人民出版社,2011年,第43页)。姑备一说，以资谈助。

《论语·宪问》记孔子语："贤者辟世，其次辟地，其次辟色，其次辟言。""辟"字通"避"。孔子还说："作者七人矣。"意谓"作者"（做到了的人）也仅有七位古贤而已。那些人做到避开了浊世，避开了险境，避开了阴险脸色，避开了恶言恶语。据说，孔子心目中的"作者七人"是伯夷、叔齐、虞仲、夷逸、朱张、柳下惠、鲁少连（这可能是后人的附会，《论语》里没有记载）。相比较而言，"竹林七贤"大多各有各的避的行为，但是，他们跟不食人间烟火的古贤不完全相同，他们是喜欢人间烟火的，没有脱离世俗，甚至活得很世俗，所以，此"七贤"与彼"七人"有着明显的区别。

"竹林七贤"的俗，是人格化的，有时甚至是政治化的，我们一定要紧贴着他们的特殊处境和独特心性来理解。正是俗，才显得他们是脚踏实地的活人，而不是世外的隐士。更不能忽视的是，他们的俗的背后或许还隐藏着某种反抗意志的血性，还闪耀着令世人追慕的人格审美之光。

这才是说不尽的"竹林七贤"。

一 阮籍

阮籍（210—263），字嗣宗，三国魏陈留尉氏（今属河南）人。其父阮瑀，是"建安七子"之一，著名学者蔡邕的弟子，也是曹操身边的重要写手，深得重用，曹操的军国文书，不少出自阮瑀之手。受其父的影响，阮籍在学问与文学等方面均有专长。他对老庄深有研究，著有《通老论》《达庄论》；他是一位成就颇高的诗人，代表作有五言体《咏怀》八十二首。他还是建安时期以来着力创作五言诗的文学家，对五言诗的成熟与发展做出重要贡献。他的散文《大人先生传》寄意遥深，脍炙人口。传世著作有《阮步兵集》。

阮籍是一位很有个性的人物，本来，他对于自己喜欢的人用"青眼"，对不喜欢的人用"白眼"，爱憎分明。可是，自从司马氏掌权以后，他性情大变，喜怒不形于色，绝口不说他人是非，不议论当朝政治，经常以醉酒的姿态应世。其内心十分复杂，他写的《咏怀》诗，隐晦之处不少，可谓索解不易。

阮籍的父亲是曹操的文胆之一，他本人在魏

高贵乡公曹髦在位时，受封关内侯，任散骑常侍。阮氏父子同受曹魏政权的俸禄，对曹魏的感情是比较深的。阮籍对于司马氏父子篡夺权力，并非没有立场和看法，但是，很刻意地隐藏了起来。更为奇特的是，在司马师死后，他跟继而掌权的司马昭保持着"不错"的关系，甚至当阮籍被人恶意攻击时，是司马昭替他说话、帮他解围。而他也似乎无所谓地在司马昭身边我行我素。他是当时的名士，具有一定的示范性；他在司马昭的眼皮底下没有妄议朝政，大概司马昭看中的主要是这一点。当然，曾几何时，二人同属曹魏集团，他与司马昭的交情并非没有。

很难说，阮籍内心对于司马昭不是在依违之间。"依"是人生策略，"违"是内心真实。所以，阮籍绝不是一位可以一言以蔽之的人物。

1. 阮步兵①啸②，闻数百步。苏门山③中，忽有真人④，樵伐者⑤咸共传说。阮籍往观，见其人拥膝⑥岩侧。籍登岭就之，箕踞⑦相对。籍商略终古⑧，上陈黄、农⑨玄寂⑩之道，下考三代盛德之美⑪，以问之，仡然⑫不应。复叙有为之教⑬，栖神导气之术⑭以观之，彼犹如前，凝瞩不转⑮。籍因对之长啸。良久，乃笑曰："可更作⑯。"籍复啸。意尽，退，还半岭许，闻上啃然⑰有声，如数部鼓吹⑱，林谷传响。顾⑲看，乃向人啸也。（栖逸1）

释义

①阮步兵：阮籍曾做步兵校尉，故称。

②啸：古人将"动唇有曲，发口成音；音均不恒，曲无定制"（西晋成公绥《啸赋》）的音乐样式称为啸，有些类似于今人的口哨音乐，而融乐感与口技为一体。讲究随意尽兴，兴起而发，兴尽而止；自由放达，高低随宜，不拘一格。

③苏门山：在今河南辉县。

④真人：道教所说修行得道的人，多用作称号。

⑤樵伐者：樵夫。

⑥拥膝：双手抱膝。暗示是"箕踞"的坐姿。

⑦箕踞：叉开腿坐在地上，双膝耸起（自然会有双手抱膝的状态）。汉代的袴，有不合裆的，如果采取箕踞的坐姿，有"露丑"之嫌；就算穿的是合裆的袴，其坐姿与正式的跪坐也差别很大，被视为失礼。（参阅孙机著《汉代物质文化资料图说》，上海古籍出版社，2008年，第273—275页）阮籍喜欢箕踞的坐姿，是不拘礼节的表现。

⑧商略终古：叙述、评议上古时代的人和事。商，意为商量、评议。略，意为简要叙述。终古，即远古。

⑨黄、农：传说中的远古帝王黄帝、神农。

⑩玄寂：玄远幽寂。古代"黄老"并称，道家将自己所说的玄远幽寂之道嫁接到黄帝等远古帝王的头上。

⑪三代盛德之美：指夏、商、周三代的德政之美。

⑫仡（yì）然：昂起头的样子。

⑬有为之教：有为，指积极入世，这是儒家倡导的人生态度。"有为之教"，此处指"儒教"。

⑭栖神导气之术：道家术语，指凝聚心神、导引气息的修

炼方式。

⑮凝瞩不转：目不转睛。

⑯更作：再来一遍。此处指重新吹啸一次。

⑰噭（qiú）然：形容啸声悠然长远。一说同"啾"（jiū），形容声音众多。

⑱数部鼓吹：指多种鼓吹乐器在合奏。鼓吹，是鼓乐和吹奏乐的合称。

⑲顾：回过头。

释读

阮籍是吹啸高手，其声音可以传至数百步那么远。在河南，有一座苏门山，忽然有传闻说来了一位真人，进山砍柴的樵夫都纷纷互传。阮籍得知后上山探视，远远望见那位真人在岩石旁双手抱膝而坐；于是，继续登山，走近真人，阮籍跟他相对而坐，都采用箕踞的坐姿。阮籍叙述、评议上古时代的人和事，诸如黄帝、神农的玄远幽寂之道，以及夏、商、周三代的德政之美，然后征求真人的看法，真人昂首望天，没有回应。阮籍又谈论儒家积极入世的有为之教，以及凝聚心神、导引气息的道家修炼方式，观看真人有何反应，真人一如刚才那样，抬头远视，目不转睛。阮籍见状，转而不再说话，面对着真人吹起长啸来了；吹了好长一段时间，只听见真人笑着说："可否再来一遍？"阮籍于是重来一次，意兴已尽，离别真人下山而去。下到半山腰，忽听得山上响起了阵阵乐音，音色多样，颇为丰富，好像有多种鼓吹乐器在合奏，音乐在山林和溪谷之间回荡。回过头仰望，原来就是那位真人在吹啸呢。

这位真人，刘孝标在注释里说世人称之为"苏门先生"；又

世说新语别裁详解

竹林七贤

引用《竹林七贤论》的说法，阮籍离开苏门先生回家，就写出了《大人先生论》（疑为《大人先生传》之误）。

检阅《大人先生传》，可知此文是阐释老庄思想的，尤其有《庄子》的文风，其中所说的"大人先生"，其特点是"与造物同体，天地并生，逍遥浮世，与道俱成"，指出"保身修性，故能长久"。换言之，阮籍精研老庄思想，其内心有着超越世俗的追求，"逍遥浮世，与道俱成"是他对人生真谛的认知。

这一则文字，展示的是阮籍自由放达的性格侧面。

为什么真人对于阮籍的前后两番言辞毫无反应，而对阮籍的啸大为欣赏呢？按说，以阮籍的学问、口才，他的这两番言论不会不精辟，可真人就是把他的一套又一套的话语当作耳边风，弄得阮籍很无趣，也觉得自己跟真人无法沟通。他似是不经意地吹起啸来，自我解嘲一下，不至于使自己在冷清、尴尬的境地里灰溜溜地走人。可是，意想不到的效果来了，真人大感兴趣，开金口说话："可否再来一遍？"而且笑容可掬，期待着自己重新表演。阮籍当时可能还不大明白真人的用意，吹完啸也就下山而去了。可万万没想到，自己一步一步往下走的时候，头顶上响起了更好听的啸，音色丰富，奔放自由，响彻山林、溪谷。阮籍这才知道那真是一位高人。他为什么不在阮籍尚未离开时表演呢？如果在阮籍面前吹啸，就会当场分出个高低，这就不符合道家的思想了。道家讲"齐物"，不分长短、高低、优劣，这一切视同"齐一"，说不定真人还要顾及一下阮籍的面子。何以真人要用啸来作为与阮籍沟通的语言呢？原来，古人有一种说法，"言浊而啸清，以清为尊，以浊为卑"（唐孙广《啸旨·序》）。再联系魏晋时期有"言不尽意"（语言的表现力是有限的，人的意义世界却是无穷的）的说法，干脆以自由奔放、不拘一格的啸来沟通超越世俗的心灵。

　　说不定阮籍在下山时一边听一边领悟，于是，别有会心，回家写出了《大人先生传》。所以，《竹林七贤论》说苏门先生与阮籍"长啸相和"，是一对好知音。

　　附带说一下，唐孙广撰写的《啸旨》有"苏门章"和"阮氏逸韵章"，就是为了纪念苏门先生和阮籍的。而西晋成公绥的《啸赋》说"发妙声于丹唇，激哀音于皓齿；曲既终而响绝，遗余玩而未已"，更能阐释啸的特殊魅力。

2 王戎弱冠诣阮籍，时刘公荣①在坐。阮谓王曰："偶有二斗美酒，当与君共饮。彼公荣者，无预②焉。"二人交觞酬酢③，公荣遂④不得一杯，而言语谈戏，三人无异。或有问之者，阮答曰："胜公荣者，不得不与饮酒；不如公荣者，不可不与饮酒；唯公荣，可不与饮酒。"（简傲2）

释义

①刘公荣：即刘昶，字公荣，魏沛国（今属安徽）人，官至兖州刺史。是阮籍好友。

②预：参与，参加。

③交觞（shāng）酬酢（zuò）：交觞，即碰杯之类的举动。觞，盛酒的器皿。酬酢，意为相互敬酒。向客人敬酒为"酬"，回敬主人为"酢"。

④遂：竟然，始终。

释读

王戎二十岁的时候去拜访阮籍，此时刘公荣也在座。阮籍对王戎说："你来得正好，刚到了手了二斗美酒，正要和你分享。那一位公荣没份儿。"于是，阮、王二人频频碰杯，相互敬酒，酣饮起来，坐在一旁的刘公荣始终不得一杯。而言语交谈，三人都参与了，没有出现异样。有人事后问阮籍何以会这样，阮籍答道："比公荣强的人，不得不跟他一起饮酒；不如公荣的人，也不可不跟他一起饮酒；唯有公荣本人，可以不跟他一起饮酒。"

阮籍很喜欢王戎，二人相差二十多岁，可他们俩相处得有如平辈，不分老少，可说是忘年交。这个故事说得很清楚，王戎二十岁了；他生于魏明帝青龙二年（234），阮籍生于汉献帝建安十五年（210），此时大概是公元253—254年，阮籍已经四十多岁了。司马师死于魏高贵乡公正元二年（255），所以，这一次喝酒，估计还是在司马师掌权之时。

阮籍为曹魏政权做事，跟王戎的父亲王浑是同僚，都做尚书郎。可阮籍跟王浑的儿子更谈得来，曾经不客气地对王浑说："与卿语，不如与阿戎语。"（刘孝标注引《竹林七贤论》）魏晋名士在交往方面十分考究"话缘"，是否谈得来很重要，至于年龄的差别可以忽略不计。他们格外重视谈论，其雅号叫作"清谈"。

我们不知道阮、王、刘坐在一起是否在清谈，但可以肯定的是，阮、王在喝酒，而刘一人在干坐。奇怪的是，刘毫不介怀，在谈话时，他也有份，三个人竟然一点都不觉得尴尬。

这个场面传开了，当时的人十分难以理解，才会有好事者要问个明白。而阮籍也一本正经地回答了，不知那位好事者听懂了没有，反正今天的读者，如果不找点资料，还真的只是听了一段绕口令而不明所以。

其实，阮籍说的那番话的版权原来是属于刘公荣的，这才是奥妙所在。《世说新语》任诞门记载了一个故事，说刘公荣跟谁都能喝酒，哪怕是三教九流的人，都无所谓，有人讥笑他太不讲究身份了，刘回答道："胜公荣者，不可不与饮；不如公荣者，亦不可不与饮；是公荣辈者，又不可不与饮。"话题是从"杂秽非类"（即与不三不四的人混在一起）引发的，所以，这里所说的"胜公荣者""不如公荣者"之类的话指的是社会地位，刘公荣一视同仁，没有分别，这与他作为通士的性格有关，《庄子·齐物论》将生与死、贵与贱、荣与辱等视为"齐一"而毫无区别，刘公荣无非是践行庄子的主张而已。阮籍是刘公荣的好友，深知朋友的个性，趁着王戎到来，跟刘公荣开个玩笑：老兄你如此通达，喝与不喝不都是一样的吗？刘公荣自然知道，也就继续践行庄子哲学，不喝即是喝，喝即是不喝，算是扯平了。

话说回来，刘公荣和阮籍一样，都是"酒鬼"，以终日喝酒为乐。看着阮、王喝酒，刘只能暗自咽口水了。所以，阮籍在回答好事者的问题时，是故意改动了刘公荣的原话的。

"唯公荣，可不与饮酒"，阮籍说这话的时候，估计是不怕传到刘公荣的耳朵里的，因为他知道刘公荣在老庄哲学方面的修为。而阮与刘是心灵相通的，桥梁就是老庄思想。

阮与刘的关系，阮籍的幽默搞怪，尽在不言中。这也是"魏晋风度"。

3 〉阮籍嫂尝[①]还家，籍见与别。或[②]讥之，籍曰："礼[③]岂为我辈设也？"（任诞7）

释义

①尝：曾经。

②或：有人。

③礼：礼法。儒家有很多礼教的规范，其中有一条是"嫂叔不通问"（《礼记·曲礼》）。即为了避嫌，叔叔与嫂子之间不能互致问候。

释读

阮籍的嫂子曾有一次回娘家，临走前，阮籍去见嫂子，以示送别。有人得知后，讥笑阮籍不守礼法。阮籍反驳说："礼法岂是为我这类人设定的？"

古代的礼法，要守男女大防。哪怕是嫂子与叔叔，也要避嫌，规定"嫂叔不通问"。但在阮籍看来，既然是一家人，跟嫂子道别，有何不可！一家人有一家人的情感联系，这是自然而然的，为什么要人为地阻隔起来呢？我这类人就是重情重义，凡是与此相违背的规范跟我无关。

阮籍表现出人情至上的情感认知，他厌恶、反感礼法中不合乎人情的、冷漠生硬的条规。

"礼岂为我辈设也"，将"我辈"与其他死守礼法的人区别开来，这是一种自我意识。阮籍，以及"竹林七贤"的其他几位，都有这一自觉认识。这是他们能够聚合在一起的主要原因。

4 阮公①邻家妇有美色，当垆酤酒②。阮与王安丰③常从妇饮酒，阮醉，便眠其妇侧。夫始殊疑之，伺察，终无他意。

（任诞8）

释义

①阮公：对阮籍的尊称。

②当垆（lú）酤（gū）酒：在酒垆边卖酒。垆，摆放酒瓮的土台子。酤，意为卖酒。

③王安丰：王戎，字濬冲。因封"安丰县侯"，故称。

释读

阮籍邻居有一位美貌少妇，开了小酒家，在酒垆边卖酒。阮籍和王戎常常相约来到少妇的小酒家喝酒。阮籍喝醉，就干脆躺在少妇身边睡着了。少妇的丈夫开始时十分警惕，生怕阮籍有什么不轨的举动。可观察了一段时间，什么事都没发生，于是释然，确认阮籍并无歹念。

刘孝标注引王隐《晋书》（原书已佚）说了另一个同类的故事：阮籍邻居有一位少女，有才有貌，尚未出嫁，却不幸早亡。阮籍跟她没有亲戚关系，少女生前也不认识他。可在少女去世后，阮籍前往其家吊唁，痛哭一场，哀伤不已，哭了很久才离开。

这类故事，似乎在阮籍身上多次发生。不论是对嫂子，还是对邻居少妇、隔壁家少女，阮籍都显露出纯洁的人情，没有非分之想。他尊重女性，哪怕是不认识的，闻知死讯，即亲往哀祭，表达了对女性生命的珍视。

至于喝醉酒躺在邻居少妇身边昏睡，在常人看来当然是很出格的事情。阮籍却不以之为失当，我行我素，有了酒瘾就去喝，喝醉了倒头大睡，酒醒之后就回家，如此而已。这就是阮籍"放诞有傲世情"（《文士传》）的具体表现之一。

阮籍毕竟有一种惊世骇俗的气场，其举止与礼法多有不符，可又在情理之中。

阮籍

5 晋文王①称阮嗣宗至慎②，每与之言，言皆玄远③，未尝臧否④人物。（德行15）

释义

①晋文王：即司马昭，司马懿的第二子，司马师之弟，司马炎之父。司马炎即皇帝位后，追封其父为"晋文王"。

②至慎：极为谨慎。

③玄远：指谈论玄之又玄的话题，多与《老子》《庄子》及《易经》有关。

④臧否（zāng pǐ）：意为褒贬。臧，褒扬之意；否，贬斥之意。

释读

司马昭称赞阮籍，说他做人极为谨慎，每一次跟他聊天，他都讲些玄之又玄的东西，没听他议论过谁是谁非。

阮籍的确有讲论"玄之又玄"的本事，他熟读《老子》《庄子》等书，自己又有独到的见解，这一点，正是正始名士与"竹林七贤"的一种内在关联。所以，他在司马昭面前侃侃而谈，是本色出演，是专家讲授，不是装出来的。

可他的确知道司马昭想套他的口风，正因为如此，他越加谨慎，越要扮演学者的角色，不想跟朝政沾边。大概司马昭细心观察了一段时间，才会得出所谓"至慎"的结论。

司马昭套口风，未必一定是想抓住阮籍什么把柄；更大的可能是，他知道阮籍作为当时一班知识分子的头面人物，自然知道那些人的想法或议论，司马昭好趁此从阮籍的口中收集材料，以备对异己分子采取对策和行动。他本来以为，以自己跟

阮籍

阮籍的交情，阮籍念在私人关系上，多少会爆些料；就算不爆料，也会在不经意间透露些动向。可是，司马昭一次又一次地失望。

阮籍这样的举止，可视为厚道的表现。自己虽然可以在司马昭身边说话，但绝不出卖朋友，更不会卖友求荣。试想，如果阮籍想在司马昭身边求进步，那是容易做到的。但他有自己的底线。

阮籍的"至慎"虽然让司马昭颇为失望，但后者毕竟是政治家，头脑灵活，灵机一动，反而公开称赞阮籍一番。

刘孝标在注释这一则文字时，引用了李康《家诫》（余嘉锡先生指出，"李康"二字有误，当作"李秉"；李秉是司马昭身边的人之一）的记载，提供了一个具体的情景：一次，司马昭与众大臣谈论谁最谨慎，或说张三，或说李四，而司马昭接口说这些人都不及阮籍，"每与之言，言及玄远，而未尝评论时事，臧否人物"。此处，多了"评论时事"四字，可圈可点；可以想见，司马昭是多么希望阮籍开金口说些他更想知道的事情。

阮籍"未尝臧否人物"在当时很出名，或许跟司马昭的公开表彰有关，连阮籍的好朋友嵇康也说："阮嗣宗口不论人过，吾每师之而未能及。"（《与山巨源绝交书》）只不过嵇康学不来、做不到罢了。

6 步兵校尉①缺，厨中有贮酒数百斛②，阮籍乃求为步兵校尉。

（任诞5）

释义

①步兵校尉：官职名，东汉时掌管宿卫兵，下有司马一人，领员吏七十三人，兵士七百人。

②斛（hú）：旧量器名，亦是计量单位，一斛本为十斗，后来改为五斗。

释读

步兵校尉这个职位空缺，阮籍看中其官署的厨房里藏有数百斛酒，于是请求司马昭让他出任步兵校尉。

刘孝标注引《文士传》说，阮籍在司马昭身边，"恒与谈戏，任其所欲，不迫以职事"。换言之，阮籍陪着司马昭聊天、谈笑也可以，不是非要任一个什么职务不可；但是，只要阮籍看上了什么职位，司马昭都会从其所愿。比如，在出任步兵校尉之前，阮籍做过东平太守。事情的经过是，阮籍游览东平这个地方，发现此地土风淳良，提出"愿得为东平太守"，于是，司马昭马上批准。上任后，做了十来天，不知是何原因，不做了。然后，又听说步兵校尉厨房藏了不少酒，提出要做这个官，于是就做上了。

阮籍在司马昭掌权时代，是一个异数，一个特例，这样的待遇几乎是绝无仅有。司马昭对阮籍的好，真是没得说了。

而阮籍的本性是"不乐仕宦"，即不喜欢做官，只是凭着某种兴趣有时也弄一个官来做做，竟然也一一如愿。世人称他"阮步兵"，他的著作题为《阮步兵集》，这一代称似乎是一个具有独特意味的符号，其意味在于：作为一个文士，不可以无官职（需要俸禄），也不必做很大的官（随意即可），倒也令人羡慕。这大概是"阮步兵"的名声在历史上更为人所知的缘由。

可是，现实很严酷，不是谁都可以做"阮步兵梦"的。阮籍之所以是异数，是因为他的身后有司马昭。而司马昭之所以给予如此厚待，是因为他们有私交，但这不是唯一的条件，更为重要的是，阮籍是司马昭相当看重的拉拢对象，是一枚棋子，对自己很有用。

7 阮籍遭母丧，在晋文王坐，进酒肉①。司隶②何曾③亦在坐④，曰："明公⑤方以孝治天下，而阮籍以重丧⑥，显于公坐饮酒食肉，宜流⑦之海外，以正风教⑧。"文王曰："嗣宗⑨毁顿⑩如此，君不能共忧之，何谓？且'有疾而饮酒食肉'⑪，固丧礼也！"籍饮啖不辍⑫，神色自若。（任诞2）

释义

①进酒肉：进食酒肉。

②司隶：官名，全称"司隶校尉"，负责监察百官。

③何曾：魏陈郡阳夏（今河南太康）人。是司马氏的亲信。在司马氏一系列篡权的关键行动中都充当了重要角色。

④在坐：即在座。坐，通"座"。

⑤明公：敬称，此指司马昭。

⑥重丧：即热孝，指父或母去世。

⑦流：流放。

⑧风教：风俗、礼教的合称。

⑨嗣宗：阮籍的字。古人在社交场合不直呼别人的大名，故用其字。何曾直呼"阮籍"其名是极不礼貌的。司马昭却用"嗣宗"其字，可作对比。

⑩毁顿：神情哀伤，容貌憔悴，身体虚弱。

⑪有疾而饮酒食肉：语出《礼记·曲礼上》，原文是："居丧之礼，……有疾则饮酒食肉，疾止复初。"司马昭认为以阮籍"毁顿"的状态，饮酒食肉是符合礼法的。

⑫不辍：不停。辍，意为中止、停止。

释读

阮籍母亲去世，某日，在司马昭那里闲坐，进食酒肉。司隶何曾也在座，对司马昭说："您正提倡'以孝治天下'，而阮籍母亲去世，正处热孝之中，竟然在您这儿大模大样地饮酒食肉，应该把他流放到海外，以示惩戒，以正视听，纯化风俗，尊崇礼教。"司马昭说："嗣宗自其母亲去世后，已经憔悴不堪，身体虚弱成这样了，你不能为他分担一些忧伤，还要指责他，你这是什么意思呢？再说了，'有疾而饮酒食肉'，本来就符合儒家丧礼的法度。"阮籍照样不停地喝酒吃肉，神色自若。

何曾的斥责与司马昭的回护，构成了这个故事的戏剧张力，而故事的主角阮籍好像是一个旁观者似的。这三个人，形成了一个戏剧场面，意味十足。

何曾在司马氏集团中是重量级人物，废魏帝、立晋朝，他都立下大功。表面上，给人的印象是"用心甚正，朝廷师之"（刘孝标注引《晋诸公赞》），似乎是一位正人君子。可是，何曾堪称是真小人、伪君子，《晋书·何曾传》记载，担负朝廷监察重任的何曾，私生活却极度奢华，"侈汰无度"，"帷帐车服，穷极绮丽；厨膳滋味，过于王者"；也曾多次被人弹劾，只是他身为重臣，司马氏一无所问，从不追究。而为人极假的何曾，一向死盯着阮籍，说他"恣情任性，败俗之人"（刘孝标注引干宝《晋纪》），喜欢在司马昭面前说阮籍的坏话；这一次，更是当着司马昭的面严词指斥阮籍，欲置之死地而后快。人家母亲新丧，悲苦哀伤，他竟然要司马昭流放阮籍到海外，其不近人情，居心恶毒，一至于此！

令人大感意外的是，司马昭不仅不听何曾的坏话，反而语带悲悯于阮籍、语含呵责于何曾，说了一番反驳何曾的话，入情入理，无可辩驳；尤其是司马昭引经据典，用《礼记》里的条例为阮籍辩护，从一个侧面说明司马昭的儒学修养的确不简单，毕竟是儒学大家司马懿的儿子。

有趣的是，司马昭为何要这样回护阮籍呢？为何不顾何曾的面子也要给处于母丧中的阮籍送温暖呢？不能排除司马昭与阮籍的确有不错的私交，否则，就无从解释了，这是前提。可是，看来也不限于此，司马昭自然有自己的盘算：阮籍是曹操文胆阮瑀的儿子，同样是当代知识分子里的翘楚和头面人物，这绝对是拉拢对象，不能没有这样的一枚棋子。事实上，在魏元帝景元四年（263）司马昭进位晋公的各项表演环节中，阮籍写出《劝进文》，就是颇为重要的一环，在司马昭的生命史和政治史上，他真的没有白疼了阮籍。

读这一则故事，可以帮助我们理解为什么阮籍日后冒天下之大不韪也要替人写《劝进文》，帮司马昭一把。其中，不无感情回馈的成分在内。试想，如果司马昭真的听从何曾的意见，并实施惩戒，阮籍的命运会是如何？还能够终其天年吗？何况是在母丧期间，出现了如此不测的人生危机，正是司马昭替他排解掉了，化险为夷，身为人子的阮籍怎能忘怀？宋吕祖谦说："凡人之易感而难忘者，莫如窘辱怵迫之时。"（《东莱博议》"齐鲁战长勺"条）阮籍、何曾、司马昭三人，此刻相对，于阮籍而言，正是"窘辱怵迫之时"。

阮籍坐在一旁，听着何曾、司马昭所说的话语，一来一往都严重关系到自身的利害，而丧母之痛叠加着人世的冷暖和处境之凶险，难道会是无动于衷地饮酒吃肉吗？以他的机敏和悟性，经此一役，更加深知何曾与司马昭的存在分别对他有截然不同的意义。"神色自若"，不等于心如止水，只是遮掩内心波澜的一种演技罢了。

至于司马昭这一次没给何曾面子，也是一种表演。此后，何曾的官运继续亨通，在司马昭死后，还得到晋武帝司马炎的格外重用；他是司马昭、司马炎父子身边不可缺少的人物。客观上，在实际的政治生态中，司马氏父子都给了何曾足够的面子。

8 阮籍当葬母，蒸一肥豚①，饮酒二斗，然后临诀②，直言"穷矣③"！都得④一号⑤，因吐血，废顿⑥良久。（任诞9）

释义

①豚（tún）：小猪。

②临诀：将要诀别。

③穷矣：父母出丧，孝子例行呼喊的哭悼、诀别之词，是魏晋时的"北方哭法"（参见唐长孺《魏晋南北朝史论丛·读抱朴子推论南北学风的异同》）。

④都（dū）得：此处指仅得。都，意为总共。

⑤号（háo）：哀号，高声呼叫，语带悲音。

⑥废顿：与"毁顿"同，指憔悴虚弱、气力用尽。

释读

阮籍丧母，到了快要下葬的时候，他蒸了一头小肥猪，饮酒达二斗之多，然后，跟母亲作最后的诀别，"穷矣"一句，冲口而出，高声呼叫，语带悲音，哀恸无比。除了哀号，别无话语，口吐鲜血，气力用尽，憔悴不堪，好长时间都恢复不过来。

阮籍是孝子，其母下葬前，虽然饮酒吃肉，但哀伤欲绝，真情流露，毫不掩饰。看其"废顿良久"，可知身体极差，饮酒吃肉，无非是使身体不至于垮下来，符合《礼记·曲礼上》所说的"居丧之礼，……有疾则饮酒食肉"的礼法。

对于礼法，阮籍自有判断，并非无原则遵守。合情合理的，遵守；不合情合理的，"岂为我辈设也"，不遵守。"礼岂为我辈设也"中的"礼"，不是"礼"的全部，而是指不合情合理的那些部分。

有一点也不可忽视，阮籍母亲是在司马昭掌权后才去世的，阮籍要赡养家人，他成为司马昭身边的人，与此大有关系。如果没了俸禄，还可以"蒸一肥豚，饮酒二斗"吗？

9. 晋文王功德盛大，坐席严敬，拟于王者①。唯阮籍在坐，箕踞啸歌，酣放自若②。（简傲1）

释义

①拟于王者：此指其场面与帝王相当。
②酣放自若：旁若无人，尽情自乐。

释读

司马昭功德盛大，前来拜谒的人正襟危坐，毕恭毕敬，其郑重恭敬的程度不亚于觐见帝王。唯独阮籍一人，在这类场合里，却没有采用符合正规礼仪的跪坐姿势；他屁股压在坐具上，岔开两腿，或吹着啸，或哼着歌，旁若无人，尽情自乐。

表面上看，阮籍在众人眼前的这类举动，很不给司马昭面子，也就是极为失礼。但阮籍习惯了，不会因为某种场合的庄重气氛而改变，也不会因为是否有别人在场而改变，他在居丧期间，到司马昭那里也是照样很不讲究的。

司马昭对于阮籍是任君自便，没有指责，也没有不高兴，爱怎么样就怎么样，可谓宽宏大度。这说不定就是司马昭刻意表露出的王者风范，因为阮籍就是一个标本，如此能容，还有什么不能容！

司马氏父子杀人太多，政治生态一片肃杀，而阮籍的另类表现，或许正是司马昭所需要的。他宽容阮籍，以阮籍作为政治宽容的活招牌，那些明里暗里痛骂司马氏的人，还有什么好说的呢？

10> 魏朝封晋文王为公①，备礼九锡②，文王固让③不受。公卿将校④当诣府敦喻⑤。司空郑冲⑥驰遣信就阮籍求文。籍时在袁孝尼⑦家，宿醉⑧扶起，书札⑨为之，无所点定⑩，乃写⑪付使。时人以为神笔⑫。（文学67）

释义

①公：此为简称，指加封司马昭为晋公。公，是古代五等

爵位（公侯伯子男）的第一等，也代指朝廷官位的最高一级。司马昭受封晋公后，其子司马炎继而建立晋朝。故此，司马昭受封晋公是司马氏家族问鼎最高权力的道路上至为关键的一个环节。司马昭要谋定而后动，这是他多次辞让的原因。

②九锡（cì）：古代天子赐给立有大功的诸侯、大臣的九种器物，是一种具有象征意义的最高礼遇。锡，通"赐"。

③固让：坚定地辞让。固，坚持、坚定。

④公卿将校：公卿，代指朝廷大员。汉代中央政府设"三公九卿"，均属高级官员。将校，是将军和校尉的合称，指高级武官。

⑤诣（yì）府敦喻：前往府邸，恳切地劝说。诣，拜访。

⑥司空郑冲：司空，是古代朝廷的三公之一，位极人臣。郑冲，字文和，魏荥阳（今河南开封）人。原是曹魏大臣，后在司马炎登基后拜太傅。是魏晋交替时期的重要政治人物。

⑦袁孝尼：即袁准，字孝尼，阮籍好友，魏陈郡阳夏（今河南太康）人。为人正直，淡泊名利。

⑧宿醉：隔夜尚存的醉态。

⑨书札：在木片（札）上书写。书，用为动词。

⑩无所点定：没有删改的痕迹。点，《尔雅·释器》有"灭谓之'点'"，即古人"以笔灭字为'点'"（《尔雅·释器》，郭璞注），意为删削。定，即改定。此处，强调起草阶段即已无须删改。

⑪写：誊清，与"书"相对而言。此处，"书"意为"草写"，"写"意为"楷写"（因为《劝进文》是正式、庄重的文书，必须楷写后送呈）。

⑫神笔：神来之笔。

释读

魏元帝曹奂在位时，拟封司马昭为晋公，已经备好了九锡大礼，司马昭一再辞让，不肯接受。当时，一批公卿、将校纷纷到司马昭的府邸，恳请、敦劝司马昭接受朝廷的嘉勉。司空郑冲急切派遣使者带着自己的亲笔信去找阮籍求助，请阮籍写《劝进文》。此时，阮籍刚好在袁孝尼的家里，头一晚喝醉了酒，勉强让人扶起来，在木片上书写草稿，一气呵成，没有任何删改痕迹，再楷写后交付来使。时人都称赞阮籍是"神笔"。

这是魏、晋交替时期的大事，是标志性事件，司马昭接受九锡，是在高贵乡公死后，魏元帝曹奂被司马昭扶上皇帝位的第四年，即景元四年（263）十月。

据《晋书·文帝纪》的记载，早在高贵乡公甘露三年（258）五月，朝廷已经要封司马昭为晋公，加九锡，但司马昭辞让了；高贵乡公甘露五年（260）四月，朝廷又一次加封，但司马昭还是辞让了；高贵乡公于甘露五年五月被杀，魏元帝曹奂于是年六月继位改元，年号景元，再一次加封，但司马昭依然辞让了；景元二年（261）八月，前述戏码又上演了，还是没有改变演法。终于，到了景元四年（263）十月，前述戏码上演之后，一开始司马昭仍然"以礼辞让"；可这一次司空郑冲再也等不下去了，于是"率群官劝进"，效果十分显著，司马昭"乃受命"，当年接受九锡，进位为晋公，并于次年即咸熙元年（264）三月进爵为王。而事件中起了特殊作用的《劝进文》，就出自阮籍的手笔。

其实，世人所熟知的"司马昭之心，路人皆知"，是高贵乡公的名言。司马昭的野心家形象人所共知。可是，司马昭真不是等闲之辈，他有野心，更有耐性。换了别人，既然朝廷要加封九锡，进位晋公，装模作样一两次也就差不多了，何至于要前后装五次之多呢？弱势的高贵乡公曹髦、身为司马昭傀儡的魏元帝曹奂，碍于有郑冲之流给朝廷传话，朝廷才不得不表示嘉勉；而深知司马昭真实内心的非郑冲等辈莫属。司马昭这么有耐性是很令人生疑的事情。

问题的症结在于司马昭豢养的军士成济刺死了高贵乡公（《晋书·文帝纪》），成济负有弑君之罪，而司马昭当然也脱不了干系。司马氏父子儒学修养不浅，尤其是司马懿"博学洽闻，服膺儒教"（《晋书·宣帝纪》）；既然以儒教相标榜，那么，《春秋》大义强调要警惕狼子野心，警告多行不义必自毙，《孟子·滕文公下》说得更明确："孔子成《春秋》，而乱臣贼子惧。"有如此重视儒教的家学背景，说司马昭内心完全没有忌惮，恐怕说不过去。我们可以进一步推断，司马昭的超强耐性，更有可能是其压在心底的忌惮的转化形态。他前后装五次之多，说明其藏于心中的忌惮在高贵乡公死后的几年里一直难以消除。当然，司马昭一连五次的辞让表演，意在一次又一次地强化自己没有野心的假象，算是为自己洗白吧。

说了这么多，还是为了说阮籍。

阮籍写《劝进文》，是代郑冲等人写，语气、口吻都并非阮籍自己的。郑冲是一位甚有权势的人物，资历很深，早年做过曹丕（时为太子）的文学侍从；还是高贵乡公的经学老师（《晋书·郑冲传》）。按说，以郑冲的学养和文笔，他自己也可以写，本来用不着十万火急般地去麻烦阮籍做枪手。事实上，刘孝标为这一则文字做注，引用了阮籍《劝进文》若干句（"窃闻明公固让，冲等眷眷，实怀愚心。以为圣王作制，百代同风，褒德赏功，其来久矣。周公借已成之业，据既安之势，光宅曲阜，奄有龟蒙。明公宜奉圣旨，受兹介福也"），这些句子大体也可以在《晋书·文帝纪》里找到，两相对照，《晋书·文帝纪》所录郑冲等人的《劝进文》，大概就是阮籍所写的那一篇。则《劝进文》写于景元四年十月，大致也可以确定了。

不管怎样，郑冲请阮籍操刀，是事实；阮籍与嵇康等一批跟司马氏有矛盾的人物交好，也是事实。高贵乡公已经驾崩多年，事件也慢慢淡化；而阮籍作为与体制内外均有交往的名士，他似乎更有代表性，连《劝进文》也是出自阮籍手笔，司马昭这一回大概能安心地接受加封了。这或许是做过文学侍从的郑冲非要请阮籍做一回枪手不可的主要原因。

至于阮籍本人，他自然清楚明白司马昭的多番辞让表演的深意所在，以他的世故心态，不会不知道事情的最后结果：加封是必然的，是迟早的事情。故此，他接到郑冲的求援信之后，乘着未消的醉态，文不加点，以倚马可待的速度完成，除了说明他是"神笔"、文思泉涌之外，恐怕更重要的是，他早有劝进的文章在肚子里；不是他真心劝进，而是他看了三番五次上演的戏码，心中有数了。

司马昭需要身边有一个阮籍这样的人，作为自己的一枚棋子，在用得着的时候，还真的管用。这是阮籍的无奈（需要一份俸禄），也是他的悲剧所在。我们不要忘了，阮籍死于景元四年（263），应该就是他写出《劝进文》之后不久。他内心受到多少谴责，只有他自己才知道。

编选者言

阮籍，是中国古代文人中的一个异数，也是一个很复杂的人物。

他的后半生生活在必须选边站的政治环境里，名义上，还是曹魏时代，可朝政实权已经旁落于司马氏父子手上。换言之，一边是曹魏，一边是司马，他作为曹魏的臣子，情感上依恋于曹魏是自然的；可他与司马氏父子尤其是司马昭的关系不能说很浅，而且，司马氏父子在嘉平元年（249）灭了曹爽，篡夺了大权，曹魏已经名存实亡，他要不要选择司马一边呢？如果选，会遭到同时代那些痛恨司马氏父子的其他知识分子的鄙夷与斥责；如果不选，一家老小，要养起来就很不容易，没了一份俸禄该怎么办？这是很现实的问题。

选也难，不选也难。阮籍的聪明之处是将选与不选的边界模糊起来，天天喝醉酒，口不臧否人物，哪怕关系密切的司马昭想套他的口风，他也慎之又慎，滴水不漏，着实保护了那些明里暗里憎恨司马氏父子的朋友。

《晋书·阮籍传》记载，阮籍的前半生可不是这样的，他爱恨分明，见到不喜欢的人，"以白眼对之"；见到喜欢的人，"乃见青眼"。可以想见，他要以多大的意志力才能够发生这一百八十度的转变。

不可讳言，阮籍受到司马昭的保护，这是一件耐人寻味的事情。司马昭明知阮籍在装，大概阮籍也知道司马昭知道自己在装，大家都不说破，保持默契。无他，司马昭想让阮籍充当他的棋子，而阮籍也想在模糊的状态下苟存性命于乱世。

"模糊状态"是阮籍后半生的生存策略，其灵感或许来源于庄子的《齐物论》。他熟读《庄子》和《老子》等书,"博览群籍,尤好《庄》《老》"(《晋书·阮籍传》),这是他早就打下的底子;发生时代剧变,不得不做出艰难的心理调适,《齐物论》提供了重要的精神资源:"方生方死,方死方生;方可方不可,方不可方可;因是因非,因非因是。……彼亦一是非,此亦一是非;果且有彼是乎哉,果且无彼是乎哉?"这种绕口令式的表述,正好帮了大忙,反正将"是"与"非"的边界模糊起来,在日常的世俗生活里,懒得分别,无分彼此,视如齐一,不亦乐乎!

当然,外在的装与内在的真是错位的,不要以为阮籍真的活得很自在、很洒脱,他的内心之苦只有自己知道。否则,他何以会写出那么难懂的《咏怀》诗呢?他的内心,很多人是不懂的,那么,自己知道就好了,也不需要别人懂。

二　嵇康

嵇康（223—262），字叔夜，三国魏谯郡铚（今安徽濉溪西南）人。与魏宗室通婚，魏长乐亭主（曹操曾孙女，其祖父曹林为曹操第十子）婿。官至中散大夫，世称嵇中散，是"竹林七贤"的重要成员。

嵇康早孤，没有显赫的家族背景。他跟阮籍交好，但不像阮籍那样有一位著名的父亲，也不像阮籍那样与司马氏父子有密切的关系。可他的学养构成与阮籍相近，《晋书·嵇康传》说："（嵇康）博览无不该通，长好《老》《庄》。"这是二人心灵相契的机缘之一。阮籍喜爱吹啸，乐感很好；嵇康"弹琴咏诗，自足于怀"，也是音乐造诣甚高的人。阮籍著《达庄论》《通老论》，嵇康撰《养生论》《声无哀乐论》，在哲学思辨方面都具备通达、明辨、深思等特质。"竹林七贤"中，嵇康、阮籍的名声最大，地位最高，影响最为深远。

然而，嵇康的个性与阮籍颇为不同，阮籍为人偏于圆，偏于大智若愚，而嵇康的为人却是偏于刚，偏于嫉恶如仇。嵇康作为曹家女婿，出于家庭关系，厌恶和痛恨司马氏的篡权行为，不可能如阮籍那样依违于曹魏与司马之间，他倒是没有选边站的烦恼，绝不会选到司马那一边去。

嵇康死于司马昭的手下，是一位悲剧人物。

鲁迅先生敬慕嵇康的为人，曾经下了很深的功夫重新辑校《嵇康集》。鲁迅可算是嵇康身后的著名知音之一。

1 嵇康游于汲郡①山中，遇道士孙登②，遂与之游。康临去，登曰："君才则高矣，保身之道不足。"（栖逸2）

释义

①汲郡：古郡名，治所在汲县（今河南卫辉市），辖境大概相当于今河南新乡市、卫辉市、辉县等，即郑州以北一带。

②孙登：魏晋之际的隐士，道教徒，在汲郡一带活动。传说嵇康曾师从孙登。

释读

嵇康到汲郡山中游玩，遇见道士孙登，于是跟随孙登，与之交游。后来，嵇康离开前，孙登赠言道："阁下才高，但保身之道不足。"

嵇康与孙登的交往，大概是事实，但交往时间有多长，说法不一。有说长达三年，有说只是偶遇而已。余嘉锡先生《世说新语笺疏》认为"三年之说"不可信。此外，也有人说嵇康所遇到的孙登，就是阮籍当年见到的苏门先生，余嘉锡先生也认为是附会。我觉得余先生的说法是审慎的，值得参考。

不论如何，孙登是高人，善于观察，长于判断，能够从细微处发现问题。他大概从嵇康的神态、气质、言辞等细节推断嵇康是一个内方而外不够圆的人。在某种情境下，他的内方性格起主要作用，会导致祸患，所以预先提醒，要注意保身之道。

嵇康的一生行止和最后结局，证明当初孙登的说法有先见之明。难怪嵇康在临终前写《幽愤诗》，其中有两句："昔惭柳惠，今愧孙登。"据说，柳下惠以"直道而事人"著名，嵇康反思自己还做得不够好，比不上古人柳下惠；眼下，飞来横祸，身陷狱中，时日无多，回想当日临别前的教诲，实在愧对今人孙登。这也从一个侧面证实嵇康与孙登是有过一段交情的。

2 嵇中散语赵景真①："卿瞳子白黑分明，有白起之风②，恨③量小狭。"赵云："尺表④能审玑衡之度⑤，寸管⑥能测往复之气⑦。何必在大，但问识如何耳！"（言语15）

释义

①赵景真：即赵至，字景真，是嵇康的忘年交。

②白起之风：白起，战国时的秦国名将；据说，他的长相以"瞳子白黑分明"为特征之一，明于事理，英风飒飒。"白起之风"指此而言，是褒扬之词。

③恨：遗憾，可惜。

④尺表：测量天象的日表，长一尺。

⑤玑衡之度：天体运行的轨迹。

⑥寸管：指直径不过一寸的律管。

⑦往复之气：指周而复始的节气变化。古人有候气之法，即在一密室内吹动律管，看葭莩之灰的飞动情状，以判断气候变化，是律吕之学与占候之术的结合，其原理据说是管中的玉律十二与十二个月有对应关系，带有一定的神秘色彩。《后汉书·律历上·候气》说："截管为律，吹以考声，列以物气，道之本也。"可见是一种古代方术。

释读

嵇康对赵至说："阁下的眼睛黑白分明，很像战国时的秦国名将白起，英气逼人；遗憾的是眼睛不大，偏于狭小。"赵至回应道："测度天象的日表，仅长一尺，却能够测量出天体运行的轨迹；占验节气的律管，直径不过一寸，吹动细细的律管以观葭莩之灰的飞动情状就可以判断冬去春来的节气变化。何必在乎（眼睛）大小呢，只要看人的识见如何就是了！"

刘孝标注引嵇康儿子嵇绍写的《赵至叙》，该文记录赵至跟嵇康初次见面的情景。当时，赵至才十四岁，到太学参观，巧遇嵇康，主动与嵇康搭讪，请问其大名，嵇康很好奇地问他："阁下年纪轻轻，何以要问我的名字呢？"赵至说："我看您气宇非常，所以关注您。"嵇康没有架子，友好地自报姓名。嵇康被杀时，嵇绍才十岁（刘孝标注引王隐《晋书》说"（嵇）绍十岁而孤"），赵至的这一件事情，或许是嵇康给他说过，或许是赵至告诉他的，嵇绍印象极深。

上面写到的嵇康与赵至的对话，估计发生在他们俩初识后不久。

从赵至的回答来看，此人聪明机灵，应对巧妙，而且，年纪不大，充满着自信：眼睛长得小一点不碍事，一个人是否有真见识才是重要的。能说出这样的话，的确有异于常人。

嵇康喜欢赵至，他说的话，大概是实话实说。嵇绍《赵至叙》称成人后的赵至"论议清辩，有纵横才"；曾做辽东从事，断案"清当"。可见嵇康早年所说的"有白起之风"的预判是大体准确的。赵至离开母亲到异地做官，因母亲去世不能送终自责过甚，吐血发病，没过多久也病亡了。大概由于眼睛小而预判赵至有时候会想不开，"恨量小狭"，是双关语，嵇康也说对了。

汉代以来，对人物的评判是一门学问，所谓"月旦人物"，主要是分析判断一个人的才能和品性（相对应的专用术语是才和性），也顺带推动了相学的发展和兴盛。嵇康大概是懂得相学的。

从《赵至叙》又可以看出，嵇康很有气场，以至于将赵至吸引过来。如果没有这一前提，或许就没有赵至与嵇康的偶遇和对话了。

3 钟士季①精有才理②，先不识嵇康。钟要③于时贤俊之士，俱往寻康。康方大树下锻，向子期④为佐鼓排⑤。康扬槌不辍⑥，旁若无人，移时⑦不交一言。钟起去，康曰："何所闻而来？何所见而去？"钟曰："闻所闻而来，见所见而去。"

（简傲3）

释义

①钟士季：即钟会，字士季。

②精有才理：意为有才干，于玄学也颇为精通。才，指才干；理，指玄学之理。

③要：通"邀"。

④向子期：即向秀，字子期。是"竹林七贤"之一，阮籍、嵇康共同的朋友。

⑤为佐鼓排：在炉灶边帮助拉动风箱。佐，辅助。鼓排，指拉动风箱。

⑥不辍：不停。辍，中止，停止。

⑦移时：过了好一会儿；过了好长时间。时，指时辰，古代计时，一天十二时辰。此处约指时间较长。

释读

钟会有才干，于玄学也颇为精通，原本不认识嵇康。钟会邀集若干当时颇有名望的人一起去寻访嵇康。当时，嵇康正在大树下摆开架势锻打铁器，向秀在一旁帮忙拉动风箱。只见嵇康挥动铁锤，叮叮当当，锻打不停，旁若无人，过了好长时间，也不跟来到身边的客人打招呼。钟会等了这么长时间，不见嵇康有任何反应，甚觉无趣，本来坐在地上，此时只好站起来，准备离开。正在此刻，嵇康开腔了："何所闻而来？何所见而去？"钟会是聪明人，也回敬了一句："闻所闻而来，见所见而去。"

这显然是一个不欢而散的场面。

其实，钟会生于魏文帝黄初六年（225），嵇康生于魏文帝黄初四年（223），二人只相差两岁，算是同辈人。但嵇康名气实在很大，以至于钟会也要冒昧前来拜识。钟会等人都是贵公

世说新语别裁详解

◎ 竹林七贤 ◎

子，衣着装扮异于常人。钟会习惯"乘肥衣轻"，即骑着高头大马，穿着绫罗绸缎；又喜欢"宾从如云"，即出行往往是前呼后拥的（刘孝标注引《魏氏春秋》）。估计以嵇康的精明和敏锐，他一眼就看出客人来头不小，而且，此时正是司马氏掌权，如此春风得意的一班人竟然来看他锻铁，居心叵测，不得不防。嵇康或许几乎是出于本能的防范心理对客人表示冷漠：反正我做我的事，又不是我请你们来的。

嵇康锻铁，是有生计考虑的。司马氏掌权后，嵇康隐居不仕。他平时锻打一些农具或日常铁器，可以帮补家用。嵇康虽然贫穷，却不贪钱，如果有人对他打造的铁器格外欣赏，得到赞美，心情满足，他连钱也不要了；或者，亲戚朋友得到他的铁器，拿来鸡酒与他共尝，他也十分开心（刘孝标注引《文士传》）。这也是一种名士风度。

然而，这一次，嵇康似乎没有风度：人家都来了，还坐在地上看了这么长时间，寒暄一两句有何不可呢？如此扮酷，有何好处？

说实在的，真没好处。刘孝标注引《魏氏春秋》说："（嵇）康方箕踞而锻，（钟）会至不为之礼，会深衔之。后因吕安事，而遂谮康焉。"可以说，这一次扮酷，后果很严重。钟会是一个极为小气的人，他因此就对嵇康怀恨在心，后来找到机会，借"吕安案件"将嵇康整死。

可是，这才是嵇康。他努力做到喜怒不形于色，但做得不到家，变成了冷漠；他逼迫自己做到外圆，可他内方的本性使得他忍不住鄙夷一切在司马氏当政时春风得意的人。这印证了孙登对嵇康说过的一句话："君才则高矣，保身之道不足。"

这一则文字里的对话是文眼，最为精彩。一问一答，问得突兀，答得利落，暗藏佛家所说的机锋。这算是嵇康与钟会的第一次过招。这些话，说了似乎等于没说；又似乎一切已尽在其中，再说就是多余的了。话语间，仿佛在空气中大写了几个字：道不同不相为谋。

4 钟会撰四本论①始毕，甚欲使嵇公一见。置怀中，既定，畏其难②，怀不敢出③，于户外遥掷，便回急走④。（文学5）

释义

①四本论：此是钟会以"才性四本"为话题的专论。"才性四本"是当时清谈的热门议题。

②畏其难（nàn）：害怕（嵇康）辩难。难，辩难，质疑。

③怀不敢出：此指不敢从怀里将文稿取出。怀，意为"怀着"，用作动词。

④急走：急忙跑开。走，此指跑开。

释读

钟会写出了《四本论》，刚刚脱稿，很想让嵇康过目。于是，将文稿放置于怀里，（来至嵇康家门前）站定后，又害怕嵇康当面跟自己辩难，犹豫良久，不敢从怀里将文稿取出；可还是想给嵇康看看，干脆在门外远远地往里扔了进去，急忙转身跑开。

这一则故事，于嵇康而言是不写之写，似乎嵇康没有出场，可嵇康的气场却无处不在。

嵇康的气场可以分为两个层面来说。一个层面是，在钟会的心目中，嵇康是权威，写出文稿，最想让他过目把关；另一个层面是，嵇康很威严，连很有身份的贵公子钟会也怕他几分，甚至不敢当面交稿，怕的是他跟自己辩难起来，自己招架不住。

至于钟会写《四本论》，显然是要参与当时的清谈辩论。"四本"，全称"才性四本"，指的是才（才能）与性（品性）之间的四种关系：才性同、才性异、才性合、才性离。这四种关系是清谈的重要议题，可以分为两个层面来理解：前两种关系辩论的焦点是对才能与品性做出事实判断，即才能与品性是同一种东西还是不同的东西；后两种关系是在事实判断的基础上再来辩论才能与品性是相互关联的还是互不相关的，可称之为关联判断。当时，各有各的说法，莫衷一是。

据刘孝标注引《魏志》的说法，"钟会论合"，即钟会的观点是认为才能与品性是相互关联的（据《资治通鉴》卷七十三记载，魏明帝时代，吏部尚书卢毓"论人及选举，皆先性行而后言才"；大概钟会的观点与之相似）。当然，钟会的《四本论》已经失传，具体是如何论证的，已经不得其详了。

汉魏时期，人们热衷于谈论"才性四本"，有着现实的政治意义。话题实际上是由曹操引发的。曹操用人，重才不重性，唯才是举，不大理会其人品性如何。这是在非常时期的用人策略。到了曹魏末期，如何用人仍然是要迫切解决的政治问题。钟会大概是在这样的背景下撰写《四本论》的。

颇具讽刺意味的是，钟会本人性行极差，最后以胡作非为太多而死于非命（《三国演义》第一百一十九回写钟会借平蜀有功伺机反叛而终于被杀，大体与历史记载相符）；至于"钟会论合"的《四本论》，也只是空头理论而已。

话说回来，我们不知嵇康在看了钟会扔进来的《四本论》

之后有何看法。但从历史事实看，钟会后来成了陷害嵇康的小人，从嵇康崇拜者转身变为嵇康死敌，嵇康被杀，钟会充当了一个极不光彩的角色。

5 嵇康与吕安善，每一相思，千里命驾①。安后来，值康不在，喜②出户延之③，不入。题门上作"鳳"字而去。喜不觉④，犹以为欣⑤。故作"鳳"字，凡鸟也⑥。（简傲4）

释义

①千里命驾：意为不管有多远，都会立即启程前去造访。千里，泛指距离之远，并非实指。命驾，本义是启动马车或牛车，此处泛指启程。

②喜：即嵇喜，嵇康哥哥。

③出户延之：到门外迎请。延，引进，请。

④不觉：没有察觉。

⑤犹以为欣：还以为是好字眼，暗自高兴。

⑥凡鸟也：繁体的鳳字，拆分成凡字与鸟字。此处暗喻嵇喜很平庸。

释读

嵇康跟吕安很要好，只要一想念对方，不管有多远，都会立即启程前去造访。一次，吕安来看望嵇康，刚好嵇康外出了，嵇康的哥哥嵇喜很热情地到门外迎请，可吕安瞧不起嵇喜，没有进屋，在门上写了一个"鳳"字就离开了。嵇喜没有反应过来，还以为是好字眼，暗自高兴。其实，吕安故意写了个"鳳"字，是

二
嵇康

用拆分法，鳳内含"凡""鸟"二字，暗喻嵇喜很平庸。

吕安的性格与嵇康有些相近，他们都是内方之人，不无清高孤傲之气，看不上的人正眼也不瞧一下，有点类似早期阮籍的白眼。而写"鳳"字，暗喻凡鸟，是比较刻薄的。

嵇康《幽愤诗》有一句："母兄鞠育，有慈无威。"他很早失去父亲，靠母亲和哥哥抚养成人。这是嵇康临终前写的诗，看来他对哥哥还是很感恩的。不知为何，吕安对嵇喜似有成见；刘孝标注引干宝《晋纪》也记载嵇喜在迎接吕安时是"拭席而待之"，可吕安不顾而去。无独有偶，据刘孝标注引《晋百官名》，阮籍也不喜欢嵇喜，"以白眼对之"，很可能是气质、性格不合。

6 王戎云："与嵇康居二十年，未尝见其喜愠之色①。"（德行16）

释义

①喜愠（yùn）之色：喜或怒的面部表情。愠，愤怒，怨恨。

释读

王戎说："我跟嵇康相邻而居，长达二十年，未尝见过他喜或怒的面部表情。"

曹魏时期，尤其是在司马氏父子掌权之后，政治生态迅速恶化，权力集团内部严重分化，党同伐异之风大行其道，以至于人人自危，道路以目，故此，"喜怒不形于色"是当时的人，尤其是知识分子努力想做到的社交姿态。嵇康《与山巨源绝交书》里就说道:"阮嗣宗口不论人过,吾每师之,而未能及。"这说明,王戎的观察不全对,也不全错。

表面上看,王戎不全错,嵇康的确是有学习阮籍的自觉意识,"吾每师之",可知他经常是想以阮籍为榜样,而且也照着样子去做,故而王戎才会说出上面这番话。刘孝标注引《(嵇)康别传》说:"康性含垢藏瑕,爱恶不争于怀,喜怒不寄于颜。所知王濬冲在襄城,面数百,未尝见其疾声朱颜。此亦方中之美范,人伦之胜业也。"大概平时的嵇康还是相当讲究仪态的,"疾声朱颜"这类失态的样子是不容易见到的。

可是,王戎肯定不全对,因为嵇康自己也承认不可以完全做到,用他的话说是"而未能及";或许是有时候没做到,或许是想做而真的做不到。还有,王戎一个人观察,他不可能时刻都在嵇康的身边,总会有看不到的时候,而嵇康"未能及"的情形恰好在王戎不在场时发生,也并非不可能。

王戎的话,不必全信,也不可完全不信。总之,此话为我们提供了了解嵇康日常生活的一个视角:他不是不知道喜愠之色会惹祸的,不是不知道要隐忍和掩饰,不是不知道小心谨慎才是生存的王道,他也常常试图去做;可是,刚烈的脾气、嫉恶如仇的血性在某些时候使得他难以隐忍,装不下去就不装了。这是我们在王戎的那番话之外所要指出的嵇康的另一面。

换言之,阮籍以装为常态,而嵇康在装与不装之间。嵇康的不装可能不大常见,装还是不少见的。这是特殊环境使然。

7 山公①将去②选曹③,欲举嵇康;康与书④告绝⑤。(栖逸3)

释义

①山公：对山涛的尊称。
②去：此指离开。
③选曹：指吏部郎，负责选拔官员，故称。曹，此指官署。
④书：此指书信。
⑤告绝：切割，绝交。

释读

山涛即将离开吏部郎的职位而有所升迁，打算举荐嵇康接任吏部郎一职。嵇康写了《与山巨源绝交书》，跟他"切割"，从此绝交。

据《三国志·魏书·嵇康传》裴松之所加案语，山涛出任吏部郎是在魏元帝景元二年（261）。大概他在同一年得以升迁，空出职位，想让嵇康替上。换言之，嵇康《与山巨源绝交书》当写于此年。约两年后（263），嵇康就不幸遇害。

这是嵇康将要走到生命尽头之前发生的事情。

作为好友，山涛不会不知道嵇康的立场和态度，他也了解嵇康的日常生活；举荐嵇康，更大的可能性是考虑到嵇康的日子过得比较艰难（阮籍尚且需要一份俸禄，这是可以参照的），让嵇康出任吏部郎，可以减少他生活上的窘迫。可是，嵇康毕竟是一个内方而外不够圆的人，在是否与司马氏合作的问题上，他只认死理，绝无商量余地，所以写出了《与山巨源绝交书》。

翻开《嵇康集》，可以见到嵇康一生之中至少写过两封绝交书，一封给吕安的兄长吕巽（此人是真小人），一封给山涛（此人依然是嵇康信任的朋友）。从私人关系看，两封绝交书的性质有所不同，前一封表达了对吕巽的痛恨，是动了真气的（吕巽恶意陷害弟弟，天理不容）；后一封则不大一样，更多的意思是写给当局看的。此时，山涛已经出仕，山涛出面举荐自己，而自己跟他绝交，意味着公开声明与司马氏政权一刀两断（可以比较的是，阮籍做不到如此绝情）。这或许是嵇康后来不得不死的更深刻的内情。

嵇康没有真的恨山涛，也恨不起来，《晋书·山涛传》写道："（嵇）康后坐事，临诛，谓子（嵇）绍曰：'巨源在，汝不孤矣。'"这就说得很清楚，在嵇康心目中，山涛依然是信得过的好朋友，哪怕自己不在了，他也相信山涛会照顾好自己的遗孤，让年幼的儿子放心。事实上，嵇绍后来进入仕途，就是山涛关照的结果。

可以想见，嵇康写《与山巨源绝交书》时，内心是多么痛苦。他真的舍得与这位心肠极好的朋友绝交吗？可是，出于内心的正义感，出于他作为曹家女婿天然的政治立场，出于他对司马氏政权的绝望，他只好痛下决心，写出绝交书，以一种刚烈的姿态表明立场。

8 嵇中散临刑东市，神气不变。索琴弹之，奏《广陵散》[①]。曲终曰："袁孝尼尝请学此散，吾靳[②]固不与[③]，《广陵散》于今绝矣！"太学生[④]三千人上书，请以为师，不许。文王亦寻[⑤]悔焉。（雅量2）

释义

①《广陵散》：琴曲名。比较流行的说法是取材于"聂政刺

韩王"的故事，原名《聂政刺韩王曲》。散，义同"曲"，"此散"即"此曲"。

②靳：吝惜，舍不得；此处转义为不忍心（《广陵散》的琴音过于悲苦而不祥和）。

③固不与：此指拒绝教授《广陵散》。固，意为坚定地。

④太学生：在太学里就读的年轻人。

⑤寻：过后不久。

释读

嵇康被解往刑场处以死刑，神气不变。只是有一个请求：给他一把琴，可以弹奏一曲《广陵散》。弹奏完毕，无限感慨，说："袁孝尼曾经提出想跟我学弹此曲，我还吝啬着不忍心教他，一再推却。《广陵散》没人会弹了，从此失传了！"太学生们得悉嵇康将死，上书朝廷，要求以嵇康为师，挽救其性命，人数多达三千人。可是，朝廷不许。嵇康死后，司马昭没过多久就后悔了。

据说，《广陵散》不是和平之声，而有杀伐之气，比较流行的说法是取材于"聂政刺韩王"的故事，原名《聂政刺韩王曲》。也有人附会《广陵散》的曲名，说该曲影射毌（guàn）丘俭"广陵之败"事件（毌丘俭反抗司马氏政权，其军队在广陵败散，情景悲壮）。诸种说法，给《广陵散》琴曲披上一层扑朔迷离的色彩。但可以肯定的是，《广陵散》绝非祥和之曲，而多悲苦之音。这或许是嵇康不肯传授给袁孝尼的原因。

说到嵇康之死，有远因，也有近因。

远因与毌丘俭有关。毌丘俭（？—255），曹魏大将，是司马师的政敌，反对司马师专权，维护曹魏集团的正统性。他于

二
嵇康

高贵乡公正元二年（255）密谋起兵讨伐司马师，而兵败于慎县（今属安徽肥东，古代属于扬州郡；扬州古名广陵，故有人将毌丘俭兵败慎县附会成琴曲《广陵散》的题材背景）。《三国志·魏书·嵇康传》裴松之注引《世语》说，毌丘俭密谋起兵反司马师，嵇康"欲起兵应之，以问山涛，涛曰：'不可。'俭亦已败"。换言之，当时，尚未绝交的好朋友山涛劝阻嵇康不要与毌丘俭相配合，而且此时毌丘俭已经败亡，也来不及与之呼应了。裴松之在引完这条资料后做了辨析，认为此事不可能发生。姑且不论此事是否真实，但是，无风不起浪，《世语》白纸黑字的记载，就算是假的，也不易断定嵇康与毌丘俭互无联系；嵇康没有行动，也不等于说他对于毌丘俭的举动毫不知情（嵇康毕竟是曹家女婿，自然会站在毌丘俭一边）。总之，在若有若无之间，嵇康的对立面是可以借此当作某种把柄而置其于死地的。这或许是一桩曹魏版的莫须有事件。

　　近因则与嵇康的好朋友吕安有关。吕安发生了家变，同父异母哥哥吕巽与吕安妻子徐氏有染，被吕安发觉，准备要控告兄长，驱逐妻子；他先与嵇康商量，嵇康跟他说明利害关系，劝他不要轻举妄动。而吕巽自知理亏，却担心弟弟采取行动，于是恶人先告状，无中生有，告弟弟打母亲，极为不孝（司马氏提倡"以孝治天下"，故不孝是大罪），要求官府将吕安流放到边远地方去。官府判吕安徙边；吕安在官府自辩，其辩护词提及嵇康当初对自己的劝阻云云。嵇康随之极为无辜地被卷入了这起民事纠纷之中。嵇康当然要为自己辩护，不曾想，这桩案子落入钟会的手里，钟会趁机报复嵇康当初对自己的不理不睬，故意将事件作升级处理，上纲上线，定了嵇康死罪。据刘孝标注引王隐《晋书》的记载，嵇康与吕安是同时遇害的。

不能小看了钟会，他是嵇康一生的噩梦。《资治通鉴》卷七十七记载，钟会在司马昭身边越来越受到重用："（司马）昭亲待日隆，委以腹心之任，时人比之（张）子房。"换言之，钟会给司马昭出过很多主意。而他对嵇康早就怀恨在心，肯定不会错失任何机会将嵇康整死。我们不知道钟会在司马昭耳边说过嵇康多少坏话，但嵇康之死，与钟会的谗言大有关系，《晋书·嵇康传》记载，钟会在司马昭面前说嵇康"欲助毌丘俭"，这可是谋反的大罪，非同小可；还说嵇康和吕安一起"言论放荡，非毁典谟，帝王者所不宜容。宜因衅除之，以淳风俗"。司马昭听信钟会之言，随即处死嵇康。

这里还有一重关系不可忽略，即吕巽与钟会关系密切（《文选·思旧赋》李善注引干宝《晋书》）；嵇康写过《与吕长悌绝交书》（长悌，是吕巽的字），吕巽假手于钟会杀人，这也是一个不小的缘由。

嵇康遇害没过多久，据说司马昭后悔了，那也只是假惺惺而已，不必当真。

如果将上面所说的远因和近因联系起来看，在司马昭时代，在钟会得意之时，在小人吃得开的环境里，嵇康是不得不死的。嵇康死的时候，才虚岁四十。

9 嵇康身长七尺八寸，风姿特秀①。见者叹曰："萧萧肃肃，爽朗清举。"或云："肃肃如松下风，高而徐引②。"山公曰："嵇叔夜之为人③也，岩岩④若孤松之独立；其醉也，傀俄⑤若玉山之将崩。"（容止5）

世说新语别裁详解

竹林七贤

释义

①特秀：特别出众。
②高而徐引：形容飘逸、高迈的情状。
③为人：此指体态，也暗喻其人清刚不屈的神态。
④岩岩：用为形容词，形容如岩石般挺拔坚劲。
⑤傀（guī）俄：通"巍峨"，意为高大。

释读

嵇康身高七尺八寸，风度、仪态都显得特别出众，见到他的人赞叹说："其人潇洒肃穆，爽朗清高。"也有人说："其人如松下风，清爽洒脱，飒然飘逸。"山涛则评论道："嵇叔夜的体态有如英姿独立的孤松，清刚不屈；即便是喝醉了，其醉态也好像玉山倾侧，让人仰望。"

刘孝标注引《（嵇）康别传》也说嵇康的外形与气质都极为突出，"龙章凤姿，天质自然"，联系到当初进入太学参观的赵至一见到嵇康就被他的气场吸引住，可以说明是众口一词：嵇康就是一位极品美男。

年幼丧父的嵇康，没有显赫的家世背景，而能够成为曹魏宗室的长乐亭主的夫婿，必定有其过人之处。同时代的人称赞他是非常之器，绝非虚誉。

10> 有人语王戎曰："嵇延祖①卓卓如野鹤之在鸡群。"答曰："君未见其父耳！"（容止11）

释义

①嵇延祖：即嵇康儿子嵇绍，字延祖。

释读

有人跟王戎说："嵇延祖卓尔不群，风姿独特，他在众人之中好像是鹤立鸡群。"王戎回答说："唉，你还没见过他的父亲呢！"

王戎的言外之意是，嵇绍已经让人觉得气质不凡，如果见过他的父亲嵇康，那就真不知道该如何赞美才是！

在嵇康身后，有资格赞美嵇康的，王戎可算是一时之选了，因为他与嵇康长年交往，以晚辈身份观察嵇康，他所说的都是第一手的印象。何况，他和嵇康都是"竹林七贤"的成员，他的话当然就更有分量了。

这也是成语"鹤立鸡群"的出处。

11. 简文①云："何平叔巧累②于理，嵇叔夜俊③伤其道。"（品藻31）

释义

①简文：即晋简文帝司马昱，是晋元帝司马睿的幼子。喜欢清谈。

②累：妨碍，伤害。

③俊：通"峻"，意为峻刻。

释读

简文帝司马昱评论说:"何晏过于乖巧,反而妨碍了他对理的真切阐释。嵇康过于峻刻,也会妨碍他对道的践行。"

司马昱作为东晋时代的一位清谈家,其对何晏、嵇康的评述是有见地的。

何晏绝顶聪明、乖巧过人,却欲心过重、为人造作、违背自然,而理是质朴真率、自然而然的,故而何晏的行与知严重错位,不能做到知行合一。

至于嵇康,他懂得明哲保身之道,他的《家诫》的主要意思是言行举动"不可不慎";他的《养生论》说"无为自得,体妙心玄",并称这样就可以与传说中的神仙"比寿争年"了;他的《幽愤诗》说自己向往"永啸长吟,颐性养寿"的人生境界。可是,他为人做不到时时皆圆,却时而经意不经意间显示其方,刚方正直,而招惹祸患,不能完全践行他所领悟的修身养生之道。

司马昱在何晏、嵇康身后做出评论,发现他们在理论与实践的关系问题上均有错位现象,相互间没有对应好。这是司马昱知人论世的一番见解。

编选者言

论人格魅力，嵇康远胜阮籍。尽管他说想学阮籍，"吾每师之，而未能及"，可设想一下，如果他真的学足了阮籍，世上只是多了一个"再版阮籍"，而不是流芳百世、令人景仰的嵇康了。

说到底，嵇康身上的血性、内心的刚毅，以及对人格洁癖的追求，是独特的，是难能可贵的。阮籍做得到的，他不能够真正做到；阮籍做不到的，他却做得十分杰出。嵇、阮并称，可并非没有区别。

嵇康有一种可贵的"大蔑视"精神。他蔑视权威，蔑视权贵，蔑视一切戕害人性的东西。自称"每非汤、武而薄周、孔"，权威不放在眼里；至于钟会之流、司马昭之辈，均是当朝权贵，更不放在眼里；表明"游心于寂寞，以无为为贵"，并以"野人"自居，实际上就是看透了司马当权者时时在戕害人性，自己绝不在此污浊之地插上一脚。他的《与山巨源绝交书》，就是一份人格洁癖自我鉴定书。

鲁迅在《魏晋风度及文章与药及酒之关系》中提出了他自己觉得很稀奇的现象：嵇康在《家诫》里教他的儿子做人要小心，还有一条一条的教训；嵇康是那样高傲的人，而他教子却十分接地气。鲁迅对此做出解释："嵇康自己对于他自己的举动也是不满足的。所以批评一个人的言行实在难，社会上对于儿子不像父亲，称为'不肖'，以为是坏事，殊不知世上正有不愿意他的儿子像自己的父亲哩。"鲁迅在这里也算是实话实说，可似乎还有进一步辨析的必要。

鲁迅提出的似乎是一个"嵇康悖论"：自己这样做，却要儿子那样做，方向不同。为何是方向有异呢？每一个生命个体，都有自己选择活法的权利，父亲不能代替儿子去选择；嵇康去世时，他的儿子嵇绍才十岁，他不可能预先替代儿子选定一条与自己一样的人生之路。他深知，自己的选择有着种种的缘由与不得已，他只希望儿子在其未来的岁月里如常人一样做到谨慎为人，这是一个人处世的最大公约数；至于是取何种活法，言之尚早，还是等待儿子将来长大之后再说吧。嵇康的《家诫》是很世俗化的，就这一点而言，谁能说嵇康不通世故呢？可十分熟悉世故的嵇康最终走上一条极不世故的路，该需要多大的勇气和胆识！

深通世故而又极不世故，这就是嵇康。后世的鲁迅，在某种程度上也像极了嵇康。鲁迅的遗嘱写道："孩子长大，倘无才能，可寻点小事情过活，万不可去做空头文学家或美学家。"难怪鲁迅为了精研《嵇康集》，自己动手下了那么大的文献整理的功夫。

三 山涛

山涛（205—283），字巨源，西晋河内怀县（今河南武陟西南）人。

《晋书·山涛传》记载，山涛"早孤，居贫"，这一点与嵇康相似。故而，"与嵇康、吕安善"，结为好友；后来，又结识了阮籍，"便为竹林之交，著忘言之契"。山涛与阮籍、嵇康均为"竹林七贤"的核心成员。

山涛与嵇、阮不同，他活得很久，享年七十八岁，由曹魏进入西晋。在仕途上，他出仕比较晚，四十岁时才做郡主簿、功曹等职务，时在正始年间，正是曹爽得意的时期。可是，他颇有见识，预判曹爽不可长久，也明白司马懿在曹爽专横之时卧病家中的真正用意，于是大概在四十二岁时也隐居起来了，跟曹爽拉开距离。其后，曹爽果然出事，死于非命。山涛是一位知所进退的人。

山涛与司马氏有亲戚关系（司马懿夫人张氏是山涛的表亲），这是理解山涛选择其人生道路的一个关键。他略为年长于司马师、司马昭（辈分上，山涛是表舅），与他们都有不错的交情，《晋书·山涛传》记载，"魏帝尝赐景帝（司马师）春服，帝（司马师）以赐涛。又以（山涛）母老，并赐藜杖一枚"。可见，作为亲戚，司马师对山涛母子是很关心的。而司马昭对山涛也是评价颇高，并予以资助，曾经在写给山涛的信里说："足下在事清明，雅操迈时。念多所乏，今致钱二十万，谷二百斛。"故此，在政治立场上，山涛与作为曹魏女婿的嵇康会有差异，而跟阮籍有些近似。

山涛在司马昭时代出来做官，而且还举荐嵇康，此事引发嵇康写出《与山巨源绝交书》。嵇康主要是与司马昭切割，故而不得不与山涛绝交。这是他们二人交往史上的悲剧结局。而山涛为人厚道，顶着世俗的非议，在嵇康遇害之后关照嵇康儿子嵇绍的成长，这也是嵇康临终前所预料到的。可无论如何，绝交事件令人唏嘘不已，感慨万端。

司马炎掌权后，山涛在西晋政治体制内享有威信和权力，长期掌管选职；任用官员，连司马炎有时也不得不听从于他。年老之时，山涛上书告退，得享天年。

山涛是一个复杂人物。在嵇康的盛名之下，他更多的是以"山巨源"之名而为后世所知。

1 山公与嵇、阮一面，契若金兰①。山妻韩氏②，觉公与二人异于常交，问公，公曰："我当年可以为友者，唯此二生耳！"妻曰："负羁③之妻亦亲观狐、赵，意欲窥之，可乎？"他日，二人来，妻劝公止之宿，具酒肉。夜穿墉④以视之，达旦忘

反。公入曰："二人何如？"妻曰："君才致⑤殊不如，正当以识度⑥相友耳。"公曰："伊辈⑦亦常以我度为胜。"（贤媛11）

释义

①契若金兰：意谓成为志趣相投的朋友。"金兰"二字，语出《易·系辞上》："二人同心，其利断金；同心之言，其臭（嗅）如兰。"形容心灵相通，亲密无间。

②韩氏：山涛妻子，早年与山涛一起过"布衣家贫"的生活，以有才识著称。

③负羁：即僖负羁，春秋时曹国大夫。晋国公子重耳逃难到曹国，曹君对重耳不礼貌；僖负羁的妻子对丈夫说：据我的观察，重耳的随从狐偃、赵衰足以辅助国家，重耳将来必定在他们的帮助下回到晋国做国君。到那时候，晋国要是报复，首先会报复咱们曹国。你不妨对他们有所礼遇（事见《左传·僖公二十三年》）。负羁之妻，以有眼光而著称。

④穿墉：穿墙。墉，高墙。按：此"墉"字疑为"牖"字之误（形近而误）。因为，古代一个弱质女子，没法在夜里实施"穿墙"行为；且目的是偷看，而穿墙必定会发出声响，立即引起他人的注意，偷看就成了观看，与故事中的特定情景不合。而"穿牖"是可能的，牖（yǒu），即窗户，手指沾点水即可将窗户纸点破，如此则神不知鬼不觉，可以"达旦忘反（返）"。又，《世说新语》惑溺门第五则，写贾充女儿在窗格眼中（即"青璅"）偷看韩寿，可做旁证。故下文释读以"穿牖"来解释。

⑤才致：才华和韵致。

⑥识度：见识、气度。

⑦伊辈：意为"他们"。伊，第三人称。

三 山涛

释读

山涛与嵇康、阮籍见过一面之后，已经结为好友，心灵相通。山涛妻子韩氏，发觉丈夫跟这两位的交情超出了平常的交往，问丈夫是何原因，山涛答道："我认识嵇、阮那个时候，唯有此二人可以深交为友，别无他人了！"韩氏说："春秋时，负羁的妻子也要亲眼观察过狐偃、赵衰，然后才能判断；我也想找个机会暗中观察一下，可以吗？"改天，嵇、阮应约来到山涛家，韩氏热情招待，并劝二人在家中留宿，摆上了酒肉，让他们畅饮欢谈，不用忙着离开。入夜，韩氏在三人交谈饮酒之际，悄悄点破窗户纸，透过小孔偷看偷听，听着看着，不觉快要天亮了，还舍不得回房休息。后来，山涛入房，问韩氏："你觉得二人如何？"韩氏答道："论才华和韵致，你真是不如他们；你有见识，又有气度，正好跟他们相交为友。"山涛说："他们也常说我以气度取胜呢。"

这一则文字，算是《世说新语》中比较有小说意味的，情节、细节、对话相互配合，时间的推移、空间的描述都较为具体，故事也相对完整，而且有一定的戏剧性张力，画面感、立体感颇强。

可以看出，山涛和嵇、阮的确是"竹林七贤"中的铁三角，他们三位在"竹林七贤"里地位高、关系尤其密切，故有"契若金兰"一说。论年齿，山涛居长，生于建安十年（205）；阮籍居次，生于建安十五年（210）；嵇康居末，生于魏文帝黄初四年（223）。如此一排比，嵇康与山涛年岁相差颇大，可算是忘年交了。

山涛的显著特点是有气度。嵇康写了《与山巨源绝交书》，按说二人关系一定很僵，可嵇康早就看准山涛为人厚道，气量大，故而临终前嘱咐儿子嵇绍道："巨源在，汝不孤矣。"仅此而言，也可以看出嵇康与山涛的交情非同一般。

这个故事的主人公应该是韩氏，所以，列入书中的贤媛门。山涛有此贤妻，也是福分。《晋书·山涛传》特别提及韩氏，说韩氏并不嫌弃早年的山涛布衣家贫，夫妻共命，相互扶持。而山涛也十分敬重韩氏，"及居荣贵，贞慎俭约，虽爵同千乘，而无嫔媵"，足见韩氏很有人格魅力。同时，韩氏十分自律，廉洁自守，不会因为丈夫显贵而肆意妄为、炫耀摆阔、贪得无厌；而山涛以清廉著称，做到"贞慎俭约"，获得如此美誉，实有韩氏的一份功劳。

嵇、阮、山三人，就夫人而言，出身最为高贵的是嵇康夫人（曹操曾孙女），名气最小的是阮籍夫人（不知详情），而最能青史留名的就是山涛夫人韩氏了。

2 嵇康被诛后，山公举康子绍①为秘书丞②。绍咨公出处③，公曰："为君思之久矣！天地四时，犹有消息④，而况人乎？"

（政事8）

释义

①康子绍：即嵇康儿子嵇绍，为人正直刚烈，不畏权贵；初为秘书丞，官至侍中。为护卫晋惠帝而牺牲，朝廷赐谥号"忠穆"。

②秘书丞：古代掌管文籍等事宜的官员。嵇绍有文思，故山涛举荐他出任秘书丞。

③出处：出，指出仕；处，指不进入官场（不做官）。

④消息：此处意为此消彼长的变化。

释读

嵇康遇害之后，山涛举荐嵇康儿子嵇绍出任秘书丞。嵇绍颇为犹豫，向山涛咨询在出和处两方面如何抉择。山涛说："我替你思虑很久了。天地四时，春夏秋冬尚且会循环变化，何况是人呢？"

据刘孝标注引王隐《晋书》记载，嵇绍二十八岁那年，即嵇康遇害约二十年之后（嵇绍丧父时，一说十岁，一说八岁），山涛作为掌管吏部的大员举荐嵇绍出来做官。当时，压力不小，原因是嵇绍的父亲是司马氏专权下的钦犯，一般的选官不敢使用钦犯之子。而嵇绍正是虑及于此，内心忐忑，相当犹豫，不敢贸然接受举荐。

为何山涛到了嵇绍二十八岁时给他安排工作呢？一则，嵇绍是嵇康儿子，山涛作为嵇康的朋友，负有一份道义责任。二则，山涛通过观察，判断嵇绍是一个人才，他在陈述举荐理由时说："（嵇）绍平简温敏，有文思，又晓音，当成济也。犹宜先作秘书郎。"（刘孝标注引《山公启事》）三则，嵇康一家向来清贫，嵇绍长大后，要负起养家的重任，山涛不得不考虑帮忙解决嵇家的实际问题。

山涛并非没有顾忌，否则，就不会对嵇绍说"为君思之久矣"；他有过思想斗争，可思前想后，还是觉得要举荐，总的来说，首先是出自公心，为朝廷延揽人才是他的本职工作；其次才是私人的考量。事实上，山涛有眼光，嵇绍的确是可用之才，而且其日后的表现是众所认可的；史家将嵇绍编入《晋书》的"忠义传"，也可以证明山涛当初没有用错人。

山涛的性格与嵇康有别，他有处世圆融的一面，这一点是嵇康做不到的。正是圆融，山涛才会官越做越大，年寿越来越高。

"天地四时，犹有消息，而况人乎"，这是山涛的处世哲学。

嵇康临死前对儿子说："巨源在，汝不孤矣。"（《晋书·山涛传》）这句话最终是应验了。

3 山公以器重朝望①，年逾七十，犹知管时任②。贵胜年少③，若和、裴、王之徒④，并共言咏⑤。有署⑥阁柱⑦曰："阁东，有大牛，和峤鞅⑧，裴楷鞦⑨，王济剔嬲⑩不得休。"或云潘尼⑪作之。（政事5）

释义

①器重朝望：得到（皇帝）器重且在朝廷里甚有威望。

②知管时任：主管朝廷官员的任免事宜。

③贵胜年少：门第高贵而又年轻的人。

④和、裴、王之徒：分别指和峤、裴楷、王济。

⑤言咏：言，指清言；咏，指吟咏。此处意为山涛与和峤、裴楷、王济诸人常常一起清言吟咏，结为忘年交。

⑥署：题写。

⑦阁柱：台阁柱子。

⑧鞅（yāng）：套在牲口脖子上的皮带。

⑨鞦（qiū）：套在牲口后股上的皮带。

⑩剔嬲（niǎo）：剔，通"踢"；嬲，发脾气（今粤语尚存）。剔嬲，即踢嬲，本义是指用脚踢牲口导致牲口发脾气，此处转义为惹出麻烦不断。刘孝标注引王隐《晋书》，"剔嬲不得休"作"刺促不得休"，义相近。

⑪潘尼：西晋官员，以文章知名。著名文学家潘岳的侄子。

释读

山涛得到晋武帝司马炎的器重而又在朝廷里甚有威望,年逾七十,仍然掌管着官员任免的大权。当时门第高贵而年纪尚轻的和峤、裴楷、王济诸人,常常和山涛一起清谈、吟咏,结为忘年交。可也有人看不过眼,在台阁柱子上题写谣谚,大意说:"台阁东边有大牛,和峤套住牛脖子,裴楷绑住牛屁股,还有一个王济惹来事端不得休。"有人说,这是潘尼写的。

这一则故事,不妨从王济说起。王济何许人也?他是晋武帝司马炎的女婿,娶了常山公主。

《晋书·王济传》记载,王济经常制造事端,比如,司马炎的舅舅王恺有一头很名贵的牛,名叫八百里驳,连牛蹄牛角都晶莹透亮,而王济竟然以钱千万作为补偿而射杀之,取出牛心,成为震惊当时的事件。又如,和峤园子里有李树,果实上佳,就算是司马炎,和峤也只送几十枚,相当吝啬;而王济竟然趁着和峤上朝去了,率领一群少年进园大吃,吃光之后干脆把树砍掉走人。诸如此类,王济可谓是"事端制造者"。难怪谣谚说"王济剔嬲不得休",让人发嬲,惹人生气,而且还是接连不断!

谣谚里所讽刺的人物,可分为两个层次,王济是一个层次,和峤、裴楷是另一个层次,可以说,这就是皇亲国戚与非皇亲国戚的区别。

自然,山涛在当时也算是皇亲国戚,是司马炎的(表)舅公。他是谣谚里所要讽刺的"阁东大牛"。此时,他已经迈入老景,年过七十了。《晋书·山涛传》记载,山涛本来有自知之明,一而再,再而三地请求告退,可司马炎固执地不让他退休,一定要他留守朝廷。一篇山涛的传记,关于"苦表请退,诏又不许"的内容竟然占了不少篇幅。年已古稀的山涛,这头"老黄牛"做得很吃力,而且不一定讨好,因为掌管任免官员,涉及复杂的人事和利益关系,一碗水难以端平,这一则文字里的谣谚大概是其政敌编出来的。

刘孝标注引王隐《晋书》,说这首谣谚是潘岳作的,原因是潘岳对负责吏部的山涛心怀不满,"内非之",满肚子嘀咕,连带对王济、裴楷等人也有意见。还有一个背景是,潘岳"才名冠世,为众所疾",故而"负其才而郁郁不得志";恰好形成对比的是,山涛等人在司马炎时代"为帝所亲遇",炙手可热。该谣谚归属潘岳,大致可信(《晋书·潘岳传》也采用此说)。至于说是潘岳的侄子潘尼所作,可能是误传。

至于"并共言咏",可以视为"竹林七贤"之风的延续。遥想还是曹魏时代,山涛经常与阮籍、嵇康一起清谈;可嵇、阮已逝,和峤等人于是就成了山涛在清谈方面的伴侣。和峤的偶像是正始时期的清谈高手夏侯玄,他又是夏侯玄的外甥;裴楷以清通著称,长于清谈;王济"善《易》及《庄》《老》,文词俊茂",他还是和峤的内弟。他们关系密切,又有共同语言,被视为政治团伙,也是有其缘由的。

4 山公大儿①着短帢②,车中倚。武帝欲见之,山公不敢辞,问儿,儿不肯行。时论乃云胜山公。(方正15)

释义

①山公大儿:即山涛长子山该,字伯伦,官至左卫将军。
②短帢(qià):一种简易的帽子。据说,为曹操首创,原

因是当时物资短缺，参照古时的皮弁（biàn，帽子）形制而做（《三国志·武帝纪》裴注引《傅子》）。

释读

山涛长子山该，一次，头戴着短帢倚靠在车中。晋武帝司马炎想见他，山涛在场，不敢推却，连忙叫儿子下车，而山该怎么也不肯下来。此事传开了，人们议论山该在礼仪方面比其父亲还要胜一筹。

据刘孝标注引《晋诸公赞》，说山该其人不简单，"雄有器识，仕至左卫将军"，可见他也享有令誉，自有主见，注重举止行为，以得体切当为要。余嘉锡先生指出："详其文义，（山）该所以不肯行者，即因着帢之故，别无余事。"（《世说新语笺疏》）即头戴短帢，不是正规装束，不宜见皇帝；仅此而已，没有别的意思。

这是一件很小的事情。山该是谨慎的，而山涛本来想顺从皇帝的意思，故此"不敢辞"，也是另一种谨慎。不过，撇开君臣关系，他们几位可算是亲戚，或许山涛也好，晋武帝也好，念在亲戚的份儿上，不那么讲究，也未可知。所以，格外讲究的正是山该。

5 王夷甫父乂①为平北将军，有公事，使行人论②，不得。时夷甫在京师，命驾见仆射羊祜③、尚书山涛。夷甫时总角④，姿才秀异，叙致⑤既快，事加有理，涛甚奇之。既退，看之不辍⑥，乃叹曰："生儿不当如王夷甫邪？"羊祜曰："乱天下者，必此子也！"（识鉴5）

释义

①王夷甫父乂（yì）：王夷甫，即王衍。王衍父亲王乂，字叔元，时任平北将军，都督幽州诸军事，其治所在北平（今河北遵化）。

②使行人论（lún）：派遣使者入朝递上公文，等候列入议程。论，此处意为编排、列入，与《论语》的"论"同义。《晋书·王衍传》记载："父乂，为平北将军，常有公事，使行者列上，不时报。"可见，"论"即"列上"，而"不时报"即没有及时上报朝中的主管大员，也就是本文中所说的"不得"。

③羊祜（hù）：字叔子，是司马师羊皇后的同母弟，是"国舅"；深得司马昭、司马炎父子的信任和重用。

④总角：意为尚未成年。总角，是未成年的发式，把头发梳成发髻，左右各一，其状如角。

⑤叙致：魏晋时的常用语，意为说话有条理、层次清晰，侃侃而谈。当时重视清谈，"叙致精丽""叙致清雅"等，表现出一个人的话语功力。

⑥看之不辍：不停地看着。此处指山涛一直目送着王衍远去。不辍，不停。

释读

王衍的父亲王乂，出任平北将军，有公务文书，派遣使者入朝呈送，等候列入议程，却没有收到回音。当时，王衍在京师，王乂命他坐车去见仆射羊祜、尚书山涛。王衍尚未成年，已经显得风姿不凡、才华出众；说话有条理、层次清晰，侃侃而谈，快而流利，事实与道理相辅相成，山涛听后，甚为惊异。王衍说完，告辞退出，山涛一直目送其身影远去，赞叹道：

"生儿不当如王夷甫邪？"可羊祜持相反看法："乱天下者，必此子也！"

论性质，这是一个父亲让儿子帮自己"走后门"的事件。

或许，作为西晋政坛上的著名人物，王衍正是借助这一次的"走后门"而首次闪亮登场。他颇入山涛的法眼，而山涛是主管任免官员的朝中大人物。王衍日后仕途通达，可能与这一次的出色表现多少有些关系。

这从一个侧面反映出山涛的职业敏感。发现人才，是他的本职工作，哪怕是一个总角少年，他也会加意观察，不错失任何一个可造之材。

至于羊祜的判断，与山涛相反。事实上，王衍是西晋历史上的一个反面角色；就这个故事而言，论预见性，是羊祜胜，山涛败。

不过，历史很有趣，有时还要多看看，不宜太早下结论。《晋书·王衍传》记载，王衍"总角尝造山涛，涛嗟叹良久，既去，目而送之曰：'何物老妪，生宁馨儿！然误天下苍生者，未必非此人也。'"姜还是老的辣，照此一说，山涛也没错！

6 晋武帝讲武于宣武场①，帝欲偃武修文②，亲自临幸，悉召群臣。山公谓不宜尔，因与诸尚书言孙、吴③用兵本意。遂究论，举坐无不咨嗟④。皆曰："山少傅乃天下名言。"后诸王⑤骄汰⑥，轻遘⑦祸难，于是寇盗处处蚁合⑧，郡国⑨多以无备，不能制服，遂渐炽盛，皆如公言。时人以谓山涛不学孙、吴，而闇与之理会⑩。王夷甫亦叹云："公闇与道合。"（识鉴4）

释义

①宣武场：在洛阳宣武观之北，练兵的操场。

②偃武修文：停止武备，提倡文教。偃，停止，停息。

③孙、吴：指孙武、吴起；前者是春秋时期的军事家，著有《孙子兵法》；后者是战国时期的军事家，著有《吴子》。

④咨嗟：此处意为赞叹。

⑤诸王：指西晋时期，司马炎大封皇族，司马氏王侯众多，互相争夺权力，纷纷内斗，史称八王之乱，并导致西晋政权在不太长的时间内覆灭。

⑥骄汰：过度骄纵。汰，指过度。

⑦遘（gòu）：通"构"，造成，结成。

⑧蚁合：如蚂蚁一样群聚。

⑨郡国：魏晋时期，"郡"直辖于朝廷，"国"则是指诸侯王的属地。此处指各地郡县封国。

⑩闇（àn）与之理会：意为其所言与孙、吴的军事理论暗合。闇，通"暗"。

释读

晋武帝司马炎在宣武场谈论武备问题。他打算弱化武备，强化文教，因为这是很重要的国策宣示，故而亲自来到宣武场，也把众大臣全部召集起来。山涛听完之后，认为皇帝所说有其失宜之处；因而跟众位尚书谈论孙武、吴起的用兵之道，越谈越深入，在座的人无不赞叹、佩服。大家都说："山少傅所论，真是天下名言。"后来，宗室王侯各自骄纵，越做越过分，动不动就爆发祸端，相互厮杀，而各地的盗寇纷纷趁乱聚合，祸上加祸；由于弱化了武备，各地郡县封国不足以制服动乱，祸患渐趋严重，不可收拾。这样的后果，一如山涛当初所料。当时的人议论说"山涛不以研究孙、吴兵法出名，而谈论起兵法来每每跟孙、吴兵法暗合"。卒于西晋末年的王衍也赞叹道："山公所言，暗合治兵之道。"

山涛论兵，当在其做太子少傅时期，故人称"山少傅"。《晋书·山涛传》记载，"咸宁初，（山涛）转太子少傅"。咸宁，是晋武帝司马炎的第二个年号，第一个年号是泰始（266—274）；而咸宁（275—279）是司马炎正要巩固权力的时期。司马炎大概认为，此时国基已立，正是偃武修文、步入国家正轨的时候，如果再加强武备，在兵农合一的格局内，则不利于发展农耕业，不利于民生。按说，这是合乎逻辑的做法，与"文景之治"的思路相似。可是，山涛敏锐地意识到，片面弱化武备不可取，故而不完全赞同司马炎的意见。

《孙子兵法·始计篇》说："兵者，国之大事，死生之地，存亡之道，不可不察也。"除了强调武备的重要性，还说"计利以听，乃为之势，以佐其外；势者，因利而制权也"。大概山涛是从一般性的角度说明军备不可忽视、军事不可失势的道理。西晋政权只是接了曹魏的盘，距离三国纷争为时不远，山涛所论，大概也是从大局着眼的，未必与西晋日后的内部权斗挂钩。山涛去世时，司马炎尚在，那时还没有诸王不可一世的情形。所以，"后诸王骄汰，轻遘祸难"云云，说得山涛料事如神，这只是后人的附会之言。

我们不必过高估计山涛所论的预见性。他不太可能预见他身后会出现八王之乱这类毁灭性的历史事件；出现八王之乱也不完全是因为弱化武备触发的。这本来是一个政权结构性问题，相当复杂，此处不赘。

山涛在司马炎宣示国策之后,"因与诸尚书言孙、吴用兵本意",可见他平时是读过《孙子兵法》或《吴子》的,故原文说"山涛不学孙、吴",不能够仅从字面上理解,而应该回到当时的语境看,即彼时的人都知道山涛精研《老》《庄》,是清谈专家,不以研究孙、吴著称,可是,在谈论孙、吴时,也能说得头头是道,这才是让人们觉得意外并且表示佩服的原因。

山涛于《老》《庄》之外,还懂得军事。他不仅仅是名士那么简单。他以其辈分和资望敢于向皇帝提出异议,可知在朝中的地位非同一般。

7 山司徒①前后选,殆②周遍③百官,举无失才。凡所题目④,皆如其言。唯用陆亮⑤,是诏所用,与公意异,争之不从。亮亦寻⑥为贿败。(政事7)

释义

①山司徒:即山涛。司徒,是古代职位极高的官阶,属于"三公"之一。

②殆:几乎。

③周遍:遍及。

④题目:此处指对人选的品题、评语。

⑤陆亮:字长兴,晋河内野王(今河南焦作沁阳)人。是西晋权臣贾充故意安插到吏部的亲信。

⑥寻:没过多久。

121

释读

山涛前后两次掌管任免官员的权责，所选几乎遍及百官，他所选拔的官员，没有选拔不当的；凡是山涛对人选提出的评议，从事后表现看都是准确的。唯有一个例外，就是陆亮，是皇帝亲选，山涛本有异议，也争辩过，可皇帝不听。结果，没过多久，陆亮出事了，因为受贿而被免职。

据刘孝标注引《晋诸公赞》，可知陆亮入吏部事件是山涛官宦生涯的一条分界线。他本来是"为左仆射领选"，掌管吏部（正是此时，陆亮被贾充安插进吏部，出任吏部尚书；皇帝的意见其实就是贾充的意见。而山涛不同意陆亮在吏部任职，指出他不是选官之才）；陆亮入吏部事件发生后，陆亮成为吏部尚书，山涛"乃辞疾还家"。再后来，陆亮被罢免（做事不公允，"坐事免官"），即所谓"寻为贿败"的内情。司马炎大概也知道错用陆亮，执意让山涛复出，并考虑到其年事已高，特别安排"舆车舆还寺舍"，即有专车接送；山涛"辞不获已，乃起视事，再居选职十有余年"，即重新掌管官员的任免（《晋书·山涛传》）。于是，就有了"山司徒前后选"的经历。

山涛有主见，能够坚持原则，又善于"甄拔隐屈，搜访贤才"（《晋书·山涛传》），所以，司马炎先后两次将选拔官员的重任交给他。山涛以自己与司马氏祖孙三代人的交情，且兼皇亲国戚的身份，其后半生与司马氏政权紧密相连，成为当朝显贵。

这是嵇康写《与山巨源绝交书》时未必都能预想到的。

8▷ 王戎目①山巨源："如璞玉浑金②，人皆钦③其宝，莫知名④其器⑤。"（赏誉10）

释义

①目：看，判断。用为动词。

②璞玉浑金：未琢之玉，未炼之金。形容一个人有内秀之美，而不太外露。

③钦：钦敬。

④名：命名。用为动词。

⑤器：本指器物，此处代称山涛其人。

释读

王戎对山涛有如下判断："如未琢之玉，如未炼之金；人人都钦敬他，以之为宝，可又不知道用什么名称来定义他。"

的确，山涛是一个很难定义的人。他是名士，可不是只会说不会做的清谈家；他是"竹林七贤"的核心人物之一，这些人以清高著称，可山涛毕竟后来出仕，做官去了，而且官越做越大；他是精研《老》《庄》的专家，可对于军事也颇为懂行，如此等等，真是"莫知名其器"了。

值得注意的是，王戎本人也是"竹林七贤"的人物之一，他的说法似乎是在为山涛辩诬。所谓"璞玉浑金"云云，说得直白一点，就是并非纯粹之玉，亦非精美之金，含有不少杂质。山涛出来做官，在当时肯定会引起争议，嵇康写《与山巨源绝交书》，可以说明山涛在清流之中处境难堪。或许，这就是某些人所说的杂质。可是，王戎指出，有杂质正是山涛的特质，人无完人，只要他不做坏事，"人皆钦其宝"，即山涛有山涛的存在价值。至少王戎是这么看的。

刘孝标注引东晋大画家顾恺之的看法："（山）涛无所标明，淳深渊默，人莫见其际，而其器亦入道。故见者莫能称谓，而服其伟量。"一是"淳深渊默"，一是"见者莫能称谓"，这些说法都与王戎相近。可见，王戎的判断是得到后世人如顾恺之等的认同的。

9. 人问王夷甫："山巨源义理何如？是谁辈①？"王曰："此人初不肯以谈②自居，然不读《老》《庄》，时闻其咏，往往与其旨合。"（赏誉21）

释义

①谁辈：字面意思是属于哪一辈，此处指跟哪些人差不多，属于哪一个等级。

②谈：特指魏晋时期盛行的清谈，话题多从《老》《庄》等书而来，因为强调思辨，有玄学意味，又称谈玄。

释读

有人问王衍："山巨源在清谈的义理方面达到何种程度呢？大概跟哪些人旗鼓相当呢？"王衍答道："此人当初不肯以善于清谈自居，尽管如此，他的妙处在于，好像不读《老》《庄》，不时听到他的吟咏，其意趣往往跟《老》《庄》的旨趣相合。"

王衍是山涛的晚辈，他对山涛是有所知，也有所不知。

据《晋书·山涛传》记载，山涛"性好《庄》《老》，每隐身自晦。与嵇康、吕安善，后遇阮籍，便为竹林之交，著忘言之契"。这就说得很清楚，山涛熟读《庄》《老》，根本没有"不读《老》《庄》"这回事，王衍是在信口开河。而且，论清谈的功力，山涛与嵇、阮等是旗鼓相当的，否则，他们就不会结为"竹林之交",成为"竹林七贤"的核心人物,并以"著忘言之契"为乐。嵇、阮都是眼睛长在额头上的人,能看得起的人不多,而与山涛交好,可见山涛绝非等闲之辈。对于"是谁辈"这个问题,王衍没有回答;其实,了解"竹林七贤"的人,大可不必有此一问。

若说王衍不懂山涛,也不全是。他起码跟山涛有过直接的接触,多少感受过山涛为人处世的特点和风范,那就是低调。山涛不爱出风头,为人内秀,《庄》《老》的旨趣化入自己的血脉之中,故而往往不经意间的言谈吟咏也能够流露出他在《庄》《老》义理方面的高深造诣,只不过不像某些人处处引用《庄》《老》的语句而已。这大概是王衍所说的"时闻其咏,往往与其旨合"的原意。

话又说回来,深谙《庄》《老》义理的山涛与嵇康不同,与阮籍也不同。嵇康压根儿不想做官,阮籍做官也做得吊儿郎当,山涛可不是,他要么不做官,真要做起官来却做得有板有眼,甚至做得轰轰烈烈,乃至于很较真,不惜跟皇帝叫板。换言之,要么不入世,一决定入世为官,则全副身心投入进去,那些《庄》《老》义理似乎抛到九霄云外了。

山涛是古代从士人转化为士大夫的一个复杂而典型的标本。说到底,王衍还真没有彻底理解山涛;他的回答,只是皮毛之见而已。

编选者言

山涛是一个有争议的历史人物。

余嘉锡先生《世说新语笺疏》说，山涛此人，"善揣摩时势，首鼠两端；与时俯仰，其迎合之术，可谓工矣"（中华书局，2011年，第589页）。观其一生，前半生以隐为主，即"竹林七贤"时代的山涛，其个人志趣和处世态度与其余诸人尤其是与嵇、阮等几无二致；后半生却以显为主，即先后经历了山尚书、山少傅、山司徒等步步高升的仕宦阶段，荣贵异常，可谓一人之下，万人之上，位高权重，非同一般。余先生所批评的，主要是其出仕以后的举止行为。

一隐一显，前后相反，判若两人，难怪余先生表露出鄙视的态度，可说是事出有因，并非无的放矢。

山涛为人圆融，不骄纵，不跋扈，不高调。这是他的性格基调，在年岁比他小得多的嵇康面前，他也没有端起大哥的威势，也不见他与嵇、阮发生冲突的故事。他为人厚道，顾及情义，顶住压力，关照嵇康的儿子嵇绍。他做官清廉，人所共知；位极人臣，虽不一定事事公正，但作为长年掌管朝廷吏部的大员，涉及很多利益关系，却也选拔得人，颇获令誉，大体也是出以公心，极为不易。诸如此类，要说山涛是一个历史上的反面人物，实不公允。

我们评论山涛，可以看到历史人物的复杂性。他跟嵇康不同，嵇康是曹魏姻亲，对于司马氏，他是恨之入骨的；他跟阮籍也不太一样，阮籍与司马氏关系暧昧，对于司马氏，后者在依违之间。可山涛是司马懿的表内弟，是司马师、司马昭兄弟俩的表舅，是司马炎的表舅公；到了某个时期，山涛出于某种原因（如时局已不可逆转，不可能回到曹魏时代）进入司马氏政权核心，儒家入世的意识占据内心，加以无可抹去的亲戚关系，他自然不会如嵇康那样对司马氏恨之入骨，也不会如阮籍那样对司马氏采取依违之间的态度，他做官做得很投入，官声甚佳，德高望重，这一类的历史记载也不能视而不见。

比较懂得山涛的是王戎，他说山涛是璞玉浑金，大致说到点子上了。山涛绝非完人，人格上不无缺陷，尤其是与嵇康并提，一篇《与山巨源绝交书》，足以让山涛成为嵇康的一个反衬。诸如此类，会不会就是璞玉浑金里那些该去掉的东西呢？

《晋书·山涛传》用了不少篇幅写山涛晚年多次辞官的事情，说明他真的不恋权位。山涛不收贿赂，将陈郡袁毅送来的百斤丝绸原封不动地交出，"积年尘埃，印封如初"，史家特别以此作为《山涛传》的结尾，也算是盖棺论定了。

不得不补上一句，山涛有一位贤惠的妻子韩氏；其后半生做大官而无大过，恐怕也得益于韩氏的提点和帮助。

四 向秀

向秀（约227—272），字子期，三国魏河内怀（今河南武陟西南）人。魏晋之际著名的文学家、哲学家，是"竹林七贤"的主要人物之一。

向秀在哲学史上占有一席之地，他注《庄子》，见解精辟，影响深远，其研究成果得到西晋玄学家郭象的借鉴、吸收并发扬光大，世传《庄子》郭象注，一般认为含有向秀的注《庄》心得。可惜的是，向秀的原稿已经失传。

向秀也擅长文学创作，存世作品不多，最出名的是收入了梁萧统所编《文选》的抒情小赋《思旧赋》，其所思的对象是旧日好友，同时遇害的嵇康和吕安；篇幅虽短，而情文并茂。他还有一篇《难嵇叔夜养生论》，附在《嵇康集·养生论》之后。

向秀与山涛同郡，"少为山涛所知"，《晋书·向秀传》记载："（向秀）后为散骑侍郎，转黄门侍郎、散骑常侍，在朝不任职，容迹而已。卒于位。"他显然得到了当时主管吏部的山涛的格外关照。

1 初，注《庄子》者数十家，莫能究其旨要①。向秀于旧注外为解义，妙析奇致②，大畅玄风③。唯《秋水》《至乐》二篇④未竟而秀卒。秀子幼，义遂零落⑤，然犹有别本⑥。郭象⑦者，为人薄行，有俊才。见秀义不传于世，遂窃以为己注。乃自注《秋水》《至乐》二篇，又易⑧《马蹄》一篇⑨，其余众篇，或定点文句⑩而已。后秀义别本出，故今有向、郭二《庄》，其义一也。（文学17）

释义

①旨要：即要旨、主旨。

②妙析奇致：析义精妙，阐发出原书奇特的韵致。

③玄风：谈玄之风。

④《秋水》《至乐》二篇：《庄子》外篇的篇名，排序为第十七篇、第十八篇。

⑤零落：喻埋没。

⑥别本：别人的抄本。

⑦郭象：西晋哲学家，字子玄，河南（治今河南洛阳东）人。官至黄门侍郎、太傅主簿。好老庄，善清谈。对向秀所注《庄子》，述而广之，作《庄子注》。

⑧易：调换，更换。

⑨《马蹄》一篇：《庄子》外篇的篇名，排序为第九篇。

⑩定点文句：意为改订文句。定，即订正；点，指涂改的墨点。

释读

起初，注释《庄子》的学者有数十位，没有一位能够穷尽该书的主旨。向秀对于已有的旧注相当熟悉，他不拘泥于这些旧注而别为新解，析义精妙，阐发出原书奇特的韵致，谈玄之风因而更为盛行。可惜的是，《秋水》《至乐》二篇的注释尚未完稿，向秀就去世了。他的儿子年纪还小，未能继承父业，向秀注《庄》的精义逐渐不为人知，有所埋没，然而幸好存有别人的抄本。有一个人叫郭象，为人薄行，却有俊才，见到向秀所阐发的精义不为人知，于是窃为己有，将"向注"变为"郭注"；因为《秋水》《至乐》二篇的"向注"尚未完稿，郭象加以补注；又将《马蹄》一篇的"向注"更换过，其余各篇，只是在文句上稍加改订而已。后来，出现了"向注"《庄子》的别人抄本。故而如今有"向注"《庄子》和"郭注"《庄子》，里面的析义是一样的。

这是一起学术史公案。

依照这一则文字的说法，可知在编写《世说新语》的刘宋时代，"向注"《庄子》和"郭注"《庄子》是并存于世的。只是此后随着时间的推移，一度被埋没的"向注"《庄子》终于还是失传了，留下来的是"郭注"《庄子》。

从常理而言，"郭注"《庄子》流传于世，一定有其可以传世的理由。就算是郭象剽窃了"向注"，但是"郭注"不等同于"向注"，大概是"郭注"含有郭象的思考和贡献。所以，"今有向、郭二《庄》，其义一也"的说法，有成见和偏见在内，不一定是事实。

刘孝标注引《向秀别传》说，向秀与嵇康、吕安虽为好友，但兴趣有别：向秀勤奋读书，细注《庄子》，追求甚解，而嵇康、吕安认为他是书呆子，该玩的时候不好好玩，《庄子》这部书何须下死功夫去注！从学术史而言，王弼注《老子》，向秀注《庄子》，都属于"好读书而求甚解"，并产生一定的影响。可是，嵇康、吕安的读书态度与此不同，他们采取得意忘言的阅读策略，不求甚解。东晋陶渊明之"好读书不求甚解"，可能是渊源于嵇康、吕安的。

而作为学者的向秀，据《向秀别传》说，他将自己的注《庄》成果拿给嵇康、吕安看，嵇康问吕安："阁下能够厉害过子期吗？"吕安认真读过，惊呼："庄周不死而永生！"言外之意是，向秀让《庄子》此书活起来了。

2. 嵇中散既被诛，向子期举①郡计②入洛③，文王引进，问曰："闻君有箕山之志④，何以在此？"对曰："巢、许⑤狷介之士⑥，不足多慕。"王大咨嗟⑦。（言语18）

释义

①举：（被）举荐。

②郡计：郡计吏的省称。《晋书·向秀传》记载："（嵇）康既被诛，（向）秀应本郡计入洛。"即向秀应岁举，被举荐为河内郡计吏，并以此身份入京。计吏，是负责本郡计簿（上报本郡钱谷、税收、户口等情况）的官吏，定期上京呈交计簿给朝廷。刘孝标注引《向秀别传》："后（嵇）康被诛，（向）秀遂失图。乃应岁举，到京师，诣大将军司马文王。"可以参考。

③洛：即当时的京师洛阳。入洛，指向秀从河内郡到京师。

④箕山之志：指隐逸山中的志向。箕山，山名，在今河南登封市东南。

⑤巢、许：即巢父、许由。相传是尧时的高士，不慕权位，避之唯恐不及，故而入山隐居。据说，隐居地为箕山。

⑥狷（juān）介之士：指洁身自好、耿介不阿的人。

⑦王大咨嗟：意为晋文王司马昭大为嗟叹。王，此处是文王的省称。

释读

嵇康遇害之后，向秀被推举为河内郡计吏，并以此身份入京；司马昭得知向秀来到洛阳，命人引进，与之见面。司马昭问："我听说阁下有箕山之志，可今天到这里来，到底是怎么回事呢？"向秀回答道："巢父、许由这类人，自命清高，狷介自爱，也没什么可羡慕的。"司马昭听毕，大为嗟叹。

向秀在嵇康被杀前，经常和他在一起，还帮助拉动风箱，陪伴嵇康打造铁器；也跟阮籍、山涛等人多有往来，时常清谈。故而，与阮籍、山涛相熟的司马昭对向秀其人早有耳闻，大概也想会一会这一位颇有名气的"竹林人物"。既然他来了，那就安排见上一面。

见面的时候，估计说过不少话，但是没有都记录下来，只是记下了这么一小段。司马昭的问话显然别有居心，话题有点刁钻，被问者若一不小心，会掉进话语的陷阱里去。可向秀毕竟是才学之士，反应机敏，也不忸怩作态，话说得比较直白，估计还有点出乎司马昭的意料。司马昭本来以为，像向秀这类人，应该是很爱面子的，问的是"出处之间"的大问题，你以前采取"处"即隐居的态度，现如今却转为"出"即终于出来为司马氏政权服务了，看你怎么解释。可向秀的话语策略是不为自己辩护，直截了当，说所谓的箕山之志也不足多慕；既然不足多慕,就避开了箕山之志这个话语焦点,变被动为主动,顿时化解了尴尬。

向秀的脸皮有点厚,就是"厚黑学"里的"厚"。反正已经到了这个份上,自我辩解是愚蠢不智的,干脆毫不遮掩,在司马昭面前否定了箕山之志。《晋书·向秀传》的记载略有差异:"巢许狷介之士,未达尧心,岂足多慕。"参照此语,可知"未达尧心"四字才是关键,换言之,向秀认为,尧是儒家极为推崇的圣人,巢父、许由与尧的距离不小,不能达至尧的境界,没有什么值得羡慕和效法的,"岂足多慕"一句,用的是设问语气,更为传神。

请注意,向秀采取了话语转换的技巧。因为,《老》《庄》是向秀等清谈家常用的典籍,箕山之志也是与道家话语相通的,都表明避世的态度;然而,在司马昭面前,可不能使用道家话语,应该活用儒家话语,司马氏父子以儒学传人自居,一句"未达尧心",迅速进入儒学语境,难怪《晋书·向秀传》说,司马昭听完之后,"帝甚悦",即相当满意了。

而"帝甚悦"与"王大咨嗟"是有微妙差异的。后者偏重于形容司马昭发自内心的感慨和隐含着的得意。曾几何时,向秀不是跟嵇康打得火热吗?怎么嵇康死了你向秀就转向了呢?其实,向秀怎么回答,在司马昭看来也并不十分重要,重要的是你这个人已经来到了我的跟前。故而,论描写司马昭的神态,"王大咨嗟"显得更妙。

做了河内郡的计吏,大概是向秀步入仕途的开始;后来,步步高升,转为散骑侍郎,升至黄门侍郎、散骑常侍,而且,"在朝不任职",领着俸禄不怎么干活,最后卒于位,这日子过得如此潇洒,大概九泉之下的嵇康无论如何也是想不到的。

133

3 刘尹①、王长史②同坐，长史酒酣起舞。刘尹曰："阿奴③今日不复减向子期。"（品藻44）

释义

①刘尹：即刘惔（dàn），字真长，做过丹阳尹，故称。东晋时人，与王濛是好友。

②王长史：即王濛，字仲祖，做过司徒左长史，故称。东晋时人，与刘惔是好友。

③阿奴：魏晋时，平辈之间的昵称，此指王濛。

释读

一天，刘惔、王濛在一起，王濛喝酒喝得兴起，站起来跳舞。刘惔说："阿奴今日的风姿跟当年的向子期差不多啊。"

这是一则跟向秀有关的文字，折射出向秀性格的某个侧面：原来，向秀不完全是一个书呆子，他高兴起来，也会手舞足蹈，风姿洒脱，并成为故事，是后世的谈资之一。

作为东晋时期的人物，刘惔看到王濛面红耳热地跳起舞来，马上联想到"竹林七贤"之一的向秀，可知向秀的名气的确很大，其酒后跳舞的故事流传久远。

爱音乐，喜跳舞，用今天的话说，是有文艺范儿。"竹林七贤"的精神生活多姿多彩，以勤奋读书著称的向秀也不例外。

编选者言

向秀与嵇康走得很近，人们熟悉的是他在大树底下拉风箱协助嵇康打铁的画面，这好像就是他的定格照片了。

人们也许不太留意嵇康遇害后向秀的行踪。

向秀毕竟也出来做官了，而且官运不错，境遇颇佳，"在朝不任职，容迹而已"，这种待遇不是什么人都可以有的，只因为他是向秀。

在某种程度上说，向秀入京，愿意去见司马昭，已经意味着司马昭赢了。须知，向秀见司马昭的时候不外是河内郡的计吏；可是，见过司马昭之后，向秀入朝了，官做得不算小，好歹是黄门侍郎、散骑常侍。这其中的官运，不排除有山涛关照。向秀从小就得到山涛的赏识，而且有同郡之谊，又同属"竹林七贤"。可是，这是司马昭的天下，山涛再悉心照料，没有司马昭的默许，可以做得到吗？反正，司马昭的用心，生前一直被司马昭格外照顾的阮籍是清楚的，估计向秀那么聪明，也不会不清楚。向秀也好，阮籍也罢，只要不公开与司马氏作对，干活也好，不干活也好，都可以，朝廷养起来。这才是"在朝不任职，容迹而已"的内情。

同属"竹林七贤"，山涛入朝后很卖力，十分投入；而向秀显然是消极怠工，看来连"做一天和尚撞一天钟"也不是，大概属于做和尚而不撞钟，找个岗位待着，领一份俸禄，得过且过。主要的区别在于，他不像山涛，跟司马氏有着特殊关系；向秀本来就不会对司马氏政权有多少认同意识；所谓"在朝不任职"，意味着他仍然心存芥蒂，抱持看法，还有不得已的苦衷。

五 刘伶

刘伶（生卒年不详），字伯伦，西晋沛国（今安徽濉溪西北）人。其人以容貌甚陋和放情肆志著称。西晋初年（泰始年间）尚在世，是由曹魏入西晋的名士。

刘伶在文学史上留下了一篇《酒德颂》，文笔恣纵，颇显个性，有《庄子》遗风。与阮籍、嵇康结为好友，是"竹林七贤"的主要人物之一。

刘伶在曹魏时期，曾经做过建威参军。进入西晋后，他并未失去政治热情，向朝廷献策，"盛言无为之化"，即希望朝廷提倡老庄哲学，但没有得到向来倡导儒学的司马氏政权的接纳；于是，"独以无用罢"，当政者将他排挤出体制外。尽管与西晋的官场无缘，但刘伶"以寿终"，得以享其天年。

《晋书·刘伶传》说，刘伶"初不以家产有无介意"，不事生产，看来也并非清贫。他能够在"独以无用罢"的环境里活下来，说明他还是有办法安排生活的。

1. 刘伶著《酒德颂》①，意气②所寄。（文学69）

释义

①《酒德颂》：见《晋书·刘伶传》。篇幅虽短，但塑造了一个"行无辙迹，俯视万物"的"大人先生"形象，可以视为刘伶的心灵自传。

②意气：此指《酒德颂》所寄托的不羁之意和超迈之气。

释读

刘伶著《酒德颂》，寄托了他的不羁之意和超迈之气。

史家很重视刘伶的《酒德颂》，将它录入《晋书·刘伶传》里，占据了一半的篇幅。

这篇名文，以"有大人先生"一句领起，描述这位先生过的是"行无辙迹，居无室庐，幕天席地，纵意所如"的生活；他服膺于《庄子》的哲学，以《齐物论》的视野观照人生，"以天地为一朝，万期为须臾"，一切都是相对的，没有绝对可言。如果说，要有绝对的话，只有一件："唯酒是务，焉知其余。"作者于此点题。接着，笔锋一转，说有一些"贵介公子"之类的人，对这位大人先生肆意攻击，"乃奋袂攘襟，怒目切齿，陈说礼法，是非蜂起"，一时浊浪袭来，大有势不可当的来头，可是，大人先生照饮不误，不予理睬，"无思无虑，其乐陶陶"。字里行间，洋溢着刘伶式的不羁与超迈。

所谓酒德，就是它令人"不觉寒暑之切肌，利欲之感情"。换言之，在酒的陶醉之下，人超越了是非、得失与利害，成为独立于天地之间的大人先生，俯视万物，傲然自得。

《酒德颂》里的大人先生与阮籍《大人先生传》中的大人

先生有同有不同。相同的是，二者都是《庄子》哲学的传人，阮籍版的大人先生"应变顺和，天地为家，逍遥以永年"，刘伶版的大人先生"居无室庐，幕天席地，无思无虑，其乐陶陶"，意趣接近，精神相通。不同的是，阮籍版的大人先生说的多是形而上的话语，而刘伶版的大人先生颇接地气，不避粗俗，更是突出了酒的德行。前者偏于雅，后者偏于俗。

刘伶式的不羁与超迈，即是《酒德颂》的"意气所寄"。这位极有个性的酒徒，传世作品甚少，一篇《酒德颂》足以入文学史，正是"以少少许胜多多许"的典型案例。

2▷ 刘伶病酒①，渴甚，从妇②求酒。妇捐③酒毁器，涕泣谏曰："君饮太过，非摄生之道，必宜断之！"伶曰："甚善。我不能自禁，唯当祝鬼神，自誓断之耳！便可具酒肉。"妇曰："敬闻命。"供酒肉于神前，请伶祝誓。伶跪而祝曰："天生刘伶，以酒为名④，一饮一斛，五斗⑤解酲⑥。妇人之言，慎不可听。"便引酒进肉，隗然⑦已醉矣。（任诞3）

|| **释义**

①病酒：因酗酒致病，多指神志不清。

②妇：此指刘伶之妻。

③捐：舍弃，抛弃。

④以酒为名：即以酒为命。古代"名"与"命"通用。

⑤五斗：即一斛，古代曾以十斗为一斛，后又以五斗为一斛。

⑥解酲（chéng）：解除酒病。酲，指酒病（如神志不清）。

⑦隗（wěi）然：倾倒的样子。

释读

刘伶酗酒,神志不清,胡言乱语,病得不轻;口渴,又想喝酒,恳求妻子拿出酒来。他的妻子见他喝酒喝出病来,把酒倒了,将酒器毁掉,下决心不让他再喝。其妻哭着对刘伶说:"你饮酒过度,违背养生之道,必须戒酒!"以此来规劝丈夫。刘伶道:"你说得太对了。可是,我没有自制能力,只有求助于鬼神,让鬼神来监督,我要对鬼神发誓戒酒。你赶快准备好拜神的酒肉吧。"其妻一听,觉得有理,说:"好,我立即准备。"随后,在神台上供奉酒肉,请刘伶发誓。只见刘伶跪在地上,念念有词,四字一句,发誓道:"天生刘伶,以酒为名,一饮一斛,五斗解酲。妇人之言,慎不可听。"说完,大杯喝酒,大块吃肉,又喝得酩酊大醉,倒在地上。

一个人,内心该有多痛苦,才能喝到刘伶这个程度。须知,写得出《酒德颂》的刘伶,思维正常,思路清晰,文笔纵横恣肆,意态跌荡起伏,是魏晋时期的才子之一。他是一位有思想、有独立见解的士人,可又弄得自己三魂丢了七魄似的,胡言乱语,浑浑噩噩,过着天昏地暗的日子,呈现出一种病态。书里的描述或许有些夸张,但是,刘伶的放浪不羁,在当时相当典型。

我们不宜忽略《晋书·刘伶传》里的一句话:"泰始初对策,(刘伶)盛言无为之化。"即在司马炎刚建立西晋政权的泰始初年,刘伶没有疯癫,还一本正经地向朝廷献策(其所献之策不合朝廷口味,不被采纳),说明此人在政治上本来是想有所作为的。如果以为刘伶一直"悠悠忽忽",一直"隗然已醉",那就错了。

世说新语别裁详解

竹林七贤

3. 刘伶恒纵酒放达，或脱衣裸形在屋中，人见讥之。伶曰："我以天地为栋宇①，屋室为裈衣②，诸君何为入我裈中？"

（任诞6）

释义

①栋宇：代指房屋。栋，屋梁；宇，屋檐。

②裈（kūn）衣：裤子和衣服。裈，指有裤裆的裤子（即合裆裤；参见孙机著《汉代物质文化资料图说（增订本）》，上海古籍出版社，2008年，第273页）。

释读

刘伶经常纵酒，放达不羁，有时还脱去衣服，赤身裸体，在自己的屋里走来走去。有人见到，讥笑他不知羞耻，毫无礼仪。刘伶对此回敬道："天地就是我的房子，居室就是我的裤子和衣服，诸君凭什么走进我的裤裆之中呢，你们好意思吗？"

据刘孝标注引邓粲《晋纪》，有一次，若干人突访刘伶家，刚好刘伶脱衣裸身，看到来人面露鄙夷神色，刘伶才有了上面的一段妙语。

也怪不得刘伶生气。刘伶除了爱喝酒，可能还吃五石散。鲁迅《魏晋风度及文章与药及酒之关系》写道："吃了散之后，衣服要脱掉，用冷水浇身；吃冷东西，饮热酒。"估计刘伶脱衣裸体与此有关。换言之，在刘伶看来，我在自己家里爱怎么样就怎么样，用不着外人评议。

魏晋时期，自从曹魏的何晏吃开了五石散之后，服用此散，在士大夫或士人之间一时成了风气，受此影响，刘伶未能免俗是可能的。这也是鲁迅所说的"一班名人都吃药"。

4 刘伶身长六尺，貌甚丑悴①，而悠悠忽忽②，土木形骸③。

（容止13）

释义

①丑悴（cuì）：丑陋而瘦瘠。

②悠悠忽忽：悠闲懒散、毫不在乎的样子。

③土木形骸：指不加修饰、随随便便的本来面目。

释读

刘伶身长六尺，样貌丑陋而瘦瘠；总是一副悠闲懒散、毫不在乎的样子，衣着素朴，不加修饰，随随便便。

这一则文字，写了刘伶的外形，也描画出其惯常的神态。

可资比较的是，《世说新语》容止门第五则，说"嵇康身长七尺八寸"；若论身高，刘伶远不如嵇康。可在"土木形骸"方面，二人可有一比，且看刘孝标注引《（嵇）康别传》所说，嵇康"土木形骸，不加饰厉，而龙章凤姿，天质自然"。换言之，刘伶也是"土木形骸"，其不加修饰、随随便便的作风大概和嵇康差不多。

本条刘孝标注引梁祚《魏国统》说，刘伶的精神面貌往往是"肆意放荡，悠焉独畅；自得一时，常以宇宙为狭"，这可以视为对"悠悠忽忽"的具体描述。

"常以宇宙为狭"的刘伶是庄子的信徒，他的《酒德颂》，以及他的日常行为，无不散发出庄子意气。其佯狂的姿态，显露出包举宇内、蔑视一切的傲气。如果说，阮籍会对人翻白眼，那么，刘伶简直是对天下万物翻白眼了。

对天下万物翻白眼的刘伶，活得很痛苦，所以，他要酗酒

五 刘伶

解愁；他看什么都不顺眼，所以，只好肆意放荡，以此来麻醉自己；他不能让别人看穿自己的内心，所以，他装出悠悠忽忽、一切都无所谓的样子。

世间将无所谓挂在脸上的，其实，内心大多都有所谓。无所谓是一种面具，而有所谓才是里子。如果刘伶真是无所谓，就不必在泰始初年给朝廷献策了。

编选者言

刘伶以特立独行著称，据《晋书·刘伶传》记载，刘伶虽然是"竹林"中人，但是，他"澹默少言，不妄交游"，可见为人十分孤傲。

在某种程度上说，刘伶喜欢行为艺术，他骗了妻子，竟然在夫人决意断供的情况下成功地使得她乖乖送上酒肉，场景如演戏一般；《晋书·刘伶传》还说，他常常乘坐鹿车，"携一壶酒，使人荷锸而随之，谓曰：'死便埋我。'"这何尝不也是一种表演呢，关键是常常，并非偶一为之。他是有着表演欲的名士。

刘伶的行为，不无怪诞色彩，与《庄子》里所描述的奇奇怪怪的人物有些相似，而他又是庄子思想的继承者，也是践行者。他尚未完全忘情于政治，但他的政治理想是"无为之化"，还是以老庄为本。

刘伶是善终的，大概他始终没有妄议过司马氏政权，诈癫扮傻，和光同尘；在人生策略上，他精明过嵇康，颓废过阮籍。既精明又颓废，是后人研究变态心理的好样本。

六 阮咸

阮咸（生卒年不详），字仲容，西晋陈留尉氏（今属河南）人。阮籍的侄子。其父阮熙，官至武都太守。

阮咸为人任达不拘，性情与阮籍比较接近，两人关系也格外密切。因阮籍的援引，阮咸参与"竹林之游"，是"竹林七贤"的主要人物之一。

同为"竹林七贤"的山涛，在进入西晋之后，曾经想关照阮咸，为他说好话，称阮咸"贞素寡欲，深识清浊"，更对他有较高期许："若在官人之职，必绝于时。"而一向比较听从山涛建议的晋武帝司马炎，却不给面子，认为阮咸"耽酒浮虚"，坚决不予录用为吏部郎（《晋书·阮咸传》）。阮咸曾经在晋武帝咸宁年间做过散骑侍郎、始平太守（一说是在泰始年间）。咸宁年号之后，是太康，山涛卒于太康四年（283）。故此，太康四年之后，估计无人为他说话了。

阮咸是一位杰出的音乐家，善弹琵琶，妙解音律，具有较高的音乐造诣。乐器阮咸，或简称"阮"（弹拨乐器，有圆形音箱，又称秦琵琶），就是以其名字命名的。他的音乐才华过于突出，反而招惹其上司的妒忌，遭遇排斥，颇不得志。

阮咸"以寿终"，他在"竹林七贤"中是花边故事较多的人物。

1 阮仲容、步兵①居道南，诸阮②居道北。北阮皆富，南阮贫。七月七日③，北阮盛④晒衣，皆纱罗锦绮。仲容以竿挂大布犊鼻裈⑤于中庭⑥。人或怪之，答曰："未能免俗，聊复尔耳⑦！"（任诞10）

释义

①步兵：即阮咸的叔父阮籍（做过步兵校尉）。

②诸阮：此指比较富贵的阮姓家族，与阮籍、阮咸等同族而不同支。

③七月七日：即农历七夕。古时于此日除了乞巧之外，还有晾晒经书和衣裳的习俗，唐代诗人沈佺期有诗题为《七夕曝衣篇》。据说，此日晾晒衣物，可以无虫。

④盛：本义指"盛况"，此处指"诸阮"（即好多家）纷纷晾晒衣物，相当可观，蔚为盛况。盛，形容词用作副词。

⑤犊鼻裈：此指贴身短裤（内裤），长仅及膝，两个裤管像牛鼻子的两个鼻孔，故称。

⑥中庭：指屋中的天井，可以晾晒衣服。

⑦聊复尔耳：意为姑且循例也做个样子。

释读

阮咸和他的叔父阮籍居住在道路南侧，其他的阮姓家族居住在道路的北侧。后者都是富有的，前者却比较贫穷。七月七

世说新语别裁详解

◎ 竹林七贤 ◎

日，住北边的阮姓家族纷纷在庭院中晾晒衣物，全都是绫罗绸缎之类。阮咸见状，有样学样，将自己的一条犊鼻裈挂在一根竹竿的顶端，置于家里的天井之中。有人见到，觉得奇怪，问阮咸想干吗，阮咸回答："未能免俗，姑且循例也做个样子。"

刘孝标注引《竹林七贤论》说："旧俗：七月七日，法当晒衣。"又说当时阮咸其实很小，还未成年："（阮）咸时总角，乃竖长竿，挂犊鼻裈也。"其中，"乃竖长竿"四字很妙，说明别人在屋外就可以望见高高竖起的犊鼻裈，如此张扬，可以说是很阮咸的举动，古往今来，罕见挂出自己的内裤来显摆的。

总角的阮咸，还是一个孩子，竟然如此出位，风趣幽默，傲视人间，难怪他的叔父阮籍那么喜欢他。

视富贵如浮云，而视犊鼻裈珍贵无比，足以拿来炫耀，这是庄子的"齐物论"思想，小小年纪的阮咸是在活学活用了。

阮咸玩世不恭，也是一个好玩的人；他玩音乐玩出了极大的名堂，没想到他玩幽默也玩得如此惊世骇俗。

2> 诸阮皆能饮酒①，仲容至宗人②间共集，不复用常杯斟酌，以大瓮③盛酒，围坐，相向大酌④。时有群猪来饮，直接去上⑤，便共饮之。（任诞12）

释义

①皆能饮酒：此处特指豪饮。

②宗人：同宗的人。

③大瓮：陶制容器，腹部鼓出。

④相向大酌：意为围坐喝酒时两两相对，捉对斗酒。

⑤直接去上：口语，此处意为让猪随便入场（没有驱赶）。直接，此处意为不予拦阻。

释读

阮姓家族的人都能豪饮，一次，阮咸跟同宗的人聚集，喝起酒来嫌酒杯太小，斟酌过于频繁，不能尽兴，干脆改用大瓮盛酒，喝个痛快。他们围坐在一起，捉对斗饮。刚好有一群猪也拱了进来喝洒落在地上的酒，他们也不拦阻，让猪随便入场，人也喝，猪也喝，人猪两便。

不用杯而用瓮，喝酒时洒落一地是常见的，故而猪才会来凑热闹。这是理解该故事的一个关键点，否则，就很费解了。

有人翻译为："当时有一群猪也来喝，径直凑到酒瓮跟前，于是就一同喝起来。"（张万起等《世说新语译注》，中华书局，2009年，第724页）

有人翻译为："当时有很多猪也来喝，它们直接就上去喝了，于是大家就与这群猪一道喝酒。"（朱碧莲《世说新语详解》，上海古籍出版社，2013年，第483页）

有人翻译为："当时有一群猪也来喝酒，直接爬上大瓮，人与猪就一起喝起来。"（毛德富等译《世说新语》，中州古籍出版社，2017年，第337页）

有人翻译为："这时有很多猪也来喝酒。（阮咸等）只是把浮面的一层酒舀掉，便一起喝起来。"（董志翘等《世说新语笺注》，江苏人民出版社，2019年，第830页）

以上的翻译，没有扣住用瓮来喝酒这一关键细节。诸阮在豪饮，嫌杯的容量太小，才会"以大瓮盛酒"，酒在倒进口中的时候会洒落一地；猪也来喝酒，是正逢其时的。

六 阮咸

只不过，他们任凭猪来加入，不做驱赶，也是一种放达的表现。如果不理解口语"直接去上"是什么意思，也就领会不了此故事写"人猪两便"的超然意态。

3 阮仲容先幸①姑家鲜卑婢②。及居母丧，姑当远移，初云当留婢，既发，定将去。仲容借客驴着重服③自追之，累骑而返④。曰："人种⑤不可失！"即遥集⑥之母也。（任诞15）

释义

①幸：本义是宠爱，此指与之发生性关系。用为动词。

②鲜卑婢：出身于鲜卑族的婢女。

③重（zhòng）服：古时，父母去世，对孝子而言是重丧，此时所穿的孝服即为重服。

④累骑而返：两人共骑一头驴子回来。

⑤人种：此处指身孕。

⑥遥集：即阮孚，字遥集，阮咸与鲜卑女所生的儿子。

释读

阮咸的姑姑回娘家住，身边有一个出身鲜卑族的婢女，阮咸与此女子发生私情。后来，阮咸母亲去世，姑姑不便滞留娘家，按照旧例要移居别处。即将离开时，本来说好将婢女留下来；到出发的时候，却临时改变主意，一定要带走婢女。阮咸一下子紧张起来，连忙向前来吊唁的客人借得一头驴子，穿着孝服追了出去，终于与婢女一起骑着驴子回家。他解释道："人种不可失！"此女子就是阮孚的母亲。

在阮咸的一生中,这一次的追婢事件流传甚广,影响不小,他的名声不佳也跟此事大有关系。

刘孝标注引《竹林七贤论》说:"(阮)咸既追婢,于是世议纷然。自魏末沈沦间巷,逮晋咸宁中,始登王途。"换言之,这个事件大概发生在魏末。魏元帝咸熙二年(265)时,阮咸大约三十出头;这一年,司马昭去世,次年,司马炎建立了西晋王朝。阮咸在"竹林七贤"里算是小字辈,他"沈沦间巷"多年,一直都出不了头,生性风流惹的祸,可能是一部分原因,这从"世议纷然"就可以看出。而所谓"逮晋咸宁中,始登王途",说的是晋武帝司马炎咸宁年间(275—279),阮咸已经年届不惑,步入中年了。由此推断,他日后与荀勖发生矛盾,被外放为始平太守,可能就在此咸宁年间(也有人说是在泰始年间,即咸宁的前一个年号)。

不论如何,阮咸的风流韵事给他带来不少麻烦。他为此付出过很多机会成本,是不在话下的。

4 荀勖①善解音声②,时论谓之"闇解③"。遂调律吕④,正雅乐⑤。每至正会⑥,殿庭作乐,自调宫商⑦,无不谐韵。阮咸妙赏,时谓"神解⑧"。每公会⑨作乐,而心谓之不调⑩。既无一言直⑪勖,意忌之,遂出阮为始平⑫太守。后有一田父耕于野,得周时玉尺⑬,便是天下正尺。荀试以校己所治钟鼓、金石、丝竹,皆觉⑭短一黍⑮,于是伏⑯阮神识。(术解1)

|| **释义**

①荀勖(xù):魏晋时颍川颍阴(今河南许昌)人。曾任魏安阳令、从事中郎等职,又任晋中书监、侍中等职。是司马昭、司

马炎父子信任的朝廷大员之一。由于懂音乐，还掌管宫廷乐事。

②音声：即音乐。

③闇（àn）解：深解。闇，深。

④律吕：代指乐律。律，属阳；吕，属阴。古代乐律统称"十二律"，阴阳各六。

⑤雅乐：即"正乐"，用于朝廷的重大场合，属于正规礼乐。

⑥正（zhēng）会：代指皇家元旦朝会。正，正月。

⑦宫商：代指五音（宫、商、角、徵、羽），即五个音阶。

⑧神解：神妙之解，比闇解的层次要高得多。

⑨公会：因公集会，不是私人场合。

⑩不调：不协音律。此处特指仅仅有一点儿不协调而已。

⑪直：肯定，赞美。

⑫始平：地名，治所在槐里（今属陕西兴平）。

⑬周时玉尺：周代的标准尺。

⑭觉：通"较"，比较。

⑮短一黍（shǔ）：短了一粒米的长度。黍，古代长度单位，一黍为一分，百黍为一尺。

⑯伏：通"服"，即佩服。

释读

荀勖深于理解音乐的乐理，当时称之为"闇解"。朝廷每逢举办正规的礼乐活动，都让荀勖负责调定乐律。新年元旦，皇家必有正会，在殿庭里安排乐队表演，荀勖皆亲自调试音调音准，无不合律，协和动听。阮咸欣赏音乐的水平极高，尤其是辨音的能力极强，当时称之为"神解"。每一回，朝廷正规演出，阮咸心里总觉得差那么一点儿；他没有一次开金口表扬过荀勖，荀勖心怀不满，又妒忌阮咸的音乐才华高于自己，于是借故将阮咸外派到始平郡做太守。后来，有一个农夫在郊外开垦土地，挖到一把周代的玉尺，也就是校准天下乐器的正尺。荀勖用来核校自己监制的钟鼓类乐器、金石类乐器、丝竹类乐器，一比对，发现都短了一黍，这才真心佩服阮咸的辨音能力实在神妙。

在音乐方面，荀勖与阮咸皆称高手，可他们之间存在瑜亮情结。论官位，荀勖高于阮咸；论乐感，阮咸之神妙乃荀勖所不及。在司马氏掌权时期，荀勖是司马氏父子信得过的人，而阮咸由于名声不佳，靠边站，甚至被踢出局。荀、阮的矛盾是阮咸一生中的一个事件，《晋书·阮咸传》特意提及，可见非同小可。

不过，同一时代，同时出现荀勖和阮咸这样两位音乐高手，也可以说明古代的礼乐文化到了魏晋时期正向着精妙的方向发展，"不差一黍"是当时的音乐家的艺术追求。

5 山公举阮咸为吏部郎①，目②曰："清真寡欲，万物不能移也。"（赏誉12）

释义

①吏部郎：吏部中主管选举事务的官员。

②目：此指举荐的评语。目，用为动词，意为品题，品评。"目曰"是"目之曰"的省略形式。

释读

山涛举荐阮咸出任吏部郎，在上奏朝廷的举荐评语中有一句话："清真寡欲，万物不能移也。"

在晋武帝司马炎当政时期，山涛是主管吏部的朝廷大员，吏部郎是他的下属。他有意举荐阮咸，一来重视阮咸的才干，一来念及"竹林同游"的交谊。

据刘孝标注引山涛《启事》，当时，吏部郎史曜被调出，有空缺，山涛推举阮咸补缺；另据曹嘉之《晋纪》，山涛执意让阮咸来补，接连三次上奏朝廷，可是，都被晋武帝否决。结果，吏部郎改由一个叫陆亮的人来出补。

山涛在其仕宦生涯很少遇到这种挫折，晋武帝对他言听计从的时候居多。按说，阮咸也不是别人，是阮籍的侄子；阮籍是晋武帝父亲司马昭的好友，尽管此时阮籍已经去世，但照顾一下自己世叔伯的侄子，于情理上似乎没有难度。但晋武帝咬定阮咸是一个不中用的人，说他轻浮，任凭山涛如何说好话，就是不听。

这从一个侧面折射出阮咸当时的名声很不好。

山涛给出的好评语，不仅有水分，而且可能是大话，但这样做，暗藏着山涛的一份苦心，只是晋武帝不能理解和领会。刘孝标注引《竹林七贤论》说："山涛之举阮咸，固知上（晋武帝）不能用，盖惜旷世之俊，莫识其真故耳。夫以（阮）咸之所犯，方外之意，称其清真寡欲，则迹外之意自见耳。"山涛有时候是保留着一种名士脾气的，他认为阮咸是旷世之俊，不宜用世俗眼光来看待他；可别人不明白山涛的用意，也就不懂阮咸身上的"竹林七贤"的某些遗风。所谓"方外之意"或"迹外之意"，即有超越世俗的意思；说不定山涛是想说服晋武帝也来学学其父司马昭当年怀柔阮籍的故事，将阮咸视为可以拉拢的对象，这样对巩固西晋政权有好处而没什么坏处。

可阮咸此时所处的环境已经变了，不复是他叔父阮籍在司马昭身边的时候。这只能说阮咸的遭际暗示着"竹林七贤"的末路。

六　阮咸

编选者言

阮咸是阮籍眼中的一个人物，可不一定是阮籍心目中理想的阮氏后人。阮籍的儿子阮浑长大成人，风气韵度很像其父，也想学着父亲和堂兄阮咸那样放达不羁。没想到，阮籍很严肃地对儿子说："我们阮家后人，有一个阮仲容就够了，你不能再学了！"（《世说新语》任诞门第十三则）显然，放达不羁不是正途，阮籍心里明白。

阮籍领着阮咸参与"竹林之游"，也不能说把自己的侄子带坏了。当时，曹魏政权裂变，曹氏衰落，司马氏兴盛起来；接着，司马氏取曹氏而代之，这已经是改朝换代的节奏。作为曹操时代的著名文士阮瑀的后代，阮籍也好，阮咸也好，对曹魏政权尚存好感，要他们一下子转过弯来，是很难的；可面前的司马氏也不得不面对，要完全脱离，又是很难的。实在是处于两难的境地。所以，所谓放达不羁是一种模糊的处世策略，谁都不得罪，谁都不讨好，浑浑噩噩，和光同尘，这是在两难的夹缝里求生存的无奈之举。

随着时间推移，也跟随政治环境的变迁，上一代人的活法不一定要复制给下一代，时移世易，活法没有标准答案。这是阮籍不愿意儿子再去学自己和阮咸的原因。

其实，活法不可复制，阮咸也是不可复制的。这一位"竹林七贤"中的小字辈，真是一个人物。他好玩、有趣、旷达、任性，有时候很粗线条，粗豪到可以跟猪一起喝酒；有时候却精细无比，乐音与乐律在协调时就差那么一丁点儿，他也能听得出来，在高手那里几乎可以忽略不计，可他较真到神妙的程度，超越了高手，是高手中的高手。如此反差明显，却又集于一身，这就是独一无二的阮咸。

阮咸的人生道路曲折不断，有时代的因素，也有个人的问题。就后者而言，他玩世不恭，疏于检点，缺点不少，故而惹来物议，遭遇困顿，也就事出有因了。

阮咸毕竟是古代文化史尤其是音乐史上有着重要贡献的人物，他的音乐天分是出众的，他对琵琶的改造是成功的，一把阮咸流传千古，阮咸其人也就活在历史之中。

七　王戎

王戎（234—305），字濬冲。西晋琅邪临沂（今山东临沂北）人。其父王浑，官至凉州刺史，封贞陵亭侯，是阮籍的好友。

王戎比阮籍小二十四岁，阮籍很喜欢他，结为忘年交。王戎与阮咸年纪相当，一起加入"竹林之游"，成了"竹林七贤"之一。

王戎为人处世，多有模仿阮籍之处，《晋书·王戎传》记载："性至孝，不拘礼制，饮酒食肉，或观弈棋，而容貌毁悴。"这类举止，颇像阮籍。

与阮咸不同的是，王戎后半生的官运相当不错，曾因平吴有功，进爵安丰县侯，故世称王安丰；后官至尚书令、司徒，达至"三公"的高位。

1 魏明帝[①]于宣武场上断虎爪牙[②]，纵[③]百姓观之。王戎七岁，亦往看。虎承间攀栏而吼，其声震地，观者无不辟易颠仆[④]，戎湛然不动[⑤]，了无[⑥]恐色。（雅量5）

释义

①魏明帝：即曹叡，曹丕儿子，曹丕死后继位。王戎生于魏明帝青龙二年（234），而魏明帝于景初三年（239）去世。本故事发生时，王戎其实未满七岁。

②断虎爪牙：将老虎的爪牙包裹起来。断，意为隔断，不是折断。这是难度很高的惊险场面。

③纵：容许。

④辟（bì）易颠仆（pū）：或慌忙避开，或吓得倒地。辟，通"避"；易，改换（位置）。辟易，意为退避、离开。颠仆，意为倒地。

⑤湛然不动：沉着冷静，一动不动。

⑥了无：一点儿也没有。

释读

魏明帝晚年，在宣武场上让人表演"断虎爪牙"的绝技，即将老虎的爪牙包裹起来，这是难度很高的惊险场面，容许老百姓也入场观赏。当时，王戎虚岁七岁，也前来观看。表演期间，只见老虎忽然在围栏内攀爬、咆哮，声音震地，吓得观众避开的避开，倒地的倒地，可王戎纹丝不动，沉着冷静，一点儿也没有惊恐的神色。

《全晋文》卷一三七有《竹林七贤论》，其中有一段相关的文字，大意说，魏明帝让力士表演，在围栏内与虎搏斗，观众惊骇，而王戎"亭然不动"，"帝于阁上见之，使问姓名而异焉"。（清严可均辑《全晋文》，商务印书馆，2006年，第1491页）换言之，小小王戎，镇定自若，异于常人，魏明帝远远就察觉了，还派人去问是谁家的孩子。

王戎儿时故事多。"竹林七贤"都是有故事的人物，而王戎的故事多是从幼年时代就开始了。

2 王戎七岁，尝与诸小儿游。看道边李树多子①折枝②。诸儿竞走③取之，唯戎不动。人问之，答曰："树在道边而多子，此必苦李④。"取之，信然。（雅量4）

释义

①多子：意为果实很多。子，此指果实。
②折枝：意为果实将树枝压弯，好像快要折断的样子。
③竞走：相继奔跑过去。竞，有争先恐后之意；走，意为跑。
④苦李：李子是苦的。

释读

王戎七岁时，跟小伙伴们一起玩。看见路旁的李树挂满了果实，树枝都被压得快要折断的样子，小伙伴们兴奋起来，争先恐后地跑了过去，要摘李子吃。唯独王戎一动不动。有人问他为何不跑过去，他说："路边李树，这么多果子还在，一定是苦的，不好吃。"小伙伴们摘下来一尝，果然是苦的。

王戎早慧，智商比别的孩子要高，小小年纪就懂得观察和推理，异于常人。

无独有偶，佛经故事里也有一个类似的传说。说的是佛陀在其前生曾经是一个商队主人，有一次，在路上看见一棵树上果实长得诱人，但佛陀禁止商队成员去摘果子吃，并说这是一棵毒树，理由是：此树不难攀登，离村子又不远，树上佳果累累，无人采摘，由此可知，这是不能吃的。（郭良鋆、黄宝生译《佛本生故事选》，人民文学出版社，1985年，第40—41页）

不知道二者是否有关系。就算没有关系，比较一下，也是很有趣的。

3 王濬冲、裴叔则①二人，总角诣钟士季。须臾②去后，客问钟曰："向③二童何如？"钟曰："裴楷清通④，王戎简要⑤。后二十年，此二贤当为吏部尚书，冀⑥尔时⑦天下无滞才⑧。"（赏誉6）

释义

①裴叔则：即裴楷，字叔则。魏晋时期著名的清谈家。
②须臾：片刻，不一会儿。
③向：刚才。
④清通：清晰通透。意为能够洞察事物，而条理分明。
⑤简要：简易扼要。意为能够抓住要点，而去掉烦琐。
⑥冀：希望。
⑦尔时：那个时候。
⑧无滞才：意为人才不被埋没。滞才，指未被发现的人才。

释读

王戎、裴楷二人在年少时去拜访钟会。坐了一会儿，他们就告辞了。有客人问钟会："刚才这两个小童怎么样？"钟会答道："裴楷清通，王戎简要。过二十年，这两个贤人应当做吏部尚书，希望那时候天下没有被埋没的人才。"

据刘孝标注引《晋阳秋》："戎为儿童，钟会异之。"可见，王戎小时候不仅得到魏明帝的关注，也受到钟会的青睐。

王戎年长裴楷四岁。他们成年后，正是司马昭辅政时期，二人得到钟会的举荐步入仕途，那时王戎二十二岁，裴楷十八岁，都属于年轻有为。

4 嵇、阮、山、刘①在竹林酣饮，王戎后往。步兵曰："俗物②已复来败人意！"王笑曰："卿辈③意，亦复可败邪？"（排调4）

释义

①嵇、阮、山、刘：即嵇康、阮籍、山涛、刘伶。
②俗物：指未能超俗之人。语带调侃，并非骂人。
③卿辈：意为你们几位前辈。语带调侃。相较而言，王戎年轻，是小字辈。

释读

嵇康、阮籍、山涛、刘伶正在竹林酣饮，王戎姗姗来迟。阮籍调侃道："我们正喝得高兴，你这俗物中途才加入，搅乱我们喝酒的意兴！"王戎笑道："你们几位前辈喝酒的意兴岂是我能搅乱的吗？"

刘孝标注引《魏氏春秋》说："时谓王戎未能超俗也。"所谓"未能超俗"，未必是说王戎尚有俗气，而是指他跟嵇、阮等前辈之间还有一段心理距离，毕竟年龄差异和阅历差异都摆在

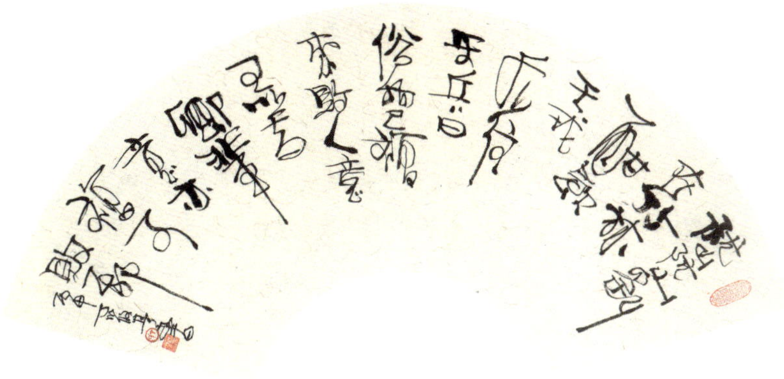

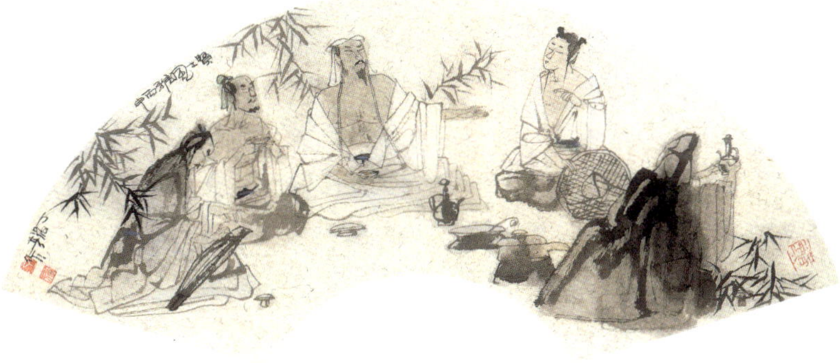

那里，无法一下子就超越。

  嵇、阮等愿意接纳小朋友王戎一起玩，说明王戎不俗，否则，他们难以结成忘年交。阮籍口中的"俗物"一词反而显示出他们的关系有些没大没小，很是亲切。故此，王戎一听就乐了，连忙笑着回敬了一句。

  这一则文字，话语不多，却是格外鲜活。

5. 王戎父浑①有令名②，官至凉州刺史。浑薨③，所历九郡义故④，怀⑤其德惠⑥，相率致赙⑦数百万，戎悉不受。（德行21）

释义

①王戎父浑：王戎的父亲王浑，是阮籍好友。

②令名：好的名声。此指好的官声。

③薨（hōng）：古代称诸侯或有爵位的大官之死。

④所历九郡义故：意为王浑在很多州郡做过官，有一群领受过其恩义的故旧。九郡，泛指众多州郡。义故，指得到过恩义的故旧。

⑤怀：感念。

⑥德惠：德政和恩惠。

⑦致赙（fù）：致送奠仪（俗称帛金）。赙，致送给丧家办理丧事的钱。

释读

  王戎的父亲王浑有好的官声，官至凉州刺史。他在很多州郡做过官，有不少得到过其恩义的故旧。王浑去世时，这些故旧感念他的德政和恩惠，纷纷致送奠仪，帛金数额多达数百万，可作为孝子的王戎敬谢而已，一概不收。

刘孝标注引虞预《晋书》说："（王）戎由是显名。"这里可以辨析的是，在大丧这个问题上，王戎有两方面的表现很突出：一则是"哀毁骨立"，一则是不收帛金。前者，在世俗的眼光看来是有违"毁不灭性"的"圣教"；后者，同样在世俗的眼光看来是难能可贵。王戎的名声由此传开。

王戎以吝啬出名，却绝不借丧礼收取巨额帛金，其个性是多侧面的。

6 王戎、和峤①同时遭大丧②，俱以孝称。王鸡骨支床③，和哭泣备礼④。武帝谓刘仲雄⑤曰："卿数⑥省⑦王、和不⑧？闻和哀苦过礼，使人忧之。"仲雄曰："和峤虽备礼，神气不损；王戎虽不备礼，而哀毁骨立。臣以和峤生孝⑨，王戎死孝⑩。陛下不应忧峤，而应忧戎。"（德行17）

释义

①和峤：西晋汝南（今河南西平）人。官至颍川太守。为政清简，为人吝啬。

②大丧：指父或母去世。

③鸡骨支床：形容消瘦衰弱，体力难支。

④哭泣备礼：依照儒家对丧礼的规定来哭丧。备礼，指按足礼数去做。

⑤刘仲雄：即刘毅，字仲雄，为人方正，责人甚严。官至

尚书左仆射。

⑥数（shuò）：本义是多次、屡次，此处转义为分别。

⑦省（xǐng）：探视，此处特指吊唁。

⑧不（fǒu）：通"否"。

⑨生孝：常人之孝，尽哀而已。

⑩死孝：非常人之孝，哀痛欲绝。

释读

王戎、和峤二人同时遭遇大丧，他们都以孝子著称。王戎消瘦异常、体力难支，和峤依照礼制来哭丧。晋武帝问素来严谨端正的刘毅道："你是否分别去过王家、和家吊唁呢？我听说和峤哀苦过当，让人担忧。"刘毅回答："和峤已尽丧家礼数，可神气不损；王戎虽然没有按足礼数来做，但哀伤彻骨，整个人都快倒下了。臣以为，和峤属于常人之孝，尽哀而已；而王戎属于非常人之孝，哀痛欲绝。陛下不必担忧和峤，倒是要担忧王戎啊！"

《孝经·丧亲》说："三日而食，教民无以死伤生。毁不灭性，此圣人之政也。"儒家重视丧礼，但不主张过度哀毁，更不提倡死孝。在这个故事中，和峤处处合乎礼数，而王戎的表现被刘毅视为死孝。刘毅提醒司马炎，要防止王戎出人命。

司马炎建立晋朝，出于司马氏父子篡夺曹魏政权的内心恐惧，不敢提倡"忠"，而大力倡导"孝"，主张"以孝治天下"。故此，当时的孝道故事格外引人关注。这是处于大丧期间的王戎、和峤受到众人乃至于皇帝重视的原因。

王戎与阮籍都是性情中人，不讲究门面功夫，至亲去世，真情流露，尽其哀毁，乃至到了体力不支的程度，这不是任何人都可以做到的。形成对比的是，和峤也显得哀毁动人，可他神气不损，这就可以看出，其表演的成分居多，故此，懂得其中门道的刘毅反而不会担心和峤出事。

"神气损"与"神气不损"是判别准则，前者是死孝，后者是生孝。刘孝标注引《晋阳秋》说："世祖（司马炎）及时谈（当时的舆论）以此贵（王）戎也。"这个说法值得商榷。刘毅提醒晋武帝更要担心王戎，是强调其"哀毁骨立"的严重性和危险性，如果出了人命就成了"毁而灭性"的反面典型，不利于在以孝治天下时贯彻"圣人之政"。司马炎是不会鼓励大家向王戎学习的，所谓"以此贵戎"的说法难以成立。

又，据《晋书·王戎传》记载，王戎于晋武帝时代丧母，而和峤则是丧父。

7 王戎丧儿万子①，山简②往省之，王悲不自胜。简曰："孩抱中物③，何至于此？"王曰："圣人忘情，最下不及情；情之所钟，正在我辈。"简服其言，更为之恸。（伤逝4）

释义

①万子：即王绥，字万子，王戎之子，年十九卒。
②山简：山涛之子，字季伦。
③孩抱中物：本义为怀抱里的孩子，转义为"去一个，还可以生一个"，是劝慰语。

释读

王戎的儿子王绥死了，山简前来吊唁，王戎悲不自胜。山简劝慰道："孩抱中物，何必过度悲伤呢？"王戎接口说："如果是圣人，可以超然于情感之外；如果是底层百姓，没多少感觉，也就罢了；可是，我这类人专注于情感，难以释怀啊！"山简听了，打心眼里明白此话在理，更为触动哀思，为王绥的过早去世而悲恸不已。

王戎是一个智商、情商都很高的人。儿子夭折，悲不自胜，毫不掩饰，真情流露。"竹林七贤"都重真情，王戎也不例外，所以，他才会说"情之所钟，正在我辈"。此"我辈"二字，可圈可点。而山简作为"竹林七贤"的第二代，也能心领神会。

山简与王戎交往密切，犹如嵇康儿子嵇绍与山涛也有密切交往一样，"竹林七贤"的第二代跟他们的上一代的联系没有随着岁月的流逝而中断。

8 王戎为侍中①，南郡②太守刘肇遗③筒中笺布④五端⑤，戎虽不受，厚报其书⑥。（雅量6）

释义

①侍中：官名，魏晋时是皇帝身边的重要职务，预闻朝政。

②南郡：治所在今湖北江陵。

③遗（wèi）：馈赠。

④筒中笺布：当时一种比较贵重的细布。

⑤五端：五匹。

⑥书：信函。

释读

王戎担任侍中职位时,南郡太守刘肇馈赠了五匹精美的细布,王戎尽管没有接受,但还是写了一封言辞恳切的感谢信给刘肇。

据刘孝标注引《晋阳秋》和《竹林七贤论》,此事发生在晋武帝时代,惹出了一段政坛风波:有朝廷要员得悉刘肇试图行贿(布五十匹,不是五匹),要求朝廷将刘肇治罪,"除名终身"。同时,王戎写了感谢信,引来非议。而司马炎出面制止朝议,说王戎"义岂怀私",替他辩白。非议虽然被压制下来,但王戎的名誉不如以前,《晋书·王戎传》说"为清慎者所鄙,由是损名"。

王戎那时是侍中,在晋武帝身边,连皇帝也为他开脱,说明王戎与司马炎的君臣关系非同一般。

9. 王濬冲为尚书令①,着公服,乘轺车②,经黄公酒垆③下过,顾谓后车客:"吾昔与嵇叔夜、阮嗣宗共酣饮于此垆,竹林之游,亦预其末。自嵇生夭、阮公亡以来,便为时所羁绁④。今日视此虽近⑤,邈若山河⑥。"(伤逝2)

释义

①尚书令:官名,尚书省的长官,负责政令。
②轺(yáo)车:魏晋时官僚所用公车。轺,小马车。
③黄公酒垆:酒家名。
④羁绁(xiè):约束、拘限。羁,原指马笼头,意为羁绊;绁,原指绳索,意为拴住。
⑤近:此指亲近。

⑥邈(miǎo)若山河：意为相隔如大山大河。邈，辽远，悠远。

释读

王戎做尚书令的时候，一次，穿着公服，坐着公车，路过黄公酒垆，回过头来对坐在车后边的人说："我以前跟嵇叔夜、阮嗣宗一起在此酒家喝酒畅饮，当年的竹林之游，我是叨陪末座。自从嵇先生夭折、阮公病亡以来，便为时势所羁绊（不得不出来做官）。今天来到此旧游之地，虽然也感受到一份亲近，可是已经跟嵇、阮二公相距甚远，如同阻隔于大山大河一般了。"

为何强调王戎此时是穿着公服、坐着公车呢？因为想当年，他作为"竹林七贤"之一时，没有官职；可如今，已经大有不同，身份的差异很大。

王戎路过黄公酒垆，一定有很多感慨，不仅仅是"今日视此虽近，邈若山河"那么简单、那样空泛；他称"嵇生夭、阮公亡"，用语十分考究，可以看出他是回想着嵇康是如何"夭"（被杀头）、阮籍是如何"亡"（写出《劝进文》后不久就病亡）的，这些往事不堪回首，却也难以忘怀。旧地重游，物是人非，天人永隔；人事的纷繁，政事的变迁，乃至于自己身份的前后对比，怎不叫王戎五味杂陈呢？

王戎做尚书令，是在晋惠帝永宁元年（301），而王戎本人卒于晋惠帝永兴二年（305），享年七十二岁。换言之，此时的王戎已届垂暮之年，触景生情，回首前尘往事，不胜唏嘘，无限慨叹。官也做了，且越做越大，却又如何？能够拿出来向后辈炫耀一下的还是追随嵇、阮的那一段时光。

"自嵇生夭、阮公亡以来，便为时所羁绁"，最是可圈可

七　王戎

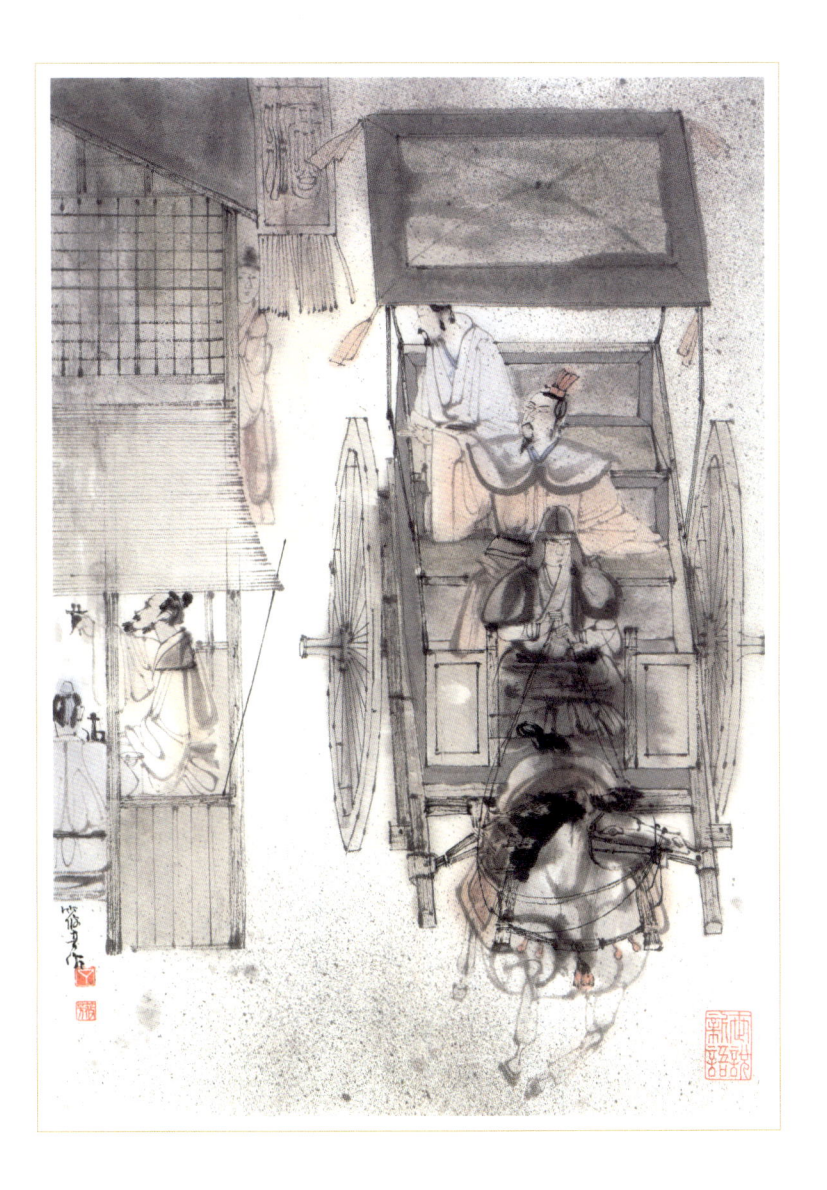

173

点。嵇、阮离别人世以后，王戎其实是官运亨通的，他得到钟会的提拔，得到司马氏政权的重用，可是，在其心目中，那不过是"为时所羁绁"；是有点无奈，还是有些后悔？天晓得！如果借用阮咸当初所说的"未能免俗"的话来形容王戎的心情，可能是说得轻了一些；但是，人是复杂的，王戎是否想到，若在黄泉之下与嵇、阮重逢，该如何说话呢？也许王戎自己也不知道。

10 > 王戎俭吝①，其从子②婚，与一单衣③，后更责之④。（俭啬2）

释义

①俭吝：节俭、吝啬。

②从子：侄子。

③单衣：单层衣服，当时的便服。

④后更责之：后来重又索讨回来。责，意为索讨。

释读

王戎生性节俭、吝啬。他的侄子结婚，他送去一件单衣作为礼物，可是，后来还是跟侄子讨了回来。

在"竹林七贤"中，王戎以俭吝著称，所以，《世说新语》俭啬门里有一连串王戎财不出外的小故事。

11 > 司徒王戎，既贵且富，区宅僮牧①，膏田水碓②之属，洛下③无比。契疏④鞅掌⑤，每与夫人烛下散筹⑥算计。（俭啬3）

释义

①区宅僮牧：指房产、仆役。

②膏田水碓（duì）：指良田、作坊。膏，意为肥沃。水碓，指使用水力加工粮食的作坊。碓，捣米的器具。

③洛下：指京师洛阳城。

④契疏：契约、账簿。

⑤鞅掌：意为繁多（联绵词）。《三国志·吴书·吕岱传》有"文书鞅掌"一语，形容文书繁多。

⑥散筹：散开筹码。

释读

王戎身为司徒，地位甚高，既贵且富，所拥有的房产仆役、良田作坊等，在京师洛阳城内无人可比。契约、账簿也多到难以计算，他常常跟夫人一起在烛光之下摆开筹码，一一计算。

刘孝标注引《晋诸公赞》说："（王戎）自遇甚薄，而产业过丰。"可见王戎是一个守财奴。家大业大，可又舍不得花费，过着俭吝的日子。当时，人们对王戎的做法表示不解，也议论他有失身份。

若说王戎的特点是简要，在此可以有多一重理解，即其人能省则省，也是简要的表现。

12 王戎有好李，卖之，恐人得其种，恒钻其核。（俭啬4）

释读

王戎家的李树结出很多李子，品种上佳，吃不完，拿出来卖；可他为了防止别人栽种，于是，一定在出售之前将果核钻一下，别人要种也发不了芽。

王戎思虑周密，智商高，可他的心思有时候用得过于小气。所以，《晋书·王戎传》说他"在职无殊能"，聪明是聪明，但为人不够大气，在为官方面也不见得有多大的作为。

观察一个人，不可忽视细节，见微知著，王戎就是一个典型例子。

13 王戎女适①裴頠②，贷钱③数万。女归，戎色④不说⑤。女遽⑥还钱，乃释然⑦。（俭啬5）

释义

①适：嫁，许配。

②裴頠：王戎女婿。其父裴秀，官至司空。裴頠本人在西晋初年地位显赫，官至国子祭酒，兼右军将军。

③贷钱：借钱。

④色：脸色。

⑤不说：不高兴。说，通"悦"。

⑥遽（jù）：立即。

⑦释然：放下心来。

释读

王戎的女儿许配给了裴頠。裴頠曾向岳父借钱数万。女儿回娘家，还没还钱，王戎一脸不高兴。女儿立即把钱还上了，王戎脸色这才好了起来。

王戎是个守财奴，在处世方面有些不近人情，对侄子如此，对女儿、女婿也是如此。亲人尚且这样，对外人想必更甚。

貌似智商、情商均高的王戎，过于精明，反而显得毛病很多。

14 王安丰妇^①常卿安丰^②。安丰曰："妇人卿婿，于礼为不敬，后勿复尔^③。"妇曰："亲卿爱卿，是以卿卿^④；我不卿卿，谁当卿卿？"遂恒听之^⑤。（惑溺6）

释义

①王安丰妇：即王戎的妻子。

②常卿安丰：常常直接以"卿"（你）来称呼王戎。

③后勿复尔：下不为例。

④卿卿：前一个"卿"为动词，后一个"卿"为代词（你），作宾语。动宾结构。

⑤遂恒听之：于是一直顺从了这一称呼。恒，一直。听，听从。

释读

王戎的妻子常常以"卿"（你）来称呼丈夫。王戎说："做妻子的以'卿'来称呼夫婿，在礼数上显然失敬，下不为例。"妻子说："我亲近卿，热爱卿，所以才称你为卿；我如果不称你为卿，谁有资格称你为卿呢？"王戎无法反驳，于是就一直顺从了这一称呼。

这可是王戎的一段趣闻。古人在称谓上极为讲究，不得错用，故有《称谓录》一类的书做指南。古代上级称呼下级、长辈称晚辈为"卿"，妻子称丈夫为"卿"，显然有失男尊女卑的礼数。王戎一开始听觉得很别扭，故而抗议，要妻子改口；可妻子一番温软细语，"卿卿我我"，说得王戎心花怒放，夫妻恩爱，竟能如此柔情万种，做丈夫的又岂能生气呢？

原来，王戎夫人的情商也是不低的。"卿卿"连用，丰富了汉语的语汇，成为一种亲昵之称。她在词汇方面的贡献也是值得后人铭记的。

"卿卿"，不无夫妻平等之意，发自女性之口，合乎夫妻之情，终究不失为一段美谈。

15. 裴令公①目②王安丰："眼烂烂③如岩下电。"（容止6）

释义

①裴令公：即裴楷，曾做中书令，被尊称为"裴令公"。
②目：本义为眼中所见，此处转义为品评。
③烂烂：明亮而威严的样子。

释读

裴楷品评王戎道："双眼有神，目光锐利，颇有威严，就像高山岩石下的一道闪电。"

刘孝标注释道："王戎形状短小，而目甚清照，视日不眩。"即个子不高，但眼睛炯炯有神，直视太阳而不觉得目眩。可能说得有些夸张，但王戎的眼睛以有神著称，是可以肯定的。

编选者言

王戎是"竹林七贤"的最后一位人物。他成名早,赶上了与嵇康、阮籍等一起玩的好时光。所谓好时光,不是指时代,而是指机缘。嵇康、阮籍等人,是不世出的英才,能够跟他们结伴,作"竹林之游",是王戎一生的荣幸。

王戎的性格异常复杂,构成一种很大的性格张力:他拒不接受数百万的帛金,却对借给女儿、女婿的钱念念不忘,不见到还回来的钱心里不踏实;他家大业大,财富多到数不过来,可是侄子结婚时送出去的一件单衣却还要讨回;他见识不少,官阶也越做越高,可没有做过什么值得历史学家记录下来的大事。他的故事,展现小聪明的多,大智慧的少,甚至可以说没有。

写在《晋书·王戎传》里的文字,多是琐琐细细,而消极负面的占了不少。按说,他一生在官场上遇到的贵人不少,如魏明帝、钟会、山涛等,机遇很多,官运很好,可就是不成气候。

不过,王戎晚年权势较大,为琅邪王氏在政坛上的崛起奠定了门阀基础。他的堂弟王衍、王澄,以及同宗的王敦、王导等,在将要形成的新的历史舞台上得以大显身手,乃至于在东晋建构起相当独特的门阀政治,出现"王与马,共天下"的局面,追溯起来,王戎无形的影响力不可忽视。

叁

卷叁

中朝名士（西晋中后期）

导语

东晋袁宏编撰的《名士传》，第三部分即最后一部分就是"中朝名士"。本书的这个部分，名单与袁氏完全一致，一个不多，一个不少。

所谓"中朝名士"，是东晋人的说法。南渡之后，京师洛阳就成为生活于江南的北方人尤其是权贵们怀想不已的故都，多少往事，只在梦忆之中，他们所尊崇的一些西晋名士，就成为其口中的"中朝名士"了。洛阳，曾经的西晋皇朝的首都，坐落在中原，"中朝"于是成为西晋的代称。

中朝名士极少数是"竹林七贤"的晚辈，与"竹林七贤"有过交集，比如裴楷就是。可是，好些人出生于西晋初年，他们生活在晋武帝、晋惠帝、晋怀帝时代，目睹八王之乱或石勒之乱，或者遭受牵连，如身为成都王司马颖岳父的乐广；或者死于乱局，如王衍和庾敳。有若干位，在西晋末年随着南渡的人潮离开战乱不已的中原，来到江南谋生，并且死于南方，如王承、卫玠和谢鲲。

这批名士，各有个性，或张扬，或内敛，或在张扬与内敛之间，颇不相同。在对待老庄方面，他们倒是比较一致，都是研读《老》《庄》的专家，都是玄学权威，都是清谈高手。可在对待儒学方面，就很不一样，像裴楷、乐广是维护儒学的，他们看不惯当时的某些名士虚伪造作、矫情待人，甚至放荡不检，主张尊重名教和仪轨。而像王衍，以清谈领袖自居，不切世务，专注于老庄而远离儒学，冥想于玄虚境界，终至于在历史上留下"清谈误国"的骂名。

总体而言，他们在一定程度上是正始名士和"竹林七贤"的传人，在玄学方面是有所推进的；尤其是裴楷、乐广的思想，在某种程度上拉近了玄学与儒学的距离，或者可以说是要让玄学向着儒学回归，这是值得注意的新的变化。他们每一位都身处乱世，在乱世中各有活法，也各有不同的结局。

一 裴楷

裴楷（237—291），字叔则，西晋河东闻喜（今山西闻喜）人。

其父裴徽，享有盛名，官至魏冀州刺史。其从兄裴秀得到司马昭的重用，官至尚书令、加左光禄大夫，封济川侯，位至司空。其从侄裴𫖮（裴秀之子），官至国子祭酒，兼右军将军，也是"竹林七贤"之一王戎的女婿。河东裴氏，是魏晋时期的名门望族。

裴楷精于《老子》《周易》，年少时已经与王戎齐名。他口才极好，达到"听者忘倦"的程度。钟会将他推荐给司马昭，并且说："裴楷清通，王戎简要，皆其选也。"于是，任用裴楷为吏部郎。裴楷与统领吏部的山涛交往密切。裴楷后转任中书令，因他"风神高迈，容仪俊爽"，故而，"出入宫省，见者肃然改容"，富有魅力。世称裴令公。

裴楷性格宽厚，不竞于物，安于淡薄，对于某些权贵的奢侈作风和豪横做派极为反感，比如，以奢豪出名的石崇，裴楷就不与之交。为人颇见风骨。

裴楷卒于晋惠帝永平元年（291），享年五十五岁。

1 钟士季目王安丰："阿戎了了解人意①。"谓："裴公②之谈，经日③不竭④。"吏部郎⑤阙⑥，文帝问其人于钟会。会曰："裴楷清通，王戎简要，皆其选也。"于是用裴。（赏誉5）

释义

①了了解人意：洞悉世情，善解人意。

②裴公：裴楷。刘孝标注以为"裴公"是裴颜，误。裴颜生于晋武帝泰始三年（267），钟会卒于魏元帝咸熙元年（264）。钟会与裴颜没有交集。

③经日：整天。

④不竭：不尽，此处转义为无倦意。

⑤吏部郎：官名，主管选举事宜，地位显赫。裴楷任吏部郎时，统领吏部的山涛尚在世。

⑥阙（quē）：通"缺"，空缺。

释读

钟会评论王戎道："阿戎洞悉世情，善解人意。"又说及裴楷："裴叔则清谈，谈一整天而无倦意。"吏部郎一职空缺，司马昭问钟会可有人选，钟会答道："裴楷清通，王戎简要，这两位都是人选。"司马昭选用了裴楷。

《晋书·裴楷传》记载："（裴）楷明悟有识量，弱冠知名，尤精《老》《易》，少与王戎齐名。"精研《老》《易》的裴楷，是清谈高手，故而钟会才说"裴公之谈，经日不竭"。钟会本人也是玄学家，撰有《四本论》，他对于玄学人物多有观察，裴楷是入其法眼的后起之秀。

在某种程度上说，裴楷进入仕途，得到了钟会的提携，钟会是他的贵人。钟会为人险诈，但还是有识人的眼力。他得到司马师、司马昭兄弟的信任，并非浪得虚名。

附带一提，以上文本，似由两条文稿组合而成。"吏部郎阙"之前为一条，之后为另一条。按古人的行文习惯，如果是同一条，不会出现前面用"钟士季"的称呼，后面却用"钟会"其名。后一条内容可与本书王戎篇第三则"赏誉6"对照阅读。

2 阮步兵丧母，裴令公往吊之。阮方醉，散发坐床，箕踞不哭。裴至，下①席于地②，哭吊唁③毕，便去。或问裴："凡吊，主人哭，客乃为礼。阮既不哭，君何为哭？"裴曰："阮方外④之人，故不崇礼制；我辈俗中人，故以仪轨⑤自居。"时人叹为两得其中⑥。（任诞11）

释义

①下：此指下跪，行礼。

②席于地：以地为席。

③吊唁：哀悼死者，称"吊"；唁，同"喭"，安慰死者家属，称"喭"。上文之"下"和"哭"，均属于"吊"的环节。

④方外：世俗之外。
⑤仪轨：礼节。
⑥两得其中：各得其便。

释读

阮籍母亲去世了，裴楷前往阮家哀悼。阮籍正在醉态之中，头发散乱，坐在床上，没有哭，只是屈着两膝坐在那里，如簸箕状。裴楷进来，下跪，以地为席，向逝者行礼；哀哭，之后向逝者家人表达慰问，恭请节哀；礼毕，就离开了。有人问裴楷："按照礼节，要行吊礼，应该是主人哭，客人才跟着哭的。阮籍既然不哭，阁下为何要哭呢？"裴楷答道："阮籍是世俗之外的人，故而不会尊崇礼制；我只是世俗中人，所以还是要行礼如仪的。"当时的人甚为感叹，觉得阮籍也好、裴楷也好，均各得其便。

刘孝标注引《名士传》曰："阮籍丧亲，不率常礼，裴楷往吊之，遇籍方醉，散发箕踞，旁若无人。楷哭泣尽哀而退，了无异色，其安同异如此。"裴楷向来淡定，面对任何场面，都可以"了无异色"，平和应对；同也好，异也罢，安之若素，以不变应万变。他有如此人格魅力，难怪获得不同方面的人的美誉。

从这个故事看，裴楷尽管不像王戎那样有机缘跟随阮籍等人作"竹林之游"，他还是跟阮籍有过交集的，当然，由于人生态度不大一样，他们走得不近，也是在情理之中。

阮籍卒于魏元帝景元四年（263），那一年，裴楷才二十七岁。那么，裴楷到阮家吊唁，哭祭阮母，时间就早得多了。所谓"裴令公"云云，只是后人的口吻。

3 晋武帝始登阼①，探策得"一"②。王者世数，系此多少③。帝既不说，群臣失色，莫能有言者。侍中④裴楷进曰："臣闻天得一以清，地得一以宁，侯王得一以为天下贞⑤。"帝说，群臣叹服。（言语19）

释义

①登阼（zuò）：登基做皇帝。阼，古代指大堂前东面台阶，此指即皇帝位。

②探策得"一"：占卜，抽取的竹签上有"一"字。

③王者世数，系此多少：皇家观念，皇朝的世数由探策所得的数目字来定。

④侍中：官名，常在皇帝身边，预闻朝政。是皇帝的亲信。

⑤天下贞：意为天下走上正道。贞，正，正直。以上数句，语出《老子》第三十九章。

释读

晋武帝司马炎刚刚登基做皇帝，循例要占卜，抽取的竹签上有"一"字。皇家观念，皇朝的世数由探策所得的数目字来定。晋武帝看见只有"一"，以为不祥，很不高兴，众大臣也惊惶失色，无人对此签语做出释读。侍中裴楷站出来，说道："臣记得《老子》里说过，天得一以清，地得一以宁，侯王得一以为天下贞。"晋武帝得知《老子》有此一说，松了一口气，面露喜色。众大臣也不得不叹服裴楷机灵有学问。

裴楷精研《易经》《老子》。《老子》第三十九章有一段话："昔之得一者，天得一以清，地得一以宁，神得一以灵，谷得一以盈，万物得一以生，侯王得一以为天下正。"（此据辛战军《老子译注》，中华书局，2012年，第156页）这里的"一"指的是老子挂在嘴边上的"道"。而裴楷是选择性引用，其所谓"清"，指清朗；"宁"，指安宁；"天下贞（正）"，指天下走上正道。裴楷巧妙地将意为"道"的"一"偷换成数目字意义上的"一"，借用《老子》的现成语句为之解签，一下子吻合了竹签上的签语。

要注意故事发生的时间和地点，时间是晋武帝"始登阼"，地点是皇帝召见众大臣的大殿，这是一个仪式感和神秘感叠加在一起的场面，何况，是"探策得'一'"，从字面上看，极为不利，人们自然会由此联想到"一世而止"，相信晋武帝也会这么想，所以才不悦；同时，众大臣立时倒抽一口冷气，脸色骤变，可以想象，这是多么紧张不安的时刻，谁都不敢说话，也不知如何说话，害怕怎么说都会错。难得裴楷如此冷静，随机应变，出口成章，将一条人们都以为不祥的签语释读得当，化险为夷，上下高兴。

4 梁王、赵王①，国之近属②，贵重当时。裴令公岁请③二国④租钱⑤数百万，以恤⑥中表⑦之贫者。或讥之曰："何以乞物行惠⑧？"裴曰："损有余，补不足⑨，天之道也。"（德行18）

释义

①梁王、赵王：梁王即司马懿之子司马肜（封梁孝王），官至太宰；赵王即司马懿之子司马伦（封赵王），位至相国。

②国之近属：意为朝中血缘关系密切的亲属，此指皇帝亲族。

③岁请：每年请求。岁，此处指每年。

④二国：此指梁王和赵王的两个郡国。因司马肜、司马伦各有封地，自成王国。

⑤租钱：得之于租税收入的钱，用作名词。

⑥恤：救济。

⑦中表：父亲一方的姊妹（姑母）的儿女，以及母亲一方的兄弟（舅父）姊妹（姨母）的儿女，合称"中表"。

⑧何以乞物行惠：为什么要以行乞的方式来施惠于人呢？

⑨损有余，补不足：语出《老子》第七十七章："天之道，损有余而补不足。"意为富有者的余钱可以用于救济穷困的人。补，此处与"恤"同义。

释读

梁王司马肜、赵王司马伦，均为皇帝亲族，是当时的显赫权贵。裴楷向朝廷提出建议，每年请求梁王、赵王的两个郡国拿出数百万得之于租税收入的钱，用来救助中表亲属中的穷困者。有人对此举不以为然，当着裴楷的面讥笑道："为什么要以行乞的方式来施惠于人呢？"裴楷回敬道："损有余，补不足，天之道也。"

刘孝标注引《名士传》曰："（裴）楷行己取与，任心而动，毁誉虽至，处之晏然，皆此类。"换言之，裴楷为人处世，自有原则，所作所为，未必得到人们的普遍认可，甚至还会招惹非议，可是，他不为所动，毁也好，誉也好，都无所谓，淡然置之，我行我素。

这个故事有一定的史料价值，可知在西晋初年，晋武帝司马炎分封诸王的举措导致诸王各自独大，财富多积累于诸王的手中，别说黎民百姓，就是诸王的中表亲属，也有穷困不堪的，这使得裴楷动了恻隐之心，要求朝廷出面，让像梁王、赵王这些极为富有的王拿出一些钱来，帮助一下他们的中表亲戚。可是，就算如此，也惹来非议和嘲讽。估计讥笑裴楷的，如果不是司马肜、司马伦本人，也是他们的跟班亲随。在利益受损的情况下，他们拉下了面子，奚落裴楷，不计情面。要知道，裴楷是"出入宫省，见者肃然改容"的名士，有人竟然恶意讥之，肯定是某些人的"奶酪"被动了，甚为生气了。

连梁王、赵王的中表亲戚里也有贫者，说明西晋诸王贪得无厌，聚敛极大，无情无义，在利益面前已无亲戚可言。像裴楷这样的清正之人看不过眼，他提出的建议只是惠及中表亲戚而已，仅此一点，也遭遇非议。可以想见，随着晋武帝司马炎的死去、白痴皇帝晋惠帝的上台，八王岂有不乱之理！

5 裴叔则被收①，神气无变，举止自若。求纸笔作书②。书成，救者多，乃得免。后位仪同三司。（雅量7）

释义

①收：收捕。
②作书：写信。

释读

因受到亲家杨骏事件的牵连，裴楷被收捕；他神色如常，举止自若。请求纸笔，挥笔写信。信写出后，出面营救的人很多，于是免予处罚。后来还官至高位，仪同三司，相当荣耀。

据《晋书·裴楷传》记载，裴楷的儿子裴瓒娶杨骏之女为妻。裴楷与杨骏意见不合，二人关系不好。杨骏犯罪被杀，因有姻亲关系，裴楷受到牵连，故而被捕入狱。此事引起很多人的震恐。事态危急，裴楷只好写信给亲友求救。幸亏他平时人缘好，而且他与杨骏不和的情况也为人所知，有人出面陈述内情，证明裴楷与杨骏的犯罪无关，于是免予起诉，但也免去官职。

这个事件，是裴楷一生中的重大挫折。可知西晋官场十分险恶，动辄得咎，连裴楷这样的清正之人也会遭遇突如其来的变故，《晋书》用"事起仓促"四字形容，其令人惊恐的程度可想而知。西晋时，名士们谈《老》《庄》，想避世，不是没有理由的。

当然，经过风浪的裴楷，依然故我，凭借良好的人缘和深厚的学养，"后位仪同三司"，并得享天年，这是极为不易的。

6 裴令公有俊容姿，一旦有疾至困①，惠帝②使王夷甫往看，裴方向壁卧，闻王使至，强回视之③。王出语人曰："双目闪闪，若岩下电，精神挺动④，体中故小恶⑤。"（容止10）

释义

①至困：此指病情危重。
②惠帝：晋惠帝司马衷（259—306），晋武帝第二子。
③强回视之：勉强转过头来看他。
④挺动：振作。
⑤体中故小恶：身体有一点小病而已。小恶，小病。

释读

裴楷姿容俊美，他生病了，病情危重，晋惠帝派遣王衍前往探视。其时，裴楷正卧床，脸朝墙壁，听闻皇上派使者王衍来，勉强转过头来见来使。王衍出来后，对人说："裴令公双眼还是那么炯炯有神，目光闪闪，有如岩石下的闪电一般；精神振作，只是身体有一点小病而已。"

裴楷是一个自律且讲究礼仪的人。他哪怕病重了，也尽力做到不失仪态，以至于使得王衍产生错觉，以为他病得不重，只是小病而已。所谓"体中故小恶"，显然是王衍的误判；而"双目闪闪，若岩下电，精神挺动"，是王衍的亲眼所见，他不知道，裴楷为了保持仪容要克服多大的痛苦，可裴楷成功地没让王衍看出自己的病情。

刘孝标注引《名士传》曰："（裴）楷病困，诏遣黄门郎王夷甫省之，楷回眸属夷甫云：'竟未相识。'夷甫还，亦叹其神俊。"换言之，王衍是以黄门郎的身份奉皇帝之命到裴楷家中省视，病重的裴楷还远未到耳顺之年（终年五十五岁），不知是真是假，认不出王衍了，但还是给王衍留下神俊的印象。临终前的裴楷依然是帅的，这是他最后的剪影。

《世说新语》容止门第十二则记当时的人称裴楷为"玉人"，他是不必打扮的，"脱冠冕，粗服乱头皆好"；还说："见裴叔则如玉山上行，光映照人。"大概这也是如同嵇康的那种玉树临风的样子吧。

7 顾长康①画裴叔则，颊上益三毛②。人问其故，顾曰："裴楷俊朗有识具③，正此是其识具。"看画者寻之④，定觉⑤益三毛如有神明，殊胜⑥未安时⑦。（巧艺9）

释义

①顾长康：即顾恺之，字长康，晋陵无锡（今属江苏）人，东晋著名画家。

②颊上益三毛：意为在脸颊上添加须髯，画中人更显得风神飘逸、器宇不凡。三，为约数，不一定是实指。

③识具：识见和才具。

④寻之：此指边看画边寻思。

⑤定觉：终于觉得。

⑥殊胜：远远胜于。

⑦未安时：指尚未添加须髯之时。安，指在脸颊上添加须髯之举，用为动词。

释读

顾恺之为裴楷画像，画成后，又在脸颊上添加须髯。有人不解，问顾恺之有何用意。顾恺之答道："裴楷其人，姿容俊朗，识见和才具兼备，我添上须髯，这才能够凸显此人的神识和器宇。"看画的人边看边寻思，终于觉得在脸颊上添加须髯之后更能显出裴楷的风神气度，真的远远胜于添加之前。

成语"颊上三毛"由此而出，成为典故，比喻神来之笔。

顾恺之画像，在添加须髯之前，大概将裴楷的俊朗姿容画了出来，在一边看画的人已经觉得帅气十足，很完美了，这才会对顾恺之的"颊上益三毛"举动有所不解，以为是多余之举。可是，在顾恺之添加之后，再三品味，细致琢磨，终于明白这是必需的，否则，无以呈现裴楷那种历经风浪、神色自若、超迈不群的气象。须髯，是男子气概，是岁月见证，是阅世象征，这位裴令公怎么可以没有须髯来映衬他的丰富阅历和出没于险恶风浪的大智慧呢？

这是"顾恺之美学"，说到底，就是"顾恺之人学"。大画家，其精微深刻，往往有常人不可及之处。

编选者言

裴楷，在中朝名士之中，是一位没有负面评论的人物。在某种意义上说，几为完人。

他外形俊朗，内有神识，内外兼美，殊不多见。

裴楷的出现，其特殊价值在于，他跟裴𬱟、乐广等一起于西晋时期形成一种声音，借用裴楷在哭祭阮籍母亲时所说的话，就是"我辈俗中人，故以仪轨自居"，此话与乐广的"名教中自有乐地"是相通的，与裴𬱟《崇有论》里对儒术的推崇是相近的。总而言之，这几位不以"方外之人"自居，而是自觉地意识到放达行为不能再提倡了，不宜再影响下一代了。这在西晋时期具有思想史和社会史意义。

裴楷，一方面持守宽厚原则，与儒家所说的"仁政"是接近的，即以朴素的人道立场来处世，对于不合理、不公平现象持否定态度；另一方面得益于老庄哲学的启迪，认定"损有余，补不足，天之道也"，这与儒家的"仁政"观念形成理论上的互补。从这个角度看，裴楷之所以几为完人，其主观条件是具备的。

就客观条件而言，河东裴氏家族在魏晋之交本已享有美誉，裴楷为人，既有才具，又有人缘，当遭遇凶险之时，会有人出手相助，逢凶化吉；而裴楷的为政风格是"不竞于物"，且"与物无忤"，顺势而为，这就形成有利于他成为完人的环境。

西晋政坛，朝夕有变。身处其中，尚能因病而终，享其天年，实在不易。可与他做比较的是乐广、王衍等人的晚年，乐广的忧愤而殁，王衍的死于非命，都反衬出裴楷的从容一生。

二 乐广

乐广（？—304），字彦辅，西晋南阳（今河南南阳）人。曾任吏部尚书等职，一度代替王戎出任尚书令，故世称乐令。

其父乐方，正始年间曾与夏侯玄共事。夏侯玄颇为器重年纪尚小的乐广，称之为"神姿朗彻，当为名士"。《晋书·乐广传》称："（乐广）性冲约，有远识，寡嗜欲，与物无竞。尤善谈论，每以约言析理，以厌人之心；其所不知，默如也。"言简意赅，是乐广的话语风格；且持守"知之为知之，不知为不知"的儒家遗训。

乐广得到时任荆州刺史的王戎的提拔，又得到时任尚书令的卫瓘（卫玠祖父）的高度评价，声誉日隆。他的为政作风是不事张扬，不求显赫的政绩，可是，离任之际，"遗爱为人所思"。

乐广能清醒地分析时局，为人颇有底线，"值世道多虞，朝章紊乱，清己中立，任诚保素而已"（《晋书·乐广传》），是一个有政治头脑的人。但是，他虽有心保素，无奈女儿嫁给了成都王司马颖，在八王之乱中，成都王岳父的身份为他带来较多麻烦，"群小谗谤之，竟以忧卒"。一代名士，以此收场，未免令人唏嘘。

1 王平子①、胡毋彦国②诸人，皆以任放为达③，或有裸体者。乐广笑曰："名教④中自有乐地，何为乃尔也！"（德行23）

释义

①王平子：即王澄，字平子，王衍之弟。曾任荆州刺史。为人随性，放荡不羁。

②胡毋彦国：即胡毋辅之，字彦国，官至湘州刺史。性嗜酒，不拘小节。

③以任放为达：以任性放荡当作洒脱通达。

④名教：儒家礼教的异称。儒家重视"君臣父子"等名分，视之为礼教之本，故而礼教又称名教。表达了儒家维护国家纲纪、稳定人伦秩序的思想。

释读

王澄、胡毋辅之等人，都把任性放荡当作洒脱通达，更有甚者，裸露身体，不以为羞。乐广却不以为然，抿嘴一笑，说："名教中自有乐地，如此自我放逐，背离规矩，所为何来！"

刘孝标注引王隐《晋书》："魏末阮籍，嗜酒荒放，露头散发，裸袒箕踞。其后贵游子弟阮瞻、王澄、谢鲲、胡毋辅之之徒，皆祖述于籍，谓得大道之本。故去巾帻，脱衣服，露丑恶，同禽兽。甚者名之为通，次者名之为达也。"这段话，将"以任放为达"的处世方式归咎于"竹林七贤"的核心人物阮籍，说王澄、胡毋辅之诸人是有样学样，而通达还分为两个层次，以"通"为第一等，以"达"为第二等。

阮籍身处魏晋交替之际，险象环生，曹魏不想得罪，司马氏则不敢得罪，干脆沉湎醉乡，不理人事，口不臧否人物，喜怒不形于色，无是无非，不招谁，不惹谁，浑浑噩噩，以此度日。至于他的"露头散发，裸袒箕踞"，也是一种避世策略，他甚至在司马昭身边，也是这样的不修边幅，不讲体面，以这样糟糕的形象来打消别人的猜疑和嫉恨，表明自己对政治和权力都没有兴趣。若以了解之同情来看阮籍，他有其不得不如此这般的苦衷。

可是，随着时间推移，世情有变，尤其是晋朝政权正式建立以后，像阮瞻、王澄、谢鲲等人就出生于晋武帝时代，他们已经与曹魏政权没有瓜葛，也无当年阮籍的烦恼和苦衷。何况早在阮籍在世时，他并不同意其子弟学他的样子，如《世说新语》任诞门第十三则，记阮籍儿子阮浑成人后想学父亲的风气韵度，阮籍告诫他说：我们家已经有阮咸学成那样了，你就不能再来效法。可见阮籍不愿将自己的举止作为后人模仿的对象，要是让阮籍来承担引导风气的责任，显然是不适当的。

不过，话说回来，"竹林七贤"对后世的影响实在很大，后人从他们的身上看到了率性和随便，觉得这样的行为方式似乎无拘无束、自由自在，尤其是在礼教管束很严的环境下，阮籍他们的那种活法对于年轻人而言有着吸引力，他们竞相效法，以为非如此算不上名士，加以老庄思想的流行，逐渐形成他们所认为的"达"的观念。而在抱持传统礼教观念的人看来，这就成为一个不可小觑的社会问题。

乐广是看不过眼的，他虽然也是清谈家，熟悉老庄的言论，可是，他比较自觉地维护儒家的名教，认为一个社会不能总出现类似王澄、胡毋辅之等人的怪诞行为，这些出格的举止对社会风气起到不好的作用，还是回归名教为好。

阅读这个小故事，可以感受到在西晋时期，通达与名教形成对立关系，当时的社会也不是一味通达的，尚有部分人士对之持否定态度。乐广就是一个代表，他一生说过很多话，最出名的应该是"名教中自有乐地"这一句了。

还有一点可以注意，熟读《老》《庄》的乐广，其本质还是归于儒家，这就与阮修在王衍面前说老庄思想与"圣教"是"将无同"（见《世说新语》文学门第十八则）颇有一定的关联，即在魏晋时期，儒家思想与老庄思想并非绝对的对立，它们之间的某种同一性（在"性与天道"问题上的相关性）也是值得关注的。

2 客问乐令"旨不至①"者，乐亦不复剖析文句，直以麈尾柄确几②曰："至不③？"客曰："至！"乐因又举麈尾曰："若至者，那得去？"于是客乃悟服。乐辞约而旨达④，皆此类。（文学16）

释义

①旨不至：这是出自《庄子·天下》的话，完整的语句是"指不至，至不绝"。所谓有客人问乐广"旨不至"者，当是这句话的省称。旨，通"指"。指，意为指称事物的概念。这里的"至"字偏于指抽象的匹配。

②确几：敲击几案。确，用为动词，拟敲击之声。

③至不（fǒu）：抵达（该处）了吗？不，通"否"。这个"至"字偏于指可见的抵达。下文客人说的"至"字，亦然。

④辞约而旨达：虽言辞简约，而已经达意。这是乐广的言语风格。

释读

有客人问乐广《庄子·天下》里"指不至，至不绝"这句话如何理解。乐广也不跟他分析文句，干脆拿麈尾的把柄敲击几案，问道："抵达了吗？"客人说："抵达。"乐广随即将麈尾举在空中，再问道："要是说抵达了，又为何离开呢？"于是，客人领悟，表示佩服。乐广说话，意思能表达清楚就够了，绝不多说一句，人们称之为"辞约而旨达"；他往往这样，这只是一个例子罢了。

乐广是机灵的，也属教授有方。他借助两个动作，回应了"指不至"和"至不绝"。只不过，他做了简化处理，简化为："至？""不至！"这样做，刺激了求教者的直觉思维，引导求教者从具象化的情景即直觉出发，去领悟抽象的道理。你看，"至"是存在的，麈尾柄不是敲到几案了吗？然而这是暂时现象，是有限度的；说不定什么时候麈尾柄就离开几案了，离开则属于常态，你总不会看到麈尾柄一直不离开几案的吧，故"不至"是随时发生的。换言之，语言（概念）与事物相配是相对的，即名与实的对应关系是相对的，概念（名）不可穷尽万事万物（实），万事万物总是处于变动不居的状态之中，没有绝对的"至"，但有常态化的"不至"。

"指不至"，意思是概念与事物不能完全相称、不能全部匹配。"至不绝"，意思是因为"指不至"，所以概念与事物的匹配是没有止境的。事物变化无穷，概念的出现总会跟不上事物的变化。于是，概念与事物总是处于动态的适配之中，新事物层出不穷，概念无法时刻跟上，事物与概念之间存在错位，这就是"不至"。

乐广是一位出色而有个性的清谈家，他不喜欢滔滔不绝、长篇大论，自觉跳出语言的迷障，言简意赅，启迪灵感，启发悟性。这为后世的禅宗大德以公案的形式来参话头开了先河。同时，这个问"旨不至"的故事也是中国教育史上启发教学的典范个案。

3 乐令善于清言①，而不长于手笔②。将让③河南尹，请潘岳④为表⑤。潘云："可作耳。要当得君意⑥。"乐为述己所以为让，标作⑦二百许语⑧。潘直取错综⑨，便成名笔⑩。时人咸云："若乐不假⑪潘之文，潘不取乐之旨，则无以成斯矣。"
（文学70）

释义

①清言：又称清谈。魏晋时，名士们以谈论《老》《庄》为"清"，以谈论世务为"俗"。趋"清"避"俗"，为当时的时尚。

②手笔：此指文章。

③让：辞让。

④潘岳：字安仁，荥阳中牟（今属河南）人。以美姿容著称。西晋文学家，擅长诗赋写作，作品辞藻艳丽，富有才情。

⑤表：文体名，上奏皇帝的文书（奏表）。

⑥当得君意：只是需要您说出大意。

⑦标作：意为标定大意。原作"标位"，今据余嘉锡先生意见改。余先生比对过宋本《世说新语》，认为今传通行本作"标位"是错的，应是"标作"，后人误改了（参见余嘉锡《世说新语笺疏》，中华书局，2011年，第221页）。余氏之说可取。在此故事中，潘岳要求乐广先行口述，故乐广"标作二百许语"，即以约二百句来标举大意（潘岳的作文以此为准），目的是为文章的措辞定调；因为是给皇帝看的表，是乐广的个人行为，要避免出现不得体或不合乐广口吻的语句。这是潘岳为文老练之处。而如今通行的一些译注本将"标位"或解释为"揭示，阐述"（张万起等《世说新语译注》，中华书局，2009年，第226页），或解释为"阐释"（朱碧莲《世说新语详解》，上海古籍出版社，2013年，第159页），或解释为"列举，揭示"（董志翘等《世说新语笺注》，江苏人民出版社，2019年，第281页），诸种解释，均与"标作"二字的意思颇有错位，似尚未贴近原意。"标作"的"标"，有"标定"的含义，故下文说"潘直取错综，便成名笔"，所谓"直取"，就是不复改订原意，潘岳的工作只是将口语转化为文章，即成名篇。

⑧二百许语：即二百来句。许，表约数。《晋书·乐广传》此句作"（乐）广乃作二百句语"，可参看。

⑨直取错综：意为直接取材于乐广的口述，意态纵横，层次清晰。《晋书·乐广传》此句作"（潘）岳因取次比"，可参看。

⑩名笔：即名篇。

⑪假：借。

释读

乐广善于清谈，但不长于写文章。他准备辞让河南尹一职，专门请文章高手潘岳代作奏表。潘岳说："写是可以写，只是需要您说出大意。"乐广于是口述自己辞让河南尹一职的理由，标定大意，且为文章的措辞定调，说了一番话，约有二百句。潘岳直接取材于乐广的口述，意态纵横，层次清晰，便成了一篇名文。当时的人都说："如果乐广不借重潘岳的文笔，潘岳不取用乐广的意旨，那就难以成为名篇佳作了。"

乐广除了熟读《老》《庄》，还熟悉儒家经典，孔子的"述而不作"对他深有影响，故而，他在写文章方面并不用心；以他的聪明灵慧，不至于写不出一份二百来句的表，可他真的"不长于手笔"，缺少训练，这才会有求于潘岳。

这是口与笔合作的成功范例。如此配合，传为佳话。

4 卫伯玉①为尚书令②，见乐广与中朝名士③谈议，奇之曰："自昔诸人没已来④，常恐微言⑤将绝，今乃复闻斯言于君矣！"命子弟造之⑥曰："此人，人之水镜也，见之若披⑦云雾睹青天。"（赏誉23）

释义

①卫伯玉：即卫瓘，字伯玉，卫玠的祖父。

②尚书令：尚书省长官，负责政令的颁布。

③中朝名士：这是东晋时代的说法，指"竹林七贤"之后尚然在世的西晋名士。中朝，指以洛阳为京师的西晋朝廷。

④自昔诸人没已来：意指自从正始名士、"竹林七贤"等去

世以后。诸人，指何晏、王弼等正始名士，以及阮籍、嵇康等"竹林七贤"。已来，通"以来"。

⑤微言：即清言（清谈），也就是魏晋时代士人口中的"正始之音"。

⑥命子弟造之：要求卫家子弟前去拜访乐广。造，拜访。

⑦披：拨开。

释读

卫瓘做尚书令时，看见乐广跟西晋时期的名士们交谈，见解出众，甚为惊奇，对乐广说："自从正始名士、竹林七贤等去世以后，我经常担心正始之音成为绝唱，不意今天竟然从阁下的口中又听到了！"于是，要求卫家子弟前去拜访乐广，说："这一位，心地澄明，如清澈之水，让人从而照见自己；你们要是见到他，如拨开云雾见青天。"

卫瓘是乐广的前辈，他称誉乐广，是对后辈的高度肯定和表扬。有一个事实，可以证明卫家的子弟真的听从卫瓘的命令前往乐广家请教，那就是尚未成年的卫瓘之孙卫玠询问乐广关于梦的理解，得到乐广的悉心指教。事见《世说新语》文学门第十四则（请参考本书的卫玠部分）。

刘孝标注引《晋阳秋》曰："尚书令卫瓘见（乐）广曰：'昔何平叔诸人没，常谓清言尽矣，今复闻之于君！'"又引王隐《晋书》曰："卫瓘有名理，及与何晏、邓飏等数共谈讲，见（乐）广奇之曰：'每见此人，则莹然犹廓云雾而睹青天。'"卫瓘生于魏文帝黄初元年（220），进入正始年间，卫瓘已经是二十来岁的青年人，故有机会与何晏、邓飏等人接触，听过原汁原味的"正始之音"，即他心目中的"微言"。而他在晚年时

世说新语别裁详解

☯ 中朝名士 ☯

喜见乐广，誉之为"人之水镜"，我们可以推想，乐广与阮瞻、王澄、谢鲲等人不同，他反对"以任放为达"，主张"名教中自有乐地"，久历官场、见惯风浪的卫瓘，相信乐广是正人君子，也是"正始之音"的传人，所以，才会郑重地要求卫家子弟多接近乐广，以求有所长进。

在乐广的时代，玄学似乎出现一个调整状态，有一些人，如乐广，不是一味地偏于放达，而想对玄学有所纠偏，在某些方面回归儒家的价值观念。卫瓘信得过乐广，让子孙向他学习，似乎透露出这样的信息。

5> 冀州刺史杨淮①二子乔与髦②，俱总角为成器③。淮与裴颜④、乐广友善，遣见之。颜性弘方⑤，爱乔之有高韵⑥，谓淮曰："乔当及卿，髦小减⑦也。"广性清淳⑧，爱髦之有神检⑨，谓淮曰："乔自及卿，然髦尤精出⑩。"淮笑曰："我二儿之优劣，乃裴、乐之优劣。"论者评之，以为乔虽高韵，而检不匝⑪，乐言为得。然并为后出之俊。（品藻7）

释义

①冀州刺史杨淮：西晋弘农华阴（今河南灵宝北）人。杨修之孙，官至冀州刺史。

②乔与髦：即杨乔和杨髦。杨乔，字国彦，为人爽朗。杨髦，字士彦，为人有见识，后被石勒所害。

③成器：已经显出有所作为的样子。

④裴颜：字逸民，以博学著称，撰有《崇有论》，推崇儒术。

⑤弘方：旷达正直。

⑥高韵：高迈的气质和韵致。
⑦小减：稍微逊色。
⑧清淳：高洁淳朴。
⑨神检：谨慎而有操守。
⑩精出：精进杰出。
⑪不匝：不周全。

释读

冀州刺史杨淮的儿子杨乔和杨髦，尚未成年，都已经显出有所作为的样子。杨淮跟裴頠、乐广是好朋友，他让两个儿子去拜见裴、乐二人。裴頠性格旷达正直，尤其喜欢杨乔有高迈的气质和韵致，对杨淮说："杨乔将来会做到你这个样子，杨髦就稍微逊色一点。"而乐广性格高洁淳朴，尤其喜欢杨髦谨慎而有操守，对杨淮说："杨乔是会做到你这个样子，可杨髦精进杰出，会做得更为优秀。"杨淮听后，笑着说："我这两个儿子的优劣，就对应着裴、乐二位的优劣啊。"论者评说道：杨乔虽然有高迈的气质和韵致，但在自我检点方面尚未周全，乐广的说法更为准确。然而，杨乔、杨髦后来都成长为杰出的才俊。

这个小故事，是一条人生预测的趣闻，也是一个值得思考的案例。

物以类聚，人以群分。裴頠不喜欢王衍之徒，说他们不务正业、放荡轻佻，他写作《崇有论》，正以王衍之徒为批评对象。无独有偶，乐广主张"名教中自有乐地"，也是反对放达不检。进入西晋以后，对于魏晋交替时期阮籍、刘伶、阮咸等人引领的风气，出现了两种后续情况：一种是追随之，如阮瞻、王澄、谢鲲等人；一种是加以反思，主张回归儒家正道，如裴颐、乐广等人。而对杨淮来说，尽管其先辈也是曹魏集团的成员，但是已经与曹魏没有什么关系，已然依附于司马氏的体制，故而不希望自己的子孙后辈误入歧途，倾向于赞赏裴颐、乐广的立场和观念。这才会有杨淮让自己的两个儿子去结识裴颐、乐广并诚意请教的举动。

我们在考察"魏晋风度"的时候，不可忽视裴颐、乐广的存在价值和意义，他们的举止言行，也是"魏晋风度"的一种表现。

6 乐令女适①大将军成都王颖②。王兄长沙王③执权于洛④，遂构兵相图⑤。长沙王亲近小人，远外君子，凡在朝者，人怀危惧。乐令既允朝望⑥，加有婚亲，群小谮于长沙。长沙尝问乐令，乐令神色自若，徐答曰："岂以五男易一女？"由是释然，无复疑虑。（言语25）

| 释义

①适：出嫁。

②成都王颖：即司马颖（279—306），晋武帝司马炎第十六子（据《晋书》本传；一说第十九子，见刘孝标注引《八王故事》），在八王之乱中，几经浮沉，后被范阳王司马虓囚禁，司马虓暴毙，其亲随刘舆矫诏赐司马颖死。年仅二十八岁。所生二子（即乐广外孙）亦死。

③长沙王：即司马乂（277—304），晋武帝司马炎第六子（据《晋书》本传；一说第十七子，见刘孝标注引《八王故事》）。一度打败成都王司马颖，不久为河间王司马颙的部将张

方所杀，卒年二十八岁。乂（yì），字义为治理，安定。

④执权于洛：长沙王司马乂在京师洛阳掌有实权。另一方面，司马颖的大本营是邺城，他一度也把持朝政，导致"事无巨细，皆就邺（城）谘之"的情形（详见《晋书·成都王颖传》）。当时，洛阳、邺城是事实上的两个权力中心。故成都王与长沙王之争是十分尖锐的。

⑤构兵相图：意为发兵征讨。

⑥既允朝望：意为乐广已经获得在朝廷中的声望（构成对他人的威胁）。允，符合，相称，此处转义为获得。

释读

乐广的女儿嫁给了大将军成都王司马颖。司马颖的兄长长沙王司马乂在京师洛阳掌有实权，在八王互相残杀的局势下，司马乂要发兵征讨司马颖。司马乂亲近小人，远离君子；凡是朝廷中人，都人人畏惧，人心惶恐。而乐广，已经在朝廷中获得声望，加以又是司马颖的岳父，一群小人相继在司马乂耳边进谗言。司马乂曾经当面问乐广是否与女婿联手夺权，只见乐广神色自若，从容镇定地回答："我有五个儿子，岂会为了一个女儿去毁掉五个儿子的性命？"听毕，司马乂放下疑虑，不再视乐广为敌人。

据《晋书·成都王颖传》，司马颖在八王之中是一个不可小觑的人物，他"形美而神昏，不知书，然器性敦厚，委事于（卢）志"，在亲信卢志等人的辅助下，颇具号召力，乃至于"羽檄所及，莫不响应"，拥有军队二十余万，很有实力。而且，曾经一度得势，进位大将军，可以享有特权，"入朝不趋，剑履上殿"，十分威风。随着威权日增，司马颖以皇太弟的身份，行事更为嚣张，"有无君之心，大失众望"。

而司马乂与司马颖的矛盾和相争,是八王之乱中的一乱,乐广置身其中,无可逃避。所谓"乐令既允朝望,加有婚亲,群小谗于长沙",并非无缘无故。"乐令既允朝望"是客观事实,就算乐广没有参与司马颖争权夺利的预谋和行动,他的身份、地位和名望依然会成为群小攻击、构陷他的话柄,谁叫乐广是司马颖的岳父呢?

刘孝标注引《晋阳秋》曰:"成都王之起兵,长沙王猜(乐)广,广曰:'宁以一女而易五男?'乂犹疑之,遂以忧卒。"这条材料的说法与《世说新语》略有差异,差异之处是,《晋阳秋》先说司马乂对乐广有猜疑,以为乐广与司马颖合谋起兵;乐广以"宁以一女而易五男"回应,为自己辩护,替自己洗脱,但还是没有打消司马乂的疑虑,故说"乂犹疑之"。这与《世说新语》的"由是释然,无复疑虑"不同。《晋阳秋》强调乐广在司马乂的怀疑之下度日,自己忧心忡忡,"遂以忧卒",其晚年岁月过得很压抑、很郁闷、很惶恐。看来,《晋阳秋》的说法更为接近当时的情况,因为司马乂不大可能一下子就放下对乐广的戒心。《晋书·长沙王乂传》说司马乂"开朗果断,才力绝人",相较于"形美而神昏"的司马颖,司马乂可不是那么好糊弄的。《晋书·乐广传》及《资治通鉴》卷八五均采信《晋阳秋》乐广"遂以忧卒"的说法。

然而,无论如何,《世说新语》的这个故事在一定程度上再现了西晋八王之乱的一个实景,读者可以从司马颖的得失存亡以及乐广的戒慎恐惧来了解卷入权力纷争是多么可怕的事情。这一对翁婿,终究逃脱不了悲剧命运。

乐广死于永兴元年(304),两年之后,即光熙元年(306),其女婿司马颖被赐死,乐广的两个年纪很小的外孙也同时遭难。

7 王夷甫自叹："我与乐令谈，未尝不觉我言为烦①。"（赏誉25）

释义

①烦：通"繁"，繁复，烦琐。与王衍不同，乐广的话语风格是简要，与"繁"形成对比。

释读

王衍曾经感叹道："我与乐令交谈，话语风格不同，他太过简要，反而显得我的话过于繁复。"

刘孝标注引《晋阳秋》："乐广善以约言厌人心，其所不知，默如也。太尉王夷甫（王衍）、光禄大夫裴叔则（裴楷）能清言，常曰：'与乐君言，觉其简至，吾等皆烦。'"乐广奉行儒家"知之为知之，不知为不知"的原则，为人不喜多言，实话实说，有一说一，不会刻意附会。于是，形成了鲜明的个人话语风格。他甚至对于一些烦难的话题，不做语言阐释，而是以启发式的方法，使用肢体语言，让人在直觉中领悟高深的道理。曾有客人问乐广《庄子·天下》里"指不至，至不绝"这句话如何理解，他就采用了上述方式（参见《世说新语》文学门第十六则）。

王衍很飘逸，喜欢手持麈尾，高谈阔论，洋洋洒洒，风度翩翩，极为迷人；相反，乐广言行举止都很"经济"，不做过度的事，每每取其中道，适可而止。从王衍上面的话看，其说法似乎是一种比较和自省，反衬出乐广为人的某个侧面。

乐广的知识结构里，儒家学理是基本面，然后再添加了一些玄学。这与一味讲论玄学的名士如王衍等显然有别。

按说，乐广守正道、人缘好、影响大，他的一生应该风平浪静才是。可人不能超越时代，有什么样的时代就会有什么样的人生，乐广也不例外。且不说他的言论和观念与当时的一些权贵不同，会招惹他人的议论或引来麻烦；且不论他也算身居高位，官至尚书令，会有意无意地陷入某种政治旋涡；仅说他的一个身份，即成都王司马颖岳父这一角色，就会要他的命。

身处晋惠帝时代，政坛诡谲，风波屡起，人人自危，朝不保夕；八王都在觊觎大位，不幸乐广的女婿就是八王之一。乐广所信奉的名教即儒家的纲常伦理在这场凶险、混乱、惨烈的皇位争夺战中荡然无存。

司马颖还是八王之中距离皇位很近的一个王，曾几何时，他"入朝不趋，剑履上殿"；他镇守邺城，"悬执朝政，事无巨细，皆就邺谘之"（《晋书·成都王颖传》）。不知是乐广无法改变女婿的想法，还是曾经劝说终告失败，反正，明知女婿的所作所为是在违反名教，为何不见乐广对女婿说"名教中自有乐地"的记载呢？

当然，在权力欲异常爆发的时代，一切说辞都会显得苍白无力。这是乐广的悲哀。在八王互杀的情景中，尽管有成都王做女婿，可也保不了自己的命，不得不在长沙王司马乂的威吓之下忧愤而死。这是乐广的悲剧。

乐广似乎也在自保，他为了释除司马乂的猜疑，表示自己有五个儿子，比女儿重要，暗示自己会跟女婿成都王切割。可是，于事无补。这是乐广的无奈。

　　无奈，悲哀，还有悲剧，这是乐广的一生。一个聪明而自律的人，一个名满天下的乐令，一个拥有著名女婿的岳父，竟然如此收场，令人无限感慨，深叹尘网之险恶，名教之无效。

三 王衍

王衍（256—311），字夷甫，西晋琅邪临沂（今山东临沂北）人。是"竹林七贤"之一王戎的从弟。

王衍"神情明秀，风姿详雅"。年少时曾造访山涛，山涛称之为"宁馨儿"，但预判"误天下苍生者，未必非此人也"。西晋末期，王衍投靠东海王司马越，外敌当前，司马越病死，军队交给王衍统领；而王衍不懂军事，只会清谈，输得一败涂地，最后死于石勒之手，西晋政权继而覆灭。山涛预判，果如其言。

王衍以善于清谈而倾动当世，《晋书·王衍传》说他"妙善玄言，唯谈《老》《庄》为事"，是当时的清谈领袖，"后进之士，莫不景慕放（仿）效"。在某种程度上，王衍以"竹林七贤"的传人自居。

王衍颇有政治野心，凭借手中权力，安排其弟王澄、族弟王敦分别镇守荆州和青州，自己留在京师，以成"狡兔三窟"之势，伺机图谋不轨。其心机颇为有识者所不齿。

王衍少负盛名，在仕途上可谓一帆风顺，步步升迁，官至司空、司徒、太尉，位极人臣；可因"清谈误国"，落得死于非命的下场。

世称东晋时代是"王与马，共天下"，其中的"王"，指琅邪王氏；而王氏的核心人物王敦、王导与王衍同宗，王衍是前辈。王衍在西晋末年的权势和声望对于琅邪王氏的兴起有着一定的影响。

1 彭城王①有快牛②，至爱惜之。王太尉③与射④，赌得之。彭城王曰："君欲自乘则不论；若欲啖⑤者，当以二十肥者⑥代之。既不废啖，又存所爱。"王遂杀啖。（汰侈11）

释义

①彭城王：即司马权，司马懿的侄子。晋武帝即位时封彭城王（彭城，在今江苏徐州）。

②快牛：跑得快的牛。当时多用牛车，牛跑得快，尤其珍贵。

③王太尉：即王衍，官至太尉，故称。

④与射：意为以射箭的方式与之赌输赢。文中，王衍射箭赢了司马权。

⑤欲啖（dàn）：打算吃掉。啖，吃。

⑥二十肥者：二十头肥牛。

释读

彭城王司马权有一头跑得快的牛，十分爱惜，视如宝贝。王衍想将司马权的心头之好夺到手，与之打赌，以射箭的方式定输赢，结果，王衍赢了。司马权很不舍地说："阁下如果是用于驾车乘坐，那就罢了；要是想吃掉，我干脆用二十头肥牛把它换下来。这样就两全其美：既满足阁下的口腹之欲，又保住了我的所爱。"王衍不予交换，杀牛，吃掉。

这是王衍年轻时的一段逸事。

据《晋书·彭城穆王权传》记载，司马权死于晋武帝咸宁元年（275）。而王衍生于魏高贵乡公甘露元年（256）。射箭赌牛一事，当发生在咸宁元年之前。换言之，那时候，王衍不到二十岁，已经够胆挑战彭城王，为了一头牛，跟彭城王赌了起来。除了说明王衍对自己的射箭本领相当自信之外，还折射出王衍其人有好斗的一面。

回想王衍十来岁时，山涛已经预判此人厉害，然而"误天下苍生者，未必非此人也"（《晋书·王衍传》）。联系其弟王澄说王衍"神锋太俊"（赏誉门第二十七则），有锋芒毕露之时，再结合这个赌牛的故事，可知王戎说他"风尘外物"（赏誉门第十六则），只是表象，绝非实情。

一个人的性格会有多个侧面，都可以从日常的一些小故事里透露出信息。像这个故事，王衍想拥有彭城王的心头之好，纯粹是有心表演，既借机炫耀自己的武功即箭术，又趁势显示自己的一股狠劲儿，他跟彭城王赌一把，不是真的要那头牛，只是因为那头牛是彭城王的宝贝，要过来难度极高，可再难也有办法弄到手，不仅弄到手，还要弄到肚子里。王衍的本意显然在此。

这是一个喜欢表演的人，演技不差，若不明就里，很容易被他迷惑。但演技再高明，也还是演戏而已，总有破绽，哪怕是蛛丝马迹，也会有人发现。山涛可能是第一个发现这类蛛丝马迹的人，所以，他才会放出狠话，说此人终误苍生。而我们读这类小故事，不一定说要发诛心之论，可细味内情，丰富对人性之复杂性的认识。

2 诸名士共至洛水①戏②。还③，乐令问王夷甫曰："今日戏乐乎？"王曰："裴仆射④善谈名理，混混有雅致⑤；张茂先⑥论《史》《汉》，靡靡可听⑦；我与王安丰说延陵、子房⑧，亦超超玄著⑨。"（言语23）

释义

①洛水：即洛河，在洛阳。

②戏：此处特指名士们在洛河岸上边游玩边清谈，从王衍所回答的内容可知话题多样，可以谈玄学（名理），可以谈历史著作（《史》《汉》），也可以谈历史人物，等等。这是一种智力游戏，故称"戏"。

③还：此指返回的路上。

④裴仆射：即裴頠，曾任尚书左仆射，故称。

⑤混混（gǔn）有雅致：意为言论滔滔而不失风雅。混，古同"滚"；混混，形容波涛翻滚的样子。

⑥张茂先：即张华，字茂先，魏晋时期的学者，著《博物志》。

⑦靡靡可听：娓娓动听。

⑧延陵、子房：即季札、张良。季札，是春秋时吴国公

子，以贤明博学、谦恭礼让著称，封于延陵（今江苏常州），故称；张良，字子房，汉高祖刘邦的谋士。

⑨超超玄著：意为超拔玄妙，深刻精辟。

释读

多位名士一起来到洛河岸上边游玩边清谈，以之为戏。归途中，乐广问王衍道："今日如此为戏，开心吗？"王衍带着满足的语气回答："裴仆射擅长谈论名理之学，言论滔滔而不失风雅。张茂先论及司马迁的《史记》和班固的《汉书》，可谓娓娓动听。至于我，还有王安丰，交谈季札和张良的故事，也是超拔玄妙，深刻精辟。"

"至洛水戏"是晋朝很多名士的集体记忆，进入东晋以后，王导就曾多次提及与阮瞻、王承等人在洛水边的往事，无限眷恋，深情回味。而王衍参与的这一次，就更是不得了的一段体验。

这是一场"竹林七贤"与中朝名士发生交集的清谈。作为最后的"竹林七贤"，王戎参与其中；作为中朝名士的核心人物，乐广、王衍也共襄盛举；还有裴頠、张华，他们都是著名学者，说这一次洛水之戏是清谈史上的"高峰论坛"，一点也不为过。

我们不知道这一次"高峰论坛"发生在哪一年，但是，下限是知道的，即不可能晚于晋惠帝永康元年（300），因为裴頠、张华均卒于此年。乐广生年不详，但他于晋惠帝永兴元年（304）去世；王戎在次年即晋惠帝永兴二年（305）也下世了。综合起来看，此洛水之戏大概出现于裴頠、张华、乐广、王戎的晚年，而王衍本人也开始步入中年了（生于256年）。

据刘孝标注引《竹林七贤论》，王济（240？—285？）也参与其中，而王济疑似卒于晋武帝太康六年（285），那么，此洛水之戏发生在太康年间的可能性极大。《竹林七贤论》还说他们聚会的目的是"至洛水解禊事"，那就可以推断是在太康某年的春天或秋天举行的，所谓"解禊事"，即是古代春秋两季在水边举行的意在除去不祥的祭祀。

可以想象的是，王衍他们利用解禊事的机缘而聚会，临时举办"论坛"，而且话题是开放性的，并不像此后东晋时代的谢安等限定于讨论《庄子》的某一篇。

在洛水边解禊事，边游玩边清谈，是一种娱乐身心的玩法，无怪乎称之为"戏"；而王导之徒心心念念的"洛水边"原来是这样的一种无拘无束、放言高论的场合。

王衍的答语富于满足感，在回家的路上借回答乐广的问话而"回放"刚刚结束的洛水之戏，重温大家各有特色的妙论，连带也自我表扬一下，似乎在提示乐广：我的发言也属一流啊。其开心得意，则是尽在言外了。

3 中朝时，有怀道之流①，有诣王夷甫咨疑②者。值王昨已语多，小极③，不复相酬答，乃谓客曰："身④今少恶⑤，裴逸民亦近在此，君可往问。"（文学11）

释义

①怀道之流：指对玄学（道）感兴趣的人。

②咨疑：咨询疑难问题。

③小极：疲倦。

④身：即"我"，用作第一人称。
⑤少恶：稍有不适。口语。恶，指不适，不舒服。

释读

在西晋时期，有对玄学（道）感兴趣的人去拜访王衍，咨询疑难问题。刚好王衍头一天说了很多话，感到疲倦，不想再应酬访客，于是对来人说："本人今天稍有不适，可移步到裴逸民家，他家就在附近，阁下去问他好了。"

刘孝标注引《晋诸公赞》："裴颜谈理，与王夷甫不相推下。"即在玄学方面，裴颜的学问和口才与王衍不相上下。这大概是王衍让访客去问裴颜的原因吧。

从这个日常细节看，王衍名气很大，当时对玄学感兴趣而抱有疑惑的人实在不少（估计多为年轻人），故王衍要经常接待访客。这也反映出彼时的学术风气和某种时代好尚。

4 裴成公①作《崇有论》，时人攻难②之，莫能折③。唯王夷甫来，如④小屈⑤。时人即以王理难裴，理还复申⑥。（文学12）

释义

①裴成公：即裴颜，谥号"成"，故尊称之为成公。
②攻难：反驳辩难。
③折：使之屈服、认输。
④如：似乎。
⑤小屈：使之稍微处于下风。
⑥理还复申：意为被质疑后尚能成功反驳。

释读

裴颜作《崇有论》，因与宣扬空无的时尚相悖，遭到不少人的反驳辩难，可就是无人能够使他屈服。唯有王衍出现，似乎能使他稍微处于下风。当时的人得悉王衍反驳裴颜的思路，也用此思路来驳斥裴颜，可是裴颜被质疑后尚能成功反击。

《晋书·裴颜传》说，裴颜写出《崇有论》后，"王衍之徒攻难交至，并莫能屈"。说明裴颜的言论在理，而王衍之徒即王衍的追随者没有人可以说得过他。请注意"唯王夷甫来，如小屈"中的"如"字，是"似乎"的意思，可能是出于礼貌，裴颜才略显下风，不一定是王衍真的能够反驳；下文"时人即以王理难裴，理还复申"，即可说明问题。

为何裴颜那么厉害呢？不见得仅仅是他本人的口才厉害，而是他所说的理无法辩驳。《崇有论》的主旨是批评放荡浮夸的风气，主张回归中庸之道："志无盈求，事无过用"；要切实做事，不应置身外："躬其力任，劳而后飨"；倡言维护纲纪，认为"礼制弗存，则无以为政矣"。对于王衍之徒"盛称空无之美"的论调表示否定，指出当时的弊端是"立言藉于虚无，谓之玄妙；处官不亲所司，谓之雅远；奉身散其廉操，谓之旷达"，诸如此类，导致世风败坏、士行有亏。《晋书·裴颜传》说，裴颜写《崇有论》有具体的针对性："王衍之徒，声誉太盛，位高势重，不以物务自婴，遂相放（仿）效，风教陵迟，乃著《崇有》之论以释其蔽。"可见，这不是一般性的学术争论，而是关乎国运与政教的一场思想交锋。

可惜，裴颜早逝，三十四岁就遇害，死于赵王司马伦之手。而王衍经过这场交锋之后，依然故我，不思悔改，照样高谈阔论，还是"位高势重，不以物务自婴"，最后清谈误国，自己丢了性命,还葬送了西晋政权。

5 诸葛厷①年少不肯学问。始②与王夷甫谈,便已超诣③。王叹曰:"卿天才卓出,若复小加④研寻⑤,一无所愧。"厷后看《庄》《老》,更与王语,便足相抗衡。(文学13)

释义

①诸葛厷(gōng):字茂远,琅邪阳都(今山东沂南)人,官至司空主簿。

②始:指开始有机会。

③超诣:意为具有超出常人的造诣。

④小加:稍加。

⑤研寻:研讨。

释读

诸葛厷年少时不肯读书做学问。后有机缘与王衍交谈,一下子就显露出超越常人的造诣。王衍赞叹道:"你天才卓出,如果再稍微用功研讨,就没有什么好遗憾的。"诸葛厷于是研读《庄》《老》,再一次与王衍交谈,其谈论的功力就跟王衍不相上下了。

王衍注意发掘清谈的人才,遇到适宜之人,加意培养,诸葛厷就是一个例子。这也可以说明王衍之徒是如何越来越多的。

问题在于,如果学术脱离现实,不懂世务的人才再多也于事无补,对社会的发展、民生的改善没有助益。在晋朝历史上,"王衍之徒"不是一个褒义词。

6 阮宣子①有令闻②,太尉王夷甫见而问曰:"老、庄与圣教③同异?"对曰:"将无同④。"太尉善其言,辟之为掾⑤。世谓"三语掾⑥"。卫玠⑦嘲之曰:"一言可辟,何假于三?"宣子曰:"苟是天下人望,亦可无言而辟⑧,复何假一?"遂相与为友。(文学18)

释义

①阮宣子:即阮修,字宣子,是阮咸的从子。官至太子洗马。为人清高,不见俗人;好读《易经》《老子》,擅长清谈。

②令闻:好的声誉。令,美好。

③圣教:圣人之道,此指儒家学说。

④将无同:莫非就是同吧。将无,莫非,当时口语。

⑤辟(bì)之为掾(yuàn):征召他为属官。辟,召见并授予官职。掾,属官。

⑥三语掾:三个字的属官,意为三个字换来一个官,语含调侃。

⑦卫玠:字叔宝,中朝名士之一,先后娶乐广、山简之女为妻。以善于清言著称。

⑧无言而辟:指哪怕一个字不说也被征召为官。言,此指汉语的字。

释读

阮修名声颇佳。一次,王衍见到他,问道:"老子、庄子的思想与圣人之道是同还是异呢?"阮修回答:"莫非就是同吧。"王衍听毕,认为其言甚妙,于是征召他做属官。此事传开了,人们就说阮修用"将无同"三个字换来一个官,是为"三语掾"。卫玠打趣道:"说一个字也可以被征召为官,何须三个字么多呢?"阮修回敬道:"要是名闻天下,哪怕一个字不说也被征召为官,说一个字也嫌多。"一轮言语交锋之后,两人却成了好友。

这是一件十分著名的逸事。

阮修凭着"将无同"三个字就能够进入历史,好像是一个奇迹。其实,阮修以此三字成名,不是侥幸,而是有道理的。

道理何在?我们如果回顾一下儒家学说的主张,就可以知道,以孔子为首的儒家说了很多日常生活层面和伦理学说层面的道理,这些道理比较具象化、具体化,而没有多少抽象的思辨性。用子贡的话说,就是:"夫子之文章,可得而闻也;夫子之言性与天道,不可得而闻也。"(《论语·公冶长》)孔子在《论语·阳货》里曾经说道"性相近也,习相远也",这算是涉及一个抽象的范畴"性",但是,仅此而已,没有进一步的阐释。当然,连子贡也知道"性与天道"的问题是存在的,那么,谈论"性与天道"就不是老子、庄子的专利,儒家也是有份的。这是一个大前提,也是阮修"将无同"的大前提。

在一定程度上说,魏晋玄学是对不够抽象的儒家学说进行抽象化处理的直接产物。理由很明显,儒学在东汉末年陷入衰退期,何晏、王弼等人都是以儒学起家的,他们要寻找提升儒学地位的路径,于是掐准了一点:儒学不够抽象,尤其是在"性与天道"之类的大问题上欠缺现成答案,留下了一个很大的发展空间,于是,借助对《周易》义理的研究去弥补(玄学家王弼有《周易注》传世),顺便旁及《老》《庄》(二者均讲"天道"),这就是何晏、王弼同时注《老子》等书的动力所在(《易》与《老》《庄》并称"三玄",即儒家的经典与道家著作并列，这是"将无同"的基本依据）。换言之，玄学的兴起是儒学在魏晋时期寻求突破和发展的结果。

可是，随着研究的深入，尤其是在入世与出世的问题上，人们发现儒家的思想与老庄等道家的思想有着明显的区别；又由于魏晋政权的更替都出现得位不正的内情，掌权者为了维护权位，横行无忌，消灭异己，人人自危，人心惶惶，避世乃至出世的意识抬头，越来越成为一种带有时代特色的精神追求。于是，到了一定的时候，老庄思想与儒家思想的不同越发显露出来，"老、庄与圣教同异"就成了一个大问题。

对于王衍的这个问题，我们还要考虑到一个背景，即裴頠写《崇有论》就是批评王衍之徒只谈空无，不论世务，主张要回归儒学，特别提到"礼制弗存，则无以为政矣"；《晋书·裴頠传》强调一点，即裴頠对当时的"不尊儒术"（偏于《老》《庄》）极为不满，对何晏、阮籍等人"不遵礼法"尤为反感。在此语境之下，老庄与"圣教"之辩，就成了一个尖锐话题，而裴頠在跟王衍之徒论辩时还明显占了上风。王衍对此肯定是耿耿于怀的。

幸而，有一个阮修出来为王衍解困，其"将无同"三个字之所以令王衍大为赞赏，是因为这样一来，等于为玄学正名：谁说玄学与儒学是对立的？不，它们不仅不对立，还是同一阵线，否则，何以有"三玄"的说法呢？

阮修"将无同"三字，提示我们在考察儒学发展史时，不能忽视东汉末年至魏晋时期这一特殊的历史阶段。儒家与道家之不同，人所共知，毋庸置疑；可是，魏晋玄学之发生、发展与变异，则与儒学之求变有关，也与儒学之先天性缺陷即缺乏抽象思辨有关，"将无同"的说法并非诡辩，是以《易》与

《老》《庄》并称"三玄"为依据的。从"玄学发生学"的角度看，阮修是为当时不明玄学是如何产生的人们补了一课；从王衍所遇到的眼前窘境看，阮修的说法是回敬裴頠《崇有论》的一把利器。

7 裴散骑①娶王太尉女。婚后三日，诸婿大会，当时名士，王、裴子弟②悉集。郭子玄③在坐，挑与裴谈。子玄才甚丰赡，始数交未快④。郭陈张甚盛⑤，裴徐理前语⑥，理致甚微⑦，四坐咨嗟称快。王亦以为奇⑧，谓诸人曰："君辈勿为尔，将受困寡人⑨女婿！"（文学19）

释义

①裴散骑：即裴遐，字叔道，娶王衍第四女。以善言玄理闻名于世。曾任散骑郎，故称。

②王、裴子弟：指王氏家族、裴氏家族的子弟。琅邪临沂王氏是大族，而裴遐所属的河东闻喜裴氏也是大族（裴遐的祖父裴徽、父亲裴绰均有名）。

③郭子玄：即郭象，字子玄。以注释《庄子》著称于世，其书今传。

④始数交未快：开始时的数次交锋未算精彩。快，指快意，转义为精彩。

⑤陈张甚盛：指引经据典，言而有据，发挥得淋漓尽致。陈，指铺陈理据；张，指顺势发挥。

⑥徐理前语：不急不忙地将此前的话语重新梳理一遍。

⑦理致甚微：阐释义理的逻辑相当严谨，见解十分精微。

理,指义理;致,指阐述的逻辑。

⑧以为奇:认为(裴遐)有超常发挥,以之为"奇"。

⑨寡人:晋代士大夫有时以"寡人"自称,颇有时代特点。王羲之在《与人书》里也有同样用法(见《艺文类聚》卷九)。

释读

裴遐迎娶了王衍的女儿。婚后三日,趁着新婚女儿回门的日子,王衍让各位女婿回岳父家聚会;当时的名士,以及王氏家族、裴氏家族的子弟也都来了。座中有郭象,正好举行清谈,他专门挑新婚女婿裴遐为对手。郭象富有才华,学识渊博,他与裴遐交锋,刚开始不久,你来我往,未算精彩。随后,郭象引经据典,言而有据,发挥得淋漓尽致;而裴遐不急不忙地将此前的话语重新梳理一遍,阐释义理的逻辑相当严谨,见解十分精微。在座的人都嗟叹不已,连连称快。王衍听后,也觉得裴遐的表现有超常发挥,对在座众人说:"你们不要随便挑战,只要论战起来,将会受困于我的女婿!"

这段文字的一个关键点是"挑与裴谈",即选择论辩的对手。可见,郭象与裴遐的清谈带有辩论赛性质,话题大概是玄学的问题,双方围绕某个问题展开对抗性的论辩,互有攻防,但是,有时沉闷,有时痛快,所谓"始数交未快"属于前者,所谓"四坐咨嗟称快"属于后者。看来,对于看客们而言,一场这样的清谈是否成功,"快"即痛快惬意,是一个决定性的指标。

就结果看,裴遐占了上风,连郭象这般的高手也赢不了他,难怪作为岳父的王衍喜形于色。他为这场辩论赛做了一个结束语,虽说是开个玩笑,但也借机炫耀了王氏家族的人才济济。

在一个本来是其乐融融的场合里，王衍竟然会说"君辈勿为尔，将受困寡人女婿"，如此霸气，若照《周易》之理来判断，他必定是"亢龙有悔"。他为人高调，不可一世，难怪山涛当年一眼就看出"误天下苍生者，未必非此人也"（《晋书·王衍传》）。言为心声，言语可作观察人之内心的依据，大概山涛早就有这样识人的本事。

8. 王夷甫尝属族人事①，经时未行②，遇于一处饮燕③，因语之曰："近属尊事，那得不行④？"族人大怒，便举樏⑤掷其面。夷甫都无言，盥洗毕，牵王丞相⑥臂，与共载去。在车中照镜语丞相曰："汝看我眼光，乃出牛背上⑦。"（雅量8）

释义

①属（zhǔ）族人事：嘱咐族人做事。属，通"嘱"。

②经时未行：经过一段时间还没有做成。

③饮燕：饮宴。燕，通"宴"。

④那得不行：意为是哪里为难而没有做成。

⑤举樏（lěi）：举起盛放食物的方形扁盒。樏，方形扁盒，中有隔，可以盛放多种食物。

⑥王丞相：即王导，入东晋后曾任丞相，故称。

⑦乃出牛背上：眼光出于牛背之上（不会只是盯着眼前拉车的牛背），意为眼光超迈，不与一般人计较。

释读

王衍曾经嘱咐某族人做事，过了一段时间还没有做成，后来在一个宴会上相遇，王衍问此人："前些时候曾经拜托的事情，是哪里为难而没有做成呢？"族人听后大怒，顺手举起眼前盛放食物的方形扁盒兜头掷向王衍的脸。事已至此，王衍一句话也没再说，赶紧去盥洗处梳洗一番，拉着王导的手臂往外走，一起乘坐牛车离开。在车中，王衍边照着镜子，边对王导说："你看，我的眼光不会只盯着眼前拉车的牛背啊。"

刘孝标对此加了一条按语："王夷甫盖自谓风神英俊，不至与人校（较）。"这是"魏晋风度"的一种表现。

其实，王衍内心还是想着刚才发生的一切，否则，要是不与一般人计较，干脆连"汝看我眼光，乃出牛背上"这样的话也不必说，说了就表明还是在乎。故《晋书·王衍传》提到这件事时说"（王）衍初无言，引王导共载而去，然心不能平"。史学家看事情还是别有眼光的。

刘孝标的那一条按语中值得注意的是"自谓风神英俊"一句，这是王衍十分高傲也相当自恋的表现；他还颇为矫情，比如，故作清高，绝口不说"钱"字，代之以"阿堵物"（那个东西）。诸如此类，说明王衍的"自谓风神英俊"，是带有自我表演成分的。他很注意保持形象，就算忍下一口恶气也不能失态，这才是遭受侮辱之后"夷甫都无言"的内心秘密。至于"不至与人校（较）"，不是心胸宽广，而是要将"风神英俊"的美好形象进行到底。

当然，族人为何不帮忙做事，王衍交代他去做什么事，均不得而知；只不过，这类事情大概并不光彩，否则，王衍就不会以"那得不行"这样的语气来过问；再说，如果是光彩的事情，足以令族人脸上有光，此人也就不会有那么激烈的、爆发式的反应。

解读这类小故事，需要有辩证思维，同时也应回归常识。所谓洞明世事，往往不出常识范围。

9 王夷甫与裴景声①志好不同。景声恶欲取之②，卒不能回③。乃故诣王④，肆言极骂，要王答己，欲以分谤⑤。王不为动色，徐曰："白眼儿⑥遂作。"（雅量11）

释义

①裴景声：即裴邈，字景声。出身河东闻喜裴氏家族，是裴颜的从弟。官至左司马。

②恶（wù）欲取之：内心厌恶（王衍）打算征召自己。取，此指征召、录用。恶，厌恶，不情愿。

③卒不能回：终究不能改变。卒，终究。回，改变，转变。

④诣王：意为造访王衍。诣，造访，拜会。

⑤欲以分谤：（希冀王衍回骂）引来恶评以便让王衍一起分摊。

⑥白眼儿：对裴邈的蔑称。意为裴邈不待见自己，翻白眼。

释读

王衍、裴邈二人志趣不同。裴邈得知王衍想录用自己，内心极不情愿，但终究不能打消王衍的念头。于是，他想出一个招数，故意拜访王衍，见面就骂，骂得很凶，声言要王衍回应；希望王衍当即回骂，引来恶评以便让王衍一起分摊。没承想，王衍不动声色，随后慢条斯理说了一句："白眼儿终于来这一手。"

刘孝标注引《晋诸公赞》说裴邈"少有通才，从兄（裴）颀器赏之，每与清言，终日达曙"，可知裴邈也是一位清言高手。王衍明知裴邈出身河东闻喜裴氏家族，是裴颀的从弟，裴颀与自己不是同路人，何以固执地要录用裴邈呢？其中必有盘算，具体如何，不得而知，起码从表面看，王衍提倡清言，意图将裴邈招致麾下，壮大王衍之徒的声威。

裴邈的从兄裴颀向来对王衍抱有看法，甚至极为不满，写《崇有论》加以攻击；裴邈厌恶王衍，除了自己的日常观察外，可能也大受其从兄的影响。反正裴邈对王衍的录用不仅不感兴趣，而且视之为耻辱，本来表示过不愿意，可王衍执意要他，还表示要定了，裴邈推也推不掉，这是"卒不能回"的内情。情急之下，裴邈想出了一个自以为是绝地反击的妙招，干脆到王衍家大闹一场，将王衍骂得狗血淋头，从此撕破脸皮，一拍两散；最好是王衍也恶言相向，大出其丑，就算别人说什么坏话，也要王衍来分摊。这可以看出裴邈的决绝态度。

可王衍毕竟是王衍，姜还是老的辣，王衍面对裴邈的发难，若无其事，喜怒不形于色，裴邈犹如一记重拳打了一个空，大出意外，完全收不到绝地反击的效果。

王衍"不为动色"，不是真的不动气，只是极力掩饰而已。掩饰，是"魏晋风度"的基本要素。他要维护名士的形象，维护清言家的本色，维护不计较的风度，所以，裴邈就算骂得再难听，王衍始终不开金口。不过，掩饰还是有限度的，一句"白眼儿"，多少流露出王衍内心的波澜。

10 王夷甫长裴成公四岁,不与相知。时共集一处,皆当时名士,谓王曰:"裴令令望①何足计!"王便卿裴②。裴曰:"自可全君雅志③。"（雅量12）

释义

①裴令令望:裴楷有好的声望。裴楷曾任中书令,故称。令望,好的声望,高名。裴楷是裴𬱟的同宗长辈,中朝名士之一。

②卿裴:以"您"称呼裴𬱟。卿,在平辈间使用,意为"你";在社交场合使用,意为"您"。此处的"卿",属于后者。

③全君雅志:成全阁下的雅意。

释读

王衍比裴𬱟年长四岁,二人不相投,没有交情。有一次,一群名士聚会,王衍、裴𬱟均在场,有人对王衍说:"裴令享有高名,也并非高不可攀吧。"王衍听毕,于是跟裴𬱟打招呼,以"您"相称。裴𬱟见状,礼貌地回应道:"阁下有此雅意,我自当成全。"

其实,王衍与裴𬱟有一层特殊关系:裴𬱟是王戎的女婿,王戎又是王衍的从兄,他们不会没有交集,但"不与相知",完全是出于私人原因（裴𬱟推崇儒学,王衍标榜玄学,政治姿态与学术思想差异明显）。可以想见,在"共集一处"的社交场合里,二人见面,彼此冷漠,颇为尴尬,有好事者想调停二人关系,绕了一个弯,拿裴𬱟的长辈、著名的裴楷来说事。

裴楷地位高,名气也高,年少时就与王衍的从兄王戎齐名，人们都说"裴楷清通，王戎简要"，总是将二人并论。可王衍与裴楷有过一件不大愉快的往事，据《晋书·裴楷传》记载，裴楷病重，处于弥留之际，当时身为黄门郎的王衍奉命前往病榻照料，裴楷眼睛定定地看着王衍，说："竟未相识。"临终前的裴楷身处高位，作为晚辈的王衍不免曾经有过高不可攀的感觉。

在聚会现场，好事者为了缓和王衍与裴頠的紧张关系，说出"裴令令望何足计"的话，这是相当机灵的，也是了解内情的人才说得出；若不明就里，或许觉得此话有些无厘头，但是知道故事的人就会听出言外之意，而王衍本人当然知道这位好事者的用心。

果然，王衍给了好事者面子，跟裴頠打招呼，这就是"王便卿裴"的由来。裴頠也借驴下坡，有所回应，以"君"相称，不卑不亢。

其实，论年岁，"王夷甫长裴成公四岁"的说法是错的，一直没有人指出。王衍生于魏高贵乡公甘露元年（256），他总角即未成年时在京师尚可见到"竹林七贤"之一的山涛（见《晋书·王衍传》及《世说新语》识鉴门第五则）；至于裴頠，他死于晋惠帝永康元年（300），与他同年死去的有贾后，《晋书·裴頠传》写得十分清晰：裴頠与赵王司马伦不和，司马伦"因废贾后之际遂诛之，时年三十四"。于是，从300年倒推34年，可知裴頠的生年是晋武帝泰始三年（267）。一比对，可知王衍年长裴頠十一岁，约数可称十岁。故"王夷甫长裴成公四岁"当是"王夷甫长裴成公十岁"之误。

年长十岁的王衍称呼裴頠为"您"，似乎很礼貌，但又很矫情。这就对了，此乃王衍"风神英俊"的一贯做派！

11 王戎云:"太尉神姿高彻①,如瑶林琼树②,自然是风尘外物③。"(赏誉16)

释义

①神姿高彻:神态仪容高俊非凡。神,神态,气度;姿,仪容,仪表。

②瑶林琼树:仙界玉树。瑶林,瑶台之林,即神仙境界。

③风尘外物:指脱离凡俗之人。风尘,喻凡俗,尘世。

释读

王戎评论说:"王衍其人,神态仪容高俊非凡,犹如仙界玉树,自然是脱离凡俗之人。"

王衍待人处事,其做派一向是刻意脱俗,显得清高和孤高,与众不同,颇有鹤立鸡群之概。

王戎对其从弟的品题,固然是想拔高王衍的名望,扩大琅邪王氏家族的影响。当时注重门阀,家族声望是一种无形资本,可以在社会上、政坛上兑现很多东西。王戎以其"竹林七贤"之一的身份为从弟王衍提高身价,自是在情理之中了。

刘孝标注引《名士传》:"(王)夷甫天形奇特,明秀若神。"这可以与王戎的评语形成互文关系。刘孝标又引《八王故事》:"石勒见夷甫,谓长史孔苌曰:'吾行天下多矣!未尝见如此人,当可活不(否)?'(孔)苌曰:'彼晋三公,不为我用。'勒曰:'虽然,要不可加以锋刃也。'夜使推墙杀之。"这个故事有一点很特别,说的是杀人如麻的石勒,为了让"明秀若神"的王衍死得不太难看,不杀头,改用"夜使推墙杀之"的方式,而且时间选择在夜里而不是白天。连石勒都说"未尝见如此人"，可见王戎的评语也不是随便说的。

有点仙气的王衍，本应不属于政治，可是，不与政治发生关系，王衍就不可能成为太尉。所以，王衍是分裂的，似乎存在两个王衍，一个是王戎所点评的"自然是风尘外物"的王衍，一个是被石勒"推墙杀之"的王衍。

12 王平子目太尉："阿兄形似道①，而神锋太俊②。"太尉答曰："诚不如卿落落穆穆③。"（赏誉27）

释义

①形似道：意为外在的行为举止似乎符合道家风范，即王戎所说"自然是风尘外物"。

②神锋太俊：意为神情颇见锋芒，有一股英气。

③落落穆穆：疏淡平和、不通世故的样子。

释读

王澄对王衍说："阿兄外在的行为举止似乎符合道家风范，而神情颇见锋芒，有一股英气。"王衍回答道："真的不如你疏淡平和、不通世故的样子。"

刘孝标注引王隐《晋书》："（王）澄通朗好人伦，情无所系。"王澄与王衍性格不同，后者矫情，而前者随性。王澄的随性，最出名的是《世说新语》简傲门第六则所记载的故事：他出任荆州刺史，王衍与众人前来送行，刚好见到一棵大树上有一鹊巢，在众目睽睽之下，王澄竟然自个儿上树掏鸟窝，下得树来，手中玩弄着小鸟，"神色自若，旁若无人"。这大概就是王衍眼中的"落落穆穆"。

事实上，知兄莫若弟，王澄的说法比王戎来得准确。在王澄心目中，其兄根本不是"风尘外物"，顶多算是样子有点像而已；"阿兄形似道"，重点在一个"似"字，王澄此字用得十分到位，"似"并非"是"。

王澄的评语是对王戎评语的一种更正。

13 王夷甫容貌整丽①，妙于谈玄，恒捉白玉柄麈尾②，与手都无分别。（容止8）

释义

①整丽：整洁鲜丽。
②麈（zhǔ）尾：魏晋名士谈玄时常用的风雅之物，类似掸子，可以拂尘，也可以扇风，把柄多为木质。"白玉柄麈尾"应是贵重品。麈，鹿尾巴。

释读

王衍容貌整洁鲜丽，谈玄时妙语如珠，总是手持白玉柄麈尾，那白玉柄跟他白净的手浑然为一。

魏晋名士多以正始年间的何晏为榜样。何晏肤色白净，又服用五石散，使得皮肤更加光滑细嫩，故"容貌整丽"是名士们追求的标配，看来，王衍是达标的。一个"丽"字，折射出一个时代男士的身体美学。

王衍尚白，皮肤白，麈尾的把柄也是白玉所做，似乎一个"白"字配上一个"丽"字，可以散发出一股飘逸的仙气。尤其是在谈玄之时，谈论的是渔父之辞和出世之道，飘然远举，弦外有音，宇宙纳于芥子之内，心绪寄乎瀛洲之外，那一种内在的意境与整洁鲜丽的外形正好相配，活像一幅顾恺之笔下的洛神图。

《世说新语》容止门第十七则记载了一条王敦对王衍的评语："王大将军称太尉'处众人中，似珠玉在瓦石间'。"说王衍似珠玉，细腻温润。联系"王夷甫容貌整丽"的说法，可知王敦的评语大致不差。

14 王夷甫妇①郭泰宁②女，才拙而性刚，聚敛无厌，干豫人事③。夷甫患之而不能禁。时其乡人幽州刺史李阳④，京都大侠，犹汉之楼护⑤，郭氏惮之。夷甫骤⑥谏之，乃曰："非但我言卿不可，李阳亦谓卿不可。"郭氏小为之损⑦。（规箴⑧）

释义

①王夷甫妇：王衍妻子郭氏。

②郭泰宁：王衍岳父郭豫，字泰宁，太原人，官至相国参军，早卒。

③干豫人事：干预人事安排（从中敛财）。

④李阳：晋武帝时为幽州刺史。高平（今山东巨野）人，故称之为王衍乡人。

⑤汉之楼护：汉代人楼护，字君卿，齐国人。善于与人结缘，为人讲究信用，当时享有很高名望。官至天水太守。事见《汉书·游侠传》。

⑥骤：屡次，多次。
⑦小为之损：稍微收敛。损，意为减少、收敛。

释读

王衍妻子郭氏，是郭泰宁之女，缺少才干而性情霸道，贪得无厌，聚敛甚多，且干预人事安排，从中获利。王衍生怕出事而又禁止不了。当时，与王衍有同乡之谊的李阳，出任幽州刺史，有"京都大侠"的威名，人们将他比作同是山东人而名气也很大的汉代楼护，郭氏有些怕这位李阳。王衍屡次规劝妻子也不见奏效，于是说狠话："不只是我说你不该那样做，李阳也说你不该那样做。"郭氏听后才有所收敛。

这则故事与王戎所谓"风尘外物"适为反衬，原来，貌似仙气十足的王衍有一个俗不可耐的妻子，而且还不是一般的庸劣，是一个连丈夫也怕了她的狠角色。一句"患之而不能禁"，说明王衍很长时间是拿她没办法的，这可以与下文"夷甫骤谏之"联系起来读，一而再，再而三地加以规劝，可王衍就算费了那么多唇舌，郭氏还是不把丈夫的话当一回事，只当作耳边风。表面上"神姿高彻"的王衍，原来在家里是如此不中用。

郭氏出现在读者的视野里，王衍的形象便顿时立体起来，王衍一下子"接了地气"。郭氏仗着丈夫有权有势，趁机敛财，不失一切机会获利，甚至要干预公务。"聚敛无厌"四字，说明她真的左右逢源，财源滚滚，而且，王衍也逃不了干系，否则，郭氏何来这么多的财富呢？

看到情势越来越严重，再不收拾，就难以收拾了，王衍这才搬出那位李阳，借李阳的威势吓唬吓唬郭氏，说了一番狠话，让郭氏有所忌惮。大概也是知妻莫若夫，王衍知道郭氏对李阳有所敬畏,将李阳的话当作圣旨一般,这才使得郭氏收敛了一些。不过,是"小为之损"而已,看来郭氏对李阳的敬畏也是有限的。

我们不知道郭氏为何敬畏李阳,其中必有故事,只是《世说新语》没有提及,刘孝标也不大清楚。刘孝标的注只是一般性地介绍了李阳、楼护为何许人,没有为读者释疑,即并无材料说明郭氏忌惮李阳的原因。这只能留下一个让读者想象的空间了。

15 王夷甫雅尚玄远①,常嫉②其妇贪浊,口未尝言"钱"字。妇欲试之,令婢以钱绕床,不得行。夷甫晨起,见钱阂行③,呼婢曰:"举却阿堵物④。"(规箴9)

释义

①雅尚玄远:推崇玄奥悠远的学理。
②嫉:嫉恨。
③阂(hé)行:妨碍走动。阂,阻碍;行,走动。
④举却阿堵物:搬走那个东西。举却,搬走;阿堵,口语,表处所,即"那边的"(此指床以外的处所),今珠三角地区粤语尚存;物,此指围绕在床边的钱。

释读

王衍向来推崇玄奥悠远的学理,自命清高,常常嫉恨其妻郭氏贪钱,满身俗气,于是,不曾说出一个"钱"字。郭氏想出了一个小把戏,令家中婢女用钱将王衍的床围了一圈,让王衍走不出这个钱阵,看看王衍怎么说。王衍早上起来,见此阵势,走都走不出去,就喊婢女过来,说:"赶紧搬走阿堵物。"

成语"口不言钱",即出自这个故事。

王衍向来矫情,很自觉地维护清高形象,连在家里也是绝口不提一个"钱"字。极为讽刺的是,其妻郭氏格外贪钱,借助王衍手中的权势去大肆敛财,这些都是在口不言钱的王衍的眼皮底下做出来的。

看来郭氏颇有个性,很会恶作剧,亏她想得出来,竟然出此一招,为难丈夫,想看看丈夫如何破解。这是一个很有戏剧性的场面,也是一幕家庭小喜剧。

王衍一看如此这般的阵仗,脑筋灵活,反应极快,一下子知道是郭氏在戏弄自己。他也不愿输在妻子手下,于是,用"阿堵物"代指,避免提及"钱"字,也算是脑筋急转弯的极好案例。

16 王平子年十四五,见王夷甫妻郭氏贪欲,令婢路上儋粪①。平子谏之,并言②不可。郭大怒,谓平子曰:"昔夫人③临终,以小郎④嘱新妇⑤,不以新妇嘱小郎!"急捉衣裾⑥,将与杖。平子饶力⑦,争得脱,逾窗而走⑧。(规箴10)

释义

①儋(dān)粪:挑粪。儋,通"擔"(担)。

②并言:连忙说。

③夫人:此指郭氏的婆婆,王澄之母。

④小郎:即小叔子,指王澄。

⑤新妇:郭氏自指(初结婚时)。

⑥衣裾（jū）：衣襟。裾，衣服的大襟。
⑦饶力：有力，力大。
⑧走：跑掉。

释读

王澄十四五岁时，眼见其嫂子郭氏贪欲过度，甚至令家里的婢女将路边的粪便挑走（以作别用），王澄看不过眼，规劝嫂子，说不能干这样的事。郭氏大怒，很生气地对王澄说："当日老夫人临终前，吩咐我要照管好小叔，不是要小叔来管嫂子！"说着，急忙间一手捏住王澄的衣襟，正要抄起木棍打过去；幸亏王澄力气大，身手敏捷，一下子挣脱开来，爬窗而出，跑掉了。

王澄身手敏捷是出了名的，有一次，他一下子就爬到树上去掏鸟窝，树枝勾住他的衣服，干脆顺势脱衣而下（《世说新语》简傲门第六则）。这样一个小伙子，郭氏哪里是他的对手。

这个故事的一个看点是郭氏不仅贪钱，而且爱占小便宜，连路边的粪便也不放过。尽管没有说她让婢女"儋粪"具体要做什么，但难脱损人利己之嫌，王澄觉得丢脸，才出面干预。结果，演了一出叔嫂小闹剧。

不差钱的郭氏，做得如此下作，只能说是天性使然。她很"务实"，在利益面前力求"滴水不漏"，一点一滴都不放过。可她的丈夫王衍，喜欢"务虚"，好像不食人间烟火似的。一个极端"务实"，一个极端"务虚"，可谓绝配。

编选者言

在晋朝历史上,王衍是反面人物,此乃定论。

可此人异常复杂,其内心是一个丰富的宇宙,了解他,思考他,会增进对世情的认知,对人性的理解。

像王衍这类人物,初一看,会觉得极有吸引力,甚至可说是魅力四射,气场很强,令人感兴趣,也叫人着迷。他外形好,有内涵,言行举动,一招一式,都很有范儿;妙语如珠,口才极佳;摇动麈尾,风神飘逸;所讲的内容,超越尘网,不染俗气,比心灵鸡汤更令人动心。他并非不学无术,而是很有学问,满腹经纶,讲论头头是道。他不是浪得虚名,曾几何时,得到当时的著名人物如山涛、王戎等"竹林七贤"的垂注,年纪轻轻就已经名播京师,在洛水边畅所欲言,放言高论,自感得意,也备受赞誉。

如果王衍保持清高,不入官场,或许他还可以做一个时代的学界领袖,接受年轻学子的膜拜,得到一般民众的景仰,还可以心安理得地为人师,培养出一批"王衍之徒",在晋代学术界造成广泛影响。

坏就坏在他要在官场里大显身手,不仅眼中无彭城王,还要采取"狡兔三窟"之策,自己在京师,安排其弟王澄镇守荆州,安置族弟王敦出守青州,形成王氏家族的势力范围,时刻准备,伺机而行,胆子很大,心眼很多,大有视司马氏江山如囊中之物的野心。

尤其不堪的是,王衍将清谈挂在嘴边,而于军国大事毫无根底,说得多,做得少,甚至不会做;东海王司马越病死前将军队交给王衍,他竟然束手无策,面对外敌,一败涂地,并且做了阶下囚，葬送了西晋王朝的一片江山。虽说"清谈误国"的说法有其简单化和片面性，但是，清谈高手王衍不是治国之才，却是可以肯定的。

王夫之在《读通鉴论》卷十七里评论"读书亡国"的梁元帝，说虽是"读书万卷"，但梁元帝"义不能振，机不能乘"，所读之书，不得其要领，"得纤曲而忘大义，迷影迹而失微言"，结论是："无高明之量以持其大体，无斟酌之权以审于独知，则读书万卷，止以导迷，顾不如不学无术者之尚全其朴也。"（王夫之《读通鉴论》，中华书局，2013年，第493—495页）这些话，移评同样好读书的王衍，也是适用的。

"读书万卷，止以导迷"，这是很要命的。以一己之聪明，求一己之私利；说则天花乱坠，做则无从施行，关键是没有家国情怀，没有民生关切，没有舍己为人的宏愿，于是，那些读过的书只能将人引向迷乱而不知方向，这对于一个进入官场的知识分子而言，犹如自己跟自己打起迷踪拳来，最后连自己的性命也迷了进去，终至于稀里糊涂，呜呼哀哉。

这是王衍一生深刻的教训，也是其最大的悲剧。

四 庾敳

庾敳（ái）（262—311），字子嵩，西晋颍川鄢陵（今河南许昌鄢陵县）人。生活于"王室多难"之际，自知"天下多故，机变屡起"，遂以"静默无为"处世，于《庄》《老》之义多有领悟（《晋书·庾敳传》）。与之可作对比的是，其父庾峻"潜心儒典"，不满"重《庄》《老》而轻经史"的风气，认为此风不可长，否则就会导致"雅道陵迟"，即儒学的衰败（《晋书·庾峻传》）。由此可知，学术风气的形成与转变跟特定的政治环境有密切关联。

庾敳得到东海王司马越的赏识，曾任东海王太傅军事，转军谘祭酒。不过，在东海王的众多幕僚中，庾敳比较内敛，不喜欢出风头，"常自袖手"，而不求表现。官至豫州长史。

庾敳"纵心事外"及"雅有远韵"，反而赢得"重名"，并且"为缙绅所推"，成为名重一时的人物。不幸的是，石勒之乱中被害，时年五十。

1 庾子嵩读《庄子》，开卷①一尺许便放去，曰："了不异人意②。"（文学15）

释义

①开卷：打开书卷。当时的书采用卷轴装。

②了不异人意：意为跟我的想法没有不同。了不，二字连用，是魏晋时口语，意为"全不"。人意，此指自己的见解和想法。庾敳为人不喜欢任事，本就自有远韵，这样的人生观念与《庄子》的思想暗合，故说"了不异人意"。

释读

庾敳读《庄子》，翻开书卷，大约读了有一尺多长就放下来，说："全跟我的见解和想法没有不同。"

庾敳这番话说得很自负，可能也是实情，即他早有超脱之心，而《庄子》里面多讲逍遥之义，二者颇为相通；大概《庄子》里的话语都说到庾敳的心坎上了，庾敳与之产生了共鸣：好像《庄子》早已知道我的想法似的，而我的心里早就有了，只是《庄子》代我说出而已。

刘孝标注引《晋阳秋》，此书记录了庾敳的一段话："昔未读此书（指《庄子》），意尝谓至理如此。今见之，正与人意暗同。"这是"了不异人意"的另一种说法。

为何庾敳那么自负呢？其实，庾敳对历史上知识分子遭遇祸患的事例比较敏感，比如，他对西汉贾谊的故事相当熟悉，也熟读贾谊的《鵩鸟赋》。《鵩鸟赋》是贾谊谪居长沙时所作，抒发了自己忧愤自伤的情绪，表达出对"吉凶莫辨"的恐惧，并以老庄的"齐生死""等祸福"的观念寻求自我解脱。司马迁在《史记·屈原贾生列传》的末尾发表读后感说："读《鵩鸟赋》，同死生，轻去就，又爽然自失矣。"换言之，对于身处祸患之中的知识分子来说，能够使自己的忧愁"爽然自失"即烟消云散的往往是《老》《庄》哲学，贾谊如此，司马迁也是如此。而庾敳"见王室多难，终知婴祸，乃著《意赋》以豁情，犹贾谊之《鵩鸟》也"（《晋书·庾敳传》），这就说明庾敳对于"生死祸福"是有自己的思考和见解的，且与贾谊及其在《鵩鸟赋》里所表达的思想相通，跟《庄子》哲学有一定的对应关系。

魏晋名士都熟读《庄子》，可能够说出《庄子》此书"了不异人意"的唯有庾敳。仅此一句，就足以写进《庄子学史》里了。

2 庾子嵩作《意赋》成，从子文康①见，问曰："若有意邪，非赋之所尽；若无意邪，复何所赋？"答曰："正在有意无意之间。"（文学75）

|| **释义**

①从子文康：即庾敳的同宗侄子庾亮（庾琛之子）。"文康"是庾亮死后的谥号。

|| **释读**

庾敳作《意赋》，已脱稿，他的同宗侄子庾亮见到了，问他："如果有了意绪，岂是一篇赋所能够写得尽的？如果并无意绪，那么写赋又是所为何来呢？"庾敳答道："妙就妙在有意无

意之间。"

庾敳的回答相当通脱，没有陷入庾亮所设定的语言陷阱，也避开了一个在当时人们经常纠缠不清的话题。

庾亮说"若有意邪，非赋之所尽"，是持"言不尽意"论。在晋朝的清谈里，"言尽意"与"言不尽意"是两个针锋相对的话题，各有阵势，互有论难，并无共识。其问题的焦点在于：语言与思维到底是互相匹配的还是不匹配的。"言尽意"论认为是匹配的，有多少意就相应地会有多少言；但"言不尽意"论认为二者是不能够匹配的，言有限而意无穷。而庾敳为人通脱，思路灵活，采取模糊说法，他的"正在有意无意之间"与庄子经常使用的相对主义论调刚好吻合。

刘孝标注引《晋阳秋》："（庾）敳见王室多难，知终婴其祸，乃作《意赋》以寄怀。"此语《晋书·庾敳传》也引用。可知庾敳作《意赋》并不是写得很轻松的。《晋书·庾敳传》还特地收录了《意赋》里的文字，大意是求取自我释怀之道，故而说"至理归于浑一兮，荣辱固亦同贯"，和光同尘，无是无非，荣即是辱，辱即是荣。毕竟，庾敳读《庄子》，觉得"了不异人意"；这一篇《意赋》，其意态就与《庄子》无异。

《晋书·庾敳传》录庾敳回答庾亮的话作"在有无之间耳"，可视为庾敳留在世间的妙语和名言。从艺术角度看，所谓"在有无之间耳"可能会令艺术家产生灵感，寻找到富于弹性的艺术空间。但是，这种类似于"无可无不可"的模糊姿态，若用于处理人际关系，可能会变得滑头；若用于做学术研究，或科学探究，则模糊了是非，是有害而无益的。

3 王太尉不与庾子嵩交①，庾卿之不置②。王曰："君不得为尔③。"庾曰："卿自君我④，我自卿卿⑤。我自用我法，卿自用卿法。"（方正20）

释义

①交：此指深交（不是一般意义上的交往）。

②卿之不置：意为以"卿"称呼王衍，一直不改口。卿，第二人称代词，是对对方的随便称呼，相当于"你"，不够庄重、正式；古人很重视社交场合里的称谓，过于随便，是不礼貌的。此处活用作动词。不置，不已，不止。此处转义为一直不改口。

③为尔：意为做这样的事（指不礼貌地使用"卿"的称呼）。尔，如此。

④卿自君我：意为你称呼我为"君"，也随你的便。君，第二人称代词，是对对方的礼貌称呼，相当于"您"，比较庄重、正式。此处活用作动词。

⑤我自卿卿：意为我就是喜欢以"卿"来称呼你。第一个"卿"活用为动词；第二个"卿"，是第二人称代词。

释读

王衍不愿与庾敳结为深交，庾敳于是每次见到王衍都以"你"来称呼，一直不改口。王衍说："您不应该这样做啊！"庾敳回应道："你称呼我为'君'，也随你的便。我就是喜欢以'卿'来称呼你。我用我本人的称呼法，你用你自己的称呼法。"

王衍与庾敳的关系，比较有意思。据《晋书·庾敳传》，王衍当初听到庾敳读《老》《庄》，说"正与人意暗同"，对庾敳另眼相看，"太尉王衍雅重之"，可见，王衍本来对庾敳是大有好感的。论年龄，王衍生于魏高贵乡公甘露元年（256），庾敳生于魏元帝景元三年（262），二人相差六岁，而王衍居长。论职位，庾敳远远不如王衍，王衍位极人臣，而庾敳官至豫州长史而已。按说，就以上情况而言，庾敳没有多少理由鄙视王衍。

在当时，王衍被誉为"一世龙门"，多少人希望能够得到王衍的青眼，获得王衍的好评，便足以借此平步青云，跳跃龙门。可以说，巴结还恐没有机会，何以敢"卿之不置"？庾敳反其道而行之，真是一件怪事。

问题的关键是"王太尉不与庾子嵩交"。其间，二人发生过什么事情，史无明文，不得而知。王衍尽管对庾敳曾经颇为雅重，但是，不愿与之深交，除了性格的原因之外，可能与二人政治态度有别不无关系。

庾敳在政坛上"常自袖手"，谨慎自保，不求表现，得过且过。而王衍积极筹备属于自己的政坛生力军，如刻意提拔自己的亲弟弟王澄和族弟王敦，委以重任，分别让他们镇守都是军事要地的荆州和青州，而自己在京师，自称"足以为三窟矣"，其"司马昭之心"，"识者鄙之"（《晋书·王衍传》）。我们不知道庾敳是否在此识者的范围之内；如果在其中，就可以说明他"卿之不置"的理由；如果不在其中，那么，就会有其他让庾敳"卿之不置"的理由。总之，从庾敳对王衍的态度看，二人走不到一起，政治原因恐怕是主要的。反过来，既然庾敳不选择站在自己的一边，王衍也就有"不与庾子嵩交"的内情。

4. 刘庆孙①在太傅府②,于时人士,多为所构③。唯庾子嵩纵心事外④,无迹可间⑤。后以其性俭家富⑥,说太傅令换千万⑦,冀其有吝⑧,于此可乘。太傅于众坐中问庾,庾时颓然⑨已醉,帻坠几上⑩,以头就穿取⑪,徐答云:"下官家故可有两娑千万⑫,随公所取。"于是乃服。后有人向庾道此,庾曰:"可谓以小人之虑,度⑬君子之心。"(雅量10)

释义

①刘庆孙:即刘舆,字庆孙。曾任东海王司马越的左长史,深得司马越信任。其弟刘琨镇守并州,就是刘舆说服司马越后所任命的,可见其影响力(事见《晋书·刘舆传》)。

②太傅府:指太傅东海王司马越的府邸。

③多为所构:指被(刘舆)构陷的人很多。构,设计陷害。

④纵心事外:指庾敳心不在时政之内,而在时政之外。

⑤无迹可间(jiàn):指抓不到把柄。间,动词,侦察,侦伺。

⑥性俭家富:指生性俭朴而家里富裕。

⑦换千万:即借一千万。换,借,是方言用语。

⑧冀其有吝:希冀(他)显出为难而不乐意的神情。吝,此处指为难、不乐意。

⑨颓然:神志不清的样子。

⑩帻(zé)坠几上:意为(因喝醉)头巾脱落在几案之上。帻,古代男子的头巾。

⑪以头就穿取:意为将头伸过去靠近头巾、趁势穿上。就,靠近。

⑫两娑(sà)千万：即两三千万。娑，是"三"字的重读，方言口语。

⑬度(duó)：揣度。

释读

刘舆在太傅东海王司马越的府邸，与司马越交谈时对当时的知名人士多有政治构陷，唯独一直抓不到庾敳的任何把柄，原因是庾敳心不在时政之内，而在时政之外，无迹可寻。后来他想出一个主意：庾敳生性俭朴，可其家富有，他说服司马越开口向庾敳借一千万，想必庾敳会舍不得而面露为难之情，于此找到整庾敳的借口。司马越听从刘舆的计谋，在大庭广众之下问庾敳借钱，此时，庾敳正喝得烂醉，似乎有点神志不清，昏昏欲睡，头伏在几案之上，头巾脱落，听闻司马越发话，一时提不起头来，可又不得不回话，于是，将头伸过去靠近头巾、趁势穿上，一字一句，徐徐回答："下官家里本来就有两三千万，主公随便取走就是了。"听得此言，大家都佩服庾敳真的是"纵心事外"，无意得失。过后，有人悄悄向庾敳道出实情，庾敳说："可谓以小人之虑，度君子之心。"

这一段文字，具有故事性和戏剧张力。

在整个故事中，刘舆是关键人物。此人名头响当当，与弟弟刘琨(字越石)齐名，《晋书·刘舆传》说京师洛阳流传着一句话："洛中奕奕，庆孙、越石。"兄弟俩曾被视为一代精英。刘琨是历史上的一位正面人物，是著名的军事家和文学家，在抗击北方少数民族南下时名留青史。可他有一个极为小人的兄长，刘舆为人阴险而狠毒，虽说有才干，但是心地阴暗，以构陷他人为乐事，没事也要找事去整人，可谓生性卑劣，人格败

四

庚毀

坏。兄与弟，反差极大。

故事开头，说"刘庆孙在太傅府，于时人士，多为所构"，说明在西晋的政治环境里，在八王之乱的酝酿和发展变化过程中，如何投靠山头，如何找寻攻击目标，如何排挤他人，是当时的官场病毒，弥漫着，扩散着，乌烟瘴气，难以收拾。于是，有识之士如庾敳等，主观上只能"纵心事外"，袖手旁观，小心谨慎，低调度日。可是，尽管如此，也不得安生，人家总要有事无事找麻烦，哪怕是鸡蛋里挑骨头也要弄出一些事儿来，让你难受，让你丢脸，让你下不了台。庾敳面对的就是这样凶险的环境。

庾敳已经够小心翼翼了，可刘舆还是不放过他，因为庾敳很有名，对自己是一种威胁，一定要想方设法除掉而后快。刘舆苦思冥想，终于想出一记阴招，让司马越向庾敳借钱，而且数额巨大。想必平时吝啬出了名的庾敳一定会面露难色，回绝司马越；这样一来，就有借口从中挑拨，添油加醋，令庾敳吃不了兜着走。

当司马越真的开口的时候，气氛十分紧张，众人心里肯定马上萌生了疑问：庾敳能答应吗？大概在众人期待着庾敳做出否定回答时，没想到喝得醉醺醺的庾敳一方面不掩饰醉态，一方面也不失礼貌地穿取头巾，尽管不大利索，但是还算像样，穿好头巾后一板一眼地说"随便拿"。此举大出众人所料，估计连刘舆也没想到庾敳竟然如此大方！

这是一个令人出冷汗的场面，一个不得不屏住呼吸的情景，一个极度意外而令人瞠目结舌的故事。不知这算不算是庾敳的一种斗争艺术，但不论如何，庾敳赢了，刘舆输了。这输与赢之间，惊心动魄，人生之诡谲，不外如是。

话说回来，要不是有司马越的纵容，甚至司马越本人还配合表演，刘舆再小人、再嚣张也不至于以构陷他人作为家常便饭。司马越这样的主子，恨不得坐观属下内斗，以便考察、选用内心更狠的人为自己服务，这如同斗蟋蟀一样，斗赢的那一头蟋蟀可以居为奇货，成为自己手中的秘密武器。阴谋家、野心家都会玩这样的把戏。

故此，心理正常的人在如此险恶的政治环境里不求表现就是最正常的表现；庾敳在东海王府中"常自袖手"，可作如是观。

5 郭子玄有俊才①，能言老、庄。庾敳尝称之，每曰："郭子玄何必减②庾子嵩！"（赏誉26）

释义

①俊才：俊迈出众之才。
②减：不如。

释读

郭象有俊迈出众之才，于《老》《庄》哲学深有研究，出口成章。庾敳曾经称赞他，每一次赞誉郭象时总会说："郭子玄哪里会不如庾子嵩呢！"

所谓郭象"能言老、庄"，指他说起《老》《庄》哲学来总是滔滔不绝，《晋书·郭象传》记载王衍的说法："听（郭）象语，如悬河泻水，注而不竭。"可见郭象口才之好，正是对"能言"二字的一个注脚。

就人事关系而言，郭象与庾敳同属东海王府的幕僚，二人的行事风格很不一样。庾敳是"常自袖手"，不求表现；而郭象则"遂任职当权，熏灼内外"（《晋书·郭象传》）。郭象这种做派，当时很多人不以为然，甚至引来恶评，以前对他的好印象也就慢慢没了，用《晋书·郭象传》的话说是"由是素论去之"。

庾敳说"郭子玄何必减庾子嵩"，表面上看，似乎是说庾敳认可郭象的学问，这是可能的，也从一个侧面反映庾敳其人比较谦虚，能够赞赏别人的长处。可联系到东海王府的复杂环境，比较庾敳与郭象二人极为相异的作风，则庾敳的话也可以理解为以谦让的姿态避免与郭象较劲。刘孝标注引《名士传》的话可为佐证："郭象字子玄，自黄门郎为太傅主簿，任事用势，倾动一府。敳谓象曰：'卿自是当世大才，我畴昔之意，都已尽矣！'其伏理推心，皆此类也。"郭象的阵势是"任事用势，倾动一府"，其动静不亚于刘舆等人，庾敳不是愚人，觉得没有必要招惹这类人。这符合其性格，也符合他对环境的判断。

请注意"每曰"二字，不是一次两次，而是只要提到郭象都要这么说。如此强调，就别有意味了。

6 司马太傅府多名士，一时俊异。庾文康云："见子嵩在其中，常自神王①。"（赏誉33）

释义

①神王（wàng）：神情畅旺，精神饱满。王，通"旺"。

释读

太傅东海王司马越的王府里有很多名士，积聚了一群当时的才俊。庾亮说："在众人之中，只见庾子嵩常常显得神情畅旺，精神饱满。"

在八王之乱的酝酿、发展和变化期间，司马越算是一位颇有号召力的王，《晋书·东海王越传》说他"少有令名，谦虚持布衣之操"，似乎没有多大的架子，知识分子觉得他有一定的亲和感，故而喜欢加盟。这就是"司马太傅府多名士"的原因。

才俊成堆的地方，是非极多；明争暗斗，难以避免。以庾敳不喜争强好胜的性格，他不会贸然掉进人际关系的旋涡之中，他会以不卑不亢的态度在这群人精里虚与委蛇，周旋度日。不亢，就要谦让；不卑，就要自尊；在谦让与自尊之间保持内心强大的姿态，就是"常自神王"。

庾敳在那么多的名士里被列进中朝名士，而当时的多少名士日后却名不见经传，可见庾敳之非同寻常、卓异非凡了。庾亮视之为偶像，是有缘由的。

《世说新语》赏誉门还记载庾亮评论庾敳的话，如"神气融散，差如得上"（第四十二则），意为神气圆融冲淡，不争不竞，淡泊超然，颇为自得而在众人之上（"差如"，颇为之意）。又说"家从谈谈之许"（第四十一则），意为我家堂叔（"家从"）是深不可测，犹如深潭（"谈谈"通"潭潭"）一般的存在。这些话，都能帮助我们理解庾敳的独特个性。

7 庾子嵩长不满七尺，腰带十围①，颓然自放②。（容止18）

释义

①围：量词，两手拇指、食指相合为一围。古代以"十围之木"来形容树木粗壮；"腰带十围"，则形容人的腰部相当粗，不一定实指有十围之数。《论衡·齐世》："人生长六七尺，大三四围，面有五色，寿至于百，万世不异。"可见在古人心目中，通常人的腰围顶多是三四围而已，而"腰带十围"是夸张的说法。

②颓然自放：意为超脱是非，放达不拘。颓然，本指醉态，神志不清，此处转义为超脱是非、无是无非的样子。

释读

庾敳身高不满七尺，腰围粗壮，表现出超脱是非、放达不拘的样子。

嵇康身高七尺八寸，算是身躯高大；而庾敳不满七尺，大概属于中等身材，但显得肥胖，尤其是腰部粗圆，给人深刻印象。

《晋书·庾敳传》一开篇就写道："长不满七尺，而腰带十围，雅有远韵。"此处的"雅有远韵"跟"颓然自放"形成互文关系，故不宜将"颓然"理解为颓废、颓唐之类。庾敳平时给人的印象是"常自神王"（庾亮语），精神饱满，意态不俗。

8 时人目庾中郎①："善于托大②，长于自藏③。"（赏誉44）

释义

①庾中郎：即庾敳，曾任太傅司马越的从事中郎，故称。

②善于托大：意为善于托身于玄学之大道。玄学的经典如《庄子》，其用语和意境都显得"大"，如《逍遥游》："鲲之大，不知其几千里也。……鹏之背，不知其几千里也。"诸如此类，是"托大"的出处。此处强调庾敳的人生思路与《庄子》一样的宏大。托，意为寄放。

③长于自藏：长于自我隐藏，不显山不露水，不事张扬。

释读

当时的人评论庾敳说："此人善于托身于玄学之大道，又长于自我隐藏，不显山不露水，不事张扬。"

这一评语是庾敳在东海王府"常自袖手"的注脚。

刘孝标注引《名士传》："（庾）敳虽居职任，未尝以事自婴，从容博畅，寄通而已。是时天下多故，机事屡起，有为者拔奇吐异，而祸福继之。敳常默然，故忧喜不至也。"其中，关键句是"天下多故，机事屡起"，常见的是"有为者拔奇吐异，而祸福继之"，那些争取表现的人，即有为的人，或许得意于一时，但转瞬间因福得祸，也是屡见不鲜的。故而，庾敳的人生策略是"未尝以事自婴，从容博畅，寄通而已"，即不出头，不做出承诺，不取代他人，日复一日，得过且过，不求有功，但求无过，这就是寄通。庾敳做东海王的幕僚，正在"有意无意之间"。这是他的处世之道。

在特殊年代和恶劣的政治环境里，庾敳的"善于托大，长于自藏"是可以理解的。不过，这种过于内敛、暗自精算的人格，在某种意义上说，也属精致的利己主义者。

此外，《世说新语》品藻门第五十八则收录东晋刘惔（字真长）对庾敳的品题："虽言不愔愔似道，突兀差可以拟道。"意为庾敱并非不喜欢说话，不算沉默寡言之人（"愔愔"意为沉默寡言），可他说话时所强调的部分大致与道相合（"突兀"，此指给人留下特别印象的话语；"差"，即大致）。刘惔也是爱好《老》《庄》的人，他是晋明帝的驸马（娶了晋明帝女儿庐陵公主），晋明帝在位的时间是公元323—325年（刘惔大概在此时成婚），而庾敱死于公元311年，大概刘惔年少的时候是见过庾敱的。刘惔的品题可以为我们提供一个了解庾敱言说"老庄"、"善于托大"的细节。

9 庾中郎与王平子雁行①。（品藻11）

释义

①雁行：指虽有先后，但相差不大，如同大雁飞行。

释读

世人的评论是：庾敱与王澄略有差别，但大致可以并列。刘孝标注引《晋阳秋》："初，王澄有通朗称，而轻薄无行。兄夷甫有盛名，时人许以人伦鉴识。常为天下士目曰：'阿平第一，子嵩第二，处仲第三。'敱以澄、敦莫己若也。及澄丧，敦败，敱世誉如初。"这段话的关键在于王衍当年的排位：王澄第一，庾敱第二，王敦第三。这大概就是"雁行"之意。而庾敱内心对于这样的排位是不满的，认为王澄、王敦根本不能跟自己相提并论。事实上，后来，王澄被王敦所杀，王敦在谋反过程中黯然病死，二人的声誉一落千丈，而庾敱却"世誉如初"，即保持了晚节。

庾敳没有野心，没有胡思乱想，更没有胡作非为，他算是活得明白的；他在有无之间寻找生存的空间，尽管狭小，尚可安身，如此这般，也仅活了五十岁；事实上，再小心谨慎也抵挡不住乱世的滚滚浊流，在后来的石勒之乱中，庾敳不幸遇害。

尽管庾敳和王澄都死于非命，但是论人品，二人差别颇大，"庾中郎与王平子雁行"这句话，对于庾敳而言，是一种侮辱；相信庾敳生前有闻，或泉下有知，都不会接受的。

编选者言

从世俗的角度看，庾敳属于世上高人，他心明眼亮，早就看出"王室多难"，并且预感"终知婴祸"，内心不无惶恐，所以才会效法贾谊的《鵩鸟赋》而写出《意赋》，在"善于托大"的庄子意境中寻求慰藉，解除烦恼。

可是，世上高人再清高也要谋生，所以，庾敳不得不入东海王司马越的王府，显然，"常自袖手"的庾敳在幕僚生涯中但求饭碗，不求表现。他"常自神王"，内心十分瞧不起刘舆一类货色；不卑不亢，意态从容，神情内敛而不失自信。他要防同僚们不时而来的明枪暗箭，要应付司马越不时而来的种种考验，还要在有无之间做些既不是轰轰烈烈又不是鸡毛蒜皮的事情，以便对得起那只饭碗。一句话，庾敳有庾敳的难处，世上高人并非没有心烦之时。

庾敳是颇有忧患意识的，别的不说，他喜欢聚敛，这与一般人的贪货可能有些不同。人们觉得奇怪，庾敳生活简朴，不是那种要享受奢华的人，可为何要聚敛呢？这大概与他对时代的基本认知即"王室多难，终知婴祸"有关，他要防备不时之需，要留有后手。若以"守财奴"视之，则难以解释他何以能一口答应将自己的巨款借给司马越。世事多变，储蓄保身，可能是庾敳聚敛的本意。

一个人再懂得超越也难以超越自己所处的时代，庾敳就是一个典型例子。他依附司马越，司马越是八王之乱中最后一个覆灭的王，有实力，有野心，可就是没有全局观念，只知道打自己人，无意于抵御外敌，不支持刘琨，导致满盘皆落索，自己病死项城，由王衍领军去对付石勒；毫无军事才能，也无战争经验的王衍将西晋政权拖入了深渊，其本人一败涂地，束手就擒，落得"八王死尽晋随亡"的结局。王衍死于石勒之手，而庾敳也未能幸免，同样死于石勒之手。《晋书·庾敳传》的最后一句是："石勒之乱，与（王）衍俱被害，时年五十。"读之令人深感沉痛。

覆巢之下，焉有完卵。这是庾敳的一生留给后人的深刻启迪。

五 王承

王承，生卒年不详，字安期，西晋太原晋阳（今山西太原）人。以"清虚寡欲"著称。其为学之道是"但明其指要而不饰文辞"，追求"约而能通"，年二十已经享有声望。

王承得到东海王司马越的器重，司马越称他是"人伦之表"，教导儿子学习王承的品格和为人。曾任东海内史，故世称王东海。

在动乱不堪的年代，王承离开北方，渡江南下，得到晋元帝司马睿的赏识，为司马睿镇东府从事中郎，"甚见优礼"，可见他与司马睿相处融洽。《晋书·王承传》说："渡江名臣王导、卫玠、周𫖮、庾亮之徒皆出其下，为中兴第一。"可惜，死于四十六岁。

王承"每遇艰险，处之夷然，虽家人近习，不见其忧喜之色"（《晋书·王承传》），这也是"魏晋风度"的一种表现。东晋谢安与之相近，故有谢安"继踪王东海"一说（桓彝语，见《世说新语》德行门第三十四则刘孝标注引《文字志》）。

王承的儿子王述、孙子王坦之，也是东晋有名的人物。

1 太傅东海王①镇许昌②,以王安期为记室参军③,雅相知重。敕世子毗曰④:"夫学之所益者浅,体之所安者⑤深。闲习礼度⑥,不如式瞻仪形⑦。讽味遗言⑧,不如亲承音旨⑨。王参军⑩人伦之表,汝其师之!"或曰⑪:"王、赵、邓三参军⑫,人伦之表,汝其师之!"谓安期、邓伯道、赵穆也。袁宏⑬作《名士传》直云⑭王参军。或云:"赵家⑮先犹有此本。"(赏誉34)

释义

①太傅东海王:即东海王司马越,他在晋惠帝后期及晋怀帝时代掌握实权。

②许昌:晋朝县名,为豫州颍川郡的郡治所在地,故址在今河南许昌东。

③记室参军:官职名,是掌管文书记录的幕僚。晋代,诸王均设有记室参军之职,由若干人充任。

④敕(chì)世子毗(pí)曰:意为很正式地对其子司马毗下达了一份文书。敕,指帝王发出的正规文书。世子,指东海王司马越的继承人。

⑤体之所安者:此指在实际生活中所体验到、理解的书本知识。安,意为书本知识与实际体验相符合;不相符合,即为不安。

⑥闲习礼度:此指平常学习各种礼数。闲,平时。

⑦式瞻仪形:此指亲自瞻仰(有德君子的)举止仪态。式瞻,"式"是发语词,意为瞻仰。仪形,指仪态、举止的规范。

⑧讽味遗言:此指诵读品味先圣先贤的遗训格言。讽味,意为背诵、品味。

⑨亲承音旨：此指亲自听取（有德君子的）现身说法。音旨，指说话的语气和言谈的要义，转义为"现身说法"。

⑩王参军：即王承，任东海王的记室参军，故称。

⑪或曰：此处特指东海王司马越下达给世子司马毗的敕书的另一个本子。

⑫王、赵、邓三参军：指王承、赵穆、邓攸三位记室参军。王承之外，赵、邓二人也是声誉甚好的人物。赵穆，字季子，为人纯正有才，享有时誉。邓攸，字伯道，品德高尚，在大难之际，弃儿存侄，为世人敬仰。说"王、赵、邓三参军，人伦之表"，是有缘由的。

⑬袁宏：东晋时人，是谢安的朋友，经常听谢安讲述名士故事，因而写出了《名士传》。

⑭直云：意为"仅云"，即只提及王承。

⑮赵家：此指赵穆家。所谓"赵家先犹有此本"，意为赵穆家先前还保存着这个敕书文本（即一并提及王、赵、邓三人的另一个文本）。

释读

太傅东海王司马越镇守许昌时，将王承招为记室参军，对他十分赏识和器重。东海王给世子司马毗下达一份敕书，其中写道："从书本上学到的东西未免浅易，而在实际生活中所体验到、理解的书本知识才会是深刻的。平常学习各种礼数，固然必要，但还不如亲自瞻仰有德君子的举止仪态来得重要。诵读品味先圣先贤的遗训格言，固然必要，但还不如亲自听取有德君子的现身说法来得重要。王参军是人伦之表率，你要向他学习，以他为师。"另一个文本是这样写的："王、赵、邓三位参军，均是人伦之表率，你要向他们学习，以他们为师。"这说的是王承、邓攸、赵穆三个人。袁宏作《名士传》只提及王参军一人。但有人说赵穆家先前还保存着提及王、赵、邓三人的敕书文本。

显然，《世说新语》的编写者也难以判断上述司马越给司马毗敕书的两个文本到底哪一个更准确，所以，干脆二说并存。袁宏作《名士传》只提及王参军一人，《晋书·王承传》也采用"王参军人伦之表，汝其师之"这一文本。不管怎样，在身为父亲的司马越心目中，王承就是他要儿子学习、模仿的对象之一，这是没有异议的。

《世说新语》赏誉门第三十三则："司马太傅府多名士，一时俊异。"换言之，司马越是一位颇具号召力的王，在八王之中也算是一个比较突出的人物，他招聚了不少当时的才俊，以辅助自己建立功业。王承无疑是其中之一。司马越在敕书里表彰王承，可谓别具眼光；作为父亲，想让儿子学好，为儿子树立榜样，也是在情理之中。

可吊诡的是，司马越本人就没学好。据《晋书·东海王越传》，司马越"专擅威权，图为霸业；不臣之迹，四海所知"；因为"祸结衅深，遂忧惧成疾"，于晋怀帝永嘉五年（311）就去世了。其时，正是西晋的末期，风雨飘摇，烽烟遍地，一片惨淡。有才能，有眼光，这是司马越；有野心，有罪过，这更是司马越。读他给儿子的敕书，反观其人的一生，不得不感叹言行不一所导致的后果是如此严重！

另据《晋书·王承传》，王承做了一段时间的记室参军，就辞职离开了东海王，渡江南下。不知道他是否察觉了司马越有不臣之心而决定辞职，但是，既然司马越"不臣之迹，四海所知"，王承因此与之切割是很有可能的；若然如此，则说明王承十分机敏，也相当果断，不会因为顶头上司的器重而忘乎所以。

王承渡江之后，得到已在江南的司马睿（晋元帝）的欣赏，出任镇东府从事中郎，这是题外话了。

2 王安期为东海郡①，小吏盗池中鱼，纲纪推之②。王曰："文王之囿③，与众共之。池鱼复何足惜！"（政事9）

释义

①为东海郡：指王承出任东海内史。

②纲纪推之：意为负责政令的主簿要加以追究和惩治。纲纪，此指地方政府的主簿（维护纲纪是其职责所在）。推，即"三推六问"之"推"，推究。

③文王之囿（yòu）：据《孟子·梁惠王下》，孟子认为周文王养育飞禽走兽的园子是"与民同之"的，即不是帝王私享，而是与民共享的。故下文"与众共之"，其意也出自《孟子》。囿，古代帝王养育禽兽的园子。

释读

王承出任东海内史时，有小吏在郡府的鱼池里偷鱼，被发现了，主簿为了维护纲纪，要加以推究、惩治。王承得知后，对主簿说："周文王的苑囿是与民共享的。池里的鱼又算得了什么呢？"

刘孝标注引《名士传》，说王承"累迁东海内史，为政清静，吏民怀之"。以上的小故事，就是他"为政清静"的一个事例。

王承作为一个学者，善于研究《老》《庄》哲学；作为一个地方官员，他在具体的理政过程中借鉴、运用《老》《庄》思想。可见，王承为政不采纳法家思路，而较为推崇道家"清静无为"的做法。这就是他跟主簿不一样的地方。

3. 王安期作东海郡，吏录①一犯夜人②来。王问："何处来？"云："从师家受书还，不觉日晚。"王曰："鞭挞宁越③以立威名，恐非致理之本④。"使吏送令归家。（政事10）

释义

①录：收捕。

②犯夜人：古代有宵禁制度，晚上到某个钟点，就禁止游荡，或禁止进出城门；过了规定钟点的就被视为"犯夜人"。

③宁（nìng）越：据《吕氏春秋·博志》，战国时的宁越，出身农家，为摆脱困苦处境，下决心苦学，历经十五年，而学有所成，后来还成了周威公的老师。此处"宁越"代指读书人。

④致理之本：意为达致良好的治理效果之路。余嘉锡先生《世说新语笺疏》指出，"致理"二字出于唐代人避讳，原文应为"致治"；唐高宗名李治，故避"治"字。

释读

王承出任东海内史时，官府小吏收捕了一个误了宵禁钟点的人，请王承来处置。王承问那人："你从什么地方来？"那人答道："我到老师家上课读书，不知不觉过了时间，现在正要回家。"王承听毕，对小吏说："鞭挞像宁越这类的读书人而来树

世说新语别裁详解

叁 中朝名士

立威名，恐怕不是达致良好的治理效果之路。"于是，命小吏亲自送那人回家。

这是王承"为政清静"的另一例子。

在这个小事件中，王承表现出治理手法的灵活性，依据具体的情形而做出具体的判断和安排，而不是机械地执行规定。

4 王夷甫以王东海比乐令，故王中郎①作碑云："当时标榜②，为乐广之俪③。"（品藻10）

释义

①王中郎：即王坦之，曾任北中郎将，故称。他是王承的孙子（其父王述）。

②标榜：称扬，品评，意指享有高名。

③俪：意为可以（与之）并列的人。

释读

王衍以王承比作乐广，故此，王承的孙子王坦之在为其祖父作碑文时写道："当时享有高名，与乐广并称于世。"

刘孝标注引《江左名士传》，说王承"言理辩物，但明其旨要，不为辞费，有识伏其约而能通。太尉王夷甫一世龙门，见而雅重之，以比南阳乐广"。所谓"太尉王夷甫一世龙门"，指王衍的品评有如龙门，得到他的好评等于跃过龙门而前途无量。王衍是王承的长辈，又是权威人士，他将王承比作乐广，而乐广是与王衍齐名的人物，这样的品评会被视为一时定论。所以，王坦之为祖父写碑文时不会忘记引用王衍的佳评。

编选者言

太原王氏家族在晋朝属于名门望族。王承的父亲王湛在晋武帝时代已经得到"山涛以下，魏舒以上"的评价（《晋书·王湛传》），即上比山涛不足，而下比魏舒（曹魏末期深得司马昭重用；入晋以后，继山涛为司徒，领吏部）有余。王承正是在此有利的背景之下成长起来的。

《晋书·王承传》在篇末强调"渡江名臣"如王导、卫玠、周𫖮、庾亮等都不如王承，"皆出其下"，并称王承"为中兴第一"。不知是否有夸大的成分，但王承乃是当时之一等人物，应无疑义。

因此，王承先后得到东海王司马越、晋元帝司马睿的赏识和重用，这也反映出王承作为社会精英具备足够的才华和人格魅力。而王承在实际的官宦生涯中颇有个性色彩的治理风格也得到后世史家的认可，故而《世说新语》所载王承为官的小故事都写进了《晋书·王承传》。

太原王氏家族自王承之后，代不乏人，其子王述官至散骑常侍、尚书令；其孙王坦之官至散骑常侍、中书令等；其玄孙王忱官至建武将军。祖孙四代均在《晋书》里有传。这可算是东晋门阀政治的一个缩影了。

六 阮瞻

阮瞻（生卒年不详），字千里，西晋陈留尉氏（今属河南）人，阮咸的长子，阮籍的侄孙。

阮瞻继承了其父阮咸的音乐特长，"善弹琴，人闻其能，多往求听，不问贵贱长幼，皆为弹之"。西晋著名文学家潘岳是他的内兄，"潘岳每令鼓琴，终日达夜，无忤色。由是识者叹其恬淡，不可荣辱矣"（《晋书·阮瞻传》）。

在仕途上，阮瞻先后依附于司徒王戎、东海王司马越；晋怀帝永嘉中，为太子舍人。三十岁时因病而亡。

在中国古代思想史上，阮瞻以主张"无鬼论"著称。其读书态度是"不甚研求，而默识其要"，可谓上接嵇康，下启陶潜。

1 王丞相①过江②，自说昔在洛水边③，数④与裴成公、阮千里诸贤共谈道⑤。羊曼⑥曰："人久以此许卿，何须复尔？"王

曰："亦不言我须此，但欲尔时不可得耳！"（企羡2）

释义

①王丞相：即王导，东晋初年权重一时，位至丞相。

②过江：指从北方南下渡过长江。此处转义为西晋之末、东晋之初。空间概念转为时间概念。

③洛水边：代指京师洛阳。东晋初年，由北方南渡的权贵，对旧京洛阳充满着怀念之情，称之为"中朝"。洛水边，是他们昔日经常游玩的地方。

④数（shuò）：多次。

⑤谈道：谈论玄理。道，多指老庄之学。

⑥羊曼：字祖延（一作延祖），泰山郡南城县（今山东新泰）人。南渡后，得到晋元帝的重用，为镇东参军，掌管朝廷机密。后死于苏峻之乱。

释读

王导由北方南渡，居住江南，自己回忆说当年在京师洛水边，多次跟裴𬱟、阮瞻等一时俊彦共同谈论老庄之学。此时，也是南渡而来的山东人羊曼说："大家一直以来都称赞阁下是谈玄高手，何必重提往事呢？"王导答道："也不是说非要重提往事不可，只是想，要再回到那个时候已经不可能了！"

王导是由西晋入东晋的杰出人物，他心中十分怀念裴𬱟、阮瞻。王导生于晋武帝咸宁二年（276），裴𬱟生于晋武帝泰始三年（267），王比裴年少将近十岁；阮瞻在晋怀帝永嘉中（约310）尚在世，去世时年仅三十岁，大概与王导年龄相近。他们在洛水边游玩、谈玄，可能还是弱冠之龄前后，即二十岁上下,风华正茂,年少气盛,都有家世背景,都是饱学之士,而且,大家当时的社会和政治地位还相差不大,十分投契,可以无话不说。这样的时光,正是令已然步入中年的王导(晋元帝建武元年,为东晋王朝之始,即公元317年,王导已年过四十)回味无穷的岁月。

像阮瞻,其父是阮咸,其叔祖是阮籍,他本人是"竹林七贤"的后代。王导是以能够结交到阮瞻一类人物而自豪的,毕竟与"竹林七贤"拉上关系,是当时的年轻名士们引以为傲的事情。

刘孝标的注释指出,"但欲尔时不可得耳"一句,别的版本作"但叹尔时不可得耳",一字之差,意蕴有别,似乎"叹"字更有意味。王导或许在感慨:当年的国家,还没有出现八王之乱,他们这些年轻人还可以轻轻松松地在洛水边商量学问,谈笑风生;可如今,家国巨变,北人南下,风情不再,故人作古,环顾左右,已无阮瞻、裴𬱟一类的人物,怎不感叹世事沧桑、人世无常呢!

2 王丞相轻蔡公①,曰:"我与安期、千里共游洛水边,何处闻有蔡充儿②?"(轻诋6)

释义

①蔡公:即蔡谟(281—356),字道明,是晋元帝司马睿的亲信之一。为人严谨,与王导意见相左,二人关系不和。蔡公是时人的尊称。

②蔡充儿:即蔡谟。蔡谟是蔡克的儿子(蔡充是蔡克之误)。蔡克,字子尼,晋陈留考城(今河南民权)人,为人正

直，曾做成都王司马颖幕僚和亲随，官至东曹掾，后因朝政衰敝，弃官不做（《晋书·蔡克蔡谟合传》）。

释读

王导瞧不起蔡谟，说："当年，我跟王安期、阮千里一起在洛水边游玩的时候，听都没听过有一个叫什么蔡充（克）儿的！"

王导在怀念过去的时候，要不就缅怀裴颀、阮瞻，要不就回忆王承、阮瞻；阮瞻似乎总是少不了的，可见阮瞻在王导心目中的地位有多重要、多特殊。

阮瞻早逝，否则，以他的杰出才华和人格魅力，会是故事不少的人物。或者，他的故事都留在了王导的脑海里；或者，他的言谈举止都成了王导怀想不已的对象。

请注意王导话语里一个不可忽视的差异：说及王承、阮瞻，都称他们的字，没有直呼其名；而说到蔡谟的父亲，则冲口而出的是蔡充（克），而不是蔡子尼。古人在人际交往中很讲究礼貌，平辈之间也只能称其字而不能呼其名，何况对于王导而言，蔡克还是他的长辈。要说失礼，大名鼎鼎的王导真的很失礼。

据《晋书·蔡克蔡谟合传》，蔡氏父子都是以"正人""守正"著称的，不像王导那样通脱潇洒，人生姿态和行为习惯很不一样。可知到了西晋之末年、东晋之初年，在士大夫阶层里，两种不同的处世方式存在严重冲突。

而王导视王承、阮瞻等人为同道（三人年岁也相近）。早逝的阮瞻还是阮咸之子，至此，"竹林七贤"的下一代也大体风流云散了。阮瞻是否就是"竹林七贤"之余绪的最后一个符号呢？

阮瞻，在阮籍、阮咸身后属于贵游子弟，刘孝标注引王隐《晋书》说，阮瞻等人"皆祖述于（阮）籍，谓得大道之本"。刘孝标又引《名士传》说："（阮瞻）夷任而少嗜欲，不修名行，自得于怀。读书不甚研求，而识其要。"换言之，阮瞻大体继承了阮氏家风，以"夷任"（平易而又任性）著称，读书也好，做人也罢，都很随性，亦即"不修名行，自得于怀"。他在"竹林七贤"第二代里算是颇有影响的人物。

因此，袁宏编纂《名士传》将阮瞻列入了"中朝名士"之中。阮瞻是中朝名士里与"竹林七贤"存有直系血缘关系的唯一人物。

奇怪的是，《世说新语》收录阮瞻的故事甚少，而且是间接的。一则，可能与他早逝有关；一则，有些故事可能遗失了。但袁宏编《名士传》时没有将阮瞻漏掉，王导在南渡之后仍然对阮瞻念念不忘，这些都能说明，阮瞻的存在，其意义和价值不可忽视。

至于是什么样的意义和价值，可能会见仁见智，未必能够达成共识。不过，"竹林七贤"作为历史事件和文化现象，总会有终结的时候，阮瞻的去世，多少意味着"竹林七贤"不可避免地要淡出历史舞台，转眼间，又将会是另一番历史风云。

附带可以一提的是，《晋书·阮瞻传》记载：有一次，阮瞻跟众人一起外出，天气甚热，大家口渴，刚好走到一个地方，发现有水井；朋友们争先恐后，都挤到井台喝水，而阮瞻独自一人在人群后面走来走去，就是不靠近水井，等到大家都喝够了，阮瞻这才上去润喉解渴。这是当时流传的阮瞻性格恬淡的故事。可见，他不是没有故事的人。不过，如此恬淡，则出格故事相对少一些，也在情理之中。

七 卫玠

卫玠（286—312），字叔宝，西晋河东安邑（今山西运城）人。少年时即有令誉。其祖父卫瓘（guàn）官至司空、太保，父亲卫恒官至黄门侍郎，山涛之子山简称之为"权贵门户"。卫玠先娶乐广之女，丧偶之后，再娶山简千金，故他先后做了乐广和山简的女婿。

身处西晋末年，北方多乱，卫玠移家南渡，一度依附王敦；无奈身体病弱，过早离世，年仅二十七岁；时在晋怀帝永嘉六年（312），距离西晋政权的最后覆灭尚有七年。

卫玠是清谈高手，得到王敦、谢鲲等的高度赞誉，他的言谈被称为永嘉末年的"正始之音"。《晋书·卫玠传》说他"终身不见喜愠之容"，可见也在效法阮籍的处世姿态。

1 卫玠年五岁，神衿[①]可爱。祖太保[②]曰："此儿有异，顾[③]吾老，不见其大耳！"（识鉴8）

释义

①神衿（jīn）：神态和仪表。衿，本指衣襟，借指衣饰整洁、仪表端庄。

②祖太保：即卫玠祖父卫瓘，官至太保，故称。

③顾：只是。

释读

卫玠五岁的时候，神态和仪表都十分可爱。祖父卫瓘说："这孩子与众不同，只是我老了，来不及见到他长大后的样子了！"

卫玠生于晋武帝太康七年（286），五岁时，是晋惠帝元康元年（291），而其祖父死于此年。换言之，卫瓘称赞孙子卫玠后不久就离世（被杀），享年七十二岁。

说及卫家祖孙，不得不提到"卫瓘举门无辜受祸"事件。晋武帝司马炎死后，晋惠帝继位，卫瓘和汝南王司马亮共辅朝政。阴险霸道的贾后忌恨为人方直的卫瓘，故意挑拨楚王司马玮与卫瓘的矛盾，司马玮设计构陷、杀害卫瓘全家，《晋书·卫瓘传》记载，卫瓘与其子卫恒（卫玠父亲）、卫岳、卫裔以及多名孙子同时遇害；卫恒的两个儿子卫璪、卫玠兄弟俩在医者家里，幸而躲过一劫。

卫玠虽天资聪颖，但体质本弱，又在如此悲情的环境下成长，容易犯病，不是没有缘由的。

不过，卫玠毕竟是人见人爱的，他日后的成长得到过不少人的照拂，比如，大将军王敦就对他青眼有加。他的祖父一生磊落，做过不少好事，这对于卫玠而言，算不算也是一种祖荫呢？

2 骠骑王武子①是卫玠之舅,俊爽有风姿,见玠辄叹曰:"珠玉②在侧,觉我形秽③!"(容止14)

释义

①骠骑王武子:即卫玠舅舅王济,字武子。据《晋书·王济传》,他曾任骁骑将军,死后追赠骠骑将军,故称。

②珠玉:本指珍珠、美玉,此借以形容人的姿容、仪态之美。

③秽:丑陋。

释读

骠骑将军王济是卫玠的舅舅,风姿英爽,气盖一时,见到外甥卫玠,就不禁赞叹道:"珍珠美玉就在我的身边,令我自感形态丑陋啊!"

这一则故事提及卫玠的母系亲族。卫家本是显贵,而卫玠的母系亲族更是不得了。卫玠的外祖父王浑,是魏晋时期的功臣,尤其是在平定吴国时立下大功,任征东大将军,在江东享有很高的声望。卫玠的舅舅王济,娶了常山公主,是晋武帝的驸马;又与当时的名士和峤、裴楷齐名,还是吏部尚书山涛身边的红人。而卫玠的母亲王氏,出身高贵,自是非同一般。

王济在历史上声名不佳,他性格峻厉,生活奢华,一出口就是"珠玉在侧",其措辞和语气都能够反映出他的个性特点。不过,他的话语从一个侧面描述了卫玠俊美少年的形象。

七　卫玠

3 王平子迈世有俊才，少所推服①。每闻卫玠言，辄叹息绝倒②。（赏誉45）

释义

①少所推服：所推崇和佩服的人很少。
②绝倒：意为佩服倾倒，形容折服的状态。

释读

王澄为人高迈不群，有出众的才华，所推崇和佩服的人很少。可是，每次听到卫玠的言谈，都深感满足，啧啧称赞，佩服之至。

刘孝标注引《卫玠别传》，说王澄在听到卫玠的议论时，"至于理会之间，要妙之际，辄绝倒于坐。前后三闻，为之三倒。时人遂曰：'卫君谈道，平子三倒。'"这是关于王澄"绝倒"的具体描写，说明卫玠的见解的确十分精彩，连傲气的王澄也极为佩服。

论年齿，王澄是长辈。他生于晋武帝泰始五年（269），卫玠生于晋武帝太康七年（286），两人相差十七岁。以王澄的身份、地位、名气和年辈，他用不着去讨好卫玠，一定是由衷佩服。这就反映出卫玠的清谈，以及他对《老》《庄》《易》"三玄"的理解，一定有过人之处。

4 卫玠总角时问乐令"梦"，乐云"是想①"。卫曰："形神所不接而梦，岂是想邪？"乐云："因②也。未尝梦乘车入鼠穴，捣齑啖铁杵③，皆无想无因故也。"卫思"因"，经日④

不得,遂成病。乐闻,故命驾为剖析之。卫既小差⑤。乐叹曰:"此儿胸中当必无膏肓之疾⑥!"(文学14)

释义

①想:此指梦与想(大脑活动,思考、想望等)有关。

②因:此指梦中的情景总会有因(某种现实的依据)。

③捣齑(jī)啖铁杵:此句意为古人使用铁杵来捣碎姜、蒜等辛辣佐料,吃的不是捣碎后的姜、蒜,反而将铁杵吃掉(表示不可能发生)。齑,指捣碎的姜、蒜等。

④经日:终日,整天。

⑤小差(chài):(病情)已呈好转。小,稍微,用作程度副词;差,通"瘥",病愈。

⑥膏肓之疾:指不可治的疾病。膏肓,指身体内药物不能到达的部位(尤指心脏内部),喻无法治疗。

释读

卫玠年少时,思考"梦"是什么,带着这个问题去问乐广。乐广回答道:"梦就是想。"卫玠未能接受这个解释,再问:"我的梦里所见不是我的身心所接触到的,岂能说就是想呢?"乐广再解释:"总会有缘由,这叫因,比如说,梦里没有梦见坐着高车钻进老鼠洞的吧,梦里没有梦见拿着铁杵捣碎姜蒜而把铁杵吃掉的吧?为什么没有呢,正是因为你想不到,这叫无想;为什么想不到呢,正是因为日常生活里没有这样的事情啊,这叫无因。"卫玠还是不理解"因"是什么,整天念念不忘,解不通,放不下,于是就病倒了。乐广得知后,赶紧坐车到卫玠家,仔细剖析"因"是什么。卫玠终于听明白了,病也就好起来了。乐广赞叹道:"这孩子遇到问题总要穷根究底,心里装不下任何疑惑,必无心病!"

我们不知道乐广在卫玠生病后是如何对卫玠做剖析而令他解除了心上疑惑的。从乐广解释"因"的思路看,他有一种朴素的唯物意识,即不要管梦里出现何种怪现象,梦里的细节总会有日常生活依据,日常生活里没有的情景不会出现在梦里。换言之,梦里的情景就算是出现种种变形,总是变不出日常生活的手掌心。

这个故事里的卫玠,可以说是好学深思的典型,年纪尚小,就已经有一种追问能力,而且喜欢思辨。我们知道,先秦诸子的著作或文章,说理时多用寓言,长于具象思维;而到了魏晋时期,随着玄学的盛行,人们的思考方式发生明显的变化,在不放弃具象思维的同时,对于形而上的思辨已然呈现出抽象而深入的态势,连总角之年的卫玠受此影响,也学会使用十分抽象的"想""因"等新的哲学范畴来运思、去求解。从思想史和文化史的角度看,玄学或清谈对于提升思考能力是有一定助力的,生活于清谈家圈子里的少年卫玠即为例子。

5> 卫洗马[①]初欲[②]渡江[③],形神惨悴[④],语左右云:"见此芒芒[⑤],不觉百端交集。苟[⑥]未免有情,亦复谁能遣[⑦]此!"

(言语32)

释义

①卫洗马:卫玠官至太子洗马,故称。
②初欲:指起意做出某种打算。

③渡江：指卫玠打算离开北方，移家江南。据刘孝标注引《卫玠别传》，时在永嘉四年（310）。

④形神惨悴：眼神惨淡，面容憔悴。

⑤芒芒：此兼指北方战乱频仍的状态以及渡江之后生活难料的前景，令人茫然不知所措。芒芒，通"茫茫"。

⑥苟：本义为"假如"，此处转义为"只要"。

⑦遣：排解。

释读

卫玠起意离开动乱不已的北方，渡江南迁，他眼神惨淡、面容憔悴，对身边的人说："此地茫茫，前路又茫茫，不觉百感交集。只要是尚有人的情怀，谁能够排遣得了内心的离愁别绪呢！"

据《晋书·卫玠传》记载，卫玠准备离开北方、移家南行时，其兄长卫璪因为"内侍怀帝"而走不得，他的母亲也舍不得丢下卫璪，一度僵持，意见不统一；后来，卫玠分析局势，为了门户大计考虑，终于说服了母亲和兄长，这就是"初欲渡江"时的实际场景。换言之，卫玠说上述一番话时，是在做出十分艰难的决定。

不宜忽略"初欲"二字，此二字表明卫玠有渡江的打算，但是，还没有到临江分别的时候，尚在起意和商议的阶段，故"芒芒"二字未必指"如此广阔浩渺的长江"（不少译注本都作如是理解），更为合理的解释是"芒芒"兼指北方战乱频仍的状态以及渡江之后生活难料的前景，令人茫茫然思绪万千，生出无限的离愁别绪。

这个小故事是一条很生动的史料，反映出西晋末年出于万般无奈而不得不南渡时那一群极有身份的北方人的复杂心态。卫玠一家只是当时千千万万家的案例之一而已。

卫玠一家，其南下的路径是先至江夏（今武汉），后到豫章（今南昌）。卫玠卒于豫章。

6 卫玠始渡江，见王大将军[①]。因夜坐，大将军命谢幼舆[②]。玠见谢，甚说[③]之，都不复顾王，遂达旦微言[④]。王永夕不得豫[⑤]。玠体素羸，恒为母所禁。尔夕忽极[⑥]，于此病笃，遂不起。（文学20）

释义

①王大将军：即王敦，西晋末年任镇东大将军。

②谢幼舆：即谢鲲，字幼舆，曾被王敦提拔为长史，是王敦的亲随。

③说：通"悦"。

④微言：即清谈、玄谈，谈论老庄哲学的精微之处。

⑤豫：参与。

⑥尔夕忽极：意为那天晚上（清谈）达到极致，而忽略了休息。尔，代词，意为"那"。忽，指忽略，疏忽。极，此处兼指精神消耗极大。

释读

卫玠渡江南迁，刚落脚不久就去见镇东大将军王敦。两人相处甚欢，一聊就聊到晚上；王敦知道卫玠善于清谈，于是，就把自己的亲随谢鲲叫来。卫玠见到谢鲲，相当高兴，一起谈论老庄哲学的精微之处，通宵达旦，一下子没工夫去理会坐在一旁的王敦，王敦整个晚上也插不上嘴。卫玠素来体弱多病，不宜长时间清谈，这对脑力和体力都消耗很大，他的母亲平时一直是干预、禁止的。可是，那一夜太兴奋了，忽略了休息，与谢鲲的清谈达到极致，消耗太大，于是卫玠就病倒了，病情还很严重，可谓一病不起。

刘孝标注引《卫玠别传》，说卫玠"少有名理，善《易》《老》"，即从少年开始就懂得谈玄；同时，他体质较弱，用脑时间一长就容易生病，而清谈却是一种十分耗费精神的活动，于卫玠而言，不大合适。这是卫玠一生的最大矛盾。

刘孝标注引《王敦别传》，也说王敦其人"少有名理"，与卫玠一样，难怪二人见面时颇为相投。再引《晋阳秋》的记载，说谢鲲"性通简，好《老》《易》"，这就难怪卫玠与谢鲲可以长谈不倦，忘记时间，可谓棋逢敌手。《卫玠别传》还记载，这一场"记录在案"的会见与清谈，地点是武昌。

卫玠是一个极其认真、做事投入的人，要么不参加清谈，只要参加清谈，就必定全力以赴。他当时的朋友就感叹说："卫君不言，言必入真。"（《卫玠别传》）对于卫玠来说，他的认真要了他的命。在某种意义上说，这是卫玠的个人悲剧；但换一个角度看，卫玠是用他的生命写出了魏晋玄学史上别具悲怆意味的一页。

7 王敦为大将军，镇豫章①。卫玠避乱，从洛投敦②，相见欣然，谈话弥日③。于时谢鲲为长史，敦谓鲲曰："不意永嘉④之中，复闻正始之音⑤。阿平⑥若在，当复绝倒⑦。"（赏誉51）

释义

①豫章：今江西南昌。

②从洛投敦：（卫玠）从洛阳出发，前来投靠王敦。

③弥日：一整天。

④永嘉：西晋末年晋怀帝的年号（307—311）。

⑤正始之音：正始，是曹魏时期曹芳的年号（240—249）。当时，名气很大的清谈家何晏、王弼、夏侯玄等推动玄谈，极一时之盛，成为后世清谈家仰慕的对象，他们的清谈，被尊为"正始之音"。

⑥阿平：即王澄，字平子。

⑦当复绝倒：意为（王澄）会再次为之倾倒。

释读

王敦为镇东大将军，镇守豫章。卫玠躲避北方动乱，从洛阳南下，前来投靠王敦，两人相见，格外高兴，好像有谈不完的话，整整聊了一天。当时，谢鲲是王敦的长史，也在座，王敦对谢鲲说："真没想到，如今永嘉年间，竟然还能听到正始之音。阿平如果还在，听了之后，会再次为之倾倒。"

作为镇东大将军，王敦的管辖范围较大，武昌、豫章都属于他的管治地区。据刘孝标注引《卫玠别传》，说卫玠南下，拜会王敦，是在武昌，所记载的王敦对卫玠的评说，意思与《世说新语》大体相同，而语句略有差异："昔王辅嗣（王弼）吐金声于中朝，此子（卫玠）今复玉振于江表（武昌），微言之绪，绝而复续。不悟永嘉之中，复闻正始之音。阿平若在，当复绝倒。"两相参照，可以互补。

王敦念念不忘"正始之音"，卫玠使得"微言之绪，绝而复续"，这可以视为魏晋玄学史上的重要史料。虽然卫玠的微妙之言已经散失在历史的烟云之中，但上述场景可以约略呈现当时士大夫之间关于"正始之音"的流风余韵。

此外，"从洛投敦"四字值得留意，卫玠举家南下之前，家里意见不一，他的母亲本来执意反对；卫玠下定决心，并且能够说服母亲的理由恐怕就是"从洛投敦"这一条。而从王敦的态度和表现看，他的确乐于安排、照顾卫玠一家。卫玠先落脚武昌，后移居豫章，可能都是王敦一手包办的。

8 卫玠从豫章至下都①，人久闻其名，观者如堵墙。玠先有羸疾②，体不堪劳，遂成病而死。时人谓"看杀卫玠"。（容止19）

释义

①下都：与"上都"（西晋都城洛阳）对举，指东晋都城建康（今南京）。

②羸疾：指瘦弱多病。

释读

卫玠从豫章到下都建康，人们早就听闻其名声，如今得知他来了，纷纷前来观看，都想一睹其风采，观者太多，如同筑起一堵人墙。卫玠素来瘦弱多病，身体劳累不得，要应对这么多人，累坏了，于是大病，终致不治。当时的人说"看杀卫玠"。

《世说新语》容止门第十六则与此相关，原文是："王丞相

世说新语别裁详解

△ 中朝名士 ▽

见卫洗马，曰：'居然有羸形，虽复终日调畅，若不堪罗绮。'"意思是：王导（丞相）见到卫玠，突出的印象是过于瘦弱，有点弱不禁风的样子，连轻盈的丝织品穿起来都好像承受不住。王导在建康，故卫玠前来拜会。可知，卫玠到建康，在当时不论是王公大臣还是平民百姓，都很关注。卫玠在北方的名气实在不小，以至于南方人对他甚为好奇。

卫玠到建康，可能也是王敦的安排。

但刘孝标在注释里怀疑卫玠没去过建康，理由是根据《永嘉流人名》记载，"（卫）玠以永嘉六年五月六日至豫章，其年六月二十日卒"。刘孝标认为卫玠南下的行踪是先到武昌，再到豫章，他到达豫章已经是永嘉六年五月六日，他死于豫章是同年的六月二十日，其间只有四十五日，刘孝标问道："岂暇至下都而亡乎？且诸书皆云玠亡在豫章，而不云在下都也。"其意思是，在这么短的时间里，卫玠大概没有闲暇去下都，而且，各种相关的文献都说卫玠死于豫章，而不是死于下都，故而，所谓"卫玠从豫章至下都……遂成病而死"的说法十分可疑。

我们很难说刘孝标一定对或一定错，姑且视为疑案。可是，豫章距离建康，说近不近，说远不远，"从豫章至下都"的可能性也不宜绝对排除。何况《永嘉流人名》在时间上说得那么具体而微，却又令人生疑；历史细节，经过岁月的淘洗，越是精准，越是可疑。

还有，永嘉末年，东晋政权尚未建立，政治局面还有巨大的不确定性；这个时候，王敦、王导正在江南积攒政治资本，王敦的野心还没有暴露。从北方南来专程投靠王敦的卫玠，不仅内秀，而且外美，更有显赫的家世背景，其吸引力是相当大的（所谓"人久闻其名，观者如堵墙"，足可证明）。王敦安排卫玠到建康见王导，其中有没有某种政治上的考量，是很难说的；如果卫玠在朝中得到某种职位，他算是王敦的人，这对于王敦而言是大有好处的。只不过卫玠的身体不好，过早去世而已。

9 卫洗马以永嘉六年丧，谢鲲哭之，感动路人。咸和①中，丞相王公②教③曰："卫洗马当改葬。此君风流名士，海内所瞻，可修④薄祭⑤，以敦⑥旧好⑦。"（伤逝6）

释义

①咸和：晋成帝年号（326—334）。咸和中，约在330年。
②丞相王公：即王导。
③教：古代王侯、大臣发布的命令、指示统称为"教"。具有正式、正规的性质。
④修：备办。
⑤薄祭：简朴而不铺张的祭奠仪式。
⑥敦：本义是敦厚，此处转义为感念、追怀。
⑦旧好：指年长日久的交情。

释读

卫玠死于永嘉六年，谢鲲哭祭，哀伤不已，感动路人。咸和年间，丞相王导正式发布指令："应当给卫洗马改葬。此君风流名士，声望甚高，海内人士都瞻仰敬佩；改葬时，宜为他备办一场简朴而不铺张的祭奠仪式，感念和追怀年长日久的交情。"

谢鲲痛哭卫玠，是出于真情。想当初，卫玠刚从洛阳来到武昌，去见王敦，二人相见甚欢，说着说着，王敦一时高兴，把自己的长史谢鲲也叫来加入谈话；没承想，谢鲲的到来更激发起卫玠清谈的雅兴和激情，彻夜长谈，不知疲倦；卫、谢二人旗鼓相当，棋逢对手，惺惺相惜，结为莫逆之交。而卫玠过早去世，意外地令谢鲲失去了一个好朋友、好对手。谢鲲哭祭年纪轻轻的卫玠，之所以感动路人，完全是因为痛彻心扉之情倾泻而出。

值得注意的是王导选择改葬的时间。刘孝标注引《卫玠别传》，说"（卫）玠咸和中改迁于江宁"，换言之，所谓"改葬"，指将卫玠的坟墓从豫章迁至江宁（建康的别称，即今南京），时间是"咸和中"，约330年，是晋成帝在位之时。此时，王敦已死（卒于晋明帝太宁二年，324年），而王导处于晚年（卒于晋成帝咸康五年，339年）。王导提出为卫玠改葬，上距卫玠之死（永嘉六年，312年；葬于南昌城郊）已有十五年左右。为何忽然间会出现这个事情呢？

对于东晋政坛，卫玠与王敦的关系是大家都知道的掌故；王敦作乱，"欲有废明帝意"（《世说新语》方正门第三十二则），也是朝野共知；晋明帝司马绍趁王敦病危，发兵讨伐，王敦病死于军中；而晋成帝司马衍是司马绍的长子，五岁登基，靠王导、庾亮辅政，咸和是晋成帝的第一个年号，所谓"咸和中"，也就是晋成帝做了五年左右的小皇帝的时候。此前，晋明帝司马绍在门阀士族庾亮、王导之间是"亲庾疏王"的（田余庆《东晋门阀政治》，北京大学出版社，2012年，第104页），换言之，王导在晋明帝时代，处境已经有其微妙之处，并非时时处处都会顺风顺水；这种情境，到了晋成帝时代，估计不会有多少变化，何况庾亮是晋成帝的舅舅，情势可能对王导更为不利。

王导忽然间想到与王敦关系密切的卫玠，想到帮卫玠改葬，而且是以正规的形式进行，似乎不仅仅是怀念故旧而毫无政治上的考量。哪怕没有实际上的政治意义，也暴露出王导在晚年时的心态：想当年，谢鲲在卫玠死后哭道："栋梁折矣，何得不哀？"（刘孝标注引《永嘉流人名》）谢鲲视卫玠为栋梁，王敦视卫玠为自己人；而在咸和年间，晚年王导面对庾亮的咄咄逼人，忍受晋成帝的疑心和有意无意的疏远，他想到了卫玠，要将卫玠改葬到江宁（此事费工不小，并非易事），并且举办"薄祭"（花费可能不多，但是颇为高调），公开的意思是"以敦旧好"（论私情，卫玠与王敦的交情深于王导），而事实上，在晋成帝、庾亮身边不无落寞之感的王导，此时有没有由卫玠联想到自己的从兄王敦呢？有没有在缅怀死去的王敦呢？要是卫玠不死，王敦不亡，如今的政治局面又会是何种模样呢？人是复杂的，人心更是繁杂多端，我们不知王导想了些什么，但是，内心肯定不会平静。

卫玠生前大概怎么样也没有料到，身后会由东晋的丞相王导为自己改葬（卫玠还没有见到东晋的建立）。如果王敦不死，王敦为卫玠改葬，倒是更有可能的。在某种程度上说，"从洛投敦"的卫玠，谁都知道，其后半生与王敦紧密相连；而王敦，在晋明帝、晋成帝父子相继在位的时代，都是一个敏感词。

幸亏卫玠死于王敦作乱之前，王导如何高调纪念卫玠，别有用心的人也抓不到王导的把柄。这是王导老练之处。

不过，"王与马，共天下"这句话，到了晋成帝时期，恐怕真要打折扣了。王导为卫玠改葬一事，除了为卫玠致哀之外，是否也是曲折地为一个时代的终结致哀呢？

编选者言

卫玠生前尽享美誉，死后也备受哀荣。仅仅二十七年的生命，有此成就，可算是一个不多见的奇迹。

卫玠在西晋末年的存在，其主要意义和价值是一定程度上复活了"正始之音"。这可能是王敦乃至于王导最为看重的一点。卫玠本质上不是政治人物，而是学界精英，是当时大家都佩服的青年玄学家，不论是王澄还是谢鲲，不论是王敦还是王导，还有王济，等等，都是卫玠的崇拜者。要知道，这一系列人物，均为一时之选，名头很响，地位颇高，可见卫玠在世人的心目中确实是非同寻常的。

可惜卫玠不如正始年间的王弼，没有留下任何著作，连片言只语也罕见，还不如他的祖父卫瓘、父亲卫恒。清严可均辑《全晋文》，尚然收录了卫瓘、卫恒的若干篇文字，而卫玠却是一句话也不见。而卫玠竟然在《世说新语》里获取了比祖父、父亲更多的赞美，不得不说是异数。

卫玠是有学问的，而且他的学识、见解必定高妙，才会令王澄绝倒，使王敦等人另眼相看，估计不会是浪得虚名。王弼二十来岁取得较高的学术成就，卫玠二十来岁也取得较高的学术成就，这是可能的。

问题在于，如果要将卫玠这样的人培养成政治人物，比如，让他去做太子洗马之类的官，设想卫玠长寿，他真的会成为政治家吗？在某种程度上说，正始名士也好，"竹林七贤"也好，称得上政治家的几乎没有。在官本位时代，学而优则仕，学问家好像除了变为政治家之外，就似乎没有前途了，这是学术史上不必讳言的怪现象。

可悲的是,"正始之音"已经成为一种符号。一个政权,如果没有"正始之音"来衬托一下,就好像缺了点什么似的。王敦需要卫玠,卫玠也需要王敦,前者需要的是花瓶,后者需要的是饭碗。"正始之音"在西晋末年,乃至于到了东晋,依然吃香,确是值得后人认真反思了。

不知卫玠是否死得及时,如果他不死,活到东晋的建立,活到王敦作乱的时候,他还会不会有资格接受朝廷的正式改葬?

八 谢鲲（附谢尚）

谢鲲（280—322），字幼舆，晋陈郡阳夏（今河南太康）人。其父谢衡，长于儒学，官至国子祭酒。

谢鲲爱好研读《老》《易》，歌唱弹琴，均有造诣。不修威仪，任达不拘。东海王司马越知道他的声名，招致麾下，做幕僚；此后，时为左将军的王敦招他做长史，故人称"谢长史"。他曾经是王敦的得力亲随，后因看出王敦有不臣之心，加以规劝而无效，渐与王敦疏离。官至豫章太守。卒于官。

谢鲲虽不无放荡的行为，但眼光独到，见识非同一般，守住了君臣底线。晋明帝尚在东宫的时候，就已经对谢鲲颇为信任。可惜，谢鲲四十三岁去世，未能见晋明帝与王敦的最后决战。然而，谢氏家族后来在东晋的政治版图上占有较大势力，与谢鲲早年奠定的政治基础有一定关系。

附带一提，谢鲲儿子谢尚，在晋穆帝时代颇有作为，对于扩大和巩固谢氏家族的权势也起到不小作用。兹以谢尚故事三则，附于谢鲲的故事之后。

1. 谢幼舆曰："友人王眉子①清通简畅②，嵇延祖③弘雅劭长④，董仲道⑤卓荦有致度⑥。"（赏誉36）

释义

①王眉子：即王玄，字眉子，王衍的儿子，性格粗豪。

②清通简畅：意为思路明晰，处事简易而不拖泥带水。

③嵇延祖：即嵇绍，字延祖，嵇康儿子。

④弘雅劭（shào）长（cháng）：意为心胸开阔，品味高尚，且美好出众。劭，美好；长，专长。

⑤董仲道：即董养，字仲道，在晋惠帝时代，见贾后专权，乱象丛生，偕妻隐居，不知所踪。

⑥卓荦（luò）有致度：意为才华卓越，颇有韵致风度。卓荦，才华卓越，不同流俗；致度，韵致风度。

释读

谢鲲说："我的朋友王眉子，思路明晰，处事简易而不拖泥带水；嵇延祖，心胸开阔，品味高尚，且美好出众；董仲道，才华卓越，不同流俗，颇有韵致风度。"

谢鲲以"不修威仪"著称，也不是很有野心的人，《晋书·谢鲲传》说他"不徇功名，无砥砺行，居身于可否之间"，换言之，不以追求功名为自己的人生目标，不太自律，也不够刻苦，做人也不甚执着，比较随便，做官也行，不做官也行，如此而已。尽管这样，谢鲲可不是一个浑浑噩噩之人，他心里明白，设有底线，该做什么，不该做什么，心中有数，不会含糊。这是谢鲲的可取之处。

为什么谢鲲能够做到在大是大非面前不含糊呢？他提及自己

的朋友，如王玄，如嵇绍，固然在他的眼里都是不错的，均给予好评。而刘孝标在注释这一段文字时则别有见地，原来，他更看重的是董养，而王玄、嵇绍却没有在他的思考范围之内。

刘孝标引用谢鲲写的《元化论序》，值得重视。《元化论》（《晋书·董养传》作《无化论》）是董养的文章，谢鲲为之作序，其中写道："陈留董仲道于元康中见惠帝废杨悼后，升太学堂叹曰：'建此堂也，将何为乎？每见国家赦书，谋反逆皆赦，孙杀王父母，子杀父母不赦，以为王法所不容也。奈何公卿处议，文饰礼典以至此乎？天人之理既灭，大乱斯起。'顾谓谢鲲、阮孚曰：'《易》称：知几其神乎！君等可深藏矣！'乃与妻荷担入蜀，莫知其所终。"在这里，谢鲲转述了董养关于晋惠帝元康时代（291—299）的时政分析，其要点是：晋朝"以孝治天下"，如果是孙辈杀祖父母，儿辈杀父母，朝廷绝对不赦；奇怪的是，谋反而有不臣之心的，朝廷却会颁布国家赦书，不予惩治。董养认为这样做，是要灭天理，起大乱的。显然，董养从儒学出发，要维护国家纲常，伸张君臣大义，反对叛逆谋反。董养在晋武帝司马炎泰始年间（265—274），已经到了洛阳谋生，而谢鲲出生于晋武帝太康元年（280），可知董养年长于谢鲲，他们是忘年交。谢鲲深受董养的影响，在乱世之下，认同董养的看法，不仅不能做不孝之事，更不能生叛逆之心。谢鲲在写《元化论序》时，董养已经"与妻荷担入蜀，莫知其所终"了。这样的行为，对谢鲲也是有启迪意义的，故《晋书·谢鲲传》说他发现王敦有不臣之心时，"乃优游寄遇，不屑政事"，即与王敦保持距离，不与之同流合污、沉瀣一气。

谢鲲的态度和做法，相当明智，可谓大节不亏；而他说的"董仲道卓荦有致度"，若关联起来看，就显得更有意味了。

2 谢公①道豫章②："若遇七贤③，必自把臂④入林。"（赏誉97）

释义

①谢公：即谢安，东晋政治家。
②豫章：即谢鲲，曾任豫章太守，故称。
③七贤：即"竹林七贤"。
④把臂：相互携手，亲密无间。

释读

谢安评论谢鲲道："如果谢鲲早出生，遇到'竹林七贤'，必定得到接纳，携手入林，优游度日。"

在谢安眼中，在中朝名士里，与"竹林七贤"的气质最为相似的大概就是谢鲲了。刘孝标对此心领神会，在做注释时特地引用《江左名士传》里记载的谢鲲趣闻："（谢）鲲通简有识，不修威仪。好迹逸而心整，形浊而言清。居身若秽，动不累高。邻家有女，尝往挑之。女方织，以梭投折其两齿。既归，傲然长啸曰：'犹不废我啸歌。'其不事形骸如此。"熟悉"竹林七贤"的人都会知道，七个人其实各有个性，并非铁板一块；论气质，谢鲲跟"七贤"的哪一个比都不会完全一样。谢鲲喜欢啸歌，像阮籍；谢鲲在异性面前举止有些出格（挑逗邻家的女子），则像阮咸（阮咸私通姑姑的婢女，更为离谱）；至于"不修威仪"，与刘伶颇为相似。但有一点，在"通简有识"方面，谢鲲与"七贤"较有共同点。如此一比较，谢安的判断也并非没有道理。

谢鲲挑逗邻家女子的逸闻，流传甚广，以至于唐代人修《晋书》，将此故事写进《谢鲲传》里。门牙被打折，还"傲然长

八　谢鲲（附谢尚）

啸",不当一回事,风趣地说"犹不废我啸歌"。有这样桃色故事的谢鲲,与规劝王敦不要谋反的谢鲲,竟然是同一个人。谢鲲的性格复杂有趣,于是,身处东晋的谢安一想到他,就不免联想到"七贤";谢鲲如果也生于曹魏末年,说不定就成"八贤"了。

3 明帝①问谢鲲:"君自谓何如庾亮②?"答曰:"端委③庙堂④,使百僚⑤准则,臣不如亮;一丘一壑⑥,自谓过之。"

(品藻17)

释义

①明帝:即晋明帝司马绍(晋元帝司马睿之子)。在位时间较短(322—325)。其父司马睿是在王敦之乱酝酿期间驾崩的,明帝继位后接手处理王敦之乱。王敦病死于太宁二年(324),明帝则于次年即太宁三年(325)驾崩。

②庾亮:字元规(289—340),晋元帝时为镇东将军,甚得器重;晋明帝时,接替王导为中书监;晋成帝时,他以帝舅身份辅政,是东晋早期的实力派政治人物。

③端委:原指穿着端正而宽大的朝服的大臣,此处转义为朝政大员。

④庙堂:代指朝廷。

⑤百僚:朝中百官。

⑥一丘一壑:代指山水,含有爱好山水(淡泊名利)之意。

释读

有一次,晋明帝问谢鲲:"如果要你跟庾亮做比较,阁下觉得如何呢?"谢鲲回答道:"如果说,站立在朝堂之上,一举一动成为百官的准则,我不如庾亮;如果说,在爱好山水、优游岁月方面,自感庾亮就不如我了。"

此处的"晋明帝"只是代指司马绍而已,他问谢鲲时,尚未登基,还是住在东宫的太子。刘孝标注引《晋阳秋》,其记载更为具体:"(谢)鲲随王敦下,入朝,见太子于东宫,语及夕,太子从容问鲲曰:'论者以君方庾亮,自谓孰愈?'对曰:'宗庙之美,百官之富,臣不如亮。纵意丘壑,自谓过之。'"当时,谢鲲是王敦的长史,跟随王敦入朝;时为太子的司马绍召见他,在东宫相会。两人谈话比较投契,一直说到傍晚,还没有结束;说着说着,司马绍就问了谢鲲:"如今有人将阁下比作庾亮,阁下觉得你们哪一位更为优胜呢?"所谓"自谓孰愈"的问话,是两人相熟之后的悄悄话,所以是从容地问,话题看似严肃,但场面比较随意;要知道,问话者是太子,也就是未来的皇帝,如何回答,却不得随便。可谢鲲其人,说话不装,大体还是实话实说了,没有高估自己,也没有贬低别人,总的来看,相当得体。

《晋书·谢鲲传》也记载了这件事情:"尝使至都,明帝在东宫见之,甚相亲重。"原来,他们的谈话是在"甚相亲重"的气氛中进行的。估计这次交谈,谢鲲给太子留下了很不错的印象。可惜,谢鲲在晋明帝亲政前就已去世;晋明帝在对付王敦作乱时,谢鲲已经无缘斡旋,更不要说施以援手。但无论如何,他对东晋政权的亲善态度和效忠立场会使晋明帝有所感念,而他早前对上司王敦的规劝、疏离乃至于切割,是不简单的,也是不容易的。

4 谢鲲为豫章太守，从大将军①下②至石头③。敦谓鲲曰："余不得复为盛德之事矣。"鲲曰："何为其然？但使自今已后，日亡日去④耳！"敦又称疾不朝，鲲谕敦曰："近者，明公⑤之举，虽欲大存社稷⑥，然四海之内，实怀未达⑦。若能朝天子，使群臣释然，万物之心⑧于是乃服。仗民望以从众怀，尽冲退⑨以奉主上，如斯，则勋侔一匡⑩，名垂千载。"时人以为名言。（规箴12）

释义

①大将军：即王敦，任镇东大将军，故称。

②下：此处特指从上游到下游（王敦守武昌，自武昌走水路至石头城）。

③石头：即石头城，东晋都城，今南京。

④日亡日去：意为日复一日。谢鲲说话时，有所省略；他知道王敦与朝廷有矛盾，希望劝解王敦不要与朝廷对立，矛盾会随着时间的推移而淡化、消失，这是"日亡日去"隐含的意思。

⑤明公：对王敦的尊称。

⑥大存社稷：意为保存社稷江山（谢鲲在王敦面前替他说好话，将王敦的不臣之心说成是"大存社稷"；当时，王敦的矛头表面上不是指向皇帝，而是指向皇帝身边的亲信，他要清君侧，认为皇帝的亲信是坏人）。

⑦实怀未达：意为（您的）真实情怀未能表达出来。

⑧万物之心：此处意为朝廷内外的人。

⑨冲退：谦和退让（没有野心）。

⑩勋侔（móu）一匡：意为（您的）功勋将会与管仲相

等。勋，功勋；侔，相等。一匡，代指春秋时政治家管仲；《论语·宪问》："管仲相桓公，霸诸侯，一匡天下，民到于今受其赐。"这是"一匡"二字的出处，后转义为指代管仲。

释读

谢鲲做豫章太守时，跟随镇东大将军王敦沿着长江走水路，从位于上游的武昌到达位于下游的石头城。石头城是朝廷所在地，王敦挥军直指京师，用意甚明，他对谢鲲说："（事已至此）我不能够再被人誉为做'盛德之事'了。"谢鲲听此语气，劝解道："何必一定要这样呢？只要从今往后（不生事端），时间会一天一天过去的！"王敦又故意称病，不去朝见皇帝，谢鲲再次劝谕道："近日，明公的举动，本意是好的，是要保存社稷江山，可是，真实的情怀还没有表达出来，四海之内的人还不能理解。如果能够朝见天子，使众大臣明白，放下疑虑，朝廷内外的人都会信服您的苦心。依仗民望，顺从民意，以谦和退让之心敬奉主上，若能如此，将来建立功勋，足以与管仲并论，名垂千载。"谢鲲这一番话，当时的人都认为是至理名言。

刘孝标注引《晋阳秋》，说王敦是强行要谢鲲跟随自己去石头城逼宫的："（谢）鲲为豫章太守，王敦将肆逆，以鲲有时望，逼与俱行。"并且记载，谢鲲劝王敦上朝，而王敦"不朝而去"。苦口婆心，付诸东流。

尽管劝阻不住，谢鲲的一番言辞却足以令他青史留名。

其实，谢鲲不仅会说话，而且有史识。查《晋书·王敦传》，可以知道，王敦谋反，是具备一定实力的。他"既素有重名，又立大功于江左，专任阃（kǔn）外，手控强兵，群从贵显，威权莫贰"，这是他的政治和军事资本。此外，有一条不可忽视的是，他在上给朝廷的奏章里公然说："昔臣亲受嘉命，云：'吾（即晋元帝司马睿）与卿（即王敦）及茂弘（即王导）当管鲍之交。'臣忝外任，渐冉十载，训诱之诲，日有所忘，至于斯命，铭之于心，窃犹眷眷，谓前恩不得一朝而尽。"这段话，带有威胁的意思：想当初，我们识于微时，皇上说过"王与马"是管鲍之交，"王"就是王敦、王导，"马"就是司马睿。换言之，"王与马"仅是我们三个人而已，是"王与马，共天下"这一政治局面的核心人物，我王敦别的可以忘记，"管鲍之交"云云，绝对忘不了。说白了，在王敦眼中，这个江山并非仅仅是司马睿一个人的，皇上不要说话不算数，这才是所谓"前恩不得一朝而尽"的话中之话。试想，这样的人物关系与利害关系，谢鲲不会不知道；如果谢鲲是野心家，他很有可能力挺王敦，王敦不是没有得手的可能；而王敦一旦得手（何况王导与他同一家族），谢鲲也会跟着飞黄腾达，享受荣华富贵。可是，谢鲲没有这样做，他守住了底线，他知道王敦的行为是逆天的，性质恶劣，他想用"仗民望以从众怀，尽冲退以奉主上，如斯，则勋侔一匡，名垂千载"一番话来说动王敦争得历史美誉。谢鲲对历史美誉是有自觉意识的。这就是他的史识。

当然，谢鲲也知道，此时的晋元帝以及太子司马绍早有防范之心，晋元帝扶植自己的势力，想摆脱王氏的掣肘，特别重用刘隗等人；若要夺其江山，也并非易事。更为重要的是，谢鲲记住董养早年说过的话："天人之理既灭，大乱斯起。"（见谢鲲《元化论序》）他不愿意看到天下大乱，百姓遭殃，其儒学修养与纲常意识使得他明辨是非，不亏大节。

谢鲲的这一段故事，格外著名，也相当光彩。

5 顾长康画谢幼舆在岩石里。人问其所以，顾曰："谢云：'一丘一壑，自谓过之①。'此子宜置丘壑中。"（巧艺12）

释义

①一丘一壑，自谓过之：这是谢鲲对晋明帝（时为太子）说过的话，表明自己更喜欢游山玩水，不像庾亮（晋明帝内兄）那样热衷于政治。丘，丘陵；壑，山沟。

释读

大画家顾恺之画了一幅画，画面上谢鲲与山野里的岩石相伴。有人问何以画成这样，顾恺之答道："谢鲲本人说过：'一丘一壑，自谓过之。'这一位名士就是适宜身处丘陵、山沟之间。"

幸亏有《世说新语》的这一段文字，我们才知道顾恺之为谢鲲画过这幅画。世人提及顾恺之，往往会将他的《女史箴图》《洛神赋图》《列女图》（非真迹，传世摹本）挂在嘴边上；资料显示，他也画过《司马宣王像》《谢安像》《王安期像》《阮咸像》等。可是，在美术界，似乎较少提到《谢鲲像》。

顾恺之擅长"以形写神"，并以此著称；他博学多能，诗书画皆精，而画作方面以佛像、人物、山水独步天下。《世说新语》所描述的《谢鲲像》，兼人物画与山水画之妙，凸显了谢鲲淡泊名利、不计得失的气质和胸襟（《晋书·谢鲲传》说他"恬于荣辱"）。想象一下画面，谢鲲肯定不会穿得很正规（他以"不修威仪"出名），姿势也可能很随意而不会装得一本正经（他喜欢"任达不拘"），只是不知道顾恺之会不会画出谢鲲被打断门牙留下的豁牙子呢（谢鲲曾经挑逗邻家女子而被"折

中朝名士

其两齿")？也不知有没有画出谢鲲"傲然长啸"的气场呢？

唐代官修《晋书》，其中的《顾恺之传》提到《谢鲲像》："又为谢鲲像，在岩石里。"显然是抄自《世说新语》。

附：
谢鲲之子谢尚故事三则

谢尚（308—357），字仁祖。晋穆帝时拜尚书仆射，进号镇西将军，官至豫州刺史。为政清简，颇有官声。

1》谢仁祖年八岁，谢豫章将送客，尔时语已神悟①，自参上流②。诸人咸共叹之曰："年少，一坐③之颜回④。"仁祖曰："坐无尼父⑤，焉别颜回？"（言语46）

释义

①语已神悟：意为对于语言的理解能力已经达到神悟的程度。

②自参上流：参与社会名流的聚谈。

③一坐：通"一座"。下文之"坐"字，也通"座"。

④颜回：春秋鲁国人，孔子得意弟子。

⑤尼父：即孔子，字仲尼，"尼父"是对孔子的美称。

释读

谢尚八岁时，其父谢鲲正要送走客人；那时谢尚对于语言的理解能力已经达到神悟的程度，可以参与社会名流的聚谈。来客都赞叹道："如此年少，简直就是我们一座人中的颜回啊！"谢尚随即说："一座人里没有尼父，怎么能辨别出谁是颜回呢？"

《晋书·谢尚传》也记载此事，又说年少的谢尚已经得到王导的器重，将他招致身边，成为年纪尚轻的幕僚。在某种程度上说，谢鲲早逝，谢尚十五岁即丧父，在日后的政坛上，王导成了谢尚的贵人。

上述文字，反映出八岁的谢尚十分机敏，对儒家人物和学说已经有所领会，而且词锋锐利，较为早熟；能够在社会名流聚谈时插得上嘴，其学识大概早已超越了同龄人。

2 谢镇西①少时，闻殷浩②能清言，故往造之。殷未过③有所通④，为谢标榜诸义⑤，作数百语。既有佳致，兼辞条丰蔚⑥，甚足以动心骇听⑦。谢注神倾意，不觉流汗交面。殷徐语左右："取手巾与谢郎拭面。"（文学28）

释义

①谢镇西：即谢尚，曾任镇西将军，故称。

②殷浩：字渊源（？—356），东晋陈郡长平（今属河南周口）人。著名清谈家，官至中军将军，世称殷中军。

③未过：意为没有（逐句）解说。过，魏晋时清谈用语，指逐句解释，即过一遍。如《世说新语》排调门第三十二则："时郝隆在坐，应声答曰：'此甚易解：处则为远志，出则为

小草。'谢（安）甚有愧色。桓公（桓温）目谢（安）而笑曰：'郝参军此过乃不恶，亦极有会。'"所谓"郝参军此过"，即是"郝参军这样的逐句解释"。

④有所通：与下文"为谢标榜诸义"联系起来看，此句意为对《老》或《庄》的某些篇的题旨有所通解。通，魏晋时清谈用语，指阐释题旨，即串讲大意。如《世说新语》文学门第五十五则："许（询）便问主人有《庄子》不（否），正得《渔父》一篇。谢（安）看题，便各使四坐通。支道林先通，作七百许语……"可知，在清谈的时候，"通"与"过"对举，各有所指，意思有别。但有时，"通"与"过"可以互换，如上引《世说新语》排调门第三十二则"郝参军此过乃不恶"句，《太平御览》卷九八九引作"郝参军此通乃不恶"。应视具体的语境而定。

⑤标榜诸义：意为阐发、揭示《老》《庄》的某些篇的题旨。

⑥辞条丰蔚：意为言辞有条理，而且议论风生，并不枯燥。

⑦动心骇听：意为（听其高论）足以动心，且为之耳目一新。

释读

谢尚年少的时候，听说殷浩擅长清言，对《老》《庄》深意有精心的研究，故而特地到殷浩家去请教。殷浩没有逐句解释，只为谢尚阐释诸篇的题旨，串讲一番，仅仅作数百语，已十分精辟；有透彻理解，又条理清晰，议论风生，并不枯燥；谢尚听其高论，足以动心，且为之耳目一新。谛听之余，自愧弗如，不觉紧张起来，愧然流汗，汗珠顺着脸颊流了下来。殷浩见状，倒是悠闲地吩咐身边的人说："拿手巾来，给谢郎擦擦脸吧。"

刘孝标为此条文字加按语，说："按殷浩大谢尚三岁，便是

世说新语别裁详解

中朝名士

310

时流。或当贵其胜致，故为之挥汗。"意思是，谢尚比殷浩只是小了三岁而已，可殷浩已经这样厉害，比自己优胜，所以不禁"为之挥汗"。这是解释谢尚"流汗交面"的心理原因。这一说法，是有道理的。

如果考察殷浩与谢尚二人的日后发展，就可以看到，这两位人物都是绝顶聪明的，可结局大不一样。别看当年在殷浩面前谢尚不免汗颜，论个人的功业，谢尚青史留名，《晋书·谢尚传》说他"在任有政绩"，故而一路升迁，"进号镇西将军"；要不是生病，谢尚在北伐的事业上可能还会有一番作为，他是在事业上升期因病去世的。反观殷浩，此人华而不实，据《晋书·殷浩传》记载，他虽然"以中原为己任"，但治军无方，又盲目自信，在军事行动中惨败，以至于被朝廷黜放，度日如年，"终日书空，作'咄咄怪事'四字而已"，其人生终以黯淡收场。若与谢尚比较，该汗颜的反倒是殷浩了。

这一段文字，有一处难解的地方，即"殷未过有所通"一句。有译注本解释此句"殷浩没有过多地发挥阐述，只给谢（尚）揭示各条义理"（张万起等《世说新语译注》，中华书局，2009年，第187页）；或解释为"殷浩没有过多地阐发，只是为谢尚揭示许多义理"（朱碧莲《世说新语详解》，上海古籍出版社，2013年，第133页）；或解释为"殷浩并没有作太多的阐发，只是为谢尚揭示一些主要意义"（毛德富等译《世说新语》，中州古籍出版社，2017年，第93页）；或解释为"殷浩没有过分地阐述发挥，只是给谢尚揭示一些主要的义理"（董志翘等《世说新语笺注》，江苏人民出版社，2019年，第237页）。以上解释，大同小异，但都没有了解魏晋清谈的用语"过"和"通"的特定含义。

3 王长史①、谢仁祖同为王公掾②。长史云:"谢掾③能作异舞④。"谢便起舞,神意甚暇⑤。王公熟视⑥,谓客曰:"使人思安丰⑦。"(任诞32)

释义

①王长史:即王濛,官至司徒左长史,故称。
②王公掾(yuàn):此指王导的幕僚。王公,是对王导的尊称。下同。掾,古代官署属员的通称。
③谢掾:即谢尚。
④异舞:指不常见的舞蹈动作。疑非汉族舞蹈。
⑤暇:悠闲。
⑥熟视:全神贯注地看着。
⑦安丰:即王戎,"竹林七贤"之一,被封为安丰县侯,故称。

释读

王濛、谢尚同为王导的幕僚,有一次,王濛说:"谢先生会跳一种舞,不常见的。"谢尚于是跳起来,神态安闲从容。王导全神贯注地看着,对客人说:"这姿势和神态,使我想起王安丰来了。"

《晋书·王戎传》说王戎以"神色自若"著称,这是他留给世人的一个深刻印象。王导与王戎同宗,是王戎的后辈;王导在东晋初期的治国思路,与王戎在西晋末年渡江后的做法相通:"(王)戎渡江,绥慰新附,宣扬威惠……荆土悦服。"(《晋书·王戎传》)在某种意义上,王导施政多有效法王戎之处,故而他会时常想到王安丰。

大概是谢尚"神意甚暇"的舞姿使王导想起了"神色自若"的王戎。我们未必要刻意去辨析谢尚与王戎有多少共同点，其实，二人的气质、性格并非一致，可能是他们的某种相似点让王导产生"意识流"，由谢尚之舞联想到王戎其人。

　　从王导面对客人说话这一细节可以推想，这是一个王导宴客的场面，席间，为了营造气氛，表示热情，王濛提议谢尚跳舞助兴。谢尚有跳舞专长，跳得别致而得体，看客们大为欣赏，王导也觉得很有面子。

　　谢尚遗传了其父谢鲲的文艺细胞，很有艺术天分。《晋书·谢尚传》说谢尚在为官之余，注意"采拾乐人"，即很重视结识民间音乐家，目的是"以备太乐"（朝廷音乐）。此外，刘孝标注引《语林》，说谢尚在酒后"为洛市肆工鸲鹆舞，甚佳"，即他会跳京师洛阳的民间艺人所跳的"鸲鹆舞"（鸲〔qú〕鹆〔yù〕，鸟名，俗称八哥），还跳得很地道。在音乐舞蹈方面，谢尚是有较深造诣的。

编选者言

谢鲲在中朝名士里是一位很特别的人物，他为陈郡阳夏谢氏家族日后在东晋政治舞台上的业绩奠定了基础。

提及东晋历史，不得不说到"王谢"，唐刘禹锡的《乌衣巷》脍炙人口，虽是一首七绝，却是东晋权力变迁的一幅缩影："朱雀桥边野草花，乌衣巷口夕阳斜。旧时王谢堂前燕，飞入寻常百姓家。"其中，"王"是山东琅邪王氏，"谢"是陈郡阳夏谢氏。

从门阀政治的角度看，一个门阀的形成和强大，要靠几代人的经营，如同接力赛一样，一棒一棒地交接和传递。就陈郡阳夏谢氏而言，谢鲲的父亲谢衡仕至国子祭酒，毕竟"以儒素显"，即其影响大致限于学界。谢鲲则不同，他虽然任达不拘，但是极有政治头脑，从年轻时起就在西晋末期、东晋初期的政治圈里赢得名声，王澄对他十分推崇，王敦对他十分器重，晋明帝司马绍在身为太子时就对他十分信任。晋元帝、晋明帝父子都喜欢谢鲲，谢鲲因而也就有了向王敦进行规劝的底气，并自以为有居间斡旋的能力；正是因为谢鲲敢于反对王敦谋反，其言其行均能进入司马氏政权的考察范围之内，而作为考察对象，谢鲲是完全合格的。要不是他过早去世，其政治地位将会更高，影响力将会更大。尽管早逝，但谢鲲给陈郡阳夏谢氏家族打下了良好的政治基础，这是相当重要的。他的儿子谢尚，他的同宗后辈谢安、谢万、谢玄等都能够在东晋政治舞台上叱咤风云，尤其是谢安、谢玄叔侄，赢得淝水之战，名垂青史，万古流芳。如果说这是谢氏家族的接力赛，跑第一棒的就是谢鲲。

谢鲲是一个复杂而有趣的人物。他有趣，花边新闻不少；他复杂，其复杂性呈现为既很懂政治，又与政治若即若离，并非十分热衷。故此，他才会说自己有"丘壑之癖"，而不如庾亮那样对于政务那么投入。

谢鲲有着"竹林七贤"的遗风，喜爱音乐，重视发展自己的个人兴趣；他的外圆内方更多是像阮籍，但比阮籍外露，不掩饰自己的政治立场，不屈服于已经走上邪路的政治势力，不惜与顶头上司闹翻也要维护自己的政治信念。就这一点而言，别看谢鲲长于清谈，其内心隐藏着相当坚定的儒家思想。他守得住底线，与此大有关系。

日后，陈郡阳夏谢氏能在东晋政治圈里大有作为，不妨看作是谢鲲早年守住底线的政治回报。

肆

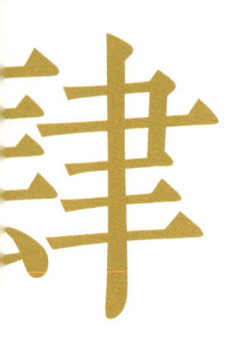

卷肆
东晋名士

导语

　　本书前三卷的名单与排序，全依东晋袁宏《名士传》的框架结构。此"东晋名士"部分，是当年袁宏未及编写的，可视为袁氏《名士传》的补编，是为卷四。

　　东晋名士甚多，限于篇幅，难以全部选入。而东晋历史，向来"王谢"并称，均为门阀。门阀政治是这一历史阶段的独特政治形态，有鉴于此，兹以"王谢"为中心，选入王敦、王导、王羲之（附王徽之、王献之）、谢安（附谢玄、谢灵运）诸人在《世说新语》里的主要故事。如此编选，希望便于读者关注"王谢"两大门阀的政治活动和日常生活，借此进入东晋历史的具体语境。

　　田余庆先生曾经指出："东晋所见士族，其最高层级所谓门阀士族中的当权门户，以其执政先后言之，有琅邪王氏、颍川庾氏、谯国桓氏、陈郡谢氏、太原王氏五族。"（田余庆著《东晋门阀政治》，北京大学出版社，2012年，第316页）本书选入的王敦、王导、王羲之等，属于琅邪王氏；而谢安、谢玄等，则属于陈郡谢氏。前者有旧族渊源关系，后者却是魏晋新出门户，各有一定的代表性。

《资治通鉴》卷九一概述东晋政权的建立："帝（晋元帝司马睿）之始镇江东也，（王）敦与从弟（王）导同心翼戴，帝亦推心任之。敦总征讨，导专机政，群从子弟布列显要，时人为之语曰：'王与马，共天下。'"（中华书局，2007年，第1078—1079页）这一政权，是合力的产物，即司马睿的皇族血统加上王敦、王导的强劲扶持，二者形成合力。缺了前者，政权就没了名分；缺了后者，政权就少了骨架。后者是硬件，前者是软件，相互配合，方能有效运作。琅邪王氏于是得以在东晋的政治舞台上起着极为特殊的作用。

至于陈郡谢氏的兴起，不能忽视一个历史环节，即当王敦意图谋反之际，其身边有一位出身于陈郡谢氏的谢鲲（中朝名士之一）。他本是王敦的亲随，可在大是大非上守住了为臣的底线，多方劝阻王敦，苦口婆心想说动王敦回归朝廷，在"选边站"的问题上，谢鲲站在了晋元帝司马睿一边，因而得到司马氏的信任。尽管他卒于东晋初年，但是，其后人如儿子谢尚，族人如谢奕、谢万、谢安、谢玄等均在东晋皇朝先后出任要职，追本溯源，谢鲲当年在关键时刻的忠心无疑对诸谢日后的起用具有无形的影响。

尽管东晋历史上有王（琅邪）、庾、桓、谢、王（太原）五个门阀士族先后执政，但是"王谢"并称已经进入常识范畴，唐刘禹锡的名句"旧时王谢堂前燕"脍炙人口，"王谢"已经成为东晋最显赫的权贵的代称。具体而言，王氏与谢氏各有家族史，一在山东，一在河南；后来南渡，寄居江东，王氏与齐鲁文化，谢氏与河洛文化，却又不得不分别与江南文化相融合，南北互补，相得益彰。王氏与谢氏的族人，从王敦、王导到王羲之、王徽之、王献之，从谢安到谢玄、谢灵运，他们各有故事，个性纷呈，得失不一。这一批东晋名士自成格局，可与正始名士、竹林名士和中朝名士并列。

东晋的"王谢"，既是北方的，又是南方的，更是南北合流的产物。这一切，成就了他们与众多西晋名士不一样的特性。他们之间在南北合流的过程中不期然而产生的某些方面（如政治态度、家族利益、价值取向等）的动态错位，甚至是意想不到的家族矛盾等，可能更有历史价值和文学意味。

同时，阅读"王谢"的故事，自然会接触到他们与之交往的对象，如周顗、温峤、庾亮、祖逖、桓温、顾和、王舒、王述、王坦之、王濛、殷浩、支道林、戴逵等；这一批人物，也可同入东晋名士之列。

一 王敦

王敦（266—324），字处仲，东晋大臣，琅邪临沂（今山东临沂）人。其父王基，是王导的从父。

王敦从小有异于常人，被视为奇人。得到晋武帝司马炎的器重，王敦与晋武帝之女襄城公主成婚，拜驸马都尉，除太子舍人，这是王敦在西晋年间的政治基础，可谓起点甚高。

八王之乱期间，赵王司马伦篡位，幽禁晋惠帝；当时，王敦叔父王彦为兖州刺史，王敦力劝王彦起兵反赵王；晋惠帝复位后，王彦立下大功，王敦也随之升迁，巩固了自己的政治地位。

及后，东海王司马越得势，王敦得到司马越的重用，出为扬州刺史。有人劝司马越不可如此用人，说："今树（王）处仲于江外，使其肆豪强之心，是见贼也。"（《晋书·王敦传》）但司马越不听。在晋朝，扬州是江外重地，扬州刺史地位特殊。王敦的政治地位和军事势力已经到了不可小觑的程度。

正因为如此，司马睿（即后来的晋元帝）在镇守江东时，鉴于自己"威名未著"，不得不借重于王敦以及王导。琅邪王氏在江东成为相当重要的一种政治存在。

西晋彻底灭亡，"中朝"不复存在，人在江东的司马睿被拥立为晋元帝，是为东晋的开始。司马睿知道自己的权力基础薄弱，在有赖于王敦、王导扶持的同时，暗自培植亲信，稳定局面，伺机巩固属于自己的权势。于是，备受晋元帝重用和信任的刘隗和刁协进入人们的视野，而刘、刁二人均趁机劝说晋元帝疏离王氏，有意摆脱"王与马，共天下"的窘境。晋元帝自有盘算，王敦敏锐感受到被排挤的危机，加以自己有晋武帝女婿的身份，属于皇室的外戚，而司马睿如何一步一步转身为晋元帝，王敦也是心中有数。故此，在自认为处境日益恶化的情形之下，王敦的不臣之心愈益膨胀，并一发不可收拾，终于走上与司马氏严重对抗的道路，先后两次举兵，进犯京师；却在晋元帝驾崩之后、晋明帝太宁二年病死军中，明帝亦于次年病亡。

《晋书·王敦传》说王敦"性简脱，有鉴裁，学通《左氏》，口不言财利，尤好清谈，时人莫知，唯族兄（王）戎异之"。显然，王敦受到清谈之风的影响，其两位族兄王戎和王衍又同是玄学名家，故其"尤好清谈"可视为家学。至于"口不言财利"的举止，则更像将钱说成"阿堵物"的王衍。

1 潘阳仲①见王敦小时，谓曰："君蜂目②已露，但豺声③未振耳。必能食人，亦当为人所食。"（识鉴6）

释义

①潘阳仲：即潘滔，字阳仲，西晋荥阳（今河南荥阳）人，是文学家潘尼之侄，官至河南尹。

②蜂目：如胡蜂（马蜂）一样的目光，形容凶狠。

③豺声：声音如豺狼。古人以"蜂目而豺声"形容其人性格残忍。

释读

潘滔见到小时候的王敦，对他说："如今，你已经露出如胡蜂一般的目光，只是尚未变声，话音还不至于像豺狼一样。你是可以将人吃掉的，但可能也会被人吃掉。"

"必能食人，亦当为人所食"，是汉代人对王莽的判断，见《汉书·王莽传》。潘滔只是引用而已。据说，王莽的长相是"鸱目虎吻"，而话音如"豺狼之声"。换言之，王敦在这些方面都与王莽相近。

观相貌，听语音，是汉代以来流传的识鉴之术的基本做法。潘滔大概是懂得此道的，又读过《汉书·王莽传》，想起了汉代人关于王莽的说法，移来评判王敦。

以王敦日后的行事作风和不少恶劣行径看，潘滔所言不虚。

2. 王敦初尚主①。如厕，见漆箱盛干枣，本以塞鼻，王谓厕上亦下果②，食遂至尽。既还③，婢擎金澡盘盛水，琉璃碗盛澡豆④，因倒著水中⑤而饮之⑥，谓是干饭⑦。群婢莫不掩口而笑之。（纰漏1）

释义

①尚主：高攀皇室，与公主成亲。尚，与地位高的人结亲。

②下果：摆设果子。

③既还：回到新房。

④澡豆：豆状的洗手用品。

⑤倒著（zhuó）水中：意为将澡豆倒进水里。著，通"着"。

⑥饮之：此处指吞服。

⑦干饭：王敦以为澡豆就是干饭（晒干了的饭粒），故而要冲水服用。此处王敦所说"干饭"是"干饭的吃法"的省略语。

释读

王敦高攀皇室，刚刚与晋武帝女儿襄城公主成亲。上厕所时，见到厕所里有一个华美的漆箱，内放干枣，本来这些干枣是用来塞鼻子的，王敦不明所以，以为厕所还摆设着果子，于是将干枣统统吃光了。返回新房，婢女端着金澡盘等候，盘里有水，另有琉璃碗，盛着豆状的洗手用品，时称"澡豆"。王敦以为澡豆可吃，顺手将澡豆倒进水中服食。看见婢女惊讶的样子，王敦马上解释：这是干饭的吃法。那一群贴身侍候的婢女无不掩口而笑。

这是新婚之夜王敦的糗事。文中的一个"初"字最是值得注意。

刘孝标注称："（王）敦尚武帝女舞阳公主，字修祎。"而《晋书·王敦传》说是"尚武帝女襄城公主"。我们依从后者。

这段文字，最难理解的是"干饭"二字。且看学者们的翻译。有的译作"王就把澡豆倒在水里给吃了，认为是干饭"（张万起等《世说新语译注》，中华书局，2009年，第927页）；有的译作"他于是就把澡豆倒进水中喝了下去，还认为这些是干粮"（朱碧莲《世说新语详解》，上海古籍出版社，2013年，第605页）；有的译作"王敦便把澡豆倒入水里吃起来，说是'干饭'"（毛德富等译《世说新语》，中州古籍出版社，2017年，第433页）；有的译作"王敦便把澡豆倒入水里喝了，以为是稠稀饭"（董志翘等《世说新语笺注》，江苏人民出版社，2019年，第1040页）。王敦是何许人，怎么会在将澡豆倒入水中服食之后说是吃"干饭""干粮"或是"稠稀饭"呢？他哪里会傻到这种程度？

《释名·释饮食》："干饭，饭而暴干之也。"《后汉书·范冉传》："干饭寒水，饮食之物。"均指干饭是晒干了的米饭，必须用水浸泡才能服食。显然，王敦看到婢女们不解的神情，才为自己的举动辩解，说干饭其实是"干饭的吃法"的省略语。既然是干饭，不用水来服食，怎么吃？王敦的"干饭"二字还有及时回击婢女们的那种惊讶神情的意思：有什么好惊讶的，你们才不懂呢！

王敦自视甚高，且熟习军事，将士行军，是随身携带干饭的；他见到澡豆而联想到干饭，除了新婚之际多喝了几杯之外，跟他对军旅生活的了解也有关系。说不定，吃干枣，是为了解酒；误认干饭，是醉眼蒙眬、酒气上升所致。王敦这丑虽出得离奇，但也不宜视之为傻乎乎。固然，他尚未熟悉皇家厕所的气派，当是原因之一。

一 王敦

3 王大将军①年少时，旧有田舍名②，语音亦楚③。武帝④唤时贤共言伎艺事。人皆多有所知，唯王都无所关⑤，意色殊恶⑥，自言知打鼓吹⑦。帝令取鼓与之，于坐振袖而起，扬槌奋击，音节谐捷⑧，神气豪上，旁若无人。举坐叹其雄爽。（豪爽1）

释义

①王大将军：即王敦，曾任大将军，故称。

②旧有田舍名：意为很早以前就有"乡巴佬"的俗名。田舍，指土里土气。

③楚：本指不开化的楚地，转义为粗鄙不雅。

④武帝：即晋武帝司马炎，西晋的开国皇帝。

⑤都无所关：指王敦对于伎艺之事无所关心。

⑥意色殊恶：脸色神态特别难看。

⑦鼓吹：军乐名，演奏的乐器以鼓、箫等为主。

⑧音节谐捷：音节铿锵，鼓点准确。

释读

王敦年少的时候，早已有"乡巴佬"的俗名，说话也是粗鄙不雅的。有一次，晋武帝司马炎召集当时的一批才俊之士，一起谈论各种伎艺表演。很多人都显得在行，懂得的伎艺不少。唯独王敦对于伎艺之事无所关心，听别人说得头头是道，不免自惭形秽，脸色神态特别难看，却也不服输，声称自己会"打鼓吹"。晋武帝于是命人抬上鼓来，交与王敦表演。只见王敦坐在鼓旁，振袖而起，扬槌奋击，音节铿锵，鼓点准确，神气豪迈，旁若无人。在座的人无一不惊叹其雄豪爽朗的鼓风。

一 王敦

《晋书·王敦传》亦记此事，文字基本相同，可知取材于《世说新语》，只是"自言知打鼓吹"一句，改作"自言知击鼓"。所谓"打鼓吹"，当指参与演奏鼓吹乐（军乐），有人司鼓，有人吹箫，等等，而王敦主要是会打鼓。故《晋书》的编写者干脆将"打鼓吹"改为"击鼓"。

　　王敦为人粗豪，是没有问题的。可说他从小就有"田舍名"，且"语音亦楚"，未可尽信。

　　《晋书·王敦传》说他"雅尚清谈，口不言财色"，其篇末又说"口不言财利，尤好清谈"，这样的文字前后出现，不避重复，所要强调的是王敦毕竟是名士，与同为名士的王衍等有其相似之处，怎么会像是一个乡巴佬呢？其父亲王基"治书侍御史"，王敦从小就有良好的家庭教育；何况，王敦本人"少有奇人之目"，一定有其与众不同的魅力，晋武帝才会看上他，将女儿襄城公主嫁给他。故此，难以想象王敦是一个土里土气、有如"田舍郎"一般的人。魏晋时讲究门阀名望，琅邪王氏注重教育，有目共睹，王敦在此家庭和家族的氛围里长大，说他"旧有田舍名"起码是一种词不达意的表述。

　　《世说新语》豪爽门第三则写道："王大将军自目：'高朗疏率，学通《左氏》。'"可见，王敦毕竟也是读书人出身，而且，对于自己的学问颇为自负，声称将《左传》学通了。刘孝标注引《晋阳秋》曰："敦少称高率通朗，有鉴裁。"这才是王敦年少时的写照。

　　此外，《世说新语》豪爽门第四则写道："王处仲每酒后辄咏'老骥伏枥，志在千里。烈士暮年，壮心不已'。以如意打唾壶，壶口尽缺。"可见，王敦不仅熟读《左传》等书，也能够默诵曹操的诗作，说他"腹有诗书"是不为过的。

再者，王敦并非没有艺术细胞。他有很好的节奏感，听觉敏锐，"扬槌奋击，音节谐捷"，就很能说明问题。刘孝标注引某人的说法：有一次，王敦坐于武昌钓台，闻行船打鼓，俄而，一槌小异，敦以扇柄撞几曰："可恨！"意为这一小槌没有打准，遗憾了。旁人对他说："不然，此是回帆槌。"原来，此鼓音是示意"船入夹口"。这个故事也显示出王敦的听觉异常灵敏，一小槌鼓音出现微小的异常也能够听得出来，只不过这一回他没有意识到是回帆槌的特殊打法而已。

4 王处仲世许高尚之目①，尝荒恣于色，体为之敝②。左右③谏之，处仲曰："吾乃不觉尔。如此者，甚易耳！"乃开后阁④，驱诸婢妾数十人出路，任其所之⑤。时人叹焉。（豪爽2）

释义

①世许高尚之目：世人称赞王敦，视之为高尚的人。

②荒恣于色，体为之敝：纵情女色，身体过度损耗。敝，消耗过度。

③左右：指王敦身边的幕僚。

④后阁（gé）：房屋（府邸）后面的小门或侧门。阁，小门，旁门。

⑤任其所之：任凭她们自寻归宿。之，往，到，用为动词。

释读

世人称许王敦，视之为高尚的人。可是，他曾极为好色，沉迷肉欲，身体过度损耗。其身边的幕僚加以规劝，王敦说："我竟没有意识到问题如此严重。解决这个问题，容易得很！"于是，悄悄打开府邸后面的侧门，将自己的数十名婢女和侍妾放出，任凭她们自寻归宿。这一举动，得到当时人们的赞叹。

王敦的性格很复杂，负面的因素甚多，其中之一就是好色。他为了应付幕僚的规劝，一下子就放出了"婢妾数十人"，可知其府中蓄养女性之数颇为可观。

其实，王敦"驱诸婢妾数十人出路"，并不能够保证他不再挑选其他更为年轻的女子补其空缺。他自然有这样的权力和条件。他的驱遣的举动，做得比较低调，"乃开后阁"，让这一批女子从后门出走。可还是传开了，成为当时人们茶余饭后的一条八卦新闻。

"乃开后阁"一句，"阁"是关键词。此字《新华字典》（第11版）收作字头，释义为小门、旁门。但是，有的学者可能误读了，将"阁"改作"阁"，成"后阁"一词，解为"内室"，句子译作"于是打开后楼内室，打发了所有的几十个婢妾上路"（张万起等《世说新语译注》，中华书局，2009年，第575页）；有的译作"于是就打开后阁小楼，把几十个婢妾赶上路"（朱碧莲《世说新语详解》，上海古籍出版社，2013年，第394页）；有的译作"因此，打开后楼，把几十名婢妾放出来驱赶上路"（毛德富等译《世说新语》，中州古籍出版社，2017年，第270页）。此外，有的学者没有将"阁"改作"阁"，作"后阁"（这是对的），可是也解为"内室"（这是可以商榷的），译作"于是打开内室，把几十个婢妾都遣散出去"（董志翘等《世说新语笺注》，江苏人民出版社，2019年，第677页）。以上诸种理解，均未必贴合具体的情景。

我认为,"乃开后阁"就是打开府邸后面的侧门,让几十个婢妾悄然离开。这样似乎更为符合情理。

5 石崇①每要客燕集②,常令美人行酒③,客饮酒不尽者,使黄门④交斩⑤美人。王丞相⑥与大将军⑦尝共诣⑧崇,丞相素不能饮,辄自勉强⑨,至于沉醉。每至大将军,固不饮⑩,以观其变。已斩三人,颜色如故,尚不肯饮。丞相让⑪之,大将军曰:"自杀伊家人⑫,何预卿事⑬!"(汰侈1)

释义

①石崇:字季伦,西晋渤海南皮(今河北南皮东北)人。伐吴有功,封安阳乡侯。为人极度奢侈,聚敛无度,成为一时巨富。官至荆州刺史。

②要客燕集:邀请客人饮宴。要,通"邀";燕集,饮宴。

③行酒:劝酒。

④黄门:本指宦官,此指权豪府邸里的阉奴。石崇府中女子众多,豢养黄门,是一个值得注意的现象。

⑤交斩:轮流杀人。

⑥王丞相:即王导,曾任丞相,故称。

⑦大将军:即王敦,曾任大将军,故称。

⑧诣:拜访。

⑨辄自勉强:意为每当轮到自己的时候勉强自己把酒饮下(不忍美人被杀)。

⑩固不饮:执意不饮。固,固执。

⑪让:责让,责备。

⑫伊家人：他家的人。伊，代词，他。
⑬何预卿事：关你什么事。

释读

石崇每一次邀集客人饮宴，都要府中的美女劝酒，如果客人不把杯中酒喝干，就命阍奴轮流将劝酒无效的美女杀死。一次，王导与王敦一起去拜访石崇，王导向来不能饮酒，因为不忍心美女被杀，轮到自己时硬是勉强自己喝下去，直到酩酊大醉。每回轮到王敦，王敦执意不饮，就是想看看石崇有何动作。已经有三位美女被斩了，可王敦面不改色，像没发生什么事一样，还是不肯饮酒。王导看不过眼，责备了他一下，王敦生气地说："他杀自家人，关你什么事！"

《晋书·王敦传》也记载此事，但略有差异，即杀美女之事发生在当时的另一权豪王恺府中，而不是石崇。不管如何，王敦为人刻毒残忍，是事实。故而，《晋书·王敦传》记王导在此事之后回到家中的感慨："处仲若当世，心怀刚忍，非令终也。"换言之，这样的性格，就算让他当世即登上大位，也是会不得好死的。王敦于晋明帝太宁二年（324）正当再次举兵谋反时忽得重病死去，临死前不忘吩咐让他的养子王应即位做皇帝，狼子野心，至死不改，也可证王导所言不虚。

石崇死于晋惠帝永康元年（300），正是八王之乱各方势力此起彼伏之时。西晋权豪如石崇、王敦等，如此醉生梦死，禽兽不如，这样的皇朝焉能长久？

6 石崇厕，常有十余婢侍列，皆丽服藻饰。置甲煎粉①、沈香汁②之属，无不毕备。又与新衣着令出，客多羞不能如厕。王大将军往，脱故衣，着新衣，神色傲然。群婢相谓曰："此客必能作贼。"（汰侈2）

释义

①甲煎粉：即甲香，一种芳香软膏。
②沈（chén）香汁：即沉香洗剂。

释读

石崇府中的厕所，十分讲究，通常会有十多个侍婢环列，全都服色华美，穿戴艳丽。厕所里摆设着甲煎粉、沉香汁之类的芳香用品，应有尽有。另外，还有一个规矩：如厕之后，要将外衣换掉，出来时穿上新衣，客人多觉得不好意思而不敢上厕所。王敦到石崇家，无所顾忌，如厕后，大模大样地脱去旧衣，穿上新衣，表现出理所应当的样子，神色高傲。那些站立一旁的侍婢暗地议论："这个客人，将是乱臣贼子。"

王敦性情粗豪，且为人张扬傲慢，在当时的名士中可谓另类。他出身琅邪名门，又是皇家外戚，满脑子帝王想象，其谋反夺位之举，不是心血来潮，而是有着长期的心理积淀。上述故事，可见一斑。

连石崇家里的婢女也看出王敦是个野心家，换一个角度看，这个王敦真有气场。

世说新语别裁详解

东晋名士

7 石崇每与王敦入学戏①，见颜、原象②而叹曰："若与同升孔堂③，去人④何必有间⑤！"王曰："不知余人⑥云何，子贡⑦去卿差近。"石正色云："士当令身名俱泰⑧，何至以瓮牖语人⑨！"（汰侈10）

释义

①入学戏：进入太学游玩。学，太学；戏，游玩。

②见颜、原象：见到孔子弟子颜回、原宪的画像。二人均家境清贫。

③孔堂：孔子学堂。"同升孔堂"，意为一起到孔子的学堂做弟子。

④去人：与这些人（指颜回、原宪）相比。

⑤有间：产生差别。间，间距，差别。

⑥余人：其余的人。

⑦子贡：孔子弟子之一。家中富有。

⑧身名俱泰：意为身体和名声应以安泰为好（别的不必在意）。

⑨何至以瓮（wèng）牖（yǒu）语人：何必以自己家财的多少来跟人说呢。据说，原宪家贫，"蓬户不完，桑以为枢而瓮牖"（《庄子·让王》），即用破瓮做窗户。宋朝诗人邵雍《瓮牖吟》有"用盆为池，以瓮为牖"句。石崇话里的"瓮牖"代指家财，转义为"多少"（偏正结构，"瓮牖"一词偏于"少"）。瓮，一种盛水或酒的陶器；牖，窗户。

释读

石崇每每与王敦进入太学游玩，见到颜回、原宪的画像，石崇就感叹道："如果我们早出生，跟颜回、原宪这些人在孔夫子的学堂里做同学，大家也就差不多，何必分彼此呢？"王敦说："不能这样讲，别的人不好说，子贡才是跟你差不多的呢。"石崇故作严肃、一本正经地回应道："我们士人，讲究的是身体和名声应以安泰为好，至于家财的多与寡，怎么好意思跟人家说呢？"

在孔子的弟子中，颜回、原宪是清贫的，而子贡是富有的。这些弟子家境不同，自然就有分别。石崇是富可敌国之人，却又十分矫情，觉得自己也跟颜回、原宪差不多，不是比家财，而是比人品，他自以为不会比颜回、原宪差多少，所以才会说"若与同升孔堂，去人何必有间"。颜回、原宪是以品德高尚著称的，石崇恬不知耻，竟然在王敦面前将自己比作颜回、原宪。而王敦不是蠢人，觉得石崇这样说实在不伦不类，他石崇如此富有，怎么可以把自己说成是穷得叮当响的颜回、原宪呢？这不是很滑稽吗？于是，王敦半开玩笑，大意是说：你别逗了，子贡"家累千金"，号称孔门弟子中的"首富"，说子贡跟你一样，还差不多。石崇听出弦外之音，知道王敦不同意自己比作颜回、原宪，就板起脸孔说话，说得冠冕堂皇，大意是说：士人不讲究家财的多或少，一讲就俗，应该讲身体康泰、名声不坏，你看，原宪什么时候跟人家说过自己"以瓮为牖"的呢？一副好像很清高的口吻。

联系到著名清谈家王衍口不言钱，甚至以"阿堵物"来代指，可知，庸俗不堪的石崇也是有样学样，以清高自许，甚为滑稽可笑。

石崇生于魏齐王正始十年（249），王敦生于晋武帝泰始二年（266），二人的年龄相差较大。王敦当面顶撞石崇，也算是年轻气盛。二人的言谈,构成了一个错位的场面,一个骄矜无耻、假模假样,一个快嘴快舌、词锋锐利;太学的殿堂、先贤的画像、有趣的对话,组合成一个意义空间,有戏剧性张力,也有耐人咀嚼的小说意味。

8 王大将军在西朝①时,见周侯②辄扇障面不得住③。后渡江左④,不能复尔⑤。王叹曰:"不知我进,伯仁退?"(品藻12)

释义

①西朝:西晋时期。与东晋相对而言。

②周侯:即周𫖮,字伯仁,少有重名,刚正不阿,为人粗豪,不可亵渎。西晋时袭封武城侯,累迁尚书吏部郎;东晋初年,为晋元帝所信任,官至尚书左仆射。

③扇障面不得住:以扇子遮住面部不敢移开。不得住,指王敦在见到周𫖮的时候一直用扇子遮住面部。住,停下来,收起来。

④江左:又称江东。古代以东为"左",以西为"右"。江左,指长江下游南岸东部地区。

⑤不能复尔:意为不再像以前那样以扇子遮面了。

释读

王敦在西晋时,很怕见到周𫖮,一见到,就马上以扇子遮住面部不敢移开。可是,后来南渡,到了江南地区,就不再见王敦怕周𫖮了,不再像以前那样以扇子遮面了。王敦不无得意地感叹:"不知道是我进步了,还是伯仁退步了呢?"

刘孝标注引沈约《晋书》曰："周顗，王敦素惮之，见辄面热，虽复腊月，亦扇面不休，其惮如此。"这是描写西晋时王敦见周顗老鼠怕猫似的情景，哪怕是寒冬腊月，王敦见到周顗就会脸红耳热，手不离扇子。这或许有些夸张。刘孝标对此很是怀疑，加注写道："（王）敦性强梁，自少及长，季伦（石崇）斩妓，曾无异色，若斯傲狠，岂惮于周顗乎？其言不然也。"换言之，刘孝标指出，王敦性格蛮横，为人残暴，并非胆小之人，连杀人场面也不怕，怎么会怕一个周顗呢？因而认为这个传闻不可信。

然而，余嘉锡先生有不同看法："周侯之丰采，必有使王敦自然慑服之处，见辄障面，不可谓必无其事也。"（《世说新语笺疏》，中华书局，2011年，第447页）。

据《晋书·周顗传》，可知周顗喜欢骂人，喝醉酒是常态，甚至"略无醒日"，于是，"颇以酒失"，即经常在酒后出状况，厉声痛骂，"荒醉失仪"，是家常便饭。不要说是王敦，就是在皇帝的宴席上，周顗也敢于借着酒疯顶撞皇帝。故此，余嘉锡先生的说法不无道理。而刘孝标的意见未免书生气了。

其实，王敦"见周侯辄扇障面不得住"，不见得一定是真怕周顗，是因为周顗醉酒闹事，故以扇子遮面，当作没看见，多一事不如少一事，这或许是王敦比较世故的表现。再者，周顗毕竟是一个人物，人家"少有重名"，二十岁就袭封武城侯，他到底是安东将军周浚之子；而西晋时期的王敦，还没有周顗这样的权势，还没有跟司马睿（后来的晋元帝）结为权力同盟，他多少有点忌惮周顗，也是可以理解的。

至于南渡之后，情况有所变化，王敦、王导与司马睿号称"管鲍之交"，王敦权势大增，见到周顗，说不定可以昂首而过。此时的王敦，已经今非昔比了。且看王敦所言："不知我进，伯仁退？"骄横之态，已然显露。

相当诡异的是，早年见周顗而以扇子遮面的王敦，竟然是杀死周顗的刽子手。这两位人物的人生故事，充满了令人目眩的戏剧张力。

9 王大将军《与元皇表》①云："舒②风概简正③，允④作雅人⑤，自多于邃⑥。最是臣少所知拔。中间⑦夷甫、澄⑧见语：'卿知处明、茂弘⑨。茂弘已有令名⑩，真副卿清论⑪；处明亲疏无知之者；吾常以卿言为意，殊未有得，恐已悔之。'臣慨然曰：'君以此试，顷来始乃有称之者。'言常人正自患知之使过，不知使负实。"（赏誉46）

释义

①《与元皇表》：这是王敦上奏晋元帝的一份表章。大意是向皇帝举荐其族弟王舒。

②舒：即王舒（266？—333），字处明，王敦族弟，王导从弟。早年不如王导出名，潜心学问，不求显达；王敦出任青州刺史，王舒这才依附王敦进入官场。但在政治立场上与王敦有别，为人正直，在平定王敦之乱和苏峻之乱中均立下大功。

③风概简正：意为其风度节概可用简朴端正来形容。

④允：公平得当。

⑤雅人：高雅之人。

⑥自多于邃：自是优胜于王邃。多，超过，胜过。王邃，字处重，王舒之弟。

⑦中间：期间。

⑧夷甫、澄：分别指王衍（字夷甫）、王澄（字平子）两兄弟。他们与王敦同宗。

⑨处明、茂弘：分别指王舒（字处明）、王导（字茂弘）。他们都是王敦器重的人。而王导出名早，王舒出名较晚。

⑩令名：美名，美誉。

⑪真副卿清论：真正与你的清雅之论相符。副，相符，相称。

释读

王敦《与元皇表》写道："（王）舒的风度节概可用简朴端正来形容，公允地说这是一位高雅之人，自是优胜于其弟王邃。臣很早就格外有心识拔王舒了。期间，王衍、王澄都跟我说：'你是深知处明和茂弘的。茂弘已经有美誉，真正与你的清雅之论相符；可是，处明在亲戚朋友间没有人知道他好在哪里。我也常常记取你的高论去观察他，可绝对不如你所说的那样。你是否已经后悔判断错了呢？'臣慨然回应道：'你以我的判断再看看，王舒近来开始呈现出与我的评断相称的表现了。'这是说，一般人会担心某种美誉言过其实，可不知道有时某种好评还够不上人家实际上的好呢。"

王敦十分看好王舒，哪怕王舒的好的表现迟迟不显，可他相信自己的眼光，纵是王衍、王澄质疑，王敦还是相当自信，劝他们继续观察，说王舒的好已经开始显露了，暗示以后会越来越好，恐怕他的好评还不足以说明王舒的全部美德。

王舒，是王导的从弟，是王敦的同宗族弟。事实证明，王敦其人尽管有很多卑劣之处，但他认定王舒"最是臣少所知拔"的对象，是准确的，并非过誉。

据《晋书·王舒传》，王舒有一个特点，是不求闻达，不慕显贵，"以天下多故，不营当时名，恒处私门，潜心学植。年四十余，州礼命，太傅辟，皆不就"。换言之，王舒年过四十，还是没有什么名望，别人就以为王舒不怎么样，王敦老是说他如何如何好，是言过其实，不靠谱的。王舒属于那种不张扬、有底气、淡定从容的人，可是，真正做起事来，有板有眼，能力十足，意志坚定，绝不苟且。他不会因为王敦赞美过他，就对在王敦叛乱失败后乞求活命的王敦亲兄王含手下留情，"及（王）敦败，王含父子俱奔（王）舒，舒遣军逆之，并沉于江"。王含父子也是叛国之贼，王舒对他们的处置决不手软。王舒的儿子王允之在王敦手下做事，不意听到王敦与钱凤密议谋反之事，他假装喝醉，神志不清，呕吐不止，躲过了猜疑，然后悄然告知父亲王舒。王舒也不会因为王敦赞美过他而隐匿不报，而是及时与王导通气，一起到晋明帝面前禀报，使得朝廷早做应对。晋明帝平定王敦之乱，王舒父子功不可没（《晋书·王允之传》）。还有，在苏峻之乱期间，王舒及儿子王允之出生入死，保卫朝廷，与叛军恶战，平定之后，王舒"以功封彭泽县侯"。以上这一切，都说明王舒其人，绝对优秀，王敦一点儿都没有看错。他所说的"常人正自患知之使过，不知使负实"，可谓诚哉斯言！

但是，话说回来，王敦还是真的看错了，他错以为王舒会成为他的人，立心栽培，刻意识拔（据《晋书·王舒传》，在晋明帝时代，王敦再一次上表举荐王舒），可王舒是非分明，嫉恶如仇，不与乱臣贼子为伍，哪怕他是王敦，也不讲情面，坚定维护君臣大义，而且敢于出手，大义灭亲。王敦在黄泉之下"恐已悔之",大概是免不了的吧?

10 王大将军与丞相书,称①杨朗②曰:"世彦识器理致③,才隐明断④,既为国器⑤,且是杨侯淮⑥之子。位望⑦殊为陵迟⑧,卿亦足与之处⑨。"(赏誉58)

释义

①称:称赞。

②杨朗:字世彦。是杨修曾孙,杨准(《世说新语》误作"杨淮")之子。

③识器理致:见识宏远,条理清晰。

④才隐明断:才学渊博,明于决断。隐,意为深不可测。

⑤国器:栋梁之材。

⑥杨侯淮:杨朗之父杨准,字始立。"淮"是"准"字之误(参见《三国志·魏书·陈思王植传》注引《世说》)。侯,古时士大夫之间的尊称,与"君"略同。

⑦位望:职位与名望。

⑧陵迟:本义为衰落,此处转义为悬殊(落差大)。

⑨足与之处:值得好好为他安排一下。足,值得;处,处置,安排。

释读

王敦写信给王导,称赞杨朗道:"世彦见识宏远,条理清晰;才学渊博,明于决断。既是栋梁之材,又是杨准之子。他职位不高,名望不低,二者极不相称,却也值得你好好为他安排一下。"

王敦看好杨朗,为杨朗之"位望殊为陵迟"抱不平。当时杨朗的"位"到底低到什么程度,我们不得而知,可其"望"是明摆着的;王敦绝非泛泛之辈,他说杨朗"识器理致,才隐明断",这就是杨朗的"望",何况王敦还说杨朗是"国器",这些用词均出自身为大将军的王敦之口,非同一般。我们不能将"位望"看作一个词,它们是两个互相对举的词。杨朗"望高"而"位卑",这才是"位望殊为陵迟"所要表达的意思。

有的学者将"位望殊为陵迟,卿亦足与之处"译作"他的官位和声望却相当低微,你可以和他交往"(张万起等《世说新语译注》,中华书局,2009年,第418页);有的译作"可是他的地位名望却过于衰落不振,你也是值得与他交往的"(朱碧莲《世说新语详解》,上海古籍出版社,2013年,第289页);有的译作"可地位和名望很是衰落,你也值得和他相处"(董志翘等《世说新语笺注》,江苏人民出版社,2019年,第511页)。这样理解,就不明白王敦写信给王导的用意了。

难道王敦写这封信仅仅是为了将"位望殊为陵迟"的杨朗介绍给王导认识并与之交往吗?显然不是。杨朗的"位"与"望"不相称,王敦要王导利用职务之便给杨朗安排安排,这才是"卿亦足与之处"的意思。换言之,杨朗这么优秀,你给他安排一个更好的职位,是值得去做的,这是因公而不是因私,否则,何必说"卿亦足与之处"呢?仅仅是介绍认识,只说"卿亦可与之处"就够了。正因为有一个"足"字,才突出了值得不值得的问题。据《晋书·王导传》记载,"晋国既建,以(王)导为丞相军谘祭酒";"及帝登尊号,百官陪列,命(王)导升御床共坐",王导的地位何其崇高,他需要跟杨朗认识吗？如果不是有所求，王敦不必将"位望殊为陵迟"的杨朗介绍给朝廷地位极为特殊的王导去交往；如果王敦不是自以为出以公心，也就不会为了职位卑下的杨朗去特意写这一封《与丞相书》。明白了王导地位高到什么程度，才好理解"卿亦足与之处"的"处"，不是"相处"，而是"处置"，即安排职位。

"他职位不高，名望不低，二者极不相称，却也值得你好好为他安排一下"，王敦说这样的话，说明他是爱才的，也是有眼力的。杨朗在王敦之乱后，刚好遇到晋明帝驾崩，免予处分，还得到新皇帝（晋成帝）的器重，做出了一番事业，尤其是提拔了一批青年才俊（可参看《世说新语》识鉴门第十三则）。我们不知道王敦写出《与丞相书》之后有何成效，但是，可以知道的是，王敦当年没有看走眼，他看好的杨朗终于成为国器。这与他盛赞过的王舒终成国家功臣是相似的，可谓无独有偶。这在王敦的生命史上算是一点亮色了。

11 王大将军当下①，时咸谓无缘②尔。伯仁③曰："今主非尧、舜，何能无过？且人臣安得称兵以向朝廷？处仲狼抗④刚愎，王平子⑤何在？"（方正31）

释义

①当下：准备举兵进犯长江下游（东晋都城建康即今南京所在地）。下，此处特指沿长江顺流而下。

②无缘：指没有缘故、理由。

③伯仁：即周顗。

④狼抗：蛮横自负，目中无人。

⑤王平子：即王澄，王衍亲弟。与王敦结怨，矛盾加剧，终为王敦所杀。"王平子何在"句，意为能够像王澄那样反抗王敦的人在哪里。

释读

王敦驻守武昌，准备沿着长江往下游进犯，直逼都城建康。当时，人们都说王敦攻打建康是毫无理由的。周顗发言抨击道："如今主上并非尧、舜，怎么可能没有一点过失呢？再说，身为人臣，怎么可以动不动就举兵进犯朝廷呢？处仲蛮横自负，目中无人，刚愎自用，执迷不悟，像当日王平子那样反抗他的人在哪里呢？"

《资治通鉴》卷九二记载，晋元帝永昌元年（322），王敦举兵于武昌，以"清君侧"为借口，要"进军致讨"晋元帝身边的刘隗，说刘隗"佞邪谗贼，威福自由，妄兴事役，劳扰士民，赋役烦重，怨声盈路"。王敦此举，引发晋元帝大怒，表示"是可忍也，孰不可忍"。周顗抨击王敦的话，一方面是要维护晋元帝的权威，一方面是要以严厉的措辞谴责王敦的狼子野心。

据《晋书·王澄传》，王澄"夙有盛名，出于（王）敦右，士庶莫不倾慕之。兼勇力绝人，素为敦所惮"，这是王澄与王敦结怨的某种原因。换言之，王澄与王敦的矛盾无关正义，纯属私怨，二人相互猜忌，互不服气，导致矛盾无法调解。一次，两人狭路相逢，王敦凶相毕露，王澄"持铁马鞭为卫"，王敦一下子难以下手；这就是所谓敢于跟王敦对抗的王平子。不过，王敦还是借机令大力士路戎将王澄杀掉。而上文里周顗"处仲狼抗刚愎，王平子何在"一句，只不过是在气头上，希望有人如王澄那样勇于跟王敦叫板，压一压王敦的气焰，如此而已。王澄死于晋怀帝永嘉六年（312），距离王敦进犯建康已经整整过了十年。

在接连出现的谋反行动中，王敦肆无忌惮，凶残成性，刚正不阿的周顗最后死于王敦之手，令人痛惜。

12 王敦既下①，住船石头②，欲有废明帝③意。宾客盈坐，敦知帝聪明，欲以不孝废之。每言帝不孝之状，而皆云"温太真④所说。温尝为东宫率⑤，后为吾司马⑥，甚悉之⑦"。须臾，温来，敦便奋其威容⑧，问温曰："皇太子作人何似？"温曰："小人无以测君子。"敦声色并厉，欲以威力使从己，乃重问温："太子何以称佳？"温曰："钩深致远⑨，盖非浅识所测。然以礼侍亲，可称为孝。"（方正32）

释义

①既下：意为已经抵达位于长江下游的建康。

②住船石头：军船在石头城河岸边停泊。石头，即石头城，故址在今南京石头山后。此为攻守建康的必争之地。住船石头，意味着王敦军队已然兵临城下。

③明帝：即晋明帝司马绍（299—325），晋元帝司马睿之子。以孝出名。曾亲自率军大破王敦叛军。在位仅三年而崩（323—325）。

④温太真：即温峤（288—329），字太真，本属刘琨将领，后奉刘琨之命南渡，拥戴司马睿（晋元帝）。王敦叛乱，曾率军与王敦开战。

⑤东宫率：太子属官，专责护卫太子。

⑥司马：官名，高级武官的属官，参与军事谋划。
⑦甚悉之：相当熟悉情况。
⑧奋其威容：顿时抖动威严气色。
⑨钩深致远：意为学问精微，功力深厚。语出《易·系辞》上："探赜索隐，钩深致远。"

释读

王敦的军队已经抵达位于长江下游的建康，军船在石头城河岸边停泊，已然形成兵临城下之势。王敦企图将在位时间不长的晋明帝废掉。当时，坐满了宾客，王敦知道晋明帝聪明异常，想不出别的名堂，就打算以不孝的罪名废了他。于是，故意生造晋明帝不孝的情状，每说一件，都说是"温太真讲给我听的。温曾经任东宫率，负责太子的护卫，后来才做了我的司马，他对太子的举动相当熟悉"。不一会儿，温峤来了，王敦顿时抖动起威严的气色，问道："皇太子的为人是怎么样的？"温峤说："我本小人，皇太子是君子，小人难以测度君子。"王敦见状，恼羞成怒，声色俱厉，想以威严之势强迫温峤编造谎言，于是再一次问："凭什么说皇太子是好人呢？"温峤回应道："皇太子学问精微，功力深厚，这就不是我这等浅薄之人所能够说长论短的。至于说在侍奉双亲方面，皇太子谨守礼节，一丝不苟，称之为孝子可是恰如其分的。"

刘孝标注引刘谦之《晋纪》曰："（王）敦欲废明帝，言于众曰：'太子子道有亏，温司马昔在东宫悉其事。'（温）峤既正言，敦忿而愧焉。"所谓"子道有亏"指司马绍在做太子期间有不孝的行为。这显然是王敦编造、诽谤之词，却要让温峤来背锅。温峤及时严肃更正，使得王敦一时下不了台；刘谦之《晋纪》所记王敦"忿而愧焉",可以视为弥补了《世说新语》文本的不足,刻画出王敦恶语伤人而口说无凭的狼狈相。

王敦眼中没有晋元帝司马睿,更是瞧不起晋明帝司马绍。王敦的底气有两个来源,一个是他晋武帝女婿的身份,好歹也是皇家的外戚;一个是他永远记得晋元帝司马睿早年的一句话:"吾与卿(王敦)及茂弘(王导)当管鲍之交。"王敦在司马睿做了皇帝之后上疏指出:"臣忝外任,渐冉十载,训诱之诲,日有所忘;至于斯命(指上引'吾与卿'句),铭之于心,窃犹眷眷,谓前恩不得一朝而尽。"(《晋书·王敦传》)说白了,大家本来无分彼此,识于微时,"管鲍之交"云云就是"王与马,共天下"的另一种说法而已。所谓"前恩不得一朝而尽",已经带有威胁口吻,王敦的不臣之心隐含其中。

"管鲍之交",既是琅邪王氏得以进入东晋权力核心的机缘,又是日后王敦之乱的触媒。要是没有"管鲍之交",即没有王敦、王导一武一文的扶持,东晋的皇位还不一定轮到司马睿来坐,当时是"五马渡江"(司马纮、司马宗、司马羕、司马祐、司马睿),哪一匹"马"都有机会;可话说回来,要是没有"管鲍之交",王敦谋反的调子可能就不会那么高。历史之诡谲难料,竟然一至于此。

13 王大将军既反①,至石头,周伯仁往见之。谓周曰:"卿何以相负②?"对曰:"公戎车犯正③,下官忝④率六军,而王师不振,以此负公⑤。"(方正33)

释义

①既反:已然叛乱。

②相负:此指周顗领军抵抗王敦的叛军。周顗曾有投靠王敦的经历,故王敦认为他辜负了自己的恩德。负,辜负。

③戎车犯正:指王敦挥师进京,军车辚辚,侵犯朝廷。戎车,军车。

④忝:谦辞,意为辱没。此处转义为不自量力。

⑤负公:此指周顗领军抵抗王敦的叛军而告负。负,失败。与上一个"负"字意义不同。

释读

王敦已然发动叛乱,军队到了石头城。周顗到军营见王敦。王敦看到周顗进来,冷言冷语,说:"你跟我作对,为何有负于我对你的一片恩德?"周顗答道:"明公挥师进京,军车辚辚,侵犯朝廷。下官不自量力也要率领六军抵抗,可惜王师不振,所以才负于明公。"

周顗的回答有礼有节,也很巧妙机灵。尊称王敦为"公",出于礼貌,而且他本人的确曾经得到王敦的关照。《晋书·周顗传》记载,周顗渡江后,曾经遭遇叛军出其不意的攻击,"狼狈失据",好不容易捡回一条命,"因奔王敦于豫章,敦留之"。而且,王敦还想将周顗留在身边,没承想后来晋元帝一定要周顗回朝,周顗这才离开王敦的。这就是王敦敢于声称"卿何以相负"的原因。而周顗并非无情无义,他没有忘记王敦曾经给过他的好处,不承认自己辜负了王敦;他领军抵抗王敦叛军,是因为王敦负了朝廷,违背了君臣之道,所以,他义正辞严,谴责王敦"戎车犯正"。说到这里,他可也没忘记要回答王敦的问话，问话里有一个"负"字，是关键词，不好回避，也不宜回避；可自己堂堂正正，又何负之有？脑筋一转，词义更换，略带谦卑地说"下官忝率六军，而王师不振，以此负公"，即打不过你，只是胜负之"负"，成不了跟你半斤八两的对手，真是不好意思。堪称有礼有节的典范故事。

刘孝标注引《晋阳秋》的记载，说"王敦既下，六军败绩"，有人劝周颛外逃避难，既不再面对王敦，也不再面对朝廷。事实上，周颛那时处于极为难堪的境地，返回朝廷，无脸见晋元帝；去见王敦，需要极大的勇气。他刚正不阿，性格豪迈，敢于担当，对身边的人说："吾备位大臣，朝廷倾挠，岂可草间求活，投身胡虏邪？"即如果要避难，无非两条路，一条是"草间求活"，躲藏于民间；一条是"投身胡虏"，侍奉异族。这两条路，他都不愿意走，反而选择了一条在常人看来有些不可思议的路：去见王敦！这就是产生上述故事文本的具体语境。

《晋阳秋》还记载，周颛见到王敦后，王敦问："近日战有余力不？"周颛回答："恨力不足，岂有余邪？"遗憾的是王师不振，力量不足，而不是因为留有余力才打不过你。从周颛这番话可以看到，王敦之所以那样嚣张，是因为他的军队强于王师。这是历史上王敦先后两次进犯京师的重要缘由。

14 王大将军始下①，杨朗苦谏②不从，遂为王致力③，乘"中鸣云露车④"径前⑤曰："听下官鼓音，一进而捷⑥。"王先把其手⑦曰："事克⑧，当相用为荆州⑨。"既而忘之，以为南郡⑩。王败后，明帝收朗，欲杀之。帝寻⑪崩，得免。后兼三公⑫，署数十人为官属。此诸人当时并无名，后皆被知

遇，于时称其知人。（识鉴13）

释义

①王大将军始下：意为王敦即将启程，率领叛军进犯位于长江下游的京师建康。

②苦谏：苦口婆心，极力劝谏。

③为王致力：尽力配合王敦。

④中鸣云露车：军中指挥车，又称云车或楼车，皆喻车身较高，便于瞭望；车中设置金鼓，指挥军队进退。

⑤径前：此处意为驱车径直来到（王敦）跟前。

⑥一进而捷：第一通鼓音即可高捷。

⑦先把其手：随即握住他的手。先，表"随即"（第一时间）之意。

⑧事克：事情成功。克，战胜。

⑨相（xiāng）用为荆州：起用阁下为荆州刺史。相，偏指副词，指代说话的对方。荆州，是古代九州之一，地理位置相当重要。刺史，是一个州的最高长官。

⑩以为南郡：任命为南郡太守。南郡，治所在郢（今湖北荆州）。太守，地位低于刺史。

⑪寻：随即，不久。

⑫三公：当是"三公曹"的省称。官署名，汉、晋尚书台诸曹之一，其主管官员称为三公曹郎，掌管官吏的选拔。

释读

王敦即将启程，率领叛军进犯位于长江下游的京师建康。杨朗苦口婆心，极力劝谏，意为不能轻举妄动，可王敦就是不听，一意孤行。没办法，身为属官的杨朗只好尽力配合王敦，他登上军中的楼车，驱车径直来到王敦跟前，说道："请听下官发出的鼓音，第一通鼓音即可告捷。"王敦随即握住他的手，说："事情成功后，定会提拔阁下做荆州刺史。"这一次军事行动结束后，王敦忘了当日的承诺，改以委任杨朗做南郡太守。王敦之乱被平定，晋明帝收捕了杨朗，准备杀掉他。因明帝没过多久就驾崩了，杨朗得以免罪，这才躲过一劫。后来，还得到朝廷器重，兼任三公曹郎，选拔了数十人为属官；这一批人，本来籍籍无名，经过杨朗的选拔后，都脱颖而出，逐渐被委以重任。当时的人称赞杨朗有知人之明。

这个故事，侧重于写杨朗，却也提供了王敦谋反时的一些细节。原来，王敦身边的人，反对他发动叛乱的，不仅有谢鲲（可参阅本书的谢鲲部分），还有杨朗，还有没有其他人，不得而知。显然，王敦的举动突破了一些正直之士的政治底线，哪怕他们就是王敦的亲随或部下。

此外，王敦许愿封官的细节，也颇有意味。一则，连荆州刺史这样重要的职位，王敦也够胆私相授受，大有口含天宪的野心，可见其人狂妄到何种程度，已经预想着自己得手后可以号令天下的情景了；一则，王敦不知是善忘还是别有居心，他只是委任杨朗做南郡太守，此官职低于荆州刺史，从这一行为看，王敦不守承诺，为人轻佻，是无信之人。

15 王大将军下，庾公①问："卿有四友，何者是？"答曰："君家中郎②、我家太尉、阿平③、胡毋彦国④。阿平故当最劣。"庾曰："似未肯劣。"庾又问："何者居其右？"王

曰："自有人。"又问："何者是？"王曰："噫！其自有公论。"左右蹑公，公乃止。（品藻15）

释义

①庾公：庾亮，字元规，颍川鄢陵（今河南许昌）人。东晋政治家，外戚，是晋成帝的舅舅。其地位可比王导。王敦对庾亮既尊崇，又深具戒心。

②君家中郎：指庾敳，庾敳是庾亮从父，故王敦对庾亮说"君家中郎"。

③我家太尉、阿平：指王衍（太尉）、王澄（字平子）。

④胡毋彦国：即胡毋辅之，字彦国。为人放达，不拘小节。官至尚书郎。

释读

王敦率军进犯位于长江下游的京师建康。庾亮跟王敦相见，问："阁下有四位好朋友，他们是谁呢？"王敦答道："一位是你们家的庾中郎，另外三位是我们家的王太尉和王平子，以及胡毋彦国。四人之中，阿平不如其他诸位。"庾亮接口说："似乎不一定吧。"并接着问："那么，哪一位是最杰出的呢？"王敦道："那还用说，自有其人。"庾亮追问："究竟是哪一位？"王敦不耐烦地说："噫！这件事，自有公论。"庾亮身边的人见势不妙，暗地用脚踩了庾亮一下，庾亮一时警觉，才不再问下去。

庾亮为人以"风格峻整"著称，晋元帝器重庾亮，聘庾亮之妹为皇太子妃，明帝司马绍即位后，立其为皇后，庾亮的外戚身份由此而来。试想，王敦已然兵临城下，庾亮当然不会站到王敦的一边，他要维护司马氏政权，冒险也要会一会叛军首领王敦。

庾亮与王敦是旧相识，曾几何时，王敦折服于庾亮的高谈阔论，《晋书·庾亮传》记载："敦与亮谈论，不觉改席而前，退而叹曰：'庾元规贤于裴頠远矣！'"认为著名的清谈家裴頠远远不如庾亮，可见王敦曾经对庾亮颇为推崇。然而，清谈是清谈，政治是政治，如果在政治上发生利益冲突，态度和立场就会发生变化。王敦谋反，庾亮前来相见，这是一次涉及利害关系的会见；王敦对身为外戚的庾亮不得不防备，而庾亮更是想在心理上、气势上压住王敦。《晋书·庾亮传》说"及敦举兵，加亮左卫将军"，庾亮在平定王敦之乱的整个过程里起着相当重要的作用，并因功劳大而封"永昌县开国公"。回到上述对话的语境来，我们可以看到，对话其实是在两个敌对的人之间展开。

在王敦谋反之前，庾敳、王衍均在西晋永嘉五年（311）死于石勒之手；王澄于永嘉六年（312）被王敦杀死；胡毋辅之在东海王司马越死后（311年之后）渡江，官至湘州刺史，可是"到州未几卒"（《晋书·胡毋辅之传》）。而王敦攻入建康是在东晋永昌元年（322），可知，庾亮跟王敦对话时，"卿有四友"其实已经成为真正意义上的故事，庾亮作为庾敳的从子，焉能不知"四友"是谁呢？可见，当时两人相见，场面十分尴尬，一下子不知如何打开话题，于是，庾亮没话找话，这才引出一段暗中较劲的对话。

或许，庾亮以庾敳从子的身份，提及"四友"，意在缓和一下跟王敦的紧张关系，反正大家都是熟人，有话好好说，不要动不动就举兵进犯。可王敦也知道庾亮来者不善，见招接招，干脆以斗嘴的方式不甘示弱，还暗示自己就是几个朋友中最为杰出的那一个；而且，脸色肯定很不好看，庾亮身边的人见状，生怕场面失控，这才暗中示意庾亮要停止话题，调整策略。

我们不知道接下来发生了什么，又如何收场。王敦先后在晋元帝、晋明帝在位时两次发动兵变，可知庾亮什么都没改变，王敦还是王敦，庾亮还是庾亮，敌对的关系丝毫未改。换言之，王、庾的这场没有效果的对话，只是历史事件过程中不无故事意味的小插曲而已。

16 王大将军始欲下都处分树置①，先遣参军②告朝廷，讽旨时贤③。祖车骑④尚未镇寿春⑤，瞋目厉声语使人⑥曰："卿语阿黑⑦：何敢不逊⑧！催摄面去⑨，须臾不尔，我将三千兵槊脚令上⑩！"王闻之而止。（豪爽6）

释义

①处分树置：指王敦企图篡夺朝廷大权，自己安排布置各级大臣。

②参军：官名，是军府或王国的属官，是重要幕僚，又称参军事。

③讽旨时贤：委婉含蓄地向当朝人士宣示自己的意旨。讽，意为以委婉含蓄的话打动对方。

④祖车骑：即祖逖（tì）（266—321），范阳遒县（今河北涞水）人；死后追赠车骑将军，故称。祖逖作为北方人，轻财好侠，慷慨贞烈，南渡后，以恢复中原为己任。逖，远。

⑤寿春：地名，故址在今安徽省寿县。此地北濒淮河，是南北交通要冲，为军事重镇。

⑥使人：即上文之"参军"，王敦的使者。

⑦阿黑：王敦的小名。

⑧何敢不逊：意为胆敢无礼。逊，谦逊。

⑨催摄面去：赶紧撤退返回。催，赶紧，迅速；摄面，快速掉头。

⑩槊脚令上：使用长矛横扫叛军回去。槊，长矛，古代的一种兵器。此处是名词用为动词，意为挥槊横扫过去（今粤语尚存"槊脚"一词，动宾结构；或作"槊你只脚"）。脚，指叛军之脚，代指叛军。上，与"下"相反，指回到长江上游（王敦驻地武昌）。

释读

王敦开始行动，要挥军直逼京师建康，连在夺权之后如何安置各级大臣的事宜也想好了，他预先派遣一名参军入京报告朝廷，委婉含蓄地向当朝人士宣示自己的意旨。其时，祖逖尚未出守安徽寿春，还在建康，一听到王敦有如此举动，圆睁怒目，出语严厉，对王敦的那位参军说："你回去告诉阿黑：胆敢无礼！迅速掉头回去；要是停留片刻，我带领三千将士挥动长矛横扫叛军回老家！"王敦听闻祖逖这番言辞，有所忌惮，即时停止进军。

《晋书·祖逖传》记载"王敦久怀逆乱，畏（祖）逖不敢发"，当指这个故事。可知《世说新语》的这一条是真有其事的。

此事发生在祖逖南渡之后、尚在朝廷之时，故而特别说"祖车骑尚未镇寿春"；待祖逖病逝后，王敦再伺机举兵进犯石头城。这是王敦之乱整个过程中一度发生的插曲。

王敦虽然豪横，却也有他畏惧之人。

17. 王大将军既为逆，顿军姑孰①。晋明帝以英武之才，犹相猜惮②，乃着戎服③，骑巴赉马④，赍⑤一金马鞭，阴察军形势。未至十余里，有一客姥⑥，居店卖食，帝过憩之⑦，谓姥曰："王敦举兵图逆，猜害忠良，朝廷骇惧，社稷是忧。故劬⑧劳晨夕，用相觇察⑨。恐形迹危露，或致狼狈。迫迫之日，姥其匿之⑩。"便与客姥马鞭而去。行敦营匝而出⑪，军士觉，曰："此非常人也！"敦卧心动，曰："此必黄须鲜卑奴⑫来！"命骑追之，已觉多许里⑬。追士因问向姥："不见一黄须人骑马度此邪？"姥曰："去已久矣，不可复及。"于是骑人息意而反。（假谲6）

释义

①顿军姑孰：意为在姑孰驻军。姑孰，古城名，故址在今安徽省当涂县。

②猜惮：猜疑忌惮。

③戎服：军服。

④巴赉（cóng）马：指巴地赉人（少数民族）养殖的宝马。赉，秦汉间四川、湖南一带少数民族交纳的赋税名称，代指湖南、四川一带的少数民族。

⑤赍（jī）：携带。

⑥客姥（mǔ）：开客店的老妇人。姥，老妇人。

⑦帝过憩（qì）之：意为晋明帝路经客店，进去歇息。憩，休息（《世说新语》原作"愒"，朱骏声《说文通训定声·泰部》："愒字亦作憩。"今据改）。

⑧劬（qú）：劳苦，勤劳。

⑨觇（chān）察：窥视观察。觇，窥视。

⑩姥其匿之：您老替我隐瞒。匿，本义为隐藏，此处转义为隐瞒。

⑪行敦营匝（zā）而出：绕着王敦的军营走了一圈，然后离去。匝，环绕。

⑫黄须鲜卑奴：代指晋明帝，是蔑称。司马绍的生母荀氏是燕代人，可能有鲜卑族血统。

⑬已觉（jiào）多许里：已经落后许多里路了。觉，相差；多许，犹言许多，口语。

释读

王敦已经公然叛逆，在安徽姑孰驻军。晋明帝虽有英武之才，可还是对王敦十分猜疑忌惮，高度戒备，放心不下，于是身穿军服，打扮成军人，骑着巴賨马，带着一根金马鞭，暗中观察王敦的布防和阵势。距离王敦的军营十余里地，有一家客店，主人是一位老妇，在店里出售食物，晋明帝路过此店，进去歇息，对老妇说："王敦兴兵谋反，猜忌、加害忠良，朝廷为之震惊和害怕，担忧社稷的安危。所以，我早晚忙碌，窥视观察王敦的军营。又怕行迹泄露，导致狼狈，要是我被追踪，您老请替我隐瞒吧。"顺手将金马鞭送给老妇，随即离开。晋明帝绕着王敦的军营走了一圈，然后离去。此时军士已发觉，报告王敦说："这一位可不是普通人！"王敦正在卧床休息，忽觉心里怦然一动，说："肯定是黄须鲜卑奴来了！"命令军士赶紧骑马追寻，尽管军士快马飞奔，却已经落后许多里路，看不见逃离者的身影了。追赶的人就向路边客店的老妇打听："有没有见到一个黄色胡须的人骑马路过这里？"老妇说："已经走过很久，不可能追得上了。"于是，军士这才打消念头骑马返回军营。

这个故事，《晋书·明帝纪》也有记载。从一个侧面生动地反映出晋元帝驾崩之后晋明帝与王敦的深刻矛盾。

王敦是皇室的外戚，知道很多皇家内情，他称晋明帝是"黄须鲜卑奴"，估计不是随便说的。《晋书·明帝纪》也说得很清楚，晋明帝生母荀氏"燕代人，帝状类外氏，须黄"，"外氏"指非汉族，即少数民族，荀氏生长于燕代地区（今河北西北部、山西东北部地区，少数民族聚居地），大概有鲜卑血统。当然，所谓"黄须鲜卑奴"是蔑称，王敦身为晋武帝的驸马，本已不把晋元帝放在眼里，何况是晋元帝之子呢？

可是，王敦也有失算的时候。《晋书·明帝纪》记载，太宁二年（324）六月，"敦将举兵内向，帝密知之，乃乘巴滇骏马微行"。其中，"帝密知之"是关键，而情报来源正是王敦身边的王舒之子王允之。王允之得知王敦的叛变谋略之后，假装喝醉，以省亲的名义跑回家告知父亲王舒，王舒连忙跟王导一起"俱启明帝"（《晋书·王允之传》）。这是晋明帝"微行"的前提条件。

王敦咄咄逼人，恣意狂妄，而晋明帝惶恐不安，心系家国。当时的晋明帝还很年轻，才二十五岁，其窥视王敦军营的行动发生在他登基后的第二年。王敦做贼心虚，一听说有人来窥探军营，马上想到"黄须鲜卑奴"，可知其内心也不无忐忑，"敦卧心动"，说明他内心为之一惊：没想到晋明帝情报如此灵通！没过多久，王敦在巨大的心理压力之下忽病死去，也是咎由自取。

18 王大将军于众坐中曰:"诸周①由来未有作三公②者。"有人答曰:"唯周侯③邑五马领头而不克④。"大将军曰:"我与周,洛下⑤相遇,一面顿尽⑥。值世纷纭,遂至于此!"因为流涕⑦。(尤悔8)

释义

①诸周:周氏一族(周顗家族)。

②三公:指古代中央最高官员,具体为太尉、司徒、司空。"位至三公"是皇权时代官员的最高梦想。

③周侯:即周顗。

④邑(yì)五马领头而不克:意为手中摸得一副好牌而最后输了。邑,通"挹",抓取。五马领头,赌博用语,指在赌局中手气极好、点数最高。不克,没有赢,输了。

⑤洛下:洛阳的别称。洛阳,西晋的京师。

⑥一面顿尽:初次见面就彼此交心。

⑦流涕:流泪。

释读

有一次,王敦与众人同坐,说道:"他们周家从来就没有人做到三公的高位。"有人回应道:"只有周顗算是最高的了,可惜他手中摸得一副好牌而最后输了。"王敦接着说:"我跟他,初次见面就在京师洛阳,即时就彼此交心了。可惜,遇上乱世,才会落得这步田地!"说着说着,流下了眼泪。

王敦生于晋武帝泰始二年(266),周顗生于晋武帝泰始五年(269),二人年龄接近。王敦说:"我与周,洛下相遇,一面顿尽。"大概说的是实情,尽管"一面顿尽"云云,疑颇有水分，大话而已，但可以说，两人本属故交，到了东晋，王敦竟然对周顗顿生杀机，实在令人齿冷。

上述王敦与众人的闲聊情景，发生在周顗死后，即晋元帝司马睿永昌元年（322），也就是王敦攻入建康之后。当日，周顗和戴渊二人同时被捕，又同时被王敦杀害于石头城南门之外（《资治通鉴》卷九二）。王敦与周顗早就矛盾很深，而周顗与晋元帝关系甚为密切（王敦幕僚所说的一手好牌大概指此），杀周顗，有给晋元帝一点颜色看看的意思。可是，王敦在周顗死后却假惺惺地怀念起人家来了。说到底，周顗是大好人，名望很高，还在晋元帝面前苦苦哀求救下了王导等王氏一族的性命。王敦杀周顗，引发舆论的反弹，连王导日后也追悔不已，悔恨自己没有及时阻拦王敦的疯狂举动。王敦所说，不排除是迫于舆论压力之下的自辩，将责任归咎于时势，所谓"值世纷纭，遂至于此"，轻轻一句，为自己开脱罪责。更有意思的是，刘孝标注引邓粲《晋纪》记载，在同一个场合，王敦对幕僚说："何图不幸，王法所裁。凄怆之深，言何能尽！"此话说得很假，竟然以"王法所裁"四字推掉自己残忍杀害周顗的罪责，可谓无耻之尤。

王敦流泪，大半是装模作样，小半是心中有愧。

19 王大将军执司马愍王[①]，夜遣世将[②]载王于车而杀之，当时不尽知也。虽愍王家，亦未之皆悉，而无忌兄弟[③]皆稚。王胡之[④]与无忌，长甚相昵，胡之尝共游，无忌入告母，请为馔。母流涕曰："王敦昔肆酷汝父，假手世将。吾所以积年不告汝者，王氏门强，汝兄弟尚幼，不欲使此声著[⑤]，盖以

避祸耳！"无忌惊号⑥，抽刃而出，胡之去已远。（仇隙3）

释义

①司马愍（mǐn）王：司马承（据《晋书》，264—322），一作司马丞（刘孝标注引《晋阳秋》）。司马懿的侄孙，晋元帝司马睿的叔父。"愍王"是其谥号。

②世将：即王廙（yì）（276—322），字世将，东晋琅邪临沂（今山东临沂）人。是晋元帝姨弟，后为王敦所用。廙，恭敬的样子。

③无忌兄弟：即司马无忌兄弟。司马无忌，愍王司马承之子，随桓温伐蜀，以功进号前将军。

④王胡之：王廙次子，官至西中郎将、司州刺史。

⑤不欲使此声著：不想闹出事来弄得沸沸扬扬。

⑥惊号（háo）：惊讶地号哭。号，高声哭叫。

释读

王敦逮捕了司马承，连夜派遣王廙用车将司马承接走，并杀死于车中，神不知鬼不觉，当时的人不大知道内情。就算是司马承家里，也未能知悉整个过程，而那个时候，司马承之子司马无忌兄弟还都年幼，更是懵然不知。王廙的次子王胡之与司马无忌长大后，交往密切，有一次，王胡之跟无忌一起游玩，来到无忌家里，无忌到里屋告知母亲，请母亲准备饭菜招待。母亲得知王胡之来了，禁不住想起当年的惨事，流着眼泪对无忌说："王敦谋反时，十分残酷地对待你的父亲，而下毒手的正是王胡之的父亲王廙。我之所以一直不告诉你们兄弟，是因为王氏是门阀望族，势力强大，你们兄弟还小，我不想闹出事来弄得沸沸扬扬，就是以此避祸啊！"无忌听毕，大吃一惊，高声哭叫，急忙拔出佩刀，冲到门外，此时，机灵的王胡之已经跑得老远了。

这个故事，从一个侧面写出了王敦之狠。

王敦谋反，无所不用其极，尤其是对司马氏，大有斩草除根之势，他授意王廙除掉司马承，手段凶残，行为卑鄙，就是一个例子。

王廙本来是作为晋元帝的亲信前去劝谏王敦放弃悖逆行动，没想到，反而被王敦策反成功，留在王敦身边，王廙从此充当起"受任助乱"的不光彩角色。王敦因为王廙是王氏一族的成员，委以重任。王廙虽是名士，"少能属文，多所通涉，工书画、善音乐、射御、博弈、杂伎"（《晋书·王廙传》），但是，在王敦的诱惑之下，竟然背叛朝廷，与王敦同流合污。从王敦委派的官职来看，平南将军、领护南蛮校尉、荆州刺史，都是具有吸引力的，难怪王廙那么卖力为王敦效劳。

王敦之乱造成了社会的急遽动荡，也导致无数的家庭悲剧。司马无忌一家，只是其中的一个例子而已。

编选者言

王敦是东晋历史绕不开的人物。他有破坏，无建设，蓄意谋反，制造动乱，涂炭生灵，祸害社稷，被钉在历史的耻辱柱上。

这个人，从小就表现出并非善类。他为人阴狠、狂妄、张扬，虽然出身名门望族，接受良好的教育，自己也颇以熟读《左传》等书而扬扬得意，但是，性格粗豪，目中无人，与一般的文弱名士绝不相类。

受时风影响，王敦"雅尚清谈，口不言财色"，在某些方面与大名士王衍较为相似。可此人实际上极为好色，随便一松口，就可以放出数十名侍婢。"雅尚清谈"以及"不言财色"，都只是他的遮羞布而已。

王敦与晋元帝司马睿识于微时，这是他的无形资本。他利用司马睿早年许下的"管鲍之交"来要挟已经登基的晋元帝，将所谓的"管鲍之交"当作一笔可观的股金，不断要分红；后来发觉晋元帝也不是蠢人，有意扶植忠于自己的势力，如刘隗、刁协等人，让他们把持要职，而逐步疏远王氏一族。有道是"王与马，共天下"，王敦以为这本是一家合资银行，如今看来，晋元帝有把它悄悄地变为独资银行的苗头，于是，一不做，二不休，干脆挥师直逼建康。他除了无形资本之外，还有不可小觑的有形资本，那就是比王师还要强盛的军队。

《世说新语》用了不少篇幅写王敦谋反的各类故事片段。这些片段，有的被收录到《晋书》里，有的还是本书的独家报道。虽是点点滴滴，然而，十分具体，很有现场感，是十分珍贵的历史瞬间。王敦的一言一行、一举一动，固然极具个性，可是，我们也可以从中领悟到权力欲望叠加野心阴谋是怎样将一个人转变为失去理性的狂魔。

一言以蔽之，王敦祸国殃民，罪无可恕。

二 王导

王导（276—339），字茂弘，东晋大臣，琅邪临沂（今山东临沂）人。王敦从弟。

王导的父亲王裁，官至镇军司马。王导年少时已有风鉴，神态异于常人，有一位民间人士张公说"此儿容貌志气，将相之器也"（《晋书·王导传》）。

王导政治生涯的起点是做东海王司马越的幕僚。但他与其他入东海王府的人不大一样，与东海王的关系并不十分密切。另一方面，却跟琅邪王司马睿相当投契，《晋书·王导传》记载：琅邪王出镇下邳，"请（王）导为安东司马，军谋密策，知无不为"，在较长时间的合作中王导获得司马睿的信任和赏识。可以说，出任琅邪王的安东司马是王导与司马睿结盟之始。

王导与司马睿的关系延及王敦。王导对王敦说："琅邪王仁德虽厚，而名论犹轻。兄威风已振，宜有以匡济者。"（《晋书·王导传》）这些话已经显露出日后东晋政权的结构性特色："威风已振"的王敦（其晋武帝驸马的身份不可小觑）在司马睿走向皇权的宝座过程中起过关键作用,司马睿政权早就嵌入了"王敦因素",加上司马睿在各种谋略和谋划上依赖王导,也嵌入了"王导因素","王与马,共天下"因而成为东晋门阀政治的基石。尽管就东晋历史而言,"王与马"或者可以替换成"庾(亮)与马",转换成"桓(温)与马"等不同说法,但是,结构是一样的,即东晋政权在不同皇帝治下均存在复合型的同构关系,而开创这一独特政治格局的最早契机是王导、王敦与司马睿的"三剑合一"结构。这一特殊关系的结合点就是王导。

王导在王敦之乱事件中,角色独特,十分尴尬。但他成功地化解了自己与晋元帝司马睿的紧张关系,果敢地与王敦切割,既维护了司马氏的皇权,也巧妙地保住了"王与马,共天下"的格局;他在晋元帝、晋明帝、晋成帝三个时期,均在政治上保持了一定的影响力。

王导的为政之道多取自"无为而治"方针,表面上没有多少大动作,实际上花费了很大心力,使得东晋政权在江东逐步壮大起来,并且,推动和促进了南北文化的交流和融合。史学家陈寅恪先生曾专门撰写《述东晋王导之功业》,加以表彰。

1. 王长豫①为人谨顺,事亲尽色养②之孝。丞相③见长豫辄喜,见敬豫④辄嗔。长豫与丞相语,恒以慎密为端⑤。丞相还台⑥,及行,未尝不送至车后⑦。恒与曹夫人⑧并当箱箧。长豫亡后,丞相还台,登车后,哭至台门。曹夫人作簏⑨,封而不忍开。(德行29)

释义

①王长豫：王悦，字长豫，王导长子。为王导所器重。

②色养：以和颜悦色来奉养双亲。语出《论语·为政》："子夏问孝。子曰：'色难。'"意为以和颜悦色来奉养双亲是很难的。此处强调恭顺的态度。

③丞相：即王导，曾任丞相，故称。

④敬豫：王恬，字敬豫，王导次子。为人不羁，不为王导所重。

⑤以慎密为端：以谨慎周到为首要之事。慎密，指不乱说，不多说。端，东西的一头，转义为首要。

⑥还台：回台阁理政。台，是台阁（中央机构的简署）的省称。

⑦送至车后：意为车子启动后，目送车子远去。

⑧曹夫人：王导妻子曹淑（彭城曹韶之女）。

⑨簏（lù）：竹编箱子。

释读

王悦为人谨慎孝顺，侍奉父母力求和颜悦色。王导见到长子王悦总是觉得很顺眼，心情舒畅；见到次子王恬总会觉得不顺眼，动辄生气。王悦跟父亲说话，时时以谨慎周到为首要之事，不乱说，不多说。王导回台阁理政，王悦每一次都要等待车子启动后，目送车子远去。王导出门前，王悦总是跟母亲曹夫人一起做好准备，将王导箱簏里的物品归置妥当。可惜王悦不幸早逝。他去世后，王导回台阁，再见不到长子送行，上车后无限感伤，不禁哭了起来，到了台阁的前门还在饮泣。曹夫人平常总是跟王悦一起收拾王导的箱簏，这一只箱簏不忍心再打开，原样封存，以作纪念，只好另做了一只新的竹编箱子给王导使用。

这是王导的一段家事。

王导治家，尤其在对儿子的管教方面，看来还是以儒家的道德伦理观念为主，王悦能够做到他所希望的那样，所以格外喜欢；王恬没有做到，王导就看他不顺眼。显然，王导对他的两个儿子分别有其偏爱和偏见。

王导重情，长子的早逝，令他无限悲伤；这是他最看好的儿子，也可能是他打算重点栽培的下一代治国人才。除了情感因素外，在"王与马，共天下"的格局之中，王敦没有儿子（其养子王应不堪大用），作为王氏一族的希望，王悦承载着王导的殷殷期许，是毫无疑问的。这也是王导异常悲伤的原因。

本来，这一则文字可以入书中的伤逝门，却编进了德行门，编写者大概还是想表彰王导长子的德行。有的故事，排入若干不同的类别均似无不可，但类别的选定可以看出编写者的侧重点在哪里。

又，《世说新语》俭啬门第七则记王导的一段逸闻，涉及王悦，可以参看："王丞相俭节，帐下甘果，盈溢不散。涉春烂败，都督白之，公令舍去。曰：'慎不可令大郎知。'"王导节俭，其长子王悦比之更甚，连腐烂了的水果也舍不得扔掉。此事发生时，王悦还在世，故王导在不得不将入春后已经腐烂不堪的水果扔掉时特别嘱咐要瞒着王悦。

再有，《世说新语》排调门第十六则记王导与王悦下棋的趣闻："王长豫幼便和令，丞相爱恣甚笃。每共围棋，丞相欲举行，长豫按指不听。丞相笑曰：'讵得尔？相与似有瓜葛（按：此处的"瓜葛"指有关系但不密切）。'"大意为：王悦从小就性格温和、乖巧，王导特别喜欢他。可有一条，下围棋时，每当王导落子后重又想拿起（当时的用语为"举行"），准备悔棋，王悦会按住父亲的手指，不让父亲耍赖，弄得王导哈哈大笑，说："哪能这么认真，好像我俩不是亲父子似的，活像远房亲戚呢。"虽是玩笑话，但可见王悦为人淳朴，拒绝摆弄心计；同时，说明王悦下棋的功力不浅，乃至于王导有时要悔棋。

此外，《世说新语》容止门第二十五则与王导次子王恬有关，从中大致可以知道王导不喜欢这个儿子的原因："王敬豫有美形，问讯王公。王公抚其肩曰：'阿奴，恨才不称！'"大意是：王恬外在的仪表颇见风度，某次向父亲请安，王导抚摸着他的后背说："阿奴，可惜的是你的外貌跟你的才干不相称啊！"意即王恬不够内秀，才不称貌。

附带提一下王恬的生母雷氏，《世说新语》惑溺门第七则："王丞相有幸妾姓雷，颇预政事纳货。蔡公谓之'雷尚书'。"刘孝标注引《语林》说：王恬是雷氏所出。这位雷氏，爱财贪货，还介入王导的政事，是一个厉害的角色，故蔡公（蔡谟）称之为"雷尚书"，是王导家的"编外官员"。

2 过江诸人①，每至美日②，辄相邀新亭③，藉卉④饮宴。周侯中坐而叹曰："风景不殊，正自有山河之异！"皆相视流泪。唯王丞相愀然变色曰："当共戮力王室，克复神州，何至作楚囚相对⑤？"（言语31）

释义

①过江诸人：此特指若干从京师洛阳南渡江东的权贵。

②美日：泛指吉日良辰。
③新亭：旧址在建康（今南京）西南方，临近江渚，景色秀丽。是三国时吴国的一个观景胜地。
④藉（jiè）卉：铺上草垫而坐。藉，指平铺一些东西而坐。卉，草。
⑤作楚囚相对：做出与春秋时被囚禁在晋国的楚国伶人钟仪相对举的事情。语出《左传·成公九年》。

释读

北方的权贵渡江来到南方后，每每在吉日良辰，大家相约，一起到建康西南方的新亭观赏山光水色，铺好草垫，坐在江边，边饮宴，边聊天。周颛坐在众人之间，忽发感叹道："这里也有山有水，山山水水就是山山水水，似无区别；可眼前的山河，哪里是北方的山、北方的河啊！"众人听后，多有共鸣，你看着我，我看着你，不禁悲从中来，眼含热泪。唯有王导一人，脸色一沉，机敏地说："我们这些离开了北方的人，更应当同心协力，扶助王室，收复失地，回归神州一统，何至于像春秋时被囚禁在晋国的钟仪那样以怀念昔日的时光来度日呢！"

这是《世说新语》里最著名的故事之一，只要是选本，每每不会漏选。

然而，这一段文字有两个难点，一个是"山河"，一个是"楚囚"。相当难解，也容易解错。

先说"山河"。有学者注意到《资治通鉴》卷八七记周颛的话为："风景不殊，举目有江河之异！""山河"二字作"江河"，一字之差，意义有别。元胡三省在《资治通鉴注》里写

世说新语别裁详解

◎ 东晋名士 ◎

道:"言洛都游宴多在河滨,而新亭临江渚也。"河滨,即黄河边上;江渚,即长江边上。所谓"举目有江河之异","江"与"河"都是实指,分别指长江和黄河。认为"江河"比"山河"更为贴切,而"山河"乃是泛指,不够精准。

不过,我们认为,《世说新语》早出,《资治通鉴》晚成,在如今看不到"江河"二字出处的前提下(不排除人为改动的可能性),还是以《世说新语》的"山河"为准,比较妥当。

况且,"山河"二字是说得通的。回到周𫖮说话的语境上来,一开头说的是"风景不殊",明明是南方独特的明媚秀丽的风景(尤其是新亭一带),怎么会说成是与北方"风景不殊"呢?周𫖮还不至于没有美感差别之意识。其实,这里"风景"二字,显然是指眼前的山水而言,强调这里也有山有水,山山水水就是山山水水,就这一点来说,似乎并无多大差别。而下一句"正自有山河之异",倒是指北方的"山河"与南方的"山河"很不一样,不仅是水(不管是黄河还是长江)不一样,山(不管是洛阳周边的山还是建康周边的山)也不一样。还有一层意思,即回忆北方的山水,我是主;面对南方的山水,我是客,所谓"正自有山河之异"的"异",深层次的意思正是主客之辨,即发生了身份认同之差异。请注意,"正自有山河之异"是一个全称判断,不可能只看水而不见山。可知周𫖮的话是有内在逻辑的。而《资治通鉴》的"举目有江河之异",明显是将"山"漏掉了,反为不妥。

再说"楚囚"。王导与王敦一样,都熟读《左传》。他随口说出的"楚囚",典出《左传·成公九年》。不少学者一见"楚囚"二字,就联想到"饮泣""悲泣无计""处境窘迫"等,可是,如果返回《左传》的具体语境,根本没有这些意思。所谓

"楚囚"，专指楚国伶人钟仪，他尽管被囚禁在晋国，但是，并无"饮泣"之类的细节，与晋侯交谈，从容自如，也得到晋侯的敬重；范文子盛赞钟仪"不背本，不忘旧"，劝说晋侯送他返回楚国，结果是"公从之，重为之礼，使归求成（求晋楚之和好）"。钟仪的处境终究还是很不错的。

王导引用"楚囚"典故，其焦点在于：钟仪作为楚国的伶人，在晋侯面前"操南音"，回顾楚君做太子时的事情，于是得到晋侯的同情和礼遇。王导眼中的"楚囚"，依据原典的语境，无非是说，作为南方人，钟仪念念不忘昔日往事，仅此而已。王导的所谓"作楚囚相对"，是指南渡的北方人正像春秋时被囚禁在晋国的钟仪那样以怀念昔日时光度日；南人在北方，北人在南方，一南一北，可以互相对举了，这才是"作楚囚相对"的意思。

其实，《左传·成公九年》里的"楚囚"并无悲哭之态，可是，有的学者解释为"怎能像囚徒似的相对垂泪一筹莫展呢"（张万起等《世说新语译注》，中华书局，2009年，第76页），或者是"何至于像楚囚那样相对哭泣呢"（朱碧莲《世说新语详解》，上海古籍出版社，2013年，第55页），或者是"哪里至于像楚国囚徒般相对饮泣"（毛德富等译注《世说新语》，中州古籍出版社，2017年，第46页），或者是"哪至于像囚徒一样相对垂泪、一筹莫展"（董志翘等《世说新语笺注》，江苏人民出版社，2019年，第99页）。

还请注意，"楚囚"在原典里是单数，只有一个，不是若干个，如果将"楚囚相对"解释为"像囚徒一样相对垂泪、一筹莫展"，完全是脱离了原义，是承上文"皆相视流泪"而想当然的结果，不符合王导的意思。王导的意思仅仅是，你们不必像钟仪那样活在往昔，应当活在当下，放眼未来，以回归神州一统为己任。

王导针对的是周𫖮的那番话，不是针对众人"相视流泪"。其言外之意是，大家现在都在南方了，那就在南方先干出一番事业来，一步一步发展，才会有返回北方的一天。若是终日摆脱不了自己的北方情结，就好像钟仪摆脱不了他的南方情结一样，既于己无益，又于事无补，何必呢！

其实，当时聚集在新亭的人，都是南下的权贵，正在自由自在地饮宴，王导怎么会将他们比拟为"楚囚"呢？可以说，王导绝无此意。"楚囚"云云，仅仅是钟仪其人的代称，不是泛指。若将"作楚囚相对"的内涵弄清楚，就不至于产生误解了。

王导说话是很讲究艺术的，他的话含蓄委婉、富有学养，也不失机趣。置身新亭的人，都熟悉《左传》的故事，听得此言，当会不以为忤，而有所自励。

3 温峤初为刘琨①使来过江。于时江左营建始尔②，纲纪未举③。温新至，深有诸虑。既诣王丞相，陈主上幽越④，社稷焚灭，山陵夷毁之酷，有黍离之痛⑤。温忠慨深烈，言与泗俱⑥，丞相亦与之对泣。叙情既毕，便深自陈结⑦，丞相亦厚相酬纳⑧。既出，欢然言曰："江左自有管夷吾⑨，此复何忧？"（言语36）

释义

①刘琨：字越石（270—318），西晋中山魏昌（今河北无

极）人。西晋末年任并州刺史，整顿军政，抗击异族入侵，在北方颇有威望。后为幽州刺史、鲜卑人段匹磾所害。

②始尔：刚刚开始。

③纲纪未举：指东晋政权建立之初，政治秩序尚未走上正轨。

④陈主上幽越：陈述西晋末代皇帝（晋愍帝司马邺）被俘虏、被迁离之事。幽越，指晋愍帝失国后，被虏至平阳（今山西临汾），成为被幽禁之人。温峤建武元年（317）六月南渡时，晋愍帝尚在世；同年十二月，晋愍帝遇害于平阳（参阅《资治通鉴》卷九〇）。

⑤黍离之痛：意为失国之痛。黍离，原为《诗经·王风》的篇名，其意象是故国的宫室和宗庙，已然荒废，满目稷黍，一片悲凉。

⑥言与泗俱：说着说着，眼泪鼻涕俱下。泗，原指鼻涕，此处是"涕泗"的省称。

⑦深自陈结：结为知交。

⑧厚相酬纳：深情接纳、热情款待。

⑨管夷吾：即管仲（名夷吾），春秋初年政治家，辅助齐桓公，使齐国强盛起来，齐桓公也成为春秋时期的第一个霸主。

释读

温峤以刘琨使者的身份渡江南下，来到建康。当时，江东一带的营建工程才刚刚开始，政治秩序尚未走上正轨。温峤初来乍到，对南方毫无了解，内心有诸般忧虑。他谒见王导，讲述晋愍帝失国被虏、迁离京师、幽禁于山西平阳等一系列发生在北方的家国巨变，深感社稷毁灭、山河破碎，悲诉故国沦落、宗庙荒凉,慨然有黍离之痛。温峤悲慨深切,忠心耿耿,说着说着,眼泪鼻涕一起流下,王导听着听着,也不禁悲从中来,与温峤四目相对,泣不成声。两人互换南北方信息,该说的已然说过,互有了解,心相契合。温峤与王导坦诚相对,结为知交;王导也深情接纳、热情款待。告辞之后,温峤走出王府,之前的满腹忧愁一扫而空,高兴地说道:"原来江东已有一个管仲了,我还忧愁什么呢?"

刘孝标注引《语林》曰:"初温(峤)奉使劝进,晋王(司马睿)大集宾客见之。温公始入,姿形甚陋,合坐尽惊。既坐,陈说九服分崩,皇室弛绝,晋王君臣莫不歔欷。及言天下不可以无主,闻者莫不踊跃,植发穿冠。王丞相深相付托。温公既见丞相,便游乐不住,曰:'既见管仲,天下事无复忧。'"原来,温峤南渡的目的是代刘琨劝晋王司马睿登上大位,即"奉使劝进";其时,西晋的末代皇帝晋愍帝虽然还在世,但是,整个西晋皇朝已经名实俱亡,这是刘琨派温峤渡江劝进的背景。温峤刚到建康,"姿形甚陋,合坐尽惊",可以知道是仓皇南下,形容委顿,见到他那种颠沛流离的样子,众人也有点不相信自己的眼睛。温峤说了很多话,最重要的一句是"天下不可以无主",这就是劝进的核心话题。

温峤见过司马睿等人之后,专程拜访王导。他刚从北方南来,眼前所见,都是百废待兴的景象,心里很不踏实;北方已经不成样子,没想到南方竟然也像个烂摊子,心都凉了,这是"温新至,深有诸虑"的心理现实。他是带着沉重的心情去见王导的。

温、王相见,互换南北信息之后,温峤终于放下疑虑,而对新兴的东晋政权抱有信心。这是一个戏剧性的转变。王导大概对温峤陈述了治国理政的思路和做法,得到了温峤的真心认可,这才有"江左自有管夷吾,此复何忧"的赞叹。

在温峤看来,王导是东晋政权的灵魂人物。有了王导,等于春秋时齐国拥有了管仲。这可以帮助我们从一个侧面了解"王与马,共天下"的内涵。王导于东晋政权的重要性是不言而喻的。

这是东晋政权始创阶段的一个小故事,有一种难得的在场感。获得在场感,是读《世说新语》比读正史来得更为有趣的原因。

4 王丞相拜扬州①,宾客数百人并加沾接②,人人有说色③。唯有临海④一客姓任及数胡人⑤为未洽⑥,公因便还到过任边云:"君出,临海便无复人⑦。"任大喜说。因过胡人前弹指⑧云:"兰阇⑨,兰阇。"群胡同笑,四坐并欢。(政事12)

释义

①拜扬州:官拜扬州刺史的省称。

②并加沾接:一个一个地寒暄问候。沾接,此指初次见面逐一打招呼。

③说色:同"悦色"。说,通"悦"。

④临海:地名,其治所在今浙江临海。

⑤胡人:西域少数民族人士。

⑥未洽:表情显得不太融洽。

⑦无复人:再无第二人选。

⑧弹指:捻指作声。这是佛教风习,面对西域佛教人士表

示亲近感。

⑨兰阇（shé）：梵语ranja的记音，意为带有敬意的问候。

释读

王导官拜扬州刺史，刚上任不久，招待各方宾客多达数百人，王导亲切热情，逐一问候，大家脸上都泛起了喜悦神色。可有一位从临海郡来的姓任的客人，以及几位西域人士，表情却显然不太融洽，王导趁便利之机故意从任姓客人的身边走过，跟他说："您一出来，临海郡再无第二人可以跟您相比了。"听得此言，任姓客人开怀大笑。顺便来到西域人士面前，只见王导捻指作声，说道："兰阇，兰阇。"那几位西域人士一听，大为会意，也跟任姓客人一样笑了起来，在座众人，无一不欢，满场欢声笑语。

可以想象，这是一个热闹场面。王导上任扬州刺史，首场大型见面会取得巨大成功。王导此前做丞相军谘祭酒，而扬州刺史是一个实权很大的职位，也是王导积累地方从政经验的大好机会。可以看出，他事前做了不少功课，到会的人有什么背景、出身何地等，他都有所了解，力求在数百人面前展示自己的亲和力，以便融入其中，取得信任，为接下来的中兴大业打下良好基础。

王导十分机敏，善于察言观色，谁人稍有异样，马上尽收眼底，及时应对，巧于化解，而又做到因人而异，恰到好处。他除了是一位政治家，还是身段柔软、风度翩翩的社交高手，知识面很宽，模仿力很强，口才了得，神态自若。刘孝标注引《晋阳秋》曰："王导接诱应会，少有忤者。虽疏交常宾，一见多输写款诚，自谓为导所遇，同之旧昵。"哪怕是"疏交常宾"，即关系

379

本来疏远的人或普普通通没有什么地位的人，也会为王导的亲和力所感染而与之坦诚相交，见过面之后，就如老朋友一样。

置身江南，不分贵贱，诚意相待，身居高位如王导者，不是轻易可以做得到的。

《世说新语》排调门第十三则记王导积极融入江南生活的一个细节："刘真长始见王丞相，时盛暑之月，丞相以腹熨弹棋局，曰：'何乃渹！'刘既出，人问：'见王公云何？'刘曰：'未见他异，唯闻作吴语耳。'"刘孝标注曰："吴人以冷为渹（qìng）。"刘真长，即刘惔（字真长），晋沛国相县（今安徽淮北濉溪）人，是王导器重的官员，更是晋明帝的驸马。这个故事说，他去见王导，时值盛夏，王导光着上身躺着，在自己的肚皮上摆放棋子，棋子紧贴肚皮，还不时翻动，获取丝丝凉意，这就是"以腹熨弹棋局"；见到刘惔进来，学着用吴语说"何乃渹"，表达"多凉快"之意。这与"因过胡人前弹指云：'兰阇，兰阇。'"有异曲同工之妙。

5 王丞相初在江左，欲结援①吴人，请婚陆太尉②。对③曰："培塿④无松柏，薰莸⑤不同器。玩虽不才，义不为乱伦之始。"（方正24）

释义

①结援：意为期待结交而获得援助。

②请婚陆太尉：请求与陆太尉结为亲家。陆太尉，即陆玩，晋吴郡吴县（今江苏苏州）人，在江东素有名望；官至司空，死后赠太尉，故称。

③对：回答。
④培（pǒu）塿（lǒu）：小山丘。
⑤薰莸（yóu）：薰，香草。莸，臭草。

释读

王导在江东施政的早期，意图多结交当地吴人，求取南方土著的支持，其中的一个举动是请求与素有名望的陆玩结为亲家。没想到，陆玩如此回应："高大参天的松柏不会长在小山丘之上，芬芳馥郁的香草不会跟臭草放在同一器皿之中。我陆玩虽然不才，无论如何也不会开乱伦这个头。"

在陆玩心目中，南方人不可轻易与北方人通婚，否则，就是乱伦。可见"南北之别"是当时吴人的顽固观念。

在江东这块土地，南方人本是主人；北方人南渡来到这个地方，只是客居。在三国时代，东吴本是一国，雄踞江南，民丰物阜，陆玩等吴人向来有其优越感，而对于北方人天然有抵触情绪。

作为主政者，王导感到头疼的事情之一就是南方人头脑中的"南北之别"。这一观念不消除，施政难以推进。他放下身段，以柔软的姿态结交吴人，是一种政治手腕，也是一个政权在地化的策略。哪怕很艰难，也一定要去做。

这个事例，说明王导是会碰钉子的。此乃东晋政权开局故事中的小插曲。而东晋终究建立起"王与马，共天下"的格局，王导要花费多少心血，经受多少闲气，遭遇多少麻烦，也就可想而知了。

6. 陆太尉诣王丞相咨事①，过后辄翻异②。王公怪其如此，后以问陆。陆曰："公长民短③，临时不知所言，既后觉其不可耳。"（政事13）

释义

①咨事：商议。

②翻异：改变主意。

③公长民短：意为您地位高，我地位低。公，指王导；民，是陆玩自指，是谦辞。

释读

有一次，陆玩找王导商议事情，已经定好了，没想到过后陆玩一下子改变了主意。王导觉得很奇怪，不可理解，及后，两人见面，王导提起此事，问其原因。陆玩答道："您地位高，我地位低，当时我在您面前很紧张，不知道到底说了什么，过后才觉得不可以那样做。"

尽管王导在江东自觉地放低身段，善意交往，可是，不是所有的本土人士都会买他的账，陆玩就是其中一个。

其实，所谓"公长民短"云云，只是假话，陆玩真实的想法我们不得而知，但是，他对王导还是有戒心，不太信任，具体到在一些事情的做法上，他们还产生了矛盾。"翻异"一词，表达出事态比较严重，估计陆玩后来回到家里算来算去，觉得划不来，干脆将此前达成的东西推翻了。

这个小故事，说明王导在江东开展工作，可用一个字来形容，就是"难"。尤其在南北人士的交往方面，在利益的磨合方面，在思维方式的碰撞方面，等等，都发生了不少的问题。

7 顾司空①未知名,诣②王丞相。丞相小极③,对之疲睡④。顾思所以叩会之⑤,因谓同坐曰:"昔每闻元公⑥道公协赞中宗⑦,保全江表⑧,体小不安⑨,令人喘息⑩。"丞相因觉,谓顾曰:"此子珪璋特达⑪,机警有锋⑫。"(言语33)

释义

①顾司空:顾和(288—351),字君孝,晋吴郡吴县(今江苏苏州)人。其祖父顾相,官至晋临海太守。顾和立朝刚正,不畏权贵,官至左光禄大夫,仪同三司。死后追赠司空,故称。

②诣:拜访。

③小极:稍感疲倦。极,劳累,疲倦。

④疲睡:打起瞌睡来,打盹儿。

⑤叩会之:意为谦卑地引出话题,不至于使在座的其他人感到尴尬。

⑥元公:即顾荣,字彦先,晋吴郡吴县(今江苏苏州)人。是顾和的同宗前辈。顾荣的祖父顾雍曾任吴丞相,其家族在江东享有名望和权势,是王导南渡后力争的拉拢对象。顾荣死后,谥号"元",故称。

⑦协赞中宗:协助扶持晋元帝司马睿。中宗,是晋元帝的庙号。

⑧江表:即江南。从中原看去,在长江之外,是为"江表"。

⑨体小不安:身体稍有不佳。小,通"稍"。

⑩喘息:紧张状,转义为不安、担心。

⑪珪璋特达:意为赋有异秉的人才。珪璋,玉器,代指人才。特达,突出的。

⑫机警有锋：意为机警得体，秀逸英挺。有锋，有锋芒，此处转义为英挺。

释读

顾和还没出名时，一次，去拜访王导。当时，王导稍感疲倦，面对着顾和打起瞌睡来了。在场的还有别人，顾和转动脑筋，想着引出什么话题来不至于使在座的其他人感到尴尬，于是就对同坐的人悄声说："以前，每每听到我们家元公称道王公，说他协助扶持晋元帝，保全了我们江东一带的利益，费心劳力。王公身体稍有不佳，都会令人不安。"王导似睡非睡，听到顾和的话，醒了过来，对顾和说："你这孩子，真是赋有异秉的人才啊，机警得体，秀逸英挺。"

刘孝标注引《顾和别传》，略曰："（顾）和字君孝，吴郡人。和总角知名，族人顾荣雅相器爱，曰：'此吾家之骐骥也，必振衰族。'累迁尚书令。"可知江东大名士顾荣，作为族叔，早就器重顾氏家族的后辈顾和，在其尚未成年的时候就视之为"吾家之骐骥"，并将振兴家族的大任寄托在顾和身上。从顾和的话中可以得悉顾荣经常在家人聚会的场合提起王导，说他的政绩和贡献，并对北方人王导在江南的举措表示赞赏和感激。顾和听了不少，记在心里。

王导善于团结江南人物，对顾氏一族格外重视，原因是，顾氏是江东大族，具有不可小觑的号召力；顾氏归服，对于提升东晋政权在江东地域的认可度大有好处，便于逐步巩固皇朝的权力。

顾和小小年纪，尚未出名，就可以进出王导的府邸，这是一种特殊待遇。最初的考虑无疑是要从小培养忠诚于东晋皇朝的顾氏后人。而不经意间，王导发现顾和的确是一个人才，就更加喜欢他了。

据《晋书·顾和传》，顾和之所以出名，契机就是这一次的叩会。王导对他的品评，成为顾和进入东晋官场的许可证。其后，在跟随王导理政的过程中，王导发现顾和很能理解自己的为政风格和特点，对他就更为信任了。

《世说新语》雅量门第二十二则记顾和出任时为扬州刺史的王导的从事，即幕僚，与周𫖮有过交集，给周𫖮留下很深、很好的印象；周𫖮后来见到王导，说你的身边有一个难得的人才。可见顾和的确不同凡响。

又，《世说新语》规箴门第十五则记顾和与王导的一段对话："王丞相为扬州，遣八部从事之职（按：之职，意为到职）。顾和时为下传（按：下传，按察下属的官吏）还，同时俱见。诸从事各奏二千石官长得失，至和独无言。王问顾曰：'卿何所闻？'答曰：'明公作辅，宁使网漏吞舟，何缘采听风闻，以为察察之政？'丞相咨嗟称佳，诸从事自视缺然也。"这也是发生在王导出任扬州刺史期间的事情。所谓"二千石官长"，指的是郎将、郡守这一层级的官员（享受"二千石"俸禄），王导要诸位从事去考察他们的工作得失。其他从事均如实汇报，唯有顾和一言不发。王导察觉有异，追问顾和有何见闻，顾和深知王导的施政风格是"无为而治"，以"网漏吞舟"即法网疏阔来回应，表示不宜事事追究以示"察察之政"。王导听后，大为赞赏，而那些积极"采听风闻"的同僚反而显得尴尬。作为南方人的顾和，如此熟悉王导，如此认同王导的施政理念，大概跟他的同族前辈顾荣一样，明白王导在江南没有施行"察察之政"是顾及江南人的利益，是一种收买人心的手段。睁一只眼闭一只眼,"宁使网漏吞舟"也不要引起反感,只要江南人归附东晋政权,就是成功。

可以说,王导启用顾和,与顾和等江南人士结为同盟,是东晋政权能够立足的关键举措。王导发现顾和,重用顾和,除了通常意义的爱惜人才之外,还有一重用意,就是大胆启用南方人以求缓和北方人与南方人的矛盾,方便施政,事半功倍。这是王导的精明之处。故而,刘孝标注引邓粲《晋纪》,其中有一句话特别醒目:"晋中兴之功,(王)导实居其首。"实在是可圈可点。

8 王蓝田①为人晚成,时人乃谓之痴②。王丞相以其东海子③,辟为掾④。常集聚,王公每发言,众人竞赞之。述于末坐曰:"主⑤非尧、舜,何得事事皆是?"丞相甚相叹赏。(赏誉62)

|| 释义

①王蓝田:即王述(303—368),字怀祖,东晋太原晋阳(今山西太原)人,官至尚书令;袭封蓝田侯,故称。

②痴:此处意为与常人有异。《晋书·王述传》记他在一班俊彦面前毫无表现,"处之恬如";年已三十,尚未知名,"人或谓之痴"。所谓"痴",指不求闻达,成名较迟,颇欠表现。

③东海子:意为王承之子。王承,是中朝名士之一,曾任东海太守,故称其子王述为"东海子"。

④辟为掾:任命为属官。

⑤主:此处意为长官(主事)。是从事对主事的省称。

释读

王述并非早熟之人，不求闻达，颇欠表现，成名较迟，当时的人说他"痴"。王导可不这样看，由于王述是中朝名士东海太守王承的儿子，就任命他为自己的属官。王导经常将属官们聚集在一起，每当王导说话，众人都说好，争相美言，而陪于末座的王述与众不同，说："长官也不是尧、舜，哪能事事都说得对呢？"王导听后，大为赞赏。

王述不愿意无原则地奉承上司，这或许是人们说他"痴"的理由之一，转换成如今的说法，就是不会做或不识趣。相比之下，那些迫不及待为上司喝彩的人就显得十分势利和庸劣。难得王导头脑清醒，没有觉得王述的话逆耳，反而是"甚相叹赏"，即当众表扬。这是王导作为一位有智慧的政治家所表现出来的度量和胸襟。

无独有偶，可资比较的是另一位人物，即王导也十分欣赏的何充，同样是一个极端厌恶说假话的人。何充在做王导的从事之前本是王敦的主簿，《世说新语》方正门第二十八则记王敦的兄长王含做庐江郡太守，"贪浊狼藉"，官声极差，而王敦睁眼说瞎话，当众说自己的兄长做官做得很好，口碑甚佳，"庐江人士咸称之"，云云。何充在现场，身为王敦的主簿，却敢于当面反驳自己的上司："（何）充即庐江人，所闻异于此！"此话一出，王敦当即哑口无言，十分难堪。在场的其他人都替何充捏一把冷汗，而何充"神意自若"，晏然处之。何充因此得罪了王敦，被降职，后来反而得到王导的重用。

王导深通世故，知道官场里盛行假话，故而不为种种美言所迷惑，这是他的可贵之处。他器重何充，也重用王述，看中的就是他们身上正直方刚的品格。

关于王述，还有一个相关的故事，《世说新语》品藻门第二十三则："王丞相辟王蓝田为掾，庾公问丞相：'蓝田何似？'王曰：'真独简贵，不减父祖；然旷澹处故当不如尔。'"王导提拔王述做属官的时候，庾亮不大了解王述，就问其人如何，王导的评价是"真独简贵"，看来这是王导用人的一个相当重要的指标，即要有独立思考的精神，说真话不讲假话，不会人云亦云；同时，分析问题能一语中的，要言不烦；还要自尊自重，有骨气，无媚态。当然，王导也看出王述有其缺点，即不够"旷澹"，为人太直，狷介而欠圆通，这些方面就不如他的父亲王承（据《晋书·王承传》记载，王承"推诚接物，尽弘恕之理"，请参阅本书"中朝名士"部分），也不如其祖父王湛（据《晋书·王湛传》记载，王湛宽宏大量，为人处世，颇似山涛）。

王导重用王述，除了王述本人的品格、能力等因素之外，还要看到，其用人策略是讲究平衡的，一方面着意重用南方人如顾和等，另一方面，也不忽视北方人如王述等。真正的政治家，是玩各种平衡的高手。

9 周镇①罢临川郡②还都③，未及上，住泊青溪渚④，王丞相往看之。时夏月，暴雨卒⑤至，舫至狭小，而又大漏，殆无复坐处。王曰："胡威⑥之清，何以过此！"即启用为吴兴郡⑦。（德行27）

释义

①周镇：字康时，东晋陈留尉氏（今属河南）人。为官以

"清约寡欲"著称。先后任临川郡、吴兴郡太守。

②临川郡：此处为"临川郡太守"的省称。周镇被罢免此职。临川郡，治所在南城（今江西抚州临川）。

③还都：返还京师（建康）。

④青溪渚：地名，在建康附近。

⑤卒（cù）：通"猝"，忽然。

⑥胡威：字伯武，西晋淮南寿春（今安徽六安寿县）人。继承其父胡质的清廉家风，深得晋武帝的赏识。官至青州刺史。其事迹入《晋书·良吏传》。

⑦吴兴郡：此处为"吴兴郡太守"的省称。周镇得到王导赏识，任此职。吴兴郡，治所在乌程（今浙江湖州）。

释读

周镇被罢免临川郡太守一职，返还京都，走水路，还没有上岸，停靠在离建康不远的青溪渚。王导闻讯，前往探视。此时正值夏日，暴雨骤至，而周镇的船过于狭小，船篷洞穿，漏雨不止，避无可避，连坐的地儿也没有了。一位太守，其船竟然如此狭小，如此残破，王导感慨道："晋武帝时的胡威，以清廉著称，可哪里比得上周镇啊！"于是，立刻委任周镇为吴兴郡太守。

周镇为何被罢免临川郡太守，史无明文，不得而知；但是，从王导的举动看，其间必有故事，否则位高权重的王导何以要亲自到青溪渚来迎接被免职的周镇呢？其中内情，王导必已知悉，心里有所不安，故而才有"王丞相往看之"的情节。

王导与周镇的交情如何，无从得知；可是，王导立刻将被免职的周镇任命为吴兴郡太守，并非出于私情，而是出自公

世说新语别裁详解

东晋名士

意。何以见得？查阅《晋书·王导传》，可知东晋政权建立之后，"帑藏空竭"，即国库空空如也，王导为之心焦，厉行节约，以身作则，连朝服也做简约化处理，为的就是省钱。故此，王导目睹周镇十分清廉，如此清官，正是求之不得，何不以之为榜样，在官场掀起一股清廉之风呢？

周镇刚被免职，旋被任命，此事一定在东晋的官场引起震动。任免职务，本属平常，可是，一个刚被撤职的人立马又受到重用，原因是清廉，这个信号顿时无限放大，定然效果显著。王导作为政治家的手腕，于此可见一斑。

10 元帝正会①，引王丞相登御床②，王公固辞，中宗③引之弥苦④。王公曰："使太阳与万物同晖，臣下何以瞻仰？"（宠礼1）

释义

①正（zhēng）会：正月初一会见群臣。

②御床：代指皇位。床，是坐具。

③中宗：晋元帝的庙号。

④引之弥苦：指晋元帝拉着王导的手愈加恳求他坐上御床。

释读

晋元帝于正月初一会见群臣，拉着王导的手让他同坐御床。王导执意推辞，而元帝硬是拉着王导不放手，愈加恳求他坐上御床。王导只好对元帝说："要是让太阳和万物一起都发光

世说新语别裁详解

东晋名士

发热，臣下怎么能够瞻仰到太阳呢？"

刘孝标注引《中兴书》曰："元帝登尊号，百官陪位，诏王导升御坐，固辞然后止。"记的是同一件事情，可时间有别。《中兴书》说的是"元帝登尊号"，即正式登基之际，而《世说新语》说的是"元帝正会"，即新正初一。依照常理，似以后者的说法较为可信。因为皇帝登基，名义上还是司马氏的天下，仪式庄严隆重，不太可能出现"引王丞相登御床"之事。《晋书·王导传》亦记此事，依据的是《中兴书》，疑有失察之处。

不管如何，这件事情流传甚广，是"王与马，共天下"的一个具有象征性的场景。尽管王导没那么傻真的坐上去，可晋元帝的举动似乎也不是想试探王导，他借这个场合表达对王导的敬重，所以才会出现"中宗引之弥苦"的细节。

联系温峤初到江南时听到王导的治国理政观念，由衷地赞叹王导是当代管仲，并对东晋政权产生了信心，可知王导的存在对于东晋王朝而言是十分独特的，具有举足轻重的作用。从这一角度看晋元帝"引王丞相登御床"的惊世之举，也就不会觉得过于戏剧性了。

《晋书·王导传》记王导对王敦说过的一番话，其中有一句是不可忽略的："琅邪王（司马睿）仁德虽厚，而名论犹轻。""名论犹轻"正是日后的晋元帝的短板之一。有鉴于此，王导及时安排、导演出一场众星拱月式的街头表演，让司马睿在江南名士面前显露威仪，而王导、王敦及诸多南渡名士随扈，"吴人纪瞻、顾荣，皆江南之望，窃觇之，见其如此，咸惊惧，乃相率拜于道左"。王导亲自策划的这场表演大获成功，而当初他在恳求王敦加入表演时是这样说的："兄威风已振，宜有以匡济者。"这才是表演成功的秘密所在。不要忘记，王敦除了手中有军队之外，他还有一个响当当的名头：西晋开国皇帝晋武帝的驸马！

《晋书·元帝纪》有一段文字，可借以说明"王与马，共天下"的基础是如何形成的："永嘉初，用王导计，始镇建邺，以顾荣为军司马，贺循为参佐，王敦、王导、周顗、刁协为腹心股肱，宾礼名贤，存问风俗，江东归心焉。"身为北方人，置身江东，时值西晋的末年，不能没有属于自己的根基，不能失去当地人尤其是名贤的归心和协助，不能不懂江东的风俗，这一切，均出自王导之计。司马睿内心明白自己是怎样上位做了皇帝的，如果没有王导、王敦这样的人物扶持，在"五马渡江"的背景下，"五马"都是司马氏的后代，都具备上位的法统。

《晋书·王导传》还记载王导与司马睿交情极深，二人识于微时，"素相亲善"；司马睿对王导"雅相器重，契同友执"。《世说新语》规箴门第十一则记载了一个小故事，可以了解二人关系之特殊性："元帝过江犹好酒，王茂弘与帝有旧，常流涕谏。帝许之，命酌酒一酣，从是遂断。"为了劝司马睿戒酒，王导乃至于要"常流涕谏"。

这个小故事暗示了一点：司马睿平素在王导面前并不强势，反而，显得强势的是王导。《晋书·元帝纪》中，史官有一句评论："恭俭之德虽充，雄武之量不足。"这是对晋元帝的盖棺论定。"雄武之量不足"的晋元帝需要强势的王导来扶持，于是，我们可以明白，其"引王丞相登御床"的举动，姑且可视为他在特定场合的肢体语言，这一肢体语言出卖了他的内心隐情。晋元帝"引之弥苦"这一重要细节的心理内涵是相当丰富的。

11 周仆射①雍容好仪形，诣王公②，初下车，隐数人③，王公含笑看之。既坐，傲然啸咏④。王公曰："卿欲希⑤嵇、阮⑥邪？"答曰："何敢近舍明公⑦，远希嵇、阮！"（言语40）

释义

①周仆射：即周𫖮，官至尚书左仆射，故称。

②王公：王导。

③隐数人：即隐于数人之间，意为由多人搀扶着才能走动。

④啸咏：长啸和歌咏。长啸，类似于后世的口哨音乐。歌咏，吟唱。

⑤希：本义为希冀，此处转义为效仿、效法。

⑥嵇、阮：嵇康、阮籍，"竹林七贤"里最著名的人物。

⑦明公：对王导的尊称。

释读

周𫖮意态雍容，仪形俊伟，前往王府拜访王导，刚下车的时候，由多人搀扶着才能走动，他又喝醉了。王导笑着让他到里面去。周𫖮落座后，昂首啸咏，颇为自得。王导对他说："阁下是意欲效仿嵇康、阮籍吗？"周𫖮回答："我哪敢舍近求远呢，明公就在身边，何必效仿已经远去的嵇、阮二人？"

刘孝标注引邓粲《晋纪》，其中说："（周）伯仁仪容弘伟，善于俯仰应答。"换言之，周𫖮除了爱喝酒、常喝醉之外，口才了得，善于应对。上面的小故事就是一个例子。

周𫖮与王导的关系，是东晋初年值得关注的事。从这个故事看，周𫖮的确有效法嵇、阮之意，"傲然啸咏"，意态纵横，颇带嵇、阮遗风，所以，王导才会说他"欲希嵇、阮"。王导

二 王导

自然不会说错，他本人也熟知"竹林七贤"的举止，又是清谈家，他眼中的周颛，既喜欢啸咏，又常常喝醉：论神态，情志醺然颇似阮籍再世；论身姿，玉树临风却像嵇康回生。周颛的回应很妙，一句"何敢近舍明公，远希嵇、阮"，将王导的名望提升到与嵇、阮同一层次的高度，表达了对王导的仰慕之意，而一点儿也不肉麻，反倒多了几分风雅。说周颛"善于俯仰应答"，有实例为证，可知此言不虚。

在日常生活中，王导与周颛多有交集，王导有意无意间表示出对周颛的轻视。如《世说新语》排调门第十四则："王公与朝士共饮酒，举琉璃碗谓伯仁曰：'此碗腹殊空，谓之宝器，何邪？'（刘孝标注：以戏周之无能。）答曰：'此碗英英，诚为清彻，所以为宝耳！'"又如排调门第十八则："王丞相枕周伯仁膝，指其腹曰：'卿此中何所有？'答曰：'此中空洞无物，然容卿辈数百人。'"这两段文字有一个共通点，即王导轻视周颛读书不多，腹中无物，而周颛也不甘示弱，表示自己有度量，无城府，堂堂正正，正气凛然。说周颛"善于俯仰应答"，这些也是例子。不过，遗憾的是，王导对周颛还是抱有偏见，并导致了日后的严重误判。

回到上面的故事，仰慕王导的周颛，怎么也想不到，日后遭遇王敦之乱时，王导成了杀害自己的间接凶手！要是王导能够及时劝阻，周颛可能不至于死于非命；正是王导的默然与默许，王敦才下了狠心除掉周颛。曾几何时，周颛在王敦之乱爆发之际，在晋元帝面前冒死救下了王导一族。世事无常，竟一至于此，令人不胜唏嘘！

12 王大将军起事①，丞相兄弟诣阙谢②。周侯深忧诸王③，始入，甚有忧色。丞相呼周侯曰："百口委卿！"周直过不应。既入，苦相存救。既释④，周大说，饮酒。及出，诸王故在门。周曰："今年杀诸贼奴，当取金印如斗大系肘后。"大将军至石头，问丞相曰："周侯可为三公⑤不？"丞相不答。又问："可为尚书令⑥不？"又不应。因云："如此，唯当杀之耳！"复默然。逮周侯被害，丞相后知周侯救己，叹曰："我不杀周侯，周侯由我而死。幽冥⑦中负此人！"（尤悔6）

释义

①王大将军起事：此指王敦（大将军）举兵叛变。

②诣阙（què）谢：到皇宫门外谢罪。阙，皇宫门外左右相对的高耸建筑物。

③诸王：此指王导族人，均姓王。

④既释：此指晋元帝答应周颛不追究王导等人。

⑤三公：即太尉、司徒、司空的合称。

⑥尚书令：尚书省长官，负责政令。

⑦幽冥：即地府。

释读

王敦举兵叛变，王导兄弟到皇宫门外谢罪。周颛对王导一家深怀忧虑，正要步入宫门时，神色异常凝重。王导见到他，隔远呼叫："我们王氏百口人就拜托您了！"周颛没有回应，直入宫内。进入大殿，面对晋元帝，周颛苦苦恳求不要对王导一家动手。终于，晋元帝被周颛说服了，答应宽免，不予追究；周颛内心大为高兴，于是大口喝起酒来。酒后出宫门，见到王导及其家人依然如故，守候在宫门之外。周颛趁着几分酒意对他们说："今年将你们这些贼奴杀了，我就立下大功，斗大的金印就可以系于肘后了。"王敦攻进石头城，见到王导，问他："周颛可否位至三公？"王导没回应。又问："可否做到尚书令？"王导还是没回应。王敦接着说："这样的话，那就只有把他杀了！"王导依然沉默不语。及后，王敦将周颛逮捕、杀害。王导隔了些时候才知道周颛当天在晋元帝面前救了自己全家，悲叹道："周侯虽不是我亲手杀的，可他遇害是因我而起。哪怕到了黄泉之下，我也对不起他啊！"

这是王导故事里最为悲情的一个；周颛之死，是王导一生永远的痛！

《晋书·周颛传》记载，周颛死后，"（王）导后料检中书故事，见（周）颛表救己，殷勤款至。导执表流涕，悲不自胜，告其诸子曰：'吾虽不杀伯仁，伯仁由我而死。幽冥之中，负此良友！'"这就是"丞相后知周侯救己"的内情，有点像古希腊悲剧里的剧情反转，可以想见，王导见到周颛力救自己的档案资料的那一瞬间，其内心的震颤、惊讶和激动，难以言表，充满着巨大的冲击力，所以，才会有"幽冥中负此人"的痛彻心扉之言。

周颛喜欢喝酒，常常一喝就醉，醉后失态是难免的。其人有粗豪的一面，爱开玩笑，所谓"今年杀诸贼奴，当取金印如斗大系肘后"就是一句很不正经的玩笑话；他掩饰不住内心的兴奋，好不容易救下王导一家，很有成就感，却因酒后失言，正话反说，招致王导心生怨恨；王敦动了杀心之时，王导没有拦阻，间接成了杀害对自己有大恩大德的周颛的凶手。周颛与王导，二人产生了严重而致命的心理错位。

不过，王导事后自责是一回事，周颛遇害是另一回事。何以见得？《晋书·周𫖮传》说，王敦早在西晋时期，就与周𫖮不和，那时，周𫖮已经很有声望，而"敦素惮𫖮，每见𫖮辄面热"，可知二人有龃龉之内情。及至东晋政权建立，晋元帝对琅邪王氏有防范戒备之心，于是，刻意扶植自己的势力，如王敦视为眼中钉的刘隗、刁协等就是晋元帝的亲信心腹，《晋书·王导传》有一句话"及刘隗用事，（王）导渐见疏远"，多少说明问题；王敦谋反，就是以清除刘隗、刁协为借口的，那么，周𫖮竟然可以在晋元帝面前救下王导一家，晋元帝与周𫖮的亲密程度可想而知，王敦焉有不除掉周𫖮之理？刘孝标注引虞预《晋书》说："（王）敦克京邑，参军吕漪说敦曰：'周𫖮、戴渊，皆有名望，足以惑众。视近日之言，无惭惧之色，若不除之，役将未歇也。'敦即然之，遂害渊、𫖮。"王敦身边的参军吕漪是一个卑鄙小人，他煽风点火，落井下石，力劝王敦除掉周𫖮和戴渊；就算王导当时加以拦阻，也难免周𫖮成为王敦的刀下之鬼。

但话说回来，王导无论如何在道义上是对不起周𫖮的，他本人也已经意识到了。只能说，这是真正意义上的悲剧，对周𫖮来说，固然如此；对王导而言，何尝不是？

13 旧①云：王丞相过江左，止道②声无哀乐③、养生④、言尽意⑤三理⑥而已。然宛转关生⑦，无所不入。（文学21）

释义

①旧：故老。

②止道：即只道。止，通"只"，仅仅。

③声无哀乐：意为音乐本身没有固定的哀调或乐调。为此，嵇康撰《声无哀乐论》。声，此处专指音声，即音乐。

④养生：以"无为自得"为养生的精要所在。为此，嵇康撰《养生论》。

⑤言尽意：认为语言能够及时反映人对事物的认知，及时表达人的思想感情。为此，西晋欧阳建撰《言尽意论》。

⑥三理：指以上三种理论。

⑦宛转关生：连绵曲折，关联推衍，触类旁通。

释读

一些故老说：王导南渡之后，在江东清谈，话题仅仅限于声无哀乐、养生、言尽意三种理论。可是，在此三种理论框架之内，连绵曲折，关联推衍，触类旁通，什么话题都可以转化并纳入其中。

上述三种理论中，"声无哀乐"与儒家的礼乐论相关，是对《乐记》"声有哀乐"论的修正与反拨。《乐记》说："乱世之音怨以怒，其政乖；亡国之音哀以思，其民困。声音之道，与政通矣。"换言之，《乐记》认为音乐本身具有意识形态色彩，某种"怨以怒"的音乐一定就是"乱世之音"，某种"哀以思"的音乐一定就是"亡国之音"，反映着政治生态的盛衰荣枯。嵇康专门针对这种论调撰写了《声无哀乐论》（见《嵇康集》卷五），他的基本表述是从客观现象出发，指出"殊方异域，歌哭不同，或闻哭（哀）而欢，或听歌（乐）而感"，于是，将"乱世之音怨以怒"之类的绝对主义解释修改为相对主义解释，强调不是"音声有常"，而是相反，即"音声无常"；既然"音声无常"，怎么可以绝对地将某种音乐定义为"哀"，另将某种音乐定义为"乐"？《礼记·问丧篇》有云："悲哀在中，故形变于外。"《乐记》的说法正与此相通。但是，嵇康对此做出了否定判断，重点是说音声本身没有意识形态色彩。如果说，音声是形式，而意识形态色彩是内容，那么，"声无哀乐"话题可以转化为形式与内容的关系问题。

至于养生话题，与老庄哲学尤其是庄子思想相关，来自嵇康的《养生论》。嵇康不慕荣利，远离官场，要是让他出来做官则立刻表示极为反感，其《与山巨源绝交书》（见《嵇康集》卷二）脍炙人口。他在《养生论》里说养生之道在于："清虚静泰，少私寡欲。知名位之伤德，故忽而不营；识厚味之害性，故弃而弗顾。旷然无忧患，寂然无思虑。无为自得，体妙心玄。若此以往，庶可与羡门比寿，王乔争年，何为其无有哉！"（见《嵇康集》卷三）羡门、王乔都是神仙，以此养生，可与仙人一般长寿。我们知道，在魏晋时期，《庄子》是清谈的重要话题，一篇《渔父》足以让清谈家们谈论不休。可是，王导有所不同，他不是直接论《庄子》，而是取《养生论》做话头，可见他对嵇康极其推崇。而养生话题，可以转化为入世与出世的关系问题。

还有"言尽意"，来自欧阳建的《言尽意论》。欧阳建是西晋著名权豪石崇的外甥，其《言尽意论》残篇今见《艺文类聚》卷一九，以及《世说新语》文学门本则的刘孝标注。刘注略引其文曰："夫理得于心，非言不畅。物定于彼，非名不辨。名逐物而迁，言因理而变，不得相与为二矣。苟无其二，言无不尽矣。"大意认为，语言能够及时反映人对事物的认知，及时表达人的思想感情；不管事物如何变化，以及思想感情如何动态发展，语言都能与之匹配，总能表达出来。为此，欧阳建打了一个比方："此犹声发响应，形存影附。"这一话题可以转化为语言与万事万物的关系问题。

概言之，三个话题，表面看似乎很具体，实际上略作转化，均可上升到哲理层面。"然宛转关生，无所不入"，可知王导是善于做这类转化工作的，这也从一个侧面反映出王导的思辨能力和哲理修养。他多所联系，辗转生发，可见是懂得运用发散性思维的。

王导不仅是一位政治家，还是一位清谈家和哲学家。可惜，他的谈论没有录于文本流传下来。

《世说新语》赏誉门第五十九则记王导在家里清谈的一个细节，兹附于此："何次道往丞相许（许，表处所），丞相以麈尾指坐，呼何共坐曰：'来！来！此是君坐。'"何次道，即何充（字次道），为人闲雅，精于佛理，深得王导赏识。何充还是王导妻子曹夫人姐姐的儿子，两人有亲戚关系。王导见到何充，即以麈尾指坐，来一场清谈。可知王导只要遇到适当的对手，每每以清谈为乐事。

14 殷中军①为庾公长史②，下都③，王丞相为之集，桓公、王长史、王蓝田、谢镇西④并在。丞相自起解帐带麈尾⑤，语殷曰："身⑥今日当与君共谈析理⑦。"既共清言，遂达三更。丞相与殷共相往反⑧，其余诸贤，略无所关⑨。既彼我相尽⑩，丞相乃叹曰："向来语⑪，乃竟⑫未知理源所归⑬，至于辞喻不相负⑭。正始之音⑮，正当尔耳！"明旦，桓宣武⑯语人曰："昨夜听殷、王清言甚佳，仁祖亦不寂寞⑰，我亦时复造心⑱，顾看两王掾⑲，辄翼如生母狗馨⑳。"（文学22）

释义

①殷中军：殷浩（？—356），字渊源，东晋陈郡长平（今河南周口）人。著名清谈家。官至中军将军（后被桓温上表废为庶人），故称。

②庾公长史：指做庾亮的长史。庾公，即庾亮，其妹夫是晋明帝，外甥是晋成帝，东晋外戚。长史，属官名，隶属朝廷高官。庾亮为征西将军时重用殷浩。

③下都：到都城建康。下，指沿着长江往下游地区进发。

④桓公、王长史、王蓝田、谢镇西：分别是桓温（官至大司马）、王濛（曾是王导幕僚，后官至司徒左长史）、王述（曾是王导幕僚，后官至尚书令，袭封蓝田侯）、谢尚（谢鲲儿子，字仁祖，官至镇西将军）。

⑤解帐带麈尾：把绑在帐带上的麈尾解下来。麈尾，清谈家手中的器具，兼具拂尘和凉扇的功用，亦有助于清谈时展示肢体语言。

⑥身：即"我"，魏晋口语。

⑦共谈析理：意为一起清谈、辨析玄理。

⑧共相往反：双方就某个清谈话题展开了若干回合的论辩。

⑨略无所关：（其他人）一概无从插嘴。略，一概。

⑩彼我相尽：意为对谈的双方都尽情发挥、尽意表达。

⑪向来语：意为刚刚结束的这场清谈。

⑫竟：动词，完毕，遍及，转义为打通。

⑬理源所归：玄理的渊源脉络。

⑭辞喻不相负：玄学表述与文学比喻恰当匹配，没有出现相悖之处。

⑮正始之音：指何晏、王弼等正始年间的玄学家的言谈。魏晋时期，清谈家都尊"正始之音"为清谈的最高境界。

⑯桓宣武：即桓温，谥号"宣武"。

⑰亦不寂寞：此指谢尚跃跃欲试的神态。

⑱时复造心：此指桓温自述不时听进心里面去了。

⑲两王掾：指王濛、王述，二人当时都是王导的幕僚（掾），故称。

⑳翣（shà）如生母狗馨：正像产仔的母狗那样。翣，很、甚，程度副词。生母狗，产仔的母狗。馨，魏晋口语，表"如此"或"那样"。

释读

殷浩做庾亮的属官，一次，他从外地来到了京师建康，王导闻讯，召集当下一批名士聚会，桓温、王濛、王述、谢尚诸人均在座。王导待大家坐定，起身从大厅帷帐的帐带上解下麈尾，对着殷浩说："今天，我要跟你一起清谈，辨析玄理。"于是，一场清谈就开局了，从大白天一直谈到夜里三更天。王导与殷浩就清谈话题展开了若干回合的论辩，在座诸人，一概无从插嘴。对谈的双方都已然尽情发挥、尽意表达，王导赞叹道："刚刚结束的这场清谈，终于打通了过去尚未理清的玄理的渊源脉络，使得玄学表述与文学比喻恰当匹配，再也没有出现相悖之处了。正始之音，也就是这种水平啊！"第二天早上，桓温对人说："昨天夜里，听着殷浩、王导的清谈，真是过瘾，谢尚听着听着跃跃欲试，连我也不时听进心里面去了；转过头看那两位姓王的幕僚，简直就如产仔的母狗模样。"

王濛也是清谈高手，是一个麈尾常不离手之人（见《晋书·王濛传》）；王述以性情直率著称，是一个急性子（见《晋书·王述传》），这两位个性不同的人物，都被殷、王二人的马拉松式清谈镇住了，"辄翣如生母狗馨"，话虽粗俗，却也描画出他们聚精会神、心无旁骛、专一谛听的样子。

这大概是王导平生最精彩的清谈之一。殷浩与他，可谓棋逢敌手。或许，王导早就期待与殷浩过招，因为殷浩的名气实在很大。《晋书·殷浩传》说："浩识度清远，弱冠有美名，尤善玄言。"他经常跟叔父殷融过招，就口谈而言，叔父没有一次赢过他，"融与浩口谈则辞屈"。殷浩的声名于是传播开来。而为高手的王导，自然不会放过机会，故而，殷浩一到建康，王导就张罗了这一场高峰对决。

我们不知道他们谈论的是什么话题。不过，王导南渡后，清谈话题不出三种：声无哀乐、养生、言尽意（参见《世说新语》文学门第二十一则）。或许，从白天到晚上，这三个话题都谈及了，也说不定。

清谈的一个规矩是"共谈析理"，即某一场的清谈，围绕某个话题，双方互有攻防，有如辩论赛，目的是"析理"。

与之相对应的是"共相往反"，即论争可以有若干回合，但只是在论辩双方之间展开，在场的其他人不得插嘴，即"其余诸贤，略无所关"。

而所谓"析理"，最佳结果是理解玄学理论的相互关联，最后直达"理源所归"；如此则畅然无阻，一通百通。同时，还要辅之以"辞喻不相负"，即既有学理上的表述，又有形象生动的文学性比喻，相辅相成，相得益彰；不然，即为"相负"，就不是清谈的理想效果了。

评判一场清谈是否达到极致，是有标准的，标准就是"彼我相尽"，即双方都畅所欲言，使出看家本领，尽显清谈家风范。

此外，在场的桓温也值得一说。他是东晋历史上的重要人物，虽是反面的，但也绕不开他。他当时只有做听众的份。不过，桓温自我感觉良好，说自己悟性不错，听着殷、王清谈，而"时复造心"。他显然是佩服王导，也佩服殷浩的。可是，在桓温的心目中，清谈是清谈，政治是政治，二者绝不混为一谈。于是，在日后的官场生涯里，殷浩由于站在简文帝的一边，得罪了桓温，极具野心的桓温认为殷浩阻碍了自己谋取大位的进程，找了一个借口将其废为庶人。这件事，殷浩至死也想不通，成了他的心病，没人的时候，默念着"咄咄怪事"；一代清谈高手，在政治上没有多少建树，而遭人排挤打击，竟至于黯然离世。此乃后话。

15 元皇帝①既登阼②，以郑后③之宠，欲舍明帝而立简文。时议者咸谓："舍长立少，既于理非伦，且明帝以聪亮英断，益宜为储副④。"周、王⑤诸公，并苦争恳切。唯刁玄亮⑥独欲奉少主，以阿帝旨⑦。元帝便欲施行，虑诸公不奉诏。于是先唤周侯、丞相入，然后欲出诏付刁。周、王既入，始至阶头，帝逆遣传诏⑧，遏使⑨就东厢⑩。周侯未悟，即却略⑪下阶。丞相披拨传诏⑫，径至御床前曰："不审陛下何以见臣？"帝默然无言，乃探怀中黄纸诏裂掷之。由此皇储始定。周侯方慨然愧叹曰："我常自言胜茂弘，今始知不如也！"（方正23）

释义

①元皇帝：晋元帝司马睿。

②登阼：登基。

③郑后：小名阿春，出身于河南荥阳郑氏，世为冠族；先嫁渤海田氏，守寡，后被司马睿看中，纳为琅邪王夫人。与司马睿生二子一女，其中次子为司马昱（简文帝）。太元十九年（394），孝武帝司马曜追封其为简文宣太后，故称。

④储副：即皇储。

⑤周、王：周顗、王导。

⑥刁玄亮：刁协，字玄亮。晋元帝的宠臣。

⑦以阿（ē）帝旨：逢迎皇帝的意旨。阿，逢迎。

⑧逆遣传诏：皇帝急派太监迎面传诏。逆，迎面挡住。

⑨遏使：强令。

⑩东厢：此指正殿东侧的厢房。

⑪却略：往回走。

⑫披拨传诏：一手推开传诏的太监。

释读

晋元帝司马睿已然登基，宠爱郑阿春，打算废太子司马绍，改立郑阿春所生的小儿子司马昱为太子。当时立即引发异议，大家都说："舍长立少，一来不符合礼法，二来对于太子司马绍而言不公平，太子聪慧开朗、英俊果敢，更适宜做储君。"周顗、王导等大臣，一个个恳切力劝晋元帝收回成命。只有刁协独力吹捧司马昱，说司马昱最适合做少主，以此迎合晋元帝。晋元帝见终于有人出面支持，就想立即施行，可又生怕其他众多的大臣执意反对，于是想出一个办法：先将周顗、王导二人召入，然后把诏书递给刁协，瞬间即可造成既定事实。周颛、王导奉命入宫，已经走到大殿前的台阶之上，此时，晋元帝忽然派太监迎面传诏，强令二人临时转往东厢房。周颛没有反应过来，就转身往回走，步下台阶。而王导见势不妙，迅速一手推开传诏的太监，径直入内，走到晋元帝的御床之前，说："不知陛下有何事要见臣下呢？"只见晋元帝默然无语，将藏于怀中的黄纸诏书抽出，撕裂后扔在地上。从此之后，皇储问题尘埃落定。事后，周颛不无愧疚，感慨道："常常说我胜过茂弘，今日才知远远不如啊！"

这是一段大内秘闻，很有在场感，十分难得。

整个故事，中间的转折点是"帝逆遣传诏，遏使就东厢"。本来，晋元帝的如意算盘是将周颛、王导召入宫中，与刁协早有默契，等周、王进来，刁协宣读诏书，大事就这么定了。可是，为何忽然"帝逆遣传诏，遏使就东厢"呢？其间，估计晋元帝还在犹豫：就算依计行事，可反对的人多，支持的人少，甚至少到只有刁协一人，尽管自己是皇帝，可这是"王与马，共天下"，自己能说了就算吗？"逆遣传诏"，就是迎面挡住周、王二人，让他们临时在东厢房等候，以便给自己争取多一些时间思考；晋元帝底气不足，这是他不得不犹豫的原因。何况，他的决定实在出格，连他本人也未必说服得了自己的内心。我们联系王导进来后"帝默然无言"的情状，就可以进一步明白晋元帝真的不自信，正因为如此，不待王导争辩，他已经自行撕毁写好的诏书了。在反对的人多、支持的人少的情况下，晋元帝没有办法一意孤行，这也是"王与马，共天下"的实情。

不过，不要低估晋元帝的心计。他要改立太子，不仅仅是为了讨好郑阿春,而是要打破王导等人的势力平衡。从种种迹象看,晋元帝不愿意"王与马,共天下"的局面持续下去,他要扶植属于自己、真正忠于自己的势力,刁协是一个,刘隗也是一个(晋元帝重用并听信刘隗、刁协,严重威胁到琅邪王氏的权势,王敦之乱与此有内在的逻辑关联);这还不够,据《晋书·简文宣郑太后传》,原来,郑阿春有四姊妹,她本人居长,二妹嫁给长沙王褒,三妹嫁给刘隗从子刘佣,四妹嫁给汉中李氏,三妹和四妹的婚事都是刘隗操办的;同时,晋元帝特召二妹的丈夫王褒为尚书郎。如果将晋元帝要立郑阿春的小儿子司马昱为太子的事情跟上述事实联系起来看,晋元帝想掌控属于自己的节奏是不言而喻的。如果立了司马昱为太子,不久的将来,权势的天平会向着司马氏倾斜,"王与马,共天下"就会破局。

所以,这不只是通常所见的太子废立问题,还内含着严重而尖锐的权力格局之争。王导当机立断,"拨拨传诏,径至御床前",趁着晋元帝把持不定的契机,化解了一场政治危机。

在这个故事里,周颉的角色比较尴尬。因为他是晋元帝拉拢的对象,从王敦起兵犯阙,周颉力救王导成功就可以知道周颉在晋元帝的心目中有多重要。周颉在西晋政权里有过历练,连王敦也怕他几分,如今,在东晋政权里,周颉不会不明白晋元帝改立太子的用心,他表面上是反对的,但是否很坚定,我们不得而知。可是,从王敦执意要除掉周颉就可以看出,王敦视周颉为晋元帝心腹,如同刘隗、刁协一样,是毫无疑问的。不管如何,周颉事后说自己不如王导,有点自我解嘲、自行下台阶的意味。

《晋书·王导传》记载,王导在晋元帝面前称赞太子司马绍贤明，不同意任何的改立意见。故而，王导深得司马绍的信任。待司马绍继位成了晋明帝，王导"迁司徒"，"剑履上殿，入朝不趋，赞拜不名"。虽然王导辞让，但是，无论如何，王导当日果断"披拨传诏，径至御床前"的举动在日后得到了丰厚的政治回报，其权势依然相当稳固。

还要看到，王导的及时行动在一定程度上延缓了"王与马，共天下"的格局被改变的进程。在关键时刻，王导保住了司马绍的太子地位，司马绍对王导另眼相看，这才出现如下场景：司马绍登上大位，随即联手王导，一举铲除王敦的叛变势力。显然，司马绍成为晋明帝之后，与他的父亲晋元帝不同，晋元帝眼中的王敦、王导都姓王，对王导不无戒备，周顗费了多大的口舌才说服了晋元帝不要对王导一家动手；而晋明帝将王导当作自家人，在平定了王敦叛军后，即将驾崩之际，遗诏嘱托王导和庾亮"共辅幼主"。尽管添加了"庾亮因素"，但"王与马，共天下"的格局大体也延续到了晋成帝时代。

16 王丞相作女伎①，施设床席②。蔡公③先在坐，不说而去，王亦不留。（方正40）

释义

①作女伎：张罗女伎表演。作，张罗；女伎，此指歌女、舞女表演。

②施设床席：为了腾出表演场地，临时移动和摆放床、席。床，此指坐具，主人与贵宾所坐；席，为一般的席位。

③蔡公：蔡谟。

释读

王导家里，正在张罗着女伎表演，原有的床、席均要临时移动和摆放。在张罗之前，蔡谟做客王府，本来坐得好好的，没想到忽然要来这么一场表演，座位要移来挪去的，蔡谟不高兴了，赶紧告辞，而王导也不留客。

这个故事的重要看点是"施设床席"，这不是过去时，而是现在进行时。蔡谟是一个不苟言笑、严肃认真的人，如果是过去时，即已经准备好演出场地，他又是当天的客人，已经坐在那里了，应该有看演出的心理准备；可是，蔡谟没有这种心理预期，文本里特别强调"蔡公先在坐"，一个"先"字不可忽略，说明蔡谟以客人身份坐下来在先，而"施设床席"显然在后。正是临时的"施设床席"，惹来蔡谟反感，觉得不合礼仪：我本来到王府做客是要谈正事的，怎么会如此娱乐化呢？这对于蔡谟而言不可接受，拂袖而去。

很有可能，这一次蔡、王二人的谈话颇不投机，王导也甚感厌烦。王导与蔡谟素来多有龃龉，大概谈不下去了，那就干脆娱乐娱乐，才出现"施设床席"之举。否则，王导本有家乐，即家庭歌舞班，什么时候演出都没有问题，为何偏偏要在蔡谟做客时临时安排呢？关键是蔡谟还十分不喜欢女伎，这到底唱的是哪一出呢？

最令人思疑的是"王亦不留"四字，如果是王导善意安排，让蔡谟观赏他们家的女伎演出，蔡谟要离开，礼貌上也应该挽留一番，以尽主人之谊，而王导竟然表现出要走就走的姿态，二人此前没有谈拢应是主要原因。而王导在此背景下"施设床席"，刻意安排女伎演出，大有变相下逐客令的嫌疑。

《世说新语》轻诋门第六则可以与之合看。其原文是："王丞相轻蔡公，曰：'我与安期、千里共游洛水边，何处闻有蔡充儿？'"所谓"蔡充儿"就是蔡谟（按：蔡充是"蔡克"之误；蔡谟是蔡克的儿子）。所谓"安期、千里"即王承、阮瞻，他们与王导在洛阳的时候经常在洛水边游玩、清谈。以上一段文字，表达出王导对蔡谟的不屑。王导生于晋武帝咸宁二年（276），蔡谟生于晋武帝太康二年（281），王导比蔡谟虽略大一点，但还算是同辈人，可他们在性格、思想、行为方式等多方面都合不来。故而，"蔡公先在坐，不说而去，王亦不留"，对于二人来说，也就不算什么稀奇之事了。

与蔡谟不同，王导在政治之外喜欢声色之乐；其人好色，不必讳言。这是他性格的另一个侧面。

17 王丞相令郭璞①试作一卦，卦成，郭意色甚恶②，云："公有震厄③！"王问："有可消伏理④不？"郭曰："命驾西出数里，得一柏树，截断如公长，置床上常寝处，灾可消矣。"王从其语。数日中，果震柏粉碎，子弟皆称庆。大将军云："君乃复委罪于树木。"（术解8）

释义

①郭璞：字景纯（276—324），晋河东闻喜（今山西闻喜）人。长于占卜之术。渡江后，得到王导的赏识，引为幕僚。后任王敦记室参军，因劝阻王敦叛乱被杀。

②意色甚恶：神情极为难看。恶，此指难看。

③震厄：震雷之厄。

④消伏理：消灾镇伏的方法。理，此指化解之理。

释读

王导令身边幕僚郭璞为自己试卜一卦,卦成,郭璞神色极为难看,语气凝重地说:"明公将有震雷之厄!"王导问:"可有消灾镇伏之法?"郭璞答道:"您派出一辆车,往西走数里路,会见到一棵大柏树,截取柏树的一段树干,长度跟您的身高相等,运回来后,放置于您常常睡觉的地方,此灾可除。"王导听从此言,如法照办。没过几天,果然有震雷将柏树的树干震得粉碎,王府子弟见此灾已消,人人称庆。王敦却对王导说:"你这一回是委罪于树木了。"

刘孝标注引王隐《晋书》说郭璞有"消灾转祸,扶厄择胜"的本事。不过,撇开神秘色彩和宿命论观念,这个故事的一个重要看点是为何王导要郭璞给他占一卦?这说明王导尽管意态从容,施行"无为而治",尽量做到面面俱圆,可是,他的内心还是不能平静,还会有深深的忧虑,还要担心自己的命运不能掌握在自己的手里。一句话,王导心知肚明会有不顺的时候,也难免诚惶诚恐。

王敦说"君乃复委罪于树木",未免显得大煞风景,可话既然这么说,暗示王导也有做错事情的时候,否则,又何来"委罪于树木"呢?王敦眼中的"罪"到底指什么,不得而知,但是,王导不是圣人,会有诸种不是,在复杂的政治环境里,王导活得并不轻松。

18 王导、温峤俱见明帝,帝问温前世①所以得天下之由。温未答。顷,王曰:"温峤年少未谙,臣为陛下陈之。"王乃具叙宣王②创业之始,诛夷名族③,宠树同己④,及文王⑤之

末，高贵乡公事⑥。明帝闻之，覆面着床曰："若如公言，祚安得长⑦！"（尤悔7）

释义

①前世：此指司马氏祖辈。

②宣王：即司马懿，其子司马昭封晋王后，追尊其父为宣王。

③诛夷名族：此指诛灭曹魏的名门望族，如曹爽、何晏等，时在正始年间。

④宠树同己：重用自己的人马。

⑤文王：即司马昭，其子司马炎登基后，追尊其父为文帝，又称文王。

⑥高贵乡公事：此指曹丕之孙曹髦的遭遇；曹髦与司马昭冲突尖锐，说"司马昭之心，路人所知也"，后被司马昭部属所杀。曹髦初封高贵乡公，于254年至260年在位，死后无号，史家即以其旧封号"高贵乡公"称之。

⑦祚（zuò）安得长：皇朝国运怎么可以长久。祚，本指皇帝的地位，代指皇朝国运。

释读

王导、温峤一起去朝拜晋明帝，明帝面对温峤问及司马氏祖辈之所以得到天下的缘由。温峤不敢回答。随后，王导说："温峤出生晚，不了解情况，为臣来给陛下说一说吧。"于是，王导具体讲述了司马懿在创业开始的时候，如何诛灭曹魏的名门望族，如何重用自己的人马，以及司马昭在晚年如何跟高贵乡公作对等事。明帝一一听明白后，惊讶不已，坐也坐不稳，

二 王

掩面着床，说："要是真的如您所言，我们司马氏的国运怎么可以长久！"

晋元帝在王敦谋反的严峻局势下驾崩，晋明帝在乱局中登基。王敦本是西晋皇室的成员，是开国皇帝司马炎的女婿，却如此顽劣嚣张，一定引起晋明帝的某些不解。晋明帝年纪尚轻，他眼看着自己的父亲因为王敦的背叛而忧心如焚，操劳过度，并过早去世；也曾眼看着父亲从琅邪王变为晋元帝，到底司马氏是如何得到政权的，所知不多，于是，才会对温峤发问。

温峤不敢回答。他固然比王导晚出生（王生于276年，温生于288年），可是，司马懿创业的那个时代对于王导、温峤而言同样遥远，他们二人都出生于曹魏政权灭亡之后。王导所说的一切，温峤未必不知道；或者可以倒过来说，温峤所知未必一定比王导少。他们从小生活在北方，都会从长辈口传的故事里得悉司马氏的过去。只是温峤有所顾忌，生怕实话实说会大大刺激了晋明帝。这是温峤懂得世故的表现。

王导同样世故，可为何他没有遮掩地说出了实情呢？在这里，王导年岁比温峤大的好处就显露出来了。王导是晋明帝父亲的好友，是明帝本人的长辈，他是看着明帝长大的，更何况，明帝当日的太子地位还是王导力保下来的，《晋书·王导传》记晋元帝意图改立司马裒为太子，王导反对，"（王）导日夕陈谏，故太子卒定"，明帝对此清清楚楚（《世说新语》方正门第二十三则记晋元帝想改立司马昱为太子，说法有异，可以参看）。所以，王导有资格对明帝讲史，这是温峤不如他的地方。

王导是东晋政权的建立者之一，他向明帝说出司马氏得天下的血腥历史，或许是在暗示政治斗争的残酷性，让明帝有充分的心理准备，因为当下明帝正处于王敦之乱的极端困扰之中。

19〉王敦引军，垂至①大桁②，明帝自出中堂。温峤为丹阳尹，帝令断大桁，故未断，帝大怒，瞋目，左右莫不悚惧。召诸公来。峤至不谢③，但求酒炙④。王导须臾至，徒跣下地⑤，谢曰："天威在颜，遂使温峤不容得谢。"峤于是下谢，帝乃释然。诸公共叹王机悟名言。（捷悟5）

释义

①垂至：片刻即到。

②大桁（héng）：大的浮桥，此指朱雀桥，位于建康城南，正对着朱雀门。桁，本义是屋架或山墙上托住椽子的横木，此代指跨度较大的浮桥。

③谢：道歉，自责。

④酒炙：酒肉。炙，代指烤肉之类。

⑤徒跣下地：赤脚伏于地上。

释读

王敦举兵犯阙，大军片刻就到朱雀桥。晋明帝从中堂出来，命令时任丹阳尹的温峤将桥砍断；不知为何，朱雀桥没有断掉，晋明帝大为恼火，怒目圆睁，身边的侍卫和官员无一不惊恐畏惧。晋明帝连忙召集众大臣，温峤来到后，却没有自责，一声声要人将酒肉送来。王导没过多久也到了，只见他赤脚伏于地上，面对晋明帝谢罪道："陛下已经天威在颜，震慑一切，温峤一下子就无法及时谢罪了。"温峤听毕，随即下跪，自称死罪，晋明帝这才平息心头之火。在场大臣无不赞叹王导机敏，将他急切里的应对传为名言。

这是晋明帝时期王敦之乱的一个小插曲，形势危急，惊心动魄，王导的一句话化解了突如其来的君臣冲突，使得温峤躲过了一个劫难。

刘孝标注引《晋阳秋》等文献的记载，说"（王）敦将至，（温）峤烧朱雀桥以阻其兵"，这个说法估计可信，但跟上述故事并不矛盾，可能二者有一个时间差，即"帝令断大桁，故未断"在前，而"峤烧朱雀桥以阻其兵"在后。正是因为朱雀桥一下子断不了，温峤干脆下令烧毁，以阻挡叛军的进攻。这就可以解释为何温峤来到晋明帝面前"但求酒炙"，这是他成功烧朱雀桥之后的邀功之举，没想到晋明帝还在生桥未断的气！而王导消息灵通，得知晋明帝大动肝火，急忙连鞋也来不及穿上，就赶往大殿，替温峤缓颊，这样才平息了一场风波。

温峤是没想到晋明帝还在生桥未断的气的。他在诸公进来后才到达，原因是他要指挥烧桥。他兴冲冲地进入大殿，没怎么看皇帝的脸色，这才出现贸然要酒炙的举动。这也符合当时温峤内心的想法：我终于完成任务，将王敦叛军阻拦于朱雀桥之外了，来些酒肉庆贺一下，有何不可！

在这个故事里，晋明帝不够淡定，慌里慌张，在应对危机之际，不合时宜地召集大臣，发了一通脾气，表露出他的性格缺点，难怪在平定王敦之乱后不久他就驾崩了。王敦之乱使得晋明帝六神无主，精神消耗极大，他生温峤的气，就是一个例子。

王导在朝中一定有很多眼线，随时向他提供准确的情报。为什么他在温峤之后才来到大殿呢？当时，千钧一发，王导在协调各方力量去应对来势汹汹、"垂至大桁"的王敦叛军，他本来抽不出身，这是他身为丞相的职责所在，哪有时间去开什么临时会议呢？可是，皇帝发火，不可收拾，他于是光着脚跑进大殿，赶紧前来灭火。"徒跣下地"这个细节值得仔细品味。

温峤当初离开北方南渡，在踏足江南之际，目睹百废待兴的景象，忧心忡忡；可是，与王导深谈过后，二人结为深交，温峤对王导治下的江南有了信心，这还是晋元帝时代的事情。这一次，已经进入晋明帝时代，温峤飞来横祸，王导及时相救，也可见二人交情之深了。

20. 有往来者①云：庾公有东下意②。或谓王公："可潜稍严，以备不虞。"王公曰："我与元规虽俱王臣，本怀布衣之好③。若其欲来，吾角巾④径还乌衣⑤，何所稍严。"（雅量13）

释义

①往来者：流转于外地的人（便于获取信息和情报）。

②有东下意：晋成帝时代，苏峻之乱平定后，庾亮进号征西将军，镇守武昌；所谓"东下意"指他意图从武昌东下京城建康。

③布衣之好：常人间的友情。

④角巾：一种方头巾，闲时穿戴，不分贵贱。

⑤乌衣：即著名的乌衣巷，琅邪王氏聚居于此。

释读

有流转于外地的人密报：庾亮有意从武昌东下，向京城建康进发。有人接获这一情报后提醒王导："可以暗中有所戒备，以防不测。"王导坦然道："我跟元规虽说都是朝廷大臣，可我们也保持着常人间的友情。要是他真的要入京取我而代之，我干脆改戴角巾，绝不迟疑，返回乌衣巷过我的平静日子好了，用得着有所戒备吗？"

《晋书·王导传》有相近的记载，王导的话略有差异："吾与元规休戚是同，悠悠之谈，宜绝智者之口。则如君言，元规若来，吾便角巾还第，复何惧哉！"并对来人示意说："庾公，帝之元舅，宜善事之。"

表面上看，王导息事宁人，不愿意做庾亮的对立面；可当时的事实是："时（庾）亮虽居外镇，而执朝廷之权，既据上流，拥强兵，趣向者多归之。（王）导内不能平。"所谓"内不能平"，已经表明王导对朝政的主导权逐渐旁落，人们开始不大听他的，转而听从庾亮的指挥，所以，"趣向者多归之"。另据《晋书·庾亮传》，当时的政情于王导极为不利，一则"陶侃尝欲起兵废（王）导"，一则"（庾）亮又欲率众黜（王）导"，虽然都没有立即施行，但对于王导的围堵态势已然形成。所谓"庾公有东下意"，正是以此为背景的。

这是"王与马，共天下"渐渐嬗变为"庾与马，共天下"的过渡阶段，是东晋历史进程中的重要转折点。可以说，史有明文，王导不得不承认"庾公，帝之元舅"这一不可改变的新的政治增长点。这个政治增长点，配以"据上流，拥强兵"，王导意识到"王与马，共天下"已经走向终结，大势已去，无力回春。

王导毕竟是老牌政治家，他懂得分析大势，知所进退；有始有终，有长有消，此消彼长，符合易理。他是清谈家，也是玄学家，深谙易理自是不在话下。他不像族兄王敦那样莽撞，那样顾前不顾后，才有效地延续了自己的政治生命。岁月流逝，与他有布衣之好的晋元帝司马睿驾崩日久，他自己年齿日长,身体欠佳,"角巾还第"的时候也就差不多到了。

就王导那种云淡风轻的回应而言,与其说是有雅量,不如说是他已经丢掉妄想;王导多历年所,阅世已深,倦于宦情,不再有当初南渡时的飞扬想象了。

21. 丞相尝夏月至石头看庾公。庾公正料事①,丞相云:"暑可小简之②。"庾公曰:"公之遗事③,天下亦未以为允④。"

(政事14)

释义

①料事:料理政务。

②小简之:稍微简化一点。小,通"稍"。

③遗事:指放下政事。王导主张宽简政务,无为而治,所谓"遗事"指此。

④未以为允:并不认为是妥当的。

释读

有一次,王导在夏天到京师石头城看望庾亮。当时,庾亮正在料理政务,王导看到他那聚精会神的样子,就说:"大热天,可以稍微简化处理嘛。"庾亮回应道:"都知道您习惯放下政事,可天下人并不认为是妥当的做法。"

《晋书·庾亮传》记载:"王导辅政,以宽和得众;(庾)亮任法裁物,颇以此失人心。"可见,王导与庾亮的理政风格很不一样,前者宽,后者严。

两个人都是东晋前期的实权人物,可在晋元帝驾崩之后,他们跟司马氏皇朝的关系发生了一些微妙的变化，王导跟当朝皇帝不再有识于微时的情感联系，而庾亮却以外戚的身份与当朝皇帝关系密切（晋明帝是他的妹夫，他是晋成帝的舅舅），可以深度介入朝政。尤其是晋成帝登基之后，政治态势发生明显变化，基本局面是"太后临朝，政出舅氏"（阮孚语，见《资治通鉴》卷九三）；太后就是庾亮妹妹，舅氏就是庾亮本人。表面上，庾亮与王导同时辅政，可实际上，王导的权力与庾亮的权力正处于动态的此消彼长之中。从上述对话可以看出，庾亮显然对王导的"遗事"作风表达了不满，一句"天下亦未以为允"，已内含教训口吻。

可要知道，王导何许人也？东晋开国皇帝晋元帝登基时还要让王导同坐皇位，那时的王导何等风光，何等荣耀；就政治地位而言，晋元帝时代的王导仅仅是一人之下，"朝野倾心，号为'仲父'"（《晋书·王导传》），是"王与马，共天下"的标志性人物。比王导年轻了十几岁的庾亮，本来没资格去教训王导，可如今他已是国舅，可以出言不逊，可以目中无人，而此时的王导，面对咄咄逼人的庾亮也要礼让三分。曾有人善意提醒他要对庾亮有所防备，王导干脆说："元规若来，吾便角巾还第。"（《晋书·王导传》）无意跟庾亮争长论短。

《世说新语》轻诋门第四则记一段相关的逸闻："庾公权重，足倾王公。庾在石头，王在冶城坐（按：冶城在建康，故址在今南京朝天宫一带），大风扬尘，王以扇拂尘曰：'元规尘污人！'"最为可圈可点的是"庾公权重，足倾王公"八个字，王导深感庾亮的存在对自己有严重威胁，才会说出"元规尘污人"的轻蔑之语。王导的内心并非平静，时有心潮起伏。

上面王导跟庾亮的对话，隐含着一个历史进程中的重要信息:"王与马,共天下"已经逐渐向着"庾与马,共天下"转变,结构还是原有的结构,可是参演的角色隐然有所更替。读《世说新语》,有时候是可以见微知著的。

反观王导,一代杰出的政治家,已经有些无可奈何了。岁月蹉跎,王导的心态不会始终如一,起码,他当初在新亭与周𫖮等人饮宴时说过的"勠力王室,克复神州"等豪言壮语,已随风飘散,豪气不再。看来,他争不过庾亮,他毕竟老了。

22 丞相末年①,略不复省事②,正封箓诺之③。自叹曰:"人言我愦愦④,后人当思此愦愦。"（政事15）

释义

①末年:晚年。

②略不复省事:意为大体上不再像往日那样全情投入地处理政务。略,大体。省事,即视事,处理事务。

③封箓（lù）诺之:封好文书,在封面上批复"诺"字,表示同意。箓,文书,簿册。

④愦（kuì）愦:糊涂。下文"思此愦愦",意为应该明白这样糊涂的好处。思,想明白。

释读

王导晚年,大体上不再像往日那样全情投入地处理政务。有一次,他正封好文书,在封面上批复"诺"字,表示同意,不禁自己感叹道:"大家都说我老糊涂,后代的人应该会想明白我这老糊涂的好处。"

王导一向主张顺势而为，避免折腾。一方面，他信奉儒家学说，赞同"三年不为礼，礼必坏；三年不为乐，乐必崩"的理念（《晋书·王导传》），即要维护基本的纲常框架；另一方面，他"善于因事"，理政以"宽简"为原则，表面上好像不大作为，可实际上是在顺应时局、顺乎民情，一切都讲究一个"顺"字。到了晚年，其思路和风格没有改变，还显得更为宽简了，于是，"封篆诺之"就成了常态，这才会有庾亮所说的"遗事"之举，才会风闻"愦愦"之言。

　　《世说新语》雅量门第十四则记王导的另一件逸事，可以参看："王丞相主簿欲检校帐下。公语主簿：'欲与主簿周旋，无为知人几案间事。'"大意为：王导身边的主簿即丞相的机要秘书打算检查下一级的主簿（帐下，即下属机构掌管文书簿籍的文官）的工作，王导劝他还是免了为好，跟下一级的主簿打交道，不能把人家"几案间"发生的事情打听得一清二楚，要是这样反为不妙。王导大概持有"水至清则无鱼"的观念，以其"愦愦"来保证施政的有效性。

　　然而，王导是心中有数的，他并不认为自己是在偷懒，而是做了自己该做的事。他相当自信，相信后人会对他的宽简做法给予理解和好评。"人言我愦愦，后人当思此愦愦"，这大概就是王导的政治遗言。

　　刘孝标注引徐广《历纪》曰："（王）导阿衡三世，经纶夷险，政务宽恕，事从简易，故垂遗爱之誉也。"即王导历经晋元帝、晋明帝、晋成帝三世，处理过大大小小无数的政务，每每有化险为夷之效，其理政风格就是"政务宽恕，事从简易"八个字，史家还是认可王导的为政主张的，"垂遗爱之誉"是很高的评价了。

23. 郗太尉①晚节好谈②,既雅非所经③,而甚矜之④。后朝觐,以王丞相末年多可恨⑤,每见,必欲苦相规诫。王公知其意,每引作它言。临还镇⑥,故命驾诣丞相。翘须厉色⑦,上坐便言:"方当乖别⑧,必欲言其所见。"意满口重⑨,辞殊不流⑩。王公摄其次曰⑪:"后面未期,亦欲尽所怀,愿公勿复谈。"郗遂大瞋,冰矜⑫而出,不得一言。(规箴14)

释义

①郗太尉:郗鉴(269—339),字道徽,东晋高平金乡(治今山东嘉祥阿城铺)人。官至太尉,故称。

②晚节好谈:晚年喜欢说长论短,议论是非得失。谈,此处特指说长论短。

③雅非所经:素来并非他所擅长。雅,素来,一向。所经,擅长。

④甚矜之:颇以此而自我夸耀。矜,夸耀。

⑤多可恨:有不少令人感到遗憾、不满的事情。

⑥还镇:返回自己镇守的地方。

⑦翘须厉色:昂起头来,胡须朝上,脸色严峻。翘须,形容下巴上翘。"翘须厉色"前原有"丞相"二字,涉上文而衍,今据《世说新语》的唐写本删去。

⑧乖别:分别。

⑨意满口重:意为想说的话很多,而嘴巴好像太沉了张不开。

⑩辞殊不流:嗫嗫嚅嚅,话语极不流畅。

⑪摄其次曰:意为趁着郗鉴断断续续说话的间歇插嘴说。次,即话语的次第,指上一句与下一句之间的间歇。

⑫冰矜：有如满脸冰霜，脸色阴沉而傲慢。冰矜，原作"冰衿"，今据《世说新语》的唐写本改；张永言主编《世说新语辞典》亦将"冰矜"列为词条（四川人民出版社，1992年，第24页）。又，余嘉锡先生为本则故事加按语，说："唐写本，则作'冰矜'，点画甚分明。盖郗公不善言辞，故瞋怒之余，唯觉其颜色冷若冰霜，而有矜奋之容也。"

释读

郗鉴晚年喜欢说长论短，议论朝政的是非得失。然而，说长论短素来并非他所擅长，可他却以此自我夸耀。后来，他上朝觐见皇帝，总是认为王导暮年所做的事情有不少令人感到遗憾之处，每一次在朝中见到王导都要苦劝一番，以作规诫。王导也明白郗鉴的意图，却每每将话语岔开，引到别的话题上来。郗鉴心有不甘，在即将返回镇守驻地之前，刻意乘车去王导家里。相会时，但见郗鉴昂起头来，胡须朝上，脸色严峻，一落座就说："正当分别之际，还是有话要说，一定要将我的看法讲出来。"郗鉴想说的话很多，而嘴巴好像太沉了张不开似的，嗫嗫嚅嚅，话语极不流畅。王导趁着郗鉴说话支支吾吾、断断续续的间歇，插嘴说道："以后见面，尚未有期，我也想将心里的话倾诉而出，可还是希望明公您不要再提了吧。"郗鉴听毕，满脸冰霜，傲然而出，气得连一句话也说不出。

为什么郗鉴就算自己不擅于说长论短也要"晚节好谈"呢？这是故事的焦点所在。

郗鉴与王导都死于晋成帝咸康五年（339），而论年岁，郗生于晋武帝泰始五年（269），王生于晋武帝咸宁二年（276），郗鉴为长，比王导大七岁。他的火气那么大，除了个性以外，与他的辈分也有关系。

所谓"晚节好谈"是有针对性的,针对的是王导主政之下的政治生态。据《晋书·郗鉴传》,郗鉴与琅邪王氏是同乡,但是,郗鉴与琅邪王氏关系并不融洽,尤其是跟王敦关系紧张,而王敦也很忌恨他,想过对他动手,却又顾忌郗鉴的社会名望;王敦曾对钱凤说:"郗道徽儒雅之士,名位既重,何得害之!"而在王敦之乱时期,郗鉴帮助晋明帝出谋划策,故而晋明帝平定王敦叛乱,郗鉴也有功劳。另一方面,在一些具体的问题上,郗鉴与王导有分歧,如王导要关照一个叫周札的,郗鉴以周札与王敦有不明不白的关系为由,反对赠官给周札;又如,郗鉴知道蔡谟经常跟王导作对,于是大力举荐蔡谟,以便抗衡王导。诸如此类,都说明郗鉴与王导素来不和,其"晚节好谈",盯住王导不放,是有缘由的。

上面的故事里,郗鉴对王导不依不饶,朝廷内没解决,干脆跑到王府去闹。从王导的反应可知,他对郗鉴已经感到厌烦。本来,王导并不是听不得不同意见,王述当众说出"主非尧、舜,何得事事皆是"(《世说新语》赏誉门第六十二则),王导不以为忤,反而表扬了王述不说假话,可是,为何他就是听不得郗鉴的批评意见呢?具体情况,不得而知,颇有可能是作为北方人的郗鉴看不惯王导对江南人的格外照顾。而王导自以为做得对,不接受一切相关的批评。此乃大是大非问题。

不管如何,故事里的郗鉴绝非等闲之辈,他对王导不满,代表了东晋相当一部分政治人物的看法。王导晚年面对着越来越大的政治压力,是毫无疑问的。

24. 王丞相招祖约①夜语，至晓不眠。明旦有客，公头鬓未理，亦小倦。客曰："公昨如是，似失眠。"公曰："昨与士少②语，遂使人忘疲。"（赏誉57）

释义

①祖约：祖逖的胞弟。平定王敦之乱有功，进号镇西将军。后与苏峻一起举兵，背叛朝廷，是为苏峻、祖约之乱。事败，祖约投奔石勒，为石勒所杀。

②士少：祖约，字士少。

释读

王导邀请祖约夜谈，一直聊到天亮，没有睡觉。第二天一早，客人依约而至，王导出来见客，头发未及梳理，人也显得略为疲惫。客人见状，说："明公昨夜似乎失眠了。"王导回应道："昨夜与士少交谈，谈着谈着不觉时间过得快，当时也不觉疲倦。"

祖约是祖逖的胞弟，祖逖死后，祖约代祖逖为平西将军、豫州刺史，"领（祖）逖之众"（《晋书·祖约传》）。换言之，祖约接掌了祖逖的军队，这是朝廷对祖约有所忌惮的原因。

祖约性格粗豪，与王导不是同一路人。可是，二人何以谈得如此投契呢？具体情况，不得而知。但可以推断的是，王导专门找祖约夜谈，看来是有些紧要的事情，否则，可以等到白天再谈。

最有可能的是王导出面安抚祖约，以期争取拥有军队的祖约效命朝廷。而王导尽显个人魅力，以其灵活的谈话技巧、亲切的语气、巧妙的应对，获得祖约的信任。通宵达旦，哪怕不

二　王导

睡觉,也要跟祖约谈妥,这是王导的工作态度,可见他不是一味"愦愦"的,该做的事还是用心去做。

尽管这一次王导与祖约相谈甚欢,可是,祖约就是祖约,用其异母兄长祖纳的话说,其人"假其权势,将为乱阶"(《晋书·祖约传》),正如祖纳所料,祖约还是与苏峻联手反叛朝廷,终致死于非命,为石勒所杀,时在晋成帝咸和五年(330)。

此时,王导尚在世,不知他得到祖约死讯时会作何感想。

25 宣武①移镇南州②,制③街衢平直④。人谓王东亭⑤曰:"丞相初营建康⑥,无所因承⑦,而制置纡曲⑧,方此为劣⑨。"东亭曰:"此丞相乃所以为巧。江左地促⑩,不如中国⑪;若使阡陌条畅,则一览而尽。故纡余委曲⑫,若不可测。"(言语102)

释义

①宣武:桓温(312—373),字元子,东晋谯国龙亢(今安徽怀远西北)人。晋明帝女婿。官至大司马。有废晋自立的野心,未果而死。谥号"宣武",故称。

②南州:城名,故址在今安徽当涂,是京师建康的主要门户之一,地当长江重要渡口。又名姑孰。

③制:规制,规划。

④街衢(qú)平直:指城市街道平整方正,有如古代的长安,条条块块,方直布局。

⑤王东亭:王珣(349—400),字元琳,王导之孙。官至尚书令。曾封为东亭侯,故称。

⑥初营建康：当初规划、建设京师建康的时候。

⑦无所因承：没有参考过历史上别的京城的设计。

⑧制置纡（yū）曲：制订城市规划时偏向于高低起伏、蜿蜒曲折，而不是平直方正。纡，弯曲。

⑨方此为劣：一跟这里比较就显得逊色多了。劣，逊色。

⑩江左地促：意为江东地势多起伏而欠平缓，此处主要指京师建康而言。

⑪中国：此指北方平原，即中原一带。

⑫纡余委曲：指高低起伏、蜿蜒曲折。

释读

桓温奉命镇守南州城，他所规划的城市街道方正平直，整齐划一。有人对王珣说："王丞相当初规划、建设京师建康的时候，没有参考过历史上别的京城的设计，制订城市规划时偏向于高低起伏、蜿蜒曲折，而不是平直方正。要是跟如今的南州比较，就显得逊色多了。"王珣答道："这才是丞相巧妙的地方。江东地势多起伏而欠平缓，不像北方平原；若是如您所说，定要阡陌整齐、条畅笔直，就只能一览无余，别无风致。而高低起伏、蜿蜒曲折，望不穿，看不透，更会显得富有韵味，引人遐想。"

刘孝标注引《晋阳秋》，提及当年王导在经营建康城时的思路是"镇静群情"。这四个字很重要。

王导的孙子王珣替祖父说话，称赞建康城的布局是"纡余委曲，若不可测"，似乎是从城市美学的角度为祖父辩护。看上去，王珣的说法是可以成立的，也说得比较客观。但是，他没有看到城市美学之外的东西。

那个在王珣面前称道南州街衢布局的人，估计心目中有一个都城的样板，从他大力赞美"街衢平直"这一点来看，可以推断其心中的样板大概就是古代长安的样子；长安城以"街衢平直"著称，日本京都对之有所因承也形成条条块块的城市布局。可是，这样的布局，人为地将道路拉直拉平，人为地使城市街衢大幅拓宽，必定是先大拆、后大建，这不符合王导"镇静群情"的理政思路。

王导的理政思路是尽量照顾老百姓尤其是江东富族的利益，江东最有权势的人物之一顾荣经常表扬王导维护了他们的权益（参见《世说新语》言语门第三十三则），可见，京师建康的街衢规划，除考虑城市美学之外，更内含政治上的重大考量。

此外，东晋政权建立之初，国库空虚，财政严重不足，条件有限，也不容许大肆铺张，把并不充裕的国家储备用在门面上。

王导是政治家，从这一个侧面也能够看得出其思考是缜密、有见识的，是实事求是的。

编选者言

王导是东晋名士里话题性最强的一位。关于他的历史地位，史学家有截然相反的评论，构成史学界的一桩"王导公案"。

清王鸣盛《十七史商榷》卷五〇"《王导传》多溢美"条说："《王导传》一篇凡六千余字，殊多溢美。要之，看似煌煌一代名臣，其实乃并无一事，徒有门阀显荣、子孙官秩而已。所谓'翼戴中兴，称江左夷吾者'，吾不知其何在也？"（王鸣盛《十七史商榷》，凤凰出版社，2008年，第283页）王氏还列举了王导为人的诸多不是，最大的一条是"导兄敦反，虽非导某，……导固通敦矣"，认为王导当时为正直人士所羞，可知时论于王导不利。

与之相反，陈寅恪特因王氏这番言论写了一篇驳论，题为《述东晋王导之功业》，陈氏毫不客气写道："王氏为清代史学名家，此书复为世所习知，而此条（即'《王导传》多溢美'条）所言乖谬特甚，故本文考辨史实，证明茂弘实为民族之功臣。"并指出："本文仅据当日情势，阐明王导在东晋初期之功业一点，或可供读史者之参考也。"此文篇末云："王导之笼络江东士族，统一内部，结合南人北人两种实力，以抵抗外侮，民族因得以独立，文化因得以续延，不谓民族之功臣，似非平情之论也。"（陈寅恪《金明馆丛稿初编》，生活·读书·新知三联书店，2001年，第55—77页）

《世说新语》里的王导故事，给我们留下深刻印象的是温峤在南渡后与王导深谈，消除了自己从北方带过来的忧虑，对王导治下的东晋政权抱有信心；读者还会记得，王导是如何放下身段结交江东各方人士，是如何注意培养、提拔顾和一类的江南才俊，是如何顾及和维护江东族群的切身利益，而这一切，都是为了使政权稳定，使侨寓江南的北方人有一个比较安稳的立足之地。东晋享有国祚逾百年之久，其最初的基础是王导打下来的；东晋开国皇帝司马睿得以登基，是王导扶助而成的；东晋开国后的两任皇帝晋元帝和晋明帝父子相继遭遇王敦之乱，参与平定这一叛乱的也少不了王导。王鸣盛说"导兄敦反，虽非导某，……导固通敦矣"，此说经不起推敲。晋明帝继位后，王导接获王舒父子的情报，赶紧报告了晋明帝，以便朝廷及时采取对策，精准打击王敦叛军，《资治通鉴》卷九二明文记载："（王）舒与王导俱启帝，阴为之备。"这是晋明帝最终得以平乱的关键，王导之功不可抹杀。故而，我们联系《世说新语》之王导故事，可以判断陈寅恪的论证是成立的，而王鸣盛的说法有失公允。

王导并非完人，他有不少缺点，如好色，家有女伎，享有声色之乐，为人方刚正直的蔡谟就看他不顺眼；他的小妾雷氏，贪得无厌，还干预政务，这跟王导的纵容脱不了干系；他与周𫖮关系密切，可严重误判，在一定程度上坚定了王敦杀害周𫖮的决心，有意无意间将自己的恩人推到了王敦的屠刀之下；他有过度自信的时候，乃至于不接受郗鉴的当面质疑。诸如此类，不必讳言。

然而，王导毕竟是一位大政治家，其施政手腕之灵活、"无为而治"之得当、掌控政坛能力之高超，是不多见的。他头脑清醒，知所进退，这就更为难得了。

三 王羲之（附王徽之、王献之）

王羲之（303—361），字逸少，东晋琅邪临沂（今属山东）人，王敦、王导之从子；其父王旷，官至淮南太守。十三岁时拜谒周颛，得到周颛另眼相看。及长，亦深得其从伯王敦、王导的器重。《晋书·王羲之传》记其"年五十九卒"。

王羲之娶妻郗氏，是东晋权势人物郗鉴的女婿；郗鉴选定王羲之为女婿，已成典故，成语"东床快婿"即源出于此。

王羲之的生年另有一说，即晋元帝泰兴四年（321）（清钱大昕《疑年录》）。此说颇为可疑，因为王羲之的岳父郗鉴与其从伯王导均卒于晋成帝咸康五年（339），若依据生于321年说，则此时王羲之尚未到弱冠之年；郗鉴与王导在晚年交恶，二人政见不同，关系紧张，甚至到了无法以言语沟通的程度；若王羲之生于321年，其成婚的时候正值郗鉴之晚年，此事则不太可能发生。故此，郗鉴将王羲之招为女婿，当在更早时候，即他与王导交恶之前。此外，还有一个旁证，即王羲之看不起王述，若他与王述一样生于303年，两人是同龄人，同龄人相轻是比较自然的；如果王羲之生于321年，他与王述年岁相差甚大，王述是中朝名士王承的儿子，连王导也很敬重王承，以与王承结交为荣，则作为小字辈的王羲之轻视前辈王述的可能性是比较小的。再有一个旁证，庾亮卒于晋成帝咸康六年（340），临终前上疏称王羲之"清贵有鉴裁"，提拔为宁远将军、江州刺史，这也不会是一个未及二十岁的人所能够得到的。更有一个坚实的证据，《晋书·王羲之传》记王羲之十三岁去见周𫖮，而周𫖮死于王敦之乱时期的晋元帝永昌元年（322），如果王羲之生于321年，则"十三岁"之说完全落空。余嘉锡于《世说新语》企羡门第三则正文之下加按语，认为陶弘景《真诰》及张怀瓘《书断》记王羲之卒于晋穆帝升平五年（361），享年五十九岁，是可信的。由此上推，其生年是303年。

王羲之初为秘书郎，得征西将军庾亮启用为参军，后迁长史；历任宁远将军、江州刺史、右军将军、会稽内史。后决然辞官，优游度日。他出任右军将军最为世人所知，故世称王右军。

王羲之为政多有成绩，《晋书·王羲之传》记载："时东土饥荒，羲之辄开仓振贷。然朝廷赋役繁重，吴会尤甚，羲之每上疏争之，事多见从。"

王羲之书法以"妍美流便"著称，其草书、正书、行书各有个性，虽增损古法，千变万化，但均出于自然，东晋以下历代书家尊之为"书圣"。其法书有《兰亭序》《乐毅论》《十七帖》《快雪时晴》等。

王羲之"有七子，知名者五人"（《晋书·王羲之传》），本书于其名下附录王徽之（行五，？—388，字子猷）、王献之（行七，344—386，字子敬）故事若干则（王羲之儿子中，此二人最为著名）。

1. 王右军年减①十岁时，大将军②甚爱之，恒置帐中眠。大将军尝先出，右军犹未起。须臾，钱凤③入，屏人论事，都忘右军在帐中，便言逆节之谋④。右军觉，既闻所论，知无活理，乃剔吐⑤污头面被褥，诈孰眠⑥。敦论事造半⑦，方意右军未起，相与大惊曰："不得不除之！"及开帐，乃见吐唾从横，信其实孰眠，于是得全。于时称其有智。（假谲7）

释义

①减：未满。

②大将军：即王敦。

③钱凤：字世仪，王敦幕僚，为人奸险好利。

④逆节之谋：意为密谋反叛朝廷。

⑤剔吐：意为用手指抠喉作吐。

⑥孰眠：熟睡。孰，通"熟"。

⑦造半：意为到了一半的时候。

释读

王羲之未满十岁时，王敦相当喜欢他，常常将他安置在自己的帐中一同睡觉。某天，王敦先起来，王羲之还在睡。没过多

世说新语别裁详解

东晋名士

久，钱凤进来；屏去左右，王敦与钱凤密谋反叛朝廷的大事，忘记王羲之还在帐中睡觉。王羲之这时已醒，躺着不动；他们如何谋划，句句入耳，听得王羲之心惊胆战，又恐如此偷听会惹来杀身之祸，急忙预作掩饰，故意抠喉作呕，呕出来的东西弄脏了头面和被褥，佯装熟睡。二人的谋划到了一半，王敦忽然想起王羲之还没起床，神色大异，钱凤也见状大惊，暗地相约："如此一来，不得不立刻除掉他！"连忙开帐，只见王羲之睡得满脸口水，一片狼藉，就相信他什么也没听到，免予下手，王羲之因此保住了性命。当时，知情者赞王羲之机智无比。

刘孝标的注有一句按语："按诸书皆云王允之事，而此言羲之，疑谬。"的确，像《晋中兴书》也记载了同一事情，故事的主人公正是王允之（《太平御览》卷四三二引）。唐人编写《晋书》，亦将此事记于《王允之传》。余嘉锡在此条文字之下加笺疏云："其非（王）右军事审矣。《世说》之谬，殆无可疑。"换言之，这个故事存在张冠李戴的情况。

尽管如此，我们不能否定王敦特别喜欢王羲之，将他留在身边的事实。《世说新语》轻诋门第五则有如下记载："王右军少时甚涩讷，在大将军许，王、庾二公后来，右军便起欲去。大将军留之曰：'尔家司空、元规，复可所难？'"所谓"在大将军许"，即可证明王羲之年少时在王敦府中留宿是常有的事，他有点木讷，怕见人，见到有人进来，还想着躲开，王敦赶紧劝他不必如此，自己家的王导（司空）和庾亮（元规）来了，又不会为难你，怕什么！此外，《世说新语》赏誉门第五十五则："大将军语右军：'汝是我佳子弟，当不减阮主簿。'"这是王敦喜欢王羲之的理由，即认定王羲之是琅邪王氏大家族中的"佳子弟"，是优秀人物，跟名气很大、才华出众的阮裕（王敦主簿）起码是不相上下的。

琅邪王氏另一位重量级人物王导也跟王敦看法一样，《世说新语》品藻门第二十八则："王右军少时，丞相云：'逸少何缘复减万安邪？'"万安，即刘绥的字，他是当时一位备受赞誉的人物，如庾琮（字子躬）称之为"灼然玉举"，同时又说"千人亦见，百人亦见"，意为刘绥其人，在百人之中，甚至在千人之中都是可以一眼就认得出来的，其出类拔萃，可想而知（见《世说新语》赏誉门第六十四则）。

无论如何，王羲之深得王敦、王导的欢心是无疑的。大概有此因缘，好事者就将王允之无意间偷听到王敦谋反的故事嫁接到王羲之头上了。可谓事出有因，查无实据。不过，当小说读，颇为惊心动魄，令人过目难忘。

2 郗太傅①在京口②，遣门生与王丞相书，求女婿。丞相语郗信③："君往东厢，任意选之。"门生归，白郗曰："王家诸郎，亦皆可嘉，闻来觅婿，咸自矜持④。唯有一郎，在床上坦腹卧，如不闻。"郗公云："正此好！"访之，乃是逸少，因嫁女与焉。（雅量19）

释义

①郗太傅：即郗鉴，官至太尉，"郗太傅"是对他的尊称。是东晋位高权重的人物。

②京口：古城名，故址在今江苏镇江。

③郗信：此指郗鉴的信使。

④矜持：故作庄重，拘束而不自然。

释读

郗鉴在京口的时候，想与琅邪王氏联姻，于是，给王导写了一封信，派遣门生送达王府，大致意思是想从王氏家族里招一位女婿。王导随即对这位信使说："阁下可以到东厢房看看，请任意挑选。"门生回去向郗鉴报告说："王家的诸位公子，看样子都不错，听说我们郗家来招女婿，一个个都有点拘谨。唯独有一位，躺在床上，大模大样，还露出肚皮，若无其事，似乎不知道有选女婿这回事儿。"郗鉴听毕，说道："正是这一个好！"仔细打听，得知那一位露出肚皮的是王羲之，于是就将女儿嫁给他了。

这个故事脍炙人口，成语"东床快婿"由此而出。

郗家与王家，两家都是侨寓江东的北方人，都是显赫门第，而且是山东老乡，郗氏是高平金乡（今山东嘉祥西阿城铺）人，王氏是琅邪临沂（今山东临沂）人，估计郗鉴的联姻建议不无政治考虑。

颇为奇特的是，以儒雅著称的郗鉴，为何选中了不拘小节的王羲之呢？我们一下子很难找到答案。但有一条，故事里有"访之，乃是逸少"之语，说明郗鉴并非一时冲动就选定了王羲之，而是要加以考察，将"听到了什么"和"看到了什么"一并纳入考察范围，这就是"访之"二字的内涵，经过了这一程序，最后才有了"因嫁女与焉"的决定。

不能忽视《晋书·王羲之传》里的一条记载"年十三，尝谒周𫖮，𫖮察而异之"，由此"始知名"。此外，《世说新语》汰侈门第十二则："王右军少时，在周侯末坐。割牛心啖之，于此改观。"刘孝标注："俗以牛心为贵，故羲之先飡之。"换言之，位于末座的少年王羲之，竟然得到主人周𫖮的格外青睐，

世说新语别裁详解

※ 东晋名士 ※

名贵的牛心让这个小朋友先吃，大家一下子就注意到王羲之了。周𫖮以一种类似于行为艺术的方式帮助王羲之出名。所谓"于此改观"，就是"王羲之"这个名字此时已然进入东晋权贵们的认知领域。郗鉴对王羲之之名应该是早有耳闻的。

当然，更重要的是王羲之的素质，《晋书·王羲之传》说："及长，辩赡，以骨鲠称……深为从伯敦、导所器重。时陈留阮裕有重名，为敦主簿。敦尝谓羲之曰：'汝是吾家佳子弟，当不减阮主簿。'裕亦目羲之与王承、王悦为王氏三少。"阮裕是阮籍的族人，"以德业知名"，又"论难甚精"（《晋书·阮裕传》），王敦认为王羲之"当不减阮主簿"，而已经知名的阮裕也对王羲之颇有好评，诸如此类，对于提高年轻时的王羲之的知名度均大有助益。这可能是郗鉴选定他做女婿的主要原因。王羲之在成为郗鉴女婿之前，就已经口碑在外了。

《世说新语》赏誉门第八十则、第一百则均记殷浩称赞王羲之的话语。前者谓"逸少清贵人"，刘孝标注引《文章志》曰："羲之高爽有风气，不类常流也。"后者谓"（羲之）清鉴贵要"，刘孝标注引《晋安帝纪》曰："羲之风骨清举也。"殷浩在当时享有盛名，他对王羲之如此推举，可作旁证，证明郗鉴选女婿并不一定是因为王羲之敢于"在床上坦腹卧"。所谓"坦腹东床"云云，视之为别有趣味的小说家言可也。

3 刘真长①为丹阳尹②，许玄度③出都④就刘宿。床帷⑤新丽，饮食丰甘。许曰："若保全⑥此处，殊胜东山⑦。"刘曰："卿若知吉凶由人⑧，吾安得不保此！"王逸少在坐，曰："令巢、许⑨遇稷、契⑩，当无此言。"二人并有愧色。（言语69）

释义

①刘真长：即刘惔，字真长，王羲之好友，谢安内兄。为人清高，爱好老庄。曾做丹阳尹。年三十六卒。

②丹阳尹：丹阳郡行政长官。丹阳，三国时属于吴国，故址在今江苏江宁东。

③许玄度：即许询，字玄度，东晋高阳（今河北保定高阳）人。早年有神童之誉，淡泊名利，优游山水。早卒。

④出都：离开京师建康。

⑤床帷：床铺帷帐，泛指卧具。

⑥保全：此指平安健在。

⑦东山：山名，在浙江上虞西南，以风景秀丽著称。谢安早年曾隐居于此。

⑧吉凶由人：《左传·襄公二十三年》："祸福无门，唯人所召。"意为祸福均是人为的结果。

⑨巢、许：巢父、许由，相传为尧时的高士，隐居不仕。

⑩稷、契：后稷、契，后稷是周朝的始祖，契是商朝的始祖。二人并称为贤君。

释读

刘惔出任丹阳郡行政长官，许询离开建康来到丹阳，并在刘惔家就宿。刘惔家的卧具如床铺帷帐等是全新的，整洁亮丽，饭菜酒肉也丰富多样、甘美可口。许询大为叹赏，说："如果在这里能够平安健在，就算风景秀丽的东山也比不上啊！"刘惔答道："你要是信'吉凶由人'这句话，我哪能不像你所说的那样保全在这里呢？"其时，王羲之也在座，说："要是让巢父、许由遇上后稷或契，他们可不会这么说。"刘、许二人听后，一时脸红羞惭。

刘惔、许询都是老庄的信徒，口头上都说不慕荣利，可是，刘惔住得好、吃得美，丹阳尹有如此待遇，连许询也羡慕不已。刘惔也不无得意，表示如果能够保持这种生活水平则也不作他想了。

人是很现实的，哪怕是像刘惔、许询这样的清谈家，面对丰厚的物质享受，也会大动其心，在"床帷新丽，饮食丰甘"的享受中自我陶醉，忘记官场污浊这回事了。

相对而言，王羲之还算清醒，他一语中的，效果显著，致使"二人并有愧色"。他们是好朋友，心灵相通；王羲之的话，相当委婉，可刘、许二人听后如芒在背。

4 王右军与谢太傅①共登冶城②。谢悠然远想，有高世之志③。王谓谢曰："夏禹④勤王，手足胼胝⑤；文王旰食⑥，日不暇给⑦。今四郊多垒⑧，宜人人自效。而虚谈废务⑨，浮文妨要⑩，恐非当今所宜。"谢答曰："秦任商鞅⑪，二世而亡，岂清言致患邪？"（言语70）

|| **释义**

①谢太傅：即谢安，死后赠太傅。

②冶城：相传春秋时吴王夫差（一说三国吴）冶铸于此，故名。故址在今江苏南京朝天宫一带。

③高世之志：超越世俗之志。

④夏禹：即大禹，治水有功，接受舜的禅让而为帝，是夏朝第一代君王。

⑤手足胼（pián）胝（zhī）：因为勤劳，手掌和足底都长满厚茧。胼胝，老茧。
⑥文王旰（gàn）食：周文王忙于公务，顾不上吃饭，直至天晚才吃。旰，晚。
⑦日不暇给（jǐ）：时间不够用，闲不下来。
⑧四郊多垒：指军队营垒部署在都城四周，非和平安宁之象。
⑨虚谈废务：意为官员沉迷清谈而将公务荒废。
⑩浮文妨要：不切实际的文章妨碍了要紧的事情。
⑪商鞅：战国时卫国人，辅助秦孝公变法，秦国因之变强。秦孝公死后，商鞅被诬谋反，死后被车裂。

释读

王羲之和谢安一起登上冶城。谢安四顾远望，意态纵横，大有超越世俗之志。王羲之见状会意，不无含蓄地说："大禹治水，勤王效命，手掌足底，满是老茧；周文王忙于公务，整天都没有闲着，总觉得时间不够用，顾不上吃饭，直至天晚才进食。如今，站在冶城眼看京师四周，多有营垒，在此多事之秋，人人都应该勉力学习先贤的勤劳精神。至于沉迷清谈而荒废公务，或者写作不切实际的文章而妨碍了军国要事，恐怕都是不合时宜的。"谢安听后，不以为然，说道："秦国重用过的商鞅使秦国强大起来了，也仅是二世而亡，那时还没有清言，难道是清言误国吗？"

王羲之比谢安年长十七岁，余嘉锡先生在《世说新语笺疏》里引用程炎震的说法，指出当时谢安才二十岁。可见谢安阅历尚浅，当面反驳王羲之，出言不够稳重。

王羲之是有政治见识和治理能力的。《晋书·王羲之传》记王羲之为官之时，"东土饥荒，羲之辄开仓振贷。然朝廷赋役繁重，吴会尤甚，羲之每上疏争之，事多见从"。"事多见从"四字可圈可点，证明王羲之向朝廷提出的意见是合理的，朝廷依从。此外，《晋书·王羲之传》还摘录了王羲之写给殷浩、谢安等人的书信，都谈及政治问题，条理清晰，见解也不无深刻之处。

　　反观谢安，年纪轻轻，已颇有名士派头，"悠然远想，有高世之志"，似乎尘俗之事不入怀抱。王羲之看在眼里，有感而发，想对他有所提醒，又不好直说，就以大禹、文王的故事试图激励谢安的入世意识。客观上看，"四郊多垒"是实情，这不是祥和之象；置身其中，难以超脱，这是王羲之语重心长说出那一番话的用心所在。

　　谢安日后也成长为杰出的政治家，但是，此时的谢安难免青涩；说不定，王羲之的那一番话，谢安还是记在心里的。

5 王逸少作会稽①，初至，支道林②在焉。孙兴公③谓王曰："支道林拔新领异④，胸怀所及乃自佳，卿欲见不？"王本自有一往隽气⑤，殊自轻之⑥。后孙与支共载⑦往王许⑧，王都领域⑨，不与交言。须臾支退，后正值王当行⑩，车已在门。支语王曰："君未可去，贫道与君小语。"因论庄子《逍遥游》。支作数千言，才藻⑪新奇，花烂映发⑫。王遂披襟解带⑬，留连不能已。（文学36）

释义

①作会稽：出任会稽内史。

②支道林：支遁（314—366），字道林，东晋高僧。俗姓关，陈留（今河南开封东北）人。二十五岁出家，诵习佛经，通般若学，也熟习玄理，长于清谈。

③孙兴公：即孙绰（314—371），字兴公，晋太原中都（今山西晋中平遥）人。南渡后，居会稽，优游山水。先后曾做过庾亮、殷浩、王羲之的幕僚。

④拔新领异：标新立异。此指支道林善于将佛学融入清谈，见解新异。

⑤一往隽气：浑身散发出俊迈之气。

⑥殊自轻之：甚为轻视支道林。

⑦共载：同坐一辆车。

⑧王许：此指王羲之的住处。许，场所。

⑨王都领域：此指王羲之掌控着自己熟悉的话题。都，总括，掌控。领域，此指言谈范围。

⑩正值王当行：刚好王羲之要外出。

⑪才藻：措辞、用语。

⑫花烂映发：意为上下句、前后语互相关联，如舌吐莲花，相互映发。

⑬披襟解带：敞开衣襟，解下腰带。

|| **释读**

王羲之出任会稽内史，刚到的时候，恰好支道林也在会稽。孙绰向王羲之推荐支道林，说："支道林言谈颇有新见，出人意表，只要是他所触及的话题都会有好见解。阁下有没有兴趣见他一见呢？"王羲之本来浑身就散发出俊迈之气，根本看不上支道林。过了些时候，孙绰干脆和支道林同坐一辆车来到

王羲之的住处，落座之后，王羲之掌控着自己熟悉的话题，始终没有跟支道林说过话，支道林也插不上嘴。没过多久，支道林告退，这时，刚好王羲之也要外出，车都准备好了，正在门外。支道林揪住这一时机对王羲之说："阁下还不必马上离开，请听贫道跟阁下说说话。"于是，再次坐定，支道林以庄子《逍遥游》为话题，来一场清谈，洋洋数千言，措辞新鲜，语句清奇，上下句、前后语互相关联，如舌吐莲花，相互映发。王羲之听着听着，也着迷了，本来要外出，已穿戴整齐，此刻却敞开衣襟，解下腰带，舍不得离座而去。

《世说新语》文学门第三十二则"《庄子·逍遥篇》，旧是难处"条，刘孝标注引支道林《逍遥论》，从中可知支道林对《逍遥游》的阐释重点在于"足于所足"："若夫有欲当其所足，足于所足，快然有似天真。犹饥者一饱，渴者一盈……苟非至足，岂所以逍遥乎？"换言之，真正逍遥的人，只要达至人最基本的生存需求就够了，再也不必多求了；所谓逍遥的体验无非就是"饥者一饱，渴者一盈"那种感觉，否则，如果"饥者欠一饱，渴者缺一盈"，又何来逍遥呢？刘孝标特别指出："此向、郭之注所未尽。"即向秀、郭象注《庄子》也没有阐释到这层境界。

支道林在当时是一位标签化的人物，他出生于一个佛教徒家庭，"家世事佛"（慧皎《高僧传》卷四），本人又是出家人，故其标签就是"佛教徒"。这大概是王羲之当初"殊自轻之"的原因。

王羲之属于琅邪王氏，陈寅恪《天师道与滨海地域之关系》一文指出"琅邪王氏世奉天师道"，并说王羲之为道士写经，"是书法之艺术实供道教之利用"（《金明馆丛稿初编》，生活·读书·新知三联书店，2001年，第41—42页）。换言之，

世说新语别裁详解

东晋名士

宗教背景不同，王羲之想当然地以为自己跟支道林谈不来。

想不到支道林除了精通《般若经》等佛典之外，还对玄学深有研究，见解独到，谈论《庄子》也是头头是道。陈寅恪专门写过一篇《逍遥游向郭义及支遁义探源》，认为支道林之所以能出新义，是因为"般若之义可与逍遥游义附会也"，这一做法在支道林之前的北方学者里就有人尝试过了，支道林只不过是在江南言说，给人耳目一新之感（《金明馆丛稿二编》，生活·读书·新知三联书店，2001年，第96—97页）。不管如何，支道林口才了得，王羲之不接触犹可，一接触就被他迷住了。

从世俗的眼光看，支道林是有表演欲的人，否则，没必要在自己受到冷遇而似乎负气告退之后，又趁着王羲之正要出门之际，以客人的身份强行将主人留下，自己言论滔滔，给主人上了一课。不知道王羲之是因为什么事情要出门，看来也不是多重要的事；说不定，他的出门是对"须臾支（道林）退"的临时回应：反正你要走，我也不留，我还有事外出呢。

这个故事有一种俗世机趣，人物之间的非正常互动与正常互动形成鲜明对比，情节反转，很有场面感和戏剧性。

《世说新语》赏誉门第八十八则记"王右军叹林公'器朗神俊'"。林公，即支道林，王羲之给了他"器朗神俊"的评语，此乃后话。

6 郗司空①家有伧奴②，知及文章，事事有意③。王右军向刘尹④称之。刘问："何如方回⑤？"王曰："此正小人⑥有意向⑦耳！何得便比方回？"刘曰："若不如方回，故是常奴⑧耳！"（品藻29）

释义

①郗司空：即郗鉴，王羲之岳父；官至太尉，死后赠司空，故称。

②伧奴：原籍北方的奴仆。伧，是六朝时南方人对北方人的蔑称。

③事事有意：意为对每一件事都有主见。

④刘尹：即刘惔，曾任丹阳尹，故称。为人清高，是王羲之的好友。

⑤方回：即郗愔（313—384），字方回，郗鉴的长子。

⑥小人：意为地位低下之人。

⑦有意向：有见识。

⑧常奴：意为寻常的奴仆。与"伧奴"音近。

释读

郗鉴家里有一个原籍北方的男仆，颇有识见，也会写文章，对每一件事都有主见。身为郗家女婿，王羲之对此男仆甚有好感，在好友刘惔面前称赞一番。刘惔问："此人跟郗家长子方回相比如何？"王羲之回答道："这个人算是仆人中有见识的罢了，怎么能跟方回比呢？"刘惔说："要是不如方回，顶多也是寻常的奴仆一名。"

王羲之与刘惔是好友，谈话比较随便。关于郗家的这个伧奴，他们的看法很不一致。王羲之看中的是伧奴的见识和文章，刘惔看重的是一个人的社会地位。身处下层，再怎么聪明，刘惔也看不上眼。

我们可以相信王羲之的眼光，他看中的人不会差到哪里去。郗鉴奴仆里有能人，还放手让奴仆写文章，可见郗家不缺人才，哪怕是出身下层的也有才华出众之人。王羲之不计较一个人地位的高低，而着眼于其人的才能是优是劣，难能可贵。

与之相较，刘惔就散发出一股贵族气息，他只看到郗愔与伧奴地位悬殊这一点。这是明摆着的，他的话"若不如方回，故是常奴耳"，只是废话而已，可知其远远不如王羲之开明。

据《晋书·刘惔传》，刘惔以"高自标置"著称，自命一流，不轻易许可他人，又"为政清整，门无杂宾"，极为高傲，不易接近。以王羲之所提及的伧奴来说，这个人恐怕在刘惔眼里连杂宾也算不上，他哪能看得上眼呢？

与刘惔的高傲不同，王羲之是宽厚的，比较平易近人。他似乎没有太多讲究，这正是其可爱之处。

7 王右军与王敬仁①、许玄度并善。二人亡后，右军为论议更克②。孔岩③诫之曰："明府④昔与王、许周旋⑤有情，及逝没之后，无慎终之好，民所不取⑥。"右军甚愧。（规箴20）

|| **释义**

①王敬仁：即王脩，字敬仁，东晋太原晋阳（今山西太原）人。东晋名士王濛之子。早卒，年仅二十四岁。

②为论议更克：意为涉及王脩、许询二人的议论比以前更为苛刻。克，通"刻"，苛刻。

③孔岩：字彭祖，东晋会稽人，以敢于直谏著称。据《晋书·孔岩传》，孔岩"少仕州郡，历司徒掾、尚书殿中郎"，后迁尚书左丞。

④明府：此为对王羲之的敬称，王羲之任会稽内史，孔岩

是会稽本地人，称"明府"犹言"长官"。可知本故事发生在王羲之的会稽内史任内。

⑤周旋：此指交游。

⑥民所不取：意为我所不敢苟同。民，孔岩自称，与上句中的"明府"相对。

释读

　　王羲之跟王脩、许询二人均为好友。王、许都过早去世，在他们身后，王羲之涉及二人的议论比以前更为苛刻。孔岩身为会稽人，对时任会稽内史的王羲之有所劝诫："长官过往跟王、许多有交游，交情不浅，可在他们去世之后，出语更为苛刻，不无微词，友情未能善始善终，这是小民所不敢苟同的。"王羲之听后，颇感惭愧。

　　从这段对话的称呼可知，一方是明府，一方是民，而孔岩又是会稽人，则王脩、许询二人去世后，王羲之依然还在会稽，是孔岩的长官。

　　孔岩是一位不可忽视的人物，据《晋书·孔岩传》，他在晋废帝（司马奕）太和年间（366—370），出任吴兴太守，"善于宰牧，甚得人和"。可见孔岩是很懂政治的官员。而在成为大官之前，他竟然胆敢劝诫会稽内史王羲之，其耿直不阿的性格也就显露出来。

　　从王羲之的反应看，听完劝诫，不禁甚愧，可知孔岩说话在理，王羲之也觉得不好意思。看来，王羲之是接受批评的。

　　我们不知道王羲之到底说了什么。文中的"更克"二字值得注意，它表明王羲之在王、许二人生前也说过某种程度的苛刻的话，只不过在他们身后大概语气更重了。这是"二人亡后，右军为论议更克"的意思。本来，朋友之间，说些不太客气的话，亦属平常，王羲之可能觉得无伤大雅。

据《晋书·王脩传》，王脩去世的时候年仅二十四岁，他是青年书法家，"善隶书"，作为大书法家的王羲之会不会对这个年轻人的书法造诣有所议论呢？虽然不得而知，但似乎也难以排除这类可能性。

至于许询，资料也少，不便妄测。但《世说新语》品藻门第五十五则记王羲之对许询说过的话："王右军问许玄度：'卿自言何如安石（谢安，字安石）？'许未答，王因曰：'安石故相为雄，阿万（谢万，谢安之弟）当裂眼争邪？'"刘孝标注引《中兴书》曰："万器量不及安石，虽居藩任，安在私门之时，名称居万上也。"换言之，王羲之含蓄地指出许询更像心胸不够宽广的谢万，而比不上气量宽宏的谢安。许询好争，气量不大，《世说新语》文学门第三十八则记许询过于好胜，被支道林批评了一番："君语佳则佳矣，何至相苦邪？岂是求理中之谈哉！"意指许询年轻气盛，得理不饶人，让人下不了台阶。或许，王羲之与支道林有同感，故而也会对许询有所诫勉。

大概，王脩、许询各有缺点，王羲之作为好友，在他们生前和身后都有过议论，是出于善意的，并非无中生有，只不过有时没有掌握好分寸罢了。

无论如何，王羲之有其宽厚的一面，也有其严苛的一面，即此文中所说的"克"。

8 阮光禄①在东山，萧然无事②，常内足于怀③。有人以问王右军，右军曰："此君近不惊宠辱，虽古之沈冥④，何以过此？"（栖逸6）

释义

①阮光禄：即阮裕，字思旷，东晋陈留尉氏（今属河南）人。曾拜金紫光禄大夫，故称。
②萧然无事：清静洒脱，并无俗事。
③内足于怀：内心自感满足，不假外求。
④沈（chén）冥：深藏不露。此处代指隐士。

释读

阮裕居于浙江的东山，清静洒脱，并无俗事；内心常常自感满足，不假外求。有人得悉阮裕的行藏之后，问王羲之怎么看。王羲之答道："此君近来已经到了宠辱不惊的境界，就算是古代隐士，也比不上他啊！"

王羲之说阮裕淡然处世，"虽古之沈冥，何以过此"，是很高的评价。

据《晋书·阮裕传》，阮裕一生的一个大转折是发觉王敦有不臣之心，从此之后，他学习其同族前辈阮籍，"乃终日酣觞，以酒废职"。他本来是王敦的主簿，王敦看他越来越不顺眼，整天醉酒，"徒有虚誉"，先是将他打发到溧阳，后来干脆免了他的职务。也正因为如此，他避开了王敦之乱，免受牵连，"论者以此贵之"。

其实，阮裕是古代士大夫中的某一类的代表。这类人以清高自许，在政治上有洁癖，没有野心，看不惯官场黑暗，可是，自己不会营生，还是要靠官府的一份俸禄过日子，并没有能力与官场截然切割。用阮裕自己的话说，就是虽无"宦情"，但因"不能躬耕自活"，故而需要做官；"岂以骋能，私计故耳"（《晋书·阮裕传》），意思是我并非真有做官的本事，只是要谋饭碗而已。这话说得比较老实。

说实在的，王羲之对阮裕的评价有些过高，恐怕阮裕本人也不会全部认可。道理很简单，要是像王羲之所说的那样，阮裕其人"虽古之沈冥，何以过此"，为何人们要称阮裕为"阮光禄"而不是"阮隐士"呢？

9 王右军郗夫人①谓二弟司空、中郎②曰："王家见二谢③，倾筐倒庋④；见汝辈来，平平尔⑤。汝可无烦复往⑥。"（贤媛25）

释义

①郗夫人：即王羲之夫人郗璿（xuán），郗鉴之女。璿，美玉。

②司空、中郎：即郗愔、郗昙。前者为郗鉴长子，后者为郗鉴少子；均为郗璿之弟。郗愔官至司空，郗昙曾任中郎将，故称。

③二谢：即谢安、谢万兄弟。

④倾筐倒庋（guì）：犹言翻箱倒柜，喻倾其所有，盛情接待。庋，放东西的架子。

⑤平平尔：意为没有特别的安排，只是一般接待而已。

⑥无烦复往：意为没有必要再去了。

释读

王羲之夫人郗璿对她的两个弟弟郗愔、郗昙说:"王家见谢安、谢万兄弟来,总是十分热情,家里有什么好的尽数拿出来招待;可是,见到你们兄弟来,没有特别的安排,只是一般接待而已。你们以后没有必要再去了。"

郗鉴晚年与王导发生严重冲突,二人政见不同,郗鉴对王导的某些做法极力反对,《世说新语》规箴门第十四则有具体描述(请参见本书王导部分)。郗鉴与王导的矛盾已经到了无法沟通的程度,王导也不愿意跟郗鉴说话,郗、王两家关系紧张。《晋书·郗鉴传》记郗鉴临终前为了抗衡王导的势力,举荐王导的政坛对手蔡谟为都督、徐州刺史,这类举动说明郗鉴至死也没有放下跟王导的矛盾,这与当初郗鉴写信给王导请求联姻形成极大的反差。

王导是王羲之的从伯。王羲之夫人对弟弟说的这番话,大概是在郗、王开始交恶的背景下对郗愔、郗昙的善意提醒。估计当时两家关系还没有全面恶化,郗愔、郗昙还会到王家走动,只是郗璿已然觉得情势有变,不可不预早提防,以免尴尬。

郗璿看在眼里,王家开始重此轻彼,重谢家,轻郗家,从日常接待的差别就可以感受到。女性特有的敏感提示她注意王家与郗家的关系有些不妙,而她作为王家的成员,看着自己的弟弟受冷遇,心里不是滋味。

可以推想,王羲之不会不知道其间的变化。政争将亲戚之间弄成这样,令人无奈。

10 谢万①寿春②败后还③，书与王右军④云："惭负宿顾⑤。"右军推书⑥曰："此禹、汤之戒⑦。"（轻诋19）

释义

①谢万：字万石，谢安之弟。官至西中郎将、豫州刺史。为人高傲冷漠。

②寿春：县名，晋属扬州淮南郡。故地在今安徽寿县，是当时军事重镇。

③还：指从战场后撤回营。

④书与王右军：给王羲之写信。书，写信，用为动词。

⑤惭负宿顾：意为很惭愧有负于您平素的关照。宿，平素；顾，关照，照顾。

⑥推书：将信推开。

⑦禹、汤之戒：《左传·庄公十一年》有句云："禹、汤罪己，其兴也勃焉；桀、纣罪人，其亡也忽焉。"所谓"禹、汤之戒"本指"罪己"，谢万"惭负宿顾"一语即含有内疚、自责之意。

释读

谢万率军作战，在寿春惨败，从战场后撤回营，写信给王羲之，其中有一句说："很惭愧有负于您平素的关照。"王羲之读到此处，将信推开，叹道："谢万（怪罪自己）想学大禹、商汤当年的做法。"

刘孝标注加按语说："今万失律致败，虽复自咎，其可济焉？"揣摩王羲之未尽的语意，即失败之后，谢万虽然知道自咎，可是已经无补于事，无可挽回。刘氏的揣测大抵符合语境。

为何王羲之会如刘孝标所推测的那样显得很失望呢？原来，他曾经极力向桓温举荐谢万，替谢万说过不少好话（《晋书·谢万传》）；又发觉谢万过于高傲，不懂得体恤部下，苦口婆心，劝说谢万要改变态度，善待士兵。《晋书·王羲之传》摘录王羲之写给谢万的信："以君迈往不屑之韵，而俯同群辟，诚难为意也。然所谓通识，止自当随事行藏，乃为远耳。愿君每与士之下者同，则尽善矣。食不二味，居不重席，此复何有，而古人以为美谈。济否所由，实在积小以致高大，君其存之。"此信之后，史官补记一句："万不能用，果败。"王羲之接获谢万失败的消息，其内心的感叹可想而知，尽管谢万写信向他道歉，可王羲之不会仅仅称赞他的主动认错为"禹、汤之戒"而没有别的看法，否则，王羲之读信时那个"推书"的举动当又作何解释？

据《资治通鉴》卷一百，王羲之写信劝诫谢万，是在晋穆帝升平二年（358）八月；而谢万以豫州刺史的身份率军北征，惨败于燕兵，是在晋穆帝升平三年（359）十月。谢万当时是"狼狈单归"，这位豫州刺史竟然到了无人护卫的窘境；不仅如此，"军士欲因其败而图之"，即军士打算将谢万除掉以泄愤，只是看在其兄长谢安的面子上放过了他而已。面对一败涂地的谢万，王羲之恨铁不成钢。

王羲之说"此禹、汤之戒"，除了顺着谢万信中的"惭负宿顾"来说之外，还牵连着"禹、汤之戒"原典出处的上下文（尤其是下句"桀、纣罪人，其亡也忽焉"不可忽略），《世说新语》的编写者将此故事安排在轻诋门，可推知王羲之"此禹、汤之戒"这句话尚未说完，未说出的意思当与轻诋有关。

11 蔡伯喈①睹睐笛椽②，孙兴公听妓振且摆折③。王右军闻，大嗔④曰："三祖寿乐器⑤，虺瓦吊⑥孙家儿⑦打折！"（轻诋20）

释义

①蔡伯喈：即蔡邕（133—192），字伯喈，东汉著名学者，博学多才，官至左中郎将。

②睹睐笛椽（chuán）：乐器名，长笛，器型颇为圆粗，为蔡邕所创制。据刘孝标注引伏滔《长笛赋叙》，蔡邕"避难江南，宿于柯亭之馆，以竹为椽，邕仰晒之，曰：'良竹也。'取以为笛，音声独绝。"可视为"睹睐笛椽"之名的由来，即蔡邕仰晒而看见良竹（含"睹睐"二字的出处），既可做笛子，又可做椽子（含"笛椽"二字的出处）。椽，屋架上的木条。

③听妓振且摆折（shé）：任由女伎敲击摆弄而打坏了。听，任由，任从；折，损坏。

④大嗔（chēn）：大为震怒。嗔，怒，生气。

⑤三祖寿乐器：意为这件乐器祖上传下，已历三代。

⑥虺（huǐ）瓦吊：詈（lì）辞，骂女性的话。语本《诗经·小雅·斯干》："维虺维蛇，女子之祥；乃生女子，载弄之瓦。"虺，蛇类，藏身于洞穴之中，属于阴物；瓦，原指陶制纺轮，此处是"弄瓦"的省称，也代指女性；吊，义不详，疑为民间詈辞。

⑦孙家儿：孙家这小子。

释读

有一种长笛叫睹睐笛椽，相传为东汉蔡邕所创制；有一次，女伎表演，孙绰任由女伎拿着这根长笛敲击摆弄，终于损坏了。王羲之知道后，大为震怒，说："这件乐器祖上传下，已历三代。臭婆娘，还有孙家这小子，竟然弄坏了！"

据《晋书·孙绰传》，孙绰"居于会稽，游放山水，十有余年"；其人"性通率，好讥调"，喜欢挖苦别人，以为笑乐；"会稽内史王羲之引为右军长史"。由此可知，这个故事当发生在孙绰做右军长史时期。

我们知道，王家是有家乐的。《世说新语》方正门第四十则"王丞相作女伎"条有过介绍（请参见本书王导部分）。估计身为右军长史的孙绰当时在张罗着王家的家乐，却没有管理好，失职了，出现乐器损坏事件。

王羲之恼火，动了真气，因为损坏的是祖传的珍贵乐器。人生起气来，难免失态，难听的话也会说出口；何况，面对的是这个平时就"好讥调"的孙绰，有多难听就骂得多难听。王羲之说粗口的语境，宜作如是观。

12 ▷ 王右军得人以《兰亭集序》①方②《金谷诗序》③，又以己敌④石崇⑤，甚有欣色。（企羡3）

释义

①《兰亭集序》：王羲之撰，作于晋穆帝永和九年（353）。

②方：比并，相比。

③《金谷诗序》：石崇撰，作于晋惠帝元康六年（296）。

④敌：比并，即不相上下。

⑤石崇：字季伦（249—300），西晋权臣，官至荆州刺史，以奢华出名。拥有别馆金谷园，故址在今河南洛阳东北。

释读

有人将王羲之的《兰亭集序》与西晋石崇的《金谷诗序》并论，又认为王羲之与石崇不相上下。王羲之得悉后甚为高兴，喜形于色。

且看《金谷诗序》中的文字："余以元康六年，从太仆卿出为使持节监青、徐诸军事、征虏将军，有别庐在河南县界金谷涧中，去城十里，或高或下，有清泉茂林、众果竹柏、药草之属，金田十顷，羊二百口，鸡猪鹅鸭之类，莫不毕备。……时征西大将军王诩当还长安，余与众贤，共送至涧中，昼夜游宴，屡迁其坐，或登高临下，或列坐水滨，……遂各赋诗，以叙中怀；或不能者，罚酒三斗。感性命之不永，惧凋落之无期，故具列时人官号姓名年纪，又写诗著后。后之好事者，其览之哉。"（严可均辑《全晋文》卷三三，商务印书馆，2006年，第335页）

换言之，这一次金谷相聚的由头是"征西大将军王诩当还长安"，临行送别，大家共乐，各赋其诗，成《金谷诗》一卷，石崇为之作序，表明《金谷诗》的编辑成书是为了纪念这次欢聚。

刘孝标注引王羲之的《临河叙》（《兰亭集序》的别称）："永和九年，岁在癸丑，暮春之初，会于会稽山阴之兰亭，修禊事也。群贤毕至，少长咸集。此地有崇山峻岭，茂林修竹。又有清流激湍，映带左右。引以为流觞曲水，列坐其次。是日也，天朗气清，惠风和畅，娱目骋怀，信可乐也。虽无丝竹管弦之盛，一觞一咏，亦足以畅叙幽情矣。故列序时人，录其所述。右将军司马太原孙丞公等二十六人，赋诗如左，前余姚令会稽谢胜等十五人不能赋诗，罚酒各三斗。"

这次兰亭相聚的由头不是为了送别某人，而是"修禊事也"，即依照民间风俗于三月三（上巳节）这一天在水边举行修

世说新语别裁详解

☆ 东晋名士 ☆

三 王羲之（附王徽之、王献之）

禊仪式，以期消灾祈福。当然，能赋诗的赋诗，不能赋诗的罚酒三斗，跟金谷相聚是同一规矩。传世唐人摹《兰亭集序》墨迹尚有"向之所欣，俯仰之间，以（已）为陈迹，犹不能不以之兴怀。况修短随化，终期于尽。古人云：'死生亦大矣。'岂不痛哉"等语，其对于人生之感叹略同于《金谷诗序》的"感性命之不永，惧凋落之无期"。

两相比对，有人将《兰亭集序》比拟于《金谷诗序》，并非没有道理。两篇文章的文体、结构以及所要表达的意思，不无相似之处。石崇的《金谷诗序》自西晋以来已成名文，东晋的王羲之得知自己的文章能够与之并论，自然是高兴的。

不过，对于"又以己敌石崇"，王羲之竟然也"甚有欣色"，这就有点出人意料了。以我们的眼光看，石崇是一个负面人物，他穷奢极侈，在历史上口碑甚差，而王羲之是"书圣"，是大艺术家，石崇怎么可以跟王羲之比，或者倒过来说，王羲之怎么可以跟石崇拉上关系呢？可是，若以"了解之同情"来看待，则可以得出另一种解释。

据《晋书·石崇传》，在八王之乱期间，石崇被赵王司马伦的势力所杀；待赵王被灭，晋惠帝复辟，朝廷为石崇补办了隆重的葬礼，即"以卿礼葬之"，并且封石崇的从孙石演为乐陵公。可见，石崇及石家在晋朝还是很有地位的。石崇并非一无是处，《晋书》本传说他本是"功臣子"（其父石苞官至司徒），"少敏惠，勇而有谋"，"伐吴有功，封安阳乡侯。在郡虽有职务，好学不倦"，"颖悟有才气"，身上有"任侠"之气，等等。估计在王羲之的时代，石崇依然颇有名望，有人将王羲之与石崇相比拟，更有可能是在"颖悟有才气""好学不倦"等方面指出二人有相似之处。王羲之乐于接受这类议论，是有缘由的。

13 王右军素轻蓝田①,蓝田晚节论誉转重②,右军尤不平。蓝田于会稽丁艰③,停山阴④治丧。右军代为郡⑤,屡言出吊⑥,连日不果。后诣门自通⑦,主人既哭,不前而去⑧,以陵辱之。于是彼此嫌隙大构⑨。后蓝田临扬州⑩,右军尚在郡,初得消息,遣一参军诣朝廷,求分会稽为越州⑪,使人⑫受意失旨⑬,大为时贤所笑。蓝田密令从事⑭数其郡诸不法⑮,以先有隙,令自为其宜⑯。右军遂称疾去郡,以愤慨致终。(仇隙5)

释义

①蓝田:即王述,字怀祖,中朝名士王承之子。得到王导的赏识和重用,曾任会稽内史、扬州刺史、征虏将军、扬州都督等,屡历州郡,官声颇佳。官至尚书令。袭封蓝田侯,故称。

②晚节论誉转重:至晚年声誉日隆,更为人所敬重。

③丁艰:处于父或母去世的守丧期间。此处指王述的母亲去世。

④山阴:会稽郡下属的县。今浙江绍兴。

⑤代为郡:意为王羲之代王述出任会稽内史。

⑥出吊:意为前来吊唁。

⑦诣门自通:意为来到门前不经门人通报而自行入内。

⑧不前而去:没有上前至灵堂拜祭而转身离开。

⑨嫌隙大构:相互间产生很大的矛盾。

⑩临扬州:意为王述出任扬州刺史,会稽郡属于其管辖范围。

⑪分会稽为越州:将会稽从扬州分出去而单列为越州。会

稽在春秋时属于越国。

⑫使人：使者，即上文之参军。

⑬失旨：意为理解错了王羲之的原意。

⑭从事：州刺史下属的佐吏，如主簿、功曹、别驾等。

⑮诸不法：诸种违法行为或事件。

⑯自为其宜：意为自己看着办。

释读

王羲之素来看不起王述，可王述到晚年声誉日隆，为人所敬重，王羲之心里更不服气。王述在任会稽内史时遭遇丧母之痛，回到山阴老家治丧。此时，王羲之代替王述出任会稽内史一职，多次说要到山阴吊唁，可接连过了几天还不见前去。再稍后，终于来到王述家门前，不经门人通报而自行入内；主人见客到，依礼而哭，但王羲之没有上前至灵堂拜祭而随即转身离开了，以这样的方式凌辱王述。于是，双方产生很大的矛盾，结下仇怨。及后，王述升官，出任扬州刺史，会稽郡在其管辖范围之内，而王羲之依然还是会稽内史。王羲之一听得王述升职的消息，赶紧派遣一名参军拜谒朝廷，请求将会稽从扬州分出去而单列为越州。可是，这位参军接下任务后却理解错了王羲之的原意，弄出笑话，成为当时官场里的谈资。王述知道王羲之不怀好意，秘密派遣自己的佐吏到会稽郡调查，历数该郡各种违法的行为或事件，因为早有嫌隙，王述并不客气，命王羲之自己看着办。王羲之于是自称有病，辞去会稽内史一职；直到临终，其意难平，愤慨难消。

《晋书·王羲之传》记王述出任扬州刺史时王羲之的反应："及述蒙显授，羲之耻为之下，遣使诣朝廷，求分会稽为越州。行人失辞，大为时贤所笑。既而内怀愧叹，谓其诸子曰：'吾不减怀祖，而位遇悬邈，当由汝等不及坦之（王述儿子）故邪！'述后检察会稽郡，辩其刑政，主者疲于简对。羲之深耻之，遂称病去郡。"王羲之认为自己的才能不比王述差，但官位悬殊，大为恼火，还迁怒于诸子，埋怨儿子们不如王述的儿子王坦之那样优秀。可见王羲之在王述升官这件事上大为失态，他愤然辞官，固然有负气的因素，也有惹不起躲得起的意思。

王羲之一代人杰，颇输官运；为人有宽厚平和之时，也有暴跳如雷之日。人就是这么复杂。不管如何，王述守孝期间，王羲之在灵堂前的举动过于出格，颇为过分，其失态程度有些令人难以置信，可又是实际发生过的。其性格不无偏狭，也过于任性了。

综观王羲之一生，他遇到过不少贵人，可也真是遇上了一个克星，就是王述。他与王述的恩怨由来已久，《世说新语》忿狷门第二则记载了一个小故事："王蓝田性急。尝食鸡子，以箸刺之，不得，便大怒，举以掷地。鸡子于地圆转未止，仍下地以屐齿蹍之，又不得，瞋甚，复于地取内（通"纳"）口中，啮破即吐之。王右军闻而大笑曰：'使安期（王述父亲王承，字安期）有此性，犹当无一豪（通"毫"）可论，况蓝田邪？'"此处的"鸡子"，即熟鸡蛋。王述性子急，不耐烦剥壳，吃起来洋相百出，令人忍俊不禁。王羲之得知后哈哈大笑，还刻薄地说：这样急性子，就算是王述他爹也显得一无是处，何况是王述呢？这也是"王右军素轻蓝田"这句话的注脚。可是，就是这个被王羲之极度瞧不起的王述却成了他一生最大的克星。

世事诡谲，可不慎乎！

14. 谢太傅①语王右军曰："中年伤于哀乐，与亲友别，辄作数日恶②。"王曰："年在桑榆③，自然至此，正赖丝竹陶写④。恒恐儿辈觉⑤，损欣乐⑥之趣。"（言语62）

释义

①谢太傅：即谢安。

②恶：难过。

③桑榆：喻晚年。桑榆，本来代指落在桑树、榆树上的夕阳。

④正赖丝竹陶写：正要借助丝竹之乐（弦乐与管乐）来抒发内心情感。陶写，陶冶宣泄。

⑤恐儿辈觉：生怕子侄辈发觉（听出意思来）。

⑥欣乐：此处指借助丝竹来调适心情，调适心情后才会感到轻松一些。

释读

谢安对王羲之说："人到中年，每有哀乐之事都会引发感伤，尤其是与亲友离别，连续数天都会内心难受。"王羲之颇有同感，回应道："年纪大了，自然会有这番感受，故弹琴吹箫，就是要借以陶冶性情，抒发内心情感。可又每每生怕子侄辈听出意思来了，想有所掩饰，反而减损自己调适心情的意趣。"

若依据王羲之生于303年的说法，则他比生于320年的谢安年长得多，更有生活阅历和感情体验来谈论"伤于哀乐"的话题。从两人的用语可以看得出他们的年纪差别，谢安说的是"中年"，王羲之说的是"桑榆"即晚年，符合二人的口吻。

比较费解的是"恒恐儿辈觉，损欣乐之趣"，如果转换一下话语，可能好理解一些。"正赖丝竹陶写"，用今天的话说，就是借助丝竹来调适心态，激发旷远之思，以此对冲那种"伤于哀乐"的生命感觉。可是，这样的动机多少带有自我掩饰的成分，哀乐能否消解并无把握，要是被子侄辈听出来了，他们劝慰几句，反而徒增不必要的哀伤，这大概是"损欣乐之趣"所内含的不便明言的心绪。

王羲之《兰亭集序》说："向之所欣，俯仰之间，已为陈迹，犹不能不以之兴怀。况修短随化，终期于尽。古人云：'死生亦大矣。'岂不痛哉！"又说："固知一死生为虚诞，齐彭殇为妄作。后之视今，亦犹今之视昔，悲夫！"这就可证哀乐之感难以消解，怎么掩饰也会露馅。这才是王羲之"恒恐儿辈觉"的实情。

王羲之写过很多杂帖，折射出其日常生活的点点滴滴，其中，多涉生老病死话题，如一封杂帖云："追寻伤悼，但有痛心，当奈何奈何！……吾老矣，余愿未尽，唯在子辈耳；一旦哭之，垂尽之年，转无复理，此当何益？冀小却渐消散耳。"（严可均辑《全晋文》卷二三，商务印书馆，2006年，第224页）所谓"冀小却渐消散耳"（意为希望渐渐淡忘，平复心情）正可以作为"年在桑榆，自然至此，正赖丝竹陶写"等语的注脚。

附录一
王徽之故事精选四则

王徽之（？—388），字子猷（yóu）。王羲之第五子。官至黄门侍郎，后弃官家居，以病终。

1 王子猷尝暂寄人空宅①住，便令种竹。或问："暂住何烦尔？"王啸咏②良久，直指竹曰："何可一日无此君！"（任诞46）

释义

①空宅：空置的房子。
②啸咏：长啸歌咏。

释读

王徽之曾经在别人空置的房子里短时寄居，他命令仆人在园地里种上竹子。有人不解，问道："房子又不是您的，暂住何必这样麻烦呢？"王徽之没有马上回答，只见他长啸一番，又歌咏一番，过了好些时候，才指着竹子说："哪能一天少得了此君！"

这里有一个细节值得关注，王徽之移居时，是顺便带上了待种的竹子的，否则，就不会有"直指竹曰"的举动。于是，"便令种竹"是即时行为，一刻也不能耽误。

可为何有人大惑不解质疑时王徽之没有及时回答，还要"啸咏良久"呢？刘孝标注引《中兴书》曰："徽之卓荦（luò）不

三　王羲之（附王徽之、王献之）

羁，欲为傲达，放肆声色颇过度。时人钦其才，秽其行也。"这就是他"卓荦不羁，欲为傲达"的具体表现了。王徽之出身琅邪王氏，已是名门望族，且外公是权势甚大的郗鉴，郗家的第二代如郗昙即其舅舅也拥有显赫的地位，诸如此类，都是王徽之的家族优越感的来源，他目中无人，自傲放达，回答一句是给你面子，不回答也奈何我不得。他又是长啸，又是歌咏，恍如天地之大，唯我独尊，似乎进入了"我即宇宙，宇宙即我"的境界，好不悠游，好不自在。

王徽之这种心态常常在其他故事里有所呈现。如《世说新语》任诞门第四十九则："王子猷出都，尚在渚下。旧闻桓子野善吹笛，而不相识。遇桓于岸上过，王在船中，客有识之者，云是桓子野。王便令人与相闻云：'闻君善吹笛，试为我一奏。'桓时已贵显，素闻王名，即便回下车，踞胡床，为作三调。弄毕，便上车去。客主不交一言。"这里的桓子野，即左将军桓伊，曾经在晋孝武帝的宴会上吹笛，当时，谢安也在场，其音乐造诣得到高度评价（参见刘孝标注引《续晋阳秋》）。所谓"王子猷出都，尚在渚下"，意为王徽之应召前往京都建康，尚未到达，在清溪（渚下）一带停泊，刚好桓伊从岸上路过，二人素未谋面，只是王徽之身边的人认出那就是吹笛子很厉害的桓伊，王徽之也不计较人家桓伊已经是显贵了，出于唯我独尊的心态，令人前去交涉，毫不客气地说"听闻阁下擅长吹笛，试为我一奏"，连"请"字也不用。而桓伊也真是买账，本来是坐在车上的，这回专门为他下车，在王徽之停泊的地方摆出胡床（折叠椅），坐在胡床上吹奏了三支曲子，吹完，上车走人，乃至于全程"客主不交一言"。

回到上面的故事，王徽之多少给了面子，在"啸咏良久"

之后，终于说出了流传千古的金句："何可一日无此君！"话不多，仅此一句，可比"客主不交一言"算是有所不同了。

王徽之爱竹，类似于后来的陶渊明爱菊、周敦颐爱莲、林和靖爱梅，均为千古佳话。《世说新语》简傲门第十六则记王徽之另一个爱竹的故事："王子猷尝行过吴中（吴郡地区），见一士大夫家极有好竹。主已知子猷当往，乃洒扫（清理庭院）施设（布置一番），在听事（厅堂）坐相待。王（子猷）肩舆（坐着轿子）径造竹下，讽啸良久。主已失望，犹冀还（出门时）当通（通报一声），（子猷）遂直欲出门。主人大不堪（受不了），便令左右闭门不听出（不让出去）。王（子猷）更以此赏主人，乃留坐，尽欢而去。"

这一位士大夫，应该是早就知道王徽之的名声和爱好，估计他路经这里，会来赏竹，于是预作准备，打扫干净庭院，安排待客之物，等候贵客的光临。可王徽之根本不在意这位主人，在意的只是竹林，他坐着轿子，大模大样直接到竹林观赏。主人以为他总会礼貌地过来打声招呼才走，可是没有，他看完竹子就打算径直离开。主人实在忍受不了这种傲慢，吩咐仆人关门，不准出去；王徽之这才发现主人很有个性，反而不急着走，跟主人聊天，还聊得很痛快，终于笑着道别。这是一个颇有戏剧性的故事。但总的来看，王徽之目中无人是惯常的，不只是一时一地的；他很随性，而爱竹又爱得很痴迷。

我们可以相信，王徽之爱竹是一种自觉的审美追求，但他爱得很自我，傲然孤高的背后是个性膨胀的表现；清雅的举动，却也显出俗气的贵族做派。

2 王子猷居山阴，夜大雪，眠觉，开室命酌酒，四望皎然。因起仿偟①，咏左思《招隐诗》②。忽忆戴安道③。时戴在剡④，即便夜乘小船就之。经宿方至⑤，造门⑥不前而返。人问其故，王曰："吾本乘兴而行，兴尽而返，何必见戴？"

（任诞47）

释义

①仿偟（páng huáng）：徘徊，来回走动。又作彷徨。

②《招隐诗》：西晋著名诗人，左思作品此诗题旨是写隐居之乐。

③戴安道：戴逵（326—396），字安道，东晋著名画家和雕刻家。为人高洁，淡泊名利，不畏权势，颇有风骨。其生平事迹见《晋书·隐逸传》。

④剡（shàn）：即会稽剡县（今浙江嵊州）。

⑤经宿（xiǔ）方至：经过一夜方才到达。宿，一夜。

⑥造门：已到门前。

释读

王徽之居住在山阴，一天夜里，下起大雪，天寒地冷，他睡不安稳，忽然醒了，开门吩咐仆人备上热酒，探头四望，但见外面尽是一片皎洁的雪景。干脆走动走动，暖暖身子，他边走动边吟咏着左思的《招隐诗》。由《招隐诗》忽然想起隐居自乐的好友戴安道。当时戴安道住在剡县，王徽之随即连夜从山阴出发，乘着小船沿着曹娥江往南走，走了一夜的水路，终于抵达戴安道的住处，来到门口，却不上前，转身下船，当即折返。有人问王徽之何以如此，答道："我本来就是乘着兴致而来的，兴致到了

三　王羲之（附王徽之、王献之）

头，自然就返回了，何必非要见戴安道不可呢？"

王徽之在这一夜体验了"乘兴而行，兴尽而返"的过程。过程的价值远远大于结果，王徽之满足于享受过程，不在乎结果；在时间之中感受存在，而存在的证明就是"我来过，我走了"。

"兴起"的触媒是左思的《招隐诗》。刘孝标在注文里摘引了此诗的前面几句："杖策招隐士，荒涂横古今。岩穴无结构，丘中有鸣琴。白雪停阴冈，丹葩曜阳林。"原诗还有下半首，其中"非必丝与竹，山水有清音"也是名句，且是"岩穴无结构，丘中有鸣琴"二句的具体说明。换言之，《招隐诗》能够触发读者对天籁之音的向往，对自然而然的体验的追求，而王徽之是一个感悟力很强的人，又十分率性，他感受到似乎有一种无形的牵引力将他带到了剡县，一夜水路，除了听船行水面的声音之外，大概还会听到接近黎明时分那些树上刚醒过来的小鸟的鸣叫，以及雪夜里呼啸过耳的风声，等等，这也是"非必丝与竹，山水有清音"的真实体验。可以想见，夜里，尤其是大雪纷飞的深夜，看到的东西往往是模糊不清的，置身于寂静的夜色，航行于弯弯曲曲的水道，正是享受天籁之音的好时机。王徽之体验过了，满足了，可以回家了。

这可以理解为是一次难得的即兴式的审美体验。从俗人的角度看，这一夜太折腾了，而王徽之身为贵族，以清高自许，却会觉得此举深具行为艺术的韵致："我"做到了别人做不到的事情，"我"享受到了别人享受不到的快乐，如此足矣，别无他求。

所谓"雪夜访戴"，这个故事到底是没结局还是有结局的呢？不同的人会有不同的答案。就王徽之而言，"非必丝与竹"跟"何必见戴"对应起来，他仿佛走进左思的意境中了。

3 王子猷作桓车骑①骑兵参军②，桓问曰："卿何署？"答曰："不知何署，时见牵马来，似是马曹③。"桓又问："官有几马？"答曰："不问马，何由知其数？"又问："马比④死多少？"答曰："未知生，焉知死？"（简傲11）

释义

①桓车骑：即桓冲（328—384），字幼子，桓彝之幼子，桓温之少弟，得桓温培养。曾任车骑将军，故称。

②骑兵参军：官名，掌管供养马匹及牧养其他杂畜等事务。

③马曹：管马匹的官署。此是对"骑兵参军"的戏称。

④比：近来。

释读

王徽之做桓冲的骑兵参军，一次，桓冲见到他，问："你是哪一个官署的呢？"王徽之答道："我也不知道是什么官署，只是时不时看见有人牵马进来，好像是管马匹的官署吧。"桓冲又问："官署里有多少匹马呢？"王徽之记忆起孔子的往事，随口回答道："既然不问马，具体数字怎么知道？"桓冲继续问："近来死了的马匹有多少呢？"王徽之还是想到孔子的话，借用答道："未知生，焉知死？"

桓冲遇到了一个软皮蛇式的下属。王徽之吊儿郎当，好像什么事情都不上心，或者说，他心里根本就瞧不起骑兵参军这个官职，故以"马曹"来戏称自己的职位。

刘孝标注引《中兴书》曰："桓冲引徽之为参军，（王）蓬首散带，不综知其府事。"这条材料可以参考，可知王徽之有不注重仪表的一面，"蓬首散带"，衣冠不整；同时，心思不在官署,"不综知其府事",既不熟悉本职业务,也不愿意多做了解,敷衍度日,得过且过。

可是,王徽之的傲气还是掩饰不住。面对自己的长官,没有敬畏之心,回答问题相当随意,不无调侃,如"不问马"和"未知生,焉知死"都是答非所问,以《论语》的典故敷衍了事。前者出自《论语·乡党》:"厩焚,孔子退朝曰:'伤人乎?'不问马。"马厩起火,孔子关心是否有人受伤,而没有问及马匹的情况;后者出自《论语·先进》:"子路问死。孔子曰:'未知生,焉知死?'"死后的世界茫然难知,连人生诸事也不尽了然,哪能知道身后之事呢?这是孔子的态度,可王徽之用来回答桓冲"马比死多少"的问题,除了答非所问之外,还带有不屑搭理的轻蔑语气。

《世说新语》简傲门第十三则,活画出王徽之在桓冲面前的简傲之态:"王子猷作桓车骑参军。桓谓王曰:'卿在府久,比当相料理。'初不答,直高视,以手版拄颊云:'西山朝来,致有爽气。'"桓冲大概观察过一段不短的时间了,觉得王徽之还是不像样,提醒他做事要用点心,故说"卿在府久,比当相料理",这是长官的批评意见,听着不舒服,王徽之"初不答,直高视",回答了也依然是说话不着调,说"西山朝来,致有爽气";注意"以手版拄颊"的细节,他好像在出神地望着远方,将自己抽离出当下,其意不言自明:我就是这样洒脱不羁!简直是将桓冲的批评当作耳旁风。

桓冲是一个务实的人,据《晋书·桓冲传》,他年少时受过苦,深知人生不易,故而"性俭素,而谦虚爱士"。他面对王徽之,能够不发脾气,好言相劝,也是爱士的具体表现。而王徽之从来以贵公子自居,性格与桓冲有着较大的反差。

4 王子猷诣谢万，林公①先在坐，瞻瞩②甚高。王曰："若林公须发并全，神情当复胜此不③？"谢曰："唇齿相须，不可以偏亡。须发何关于神明④！"林公意甚恶⑤，曰："七尺之躯，今日委君二贤⑥。"（排调43）

释义

①林公：即支道林，东晋高僧，也善于清谈。

②瞻瞩：本指眼光、眼界，此处转义为气性、心性。

③复胜此不：意为是不是更胜于现在。不，通"否"。

④须发何关于神明：意为支道林是僧人，虽剃去须发，但毫不影响其精神状态。

⑤意甚恶（wù）：内心十分反感，甚为憎恶。恶，憎恶。

⑥七尺之躯，今日委君二贤：这是支道林说的气话，意为我的身躯任由你们二位贤人糟践得了。

释读

王徽之去拜访谢万，支道林已先行在座，而此公气性甚高。王徽之同样心性傲慢，见他须发全剃，打趣说："如果林公须发齐全，神情是不是更胜于现在呢？"谢万作为主人，不想让支道林难堪，接过话头反驳说："唇与齿才是相互依存的，少了哪一样都不行；须发可不是，就是剃光了也毫不影响精神状态啊！"支道林眼看二人对自己评头论足，内心十分反感，没好气地说："我七尺之躯，今天全都交给二位贤人糟践得了。"

王徽之的话说得很不地道，也太没礼貌。支道林有气场，王徽之也有气场，两人都"瞻瞩甚高"，碰到一起，不免擦出火花。王徽之首先发难，身为主人家的谢万甚为尴尬，他本来不想由此引起支道林的不快，忙着反驳，有点护着支道林的意思，却不慎掉进了王徽之设下的语言陷阱，不得不拿须发来说事儿。而须发对于支道林这位和尚来说是很敏感的，谢万就是如此这般无意中得罪了支道林。

王徽之不待见支道林，除了其本人的性格之外，可能还有一个不可忽略的因素，就是琅邪王氏信奉的是五斗米道（即天师道），属于道教系统，与佛教有异。大概在他的心目中，支道林只是一个"外道"而已。

《世说新语》轻诋门第三十则记下了一件相关的事情："支道林入东，见王子猷兄弟。还，人问：'见诸王何如？'答曰：'见一群白颈乌，但闻唤哑哑声。'"王徽之家族居住在山阴，在建康的东南方，所谓"入东"，大概指支道林从建康去山阴，见到王徽之兄弟。"诸王"给支道林的印象不佳，支道林对他们的评价也不好，白颈乌以叫声沙哑著称，以此喻王徽之兄弟，可谓差评。

王徽之与支道林之间有过节，也有观念背景的差异。东晋时期，士人及僧人的观念形态互有参差，也互相关联，上面的故事比较生动地反映出这样的精神生态。

附录二

王献之故事精选五则

王献之（344—386），字子敬。王羲之第七子。著名书法家。官至中书令，病卒于官。与王导孙子王珉（小字僧弥）齐名；王献之、王珉均为中书令，序齿，王献之年长，世称"大令"，而王珉为"小令"。书法史上常称王献之为"王大令"。

1. 王子猷、子敬曾俱坐一室，上忽发火。子猷遽走避，不惶取屐①；子敬神色恬然，徐唤左右，扶凭而出，不异平常。世以此定二王神宇②。（雅量36）

释义

①不惶取屐（jī）：来不及穿上木屐。不惶，即不遑，来不及。
②神宇：胸襟气度。

释读

某日，王徽之、王献之兄弟同坐在一个房间里，屋顶忽然着火。只见王徽之迅即起身逃走躲避，木屐也来不及穿；可王献之不然，他神态自若，表情恬淡，不慌不忙唤来下人，由下人扶着走出房间，好像没有发生过什么事一样。世人依此判定这兄弟俩胸襟气度的差异。

晋人推崇"每临大事有静气"的风致。可知，在这场突如其来的火灾之中，依据兄弟俩不同的反应，人们是高看王献之的。将这个故事编入雅量门，要表彰的是王献之。

483

世说新语别裁详解

△ 东晋名士

2 王黄门①兄弟三人俱诣谢公②，子猷、子重③多说俗事，子敬寒温④而已。既出，坐客问谢公："向三贤孰愈⑤？"谢公曰："小者最胜。"客曰："何以知之？"谢公曰："吉人之辞寡⑥，躁人之辞多，推此知之。"（品藻74）

释义

①王黄门：即王徽之，曾任黄门侍郎，故称。

②谢公：即谢安。

③子猷、子重：即王徽之、王操之（字子重，行六）。

④寒温：问候的话。

⑤孰愈：谁更出色。愈，贤，好。

⑥辞寡：话少。下文"辞多"即话多。

释读

王徽之三兄弟一起去拜访谢安，王徽之、王操之话多，说的都是俗事，王献之只是礼貌性地说了问候的话而已。三兄弟离开后，有在场的客人问谢安："刚才三位贤才哪一位更出色呢？"谢安回应道："最小的那位最佳。"客人又问："您是怎么知道的？"谢安说："话少的人安吉，话多的人躁急。由此类推，可以判断。"

谢安熟读经书，"吉人之辞寡，躁人之辞多"出自《周易·系辞下》。他据此推断王献之为人稳重，不像他的两个兄长王徽之、王操之那么浮躁。

王献之话不多，却很内秀。《世说新语》言语门第九十一则记王献之的一段名言，大概是从其某篇文章中摘录出来的："王子敬云：'从山阴道上行，山川自相映发，使人应接不暇。若秋冬之际，尤难为怀。'"刘孝标注引《会稽郡记》曰："会稽境特多名山水，峰崿隆峻，吐纳云雾。松栝枫柏，擢干竦条，潭壑镜彻，清流泻注。王子敬见之曰：'山水之美，使人应接不暇。'"可见王献之置身于会稽境内，感受力很强，敏锐地描绘出该地的风景特色，显露出其内在的才情。

事实上，谢安的判断是准确的，王家的这三位兄弟（老五、老六、老七），最小的老七在历史上名气最大，与其父王羲之齐名，均为书法大家，史称"二王"。正是"小者最胜"。

3 谢公问王子敬："君书何如君家尊①？"答曰："固当不同。"公曰："外人论殊不尔。"王曰："外人那得知？"（品藻75）

释义

①君家尊：即王献之父亲王羲之。

释读

谢安问王献之："阁下的书法能否比得上令尊的呢？"王献之回答："本来就各不相同。"谢安接着说："可是，人们的议论跟阁下的说法大不一样。"王献之答道："外人哪里会明白个中奥妙呢？"

刘孝标注引《文章志》曰："献之善隶书，变右军法为今体。字画秀媚，妙绝时伦，与父俱得名。其章草疏弱，殊不及父。或讯献之云：'羲之书胜不？''莫能判。'有问羲之云：'世论卿书不逮献之？'答曰：'殊不尔也。'它日见献之，问：'尊

三　王羲之（附王徽之、王献之）

君书何如？'献之不答。又问：'论者云，君固当不如？'献之笑而答曰：'人那得知之也。'"其中，"其章草疏弱，殊不及父"，可能就是谢安所说"外人论殊不尔"的依据，盖谓王献之输于其父一筹。

余嘉锡笺疏引《法书要录》卷一南齐王僧虔《论书》里的话："（谢安）得子敬书，有时裂作校纸。"换言之，谢安不太珍视王献之的书法作品。

其实，王献之回答谢安的话更值得玩味。杰出的艺术，难以排座次；要是硬生生地来排座次，反而体会不到伟大艺术的唯一性。每一位伟大的艺术家，都是唯一的，不可复制的，无法替代的。王献之极有自信，尽管其父王羲之已经名满天下，可他自我认定与父亲的书法"固当不同"，无法比较，以此表达自己对外界评论的立场。

书法史已经证明，"二王"并称，名垂千古。

4. 王令①诣谢公，值习凿齿②已在坐，当与并榻③。王徙倚不坐④，公引之与对榻。去后，语胡儿⑤曰："子敬实自清立⑥，但人为尔多矜咳⑦，殊足损其自然⑧。"（忿狷6）

释义

①王令：即王献之，曾任中书令，故称。

②习凿齿：东晋史学家，字彦威，官至荥阳太守。著有《汉晋春秋》五十四卷。出身寒微，故王献之耻于跟他并坐。

③并榻：并排坐于同一张榻上。下文"对榻"，指对面而坐。

④徙倚不坐：站着不坐，徘徊走动。

⑤胡儿：谢朗小名。谢安的侄子。

⑥清立：清高傲慢。

⑦尔多矜咳：那么多矜持拘束的举动。矜咳，意为矜持拘束。

⑧损其自然：意为减损人之所以为人的自然天性。

|| **释读**

王献之拜访谢安，当时，习凿齿已经在座，刚好其身边还有一个位置，王献之可以跟习凿齿并排坐在同一张榻上。可王献之没有落座，站着不坐，徘徊走动。谢安看在眼里，只好将王献之拉过来，让他在习凿齿对面的榻上就座。二人都离开后，谢安对侄子谢朗说："子敬实在过于清高傲慢，为人太刻意了，做了那么多矜持拘束的举动，大为减损人之所以为人的自然天性。"

刘孝标注引刘谦之《晋纪》："王献之性甚整峻，不交非类。"所谓"不交非类"，反映出王献之的门阀意识。他以贵族自居，目中无人，在社交场合表现得极不自然，为人所诟病。

想当年，王羲之尚能称赞郗鉴家里的伧奴即男仆有文才（参见《世说新语》品藻门第二十九则，及本书王羲之部分），王献之在这一点上终究不如其父。

5 王子敬病笃①，道家上章②，应首过③，问子敬："由来有何异同得失④？"子敬云："不觉有余事，唯忆与郗家⑤离婚。"

（德行39）

释义

①病笃：病危。

②道家上章：请道士做章表，向天祷告，以期消灾祛病。此处之"道家"特指琅邪王氏所信奉的五斗米道。王家有人病危，"道家上章"是固有仪式。

③首过：自首自己一生的过失。

④异同得失：犹言异于常理的举动和内心有愧的过失；"异同"指前者，"得失"指后者。

⑤郗家：即王献之前妻郗氏，她是郗鉴次子郗昙之女，后与王献之离婚。

释读

王献之病危，家人请道士制作章表，向天祷告，以期消灾祈福，其中，有一项内容是要自首自己一生的过失，以求上天宽恕。道士问王献之："您这一生有什么异于常理的举动和内心有愧的过失吗？"王献之回应道："别的没有，就是记起了跟郗氏离婚这件事。"

刘孝标注引《王氏谱》曰："献之娶高平郗昙女，名道茂，后离婚。"又，《晋书·王献之传》记王献之"以选尚新安公主"，此新安公主，是简文帝第三女；另据《初学记》卷十引王隐《晋书》，王献之与新安公主结婚后育有一女。可知，王献之前后结过两次婚。

看来，王献之难以忘记前妻郗氏，内心当有愧疚，故而临终前以愧对郗氏为过。

至于二人为何离婚，不得而知。郗氏父亲郗昙，既曾是王献之的岳父，又是其舅舅。其间，一定发生过比较难堪之事，否则，这门亲上加亲的婚事没有理由以离婚收场。联系到郗昙之父郗鉴晚年与王导交恶（参见《世说新语》规箴门第十四则，及本书王导部分），王羲之夫人郗氏劝诫自己的弟弟（郗愔、郗昙）不要再去王家（参见《世说新语》贤媛门第二十五则，及本书王羲之部分），等等，郗、王两家似乎后来积怨不浅。

东晋门阀之间的婚姻，不可避免带有政治因素；而门阀婚姻，又受制于政治关系的变化。其间，真有不足为外人道的内幕与悲情。王献之的故事就是案例之一。

《世说新语》简傲门第十五则所记故事，可以参看："王子敬兄弟见郗公（郗愔），蹑履（穿鞋，代指正装，表示恭敬）问讯，甚修外生（甥）礼。及嘉宾（即郗超，字嘉宾，郗愔之子，王献之的表哥，因依附桓温而甚有权势）死，皆着高屐（穿木屐，不再'蹑履'），仪容轻慢。命坐，皆云'有事，不暇坐'。既去，郗公慨然曰：'使嘉宾不死，鼠辈敢尔！'"刘孝标注云："（郗）愔子超，有盛名，且获宠于桓温，故为超敬愔。"所谓"故为超敬愔"，指王献之兄弟因为郗超有权势才敬重郗愔，待郗超一死，他们态度急转，变得轻慢异常，哪怕郗愔是他们的舅舅。对于王献之而言，郗愔不仅是舅舅，还是他岳父郗昙的哥哥，关系如此亲密，而如斯势利，实在是令人匪夷所思。这也无怪郗愔恶骂王家兄弟是鼠辈。

说不定，王献之临终前回想到这些，内心十分愧疚，才会说"不觉有余事，唯忆与郗家离婚"。这大概是王献之认定的自己一生之中最大的亏心事了。

编选者言

王羲之父子各有鲜明个性，且性格复杂。

王羲之出自琅邪王氏，这是其一生经历的底色。他的两位从伯王敦、王导在东晋政坛上位高权重，可以呼风唤雨，这对于王羲之而言有好有不好。从好的方面说，王羲之从小得到王敦、王导的栽培，在良好的家族环境之中成长，其文化教养、政治素质、人生追求乃至于婚姻家庭等均与此大有关系。从不好的方面说，就是过多卷入政治旋涡，政坛上的纷争难免波及家庭，影响亲属关系，王家与郗家的恩恩怨怨由此而起，可以想见，王羲之身边的郗夫人很难做，而王羲之本人也很难做。

王羲之是天生的艺术家，为人淳厚，敏于感悟，丰富的内心、深刻的体验不断滋养着他的艺术世界，《晋书·王羲之传》说他"以骨鲠称，尤善隶书，为古今之冠，论者称其笔势，以为飘若浮云，矫若惊龙"。他生在权贵世家，却对官场不太入迷，保持若即若离的心态，且自称"吾素自无廊庙志"（《报殷浩书》），正因如此，才会在艺术上专精不二，深造有得，独树一帜。

可王羲之毕竟是王右军，他也是官场中人，这就决定着他也会身不由己卷入人事纠纷。他的辞官和退隐，实在有不得已的苦衷，带着强烈的挫败感，否则，他没有必要跑到自己的父母坟前发誓再也不入官场："自今之后，敢渝此心，贪冒苟进，是有无尊之心而不子也。子而不子，天地所不覆载，名教所不得容。"（《晋书·王羲之传》）此话说得很严重，而其辞官的起因就是轻慢了王述。说到底，王羲之不够世故，如果世故一点，不那么任性，就算看不起王述也不必张扬出来，或许他跟王述的矛盾不至于恶化到不可收拾的程度。

王羲之的儿子，在很大程度上继承了他任性的基因。像王徽之、王献之都很任性，各有不同的任性故事；而且，若仅在自我的世界内任性也就罢了，可在社交场合任性是会出事故的。任性且傲慢的王徽之、王献之在当时留下了不少话柄，这兄弟俩的故事多入《世说新语》的简傲门、任诞门，这些门类里的一项项、一件件，往往属于编写者心目中的负面清单，其评价也就可想而知了。

尽管如此，王羲之父子是不可替代的历史存在，十分独特，且耐人寻味；宜具体分析，不可只做简单判断。他们的人生得失一言难尽，在历史语境里阅读，不同的读者可能会从中领悟到不同的经验或教训。

四 谢安（附谢玄、谢灵运）

谢安（320—385），字安石，东晋陈郡阳夏（今河南太康）人。其父谢裒，官至吏部尚书。是中朝名士谢鲲之子谢尚的从弟。自小就给人"风神秀彻，神识沉敏，风宇条畅"的印象，得到王导的器重，从而享有重名。

谢安出仕晚于其弟谢万，年逾四十才步入官场，在征西大将军桓温身边为司马。而在出仕之前，谢安常常流连山水，与王羲之、支道林等人为友，在浙江上虞的东山一带优游岁月。谢安的"东山之志"很出名，但仅指其刻意远离体制的行迹，而不代表他要弃绝功业；事实上，谢安深受儒家思想影响，其建功立业之心是明确的。

自置身官场之后，谢安的官运颇为亨通，步步高升，先后做过吴兴太守、侍中、吏部尚书、中护军等职。苻坚意欲攻取江东，谢安领命抗击，派遣其弟谢石和侄子谢玄等率军征讨；先拜卫将军、开府仪同三司，封建昌县公，后赢得胜利，是为淝水大捷，而"以总统功，进拜太保"。卒后赠太傅。

谢安多才多艺，于音乐尤具造诣；而手足情深，自其弟谢万去世后，"十年不听音乐"，其用情之真挚于此可见一斑。

1 谢公①云："贤圣去人，其间亦迩②。"子侄未之许③。公叹曰："若郗超④闻此语，必不至河汉⑤。"（言语75）

释义

①谢公：对谢安的尊称。

②贤圣去人，其间亦迩：意为圣贤跟普通人的差别是比较小的。去，距离，差别；迩，近（不远）。

③未之许：未能赞同。

④郗超：字嘉宾，郗鉴之孙，郗愔长子。深得桓温信任，权势颇大。又以"义理精微"著称。

⑤河汉：即银河，喻大而无当，不着边际。

释读

谢安在一次家庭聚会时对众人说："其实啊，圣贤跟普通人的差别是比较小的。"子侄们一听，觉得不可思议，都未能赞同。谢安有点失望，说："要是郗超听到我的这番见解，必定不会像你们这样认为我是胡言乱语。"

"必不至河汉"语出《庄子·逍遥游》，肩吾听了接舆的话，觉得接舆的言辞不着边际，对连叔说："吾惊怖其言，犹河汉而无极也，大有径庭，不近人情焉。"设身处地替谢家子侄想一下，他们从小接受儒家学说的教育，只知道"子曰""诗云"是至高无上的，不要说孔子，哪怕是孔子的弟子尤其是七十二贤人也是高不可攀的，怎么可以说"贤圣去人，其间亦迩"呢？这不是胡言乱语吗？可是，谢安还是要埋怨谢家子侄不如郗超那样感悟精微。

为什么谢安特别提到郗超？这是一个有趣的问题。按说，谢氏子侄中聪明的人是有的，比如，谢玄、谢道韫等，可为何他们不如郗超？《晋书·郗超传》说郗超有一个特点，就是宗教信仰与其父郗愔不同，"愔事天师道，而超奉佛"；故而，郗超与支道林的关系特别密切，二人"甚相知赏"。刘孝标注引《（郗）超别传》曰："超精于理义，沙门支道林以为一时之俊。"在佛学方面，郗超与支道林可谓同声同气。我们知道，佛教的教义有一条是"无分别心"，从谢安的以上表述看，可视为"无分别心"观念的具体应用，即就人而言，圣贤是人，普通民众也是人，哪有多大的分别呢？而谢安本与郗超、支道林等相熟，看来他是接受了佛教的一些说法并有所认同的。

不宜小看谢安这句话的分量。

所谓"贤圣去人，其间亦迩"，是中国古代思想史上的一大命题。儒家向来分别"上智"与"下愚"，谢家子侄不同意谢安的说法，他们只认同"上智"与"下愚"显然有别的定论，不可能接受"上智"与"下愚"是差不多的奇谈怪论。可是，谢安不然，他受到佛家思想的启发，以"无分别心"来看待天下众生，其实是开了中国古代佛性论的先河。如果这一说法可以成立，那么，从谢安到慧能，从慧能到王阳明，其间形成了一条中国思想史上的脉络，这条脉络过去被遮蔽了。

需要略加辨析的是，《孟子·告子下》记载曹国国君之弟曹交问孟子："人皆可以为尧舜，有诸？"孟子曰："然。"在这里，孟子的回答是指人经过"求放心"的修养（《孟子·告子上》记孟子的话："学问之道无他，求其放心而已矣。"）都有成为尧舜的可能性，即这种可能性还是有条件的，而谢安说"圣贤去人，其间亦迩"，是指人性的本体本来就区别不大，是无条件的。二者属于不同意义层面的命题。谢家子侄熟读《孟子》，不理解谢安的命题，可见谢安的说法有其独创性。

谢安的"贤圣去人，其间亦迩"与《涅槃经》所说"一切众生悉有佛性"是接近的，或者说，他的这句话是"一切众生悉有佛性"的中国式表述；这与慧能在《坛经》里说的"人虽有南北，佛性本无南北"有异曲同工之妙，均为佛理中国式表述的典型案例。我们过去强调了慧能将佛理中国化，却忽略了这种中国化的努力早有人做，在慧能之前就有，他就是谢安。

有了谢安，有了慧能，其后再出现王阳明是顺理成章的。谢安解决了"贤圣去人"没有什么差别的问题，慧能提出了天下之人皆有佛性之说，王阳明接着立下了"四句教"："无善无恶心之体，有善有恶意之动；知善知恶是良知，为善去恶是格物。"这是针对所有人说的，不分贤愚，无分贵贱，人人有心则人人有份，概莫能外。可以说，谢安、慧能、王阳明，一步一个台阶，步步提升，这种混合着中外智慧的中国式表述构成了先后承接、不断深化的过程，而终于成为带有中国标签的东方智慧。

附带一提，《世说新语》文学门第二十四则故事，折射出谢安好学深思，长于思辨："谢安年少时，请阮光禄道《白马论》。为论以示谢，于时谢不即解阮语，重相咨尽。阮乃叹曰：'非但能言人不可得，正索解人亦不可得！'"所谓"白马论"即为公孙龙子的著名论题"白马非马"论，刘孝标注引《孔丛子》曰:"赵人公孙龙云:'白马非马。马者所以命形,白者所以命色。夫命色者非命形,故曰白马非马也。'"阮光禄即阮裕,《晋书·阮裕传》说他"虽不博学,论难甚精",除了对《白马论》有精到的见解外,于《四本论》亦有高见,以"精义入微"见称。谢安年少时接受过阮裕在论难方面的启迪和训练,他能够成为中国古代思想史上的一个人物,不是偶然的。

《世说新语》文学门第四十八则记谢安能够提出与佛理相关的问题:"殷(浩)、谢(安)诸人共集。谢因问殷:'眼往属万形,万形来入眼不?'"殷浩精通佛理,谢安抓住机会向他提问:眼力所及,有万物万形;万物万形真的进入我们的眼里了吗?刘孝标注引了佛典《成实论》关于"眼到色到"的一段话,说明谢安的问题从佛经而来,也可知谢安对佛理是关注的,也有一定的认识和思考。

可惜谢安没有著作留下。不过,谢安对后世的影响是客观存在的,其事迹、话语写进了《世说新语》,此书自问世以后,代有传抄;宋代以来,刻印不断,读《世说》者不会不知道谢安。此外,《全晋文》卷八三节录了谢安的《与支遁书》(原出《高僧传》卷四),其中有句云:"人生如寄耳,顷风流得意之事,殆为都尽。"这与佛家所说的"空"颇有相通之处,与后世的名句"是非成败转头空"遥相呼应,可知,谢安的佛学修养与思辨能力是不可低估的。

2 支道林、许、谢①盛德②,共集王家③。谢顾谓诸人:"今日可谓彦会④,时既不可留,此集固亦难常。当共言咏⑤,以写其怀。"许便问主人有《庄子》不?正得《渔父》⑥

释义

①许、谢：即许询、谢安。

②盛德：享有德望。

③王家：指王濛家。王濛，字仲祖，曾为王导亲随，后官至司徒左长史。善于清谈。

④彦会：意为一时俊彦之会。

⑤言咏：即清谈。

⑥《渔父》：《庄子》第三十一篇（杂篇），篇中的渔父是一位有道长者，与孔子对话，对孔子到处奔忙而有所训诫。

⑦各使四坐通：让在场的每一位通解《渔父》的大意和旨趣。"通"是清谈术语，与"过"相对（"过"是逐句过一遍，即讲解句意）。

⑧七百许语：意为所讲的内容大概有七百余字。下文"万余语"即一万余字。许，表约数。

⑨叙致精丽，才藻奇拔：意为条理严谨清晰，用语新奇拔俗。是当时清谈所用评语。

⑩不（fǒu）：通"否"。

⑪自竭：即畅所欲言，言无不尽。

⑫粗难：意为毫不客气地辩难。粗，不作"粗略"解，用作程度副词，表"非常"。

⑬才峰秀逸：意为奇拔独特，一时无两。是当时清谈所用评语。

⑭既自难干，加意气拟托：这是清谈的一个特别环节。前面谢安"粗难，因自叙其意，作万余语"是一个环节，即对之前各人观点的辩难；然后，谢安自为客主（即同时充当通方和难方），故要"加意气拟托"，即分别模拟主客有别的语气、角

度和观点等,这就是"自难干"的意思。难,发难(主方);干,干犯,反驳(客方)。

⑮萧然自得:挥洒自如,十分得意。

⑯厌心:满意。

⑰一往奔诣:意为流畅无阻,尽情发挥。

释读

支道林、许询、谢安均享有德望,他们一起到王濛家聚会。谢安打量了一下在场的各位,说:"今天可以说是一时俊彦之会,时间不会停留,这样的集会也不可能常有。应该一起清谈,各抒其怀。"许询便问王濛家里有没有《庄子》,结果王濛找出了《庄子》的《渔父》篇来。谢安看到这一篇名,干脆就以此为话题,让在座诸位各自通解一番。支道林先行对《渔父》篇通讲一遍,大概说了七百来字,条理严谨清晰,用语新奇拔俗,大家都说精彩。于是,其余的人也先后通解完毕。谢安问大家:"你们是否把该说的都说了呢?"大家都说:"今天的清谈,哪有不畅所欲言、言无不尽的呢?"听到此言,谢安随后对诸位的言谈毫不客气地辩难一番,接着刚才大家的话题而自陈己见,一下子就说了大概一万余字,可谓奇拔独特,一时无两。接着,还自为客主,同时充当通方和难方,分别模拟主客有别的语气、角度和观点等,互有攻防,而在此一来一往的辩难过程中,谢安意气风发,挥洒自如,十分得意,在座的人无不听得心满意足。支道林对谢安说:"阁下流畅无阻,尽情发挥,自然是精彩纷呈,难以企及。"

这是清谈史上的一条珍贵资料。

"通"与"难",是清谈的两个关键词。从上面的清谈场面看，通在先，难在后，形成对子。由于是谢安主动提出以《渔父》为话题，故而，别人先通，然后，谢安粗难。

支道林先通，发表自己关于《渔父》的整套见解，其余各人也先后自通。轮到谢安，他就要来一次粗难，不过先要问"卿等尽不"，如果还有见地，可以补充说出来，如果没有，谢安就一一回应，即其对手就是刚才发言的"卿等"；而当"卿等"明确表示再也无话可说时，谢安"因自叙其意，作万余语"，大概是对诸位的说法均有难，以显示自己横扫千军的清谈功力。这就是粗难。

然后，是"既自难干，加意气拟托"，此乃另一环节，重要的字眼是一个"自"字，实际上就是自为客主，即谢安当众表演一身而兼通和难双方。《世说新语》文学门第六则记"（王）弼自为客主数番，皆一坐所不及"，可知自正始年间以来，自为客主也是清谈的论辩形式之一，而难度极高。所谓"加意气拟托"带有明显的"虚拟代言"成分，一会儿是通，一会儿是难，唇枪舌剑，互不相让，一较高低，全是一人包办。这不是任何人都可以做到的，故而支道林说"君一往奔诣，故复自佳耳"。

清谈，固然是以玄学义理为中心，可清谈家的兴奋点似乎更多在于获取"一往奔诣"的快感。《世说新语》文学门第四十则说："支（道林）通一义，四坐莫不厌心。许（询）送一难，众人莫不抃（鼓掌）舞。"换言之，双方均为高手，通也好，难也好，道理就是那些道理，可关键是能否产生"四坐莫不厌心"和"众人莫不抃舞"的美妙效果。由此可见，清谈之魅力在于玄理与口才交融而产生令人愉悦的乘法效应，是义理论辩，也是智力游戏和口才竞技。

3 林道人诣谢公，东阳①时始总角，新病起，体未堪劳。与林公讲论，遂至相苦②。母王夫人③在壁后听之，再遣信令还④，而太傅⑤留之。王夫人因自出云："新妇少遭家难⑥，一生所寄，唯在此儿。"因流涕抱儿以归。谢公语同坐曰："家嫂辞情忼慨，致可传述，恨不使朝士⑦见。"（文学39）

释义

①东阳：即谢朗，曾任东阳太守，故称。谢安侄子。其父谢据，是谢安之兄，早卒。

②遂至相苦：此指很吃力地应对。

③王夫人：谢朗之母王绥（王韬之女）。

④遣信令还：派人带口信要他回家。

⑤太傅：即谢安，卒后赠太傅，故称。

⑥少遭家难：指丈夫谢据早卒，自己很早守寡。

⑦朝士：朝中士大夫。

释读

支道林到谢安家，那时谢朗还是个孩子，刚刚病好，身体还没完全恢复，不耐劳累。谢朗跟支道林谈论，话题不轻松，他应对得很吃力。他母亲王夫人担心儿子的身体，专门在墙外听他们谈论，听着儿子的应对那么吃力，更为焦急，就派人带口信要儿子回家。可是，谢安还是要将谢朗留下来。王夫人只好亲自出面，说："可怜可怜我嫁过来后不久就守寡吧，我一生的寄托就只在这个儿子身上了。"边说边流着眼泪，将谢朗抱起，转身回家。谢安对支道林说："家嫂刚才说的话，饱含深情而慷慨激昂，真是可以传世的名言，恨不得朝中的士大夫都能听见。"

这是一个颇有场面感的故事，谢朗母亲的操心焦虑和进进出出，以及她的一番言辞，很有小说意味。

据《晋书·谢朗传》，谢朗"善言玄理，文义艳发，名亚于（谢）玄"。谢安很注重教育自己的侄子，谢玄和谢朗都是从小就加以栽培的。所以，这两个侄子是谢家下一代的佼佼者。

谢安抓住支道林来访的时机，让谢朗有机会见识见识什么是高人，应该如何跟长辈学习，提升自己的素质和水平。所以，他嫂子要把谢朗带走，一开始谢安还不愿意，无非是想让谢朗多学习一会儿。

当然，谢安的情商也很高，他不是固执的人，听了嫂子的言谈，十分理解，也相当感动；对支道林说话，一方面是表扬嫂子爱子心切，一方面是对交谈忽然被嫂子中断有所解释。这也体现出谢安的社交技巧。

4 庾仲初①作《扬都赋》成，以呈庾亮。亮以亲族之怀，大为其名价②云："可三《二京》，四《三都》③。"于此人人竞写④，都下⑤纸为之贵。谢太傅云："不得尔。此是屋下架屋⑥耳，事事拟学，而不免俭狭⑦。"（文学79）

释义

①庾仲初：即庾阐，字仲初，东晋颍川鄢陵（今河南许昌鄢陵）人，庾亮族人。平定苏峻之乱有功，官至彭城内史、给事中。

②名价：高度评价。

③可三《二京》，四《三都》：可以与《二京赋》（张衡

《西京赋》《东京赋》）鼎足而三，与《三都赋》（左思《魏都赋》《吴都赋》《蜀都赋》）并列为四。

④人人竞写：人人传抄。

⑤都下：即京都建康。

⑥屋下架屋：比喻因袭别人，没有新意，徒添数量而已。

⑦俭狭：格局狭小。

释读

庾阐写出《扬都赋》，呈送庾亮审阅。庾亮出于关怀族人之心，对此作品大为赞赏，评价甚高，说："可以与《二京赋》鼎足而三，与《三都赋》并列为四。"有庾亮这句话，大家都纷纷传抄，京都建康之内，纸价为之高涨。谢安不以为然，说："不应如此。这种写法，陈陈相因，就像屋下架屋一样，什么都是有样学样，格局就不免狭小了。"

谢安重视创新，反对因袭，其文学创作观比庾亮要高明许多。

庾亮卒于晋成帝咸康六年（340），谢安生于晋元帝太兴三年（320），庾亮去世的时候，谢安才二十岁。庾阐在平苏峻之乱时立下功劳，因而升官，时在晋成帝咸和四年（329）左右，而其《扬都赋》当作于340年即庾亮去世之前。不知道谢安上述那番话说于何时，可以肯定的是，谢安四十岁后才步入官场，此前隐居东山，他跟庾亮、庾阐均没有个人关系上的交集；他批评庾阐的《扬都赋》是"屋下架屋"，不赞成庾亮的溢美评价，全无私情，而是出以公心。

庾阐作《扬都赋》，折射出当时的文学创作出现"事事拟学，而不免俭狭"的现象，谢安敏锐地加以批评，对于纠正写作上的偏向是有积极意义的。

反观谢安自己的写作，他注意表达上的独特性，比如，《世说新语》文学门第八十七则："桓公（温）见谢安石作简文谥议，看竟，掷与坐上诸客曰：'此是安石碎金。'"原来，简文帝驾崩之后，关于其谥号的奏议是出自谢安（字安石）的手笔，桓温读过了，大为赞赏，当众表扬："安石文章，字字如碎金那般可贵。"

当然，从今天的角度看，这类文章不算文学创作；而《全晋文》收录的谢安文字若干段，也只是零篇碎简而已。其文学才能到底如何，尚然不得而知。

5 袁彦伯①作《名士传》成，见谢公。公笑曰："我尝与诸人道江北事②，特作狡狯③耳！彦伯遂以著书。"（文学94）

|| **释义**

①袁彦伯：袁宏（328—376），字彦伯，东晋文学家、史学家，陈郡阳夏（今河南太康）人。先后得到谢尚、桓温、谢安的赏识和器重，《晋书·袁宏传》称他为"一时文宗"。著有《名士传》三卷和《后汉纪》三十卷等。《世说新语》此处，传世诸本均作"袁伯彦"，乃依宋本《世说新语》而误，递相因袭；其实，下文谢安称"彦伯"，已证宋本误刻。又，《世说新语》言语门第八十三则有"袁彦伯为谢安南司马"句，亦作"袁彦伯"。今据以改正，敬请垂注。

②江北事：指曹魏末年、西晋一朝的故事。彼时京师是洛阳，在长江以北，故称。

③狡狯：此处意为说着玩的。

释读

袁宏写成三卷本的《名士传》，拿去见谢安。谢安一见，笑着说："我曾经跟一些人讲述江北故事，本来只是随口说说，闹着玩的，没想到彦伯这么认真，竟然记下来写成书了。"

刘孝标注释此条，特别将《名士传》收录的名单列了出来："（袁）宏以夏侯太初、何平叔、王辅嗣为正始名士，阮嗣宗、嵇叔夜、山巨源、向子期、刘伯伦、阮仲容、王濬冲为竹林名士，裴叔则、乐彦辅、王夷甫、庾子嵩、王安期、阮千里、卫叔宝、谢幼舆为中朝名士。"换言之，《名士传》分为三卷，依次是卷一"正始名士"、卷二"竹林名士"、卷三"中朝名士"。

于此可见，袁宏的《名士传》主要是依据谢安的口述而写成。谢安在出山之前，潜心研究过曹魏、西晋的诸多名士，熟悉他们的思想和故事，在朋友聚会时娓娓道来，讲得津津有味，其中，最为热心的听众就是袁宏。这就是《名士传》的由来。估计到了刘孝标的时代，《名士传》依然流传，刘孝标就是看到此书才会注释得那么具体而详细。

此外，《世说新语》也记录了谢安平时念叨东晋以前的名士的话语，如赏誉门第九十七则："谢公（安）道豫章（谢鲲）：'若遇七贤，必自把臂入林。'"谢鲲官至豫章太守，是中朝名士之一，谢安对他充满敬意，表示要是谢鲲早出生，赶上"竹林七贤"的时代，一定会加入阮籍、嵇康他们的行列之中。

谢安对前代名士的身世了如指掌，如赏誉门第一百三十九则："谢胡儿（朗）作著作郎，尝作《王堪传》。不谙（王）堪是何似人，咨谢公（安）。谢公答曰：'世胄（王堪字）亦被遇。堪，烈之子，阮千里姨兄弟，潘安仁中外。安仁诗所谓子亲伊姑，我父唯舅。是许允婿。'"大意是，谢安的侄子谢朗（小字胡儿）出任著作郎，要写《王堪传》而不知王堪是何许人，问谢安，谢安介绍说：王堪是王烈之子，曾受朝廷的恩遇；他是阮瞻（千里）的姨表兄弟，是潘岳（字安仁）的中表兄弟，潘岳的诗里说"子亲伊（'伊'为语气词）姑，我父唯（'唯'是语气词）舅"，意为你母亲是我的姑母，我父亲是你的舅舅。王堪还是许允（曹魏时，官至中领军）的女婿。简直是如数家珍。可见谢安下了很大功夫，读过不少史料，才会如此熟悉。

连知名度不算太高的人谢安也能一一缕述，何况是鼎鼎大名的"竹林七贤"一类的人物呢？故而，袁宏作《名士传》，主要得益于谢安的口述，是可信的。

6 谢太傅盘桓东山时，与孙兴公诸人泛海戏①。风起浪涌，孙、王诸人②色并遽③，便唱使还。太傅神情方王④，吟啸不言。舟人以公貌闲意说⑤，犹去不止⑥。既风转急，浪猛，诸人皆喧动不坐⑦。公徐云："如此，将无归⑧？"众人即承响而回。于是审其量，足以镇安朝野。（雅量28）

释义

①泛海戏：出海游玩。

②孙、王诸人：指孙绰、王羲之等人。

③色并遽：一个个脸色突变。色，脸色；并，一起；遽，恐惧。

④神情方王（wàng）：振奋，兴致正高。王，通"旺"。

⑤貌闲意说（yuè）：样貌安闲，神意喜悦。说，通"悦"。
⑥犹去不止：依然不停地摇橹前行。
⑦喧动不坐：喧哗惊惶，起身不坐。
⑧将无归：恐怕还是回去吧。将无，恐怕，还是（此处表委婉语气）。

释读

谢安在东山过着悠闲生活的时候，有一次，跟孙绰等人一起出海游玩。忽然间，风高浪急，船摇摇晃晃，孙绰、王羲之等人一个个脸色突变，大声叫着要返航。谢安这时精神振奋，兴致不高，他不发一言，依然吟啸自乐，若无其事。船夫见谢安样貌安闲，神意喜悦，就不停地摇橹前行。可是，狂风越来越急，海浪越来越猛，船上的人一个个喧哗惊惶，起身不坐，坐也坐不稳了。谢安见状，才用商量的语气不慌不忙地说："这样一来，恐怕还是回去吧？"大家一听，正中下怀，赶紧呼应，船夫于是掉头而回。人们从中审视谢安的气量和风范，认为他有足以安定天下的才具。

刘孝标注引《中兴书》曰："（谢）安先居会稽，与支道林、王羲之、许询共游处。出则渔弋山水，入则谈说属文，未尝有处世意也。"据此，可知文中的"王"就是王羲之。

这一次泛海的故事，《晋书·谢安传》也采录，其依据就是《世说新语》，文字略同。《晋书》的编写者显然对此故事极感兴趣，认为可以反映谢安遇事不乱、气定神闲的雅量。

谢安不是一个急性子的人，能够沉得住气，尽管常说自己有"东山之志"，但是，他更有"谋定而后动"的器识，不惊慌，也不固执，大度从容，举重若轻，待到出山时，则可以一

四 谢安（附谢玄、谢灵运）

举成名，建功立业。所谓"于是审其量，足以镇安朝野"，诚非虚言。

7 褚期生①少时，谢公甚知之，恒云："褚期生若不佳者，仆②不复相士③。"（识鉴24）

释义

①褚期生：即褚爽，字茂弘，小字期生，好谈老庄。官至中书郎、义兴太守。其女儿为晋恭帝皇后。早卒，因属外戚，赠金紫光禄大夫。

②仆：第一人称（自谦用法），我。

③相士：给人看相，识别人才。相，用为动词，看相，鉴别。

释读

褚爽年少的时候，谢安就对他很了解，常说："褚期生将来要是不成为杰出人物的话，我就不再给人看相、识别人才了。"

看来，谢安对东汉以来流行的观人术是有其造诣和心得的。而东汉观人术的重要产物是东汉末年刘劭撰写的《人物志》。此书与汉代官场上的品鉴风气有直接关系，是观人术的经验及理论的总结和阐释。全书的关键词是"观人察质"，即由表及里地观察、判断一个人是否成才，其要诀是"观人察质，必先察其平淡，而后求其聪明"（卷一）。全书三卷十二篇围绕这个核心问题展开。我们不知道谢安是否读过《人物志》，不论如何，谢安口中的"相士"话题与"观人察质"的主流相术不会无关。

然而,谢安自有其异于别人的观人术。他很看好褚爽,除了褚爽本人的条件外,还有其家世背景,比如,褚爽的祖父褚裒,谢安就十分敬重,《世说新语》德行门第三十四则:"谢太傅绝重褚公,常称:'褚季野(褚裒,字季野)虽不言,而四时之气亦备。'"大意是,褚裒就算一言不发,也可以看出其人有中和气象,可以应对复杂多变的环境。《人物志》说:"凡人之质量,中和最贵矣。中和之质,必平淡无味,故能调成五材,变化应节。"(卷一)从这一条看,谢安的观人术借鉴过《人物志》的可能性较大。其实,他这么看好褚爽,且相当自信,源于他对褚爽的家世、家教的了解;原来,褚爽有一位十分杰出的祖父,祖孙相依,孙子受到祖父的良好影响也是很关键的。于此可知,不是一般的术士给人看相那么简单了。

谢安看人,还会参以《易》理,如《世说新语》赏誉门第一百三十三则,记谢安称赞王濛有话不多的性格特点:"谢公云:'长史(王濛,曾任司徒左长史)语甚不多,可谓有令音。'"大意为王濛话很少,可不说则已,一说就必定有理有据,不发虚言,是为"令音"。这一点,与《周易·系辞下》"吉人之辞寡,躁人之辞多"是相通的。

总之,谢安会看人,而且看得准。看的方式和角度并不单一,形成谢安自家的观人术。他鉴别褚爽,只是一个案例而已。

8 谢公与时贤共赏说①,遏、胡儿②并在坐。公问李弘度③曰:"卿家平阳④,何如乐令⑤?"于是李潸然流涕曰:"赵王篡逆⑥，乐令亲授玺绶⑦。亡伯雅正，耻处乱朝⑧，遂至仰药⑨。恐难以相比！此自显于事实，非私亲之言。"谢公语胡儿曰："有识者果不异人意⑩。"（品藻46）

释义

①赏说：品鉴和评说。

②遏、胡儿：即谢安的侄子谢玄（小字遏，其父谢奕）、谢朗（小名胡儿，其父谢据）。

③李弘度：即李充，字弘度，官至中书侍郎。鄙夷虚浮之学，曾注《尚书》，撰有《周易旨》等。

④平阳：即李重，字茂曾，李充伯父。曾任平阳太守，故称。

⑤乐令：即乐广，中朝名士之一，曾任尚书令，故称。

⑥赵王篡逆：指晋惠帝时，赵王司马伦废帝而篡位。

⑦乐令亲授玺绶：指赵王司马伦登太极殿僭逆为帝时，乐广等人"进玺绶（玉玺上所系的彩色丝带）于（司马）伦"，等于承认了司马伦的皇帝身份。事见《晋书·赵王伦传》。

⑧乱朝：此指伪朝。

⑨仰药：服毒自尽。

⑩不异人意：意为与人们的看法相同。

释读

谢安跟当时的一批才俊之士谈论前人，品鉴评说，谢玄、谢朗也在座。谢安问李充："阁下家的李平阳跟乐令比较，该如何评价呢？"李充听到这个问题，不禁想起伯父李重临终前的情景，潸然泪下，答道："赵王司马伦篡逆时，乐令亲自将玉玺上所系的彩色丝带交到了赵王手里。而我的伯父，为人雅正，以处于伪朝为耻，乃至于服毒自尽。乐令难以跟我的伯父相比啊！我只是据实而论，并非带着私人感情说些偏心的话。"谢安听后，对谢朗说："你看，有识之士说话就是实在，果然跟人们的看法相同。"

关于李重离世的细节，有不同说法。"仰药"出自其侄儿李充之口，姑备一说。《晋书·李重传》的说法是"永康初，赵王伦用为相国左司马，以忧逼成疾而卒，时年四十八"。不论如何，李重死于赵王司马伦篡逆之际，痛恨伪朝，是可以肯定的。刘孝标注引《晋诸公赞》曰："赵王为相国，取（李）重为左司马，重以（司马）伦将篡，辞疾不就。敦喻之，重不复自治，至于笃甚。扶曳受拜，数日卒。"《晋书》大概取信于《晋诸公赞》的说法。

看得出，谢安更为尊敬李重而不是乐广。乐广尽管名气很大，曾以一句"名教中自有乐地"而广为人知，可是，晚节不保。在谢安的心目中，乐广绝非完人。

谢安对于西晋时期的人物是相当了解的，如何评价，其实心中有数。他借这个"遏、胡儿并在坐"的场合，通过对比，暗示在政治立场上怎样做出正确的选择，以此对两个侄儿进行教育。所以，待到李充说完后有"谢公语胡儿曰"的细节。

谢安甚为重视对侄儿的培育。如《世说新语》纰漏门第五则："谢虎子尝上屋熏鼠。胡儿既无由知父为此事，闻人道'痴人有作此者'，戏笑之。时道此非复一过。太傅既了己之不知，因其言次，语胡儿曰：'世人以此谤中郎，亦言我共作此。'胡儿懊热，一月日闭斋不出。太傅虚托引己之过，以相开悟，可谓德教。"大意为，谢朗的父亲谢据小时候曾经做过一件傻事，就是爬上屋顶熏老鼠（白费功夫）。当时，人们作为笑话来讲，说的是只有痴人才会做这样的事情。谢朗不知是在说自己的父亲，于是跟着说，以为好玩，还不止一次。谢安觉得不妥，趁着谢朗又说笑话时，故意把自己也扯进去，说："你知道吗，这个笑话说的就是你的父亲！是人们恶意诽谤他，还说我也有份这么干。"谢朗听后，十分懊悔，才明白自己不懂得"为尊者讳"，十分内疚，将自己关在房间里，整月不出。谢安的话，启迪谢朗以后不要再提这个故事，以免有损父亲的声誉。晋朝司马氏"以孝治天下"，说谢安的举动属于"德教"，是以此为背景。

总的来看，谢安教育侄儿，大体以儒家的忠孝节义为主。

9 谢公尝与谢万①共出西②，过吴郡。阿万欲相与共萃王恬许③，太傅云："恐伊④不必酬汝，意不足尔⑤！"万犹苦要⑥，太傅坚不回⑦，万乃独往。坐少时，王便入门内，谢殊有欣色，以为厚待己。良久，乃沐头散发而出，亦不坐，仍据胡床⑧，在中庭晒头，神气傲迈，了无相酬对⑨意。谢于是乃还。未至船，逆呼太傅。安曰："阿螭不作⑩尔！"（简傲12）

释义

①谢万：谢安的弟弟，字万石。为人高傲。官至西中郎将，后兵败而免为庶人。下文"阿万"，是其昵称。

②出西：东晋时语，谓会稽人向西出发前往京师建康。

③共萃王恬许：一起到王恬那里小聚一下。萃，小聚。王

恬，字敬豫，是王导次子。当时，任吴郡太守。下文"阿螭"，是其小名。许，表处所。

④伊：第三人称代词，意同"他"。

⑤意不足尔：我的意思是不值得去做（自讨没趣）。不足，不值得。

⑥苦要（yāo）：竭力恳求。要，邀约。

⑦坚不回：坚决不答应。

⑧据胡床：指半躺在胡床上。胡床，坐具，如同折叠椅，源自西域，故称。

⑨酬对：款待。

⑩不作：没有理睬。

释读

谢安有一次和谢万一起走水路离开会稽，向西出发前往京师建康，路经吴郡。当时吴郡太守是王导的次子王恬，谢万很想到王恬那里去小聚，要谢安同往，谢安不同意，说："我估计他不会理你的，不值得自讨没趣。"谢万执意要去，竭力恳恳，可谢安坚意留在船上，不答应上岸。谢万只好独自上了岸，去找王恬。他在王恬家坐了没多久，王恬就往屋里走，谢万见状，面露喜色，以为王恬要吩咐家人好好款待自己。可过了很久，还不见王恬出来；好不容易等到王恬走过来，却发现原来他进去洗头，眼下正散开头发，来到面前，也不陪坐，依然跟谢万刚进来时看到的一样，半躺在胡床上，悠悠然在天井里晒太阳，好让头发快点干，神气傲慢超然，一点儿也没有款待的意思。谢万于是不得不离开，返回岸边，还没到停靠点，谢万逆风大叫，告知谢安自己回来了。谢安没好气地说："肯定是阿螭不理你了。"

世说新语别裁详解

◎ 东晋名士

王恬，是其父王导不太喜欢的儿子，《晋书·王恬传》说他"性傲诞，不拘礼法"，他对谢万的到访采取漠然不理的态度，竟然连起码的礼节也不讲，实在是很过分。

谢万想见王恬，大概别有意图，就算谢安极力反对，他也要去碰一下，可知是冲着王恬那个吴郡太守的身份来的。可谢安早有预见，且不出所料，折射出谢家与王家的关系已经有些紧张，也有些不妙。事实上，谢家与王家算是姻亲，谢安的侄女谢道韫嫁给了王羲之的儿子王凝之，弄得很不愉快，这类失败的婚姻并非个案，在王、谢两家常有发生（可参见《世说新语》雅量门第三十八则，以及本书的谢玄部分），由姻亲而生怨怒，关系越来越坏。谢万的敏感度不如谢安，故而还有点傻乎乎，到王恬家碰了一鼻子灰。

谢万其实一向不让谢安省心，其人的高傲程度不亚于王恬，且情商不高。问题是，身为弟弟的谢万出道早于哥哥谢安，他已经当官了，谢安还是"白衣"，可就算是"白衣"，谢安还是帮了弟弟的大忙，否则，谢万可不知如何收场。《世说新语》简傲门第十四则："谢万（时任西中郎将）北征，常以啸咏自高，未尝抚慰众士。谢公甚器爱万，而审其必败，乃俱行，从容谓万曰：'汝为元帅，宜数唤诸将宴会，以说（悦）众心。'万从之。因召集诸将，都无所说，直以如意（一种搔背的用具，俗称"不求人"）指四坐云：'诸君皆是劲卒（对将士的蔑称）。'诸将甚忿恨之。谢公欲深著恩信，自队主将帅以下，无不身造（亲自造访），厚相逊谢。及万事败，军中因欲除之。复云：'当为隐士（指谢安）。'故幸而免。"大意为，谢万以西中郎将的身份指挥军队北征，可是，对将士毫无体贴之心，只是一味"啸咏自高"，以居高临下的姿态对待军人。谢安看出问题，劝告谢万要懂得笼络军心，设宴招待，说些体贴和鼓励的话。谢万听从了，却还是不会激励将士，拿着一根如意指来指去，还蔑称将士为"劲卒"，引发将士们的强烈反感。谢安不得不亲自出来缓和气氛，一个个拜访，深表谢意，赢得将士们的信任。后来，谢万指挥失败，狼狈不堪，将士们本来要把他除掉，只是看在谢安的面子上宽恕了谢万而已。

谢安与谢万，故事不少。两相对比，弟弟大为不如哥哥。谢安能够立下一番功业，从这对兄弟相处的故事里可以得到某些答案。

10 谢太傅于东船行①，小人②引船，或迟或速，或停或待，又放船从横③，撞人触岸。公初不④呵谴⑤，人谓公常无嗔喜。曾送兄征西⑥葬还，日莫⑦雨驶⑧，小人皆醉，不可处分⑨。公乃于车中，手取车柱⑩撞驭人，声色甚厉。夫以水性沈柔⑪，入陿奔激⑫。方之人情⑬，固知迫隘之地，无得保其夷粹⑭。（尤悔14）

释义

①于东船行：在会稽坐船出行。东，此处特指会稽（相对于京师建康而言，会稽在其东边）。

②小人：指船夫。下文"小人""驭人"指驾车的仆人。

③从（zòng）横：同"纵横"。从，通"纵"。

④初不：从不。初，在两晋六朝时有"全""都"之义，与否定词连用。

⑤呵谴：呵斥谴责。

⑥兄征西：谢安兄长谢奕，官至安西将军，卒后赠镇西将军。"征西"疑为"安西"之误。

⑦日莫：日暮。莫，通"暮"。

⑧雨驶：雨急。驶，迅急。

⑨不可处分：未能及时处置。

⑩车柱：车上可拆卸的圆木。

⑪水性沈（chén）柔：水性本是深沉而柔弱的。沈，同"沉"。

⑫入隘奔激：水流经狭隘之处会显得急促激荡。

⑬方之人情：跟人情相比拟。

⑭夷粹：平和纯正。

释读

谢安在会稽坐船出行，船夫撑船，很不稳当，一会儿快，一会儿慢；有时或是停下来或是不知在等待什么，有时却任由船只横着竖着乱走，撞了人有之，触了岸亦有之，可谢安从不呵斥责骂，人们都说谢公喜怒不形于色。然而，兄长谢奕去世，谢安护送灵柩返乡安葬，暮色苍茫，骤雨急至，驾车仆人喝醉了酒，未能及时处置，狼狈不堪。谢安坐于车中，情急之下，抄起了车上的一根木棍，击打车夫，示意车夫赶紧躲雨，疾言厉色，大发脾气。好有一比：水性本是深沉而柔弱的，可是，每当流经狭隘之处就会显得急促激荡；人情亦然，若置身于困急处境，难以保持平和心态，喜怒之情也就无法掩饰了。

谢奕的从兄谢尚卒于晋穆帝升平元年（357），谢奕因"立行有素"而继任谢尚空出的职位，出任安西将军、豫州刺史（《晋书·谢奕传》），可上任大概不足一年，谢奕也去世了，时在晋穆帝升平二年（358）；可知，谢安护送谢奕灵柩返乡即在此年。换言之，谢安失态斥骂车夫，还在他出山（晋穆帝升平四年，360年）之前。

这个故事，重点在谢安"手取车柱撞驭人，声色甚厉"的细节。谢安熟悉"竹林七贤"的故事以及他们的行事方式，遇事不乱、喜怒不形于色等"魏晋风度"，是谢安的日常功课，故而极少见到谢安发脾气。然而，谢安痛失兄长，心情已经很坏；遇上途中有骤雨，而车夫醉酒不能及时安置好车辆，更让谢安心焦。谢安失态，情有可原。"夫以水性沈柔，入隘奔激。方之人情，固知迫隘之地，无得保其夷粹"，这一段话，专门为谢安这一次发脾气辩护。在《世说新语》里，类似这样直接加以议论的文字颇为少见，编写者显然偏爱谢安。

附带一提，谢尚、谢奕的相继去世，还有谢万的声誉大损，这一切都发生在谢安出山之前，谢氏门阀出现了很大危机，这是谢安未能免俗、不得不出任桓温司马的重要原因。

11 谢公在东山畜妓①，简文②曰："安石必出。既与人同乐，亦不得不与人同忧。"（识鉴21）

释义

②畜妓：此指家庭伎乐，以女性为主，演习音乐舞蹈。
③简文：即简文帝司马昱（晋元帝少子）。

释读

谢安隐居在东山，家里还养着若干演习音乐舞蹈的女子，与众人一同娱乐。简文帝司马昱说："安石必有出山的一天。理由是：既然与众人同乐，也不得不与众人同忧。"

谢安名气颇大。他从小就得到王导的赏识，就算是隐居在东山，也已经是名声在外，连东晋开国皇帝晋元帝的小儿子司马昱也早就关注他了。

其实，司马昱所说的"安石必出"只是一个逻辑不严谨的推论。他以"谢公在东山畜妓"为其推论的由头：既然养着一批女子，唱歌跳舞，与人同乐；那么，有乐亦有忧，如同有阳亦有阴一样，照此说来，谢安也会与人同忧；如今，家国多事，忧愁不断，谢安必出。

司马昱估计是在半开玩笑，"安石必出"是想当然的推论，而绝非有什么事实依据。他由"谢公在东山畜妓"而做出上述的联想和猜测，实在有些出人意表。

刘孝标注引宋明帝《文章志》："（谢）安纵心事外，疏略常节，每畜女妓，携持游肆也。"可以看出，谢安的"疏略常节"还比较张扬，不守礼教也就罢了，还领着女伎招摇过市，或许会引来好事者的欢呼和掌声，也或许会引来卫道者的嘘声和非议，反正会众说纷纭，话题不断。

不过，司马昱的话后来果然得到了验证，谢安真的出山了。这是戏剧性事件。《世说新语》赏誉门第七十七则揭示出一个内情："王右军（羲之）语刘尹（惔）：'故当共推安石。'刘尹曰：'若安石东山志立，当与天下共推之。'"王羲之年长于谢安，刘惔是谢安的大舅子，他们也在暗中议论如何推谢安出山。似乎他的大舅子心里更急，表示"当与天下共推之"，再拖下去不是办法，要发动天下的人，一定让谢安出来为国效劳。

一则是"东山畜妓"，一则是"安石必出"，二者构成很大

世说新语别裁详解

◎ 东晋名士 ◎

的戏剧张力。谢安既是历史人物，也是话题人物；能兼而有之者，历史上亦复不少，可像谢安如此好玩的却也不多。

附带一提，谢安家畜伎，《世说新语》里有一条旁证，见贤媛门第二十三则："谢公夫人帏诸婢，使在前作伎，使太傅暂见，便下帏。太傅索更开，夫人云：'恐伤盛德。'"可知，谢家之"伎"并非谢安专享，管控权在夫人的手里；夫人有时会"帏诸婢，使在前作伎"，即歌舞表演，让谢安"暂见"，即看一会儿；然后，要谢安离场。要是谢安提出还想继续看演出，夫人会劝阻。上文中的"下帏"指夫人让谢安从帏中退下（退出），故才会有谢安"索更开"的请求。简文帝说"（安石）与人同乐"，大概就是指这类家庭乐事。

12 初，谢安在东山居，布衣，时兄弟已有富贵者，翕集①家门，倾动人物②。刘夫人③戏谓安曰："大丈夫不当如此乎？"谢乃捉鼻④曰："但恐不免耳！"（排调27）

释义

①翕（xī）集：齐集。翕，聚合。
②倾动人物：引起人们的一阵轰动。
③刘夫人：谢安夫人，刘惔之妹。
④捉鼻：捏着鼻子。谢安自小有鼻疾，语音重浊，想悄声说话时要捏着鼻子。

释读

早年，谢安隐居东山，是布衣身份，而他的兄弟已经出仕多年，享有荣华富贵。某天，谢家兄弟齐聚一堂，引起人们的一阵轰动。谢安夫人刘氏看到这种场面，半开玩笑地跟谢安说："你看这些兄弟，多风光，大丈夫不也应当如此吗？"谢安不无尴尬，捏着鼻子悄声说："就怕也难免要出山了。"

谢安为布衣时，其从兄谢尚、亲兄谢奕，以及亲弟谢万等，均已出仕，且都成为有头有脸的人物，从世俗眼光看，谢安的隐居实在让夫人感到太没面子了。

谢安似乎有自己的判断。这一次，谢家兄弟齐集，估计谢万也在，但谢万在谢安出山之前名声已经不佳；就事实而论，谢安的出山与谢万的被废黜有直接关系，《资治通鉴》卷一〇一写道："谢安少有重名，前后征辟，皆不就，寓居会稽，以山水、文籍自娱。……及弟（谢）万废黜，安始有仕进之志，时已年四十余。征西大将军桓温请为司马，安乃赴召，温大喜，深礼重之。"谢万被废黜，在晋穆帝升平三年（359）；谢安出山，在晋穆帝升平四年（360），二者甚有关联，不可忽视。"但恐不免耳"就是谢安的判断，不完全是刘夫人的一句话激发出来的，更有可能是与谢万有关。

谢万出局，大为削弱谢氏门阀的势力；谢安入局，自有谢安的精算在内。谢安善于下围棋，其精算功力不能小觑。他貌似超然，可是，种种迹象表明，他时刻准备着要出山。何以见得？请看他虽身为布衣，却能够进入谢万的军队里安抚众将士，对军队的运营相当熟悉，比军队统帅谢万还要懂得军事；请看他平时如何训练和培养两个侄儿谢玄、谢朗，基本上灌输的是儒家忠孝节义的观念；请看他平时是如何研究前辈人物之得失优劣并精通观人术；等等。这一切都是为出山做准备的，否则，如果是一心悠游山水，则是何苦来哉？

谢安难得的是能沉得住气，不到关键时刻不动真格。而他时时充实自己、磨炼自己，甚至是遇到一场风浪，也要借此锻炼自己顽强镇定的心理素质（参见《世说新语》雅量门第二十八则，以及本书谢安部分）。由此可见，谢安的成功绝非偶然。

　　话说回来，谢安夫人的影响也是一种因素。她说"大丈夫不当如此乎"，是有着激励作用的。平时，这位刘夫人对丈夫多有规诫，如《世说新语》轻诋门第十七则："孙长乐兄弟就谢公宿，言至款杂。刘夫人在壁后听之，具闻其语。谢公明日还，问：'昨客何似？'刘对曰：'亡兄门，未有如此宾客！'谢深有愧色。"孙长乐兄弟，即孙绰（袭封长乐侯）和其兄孙统，都是当时的名士，可是，刘夫人暗中听他们的言谈，觉得杂乱，有些语无伦次，提醒谢安："要是我的哥哥刘惔在世，他是不会结交这类朋友的。"诸如此类，对谢安而言是有益的。

13　谢公在东山，朝命屡降①而不动。后出为桓宣武司马②，将发新亭③，朝士咸出瞻送④。高灵⑤时为中丞⑥，亦往相祖⑦。先时多少饮酒⑧，因倚如醉，戏曰："卿屡违朝旨，高卧东山，诸人每相与言：'安石不肯出，将如苍生何？'今亦苍生将如卿何？"谢笑而不答。（排调26）

释义

①朝命屡降：朝廷诏命多次下达。降，下达。

②桓宣武司马：即桓温（死后谥号"宣武"）的属官。司马，参议军事。

③新亭：代指京师建康。新亭，在建康西南约十五里，临江，既是一处名胜，也是到达京师的上岸地点。

④朝士咸出瞻送：此指在谢安老家附近的朝廷命官都前来送别。瞻送，送行。

⑤高灵：即高崧，字茂琰，小字鄳（或作灵）。自小好学，擅长书史。曾得到谢安之弟谢万（时任豫州都督）的好评。官至侍中。

⑥中丞：即御史中丞。

⑦相祖：饯行。祖，即祖饯，本指出行时祭祀路神，引申为饯行、送别。

⑧多少饮酒：指多多少少喝了酒。多少，表不定的少量。

释读

谢安在浙江的东山隐居，朝廷诏命多次下达，却屡不受命，不为所动。后来，终于答应出任桓温的司马，将要赴京，向建康的新亭进发，此刻，附近的朝廷命官都前来送别。时任御史中丞的高灵也参与送行，他多多少少喝了些酒，不耐酒力，趁着几分醉意跟谢安开起玩笑来了："阁下屡次违抗朝廷诏命而在东山高卧，大家常常议论起来都会很焦急地说：'安石不肯出，叫天下苍生怎么办啊！'可如今出山了，那是不是要倒过来说：天下苍生要拿阁下怎么办呢？"谢安听了，一时语塞，不好接腔，仅仅以笑回应。

《晋书·谢安传》亦记载此事。这件事，是谢安生命史上的一个转折点：此前，高调隐居，可谓傲视朝廷；此后，却是高调从政，全力投入，步步高升，建功立业，彪炳千古。

"出为桓宣武司马"是谢安仕途的起点。在某种意义上说，桓温是识拔谢安的贵人。可从另一个角度看，谢安进入官场的处女秀给了桓温，是对桓温的敬重。

《世说新语》赏誉门第一○一则，描述谢安对桓温表现得十分恭谨："谢太傅为桓公司马，桓诣谢，值谢梳头，遽取衣帻，桓公云：'何烦此！'因下共语至暝。既去，谓左右曰：'颇曾见如此人不？'"大意为，谢安已经入职了，成为桓温的属官；桓温某日去谢安的住处，刚好谢安正在梳头，一听说桓温到来，赶紧穿回正装，戴好头巾，出来迎接。桓温见状，随和地说："我随便来，你随便穿就得了！"桓温下车，进去跟谢安聊天，一聊就聊到天黑。离开之后，桓温对随从说："你们见过这样的人物没有呢？"又，《世说新语》赏誉门第一○五则，同样描述谢安与桓温的关系："桓大司马病。谢公往省病，从东门入。桓公遥望，叹曰：'吾门中久不见如此人！'"桓温对谢安的赏识之情溢于言表。而谢安敬重桓温、投桃报李也是事实。

"安石不肯出，将如苍生何"自然有些过甚其辞，可是，谢安告别东山的情景，已经定格为以上的送别画面了。

有趣的是，高灵送别时说的话略带几分揶揄。无独有偶，也有人在谢安出山之后讲了些不无挖苦的闲言碎语，如《世说新语》排调门第三十二则："谢公始有东山之志，后严命屡臻，势不获已，始就桓公司马。于时人有饷桓公药草，中有'远志'。公取以问谢：'此药又名小草，何一物而有二称？'谢未即答。时郝隆在坐，应声答曰：'此甚易解：处则为远志，出则为小草。'谢甚有愧色。桓公目谢而笑曰：'郝参军此过乃不恶，亦极有会。'"刘孝标注引《本草》曰："远志一名棘菀，其叶名小草。"当时在场的郝隆借一种药草的两个名称来挖苦谢安，说他原有的"东山之志"（即"处"）是"远志"，而出任桓温司马（即

"出")之后就是"小草"。桓温说"郝参军此过乃不恶",这句话中的"过"是清谈术语,指对字句的解释,与另一清谈术语"通"互相对待("通"指通解文章大意而不做字句解释;可参见《世说新语》文学门第二十八则,以及本书的谢尚部分)。

附带一提,出山的谢安是古代文人十分向往的榜样,如在他身后的李白,就迷醉于谢安的风姿。李白于唐玄宗天宝元年(742)出游东山,凭吊谢安遗迹,写下了一首《东山吟》;后来,他在晚年(唐肃宗至德二年,757年)加入永王李璘的幕府,写诗时还禁不住将自己比拟为谢安,极为高调地推销自己:"三川北虏乱如麻,四海南奔似永嘉。但用东山谢安石,为君谈笑静胡沙。"(《永王东巡歌十一首》之二)说李白是"谢安迷",大概也符合实情。

14 谢安南①免吏部尚书还东②,谢太傅赴桓公司马出西③,相遇破冈④。既当远别,遂停三日共语。太傅欲慰其失官,安南辄引以它端。虽信宿⑤中涂⑥,竟不言及此事。太傅深恨⑦在心未尽,谓同舟曰:"谢奉故是奇士。"(雅量33)

释义

①谢安南:即谢奉,字弘道,会稽山阴(今浙江绍兴)人,曾任安南将军,故称。

②还东:返回会稽。东,此处特指会稽。

③出西:往西走(建康方向)。出,前往。

④破冈:地名,全称破冈渎,是句容(今江苏句容)至云阳(今江苏丹阳)之间的一条航道。是三国时孙权下令开凿的。

⑤信宿（xiǔ）：连住两晚。
⑥中涂：中途。
⑦深恨：深感遗憾。

释读

谢奉被免去吏部尚书职位，往东走返回老家会稽；谢安刚好出山，往西走赴任桓温司马，二人途中在破冈水道相遇。本是老相识，又同是谢氏族人，这一次见面后即远隔西东，不知何时重逢，于是相约，停船靠岸，共处三天两夜。每逢谢安想劝慰谢奉放开怀抱，不要在意免官离京，谢奉就立即将话题引开，谈别的事情。尽管连住两晚，可谢奉绝口不提去职返乡之事。分别后，谢安觉得自己有心劝慰而未能如愿，深感遗憾，在船上对同伴说："谢奉本来就是一位奇士。"

俗话说：有人辞官归故里，有人连夜赶科场。这里，若将"辞官"改为"免官"就符合谢奉的实情。对于谢奉和谢安来说，他们的相遇大体跟以上俗话所说的情景是吻合的。

谢安出山，为桓温所提拔，时在晋穆帝升平四年（360）。没想到，好不容易等到四十岁后出仕，却在赴任的路上不期然遇上被罢官的谢奉。

谢安有不少宽慰的话要跟谢奉说，每到嘴边都被谢奉挡了回去，一直到分手也没有机会一诉心声。可是，谢安能说什么呢？自己正在赴任的兴头上，是跟一个刚被免官的人说"没关系，看开点"之类的话，还是说"您看我四十岁后还有机会，您的机会还是有的"之类的话呢，不得而知。可不管怎么说，谢奉避而不谈免官一事，不一定是觉得无所谓，更有可能是痛并忍受着。

无论如何，谢安巧遇谢奉，实在太有戏剧性了。

15 > 戴公①从东出②，谢太傅往看之。谢本轻戴，见但与论琴书。戴既无吝色③，而谈琴书愈妙。谢悠然知其量。（雅量34）

释义

①戴公：对戴逵的尊称。
②从东出：从会稽来京师（建康）。
③无吝色：没有不乐意的神色。

释读

戴逵从会稽来到京师，谢安去看他。谢安本来不太重视戴逵，见面时只限于谈论弹琴、书法之类的话题。戴逵也不介意，毫无不乐意的神色，还倾其所知，无保留地讲述自己对弹琴、书法的见地，越往深处谈越是精妙。谢安这才知晓戴逵其人超然洒脱，气量宽宏。

戴逵，即王徽之"雪夜访戴"之人。《晋书·戴逵传》称，戴逵"性高洁，常以礼度自处，深以放达为非道"。这样的性格，与谢安颇有不合。《晋书·王坦之传》说谢安居丧期间，"不废妓乐，颇以成俗。坦之非而苦谏之……书往反（返）数四，（谢）安竟不从"。可见谢安有不守礼度、放达任性的一面，王坦之曾经苦口婆心加以劝诫，谢安依然故我，不予采纳。这或许是"谢本轻戴"的内情，即二人的个性颇有差异，故而谢安不算太喜欢戴逵。

这一次，戴逵到京师，谢安见到他后看法有所改变。也许，谢安先入为主，曾以为戴逵"常以礼度自处，深以放达为非道"，大概是将他看作经常严肃批评王导的蔡谟一类人物（参

四　谢安（附谢玄、谢灵运）

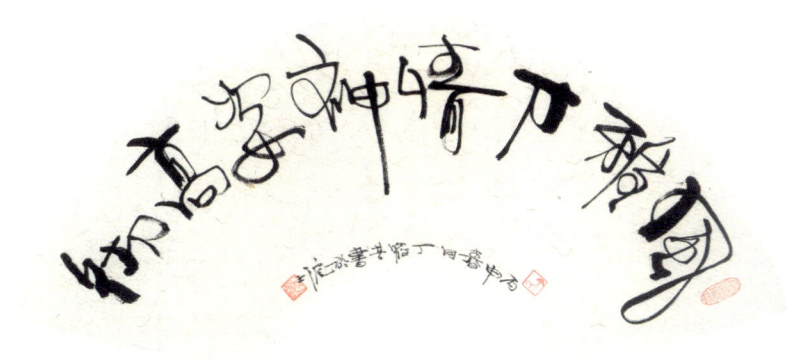

见本书王导部分），于是，对戴逵多少有些成见；可没有想到，戴逵不会因为谢安略带冷漠的态度而心存芥蒂，仍然谈笑风生，清雅可爱，这就令谢安刮目相看了。

其实，戴逵并非蔡谟一类的人物，他跟以放达出名的王徽之交上朋友，足以说明他虽然不会像王徽之那样任性不羁，可也不像蔡谟那样动不动就板起脸孔训人（王导因此就很讨厌蔡谟）。谢安经过深入接触，发现过去自己对戴逵有误判而"悠然知其量"，可见谢安能够欣赏别人的长处而及时调整早前的判断，并不固执己见。

16 桓公①既废海西②，立简文，侍中谢公③见桓公拜。桓惊笑曰："安石，卿何事至尔？"谢曰："未有君拜于前，臣立于后！"（排调38）

释义

①桓公：对桓温的尊称。

②海西：即司马奕（342—386），晋成帝之子，晋哀帝的同母弟；晋哀帝崩，于兴宁三年（365）继位，太和六年（371）被桓温废除皇位为海西县公，故称。

③侍中谢公：谢安曾任侍中一职，故称。

释读

桓温已经将司马奕的帝位废掉，改称海西县公，扶立司马昱为简文帝。当时，谢安出任侍中，见到桓温，想到连简文帝都要给他行拜礼，于是下跪行礼。桓温颇为惊讶，笑着说："安石，你何至于此呢？"谢安回答道："国君此前见到您也要行礼，我作为臣子没有理由站立不拜啊。"

简文帝是桓温扶立起来的傀儡，人所共知。简文帝对桓温谦恭有礼，这对谢安的刺激很大。谢安"见桓公拜"，表面上是谦敬有加，实际上是暗讽桓温将自己摆在至高无上的地位。此时，谢安与桓温的关系发生了明显的变化。

谢安不赞成桓温篡权，这是他持守儒家忠孝节义观念的具体表现。因此，桓温也开始对谢安有所戒备，甚至起了除掉谢安之心（参见《世说新语》雅量门第二十九则，以及本书谢安部分）。上面的故事，以桓温的聪明，他不会不知道谢安话里有话。

本来，在司马昱成为简文帝之前，司马昱、谢安、桓温三人的交往是比较平和的，如《世说新语》容止门第三十四则："简文作相王时，与谢公共诣桓宣武。王珣先在内，桓语王：'卿尝欲见相王，可住帐里。'二客既去，桓谓王曰：'定何如？'王曰：'相王作辅，自然湛若神君，公亦万夫之望。不然，仆射何得自没？'"

大意为，司马奕立为皇帝时，会稽王司马昱进位丞相，是为相王，一次，他跟谢安一起去拜见桓温，刚好王珣（王导之孙）早前已在桓府，桓温告知王珣："你想见到相王就躲进帐里吧。"等到谢安和司马昱告辞后，桓温问王珣："你的印象到底如何？"王珣答道："相王出任辅政之职，自然深沉稳重、机敏贤明，明公您也是万民仰望的大人物。要不然，谢仆射怎么会愿意隐没在您的身后呢？"谢安是桓温赏识并提拔的人，王珣说谢安此时在桓温的光环之下，是符合实情的。王珣不偏不倚，对三个人分别做出了好评，谁也不得罪。从上述场景看，谢安作为桓温的属下，去桓温那里是很正常的；不太正常的是相王司马昱，他还要谢安陪着去找桓温，可见桓温权势之大、气焰之高，真是不可一世。

这样的桓温，是谢安所不能接受的。他与桓温的矛盾也由此而起。

17 桓公伏甲设馔①，广延朝士，因此欲诛谢安、王坦之②。王甚遽③，问谢曰："当作何计？"谢神意不变，谓文度曰："晋阼④存亡，在此一行。"相与俱前。王之恐状，转见于色。谢之宽容，愈表于貌。望阶趋席⑤，方作洛生咏⑥，讽"浩浩洪流⑦"。桓惮其旷远，乃趣解兵⑧。王、谢旧齐名，于此始判优劣。（雅量29）

释义

①伏甲设馔：摆设宴席而埋下伏兵。

②王坦之：（330—375），字文度，东晋太原晋阳（今山西太原）人，王述之子。官至中书令。

③遽（jù）：恐惧。

④晋阼（zuò）：指东晋司马氏皇权的命运。阼，本指大堂前的台阶，此处通"祚"（皇帝的地位）。

⑤望阶趋席：拾级而上，快步走到自己的席位。

⑥作洛生咏：依照洛阳书生的读书音来吟咏。

⑦浩浩洪流：嵇康诗句，见《兄秀才公穆入军赠诗十九首》之第十四首（戴明扬撰《嵇康集校注》，中华书局，2018年，第19页）。

⑧乃趣（cù）解兵：于是赶紧传口令撤走伏兵。趣，通"促"，急促。

释读

桓温广开宴席，招待朝中人士，特地埋下伏兵，想借机除掉谢安和王坦之。王坦之听闻风声，大为惊恐，问谢安："该怎么办？"谢安神色镇定，冷静地对王坦之说："皇家命运之存亡，就看这一场宴会了。"要王坦之跟自己一起往前走。王坦之这时不仅内心慌乱，脸上也显露出恐惧神色。而谢安则神态自若，其脸色愈加显得安闲从容。只见他拾级而上，快步走到自己的席位，开腔吟咏，用的是洛阳书生的读书音，朗声念诵嵇康"浩浩洪流"一诗。桓温素知谢安的为人，超迈旷远，气度恢宏，若将他害死，反为不妙，于是赶紧传口令撤走伏兵。本来，王坦之和谢安齐名，经此一事，人们开始对二人的差别有所判断。

在此事件中，王坦之与谢安的表现判然有别，形成鲜明对比，自不待言。有意思的是，为何谢安要特意"作洛生咏，讽'浩浩洪流'"？

"浩浩洪流"是嵇康的诗，谁都知道嵇康慷慨就义，从容镇定；而此地是江南，谢安故意"作洛生咏"，或许可以强化嵇康的北方人身份，或许可以令人联想到嵇康无惧无畏的一身正气，或许也在暗示此处如鸿门宴暗藏杀机，等等。值得注意的是，谢安对曹魏、西晋的名士十分熟悉，为什么在此凶险关头只是念诵嵇康的诗而不是别人的作品呢？显然，他是有意引发人们对嵇康形象的联想。嵇康之死，在当年是一个引起极大舆论反弹的事件，桓温不得不有所顾忌，这才是"桓惮其旷远"的内情。

世说新语别裁详解

(八) 东晋名士

嵇康这一首"浩浩洪流"诗，有学者述其大意为："览物兴怀，思得同趣之人，相与游娱，以忘晨夕；今乃不获所愿，使我思之不已，至于悲伤也。"（刘履语，见戴明扬撰《嵇康集校注》，中华书局，2018年，第21页）联系谢安与桓温的关系，是桓温带着谢安出山的，则似可理解为谢安在劝告桓温：嵇康诗有"浩浩洪流，带我邦畿"句，这"邦畿"是我们的家园，本来可以"驾言出游，日夕忘归"，这该多好；如今弄成有如鸿门宴，只能表达"怆矣其悲"（此诗之末句）。桓温是聪明人，听着这首诗，想着嵇康被害事件的后续反应，盘算盘算，还是不杀为好。这也是谢安"作洛生咏，讽'浩浩洪流'"想要收到的效果。

《晋书·谢安传》也记载此事，时在简文帝驾崩之后，桓温以为篡权的时机到了，已经做好军事上动手的准备。设宴时，"（王）坦之甚惧，问计于（谢）安。……既见（桓）温，坦之流汗沾衣，倒执手版。安从容就席，坐定，谓温曰：'安闻诸侯有道，守在四邻，明公何须壁后置人邪？'温笑曰：'正自不能不尔耳。'遂笑语移日。"谢安机敏而淡定，化解了这一次危机。

《资治通鉴》卷一〇三将此事系于晋孝武帝宁康元年（373），并说："安与坦之，尽忠辅卫，卒安晋室。"可知，在维护"晋祚"的问题上，谢安和王坦之持同一立场，而桓温对此极为不满，欲除之而后快，这就是"欲诛谢安、王坦之"的原因。

桓温把持朝政，掌握朝中大臣的生死予夺之权，谢安对此深知内情，虚与委蛇。比如，《世说新语》雅量门第二十七则："桓宣武与郗超议芟夷朝臣，条牒既定，其夜同宿。明晨起，呼谢安、王坦之入，掷疏示之，郗犹在帐内。谢都无言，王直掷还，云：'多！'宣武取笔欲除，郗不觉窃从帐中与宣武言。

谢含笑曰：'郗生可谓入幕宾也。'"大意为，桓温和郗超密议将朝中的异己铲除，列出了名单，夜里二人同睡一处。次日一早，郗超还没有起床，而桓温已经将谢安、王坦之叫进来，吩咐他们按照条牒来执行清理行动。王坦之看了名单，心直口快，说人数太多，生气地扔了回去，桓温随即拿起笔来准备删去一些，郗超听到王坦之的话，顾不了许多，从帐内钻了出来，跟桓温嘀咕了一阵。而谢安一直不发一言，见到郗超，打趣地说了一句："郗先生可真是入'幕'之宾啊。"谢安之稳重和机智，于此可见一斑。

其实，在桓温身边，谢安时时要赔小心，连对桓温的亲信郗超，也要谨慎应付，如《世说新语》雅量门第三十则："谢太傅与王文度共诣郗超，日旰未得前，王便欲去。谢曰：'不能为性命忍俄顷？'"谢安和王坦之去找郗超办事，不知道郗超是在忙着还是故意摆架子，眼看着太阳下山了，也迟迟不请二人进去，王坦之受不了，急着要走，谢安劝说："这是关乎性命的事情，还不能多忍耐一会儿？"刘孝标注释："（郗）超得宠桓温，专杀生之威。"反正，桓温不死，谢安难以大有作为。

桓温卒于373年，即这一次鸿门宴之后不久。桓温退出历史舞台，谢安这才有了在东晋历史上担纲演出的机会。

18 孝武①将讲《孝经》②，谢公兄弟与诸人私庭讲习③。车武子④难苦问谢⑤，谓袁羊⑥曰："不问则德音有遗⑦，多问则重劳二谢⑧。"袁曰："必无此嫌。"车曰："何以知尔？"袁曰："何尝见明镜疲于屡照，清流惮于惠风⑨？"（言语90）

释义

①孝武：即晋孝武帝司马曜（yào），简文帝之子。

②《孝经》：儒家经典之一，提倡孝道，为孔门后学所撰。司马氏"以孝治天下"，故《孝经》在两晋时期地位崇高。

③私庭讲习：此与"朝廷讲习"相对，是私人的讲习活动。

④车武子：即车胤，字武子，东晋南平（今湖北荆州公安）人。以"勤学苦读"著称，成语"囊萤映雪"中的"囊萤"指的就是他的故事。初为桓温从事，官至吏部尚书。

⑤难苦问谢：意为多次向谢氏兄弟问难求解。难，问难；苦，一再，多次。

⑥袁羊：即袁乔，小字羊，字彦叔（一说彦升），东晋陈郡阳夏（今河南太康）人。其父袁瓌（guī），官至光禄大夫。袁乔官至龙骧将军，封湘西伯，追赠益州刺史。但《晋书·袁乔传》说袁乔先桓温而卒，据《晋书·孝武帝纪》，已确知桓温卒于晋孝武帝宁康元年（373）七月，而晋孝武帝讲《孝经》在宁康三年（375）九月九日（重阳敬老，讲究孝道），其时袁乔已殁多年，则文中的"袁羊（乔）"有误。据刘孝标注引《续晋阳秋》，当年在晋孝武帝身边讲经的有谢安、谢石和袁宏等人，则"袁羊"似应为"袁宏"之误。以下释读，径改为"袁宏"，敬请垂注。

⑦德音有遗：此指遗漏聆听经书的高明之处的机会。

⑧二谢：此指谢安、谢石兄弟。

⑨惠风：温暖柔和之风。

释读

晋孝武帝将要聚集大臣讲读《孝经》，为此，谢安兄弟预作准备，先在私人庭院里召集若干人讲习一遍。车胤态度认真，多次向谢氏兄弟问难求解，事后对袁宏说："（苦相追问，有些不好意思）可要是不问，又生怕遗漏了聆听经书高明之处的机会；多问却实在是太劳烦两位谢家才俊了。"袁宏答道："不必多虑，谢家二位都是诲人不倦的，必定不会嫌你添麻烦的。"车胤不解，问道："阁下何以知道呢？"袁宏说："既然是明镜，哪会嫌人多照几次呢；既然是清流，哪会怕温暖柔和之风轻轻吹来呢？"

刘孝标注引《续晋阳秋》，叙述这一次御前讲读《孝经》活动，参与者各有分工，谢安侍坐，陆纳、卞耽朗读，谢石、袁宏执经，车胤、王混摘句。大概因为早有预习，此次活动是相当成功的。

故事折射出谢家兄弟诲人不倦的风姿。袁宏熟悉谢安，他所说的话，应该缘于他长年的观察，可知谢家兄弟给他留下的印象甚好。而车胤因为自己"每事问"而产生某种歉意则反衬出谢家兄弟的和蔼亲切、有问必答，可视为谢氏家风。

谢安一生最重要的功业是在晋孝武帝在位期间完成的。《世说新语》夙惠门第六则记谢安在晋孝武帝还是一个孩子的时候对他的体贴："晋孝武年十二，时冬天，昼日不着复衣，但着单练衫五六重，夜则累茵褥。谢公谏曰：'圣体宜令有常。陛下昼过冷，夜过热，恐非摄养之术。'帝曰：'昼动夜静。'谢公出叹曰：'上理不减先帝。'"

尽管此时年仅十二岁，但晋孝武帝十岁登基，已经做了两年的皇帝了，这番君臣对话与"孝武将讲《孝经》"在时间上是接近的，谢安的话语有体贴之意，也暗含训诫：时值冬天，白天穿得少，夜里盖得厚，则"昼过冷，夜过热"，就常理而言，对身体不好。可是，这位小皇帝熟读《老子》，他的回答是"昼动夜静"，意为白天要活动，可以少穿衣；睡觉不活动，必须盖得厚，这是对《老子》"躁胜寒"等语（第四十五章）的引申和应用。谢安似乎没有反驳，只是面圣完毕走出大殿之后叹了一句："圣上说理的水平与先帝（简文帝）不相上下。"

无论如何，谢安与晋孝武帝的相处似有磨合的过程，但小皇帝对谢安还是很尊重的，讲读《孝经》时，谢安侍坐，就是一种长者的待遇。

19 谢公时，兵厮①逋亡②，多近窜南塘③下诸舫④中。或欲求一时⑤搜索⑥，谢公不许，云："若不容置此辈，何以为京都？"（政事23）

|| **释义**

①兵厮：士兵与杂役。厮，杂役。
②逋（bū）亡：逃逸。逋，逃亡。
③南塘：地名，即建康秦淮河南塘岸。
④诸舫：即秦淮河上的众多花舫。
⑤一时：同时。
⑥搜索：此指搜捕。

|| **释读**

谢安辅政时，不少士兵和杂役逃逸（无法收编）；这些人其实大多躲藏于秦淮河的南塘岸，在众多的花舫上谋生。有人提议要将他们同时搜捕回来（以便充实军队），谢安不允许，说：

"如果不能将这些人容留安置,京都还算是京都吗?"

据《晋书·谢安传》,当简文帝快要驾崩之时,"(桓)温上疏荐(谢)安宜受顾命",所谓"谢公时",当指晋孝武帝继位后谢安辅政时期。

刘孝标注引《续晋阳秋》:"自中原丧乱,民离本域,江左造创(草创阶段),豪族并兼,或客寓流离,名籍不立。(晋孝武帝)太元中(当指376—385年期间,太元年号始于376年,而谢安卒于385年),外御强氏(dī)(苻坚属于氐族),搜简民实,三吴(泛指江南)颇加澄检(清查),正其里伍(军队)。其中时有山湖遁逸,往来都邑者。后将军(谢)安方接客,时人有于坐(座)言宜纠舍藏之失者(匿藏逃逸者,应严肃治罪)。安每以厚德化物,去其烦细。又以强寇入境,不宜加动人情(添加人们的反感)。乃答之云:'卿所忧,在于客耳!然不尔,何以为京都?'言者有惭色。"这条资料,可以帮助读者了解事情的背景。换言之,此事发生在谢安的晚年,外敌入侵,军情告急,军队人数不足,而大批士兵和杂役逃入秦淮河上的花舫谋生;在此紧迫关头,谢安不愿意徒添惊扰,不同意搜捕那些逋亡之兵厮,表示要拿出经营京都应有的气度和风范来。

《晋书·谢安传》称谢安的理政风格是:"德政既行,文武用命,不存小察,弘以大纲,感怀外著,人皆比之王导,谓文雅过之。"以上事例,可为佐证。

20> 谢公与人围棋,俄而①谢玄淮上信至②。看书竟,默然无言,徐向局③。客问淮上利害④,答曰:"小儿辈大破贼。"意色举止,不异于常。(雅量35)

释义

①俄而：不一会儿。

②谢玄淮上信至：谢玄报告淝水（淮上）战事的信函到了。谢玄，谢安侄子，晋孝武帝太元八年（383）十一月指挥军队与苻坚在淝水决战，获得大胜。

③局：棋盘上的黑白局势。

④淮上利害：意为淝水战事胜负如何。

释读

谢安跟客人下围棋，不一会儿，侄子谢玄报告淝水战事的信函到了。谢安将信看完，未出一声，不急不忙，脸朝棋盘，看黑白局势。客人心知有事，问淝水战事胜负如何。谢安回答："小儿辈大破前秦侵略军。"继续下棋，意态从容如故，一举一动如同无事发生一样。

刘孝标注引《续晋阳秋》："初，苻坚南寇，京师大震。谢安无惧色，方命驾出墅，与兄子玄围棋。夜还乃处分，少日皆办。破贼又无喜容。其高量如此。"这条材料先是说苻坚领前秦军队南侵，朝野闻之惊恐，而谢安此时执掌朝政，无惧无畏，从容应对，白天跟谢玄下棋，到晚上才部署作战事宜；接着说到了战事已然展开，谢安接到战报而没有喜容。这里的细节，跟《世说新语》所记载的不能完全对应而互有出入，但是，基本情况是一致的，即谢安表现出"每临大事有静气"的雅量。

《晋书·谢安传》记载：淝水大捷，喜报到来，谢安正在与客人下棋，描述与《世说新语》基本一样，不过，还补充了一个重要细节："既罢（围棋结束），还内（入内室），过户限（门槛），心喜甚，不觉屐齿之折（木屐接触地面的齿因过

世说新语别裁详解

△ 东晋名士 ▽

度用力而折断了）。"编写《晋书》的唐代史官加上一句评语："其矫情镇物如此。"上述谢安下完棋返回内室时木屐齿折的细节，《资治通鉴》卷一〇五也写到，司马光等人却删去了"其矫情镇物如此"一句。

可以说，熟悉"竹林七贤"故事的谢安，对喜怒不形于色的"魏晋风度"十分推崇，并且在日常的生活实践中付诸行动。这到底是不是一种矫情呢？《晋书》编写者的评语似是诛心之论。

附带一提，淝水大捷，谢氏家族声威大震，而当时在东晋政权也握有重权的桓氏家族心情复杂，《世说新语》尤悔门第十六则记载如下故事："桓车骑（冲）在上明（在今湖北境内）畋猎（打猎）。东信（由湖北以东的京师传来的信息）至，传淮上大捷。语左右云：'群谢年少，大破贼。'因发病薨。谈者以为此死，贤于让扬之荆。"桓冲是桓温最小的弟弟。淝水大战之时，桓温已死，而桓氏家族依然甚有权势，尤其是在长江中游地区；桓冲曾经将自己的扬州刺史一职让给了谢安，自己出任荆州刺史，这就是发生在桓、谢之间的"（桓冲）让扬之荆"的故事。按说，谢安本是桓温的人，只是没有支持桓温篡夺政权而被桓温疏远和猜疑，由此谢与桓两大家族的关系发生了微妙变化。上述桓冲听闻淝水大捷之后"因发病薨"的故事，折射出谢、桓二姓的复杂关系。《晋书·桓冲传》说："（桓）冲本疾病，加以惭耻，发病而卒，时年五十七。"桓冲之死更多的是与其患有重病有关，但是，谢氏家族尤其是年少的谢玄竟然可以取得淝水之战的胜利，是桓冲始料不及的，对这位拖着病体的荆州刺史冲击不小，故有"惭耻"之说。

> 附录一

谢玄故事精选五则

谢玄（343—388），字幼度，小字遏，东晋名将，谢安兄长谢奕之子，年少时深得叔父谢安的栽培。曾受命与苻坚作战，赢得淝水之战的胜利。封康乐县公，官至散骑常侍、左将军、会稽内史；卒后赠车骑将军，世称谢车骑。

1 谢太傅问诸子侄："子弟亦何预人事①，而正欲使其佳？"诸人②莫有言者，车骑③答曰："譬如芝兰玉树，欲使其生于阶庭④耳。"（言语92）

释义

①人事：此指世事、政事。
②诸人：此处特指谢氏子弟。
③车骑：即谢玄，卒后赠车骑将军，故称。
④阶庭：庭院。

释读

谢安见谢氏子弟聚集在一起，问他们："你们都是年轻子弟，也还没到时候参与政事，可我们这些长辈为什么要你们一个个才华出众呢？"在场的其他人答不上来，唯有谢玄答道："就好比是芝兰玉树，希望它们养成高贵的气质，有资格生长在庭院里，才算是得其所哉（而不是生于荒野）。"

"阶庭"，隐喻高尚的处所（甚至是廊庙）。谢玄的话暗示作为谢氏家族的年轻一代应该有高远的追求。

谢玄在谢安面前常常有不错的表现,《晋书·谢玄传》说他"为叔父安所器重"。该传称,谢安听到谢玄的上述回答之后相当高兴。

在谢氏子弟之中,谢玄是谢安最为关注的一个,且时常指点,比如,《世说新语》文学门第五十二则所记,显示出谢安引导谢玄的用心所在:"谢公因子弟集聚,问《毛诗》何句最佳?遏称曰:'昔我往矣,杨柳依依;今我来思,雨雪霏霏。'公曰:'訏谟定命,远猷辰告。'谓此句偏有雅人深致(诗人的深思)。"可知谢安经常不失时机地考验和观察谢玄。

谢安四十岁后才出山建立起一番功业,他经历过"亦何预人事"的较为漫长的人生阶段;他没有急功近利,而是不断地积攒经验,貌似超脱,其实时刻关心"人事"。"昔我往矣,杨柳依依;今我来思,雨雪霏霏"是《毛诗》名句,谢玄以之为最佳,自有道理;可谢安更为称赏"訏谟定命,远猷辰告"(国家的大政方针宜谨慎制定,长远的治国策略应及早通告),这是《大雅·抑》的句子,政治色彩十分鲜明。在这里,谢安是在暗示谢玄:读《毛诗》不仅要欣赏其文学性很强的内容,更要重视其政治意涵丰富深刻的作品。谢玄一直接受着谢安如此这般的点拨。

谢玄悟性颇高,他在谢安的考验中不时有独到见解,如《世说新语》言语门第七十八则:"晋武帝每饷山涛恒少。谢太傅以问子弟,车骑答曰:'当由欲者不多,而使与者忘少。'"山涛是"竹林七贤"之一,为何晋武帝司马炎给他的待遇不多呢?谢玄对"竹林七贤"颇为了解,他认为山涛其人虽然身居高位,但物欲不强,易于满足,致使晋武帝不会觉得亏待了他。从语境看，谢安和谢玄都对山涛的为人有所赞赏。

然而，难能可贵的是，谢玄并非处处迎合谢安，对于谢安的意见也不总是赞同，如《世说新语》轻诋门第二十三则："谢太傅谓子侄曰：'中郎（谢万，谢安之弟）始是独有千载（千年一遇）！'车骑曰：'中郎衿抱未虚（心胸不够开阔），复那得独有？'"这一次，谢安给了弟弟谢万过高的评价，而谢玄对这位叔叔评价不高，当面反驳，否定谢安的说法。事实上，谢玄是对的，谢万为人傲慢，自高自大而无领军之才，后来招致大败，其人生只能黯然收场。这与谢安的吹捧完全不是一回事，不得不说谢玄真有敏锐的洞察力。

总的来说，谢玄成长为谢氏家族里的佼佼者，不是偶然的，既有谢安的栽培，也有其自身的历练。

2 谢遏夏月尝仰卧，谢公清晨卒①来，不暇着衣，跣②出屋外，方蹑履问讯③。公曰："汝可谓前倨而后恭④。"（排调55）

释义

①卒（cù）：通"猝"，突然。

②跣（xiǎn）：光着脚。

③蹑履问讯：意为穿好鞋子，正装请安。问讯，问候，此处意为请安（谢玄是后辈，向长辈请安）。

④前倨（jù）而后恭：意为先是傲慢，然后变得恭顺。倨，傲慢。

释读

谢玄夏天时怕热，曾经赤身仰卧，不巧叔父谢安在清晨时分忽然而至，谢玄情急之下来不及穿上衣服，光着脚跑到屋外，接着穿戴完毕，方始向叔父请安。谢安说："你啊，可说是前倨而后恭。"

"前倨而后恭"是成语，典出《战国策·秦策一》，说的是苏秦的嫂子先是看不起苏秦，待苏秦发达之后，其嫂子面对苏秦"蛇行匍伏，四拜自跪而谢"，苏秦用略带挖苦的口吻说道："嫂何前倨而后卑也？"谢安此处用这个成语，半是开玩笑，半是暗示谢玄要注意仪表，不可疏忽。

谢玄年轻时有一些小毛病，谢安看在眼里，择机训诫，而又讲究方式方法，如《世说新语》假谲门第十四则："谢遏年少时，好着紫罗香囊，垂覆手（手巾）。太傅患之，而不欲伤其意，乃谲与赌，得即烧之。"意为谢玄喜欢在身上挂着紫色的丝织香囊，手里捏着手巾，走起路来手巾下垂着飘来飘去，很不稳重。谢安担心他有失男子气概，但又不想伤及他的自尊心，于是，想出一招，跟他赌一把，赌的是香囊、手巾。结果，谢安赢了，得手后立即将香囊、手巾烧掉，以此警示谢玄不得再用。

还有一个类似的故事，见《世说新语》品藻门第七十一则："谢遏诸人共道竹林优劣，谢公云：'先辈初不臧贬七贤。'"原来，谢玄曾经跟一些人在一起，对"竹林七贤"说长论短，有褒有贬，谢安得知后，教训谢玄："先辈是不会这样做的。"言外之意是，要存厚道，不能轻薄古人。同时，还要考虑到东晋时代，已经跟魏晋之交的时期相去较远，"竹林七贤"的行为已成历史，谁长谁短，难以说得清楚，稍有不慎，惹来话柄，反为不妙。谢安是谨慎之人，故而对侄子的教育也是无微不至的。

谢玄自小在谢安的栽培之下成长，谢安对谢玄该肯定的肯定，该批评的批评。谢玄能有一番自己的功业，具备难得的主客观条件。而谢玄对叔父是充满着敬意的，《世说新语》容止门第三十六则记他对谢安的描述，也颇为传神："谢车骑道谢公：'游肆复无乃高唱，但恭坐捻鼻顾睐，便自有寝处山泽间仪。'"这是谢玄心目中的一幅叔父素描：叔父喜欢游玩，用不着高歌唱咏，仅仅是看他坐在那里，捏着鼻子（谢安有鼻疾），左顾右盼，就已经显露出一种置身于山野间的潇洒仪表。有这样一位叔父，是谢玄的幸运所在。

3> 司马太傅①问谢车骑："惠子②其书五车，何以无一言入玄③？"谢曰："故当是其妙处不传。"（文学58）

释义

①司马太傅：即司马道子（364—402），晋简文帝之子，晋孝武帝之弟。官至太傅，故称。
②惠子：即惠施，战国时宋人，思想家。
③无一言入玄：没有一句话成为玄学的话题。

释读

司马道子问谢玄："《庄子》说，惠子其书五车，可为何他没有一句话可以成为玄学的话题呢？"谢玄答道："惠子著作虽多，但其妙处还是没有传下来吧。"

《晋书·司马道子传》说司马道子"少以清澹为谢安所

称"，故而，司马道子与谢家的关系不错，他以宗室成员的身份跟谢玄有交往是有缘由的。同时，司马道子喜欢玄学，其本传称他"体道自然，神识颖远"，他向谢玄提及惠子，想到玄学上去，用的是《庄子》里的典故，可知他在玄学方面有些造诣。

"惠子其书五车"之说，见《庄子·天下》，原文是："惠施多方，其书五车。"《天下》是《庄子》全书的最后一篇，其中有一段专门讲到惠施。惠施是先秦名家的代表，他的某些观点涉及抽象话题，是可以"入玄"的，如《天下》提到的"指不至，至不绝"，即为晋代清谈家谈论的话题（参见《世说新语》文学门第十六则，及本书乐广部分），这一情况，司马道子应该知道，乐广谈论过"指不至"的故事他也应该熟悉。所以，司马道子的问题大概仅限于"惠施多方，其书五车"这一句话，换言之，"惠施多方"句指惠施写出很多与"方"（术）有关的著作，而司马道子不理解的是，为什么惠施有那么多这类著作却与玄学无关。这个问题问得比较专业。

刘孝标理解司马道子所指，故其注释所引用的《庄子·天下》里的话都是稀奇古怪而似与巫术有关的："谓卵有毛，鸡三足，马有卵，犬可为羊，火不热，目不见，龟长于蛇，丁子有尾，白狗黑，连环可解。能胜人之口，不能服人之心。盖辩者之囿也。"这些诸如"火不热""白狗黑"的话，更为接近术士的口吻，与方术的关系更为密切，却跟玄学无涉。就算是思维清晰的辩者也无法明白，更无从解释。

或许，谢玄也没有好好思考过司马道子所提出的问题，他的回答似乎是说了等于白说，显得有些想当然，而没有触及问题的实质。

其实，最为了解惠施的还是他的好友庄子。庄子说完"惠施多方，其书五车"后马上评论道："其道舛驳，其言也不中。"意为惠子的东西自相矛盾，斑驳不纯，也没有说中要害，于是，接着就列举了惠施一大堆奇奇怪怪的话题（如刘孝标注所引）；最后，庄子下断语："惜乎！惠施之才，骀荡而不得，逐万物而不反，是穷响以声，形与影竞走也，悲夫！"大意是说，惠施的思路和学问过于散漫无归，不能够返回正道，只是钻牛角尖，捕风捉影，沉迷于虚妄之中，如同自己的身体和影子在竞走一样。明乎此，大体可以理解司马道子问题的实质是：为什么惠子著作多多，却不能像《庄子》那样成为玄学谈论的经典呢？可能司马道子感觉到，惠子的东西与庄子的思想难以合拍，转换成今天的学术话语，即惠子多用巫术思维，庄子多用玄学思维，二者不易互通。

谢玄年长于司马道子，对惠子的认识却很有限，回答司马道子的问题有些言不及义。

可他毕竟是谢安的侄子，谢安是清谈大家，在谢安的熏陶下，谢玄还是有一定玄学造诣的。《世说新语》文学门第四十一则记他与支道林交往的一个故事："谢车骑在安西艰中，林道人往就语，将夕乃退。有人道上见者，问云：'何处来？'答云：'今日与谢孝剧谈一出来。'"大意是，谢玄的父亲谢奕（曾任安西将军，故尊称为"安西"）去世了，谢玄在守孝，支道林前往谢家吊唁，可不仅是吊唁，还跟谢玄"剧谈一出"，乃至到了接近傍晚才走出谢家。他们完完整整讨论了一个玄学话题，当时习称为"一出"。刘孝标注引《玄别传》曰："（谢）玄能清言，善名理。"诚然，能够跟支道林这样的高手过招，谢玄的玄学功力不可小觑。故此，身为皇家成员的司马道子才会找谢玄讨论"惠子问题"。

4 王僧弥①、谢车骑共王小奴②许③集④。僧弥举酒劝谢云："奉使君⑤一觞。"谢曰："可尔。"僧弥勃然起，作色⑥曰："汝故是吴兴溪中钓碣⑦耳！何敢诪张⑧！"谢徐抚掌而笑曰："卫军⑨，僧弥殊不肃省⑩，乃侵陵⑪上国⑫也。"（雅量38）

释义

①王僧弥：王珉（351—388），小字僧弥，王导孙子，其父王洽。曾任中书令，与王献之（王大令）齐名，世称王小令。

②王小奴：王荟，字敬文，小字小奴，王导幼子，王珉的叔父。累迁吴国内史，后转督浙江东五郡，任左将军、会稽内史，进号镇军将军，加散骑常侍。

③许：那里（表处所）。

④集：小聚。

⑤使君：刺史的别称。谢玄曾为徐州刺史。

⑥作色：此指涨红了脸。

⑦钓碣：本指在溪水边钓鱼时可供站立的石头；谢玄小字遏，又作羯，"羯"与"碣"音同而形近，故王珉口中的"钓碣"是对谢玄的蔑称。

⑧诪（zhōu）张：跋扈嚣张，装模作样。

⑨卫军：即王荟，卒后赠卫将军，故称。"卫军"二字，当为后人改动，并非当时的称呼，可能称之"镇军将军"为宜。故下文的释读文字里改用"镇军"二字。

⑩肃省：肃然自省。

⑪侵陵：欺负。

⑫上国：本是外藩对朝廷的尊称，此处转义为尊贵之人。

释读

王珉、谢玄同在王荟那里小聚。王珉举起酒器，假意向谢玄敬酒："先敬使君一觞。"谢玄随即回应道："好的。"王珉见他毫不客气地接受自己的敬酒，勃然大怒，涨红了脸说："你不过是吴兴溪边的钓碣罢了！竟然如此跋扈嚣张，装模作样！"谢玄听后，没有发怒，反而拍掌笑着说："镇军，您看僧弥太过不会肃然自省了，竟然欺负到上国头上来了！"

东晋历史，若说到显赫门庭，向称"王谢"。本来两家关系不错，早年王导还颇为器重谢安；可是，从上面的故事可知，两家的后人关系已经恶化到互相瞧不起的程度了。

王导的儿子王洽生了两个儿子：王珉，还有其兄王珣。《晋书·王珣传》记载："珣兄弟皆谢氏婿，以猜嫌致隙。太傅安既与珣绝婚，又离珉妻，由是二族遂成仇衅。"换言之，王谢两家本是姻亲，却因为"猜嫌"而反目成仇，乃至于连亲戚也做不成。据《晋书·谢安传》，王珣娶的是谢万之女，王珉娶的是谢安之女。看来，谢安对王导的两个孙子都很有意见，史书说"安既与珣绝婚，又离珉妻"，可知两起离婚事件都是由谢安拍板的。

所谓"猜嫌"是什么，史书没有具体说明，但《世说新语》贤媛门第二十六则提供了重要信息："王凝之谢夫人既往王氏，大薄凝之。既还谢家，意大不说。太傅慰释之曰：'王郎，逸少之子，人材亦不恶，汝何以恨乃尔？'"当初谢安将自己的侄女谢道韫嫁给了王羲之的第二个儿子王凝之，婚后，谢道韫大为不满，对丈夫颇多恶评，回娘家时历数王凝之的不是，谢安听后还想安慰劝解；可是，谢家女不满意王家子不是个别的，而是接连发生，就连劝慰过谢道韫的谢安也要痛下决心，结束了自己的女儿和侄女跟王家兄弟的婚事，这就不得不令人怀疑其间必有某些共同的原因。

据《晋书·王凝之传》，"王氏世事张氏五斗米道，凝之弥笃"，由于过度迷信，整天神神道道，以为有张天师保佑，什么事情都会逢凶化吉；孙恩攻取会稽时，王凝之毫不设防，只是"靖室请祷"，"遂为孙所害"。谢道韫极不喜欢王凝之，是否与此有关？由此推想，谢氏女嫁入信奉五斗米道的王家，是否先后都出现了观念上的差异而导致情感上的冲突呢？这是有待考究的问题。

不管如何，王珉与谢玄的矛盾实质上是以婚姻关系的破裂而引发的家族冲突为背景的。在上述场面，谢玄尽管笑脸相迎，却也不甘示弱，反唇相讥，以"上国"自居，其内在的傲气不言自明。

《晋书·王珣传》记载，谢安去世，王珣对族弟王献之说"吾欲哭谢公"，王献之听后很是惊讶，但也觉得王珣很有气度。从这个角度来看，王、谢矛盾，意气用事的可能性较大，不一定在政治上有多大的过节（这跟郗鉴家族与王导家族的关系破裂有些不同）；而谢玄与曾经的谢家女婿王珉斗嘴，就是意气用事的表现。

5 郗超①与谢玄不善②。苻坚③将问晋鼎④，既已狼噬⑤梁、岐⑥，又虎视淮阴⑦矣。于时朝议遣玄北讨，人间颇有异同之论⑧。唯超曰："是必济事。吾昔尝与共在桓宣武府，见使才皆尽⑨，虽履屐之间⑩，亦得其任⑪。以此推之，容必能立勋。"元功⑫既举，时人咸叹超之先觉，又重其不以爱憎匿善。（识鉴22）

释义

①郗超：（336—378），字景兴，一字嘉宾，东晋高平金乡（今山东嘉祥西阿城铺）人。郗鉴之孙，郗愔长子。深得桓温重用，甚有权势。年寿不永，先于其父郗愔去世。

②不善：不和。

③苻坚：（338—385），字永固，略阳临渭（今甘肃天水）人，氐族，十六国时前秦国君，357—385年在位。《资治通鉴》卷一〇四、一〇五记苻坚于晋孝武帝太元七年（382）"锐意欲取江东"；次年（383），苻坚"下诏大举入寇"，在淝水跟谢玄军队决战，大败。

④问晋鼎：指苻坚意欲进攻晋朝，夺取政权。

⑤狼噬：吞并。

⑥梁、岐：指古梁州、古冀州，《尚书·禹贡》已有"治梁及岐"之说；其地域相当于今黄河以东的陕西、山西部分地区，以及黄河以北的山西、河北部分地区等。

⑦淮阴：属徐州广陵郡，治所在今江苏淮安西北。

⑧异同之论：不同的议论。

⑨使才皆尽：尽职尽责。

⑩履屐之间：本指脚下的一丁点儿事，形容琐碎小事。

⑪亦得其任：意为一丝不苟，尽心完成。

⑫元功：大功。此指谢玄赢得淝水之战的胜利。

释读

郗超跟谢玄不和。前秦苻坚意欲进攻东晋，夺取政权，已经吞并黄河以东的陕西、山西部分地区，以及黄河以北的山西、河北部分地区，眼下又对京师建康西北方的淮阴虎视眈眈。当时，形势危急，朝廷有人提议派遣谢玄率军北伐，对此却引发了不同议论，颇生异议。唯独郗超相当肯定地说："人选合适，必定成功。我以往曾经在桓宣武府跟谢幼度共事，他总会尽职尽责，哪怕是琐碎小事，也是一丝不苟，尽心完成。以此推断，相信必定建功而返。"大功告成之时，人们无不称叹郗超有先见之明，又敬重他没有因自己的爱憎而隐匿他人的优点。

这就从一个侧面反映出谢玄的为人和才能。他是既有才华又有责任感的人，连跟他有矛盾的郗超也敢于在紧要关头帮他说好话，大力肯定，予以举荐。

据余嘉锡笺疏，郗超不满其父郗愔的地位不如谢安，常有愤激之言，以此与谢家结怨。"郗超与谢玄不善"，大概也与此有关。

刘孝标注引《中兴书》："于时氐贼强盛，朝议求文武良将可镇靖北方者。卫大将军安曰：'唯兄子玄可任此事。'中书郎郗超闻而叹曰：'安违众举亲，明也。玄必不负其举。'"可知所谓朝议的提出者就是谢玄的叔父谢安，而对谢安常有不逊之言的郗超竟然公开附议，且预判谢玄"必不负其举"。这条材料颇为可信，反映出谢安对谢玄是着意栽培，不避举亲之嫌，一下子将谢玄推向军政大事的前沿。而谢玄也不负厚望，抓准机会建功立业，成就了一段历史佳话。

《世说新语》识鉴门第二十三则与上述故事相关，涉及谢玄性格的另一个侧面："韩康伯（简文帝亲随，官至豫章太守、侍中）与谢玄亦无深好（没有深交）。玄北征后，巷议疑其不振（怀疑谢玄的作战能力）。康伯曰：'此人好名，必能战。'玄闻之甚忿，常于众中厉色曰：'丈夫提千兵，入死地，以事君亲，故发，不得复云为名。'"

　　韩康伯在谢玄北征后，背后说谢的坏话，说他"好名"，此次出征是为了出名，必会卖力。谢玄得知，大为震怒，以为有损自己的声誉，当众声明：自己是为国家出战，出生入死都是"事君亲"的表现，而绝非"为名"。刘孝标注引《续晋阳秋》："（谢）玄识局贞正，有经国之才略。"意在借此驳斥韩康伯的污蔑之词，维护谢玄的名望。由此可以见到，尽管谢玄喜欢清谈，好说老庄，但骨子里还是深藏着儒家的影响，这一点，与他叔父谢安是一致的。

附录二

谢灵运故事一则

谢灵运（385—433），谢玄之孙。袭爵康乐公，世称谢康乐。东晋刘宋之际著名诗人，其山水诗在诗歌史上有重要地位，明人辑其诗为《谢康乐集》（存诗八十余首）。《世说新语》仅录其故事一则。

1. 谢灵运好戴曲柄笠①，孔隐士②谓曰："卿欲希心高远③，何不能遗曲盖④之貌？"谢答曰："将不⑤畏影者⑥未能忘怀？"

（言语108）

释义

①曲柄笠：斗笠的一种，模仿帝王、高官出行时仪仗队的曲盖（曲柄伞）而制作。显示与众不同，身份高贵。

②孔隐士：即孔淳之，字彦深，隐居虞山。

③希心高远：意为以心胸超脱、志存高远自许。

④曲盖：此指谢灵运的斗笠状似曲盖（曲柄伞）。

⑤将不：莫非。晋宋时口语，表达某种带有肯定意向的推测，与"将无"相近。

⑥畏影者：语出《庄子·渔父》："人有畏影恶迹而去之走者，举足愈数而迹愈多，走愈疾而影不离身。"意为身与影不可分离，畏影者是愚蠢之人。这类人不知道"处阴以休影，处静以息迹"的道理。换言之，瞎忙的人总会有影而去不掉；要去掉影，唯一的办法就是"处阴处静"，即不要在社会上奔忙。

释读

谢灵运出行时喜欢头戴曲柄笠，以示仪容。隐士孔淳之见状，对谢灵运说："阁下不是以心胸超脱、志存高远自许的吗？为何不能舍弃这种显摆着威仪的斗笠呢？"谢灵运听出话里有话，就回敬道："莫非阁下也像《庄子·渔父》里的畏影者那样时刻记挂着自己的影子？"

谢灵运生活的时代，清谈仍然盛行，《庄子》是人们熟读的书，像《渔父》这样的篇章更是清谈家常常以为话题的。故此，谢灵运反唇相讥，借用《庄子》里的典故，暗指孔淳之以隐士自居，不过是装模作样而已，到头来也是一名畏影者（为名利奔忙而又想掩饰的人）。

谢灵运"好戴曲柄笠"的举动，的确相当矫情，孔淳之看不过眼，说道说道他；没想到谢灵运不好惹，当面回击，毫不客气。这也可见其机敏而犀利的个性。

《宋书·谢灵运传》说他"幼便颖悟"，比他的父亲谢瑍聪明多了；谢瑍是"生而不慧"，谢玄曾略带自嘲地说："我乃生瑍，瑍那得生灵运！"谢瑍早逝，谢灵运是在谢玄的庇护之下成长的，其身上的贵族气质也由此而来。

谢灵运毕竟是贵公子，"车服鲜丽，衣裳器物，多改旧制"，其做派之讲究，为人之矫情，从此可见一斑。故而，"好戴曲柄笠"只是他众多做作行为的细节之一。

谢灵运置身于晋宋之交。在东晋末年，他是贵公子；在刘宋王朝时期，他是名士，"朝廷唯以文义处之，不以应实相许"（《宋书·谢灵运传》），即用其文才，而不委以实权。他还曾一度卷入宋少帝刘义符登基时的政治权斗，后被排挤，出为永嘉太守，而无心理政，纵情山水。孔淳之没有看错，谢灵运"希心高远"是假，想要参与政治是真，还不是一般的参与，"自谓才能宜参权要"，只是"既不见知，常怀愤愤"（《宋书·谢灵运传》）。

按说，谢灵运生活的年代与《世说新语》编写者所处时代颇为接近；谢本是一个很有故事的人，何况，谢灵运的好友何长瑜曾是刘义庆身边的文士，谢的故事为何在此书里仅存一则呢？就是这仅存的故事，谢灵运也显得行为怪异、言语尖刻，形象颇为负面。其实，不难理解，就政治立场而言，《世说新语》的编写者是不宜表彰谢灵运的，谢是刘宋王朝处以极刑之人，"太祖（宋文帝刘义隆）诏于广州行弃市刑"（今广州尚有地名康乐村，即与谢灵运有关），此事发生在刘义庆去世之前十年。

谢灵运既然是刘宋王朝所要否定的对象，干脆不提，也是可以理解的，却为何还是在《世说新语》里留下了一则故事呢？我们知道，谢灵运的祖父谢玄是东晋王朝的功臣，刘宋政权其实是从东晋司马氏手上夺过来的；从刘宋权贵的角度看，谢灵运既然那样行为怪异、言语尖刻，就让他留下一幅漫画式的"谢灵运戴笠图"吧，东晋的末世就只能产生谢灵运，而不会有谢安、谢玄再世了。

编选者言

谢安，大器晚成，彪炳千古。这在历史上并不多见。

《晋书·谢安传》的第一句话是"谢安，字安石，尚从弟也"，然后才说其父亲是谢裒。史官在写这篇传记时首先强调谢安是谢尚的从弟，用意很明显，意欲揭示在东晋历史上叱咤风云、与王氏家族并称的"谢"，渊源有自，其权势是从谢鲲、谢尚父子开始的，属于后起的门阀，有别于早就形成气候的王氏家族。

如果将这一关系纳入视野，就可以明白，谢鲲当年不跟从王敦谋反而站在司马氏一边，这一举动是谢氏家族的立族之本。谢安对此念念不忘，以至于在他出山之后，同样面临当初谢鲲遇到的难题时，如同谢鲲疏离王敦一样，谢安疏离了自己的恩公桓温，站在了维护司马氏政权的立场上。

忠孝节义，这些儒家的传统观念深植于谢安的内心，或许，谢安心知肚明，陈郡谢氏之所以在东晋皇朝有立足之地，完全靠谢鲲当年对司马氏的忠心。没有了这一条，谢鲲的儿子谢尚，以及谢氏族人谢奕、谢万等，不一定一早就可以出来做官，而且越做越大；没有了这一条，朝廷未必一再表示要起用谢安。正因为谢安具备明确的政治立场，故而在桓温死后，他才会独当一面，辅助司马氏，并成功抵抗前秦苻坚的入侵，成就一番轰轰烈烈的功业。

于是，就可以理解为什么谢安要精心培养他的侄儿谢玄、谢朗。他们是谢氏家族的接班人。谢安训诫侄儿，主要用儒家的那一套，比如，对前人乐广、李重的评价，是非分明，毫不含糊，以李重为优，以乐广为劣，主要看是否守住儒家的伦理底线：乐广守不住，承认了赵王伦的皇帝身份；李重守得住，拒不认同赵王伦的胡作非为。从这些事例可以看出，谢安骨子里属于儒家。

可谢安表面上又属于老庄，四十岁之前，悠游山水，吟啸度日，擅长清谈，超然世外。不可不注意，就算是过着这样的日子，谢安也在暗中用功，军事方面的、施政方面的、民生方面的，等等，他都会留心学习，否则，就难以解释他为何比他的弟弟谢万（西中郎将）更懂军事、更能治军，难以解释他为何懂得要放那些逃亡的士兵和杂役一条生路，难以解释他的施政为何很接地气。他绝对不是一位只会读书的书生，"外道内儒"是谢安的个性化标签。

有一个现象值得关注，《世说新语》的编写者敬重谢安，哪怕谢安发一次脾气，有失仪态，编写者也要为他辩护一番，这在整部书里也是极为罕见的。可是，对于谢氏家族的末流如由东晋入刘宋的谢灵运，编写者则持鄙夷态度（《世说新语》只收谢灵运故事一则，且属于负面的）。《宋书·谢灵运传》记刘宋统治者在使用谢灵运方面的态度："朝廷唯以文义处之，不以应实相许。"原因是，谢灵运其人"为性偏激，多愆礼度"，暗示谢氏家族再也出不了谢安、谢玄这样的人物。在此语境下，《世说新语》的编写者不可能赞颂谢灵运。

敬重谢安而鄙夷谢灵运，这是理解《世说新语》编写旨趣的一把钥匙。宋武帝刘裕与东晋有着太多的关联，谢安时代的东晋，不能否定，要否定的只能是已成谢氏对立面的桓氏（桓玄），刘裕就是靠起兵讨桓玄起家的。刘裕开国后，仍然尊奉王导、谢安、谢玄等东晋名臣(《宋书·武帝纪下》),以示承祚有序。故而,身为刘宋皇室成员的刘义庆编写《世说新语》而崇敬谢安等人是符合当时政治环境的。可是,刘宋统治者也明确指出,"晋室微弱,民望久移"(《宋书·武帝纪上》),所谓"晋室微弱",像不能成大事的谢灵运就可做代表。《世说新语》里有不少属于"为性偏激,多愆礼度"的故事,从类名"任诞""汰侈""馋险""惑溺"等可知,是负面的,要否定的,《世说新语》编写者的倾向性不言而喻。

附　录

一　魏帝系简表

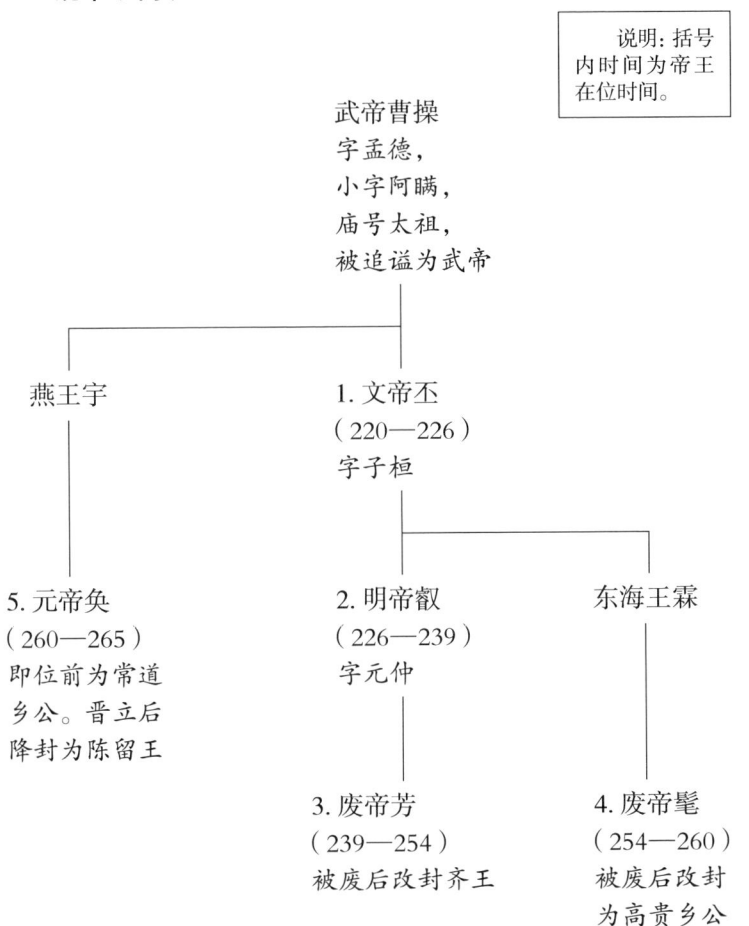

说明：括号内时间为帝王在位时间。

武帝曹操
字孟德，
小字阿瞒，
庙号太祖，
被追谥为武帝

燕王宇

1. 文帝丕
（220—226）
字子桓

5. 元帝奂
（260—265）
即位前为常道乡公。晋立后降封为陈留王

2. 明帝叡
（226—239）
字元仲

东海王霖

3. 废帝芳
（239—254）
被废后改封齐王

4. 废帝髦
（254—260）
被废后改封为高贵乡公

二　西晋帝系简表

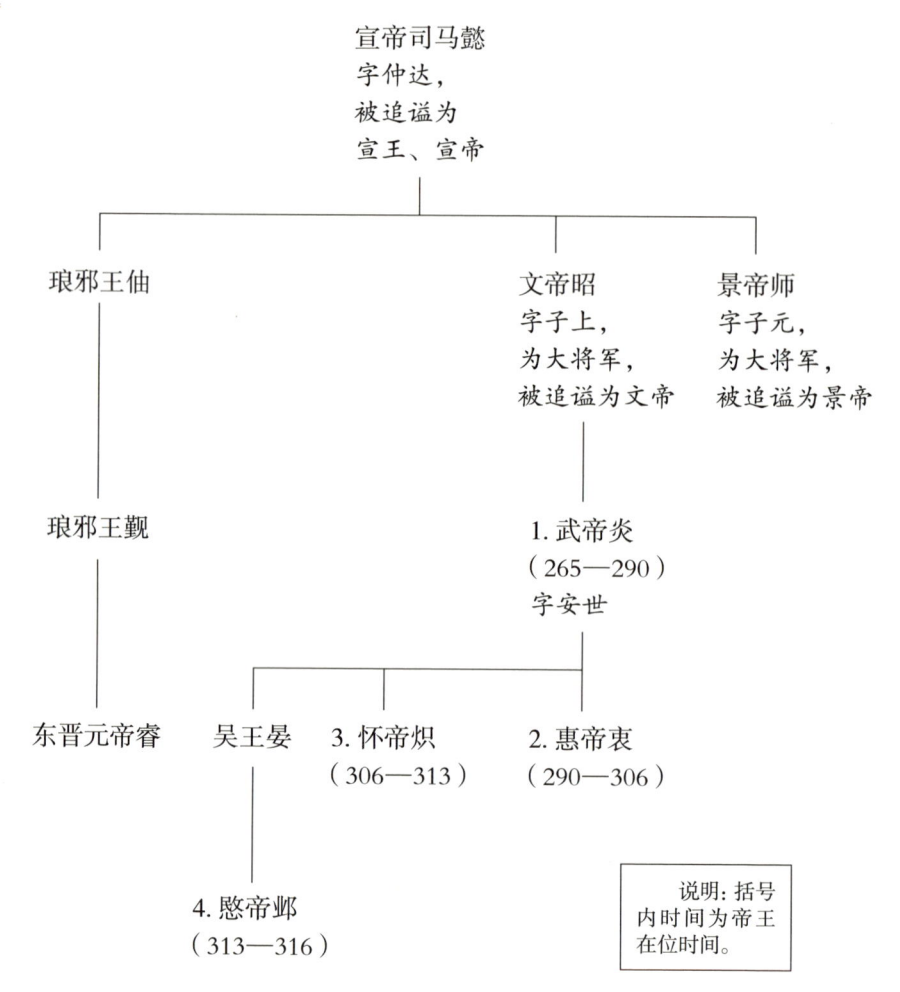

```
                    宣帝司马懿
                    字仲达，
                    被追谥为
                    宣王、宣帝
        ┌───────────────┼───────────────┐
    琅邪王伷          文帝昭           景帝师
                    字子上，          字子元，
                    为大将军，        为大将军，
                    被追谥为文帝      被追谥为景帝
        │               │
    琅邪王觐          1. 武帝炎
                    （265—290）
                    字安世
                ┌───────┼───────┐
东晋元帝睿  吴王晏  3. 怀帝炽   2. 惠帝衷
                （306—313） （290—306）
                │
            4. 愍帝邺
            （313—316）
```

说明：括号内时间为帝王在位时间。

三　东晋帝系简表

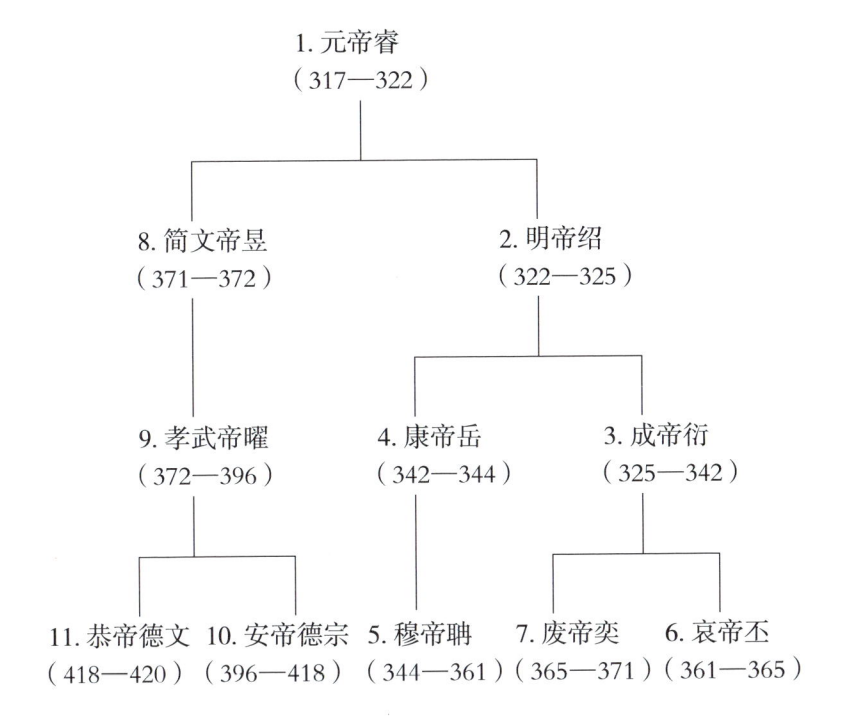

```
                    1. 元帝睿
                   （317—322）
                        │
         ┌──────────────┴──────────────┐
    8. 简文帝昱                      2. 明帝绍
    （371—372）                    （322—325）
         │                              │
         │                      ┌───────┴───────┐
    9. 孝武帝曜              4. 康帝岳        3. 成帝衍
    （372—396）            （342—344）     （325—342）
         │                                      │
   ┌─────┴─────┐                          ┌─────┴─────┐
11. 恭帝德文  10. 安帝德宗   5. 穆帝聃   7. 废帝奕   6. 哀帝丕
（418—420） （396—418）  （344—361）（365—371）（361—365）
```

说明：括号内时间为帝王在位时间。

四　六朝琅邪王氏世系简表

（只收与本书相关的主要人物及其承传关系）

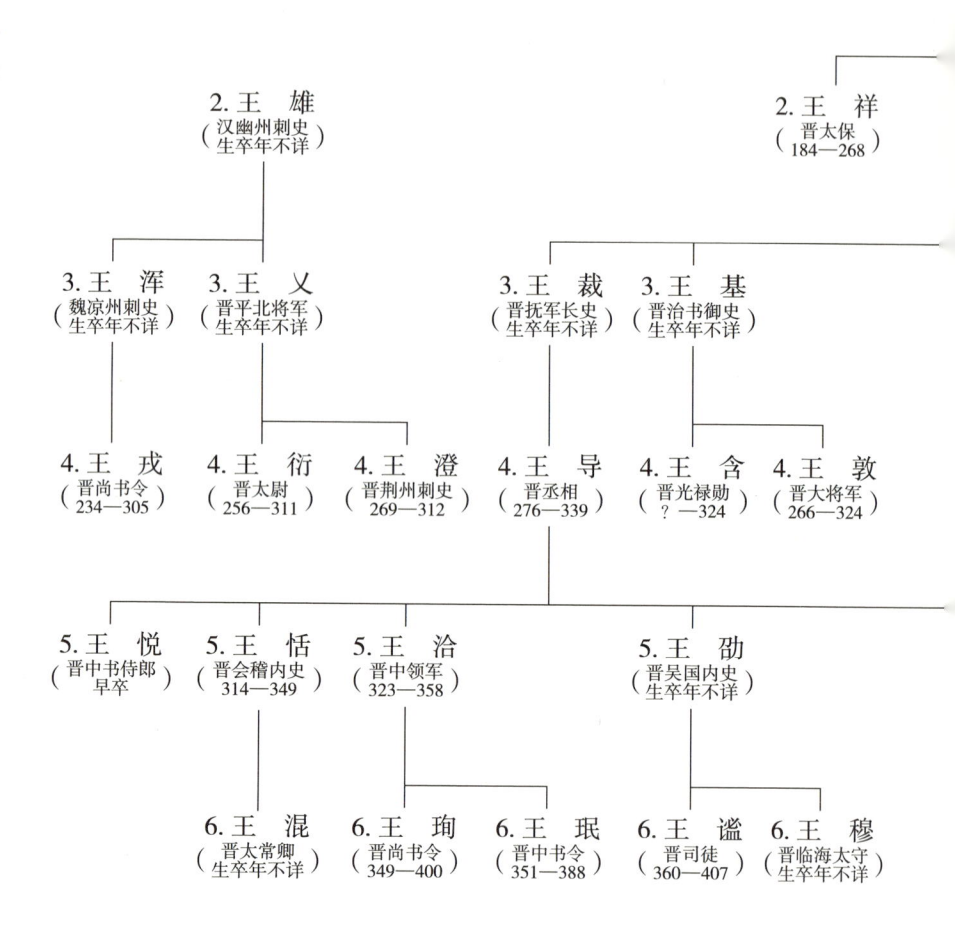

```
2. 王雄                                              2. 王祥
（汉幽州刺史                                       （晋太保
  生卒年不详）                                       184—268）
     │                                                │
  ┌──┴──┐                                      ┌────┬────┐
3. 王浑   3. 王乂                              3. 王裁   3. 王基
（魏凉州刺史）（晋平北将军                   （晋抚军长史）（晋治书御史
  生卒年不详  生卒年不详）                    生卒年不详） 生卒年不详）
     │         │                                │         │
  4. 王戎   4. 王衍   4. 王澄              4. 王导   4. 王含   4. 王敦
（晋尚书令）（晋太尉）（晋荆州刺史）      （晋丞相）（晋光禄勋）（晋大将军
  234—305   256—311   269—312           276—339   ？—324    266—324）

     ┌────────┬────────┐              ┌─────────┐
  5. 王悦   5. 王恬   5. 王洽         5. 王劭
（晋中书侍郎）（晋会稽内史）（晋中领军）（晋吴国内史
  早卒）     314—349   323—358       生卒年不详）
              │         │                │
           6. 王混   6. 王珣   6. 王珉   6. 王谧   6. 王穆
         （晋太常卿）（晋尚书令）（晋中书令）（晋司徒）（晋临海太守
           生卒年不详  349—400   351—388   360—407   生卒年不详）
```

附录

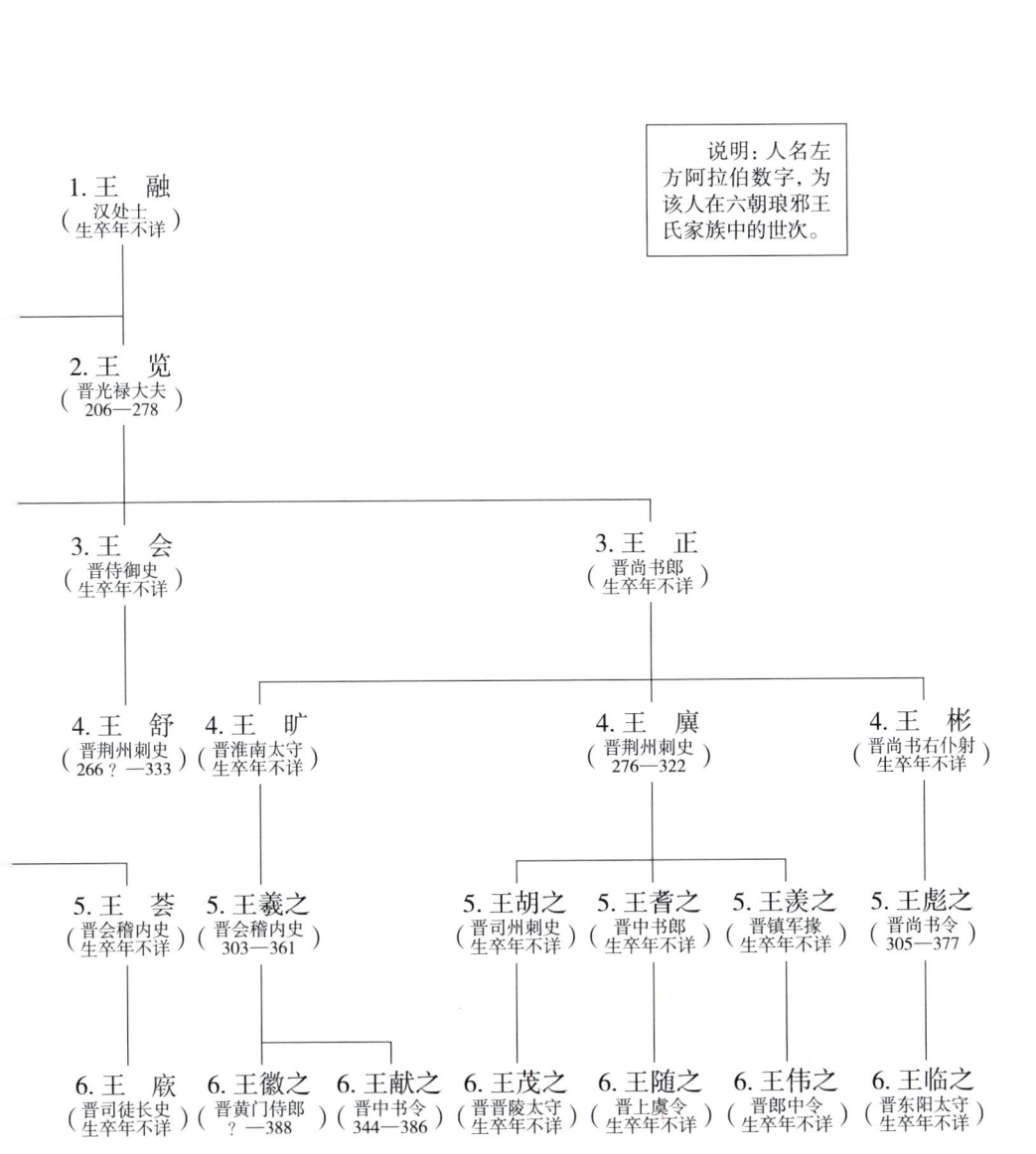

说明：人名左方阿拉伯数字，为该人在六朝琅邪王氏家族中的世次。

1. 王 融
（汉处士
生卒年不详）

2. 王 览
（晋光禄大夫
206—278）

3. 王 会
（晋侍御史
生卒年不详）

3. 王 正
（晋尚书郎
生卒年不详）

4. 王 舒
（晋荆州刺史
266？—333）

4. 王 旷
（晋淮南太守
生卒年不详）

4. 王 廙
（晋荆州刺史
276—322）

4. 王 彬
（晋尚书右仆射
生卒年不详）

5. 王 荟
（晋会稽内史
生卒年不详）

5. 王羲之
（晋会稽内史
303—361）

5. 王胡之
（晋司州刺史
生卒年不详）

5. 王耆之
（晋中书郎
生卒年不详）

5. 王羡之
（晋镇军掾
生卒年不详）

5. 王彪之
（晋尚书令
305—377）

6. 王 廞
（晋司徒长史
生卒年不详）

6. 王徽之
（晋黄门侍郎
？—388）

6. 王献之
（晋中书令
344—386）

6. 王茂之
（晋晋陵太守
生卒年不详）

6. 王随之
（晋上虞令
生卒年不详）

6. 王伟之
（晋郎中令
生卒年不详）

6. 王临之
（晋东阳太守
生卒年不详）

五　六朝陈郡谢氏世系简表
（只收与本书相关的主要人物及其承传关系）

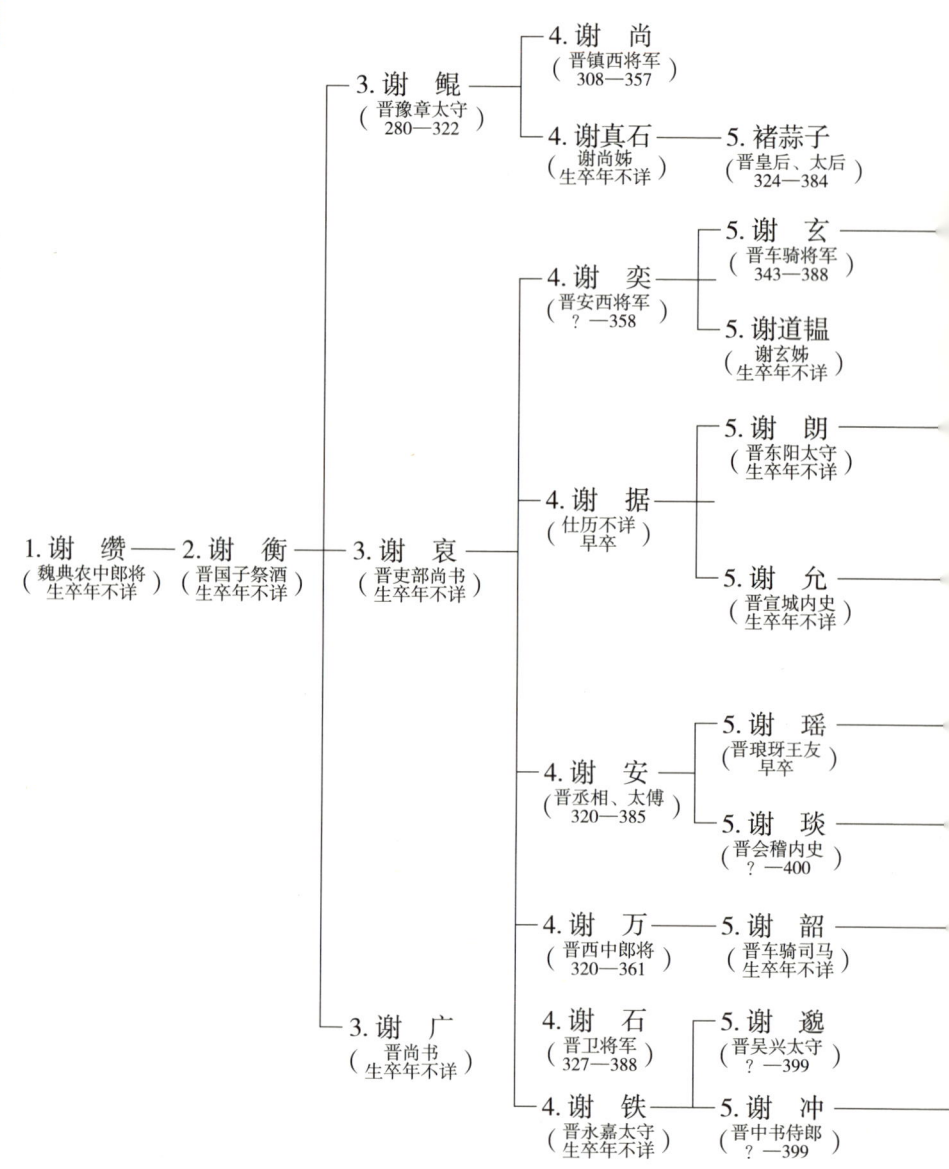

- 1. 谢　缵（魏典农中郎将　生卒年不详）
  - 2. 谢　衡（晋国子祭酒　生卒年不详）
    - 3. 谢　鲲（晋豫章太守　280—322）
      - 4. 谢　尚（晋镇西将军　308—357）
      - 4. 谢真石（谢尚姊　生卒年不详）
        - 5. 褚蒜子（晋皇后、太后　324—384）
    - 3. 谢　裒（晋吏部尚书　生卒年不详）
      - 4. 谢　奕（晋安西将军　？—358）
        - 5. 谢　玄（晋车骑将军　343—388）
        - 5. 谢道韫（谢玄姊　生卒年不详）
      - 4. 谢　据（仕历不详　早卒）
        - 5. 谢　朗（晋东阳太守　生卒年不详）
        - 5. 谢　允（晋宣城内史　生卒年不详）
      - 4. 谢　安（晋丞相、太傅　320—385）
        - 5. 谢　瑶（晋琅玡王友　早卒）
        - 5. 谢　琰（晋会稽内史　？—400）
      - 4. 谢　万（晋西中郎将　320—361）
        - 5. 谢　韶（晋车骑司马　生卒年不详）
    - 3. 谢　广（晋尚书　生卒年不详）
      - 4. 谢　石（晋卫将军　327—388）
        - 5. 谢　邈（晋吴兴太守　？—399）
      - 4. 谢　铁（晋永嘉太守　生卒年不详）
        - 5. 谢　冲（晋中书侍郎　？—399）

附 录

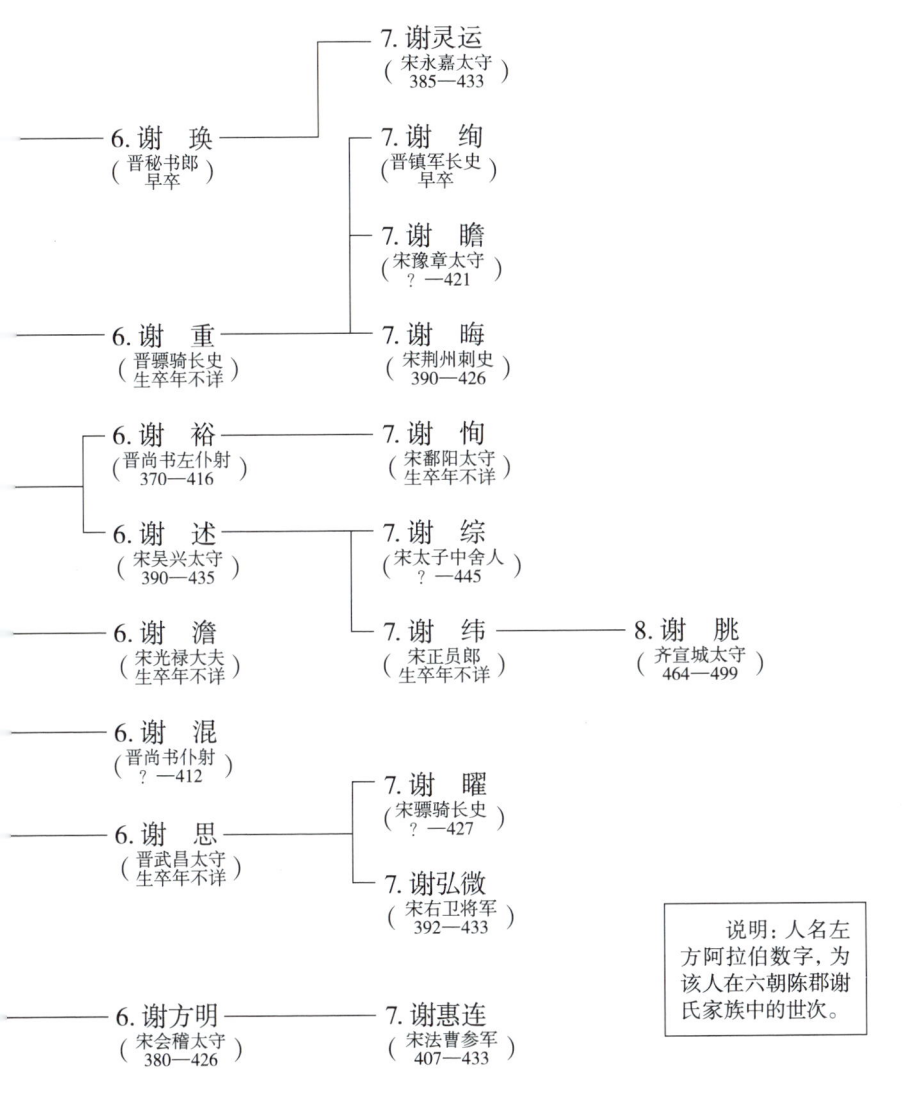

```
                          ┌─ 7.谢灵运
                          │  （宋永嘉太守）
                          │    385—433
─ 6.谢 瑍 ─────────────┤
  （晋秘书郎）          ├─ 7.谢 绚
    早卒                │  （晋镇军长史）
                        │    早卒
                        │
                        ├─ 7.谢 瞻
                        │  （宋豫章太守）
                        │    ？—421
                        │
─ 6.谢 重 ─────────────┴─ 7.谢 晦
  （晋骠骑长史）            （宋荆州刺史）
    生卒年不详              390—426

─ 6.谢 裕 ───────────── 7.谢 恂
  （晋尚书左仆射）        （宋鄱阳太守）
    370—416                生卒年不详

─ 6.谢 述 ───────────── 7.谢 综
  （宋吴兴太守）          （宋太子中舍人）
    390—435                ？—445

─ 6.谢 澹 ───────────── 7.谢 纬 ───────── 8.谢 朓
  （宋光禄大夫）          （宋正员郎）          （齐宣城太守）
    生卒年不详              生卒年不详            464—499

─ 6.谢 混
  （晋尚书仆射）
    ？—412

                        ┌─ 7.谢 曜
                        │  （宋骠骑长史）
─ 6.谢 思 ─────────────┤    ？—427
  （晋武昌太守）        │
    生卒年不详          └─ 7.谢弘微
                           （宋右卫将军）
                             392—433

─ 6.谢方明 ───────────── 7.谢惠连
  （宋会稽太守）          （宋法曹参军）
    380—426                407—433
```

说明：人名左方阿拉伯数字，为该人在六朝陈郡谢氏家族中的世次。

六　六朝太原晋阳王氏世系简表
（只收与本书相关的主要人物及其承传关系）

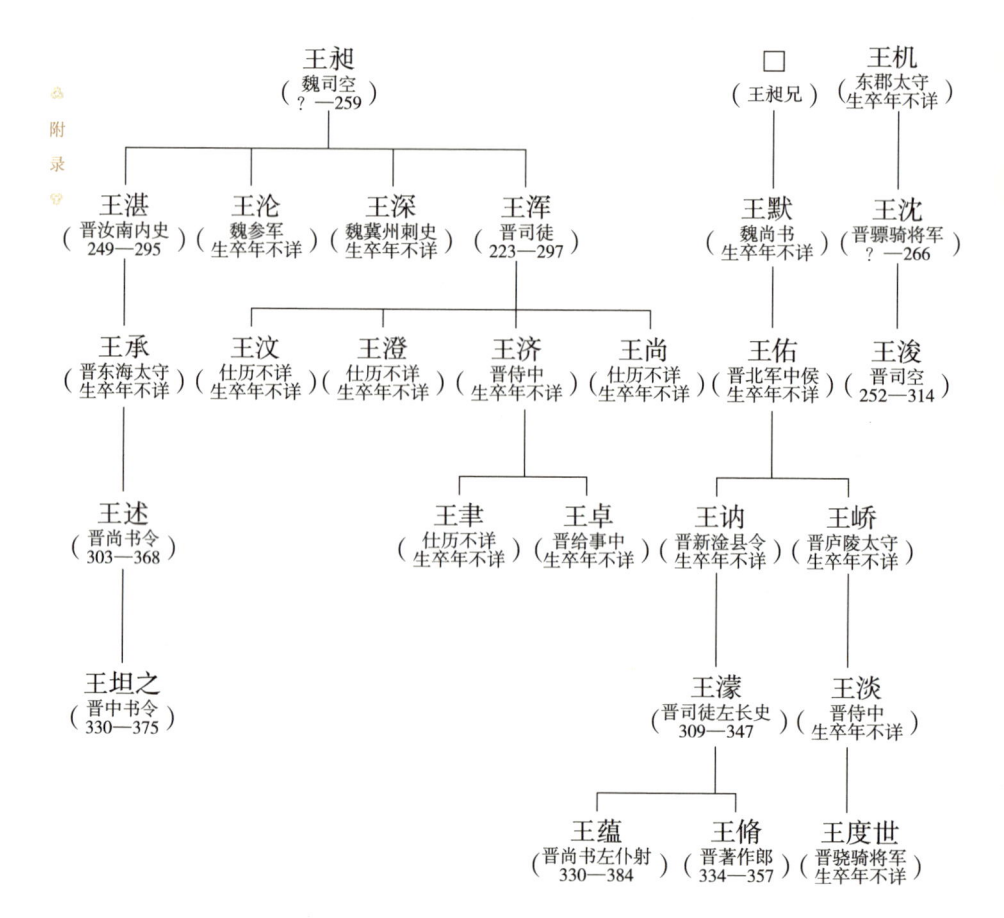

```
                      王昶                                    □              王机
                    (魏司空)                               (王昶兄)        (东郡太守
                    ?—259                                                  生卒年不详)
    ┌─────────┬─────────┬─────────┬─────────┐              ┌─────────────┐
   王湛       王沦       王深       王浑                   王默            王沈
 (晋汝南内史)(魏参军)  (魏冀州刺史)(晋司徒)              (魏尚书)       (晋骠骑将军
  249—295   生卒年不详 生卒年不详  223—297              生卒年不详       ?—266)
    │         ┌─────┬─────┬─────┬─────┐                    │              │
   王承      王汶   王澄   王济   王尚                    王佑           王浚
 (晋东海太守)(仕历不详)(仕历不详)(晋侍中)(仕历不详)      (晋北军中侯)    (晋司空
  生卒年不详 生卒年不详 生卒年不详 生卒年不详 生卒年不详   生卒年不详     252—314)
    │                   ┌─────┬─────┐           ┌─────────┬─────────┐
   王述                 王聿   王卓              王讷               王峤
 (晋尚书令)           (仕历不详)(晋给事中)      (晋新淦县令)       (晋庐陵太守
  303—368            生卒年不详 生卒年不详      生卒年不详         生卒年不详)
    │                                               │                    │
   王坦之                                           王濛                 王淡
 (晋中书令)                                      (晋司徒左长史)         (晋侍中
  330—375                                         309—347              生卒年不详)
                                             ┌─────────┬─────────┐
                                            王蕴       王脩       王度世
                                         (晋尚书左仆射)(晋著作郎)(晋骁骑将军
                                          330—384     334—357   生卒年不详)
```

后　记

庚子立秋，全稿完成了。

窗外，广州的天很蓝，云很白。

发愿编写此书，与责任编辑李淑云君有关。淑云在2019年初给我寄来一本她责编的书《讲给孩子的唐宋诗》（四川人民出版社，2018年），我翻阅着，爱不释手，内文插图、装帧设计，无不精美，清雅可爱。心里一阵痒痒的，发微信，说我可以编一本《写给孩子的世说新语》，八万字左右。淑云立即回应，很好很好。我那时刚写完一本书，还在兴头上，竟然夸下海口，说半年内交稿，害得淑云不得不赶紧寄来了合同。可是，动手的时候，才知道难，而且是大难。一部《世说新语》，有三十六个门类，零零碎碎，松松散散，人物名字也很乱，有时用名，有时用字，有时用职官名，有时用小名，诸如此类，眼花缭乱。更为麻烦的是，一个人物的故事散落在不同门类之中，东一句西一段，犹如满地碎钱，不好收拾。如何编写，颇为犯难。想过几套方案，但想来想去，总不满意，常常摆在面前的最要命的问题是：这适合孩子读吗？

我有些丧气，半年内无法交稿，一拖就拖到了这个庚子年。

我心里满是歉疚，拖了淑云的时间，拖了出版周期。在万般无奈之下，我要放弃《写给孩子的世说新语》这一计划，可又舍不得丢下这个选题。

有一天，读陈寅恪先生的书，读到陈先生引用东晋袁宏《名士传》里的整份名单，忽觉眼前一亮，我何不依据这份名单将《世说新语》里各"名士"的故事整合在各人的名下呢？《名士传》原分三卷：正始名士卷、竹林七贤卷、中朝名士卷；袁宏来不及编写的是东晋名士卷，可以为之续编。我于是决定编写这部《世说新语别裁详解》，给成人读，也给孩子读，孩子们读不懂就等到长大以后再读吧。

想法有了，告诉淑云，淑云还是大力支持，没有二话。这就是此书的来由。

本来，我在中山大学中文系给本科生开设《世说新语》导读课多年，讲法是以人物为中心，将其故事归拢起来，每个人物名下分为若干专题，以"知人论世"为角度讲述，将《世说新语》文本与相关的史书对读，亦文亦史，文史结合。这可算是我编写此书的基础。一个学期，时间有限，我每每以何晏、王弼开始，以谢安结束；这个框架，也跟如今此书的结构粗略相近。

本书讲到的最后一个人物是谢灵运。广州是谢灵运的终焉之地，中山大学南校区的所在地叫康乐村，"康乐"就是谢灵运袭封的号，世人称他"谢康乐"。陈寅恪先生在其大文《述东晋王导之功业》的末尾写道："寅恪草此文时，距寓庐不远，适发见一晋墓（墓在广州河南敦和乡客村），其砖铭曰：'永嘉世，天下灾。但江南，皆康平'……"我如今坐在中山大学的寓所内，再望窗外，依然是天很蓝，云很白，想把"但江南，皆康平"六字改为"全世界，皆康平"，以此祈愿，庚子年平安度过。

记得淑云刚加我微信时，发来一段文字，说还记得当年念中文系时我在课堂上讲过的《牡丹亭》。我开设《世说新语》导读课在淑云毕业之后，岁月流逝，而此书之出版，却是我们师生情缘的见证。

上海著名画家丁小方先生为此书贡献了精良的插图，四川人民出版社的朱雯馨编辑为此书的出版做了很多工作，谨向他们专致谢忱。

2020年8月7日于中山大学补拙斋

图书在版编目（CIP）数据

世说新语别裁详解 / 董上德著. — 成都：四川人民出版社, 2022.5（2023.9重印）
ISBN 978-7-220-12623-9

Ⅰ.①世… Ⅱ.①董… Ⅲ.①《世说新语》—小说研究 Ⅳ.①I207.419

中国版本图书馆CIP数据核字（2021）第258076号

SHISHUO XINYU BIECAI XIANGJIE
世 说 新 语 别 裁 详 解
董上德　著

出 版 人	黄立新
策划统筹	李淑云
责任编辑	李淑云　朱雯馨
内文插图	丁小方
版式设计	戴雨虹
封面设计	张　科
责任校对	李京京
责任印制	周　奇
出版发行	四川人民出版社（成都市三色路238号）
网　　址	http://www.scpph.com
E-mail	scrmcbs@sina.com
新浪微博	@四川人民出版社
微信公众号	四川人民出版社
发行部业务电话	（028）86361653　86361656
防盗版举报电话	（028）86361661
照　　排	四川胜翔数码印务设计有限公司
印　　刷	四川新财印务有限公司
成品尺寸	145mm×210mm
印　　张	18.25
字　　数	430千
版　　次	2022年5月第1版
印　　次	2023年9月第4次印刷
书　　号	ISBN 978-7-220-12623-9
定　　价	88.00元

■版权所有·侵权必究
本书若出现印装质量问题，请与我社发行部联系调换
电话：（028）86361653